PARAPHILIE

L'ÂME QUI VOULAIT

SURV;VRE

Ce livre est une œuvre de fiction.

Toute référence à des événements historiques, des personnages ou des lieux réels est utilisée de manière fictive. Les autres noms, personnages, lieux et événements sont le fruit de l'imagination de l'autrice. Toute ressemblance avec des personnes réelles, vivantes ou décédées, serait purement fortuite.

Paraphilie : l'âme qui voulait surv;vre.

Couverture : CreArt, PhotoDirector, Canva.

Mise en page : CreArt, PhotoDirector.

Code ISBN : 9782488637015

Dépôt légal : Novembre 2025

Correctrice : Mary (alias Au Phile des Mots)

Paraphilie

L'âme qui voulait

surv;vre

LadyDarkSouls

DEDICACE

Trigger Warnings

- Viols et agressions sexuelles (non consentis, consentis)
- Violences physiques (coups, menaces, confrontations brutales)
- Violences psychologiques/mentales (manipulation, intimidation, emprise)
- Thèmes de traumatismes passés (enfance dysfonctionnelle, abus parental)
- Autodestruction et tendances suicidaires (l'héroïne envisage la mort pour échapper à la souffrance)
- Sexe explicite (scènes sexuelles intenses, violentes)
- Langage vulgaire (propos crus, injures)

Ces éléments font partie de l'intrigue et de l'ambiance sombre du récit, où la séduction se mêle à la violence, et où les personnages évoluent dans un univers toxique et passionnel. Toute lecture de Dark Romance Psychologique nécessite de la prudence pour les lecteurs sensibles à l'un ou l'autre de ces sujets.

Note d'intention

Dans cette histoire, le hockey ne sert que de toile de fond : on ne détaillera pas la manière de marquer un but ou de manier la crosse. L'essentiel tourne autour de relations extrêmement toxiques, où la violence, la manipulation et l'obsession se mêlent à un désir dévorant. La protagoniste n'est pas plus saine d'esprit que les personnages masculins, et leurs interactions sexuelles nombreuses et très explicites peuvent donner l'impression d'une dark porno plutôt que d'une simple romance. Ce récit ne donne aucun modèle à suivre, bien au contraire : il dépeint un univers sombre, dangereux, à ne surtout pas reproduire ou idéaliser.

Pourquoi Paraphilie ?

Ce titre n'est pas choisi pour choquer, mais pour nommer sans détour la faille qui habite l'héroïne.

Dans la nosographie psychiatrique, une paraphilie devient un trouble paraphilique lorsque le désir ne s'allume qu'à travers la violence ou l'absence de consentement.

En ouvrant ce roman, vous plongerez donc dans :

- Des scènes où l'excitation sexuelle est indissociable de la contrainte.
- Le combat intérieur d'une femme qui oscille entre pulsions destructrices, culpabilité et besoin d'être aimée.
- Une réflexion sur la ligne ténue entre fantasme, consentement et danger réel.

Paraphilie est avant tout l'histoire d'une survie : celle d'une femme entourée d'hommes, aussi fascinés que déstabilisés par son trouble, et prête à tout pour apprivoiser ses ténèbres.

Si vous poursuivez la lecture, sachez que l'amour ici se conjugue à la douleur, sans filtres ni faux-semblants.

Playlist

Your Guilty Pleasure – Henry Verus.
Like U – Rosenfeld.
Continuum – Tanerélle.
Mon Cœur Est Ailleurs – More Amour.
Wicked Game – Chris Isaak.
Earned It – The Weeknd.
After Dark – Mr.Kitty.
Sweater Weather – The Neighbourdhood.
Tears In The Club – FKA Twings & The Weeknd.
My Body Is A Cage – Arcade Fire.
Infinity – Jaymes Young.
Do I Wanna Know ? – Arctic Monkeys.
Devil's Playground – The Rigs.
Control – Halsey.
Six Feet Under – Billier Eilish.
Forbidden Fruit – Tommee Profitt.
Freak – Lana Del Rey.
Disarm – The Smashing Pumpkins.
Numb (Acoustic) – The Veer Union.
Heavy In You Arms – Florence & The Machine.
I Am Not A Woman, I'm A God – Halsey.
Nightcall – Kavinsky.
Poison Yvi – Hemi Moore.
You Should Be Scared – Amy Caddies McKnight.
Do It For Me – Rosenfeld.

SPOTIFY :

« À tous ceux qui ont un jour cru survivre sans jamais vraiment vivre, à ceux qui portent leurs cicatrices comme autant de témoignages de leur force, et à ceux qui, un matin, se sont éveillés en décidant de changer la donne :
Vous êtes l'incarnation même d'un pouvoir qu'aucun bourreau ne pourra vous ôter.
Puissiez-vous toujours trouver la voie qui vous fait passer de survivre… à vivre. »

CONFIDENTIAL
TOP SECRET
158671 158678

Dossier Classé

X

Date

13/11/2025

Ref : 158671

01 / 04

Nom de code de l'enquête : Opération Masques
Date d'ouverture du dossier : 13 Novembre 2025
Lieu principal des faits : Biarritz, Pays Basque

<u>Nature des signalements</u>

Disparitions inexpliquées
Agressions sexuelles non résolues
Témoignages incohérents, instables (certains rétractés)
Soupçons de réseaux occultes

<u>Organisation suspectée</u>

Nom officiel : Inconnu
Chef supposé : Identité Inconnue

<u>Éléments visuels récurrents</u>

Masques
Symboles gravés, non identifiés
Usage de capes, gants
Présence de lieux souterrains, ruelles

<u>Niveau de menace estimé :</u>

ÉLEVÉ

Dossier Classé	Date
XX	13/11/2025

Ref : 158678 — 01 / 03

Nom du projet : Les Délicieuses Abîmes
Création du dossier : 13 Novembre 2025
Statut : Ouvert - Enquête en cours
Reponsable : Maxime Delmon

__Objet de l'enquête__

Des témoignages concordants font état d'une organisation opérant à Biarritz, soupçonnée d'agressions sexuelles, de manipulations psychologiques, et d'abus rituels.
Les plaignantes évoquent à plusieurs reprises la présence de masques (types variés, ou éléments anonymisants).

__Informations Connues à ce jour__

Lieu central présumé : Biarritz (Pays-Basque)

__Plaignantes recensées (affaires non résolues) :__

1. Lucie Bertrand
2. Amalia Vidal
3. Émilie Grégoire
4. Chloé Destouches
5. Sarah Lacroix

__Enquête toi-aussi :__

__Prochaines étapes du dossier :__

Recueillir les témoignages anonymes via Les Délicieuses Abîmes
Infiltration du cercle suspecté
Identification de nouveaux symboles / membres
Rapprochement avec dossiers médicaux / psychologiques

Prologue

Maxime

Une longue bouffée de nicotine glisse dans ma gorge, brûlante, libératrice. Ma main droite agrippe fermement le volant, l'autre, négligente, tient ma cigarette qui se consume au rythme lent de ma propre destruction. L'autoroute défile sous mes yeux dans un gris monotone, aussi terne que mes pensées en ce début de journée.

La Bretagne disparaît peu à peu derrière moi, réduite à un souvenir flou dans le rétroviseur. Une mission de plus accomplie. Un peu plus d'âmes noires en moins dans les rues, enfermées derrière des barreaux. Pourtant, mon cœur reste froid, immobile, prisonnier d'un vide que rien ne comble jamais vraiment.

Le rapport de Nathan traîne, ouvert, sur le siège passager, pages froissées, dévorées par mes yeux avides. « Affaire classée ». Deux mots qui devraient résonner comme une victoire, mais qui n'ont plus le moindre effet euphorisant. Le jeu est terminé ici. Je me languis déjà du prochain terrain, de cette adrénaline qui me maintient en vie.

Je laisse tomber ma cigarette par la fenêtre entrouverte et me saisis de la photo glissée dans le dossier : Biarritz. Une ville lumineuse qui cache, comme toutes les autres, une obscurité rampante derrière ses belles apparences. Une quinzaine de plaintes déposées sans jamais aucune suite, des femmes dont la souffrance est devenue muette face à la négligence et l'impuissance de la justice.

Mon prochain terrain de chasse.

Un sourire carnassier se dessine sur mes lèvres, tandis que mes doigts passent machinalement dans mes cheveux arc-en-ciel fraîchement teints, symbole de ma nouvelle identité. Maxime Delmon est née, prête à traquer, séduire, piéger.

Je relis rapidement les noms des femmes répertoriés dans le rapport :

Lucie Bertrand. Amalia Vidal. Émilie Grégoire. Chloé Destouches. Sarah Lacroix…

Autant de cibles que d'alliées potentielles pour le groupe anonyme que je compte mettre en place dès mon arrivée. Un club où aucune honte n'existe, où le désir se mêle à la souffrance, où ces femmes, comme moi, ces écorchées vives, pourront s'exprimer sans jugement. Un lieu où elles pourront avouer ce que la société refuse d'entendre : ce trouble malsain, cette pulsion coupable qu'elles ne peuvent ni taire ni assumer.

« Les Délicieuses Abîmes ».

Un frisson traverse ma colonne vertébrale à l'idée de ce nouveau départ, à la fois excitée et nerveuse. Un vertige entre plaisir et honte, exactement comme je les aime !

Je repousse le dossier sur le siège passager et accélère, laissant la vitesse et le vent frais emporter mes pensées trop sombres. Cette fois encore, je me promets la même et unique chose : je ne tomberai pas amoureuse. Ni d'un homme ni du danger qu'il représente. Ni même du chaos que je laisse derrière moi.

Sauf que je n'aurais jamais pensé qu'en un seul regard, je croiserais l'homme qui deviendrait mon sauveur… et la raison de ma disparition.

CHAPITRE 1

MAXIME

Je coupe le moteur de mon BMW X6 noir mat, laissant l'obscurité confortable de l'habitacle pour retrouver la lumière trop crue du soleil de Biarritz. L'immeuble face à moi, ancien, mais rénové avec soin, sera mon nouveau repaire. Je contemple un instant sa façade, tentant de deviner les secrets qu'il renferme, avant d'ouvrir le coffre arrière et saisir mes affaires.

Un sac à dos sur l'épaule, deux valises à roulettes dans chaque main, je traverse l'entrée, ignorant les regards curieux des voisins. Je n'ai jamais apprécié la compagnie des autres, sauf lorsqu'ils deviennent des pions utiles.

Les escaliers s'étirent vers le haut, étroits, éclairés par une lumière jaune pâle, qui donne à l'endroit une allure presque irréelle. Mes Dr. Martens noires claquent sur les marches en bois ciré, rompant le silence. À chaque étage, ma respiration se fait un peu plus lourde, mon impatience grimpe.

J'atteins le deuxième palier, prête à entamer la dernière volée de marches, lorsque des pas lourds résonnent au-dessus de ma tête. Un son régulier, presque animal. Mon cœur rate un battement. Je lève les yeux, d'un geste automatique, prête à croiser un visage quelconque. Mais ce n'est pas un visage. C'est un coup de poing en pleine poitrine.

Il descend lentement. Trop lentement. Comme un fauve certain de sa supériorité. Chaque pas est une menace, chaque mouvement hurle le danger. Cheveux sombres en bataille, mâchoire carrée ombrée d'une barbe négligée, regard charbon acéré, glacial. Son corps entier parle un langage que je ne comprends que trop bien : « Je pourrais te briser, que tu me supplierais que je recommence. »

Je suis incapable de bouger. Mon corps s'est figé dans un mélange d'effroi et de fièvre. Il me transperce du regard, mais ce n'est pas un simple échange visuel. C'est une dissection.

Il fouille.

Il fouille en moi sans aucune autorisation, et, le pire, c'est que je le laisse faire. Non. Je le veux. Mon ventre se tord. Mon sexe palpite sans prévenir. Mes cuisses se crispent sous le choc électrique.

Ce n'est pas du désir. C'est une déviance.

Il me fixe à peine une seconde. Une putain de seconde. Mais c'est suffisant pour que mon monde chavire. Mon souffle se bloque. Ma peau devient trop étroite. Et quand il détourne les yeux comme si je n'étais rien… j'ai envie de hurler. Ou de me jeter à ses pieds. Je ne sais plus. J'ai honte. Et je jouis de cette honte.

Il passe à côté de moi sans un mot, et cette absence de reconnaissance me frappe plus fort qu'une gifle. Son parfum me claque au visage, musqué, sauvage, sexué. Mon ventre se contracte sous l'effet d'un coup de reins fantôme. J'ai envie qu'il s'arrête. Qu'il revienne. Qu'il me prenne violemment contre la rambarde. Sans prévenir. Sans parler. Sans me demander si je veux.

Mes doigts s'enfoncent dans les poignées de mes valises comme des crochets pour m'ancrer à la réalité. Mais cette réalité ne tient plus. Elle est floue. Flottante. Submergée par cette seule idée : je viens d'avoir une montée d'adrénaline érotique parce qu'un inconnu m'a ignorée.

Je reprends mon ascension, chaque marche comme une claque contre ma fierté. Mon cœur cogne violemment contre ma cage thoracique, comme s'il voulait s'échapper, fuir ce chaos que je suis en train d'embrasser à bras ouverts. Je serre les dents. J'enrage contre moi-même. Contre cette réaction ridicule, sale, incontrôlable. Contre cette chaleur qui m'a dévoré l'entrejambe juste parce qu'un homme m'a dévisagée comme on regarde une proie.

Mais ce n'était pas un simple regard. C'était une possession silencieuse. Et mon corps a gémi sans que j'aie besoin d'ouvrir la bouche.

Enfin arrivée devant la porte de mon appartement, je lâche mes valises d'un geste sec. Le bruit sourd résonne dans le couloir comme un écho à ma frustration. Je suis fébrile. En manque. Comme une toxico qui vient de sentir passer une dose sans pouvoir se l'administrer. Son image s'impose déjà à moi. Gravée. Inscrite quelque part entre mes cuisses et ma gorge. Son regard me hante. Sa silhouette m'excite. Sa froideur me tue.

Je ne connais pas son identité, mais je sais ce qu'il va devenir pour moi : une substance toxique que je vais m'injecter en petites quantités jusqu'à ce qu'elle me détruise complètement.

Bienvenue à Biarritz, Maxime.

Bienvenue dans ton nouveau cauchemar orgasmique.

Je claque la porte derrière moi. Brutalement. Le son retentit dans la pièce spacieuse et étonnamment calme, qui me semble démesurément vaste pour ma tête remplie de pensées brûlantes. Ce silence… il est violent. Il me fait face, me juge. Comme pour me dire : *regarde-toi, salope, t'es même pas encore touchée, et tu trembles déjà pour un inconnu.*

Je ferme les yeux. Inspire. Expire.

Mais il est là. Encore. Dans ma tête. Dans mon ventre. Dans mon string. Et je déteste ça autant que j'en veux encore.

Quand je les rouvre, mon regard parcourt mon nouveau territoire : un salon aux murs blancs, impersonnels, avec juste quelques meubles sommaires laissés par l'agence. Un canapé gris, une cuisine américaine ouverte, un balcon donnant sur l'immeuble voisin.

J'avance lentement, mes Doc claquant contre le parquet, et ouvre ma baie vitrée pour accéder au balcon.

Juste à côté, une fête est déjà en pleine agitation.

La baie vitrée de l'appartement est grande ouverte, laissant entrevoir un groupe de trois hommes, riant bruyamment, une bière à la main, qui sortent à leur tour.

L'un d'eux tourne soudain la tête dans ma direction. Lentement. Comme s'il avait senti la brûlure de mon regard posé sur lui. Il m'adresse une œillade nonchalante, puis reprend sa conversation comme si j'étais juste un décor. Une distraction secondaire.

Mais mon ventre se contracte aussitôt. Je reconnais l'arrogance. L'instinct. Le mâle en terrain conquis. Un des Devils Sharks dont Nathan m'a communiqué l'identité. Ceux qu'on admire, qu'on redoute. Ceux qui ne demandent jamais. Qui prennent.

Et je m'y expose comme une offrande.

Mon débardeur noir s'arrête bien au-dessus de mon nombril, laissant deviner mes abdominaux dessinés et le tatouage « *Fuck* » juste au-dessus de ma culotte. Ma jupe est une provocation. Mes collants résille sont une invitation à être déchirés. Je l'ai voulu. J'ai préparé mon corps comme on prépare un piège. Mais ce piège… c'est moi qui y tombe.

Je sens son regard. Tranchant. Lent. Il ne me regarde pas, il m'inspecte. Il déshabille. Il évalue. Il jauge mon potentiel de soumission.

Et moi, je mouille.

Une chaleur insidieuse et répugnante s'élève en moi ; lente, fluide, collante de gêne. Mes cuisses se contractent, ma poitrine se soulève un peu plus fort. Tout mon corps trahit ce que ma bouche ne dira jamais : *regarde-moi encore, salopard. Possède-moi sans me toucher.*

Il sourit. Un sourire en coin. Arrogant. Cruel. Le genre de rictus qui dit : « Je sais que t'as déjà écarté les jambes, dans ta tête. » Et il n'a pas tort. Je suis déjà à genoux mentalement. J'ai honte d'en être consciente… et je me masturberai ce soir en repensant à ce putain de sourire.

Je hausse lentement un sourcil, comme si je pouvais lui rendre coup pour coup. Mais c'est faux. Je suis à poil dans ce jeu, et lui, il porte encore son armure.

Et puis il se redresse et me tourne le dos pour m'effacer.

Il m'ignore.

Et ce rejet me fouette plus fort que le plus violent des orgasmes. Je recule instinctivement à l'intérieur, le cœur battant beaucoup trop vite, beaucoup trop fort. Pas par peur.

Par excitation.

Je referme brusquement ma baie vitrée, le souffle court, comme si ce simple geste pouvait suffire à cloisonner le feu rampant sous ma peau. Il faut que je reprenne le contrôle. Que je me rappelle pourquoi je suis ici. Une mission claire, précise : identifier les prédateurs, les coincer, les anéantir.

Pas flirter avec eux.

Pas mouiller sous leur regard.

Je verrouille ma porte à double tour, un clic mécanique censé me protéger. Mais de quoi, au juste ? Des autres ? Ou de moi–même ? Parce que c'est moi le vrai problème. Moi, et cette part tordue de mon cerveau qui confond toujours menace et promesse.

Je m'extrais de mes vêtements comme on arrache un masque. L'eau brûlante de la douche frappe ma peau, efface les odeurs, mais pas les pensées. Elle ruisselle lentement, glisse le long de mes clavicules, entre mes seins, s'accroche à mes tatouages comme à des souvenirs qu'on ne veut pas laisser partir. Je ferme les yeux. *Respire. Imagine autre chose.* Mais c'est son regard à lui que je revois. Froid. Impitoyable. Bandant.

Je m'enroule dans ma serviette noire, la peau encore ruisselante, les cheveux humides collés à ma nuque. Le contraste avec l'air froid de l'appartement me fait frissonner, mais ce n'est pas seulement le changement de température. C'est la tension. Le manque.

Et puis le silence s'effondre.

La musique explose à travers les murs. Les basses, lourdes et sourdes, cognent contre les cloisons comme des battements de cœur géants. Elles pulsent dans mon bassin, vibrent jusque dans mes os, amplifient cette moiteur que je n'ai pas encore osée regarder en face.

Ils sont encore là. À fêter. À rire. À vivre.

Et moi, dans ma serviette, nue sous le coton, je suis plus exposée que jamais. Plus sensible. Plus réceptive. Comme si chaque note de leur musique frappait directement mon clitoris.

Je devrais les haïr, mais je les écoute. Et mon corps réagit comme s'ils étaient déjà en moi.

– Putain… soufflé-je entre mes dents serrées, la mâchoire contractée à m'en faire mal.

Je me redresse, le pas sec, mécanique, et balance un regard noir vers le mur. Ce putain de mur trop mince, trop poreux, qui laisse passer leur fête comme une invasion sensorielle. Rires gras, verres qui s'entrechoquent, basses qui cognent comme des coups de reins.

Je déteste ce genre de bruit.

Chapitre 2

Maxime

Je m'écrase sur le canapé gris, la serviette, encore nouée autour de moi, m'enveloppe plus pour cacher l'état de mon corps que pour me sécher. Mon PC glisse sur mes genoux, écran allumé, froid, rationnel. À côté, le dossier de Nathan déborde : photos, noms, numéros, détails sordides. Des femmes brisées que je dois protéger. Des hommes à traquer.

Je suis une chasseuse.

Pourtant, c'est moi qui me sens être la proie. Nue. Humide. Prête.

J'ouvre mes logiciels comme on sort une arme. Fenêtres en rafale. Réseau crypté. Pistes numériques. Je commence à hacker les comptes, à regrouper les infos, à entrer dans la vie des victimes avec une précision clinique.

Les basses frappent encore. Encore. Comme si chaque vibration tapait directement contre ma chair. Mon pouls s'aligne sur leur rythme. Mes jambes frictionnent entre elles. Je sens ma chatte palpiter sous la serviette. Littéralement. Comme si elle réagissait au son.

Mes doigts… glissent trop vite sur le clavier. Comme s'ils pianotaient sur un autre corps que le mien. Comme si je codais en rythme avec mes propres pulsations internes.

Je tente de me concentrer, de me rattacher au concret. À Lucie, Amalia, Chloé, Sarah, Émilie. Des visages. Des plaintes. Des cris étouffés dans les commissariats.

Mais mon regard dérive vers l'ombre mouvante derrière la baie vitrée. Et j'imagine le garçon de l'escalier, torse nu, le regard noir et le sourire cruel. Je l'imagine me prendre contre ce foutu mur. La musique comme seule bande-son.

Je tape « contact : Chloé D. ». Mais je pense « contact : soumission ».

Je ferme brutalement une fenêtre. Puis deux. Puis trois.

Le mal est fait. Ma mission s'érotise. Et je suis en train de mouiller mentalement pour cet inconnu.

Mon téléphone vibre sur la table basse, me sortant de mon imagination. Un message de Nathan illumine l'écran.

Nathan : Alors, t'as déjà trouvé des pistes ?

Je soupire, tapant rapidement une réponse :

Moi : En cours.

Ma concentration est à nouveau interrompue par un éclat de voix plus fort que les autres. Je relève la tête malgré moi à cette tonalité caverneuse.

Je détourne brusquement les yeux, saisissant le dossier papier pour me focaliser sur autre chose. Les photos des victimes défilent : visages souriants, regards perdus, brisés, hantés par ce qu'elles n'avoueront jamais ouvertement. Mais je sais lire entre les lignes. Je reconnais immédiatement la noirceur familière qui s'est glissée sous leur peau.

Lucie Bertrand, numéro de téléphone portable griffonné à la va-vite. Émilie Grégoire, adresse mail presque illisible, à moitié effacée. Amalia Vidal, contact sur un réseau social, caché derrière un pseudonyme discret. J'entre rapidement ces données dans mon logiciel de cryptage, envoyant à chacune un premier message codé, prudent, leur proposant d'intégrer « Les Délicieuses Abîmes », ce cercle anonyme que je crée partout où je passe.

Mes doigts tremblent lorsque j'envoie le dernier message.

Ce n'est pas la peur. C'est le vertige.

Je viens d'ouvrir une porte. Une de plus. Et comme à chaque fois, j'ai cette impression tenace d'être nue dans un couloir empli d'yeux. De tendre la main à ces femmes cassées comme moi… tout en me mettant à découvert. À vif. Comme si ma propre faille suintait entre les lignes de code.

Les basses s'emballent, soudain plus violentes, plus sensuelles. La musique devient orgasme. Et moi, je suis déjà en train de couler.

Je ferme les yeux. Inspire. Expire. Je tente de recoller les morceaux de mon contrôle.

Raté.

Je me lève, d'un geste sec, et ne réfléchis pas. Mes pieds m'amènent au balcon, comme si ce foutu parquet m'avalait et me recrachait là-bas. Face au danger.

L'homme de l'escalier est assis, le torse légèrement tourné, une cigarette entre ses lèvres charnues, le regard planté dans le mien. Direct. Brutal. Il ne regarde pas une femme. Il vise un point faible. Il appuie. Et il attend que ça cède.

Et ça cède.

Nos regards s'entrechoquent. Non, ils s'embrochent. Lui sur moi. Moi sur lui. Une tension brûlante, torse contre torse, sexe contre sexe, à travers les mètres, les murs, les convenances.

Je sens mon clitoris pulser. Fort. Cruellement. Sans raison. Juste à cause d'un putain de regard.

Je serre les cuisses, mais ça ne change rien. La chaleur est là. La moiteur. La panique. Et pire : le plaisir. Le plaisir sale. Le plaisir que je devrais combattre, mais que j'accueille comme une drogue.

Respire. Bordel. Respire.

Mais mon souffle est court, rauque, indécent.

Je me force à me détourner. Mon cœur cogne contre mes côtes comme une bête en cage. Mes mains tremblent quand je referme la baie vitrée d'un claquement sec.

Pas par pudeur.

Par survie.

Parce que, si je reste, je vais finir par me masturber sous ses yeux.

Je retourne à mon canapé, ferme les fenêtres de mon ordinateur, et plonge à nouveau dans le dossier papier, tentant vainement d'oublier le regard brûlant de cet inconnu.

Avec un soupir irrité, j'attrape mon téléphone sur la table basse. La lumière bleutée éclaire mon visage, trop blanc, trop cru. Je tape nerveusement :

« Devils Sharks Biarritz »

Les résultats explosent à l'écran. Une marée d'articles, de photos, de commentaires élogieux. Des visages glorifiés. Des corps adulés. Des prédateurs déguisés en héros. Je scrolle, sans m'arrêter, chaque pixel renforçant ce nœud qui se serre en moi.

Et puis… je le vois.

Saul Teyes. Celui qui m'a lancé un regard aussi coupant qu'une lame bien affûtée depuis son appartement. Mon souffle se bloque un instant, puis je continue. Eden. Parker. Trop sûrs d'eux. Trop beaux pour être honnêtes. Trop parfaits pour ne pas cacher quelque chose.

Mais c'est quand j'arrive à la fin de la liste que le monde s'arrête.

Dean Knight.

Son regard. Merde ! Son putain de regard ! Même à travers une photo floue, il m'arrache la peau. C'est un tir de sniper en pleine poitrine. Froid. Implacable. Érotique. Son expression constitue un crime à elle seule : neutre, mais pleine de mépris. Sa bouche est une promesse de douleur. Son visage, une sentence.

Je sens mon ventre se contracter, mes cuisses se crisper.

C'est lui.

L'homme de l'escalier. L'arme qui a réveillé toute la merde que je tente de noyer depuis des années.

Je ferme les yeux, mais il est déjà dans mon crâne, sa queue dans ma gorge et entre mes jambes.

Un frisson glacial me traverse, un spasme nerveux, un avertissement.

Je ne devrais pas. Je ne devrais pas penser à ses mains sur ma gorge, à sa voix me murmurant des ordres, à sa salive sur ma peau. Mais c'est trop tard.

Je veux qu'il me serre. Fort. Jusqu'à la peur. Jusqu'au bord. Jusqu'à l'inconscience.

Je secoue violemment la tête, un geste réflexe, animal, de survie. Je ferme l'appli d'un coup sec. Mon téléphone tombe sur le canapé.

Mon regard dérive vers le balcon. Le monde est flou. Mon souffle est lourd. Mon cœur cogne dans mes tempes. Mon corps hurle.

– Putain de merde, Maxime, reprends-toi… soufflé-je avec rage.

Mais mes doigts n'écoutent plus. Ils remontent lentement sur ma cuisse. Ma serviette se desserre, tombe à moitié.

Je me pince les lèvres, mes dents s'enfoncent dans ma chair pour ne pas gémir.

Mes doigts effleurent le haut de mes lèvres gonflées, trempées, brûlantes, ruisselantes d'un désir coupable. Je m'imagine à genoux. Je m'imagine bâillonnée. Je m'imagine étranglée par ses mains rugueuses, son regard posé sur moi comme un jugement divin.

Je suis trempée. Honteusement, délicieusement trempée. La moiteur déborde, se mêle à la peur, au trouble, au souvenir de ce regard, de cette domination muette. Il n'a rien dit. Il n'a rien fait. Et pourtant, je suis là, offerte à mon propre délire, incapable de m'arrêter.

Mon dos s'enfonce contre le canapé. Je me tiens là, dévêtue, les cuisses écartées, sans défense, offerte aux murs, au néant, à sa vue. Comme s'il pouvait me voir à travers la façade.

Dean.

Ses mains qui m'empêchent de respirer. Son souffle sur ma bouche. Son torse qui écrase ma poitrine. Son sexe dur, pressé contre mon cul. Ses doigts en moi.

Je veux qu'il m'humilie.

Je veux qu'il me possède.

Je veux qu'il me brise.

Mes doigts entrent. Un. Puis deux. Je gémis. Pas doucement. Pas élégamment. Un râle animal, incontrôlable. Mes jambes se referment sur ma propre main. Mon dos se cambre. Mon esprit se disloque.

Il me traite comme une chose. Une salope. Une poupée offerte.

Mon autre main se referme autour de ma gorge. Je serre. Pas trop fort, juste assez pour sentir la panique, le sang qui pulse dans mes tempes, le manque d'air. Mon plaisir explose en moi comme une détonation sourde.

Pas une vague douce.

Non.

Une tempête.

Un cataclysme.

Un cri de douleur et de délivrance mêlées.

Mes doigts restent figés en moi. Mes cuisses tremblent. Mon corps entier convulse… et avec la jouissance vient le dégoût.

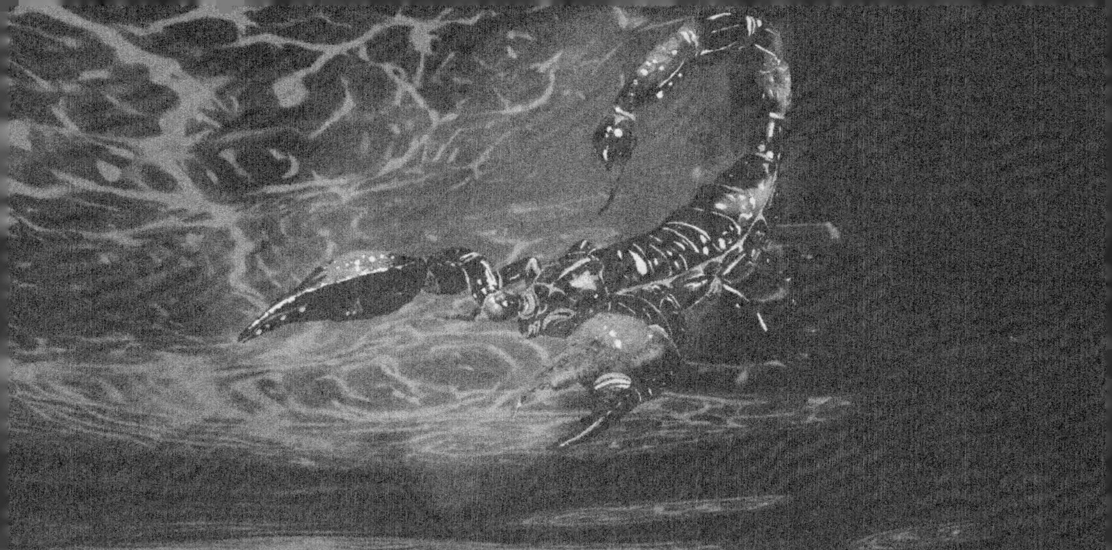

Chapitre 3

Dean

Je cale mon dos contre le garde-corps du balcon, la clope au coin des lèvres. La musique éclate en contrebas, dégoulinante de sueur, d'alcool et de désespoir en robe moulante. Les filles s'agitent, se frottent, leur corps offert aux regards en rut des mecs déjà trop bourrés pour faire la différence entre un non et un oui.

Ce genre de spectacle m'indiffère. Trop facile. Trop creux. Trop docile.

J'ai besoin de quelque chose de plus… dangereux. De plus tordu.

— Putain, Dean, tu l'as vue, la voisine ? balance Saul en coin, un sourire accroché aux lèvres comme une lame.

Je tourne la tête lentement, à contrecœur. Je sais déjà de qui il parle.

La fille aux cheveux multicolores.

Une provocation vivante. Tatouée, vêtue négligemment, mais élégamment, et impertinente dans chacun de ses mouvements. Elle ne demande pas l'attention, elle l'exige. Et mon corps réagit aussitôt. Traître.

— Impossible de la louper, décrété-je, détaché. Elle fait tout pour être vue.

Mais, même à mes propres oreilles, ma voix sonne creux.

— Elle est ton genre, non ? rebondit-il. Sauvage. Mordante. Elle doit hurler quand on la tient trop fort. Et elle aime sûrement ça.

Je serre les dents.

Je me retiens de lui répondre que je veux être celui qui la fait hurler. Celui qui la mord. Qui la plie.

Au lieu de ça, je hausse les épaules, détourne le regard. J'essaie de me raccrocher à cette façade que je maîtrise par cœur.

— Arrête tes conneries. On est pas là pour sympathiser. Encore moins avec ce genre de fille.

— Ce genre de fille ? répète Eden, hilare, une bière à la main. Mec, on a vu ton regard. Elle t'a bousillé le cerveau en trois secondes chrono. Elle te fascine déjà.

Je serre la mâchoire. Un muscle claque sous ma joue. Je déteste ça. Perdre pied. Être à découvert.

Et pourtant, mes yeux reviennent malgré moi vers son balcon.

Vide.

Fermé.

Mais je la sens.

Comme une odeur de sexe qu'on n'arrive pas à oublier. Comme une brûlure sous la peau.

Je l'imagine dans sa salle de bain. Nue. Mains tremblantes. Regard fixe. Peut-être en train de penser à moi.

Je l'imagine les jambes ouvertes en train de se toucher. Pour moi.

Je serre ma cigarette trop fort. Mes doigts crissent contre le filtre. Putain !

— Cette fille ne représente rien, lancé-je en écrasant rageusement ma clope contre la rambarde. Rien du tout.

Mais Parker ricane.

— Moi, elle m'intrigue. Elle a l'air d'une bombe prête à péter. Ce genre de nana… faut juste savoir où appuyer.

Je me tourne vers lui, le regard noir.

— Ferme-la, dis-je d'une voix basse, dangereuse. Elle est hors-jeu. Compris ?

Mes colocs échangent des regards amusés. Des sourires moqueurs. Ils savent.

Et moi, je suis là, à me battre contre une image mentale de ses jambes, de ses lèvres, de sa bouche ouverte sous mes ordres.

— Et si on allait inviter notre jolie voisine à prendre un verre ? propose Eden, la voix mielleuse, le regard déjà sali par l'idée.

Je me fige.

Mon sang se glace, puis s'enflamme aussitôt.

— Hors de question, lancé-je d'une voix sèche, tranchante. Vous foutez pas de ma gueule, les gars.

Mon regard se durcit. Parker se redresse, vide sa bière d'une traite et me balance ce putain de sourire en coin que j'ai toujours eu envie de lui faire ravaler à coups de poing.

— Trop tard. Cette fille a trop de potentiel pour qu'on la laisse toute seule ce soir. Je vais l'inviter. Elle décidera d'elle-même.

Décider. Comme si ce mot avait encore un sens entre nos murs.

Je serre la rambarde si fort que mes phalanges blanchissent. J'ouvre la bouche pour lui hurler d'arrêter, mais il est déjà parti. Comme un vautour flairant la proie.

— Putain… sifflé-je, entre mes dents, le cœur battant à m'en fracasser les côtes.

Saul éclate de rire à côté de moi.

— T'es tendu, Dean. Elle te dérange à ce point ? se moque-t-il.

Je tourne la tête vers lui, mon regard noir comme la mer en pleine tempête.

— Elle ne restera pas, dis-je enfin, m'efforçant de paraître détaché. Elle n'a rien à foutre avec nous. Parker perd son temps.

Mensonge.

Et Saul le sait.

— C'est ce qu'on verra, lâche-t-il d'un ton énigmatique.

Je me détourne, le souffle court, et fixe l'horizon. Le phare du port déchire la nuit d'une lumière blanche, régulière. Hypnotique. Un putain de métronome dans le chaos.

J'ai besoin de ça. De quelque chose de froid. De net. D'un point d'ancrage pour ne pas exploser.

Saul vient s'appuyer à côté de moi. Le silence s'étire, tendu comme une corde prête à céder. Les vagues battent au loin, rythmées, inlassables.

— Tu penses qu'elle représente un danger ? souffle-t-il, son ton glissant vers quelque chose de plus grave.

Je ne réponds pas. Mes mâchoires se contractent. Je continue à fixer la lumière.

Un danger ?

Non. C'est bien pire.

Elle me rappelle ce que je suis. Ce que j'ai été. Ce que je pourrais redevenir.

Et, ce que je veux, ce que je veux vraiment, ça n'a rien à voir avec un verre entre voisins.

— Ouais… déclaré-je à contrecœur. Et, le danger, tu sais comment je le gère.

— Ouais, je sais, répond-il. La plainte. La limite qu'ils t'ont forcé à poser.

Je serre la rambarde si fort que le métal me brûle les doigts.

— Je ne laisserai plus entrer ce genre de gonzesse. Ni dans ma vie. Ni dans la vôtre.

— C'est trop tard, mon frère. Sinon, tu serais pas là à fixer ce putain de phare comme si t'étais prêt à arracher la tête de Parker juste parce qu'il ose la regarder.

Je serre les poings, incapable d'éteindre ce feu sournois qui me ronge. Saul a raison, et ça me rend malade. J'ai toujours su quand me couper d'un danger. Mais là… cette fille me glisse sous la peau comme une lame tiède. Elle infiltre mes pensées, s'y love, s'y étire, s'y frotte.

— On verra bien combien de temps elle tiendra avant de fuir, riposté-je, tentant de reprendre la maîtrise.

— Ou avant que toi, tu craques, balance Saul dans un éclat de rire ; un rire qui me colle à la peau comme une menace.

Je ne réponds pas. Je fixe le phare. Une lumière, une absence, une lumière, une absence. Comme un battement de cœur trop régulier pour le mien.

Puis j'entends les pas d'Eden.

Je les sens avant même qu'ils n'apparaissent. Et avec lui, l'odeur.

Elle.

Quand il s'écarte pour la laisser passer, c'est comme si tout l'air du balcon se figeait. Vivante. Réelle. Irradiant d'une insolence maîtrisée. Ses cheveux arc-en-ciel captent la lumière comme des flammes douces. Je n'arrive pas à détourner les yeux. Mon corps se tend. Mon ventre se contracte.

Parker, fidèle à lui-même, s'approche immédiatement. Trop près. Il glisse ses doigts dans sa chevelure, effleure sa nuque. Un geste simple. Trop simple. Trop intime. Trop à moi.

— Sérieux, j'adore tes cheveux. On dirait des bonbons, murmure-t-il, son nez enfoui dans une mèche qu'il tient entre ses doigts.

Je ravale un grondement. Un bruit primal qui monte de mes tripes, telle une bête qu'on empêche de mordre. Je ne suis pas possessif.

Je suis pire.

Elle sourit à Parker, calme, joueuse, provocante. Elle sait exactement ce qu'elle fait. Et puis, elle se tourne vers moi.

Nos regards se percutent.

C'est une décharge silencieuse. Un duel. Une promesse. Elle ne baisse pas les yeux, et je bande de rage.

Il y a quelque chose dans ce regard, une lucidité glaciale, qui dit : *je sais ce que tu es, Dean. Et je veux voir jusqu'où tu peux tenir.*

Je serre les mâchoires. Mon cœur cogne. Pas d'excitation. De frustration. D'alerte.

Elle va foutre en l'air tout ce que j'ai tenté de contrôler. Je le sens déjà. Elle va réveiller ce que j'ai muselé. Ce que je me suis interdit de redevenir.

Eden tente de briser le silence.

— Tu veux boire quelque chose en particulier ?

Elle ne quitte pas sa posture, telle une reine en territoire inconnu.

— Peu importe. Surprenez-moi.

Sa voix est tranchante. Douce, mais ferme. Maîtrisée. Déjà dominatrice, d'une autre manière.

Elle me dévisage sans me prêter plus d'attention. Elle fait de moi un animal en laisse, rien qu'en étant là.

Je suis à une seconde de redevenir le Dean que j'ai juré d'enterrer.

— Installe-toi, fait Saul en tapotant le siège vide à côté de lui. Promis, on mord pas… ou alors très doucement.

Elle arque un sourcil, imperceptiblement amusée, mais c'est suffisant. Elle glisse doucement les doigts de Parker hors de ses cheveux avec une maîtrise sensuelle, puis s'assoit entre Saul et Eden, exactement là où les regards la dévoreront le plus.

Sa jupe remonte quand elle croise les jambes. Volontairement ou non ? Peu importe. Le mal est fait. La résille épouse la courbe de ses cuisses, chaque centimètre supplémentaire dévoilé allume quelque chose. Un courant. Une tension.

Je serre les dents.

Saul me jette un regard en coin. Un sourire narquois. Un signal de victoire. Il s'imagine qu'elle lui appartient déjà. Ou qu'elle nous appartient. Je ne sais pas ce qui me fout le plus en rage : qu'il le pense… ou qu'il ait peut-être raison.

— Au fait, moi, c'est Eden, et voici Saul, Parker… et Dean, notre capitaine, lance Eden en appuyant bien sur mon titre, comme s'il dressait une barrière symbolique entre elle et moi.

Elle tourne la tête dans ma direction. Ses yeux bleus se plantent dans les miens. Froids. Contrôlés. Aucun sourire. Juste une déclaration silencieuse : *je sais ce que je fais.*

— Maxime, annonce-t-elle simplement.

Je la fixe, mais ne réponds en aucun cas.

Pas un mot. Pas un mouvement. Juste ce silence tranchant, brûlant de tout ce que je ne dis pas. Mon corps est tendu. Mon souffle, irrégulier. Et cette colère sourde en moi… Ce n'est pas de la jalousie, c'est l'impression qu'on m'arrache quelque chose qui n'a jamais été à moi.

Ce n'est pas une femme. C'est un putain de déclencheur.

— Alors, Maxime, reprend Saul, le sourire acide, qu'est-ce qui t'amène à Biarritz ?

Elle quitte enfin mon regard, mais je le sens encore imprimé sur ma peau, comme une brûlure invisible.

— Juste envie de changement, répond-elle avec une voix douce, ambiguë. J'aime découvrir de nouvelles choses… intéressantes.

Saul se redresse légèrement, amusé. Il mord déjà à l'hameçon. Mais, moi, je suis au bord. Au bord de quelque chose que je croyais scellé.

Je veux l'entendre gémir. Crier. Supplier.

Et je ne sais pas si c'est une envie ou une malédiction.

— Intéressantes ? répété-je, la voix plus rauque que prévu, volontairement sarcastique, chargée d'une agressivité que je n'arrive pas à masquer.

Elle relève les yeux vers moi, posément. Trop posément.

Son regard est dur. Insolent. Elle ne cille pas. Elle ne me craint pas. Elle ne cherche même pas à me contourner. Elle m'attaque en silence, comme dans cette foutue cage d'escalier.

Et ça me rend fou autant que ça m'excite.

Je sens mon cœur cogner dans ma poitrine. Fort. Brutal.

Elle serre subtilement les cuisses. Une tension discrète. Un frisson visible que seuls des yeux entraînés peuvent capter.

Ça l'excite.

Être seule ici, encerclée par nous quatre. Savoir qu'elle est observée, potentiellement dévorée.

Je l'imagine sur le sol, à genoux, le souffle saccadé, les yeux noyés. Mes doigts dans ses cheveux, sa tête maintenue en arrière, je lui murmure à l'oreille que c'est trop tard. Qu'elle a cherché ça. Qu'elle a voulu ça, pendant que Saul lui administre une gorge profonde.

Ses poignets seraient attachés, offerts, ses cuisses écartées de force, son cul bien en évidence, sa voix brisée par l'effort de rester digne pendant que mes colocs la baisent, fort, alors qu'elle pleure à chaudes larmes.

Je cligne des yeux.

Putain. Stop !

— Très, répond-elle, d'une voix parfaitement calme. Je sens déjà que je ne vais pas m'ennuyer ici.

Ces mots. Ces putains de mots.

Mon cœur se contracte. Ma gorge se serre.

Elle est un danger. Réel. Imminent.

Pas pour les autres.

Pour moi.

Je m'appuie contre le métal et m'éloigne d'elle mentalement, physiquement. Un recul instinctif. De survie. Parce que si je reste trop près… je vais finir par craquer.

Chapitre 4

Maxime

Adossée au mur glacé, une cigarette à moitié consumée entre les doigts, je souffle un nuage de fumée dans la nuit tombée. Le silence de la rue semble me coller à la peau. Le temps s'étire, lourd, comme si chaque minute était trempée dans de la cire brûlante. Mon cœur bat calmement, mais tout mon corps est tendu. Une semaine. Une semaine depuis ma première immersion chez les Sharks. Et Dean…

Dean hante mes pensées comme une menace que je veux voir exploser, autant que m'ordonner de m'agenouiller.

Je ferme les yeux. Respire. Tente de repousser cette obsession rampante qui me ronge le ventre chaque fois que je pense à lui. Je pense à lui trop souvent.

Avant-hier soir, Eden et Parker sont venus boire un verre chez moi. Légers, drôles. Tactiles et charmants, si on oublie leurs regards un peu trop appuyés et leur plaisir trop visible à me voir les dominer verbalement. J'étais à la limite de me doigter sous leurs iris, mais j'ai préféré attendre qu'ils disparaissent de ma vue.

— Saul et Dean viendront pas, avait soufflé Eden avec un sourire ambigu. Tu les intimides, Maxime. Tu représentes quelque chose qu'ils maîtrisent pas.

J'avais ri. Un petit rire sec, un peu cynique. Mais à l'intérieur ? Un frisson de jouissance.

Dean. L'indomptable. Le dominant. Le capitaine. Troublé par moi. Irrité. Fragilisé. Et cette pensée me fout une chaleur dans le bas-ventre que je n'arrive pas à éteindre.

Plus il me fuit, plus je m'approche.

Je l'observe, discrètement. Chaque fois qu'il traverse la cour, chaque fois que je l'entends parler à voix basse avec Saul. Chaque silence qu'il m'adresse est une morsure. Chaque regard est une lame. Et je les collectionne comme des cicatrices précieuses.

Je tire à nouveau sur ma cigarette, la fumée s'échappe lentement entre mes lèvres, tiède, amère. Je regarde l'heure. 20 h 50.

Dix minutes avant la réunion. Dix minutes avant que ces femmes — ces survivantes, ces écorchées, ces ombres — osent franchir la porte de cette petite salle planquée derrière un café oublié. Mon cœur se serre. D'impatience.

Et le capitaine revient dans mes pensées. Encore.

Je serre les dents. Je le déteste de me faire ça. D'habiter ma tête alors qu'il n'a pas prononcé trois phrases depuis notre rencontre.

Ce n'est pas du rejet. C'est une lutte. Une guerre intérieure.

Dean m'évite parce qu'il sait. Il a vu. Il a senti cette soirée-là… le petit mouvement de mes cuisses, ce frisson de plaisir quand je me suis retrouvée assise entre eux tous. Il a perçu le trouble. Mon trouble.

Et ça l'a rendu fou. Je ne suis pas une proie. Et pourtant, je bande pour ses crocs.

Saul me regarde comme un juge. Eden comme un joueur. Parker comme un gamin excité.

Mais Dean ? Dean veut m'étrangler autant qu'il veut me lécher. Je l'ai compris à la lueur dans ses yeux, les flammes d'un danger orgasmique.

Un bruit de pas, discret, glissant, me ramène brutalement à la réalité.

Je redresse la tête, les sens en alerte, et écrase ma cigarette sous ma Dr. Martens, la semelle grince contre le béton humide. Mon cœur bat un peu trop fort. Pas par peur. Par impatience. Par responsabilité.

Une silhouette féminine approche. Elle marche lentement, comme si chaque pas la brûlait. Cheveux bruns, longs, légèrement emmêlés, avec une démarche hésitante. Je la reconnais immédiatement. Lucie Bertrand. Le premier visage du dossier. Le premier cri qu'on m'a confié.

Son regard balaie la rue, fébrile, inquiet. Et puis, elle m'aperçoit. Et, dans ses yeux, une lueur s'allume. Pas de joie. De soulagement. Parce qu'elle n'est plus seule.

— Bonsoir, Lucie, dis-je délicatement, avançant d'un pas lent, presque cérémoniel. Je suis Maxime. Je suis contente que tu sois venue.

Elle hoche la tête, un sourire minuscule aux lèvres, fragile comme du verre.

— Je… Je n'étais pas sûre. Mais… j'ai besoin de parler. Que quelqu'un comprenne, murmure-t-elle, la voix chevrotante.

Je m'efforce de lui répondre avec toute la force que je n'ai plus pour moi-même.

— Ici, tu peux tout dire. Sans honte. Sans masque. Et surtout, sans jugement.

Je lui indique la porte. Elle entre. Sa silhouette se fond dans l'obscurité tamisée de la pièce que j'ai préparée comme un sanctuaire. Fauteuils en cercle, lumière chaude, une seule bougie allumée au centre. Un cœur battant pour celles que la société a fait taire.

Lucie s'assoit. Son souffle se calme. Et, comme un signal, les autres arrivent. Lentes, discrètes, mais déterminées.

Sarah Lacroix. Visage pâle, regard clair, méfiant. Elle entre sans parler, mais son silence crie.

Chloé Destouches. Veste en cuir, tatouages sur les poignets, allure fière, mais les yeux rougis. Elle me regarde droit dans les yeux. Elle a déjà dû se battre pour survivre.

Une à une, elles pénètrent dans mon cercle. Elles ne savent pas encore qu'elles vont y renaître.

Je ferme la porte derrière elles, lentement, et je reste un instant, là, la main sur la poignée, immobile. *Écoute. Respire.*

Et pourtant…

Dean est là.

Pas physiquement. Mais dans mon crâne. Dans mon ventre. Dans chaque nerf. Comme une vibration sourde que je n'arrive pas à éteindre.

Je ne devrais pas penser à lui. Pas maintenant, ce n'est pas le lieu. Mais je revois son regard noir. Je sens encore sa tension.

Je me retourne, reprends ma place dans le cercle. Je leur dois mon silence. Mon attention. Ma force.

C'est ce soir que tout commence, que la traque débute pour ma mission.

Mon regard glisse sur les visages des femmes assises autour de moi. Lucie, Sarah, Chloé… elles ont toutes la tête légèrement baissée, comme si soutenir un regard pouvait dévoiler leurs secrets les plus sombres. Je remarque immédiatement les deux chaises restées vides, probablement hésitantes, encore incertaines d'avoir le courage d'affronter la vérité qu'elles gardent enfouie au fond d'elles.

Je ne peux pas leur en vouloir. Il m'a fallu longtemps, moi aussi, avant d'accepter cette vérité troublante qui hante désormais chacune de mes nuits.

Je prends une lente inspiration, et brise le silence :

— Bienvenue à toutes. Je sais à quel point cette étape est difficile, mais sachez qu'ici, personne ne vous jugera. Vous êtes libres d'être honnêtes, même sur ce qui vous effraie ou vous fascine.

Lucie lève timidement les yeux vers moi, surprise par mes mots, mais visiblement soulagée. Chloé et Sarah restent silencieuses, crispées, mais attentives.

— Je remarque que deux d'entre nous manquent à l'appel ce soir, exposé-je calmement, observant leurs réactions. Mais, c'est normal. Chacune avance à son propre rythme. Peut-être viendront-elles lors d'une prochaine rencontre, quand elles se sentiront prêtes.

Lucie hoche la tête, ses doigts crispés sur ses genoux, ses lèvres serrées comme si chaque mot non dit menaçait de l'étouffer. Elle cherche le courage. Je le reconnais. Je l'ai cherché, moi aussi, ce vertige. Cette peur de nommer l'inavouable.

Je balaie le cercle du regard. Une par une, je capte leurs yeux, les exhorte silencieusement à relever la tête.

— Je suis passée par là, débuté-je calmement. Je connais ce trouble qui nous ronge : ce mélange de honte et de désir, ce besoin qui naît là où il ne devrait jamais exister. C'est précisément pour ça que ce groupe existe. Pour qu'on puisse enfin le dire. Sans peur.

Un silence tombe. Il est dense, chargé d'une tension crue, épaisse. Elles veulent croire que c'est possible, mais elles craignent d'espérer.

Chloé lève la tête. Son regard me transperce, brûlant de rage et de douleur.

— Comment tu peux savoir ? lâche-t-elle avec violence. Comment tu peux comprendre ce plaisir… ce putain de plaisir malsain qu'on n'arrive même pas à avouer à nous-mêmes ?

Je ne cille pas. Je laisse sa colère me frapper. Je la reconnais. Je l'accepte.

— Parce que je l'ai ressenti, confié-je. Ce plaisir toxique. Cette dépendance. Cette douleur qu'on transforme en besoin. J'ai joui pour ceux qui me détruisaient. Et je les ai suppliés de recommencer. Je suis comme vous. C'est exactement pour ça que ce cercle existe.

Elle détourne le regard. Pas par honte. Par peur de craquer.

Un nouveau silence s'installe, mais cette fois, il est vivant. Vibrant. Chargé d'un début de libération.

Lucie relève les yeux, tout comme Sarah. Dans leurs respirations, quelque chose cède.

— Alors… comment ça marche ? me questionne Sarah, d'une voix timide, mais présente.

— On écoute, on partage, réponds-je en croisant les jambes, mes mots glissant comme des promesses. On accepte ce qu'on ressent. Même quand ça fait mal. Même quand c'est sale. Et on essaie de comprendre. Pourquoi on reste. Pourquoi on réclame ceux qui nous brisent.

Je marque une pause.

— Ici, il n'y aura jamais de jugement. Seulement des vérités trop longtemps étouffées.

Mes mots flottent dans la pièce, comme une chaleur douce dans le froid. Les épaules se détendent. Les yeux se cherchent. Quelque chose naît.

Mais moi, à l'intérieur, je continue de traquer.

Je cherche dans leurs mots des traces. Des noms. Des comportements. Des liens vers ceux qui pensent pouvoir jouir sans conséquences. Ceux qui croient que leur violence est un privilège.

Et, malgré tous mes efforts, le visage de Dean se superpose à chaque description floue.

Son regard. Sa froideur. Ce qu'il cache. Ce que je ressens quand il me fixe sans me parler.

Je me concentre sur le groupe, refoulant cette obsession malsaine qui ruisselle entre mes cuisses, mais la vérité reste là, oppressante : il est mon trouble à moi, mon plaisir interdit, la contradiction que je n'ose pas crier haut et fort.

Je suis prête à écouter les histoires des autres. La mienne attendra encore un peu.

Chapitre 5

Maxime

Le silence dans la pièce devient un monstre. Il pèse. Il ronge. Il attend.

Et je comprends que tant que je ne leur offre pas ma vérité, elles ne pourront jamais poser la leur. Alors, je respire. Longuement. Mes doigts se crispent sur mes genoux, puis ma voix fend enfin le silence, aussi tranchante que douce.

— Si vous êtes ici, c'est parce que, comme moi, vous avez vécu quelque chose qui vous hante… mais qui, d'une façon que vous n'osez pas dire à voix haute, vous excite aussi.

Je parle avec cette sensation que chaque mot pèse une tonne.

— Je sais ce que vous ressentez. Parce que je le vis encore. Parce que j'en ai besoin.

Leurs regards me clouent. Lucie lève les yeux, hésitante. Chloé serre ses bras tatoués, tendue comme une corde prête à rompre. Et moi, je baisse la tête une seconde, pour aller chercher le courage dans mes propres ténèbres.

— Je ne sais pas exactement quand ça a commencé. Quand j'ai cessé d'être seulement une victime. Mais un jour, je me suis surprise à désirer ce qui m'avait détruite. À chercher la même violence. Pas pour la fuir… mais pour la revivre.

Je relève les yeux. Sarah détourne les siens, mais ses épaules ont cessé de trembler. Elle écoute. Elles écoutent toutes.

— Au début, c'était une agression. Pure. Brute. Inhumaine. Mon corps criait, tordu et ligoté contre cette poutre glacée. Les chaînes s'enfonçaient dans ma peau jusqu'à m'écorcher. Le sang me montait à la tête alors qu'il frappait ma gorge à chaque coup de reins, butait contre mes cris étouffés, et violait mon intimité avec le manche rugueux de son marteau. J'ai perdu connaissance. Une fois. Deux fois. Peut-être plus. Suspendue. Les jambes tendues, à peine vivante, à peine encore humaine. Mais à un moment, quelque chose en moi a basculé. Mon corps a réagi autrement. Il a tremblé. Il a… aimé. Il a cherché à jouir là où il aurait dû se fermer.

Mes mains se mettent à trembler, mais je continue.

— J'ai résisté. J'ai supplié. J'ai pleuré. Mais plus je luttais, plus je sentais ce plaisir se glisser dans ma douleur. Et quand c'était enfin terminé… j'étais brisée. Mais addicte.

Lucie respire plus fort. Ses doigts agrippent le tissu de son pantalon comme si elle voulait se retenir de tomber.

— J'ai cru être folle. Anormale. Monstrueuse. Comment peut-on désirer l'humiliation ? L'étouffement ? Les larmes ? Comment peut-on avoir envie d'être prise, tenue, domptée, sans avoir le droit de dire oui ou non ? Comment une femme violée peut-elle vouloir le revivre ?

Ma gorge se serre. Mais ma voix tient bon.

— Je ne suis pas malade. Je suis construite comme ça. Ce non-consentement fantasmé, ce désir de viol, cette pulsion de soumission extrême, c'est ce qui m'a tenue en vie autant que ça m'a dévorée.

Je les regarde une à une.

Et dans leurs yeux, je lis le même trouble. Le même vertige.

— Ici… vous pouvez l'admettre. Vous pouvez dire que vous avez aimé ça. Que vous en rêvez encore. Que vous voulez recommencer, même si ça vous détruit. Parce que c'est la vérité.

Chloé relève les yeux, les joues rouges, comme si elle avait enfin trouvé quelqu'un capable de comprendre ce qu'elle cache depuis trop longtemps.

— Je pensais être seule, souffle-t-elle d'une voix faible, honteuse. Je pensais que personne ne pourrait jamais comprendre pourquoi je l'aime encore malgré tout ce qu'il me fait subir.

Je hoche la tête, soulagée d'avoir ouvert cette porte sombre, douloureuse, mais nécessaire.

— Tu n'es pas seule, Chloé. Aucune de vous ne l'est.

Même si elles ne le prononcent pas, leurs regards me remercient en silence, leurs épaules se relâchant peu à peu, libérées du poids insupportable de leur secret. Contrairement à elles, mon cœur se serre de leur avoir offert une partie de ma vérité.

Je grimpe les marches vers mon appartement. Chaque pas résonne comme un écho creux de déception. La soirée avec les filles m'a vidée. Leurs voix flottaient, timides, leurs histoires en pointillés, encore trop pleines de silences et de peurs pour m'offrir la clarté que je cherche. Que je traque.

Je ne leur en veux pas. Mais la frustration est là, tenace, nichée dans mon ventre comme une brûlure.

J'arrive devant ma porte, les clefs déjà dans la main, prête à m'enfermer dans cette solitude que je déteste autant que je l'appelle. Je soupire, la tête baissée, puis un bruit de serrure me fige.

Je détourne la tête et constate que, juste en face, la porte s'ouvre.

Eden apparaît comme programmé pour détourner mon esprit. Son sourire charmeur, ce regard vert clair avec cette même posture désinvolte. Il s'appuie contre le chambranle, comme s'il posait pour une campagne de parfum, et ses yeux s'allument aussitôt en me voyant.

— Tiens, salut, Maxime ! balance-t-il avec cette nonchalance étudiée. Mauvaise soirée ?

Je masque ma déception derrière une neutralité contrôlée.

— Rien de spécial. Juste fatiguée.

Il croise les bras, son sourire s'étirant avec une assurance tranquille.

— Dommage. Dean et Saul sont sortis. Parker et moi, on se retrouve seuls… tu viens nous sauver de l'ennui ?

Je me fige. Dean. Absent.

Un soupir intérieur. Un mélange bâtard de soulagement et de manque. Je le voulais loin, mais maintenant qu'il l'est, je sens un vide étrange. Comme si son absence me privait d'un appui invisible. Ou d'un danger que j'aimais frôler.

— Pourquoi pas, dis-je finalement, chassant ce feu sourd qui brûle toujours au creux de moi quand il s'agit de lui.

Le sourire d'Eden devient triomphant. Il s'efface, me laisse passer, la porte grande ouverte sur leur tanière masculine. L'odeur de bière, de cigarette et de cuir vieilli me saute au visage.

Parker est affalé, les yeux pétillants de légèreté et d'alcool, ses pieds posés sur la table basse.

— Max ! Bienvenue dans notre antre de perdition, lance-t-il avec une exubérance qui m'arrache un sourire.

L'atmosphère semble plus légère sans le capitaine. Moins tendue. Moins dense.

Mais son absence est un poids différent. Presque une présence fantôme. Il est là par défaut. Parce que tout ici, même leur détente, gravite autour de lui.

Eden referme la porte et me tend une bière fraîche. Il s'installe à mes côtés. Proche. Trop proche.

Je sens la chaleur de sa cuisse contre la mienne. Il ne dit rien. Il attend.

Parker lève son verre, déjà curieux :

— Alors ? Tu fuis quelque chose ? Ou tu cherches quelqu'un ?

Je bois une gorgée. Fraîche, amère. Comme cette soirée.

Je suis venue traquer des monstres.

Je relève les yeux vers lui, un sourire énigmatique flottant sur mes lèvres, tel un doux poison.

— Peut-être tout ça à la fois, insinué-je en jouant avec le verre.

Eden éclate de rire. Un rire léger, chaud, glissant comme une main sur la nuque.

— J'aime bien les mystères. Surtout quand ils ont des cheveux couleur bonbon, glisse-t-il en laissant sa main effleurer ma chevelure multicolore, presque distraitement. Presque.

Je me crispe intérieurement, refuse de lui donner ce plaisir. Je reste droite, sûre, princesse imprenable dans un fauteuil trop masculin.

— Attention, Eden, l'avertis-je calmement, sans ciller. Tu risques de t'y casser les dents.

Il sourit, amusé, mais je vois bien son regard : il note. Il enregistre. Il teste.

Parker se marre, frappe son talon contre la table basse, plus joueur que jamais.

— T'es exactement ce qu'il nous fallait. Du défi. Du piquant. Une tornade avec des collants résille.

Je bois une gorgée de bière, languide, et laisse mon regard parcourir l'appartement. Chaque meuble sombre, chaque photo, chaque trace de vie. J'emmagasine tout. Je suis venue pour traquer. Pas pour flirter.

Mais ces hommes…

Ils me fascinent. Ils me dérangent. Ils ne sont pas Dean, toutefois, ils résonnent du même vice. Moins tranchant. Moins brut. Mais tout aussi attirant.

— Alors, dis-moi, reprend Eden en s'approchant d'un centimètre de trop, son regard rivé au mien, intense et aventureux, pourquoi t'as choisi exactement cet immeuble ?

— Disons que je cherchais quelque chose d'intéressant à observer, déclaré-je après une autre lampée.

Un sourire naît lentement sur ses lèvres. Pas arrogant, mais intrusif et foutrement sensuel.

— Alors t'as frappé à la bonne porte, feule-t-il, sa voix rauque juste assez pour effleurer ma peau sans la toucher.

Je relève le menton et je le fixe. Je sens la tension s'épaissir entre nous, vibrante. Elle devient palpable, presque moite.

Néanmoins, dans mon ventre…

Ce n'est pas Eden.

Ce n'est pas lui qui déferle une cascade entre mes cuisses. Ce ne sont pas ses doigts que j'imagine sur ma gorge, ses ordres sifflés à l'oreille, sa brutalité comme un soulagement.

Mais ce soir, j'ai décidé de l'oublier.

De l'ignorer. De le rayer de ma peau, ne serait-ce que pour quelques heures. Alors j'accepte l'invitation de mes charmants voisins, et joue le jeu avec ce mélange d'habileté et de faux détachement que je maîtrise si bien.

Ils parlent et rient, se lancent dans une discussion animée sur le hockey ; leur passion, leur adrénaline. Je les écoute d'une oreille, bercée par leur voix, sirotant ma bière sans conviction.

Parker me désigne du doigt, choqué.

— Attends, tu veux dire que tu connais rien au hockey ? Sérieux ?!

Je hausse les épaules, amusée par sa réaction.

— Absolument rien. Ça ne m'a jamais intéressée.

Eden écarquille les yeux.

— Impossible ! La vitesse, la violence, le choc… c'est pourtant ton genre, j'en suis sûr !

Je souris. Joue la provocation :

— Désolée, les garçons, mais ça ne me fait aucun effet.

Mensonge.

La violence… me fait tout. Mais pas la leur. Pas leur jeu de mecs rieurs et charmeurs.

Moi, ce qui m'électrise… c'est la haine. Le mépris. Le rejet. Les bleus.

CHAPITRE 6

MAXIME

La porte claque, brutalement. Le son secoue la pièce aussi fort d'un coup de fouet. Saul passe le premier, regard froid, déjà méfiant. Et derrière lui… Dean.

Et tout en moi se fige. Se contracte. S'ouvre.

Son regard se plante dans le mien. Froid. Glacial. Détestable.

Et mon cœur s'emballe, d'une excitation impossible à ignorer.

— Qu'est-ce qu'elle fout encore chez nous ? gronde-t-il, la voix noire, tranchante. J'ai été clair. Je ne la veux pas ici.

Mon ventre se serre. Mon sexe aussi.

Chaque mot, chaque rejet, chaque éclat de sa colère me percute comme une main invisible qui me claque le visage.

Et j'en veux plus.

Je relève le menton. Ma gorge est sèche. Mes cuisses sont mouillées. Je souris avec une provocation qui crie tout ce que les mots ne peuvent exprimer.

— Bonsoir à toi aussi, Dean. Toujours aussi chaleureux.

Il me déteste. Et c'est exactement ce que je veux.

J'ai besoin qu'il me méprise, qu'il me repousse, qu'il me piétine de son regard.

Plus il m'éloigne, plus je veux ramper jusqu'à lui.

Et, à cet instant, entourée d'hommes que je pourrais séduire sans mal, je ne désire qu'une chose : me faire humilier par celui qui me hait le plus.

Son regard se durcit encore. Plus noir. Plus tranchant. Plus vivant. Il avance d'un pas, son aura écrasante emplissant la pièce comme une tempête prête à éclater.

— Je t'ai dit de dégager de chez moi, Maxime. Tu ne comprends pas le français ? vocifère-t-il, chaque mot craché comme une menace.

Le silence tombe, lourd, électrique.

Eden et Parker se figent, visiblement déstabilisés par l'agressivité soudaine de leur capitaine. Mais, moi…, je respire à nouveau.

Mon cœur cogne. Mon ventre se serre. Mes cuisses se contractent encore, suppliant à mes doigts de soulager ce qu'il engendre dans tout mon être.

Je me lève. Lentement. Comme un défi. Ma bouteille de bière toujours à la main, arme inutile et phallique. Je soutiens son regard sans trembler.

— Tes potes m'ont invitée, je reste, rectifié-je, ma voix douce, mais acérée. Si ma présence te fait si peur, tu peux toujours aller te cacher dans ta chambre comme un gentil petit garçon.

Une simple provocation. Pure et sale, mais incroyablement addictive.

Ses yeux se noircissent, deviennent tempête. Pas de colère. Pas seulement. De rage. D'envie. De pulsion refoulée.

Je me rassois. Mes cuisses effleurent celle d'Eden, mes épaules frôlent Parker. Leurs regards glissent sur moi, chauds, gourmands, je dirais même désespérés.

Eden déglutit. Parker se mordille la lèvre, les yeux rivés sur mon décolleté qui déborde un peu plus chaque fois que je respire.

Et Dean voit tout.

Ses poings se crispent. Ses mâchoires aussi. Il est en train de se détruire de l'intérieur.

Et je l'adore comme ça.

— Vous comptez la déshabiller du regard encore longtemps ? siffle-t-il, venimeux. Vous faites pitié.

Eden détourne les yeux. Parker esquisse un sourire nerveux. Il tente de rire, mais ça sonne faux. Parce que Dean vient de poser une barrière invisible. Un territoire.

Que je traverse sans hésiter.

— Jaloux, capitaine ? soufflé-je, comme un murmure d'orgasme.

Il se fige. Raide. Statique. Mais son regard me viole.

— Ne me provoque pas, Maxime. Tu ne sais pas dans quoi tu t'engages.

Mes lippes s'étirent, tel un serpent qui goûte l'odeur du sang.

— Tu as tort, Dean. Je sais exactement ce que je fais.

Et je le pense.

Je veux qu'il craque.

Je veux qu'il me plaque contre un mur, qu'il me murmure des insultes à l'oreille, qu'il me gifle pour me marquer de ses cinq doigts imposants et qu'il me promette de me briser.

Je le veux ainsi : furieux… un monstre dominant et tout ce qu'il a de plus dangereux.

Je suis malade, parce que ma jouissance naît là où les autres fuient.

Et Dean…

Dean est ma maladie préférée.

Il me fusille du regard. Ses yeux sont noirs, orageux. Ils débordent de fureur. Une frénésie qu'il ne comprend pas. Une colère qu'il ne contrôle pas.

Et pourtant… dedans, je vois son désir.

Brutal. Refoulé. Impur. Absolument délicieux.

Saul reste immobile. Il ne dit rien, mais ses yeux observent tout. Il scanne la scène comme un stratège, un prédateur en chasse. Eden et Parker, eux, échangent un regard nerveux, comme s'ils attendaient la suite d'un duel qui n'a jamais été annoncé, mais que tout le monde a senti.

Mon objectif tourne brusquement les talons, traverse le couloir comme un fauve blessé, et claque la porte de sa chambre avec une violence sourde qui fait vibrer les murs.

Le silence qui suit est plus bruyant que tout ce qui l'a précédé.

Je reprends une gorgée de bière. Tranquille. Presque désinvolte. Mais, à l'intérieur, je vibre.

Un sourire satisfait étire mes lippes.

Parker me sonde, bouche bée. Eden aussi. Saul, lui, ne sourit pas. Il me fusille du regard. Il note. Je suis sûre que même lorsqu'il sourit, cela ne le rend que plus menaçant. Il a cet aspect d'un homme qui a bossé pour l'armée. Dangereux et imprévisible, avec ses cheveux coupés courts et les côtés rasés à blanc.

— Eh bien, déclare Parker, se frottant l'arrière du crâne. On dirait que tu as gagné le premier round, Maxime.

Ils ne savent pas que je n'étais pas là pour gagner. J'étais là pour le faire craquer.

Je l'ai presque eu.

Mais ce n'est que le début.

Cette nuit, je vais jouir avec l'image de ses poings. De sa voix. De ses ordres.

La voix rauque de Saul brise le silence.

— Si tu traînes avec nous, tu vas avoir de sérieux problèmes, décrète-t-il sans hausser le ton.

Son avertissement me frôle comme une lame contre ma gorge, comme une canine qui se plante entre mes plis pour les faire saigner.

Je tourne la tête. Son regard noir me toise. Lent. Calculateur. Il ne me regarde pas comme une femme. Il me lit comme une faiblesse.

— Mais j'ai comme l'impression que t'aimes ça, avoir des problèmes. Je me trompe ?

Ses mots claquent dans mon ventre comme une décharge électrique.

Je perds une fraction de seconde le contrôle.

Je sens mes tétons durcir. Fort. Violent. La friction avec mon haut devient insoutenable, me forçant à me mordre la langue à sang tandis que la chaleur ruisselle dans ma culotte. Pas doucement. Brutalement. Prise d'une fièvre qui monte d'un coup.

Putain !

Mon visage reste impassible. Je suis une reine de glace en plein incendie.

Je le fixe. Je souris.

— Peut-être, énoncé-je calmement. Peut-être que j'aime ça.

Je penche légèrement la tête, mes cheveux tombent sur mon épaule sous une caresse dissimulée.

— Mais qu'est-ce qui te fait croire que *vos* problèmes m'intéressent vraiment ?

Son sourire en coin me répond avant qu'il n'ouvre la bouche.

C'est ça, mon vice : être au centre de cette meute. Sentir qu'ils me désirent. Savoir qu'ils me méprisent. Et vouloir les deux à la fois.

Saul dresse le coin de ses lèvres dans un sourire discret, je dirais même imperceptible, mais chargé d'une certaine admiration. Mon calme l'impressionne, il le respecte même, mais je sais qu'il ne m'en croit pas capable. Il voit plus loin. Il a lu, dans l'éclat trouble de mes yeux, que je ne suis pas une fille naïve qui joue avec le feu par inconscience.

Non.

Je cherche les flammes.

Et il le sent.

Parker jette un coup d'œil furtif à Eden. C'est subtil, nerveux, une sorte de soupape muette. Ils savent que quelque chose vient de changer dans la pièce. Une tension supplémentaire, un cran plus serré. Mais aucun d'eux n'ose briser ce duel silencieux qui s'est installé.

Saul, lui, s'avance un peu, presque sans bouger. Sa voix glisse, basse, rauque, chargée d'un danger feutré :

— Ce n'est pas juste une impression, Maxime.

Son regard descend sur moi, sans aucune pudeur. Il dévore, mais sans hâte. Chaque centimètre, chaque courbe. Comme s'il construisait une stratégie.

— Je vois exactement quel genre de femme tu es. Et je sais précisément ce dont tu as envie.

Mon cœur rate un battement.

Mes tétons se contractent sous mon haut fin, douloureux, visibles. Une vague de chaleur s'anime entre mes cuisses ; un feu doux, mais empoisonné. Je le hais de me faire réagir ainsi. Et pourtant… j'en veux plus.

Je redresse le menton, gardant la tête haute.

— Et si c'était le cas ? le provoqué-je. Ça t'effraierait ?

Il rit dans un raclement de gorge. Pas un vrai rire. Un souffle amusé, presque glacé. Il aime ça. Il aime ma résistance, mais il sait qu'elle flanche déjà.

— Pas du tout, répond-il. Mais Dean n'aime pas qu'on joue avec ce qui lui appartient.

Un coup, sec, invisible.

Je me raidis.

Ma voix fuse, plus tranchante qu'un couteau :

— Je n'appartiens à personne.

Mais lui, il reste calme. Il se contente de m'observer encore une seconde, puis il lâche dans un murmure :

— On verra bien.

Je serre la mâchoire. Je détourne les yeux, le souffle court, les nerfs en feu. Je sais ce que je viens de déclencher. Je suis entrée dans la gueule des loups. Et le pire, c'est que je l'ai voulu. Je n'ai pas la force de lutter, mais non plus celle de partir.

À côté de moi, Eden et Parker n'osent plus vraiment parler. Leur malaise flotte, timide, mais leurs regards sont toujours là, attirés malgré eux par le décolleté qui en dévoile un peu trop. Je les sens hésiter entre le désir et la peur de ce que je provoque.

Je termine ma bière, savourant la dernière gorgée dans une victoire silencieuse. Chaque muscle de mon corps est en alerte, gonflé de cette tension sexuelle sale, trouble, et si délicieusement dangereuse.

La menace de Saul vibre encore dans ma tête. Elle ne m'effraie pas. Elle m'électrise.

J'aime les problèmes. Surtout quand ils portent des regards noirs, des mains calleuses, et des voix qui donnent des ordres murmurés au creux de la nuit.

La soirée s'étire. Je reste encore un moment, posée sur ce canapé, comme si rien ne s'était passé. Mais mes cuisses sont serrées. Mon souffle, un peu trop court.

Je soutiens le regard calculateur de Saul. J'accepte les regards gourmands de mes voisins.

Mais c'est Dean que je sens dans mon dos.

Absent, et pourtant omniprésent.

C'est lui, le véritable danger.

Et tout en moi l'attend.

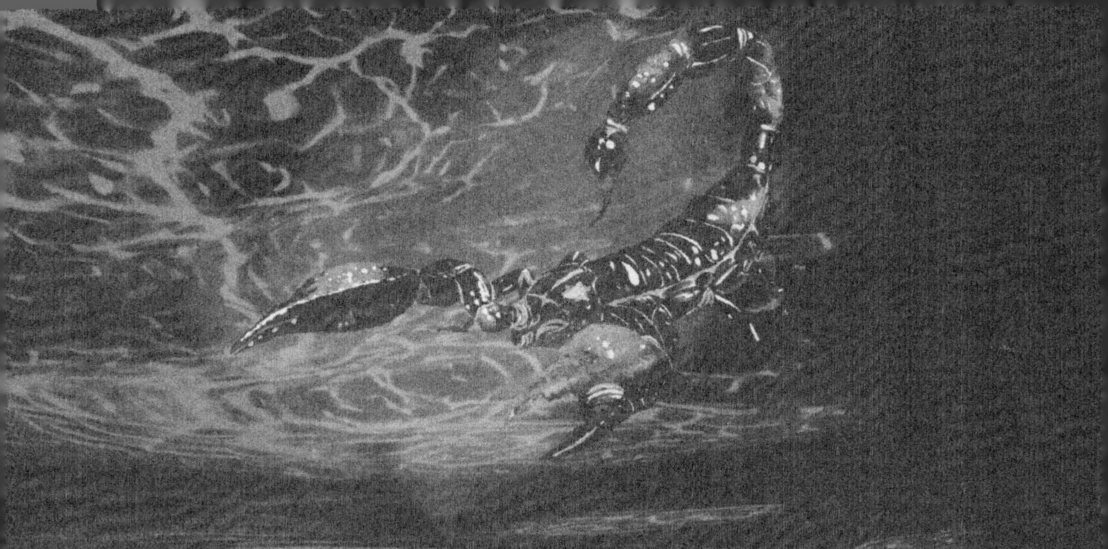

CHAPITRE 7

DEAN

Je me traîne jusqu'à la cuisine, les muscles encore tendus, la nuque raide, comme si la nuit avait continué de me mordre. Le bourdonnement régulier de la machine à café emplit l'espace, se mêlant au tumulte sourd de mes pensées.

Je serre la tasse encore brûlante entre mes doigts. La douleur contre ma paume est réelle, physique. Et pourtant… elle ne suffit pas à calmer cette putain d'agitation qui me ronge depuis son arrivée.

La porte d'Eden s'ouvre dans un grincement paresseux. Il débarque comme une ombre familière, le visage encore froissé de sommeil, mais le sourire déjà pendu aux lèvres, comme s'il n'avait pas quitté la soirée.

— Déjà levé, capitaine ? lâche-t-il, moqueur, en attrapant une tasse vide.

Je ne réponds pas. Je ne supporte pas son ton. Cette nonchalance joyeuse alors que, moi, je suis encore hanté par ses yeux à elle.

Parker arrive à son tour, bâillant comme un gosse, les cheveux en vrac.

— Salut… La soirée a été agitée.

Il appuie sur le dernier mot pour me faire réagir et, putain, ça fonctionne.

Je relève les yeux. Mon regard les cueille l'un après l'autre. Sombre. Chargé.

— Vous vous êtes bien amusés avec votre nouvelle copine, j'imagine ?

Eden esquisse un sourire complice à Parker, haussant les épaules avec insouciance.

— Plutôt ouais. T'aurais dû rester, ça t'aurait détendu.

Détendu. Ce mot me donne envie de cogner… de recommencer à me branler comme cette nuit. Mes doigts s'animaient à chacun de ses rires, imaginant la manière dont j'aurais pu la faire taire.

Je serre les dents, ma mâchoire craque sous la pression que je lui impose. Je me contente d'un regard noir.

Maxime est un problème. Un poison.

Elle excite, elle attire, elle trouble. Et elle fout tout en l'air.

— Tu peux te détendre, Dean, ricane Parker. Elle va pas disparaître juste parce que tu la regardes comme si tu voulais l'étrangler.

Je lève ma tasse que j'apporte à mes lèvres.

— Dommage.

Le silence retombe, pesant.

Eden jette un œil distrait vers le balcon, là où mon meilleur ami s'est figé, droit comme une statue, les bras croisés.

— Saul en mode moine silencieux, encore ? Qu'est-ce qu'il mate ?

Je fronce les sourcils. Curiosité mauvaise. Et, sans réfléchir, je m'approche de la baie vitrée, mes pas lourds, presque irrités.

Et je la vois.

Assise sur son balcon. La reine de sa scène. Une cigarette entre les doigts. Une tasse dans l'autre main. Ses jambes croisées, étendues, offertes, elles crient à la morsure.

Ses cheveux brillent dans la lumière du matin. Ses gestes sont lents, étudiés. Et son regard, bien que tourné ailleurs, sait.

Elle sait qu'on la regarde. Elle le veut. Elle le savoure.

Ma gorge se serre en même temps que la chaleur dévale le long de mon dos. Pas celle du café. Celle de mon désir. De mon agacement. De ma frustration.

Mon corps réagit sans que je puisse le contrôler. Mes nerfs se tendent. Mon sexe pulse. Incontrôlable. Honteux. Violent.

Je la déteste.

Je la veux.

Eden se poste à côté de moi. Il pouffe, comme s'il lisait en moi.

— Décidément… on dirait qu'elle aime vraiment être regardée, déclare-t-il.

Je le fusille du regard, mais il ne bronche pas. Pire, il sourit davantage, comme s'il savait exactement ce que je ressens. Parker, lui, hausse les épaules, détaché, comme s'il assistait simplement à un bon film.

— Elle joue avec le feu, constaté-je, la voix plus rauque que je ne l'aurais voulu.

Je tente de contenir cette colère sourde qui me remplit les veines. Mais elle est partout.

Saul tourne enfin la tête vers moi, un sourire narquois aux lèvres.

— Je croyais que tu t'en foutais.

Je reste muet. Je refuse de répondre.

Maxime n'est pas un jeu. Elle est un virus. Un déséquilibre. Une bombe lâchée dans ma routine bien huilée. Elle est entrée sans permission, sans précaution. Et maintenant, elle est là, plantée sur son putain de balcon comme une reine provocante, fumant sa clope avec une arrogance qui me donne envie de la claquer, de la faire crier.

Son regard est perdu ailleurs, son corps parfaitement orienté vers nous. Comme si elle nous attendait. Moi, surtout.

Chaque mouvement d'elle m'hypnotise autant qu'il m'exaspère.

Je me détourne violemment de la baie vitrée. Mes épaules raides, mes poings fermés. Je tente de reprendre le contrôle.

Mais cette voix dans ma tête hurle déjà.

Elle est un problème, Dean. Et tu sais très bien ce que tu fais avec les problèmes.

Je laisse mon café encore fumant sur le comptoir. Je ne regarde pas les gars. Je m'en fous.

Je claque la porte. Fort. Sans un mot.

Mes pas sont lourds. Frénétiques. L'envie de cogner me consume, mais c'est elle que je veux voir. Elle que je dois affronter. Elle que je dois remettre à sa place avant que je ne perde totalement pied.

J'arrive devant sa porte. Ma respiration est rapide, lourde, fébrile. Mes mains tremblent.

Je frappe.

Fort.

Abrupt.

Une fois. Deux fois. Trois.

Le silence derrière la porte est insupportable. Il dure. Il me rend fou.

Et puis…

Elle apparaît devant moi, un sourire narquois accroché à ses lèvres roses, ses cheveux colorés légèrement humides par la brise, comme si elle venait à peine de sortir de la douche. Son regard glacial croise immédiatement le mien, mais son expression reste totalement détendue, provocatrice.

— Dean, souffle-t-elle, faussement étonnée. Quelle charmante surprise ! Je ne pensais pas te voir débarquer aussi vite.

Elle s'appuie contre l'encadrement avec nonchalance, reine provocante en territoire conquis.

Je serre les dents. Fort. Ma mâchoire me fait mal. Mon corps est raide à l'extrême.

— Ferme-la, Maxime.

Ma voix claque. Rude. Sèche.

— Je ne suis pas là pour tes jeux. Je veux que tu comprennes un truc : reste loin de mes colocataires. Je ne le répéterai pas.

Mais elle ne recule pas.

Elle sourit. Plus large. Plus insolente.

Ses yeux me scrutent, froids et brillants à la fois. Elle se délecte. Elle m'analyse. Elle attend que je perde le contrôle.

— C'est donc ça qui t'énerve ? susurre-t-elle. Tu as peur que je les perturbe, Dean ? Ou pire… que je les détourne de toi ?

La phrase m'arrache une décharge dans la poitrine.

Avant même d'y penser, ma main est sur son cou.

Je la plaque contre le mur dans un bruit sourd, violent, sec, animal, dénué de toute tendresse. Un souffle s'échappe de ses lèvres, mais pas un cri. Pas un sursaut.

Ses yeux s'allument.

Pas de peur.

De plaisir.

— Je t'ai dit de fermer ta putain de gueule, ordonné-je, ma voix plus grave, plus rauque que jamais.

Ma main serre. Juste assez pour l'empêcher de respirer pleinement. Pas assez pour la blesser. Pas encore, même si j'ai fortement envie de lui faire plus de mal que de bien.

— Tu crois que tu peux débarquer ici et foutre ta merde dans nos vies ? Tu n'as pas idée de ce que je suis capable de faire, Maxime.

Et là, au lieu de céder… elle rit. Un petit rire, rauque, intime, qui fait exploser quelque chose en moi.

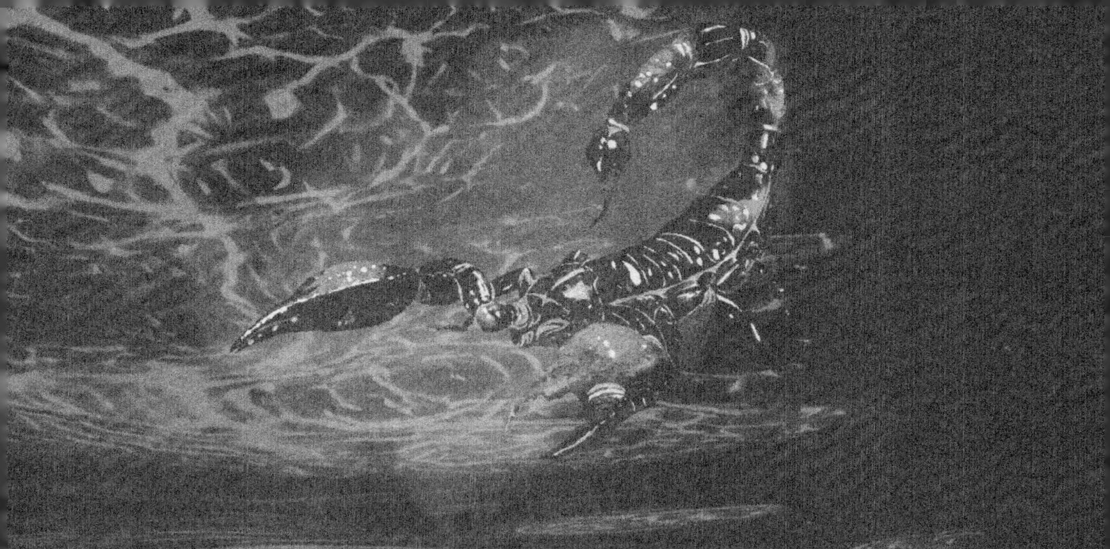

Chapitre 8

Dean

— Il va falloir faire mieux que ça pour m'impressionner, capitaine…

Sa voix est brisée par la pression sur sa gorge, mais elle ne tremble pas. Ses pupilles sont dilatées. Ses joues rosies. Et je le sens : son corps contre le mien n'a rien d'un refus.

Ses cuisses frôlent les miennes. Ses seins écrasés contre mon torse se soulèvent légèrement sous l'effort. Elle respire difficilement, mais elle ne résiste pas.

Elle accueille.

Je la plaque plus fort. Un grognement m'échappe. Je suis à un souffle de tout perdre. De l'écraser. De la prendre. De la réduire au silence autrement.

Cette fille ne comprend pas à quel point elle flirte dangereusement avec mes limites.

Son sourire provocateur se renforce, ses lèvres entrouvertes comme une invitation perverse à franchir la ligne rouge.

— Si tu t'approches encore de mes potes, je te jure que tu le regretteras, menacé-je, mon visage si proche du sien que nos souffles s'entremêlent.

Elle sourit, son regard bleu perçant me défie ouvertement.

— Je suis impatiente de voir ça, répond-elle dans un murmure sensuel. Parce que, pour l'instant, je ne vois rien d'autre qu'un mec incapable de contrôler son agressivité.

Ses mots me brûlent, me poussent dangereusement vers le point de non-retour. Je relâche sa gorge. Brutalement. Comme si je m'étais brûlé. Mes doigts laissent derrière eux une marque rouge, visible, vive. Une preuve. Une erreur.

Elle redresse le menton. Son sourire reste en place, insolent, triomphant.

— À bientôt, Dean, dit-elle avec ironie. J'ai hâte de voir quelle menace pathétique tu vas encore inventer pour tenter de me faire fuir.

Je recule d'un pas, respirant difficilement, mes poings serrés de colère. Je n'ai jamais perdu aussi vite le contrôle, encore moins face à une femme comme elle. Elle dérègle tout. Elle me fait agir sans réfléchir, la toucher avec l'envie de la briser et lui faire atrocement mal.

— Ne joue pas avec moi, préviens-je d'un ton froid, jetant un coup d'œil sur ses courbes, comme un doigt interdit, avant de tourner brusquement les talons. Tu vas perdre.

Sa voix, pourtant, me poursuit jusque dans le couloir alors que je m'éloigne :

— C'est ce qu'on verra !

Je serre les poings si fort que mes articulations en deviennent blanches. Cette fille est un poison, un danger, un piège. Mais malgré toute ma colère, ma queue ne fait que durcir davantage.

La porte claque brutalement derrière moi, faisant vibrer les murs de l'appartement. Mon souffle est court, encore agité par ce que je viens de faire. Je ne relâche pas la pression de mes poings, tentant de calmer l'adrénaline qui pulse encore dans mes veines. À peine ai-je fait trois pas que Parker et Eden se précipitent déjà vers moi, alarmés, visiblement prêts à me confronter.

— Putain, Dean ! s'écrie Parker en me saisissant violemment par l'épaule. T'es malade ou quoi ? Qu'est-ce que t'as foutu ?!

Je le repousse brutalement, refusant toute proximité, mon regard brûlant de colère.

— Ça ne vous regarde pas, pesté-je en avançant en direction du salon. Occupez-vous de vos affaires.

Eden me bloque immédiatement le passage, son expression devenue sérieuse pour la première fois depuis longtemps.

— Arrête tes conneries ! Maxime est une fille intéressante, drôle, elle nous causera aucun problème. Qu'est-ce qui t'as pris d'aller lui sauter à la gorge ?

Je serre la mâchoire, sentant la tension monter à nouveau en moi, incontrôlable.

— Intéressante ?

Je crache ce mot avec dégoût, mon regard passe d'Eden à Parker.

— Vous êtes sérieux, là ? Une semaine qu'elle est là, et vous êtes déjà ses meilleurs amis ? Vous n'avez rien compris ou quoi ?

— Compris quoi ? s'exclame Parker en croisant les bras, agacé par ma réaction excessive. Qu'on a pas le droit de fréquenter une fille parce que ça te dérange personnellement ?

— Exactement ! hurlé-je en effectuant un pas vers lui, menaçant. J'étais pourtant clair, non ? Pas de nana dans notre bande, jamais !

Eden lâche un rire sarcastique, haussant les sourcils en signe de défi.

— Sérieusement ? C'est quoi ton problème ? Elle t'effraie parce qu'elle baisse pas les yeux devant toi ? Parce qu'elle ose te répondre ?

Je serre les poings plus fort, retenant à peine ma colère.

— Ferme-la. Tu ne sais absolument rien de ce qu'elle est réellement, on ne la connaît même pas.

Il secoue la tête, déterminé à me tenir tête malgré ma colère évidente.

— Non, c'est toi qui refuses de comprendre. Cette fille représente aucune menace. C'est juste toi qui perds les pédales dès qu'elle est là. Mais devine quoi ? Ça, c'est ton problème, pas le nôtre.

Je prends une inspiration tremblante, alors que la tension qui m'enveloppe menace d'exploser à tout instant.

— Très bien, faites ce que vous voulez ! Mais je vous préviens, cette fille va foutre la merde. Et quand ça arrivera, je ne serai pas là pour réparer les dégâts.

Parker reste silencieux, tandis qu'Eden soutient fermement mon regard.

— Peut-être que c'est justement ça, ton problème. Peut-être que t'as peur que cette fille fasse ressortir des choses en toi que tu contrôles pas.

Je le fusille du regard, ressentant clairement l'impact de ses paroles. Sans répondre, je tourne sèchement les talons. Ignorant leur présence, je m'enferme dans ma chambre, claque violemment la porte et m'y adosse afin de reprendre le contrôle de mes émotions incontrôlables.

Je serre les poings jusqu'à sentir mes ongles écorcher mes paumes, luttant contre l'image obsédante de son sourire insolent, de son regard provocateur et de sa peau marquée par la pression de mes phalanges.

Ma main tremble encore de l'avoir tenue.

Et j'ai envie de recommencer.

Pas pour la punir. Pour la faire taire. Pour la faire jouir. Pour la faire plier.

Je ferme les yeux, essayant d'oublier la sensation brûlante de son corps plaqué contre le mien, mais c'est chose impossible.

Je me retourne violemment, le souffle court, et je plaque ma paume contre le mur, pour ne pas m'effondrer.

Mais c'est trop tard. La trace rouge sur sa gorge. Ma trace. Mes doigts imprimés sur sa peau olive comme une signature brûlante. Inoubliable.

Je serre les dents. Une plainte sourde me monte dans la gorge, et mes doigts se dirigent d'eux-mêmes sous l'élastique de mon jogging. Je déteste ce que je fais. Je déteste ce que je ressens. Mais je suis déjà en train de le faire.

Ma bite est rude. Tendue à l'extrême. Douloureuse.

Je l'empoigne brutalement pour me punir.

Mais mes pensées… elles sont ailleurs.

Sur ses hanches que je pourrais saisir. Ses cuisses que je pourrais écarter. Son dos que je pourrais mordre et fouetter.

Je l'imagine nue, offerte, sa peau constellée de mes marques.

Mes mains sur ses poignets, son corps figé sous moi, haletant. Ses cuisses couvertes d'ecchymoses. Son cou rouge de mes doigts, ses seins griffés, sa hanche mordue. Elle ne dirait rien. Elle sourirait. Elle m'inviterait à aller plus loin.

Je serre plus fort ma queue, imaginant la façon dont elle la goberait et comment elle réagirait en sentant mes piercings masser son point G, étouffant un râle dans ma gorge, mes reins bougent d'eux-mêmes contre ma main. L'excitation monte, sordide, écrasante, dégueulasse, et pourtant si bonne.

Je suis censé la haïr, mais je jouis à l'idée de la dominer.

De la briser.

De la garder.

Ma respiration se fait rauque, hachée. Derrière mes paupières, tout ce que je vois, c'est elle. Ses lèvres ouvertes, ses yeux brumeux, sa voix qui me supplie d'enfoncer mes ongles dans sa chair.

Plus elle suffoque, plus je bande. Ses lèvres tremblent, sa peau vire au bleu… et je jouis de ce pouvoir sale qui la garde entre mes mains. J'accélère la cadence ; imaginer la manière dont je claquerais son cul et l'image de mes cinq doigts me fait exploser dans ma paume, ma mâchoire contractée.

— Maxime…

Chapitre 9

Maxime

Deux semaines se sont écoulées depuis mon arrivée à Biarritz. Six réunions avec ces femmes hantées par leurs propres désirs coupables, six rencontres pour tenter de gagner leur confiance, de briser le silence, de dévoiler ces secrets que la société refuse d'entendre.

Mais aujourd'hui, c'est différent. Aujourd'hui, tout se concrétise.

Mes doigts pianotent nerveusement sur le clavier de mon ordinateur. Mon échange d'e-mails avec Nathan clignote encore à l'écran. Je relis rapidement :

« Intervention prévue dans 45 minutes. Fais attention, Maxime. »

Je relève les yeux vers l'horloge murale. Dans quelques instants, ma première cible pensera entrer par effraction. L'agresseur de Chloé. Celui qui hante ses nuits, celui qu'elle aime malgré elle, celui qui l'a brisée en seulement quarante-cinq minutes d'une violence physique qu'elle n'a jamais oubliée.

Le retrouver a été simple : son tatouage, ces lettres marquées profondément dans sa chair: ZIACK. Il n'a même pas pris la peine de le cacher.

Je respire lentement, cherchant à calmer l'excitation malsaine qui monte déjà en moi à l'idée de ce qui va suivre. Je devrais ressentir uniquement de la peur, du dégoût, mais mon corps est défectueux. Il ne répond pas aux règles habituelles. La violence m'excite autant qu'elle me terrifie, me pousse à supplier autant qu'à jouir.

J'éteins toutes les lumières de l'appartement. L'obscurité avale les murs, ne laissant que la lueur vacillante du film à l'écran pour éclairer le salon. Des ombres dansent silencieusement autour de moi, des témoins muets de ce que je suis sur le point de déclencher.

Il ne devrait plus tarder.

Et malgré le calme, malgré le silence, mon corps est déjà prêt. Mon souffle s'allonge. Mon cœur cogne. Et entre mes cuisses, le tissu de mon string est trempé, comme si mon excitation avait devancé le danger.

Je m'installe sur le canapé.

Calme. Parfaitement calme.

Mais à l'intérieur, je brûle.

Le cliquetis de la poignée me fige.

Un frisson secoue ma colonne vertébrale alors que mon cœur se met à pulser violemment, comme s'il essayait de s'échapper. Mon souffle devient court, haché, brûlant. Je sais ce qui m'attend.

Et pourtant… je tremble déjà.

La porte s'ouvre dans un couinement.

La silhouette apparaît, massive, menaçante. Le visage dissimulé derrière un masque noir orné d'un serpent argenté, dont les écailles brillent à la lumière vacillante de l'écran. Les yeux qui m'observent derrière cette ouverture sont froids, vides. Cliniquement cruels.

Je me lève. Mes jambes vacillent, à peine stables. Mon corps recule, tremblant, comme une proie prise au piège. Et c'est exactement ce que je veux qu'il voie.

Il ferme la porte derrière lui. La verrouille. Lentement. Avec un calme terrifiant.

— S'il vous plaît… supplié-je d'une voix tremblante, parfaitement dosée.

La peur dans mon ton est fausse, puisque dans mon ventre, l'excitation est bien réelle.

— Ne me faites pas de mal…

Il ne parle pas. Mais je le sens.

Il sourit.

L'obscurité s'épaissit autour de nous. Seule la lumière bleutée du film qui passe à la télévision éclaire la scène. Une lumière morbide, irréelle, presque poétique. Mon dos heurte le mur, et l'impact m'arrache un sursaut.

Sa main tatouée s'abat immédiatement sur ma gorge.

Fermement. Brutalement. Sans hésitation.

L'air se bloque. Mon cerveau se met en sécurité alors que mon corps s'embrase.

Mes yeux s'accrochent à sa peau. Les lettres. Celles que je traque. Que j'ai cherchées. Que je fantasme de détruire.

ZIACK.

Ma cible. Mon bourreau. Mon fantasme.

— Ferme-la, grogne-t-il d'une voix râpeuse, agressive, purement masculine.

Mon ventre se contracte. Mes cuisses aussi.

Je suffoque, mais pas de peur.

Je pulse.

Et au fond de moi, une voix que je tente d'ignorer susurre : *laisse-le faire. Encore.*

Je suffoque contre le mur, sa main toujours serrée autour de ma trachée, comme une promesse de silence éternel.

Mes poumons me brûlent, mon cœur martèle mes côtes, mais je ne cède pas.

D'un geste désespéré, je plante mes ongles dans sa main. Je le griffe, profondément, cherchant à lui faire lâcher prise. Ma peau s'échauffe sous sa poigne, mais mes doigts s'accrochent comme des lames vivantes.

Un grognement rauque s'échappe de sa gorge.

Et alors, il m'offre une gifle. Violente. Bestiale et foudroyante.

Ma tête part sur le côté, ma joue explose sous l'impact. Le goût métallique du sang envahit ma bouche. Je reste figée, sonnée, le monde vacille autour de moi. La pièce tangue, mais mon corps frémit.

Je respire à moitié, ma lèvre fendue, le sang coule en goutte-à-goutte jusqu'à mon menton.

Néanmoins…

Je mouille intérieurement.

Je pulse. Mon sexe palpite. Mon string est détrempé.

Mes yeux croisent les siens derrière le masque. Mon regard chancelle, mais ne rompt pas.

Il me plaque encore plus fort contre le mur, son genou s'intercale violemment entre mes cuisses, ouvre ma faiblesse avec la brutalité d'un conquérant.

Je laisse échapper un gémissement. Un vrai. Moitié douleur, moitié orgasme en gestation.

Je suis moite. Trempée. Vibrante.

Son autre main glisse le long de ma clavicule, écrase ma poitrine à travers le tissu fin de mon débardeur. Il serre sans ménagement, comme s'il voulait me marquer là aussi. Me briser les côtes. Imprimer son empreinte dans ma chair.

Un râle s'échappe de mes lèvres fendues.

Ma tête heurte le mur. Mes paupières papillonnent. Mon ventre est en feu.

Il agrippe mon poignet et me retourne violemment contre le mur, mon visage écrasé contre la surface plâtrée. Mon souffle se bloque, ma gorge, entre ses doigts, serrée.

Je veux qu'il me prenne. Pas tendrement, mais comme un monstre. Pas pour me faire l'amour, mais pour m'annuler.

Je jouis déjà de cette pensée.

Sa queue vient se plaquer contre mes fesses. Dure. Prête. Inévitable.

Sa voix se glisse à mon oreille, rugueuse et méprisante.

— Regarde-toi… t'es pitoyable. Une fausse dure à cuire… mais au fond, t'es juste une putain de salope en manque. Une petite pute qui attendait qu'on vienne lui faire mal pour exister.

Je ferme les yeux. Ma gorge se noue.

— Non… s'il vous plaît… ne me touchez pas… agonisé-je dans un sanglot étouffé. J'vous en supplie… ne me faites pas de mal…

Fais-le. Plus fort. Serre encore. Déchire-moi.

Ses doigts glissent entre mes cuisses, sans douceur. Il effleure mon string et grogne.

— T'es déjà en train de couler. Tu dis non avec la bouche… mais ta chatte dit oui depuis que j'ai fermé la porte.

Je frémis. Mes jambes flanchent. Il rit contre ma tempe. Un rire mauvais. Triomphant.

— J'vais te baiser comme une moins que rien. Te laisser des marques partout. Sur ton cou. Tes hanches. Tes cuisses. Tu vas marcher comme une pute battue pendant trois jours… et tu vas aimer ça.

— Non… arrêtez… je ne veux pas…

Mon bassin bouge malgré moi. Un frisson me traverse. Ma jupe remontée jusqu'à ma taille, je tente vainement de repousser sa main.

— Arrêtez, je vous en supplie… ne me faites pas ça…

Mon corps ne suit pas. Il est déjà traître, déjà perdu, déjà enflammé par cette violence insupportable. Plus il se montre violent, plus mes entrailles brûlent d'un plaisir honteux, incontrôlable.

— Mens-toi encore, grommelle-t-il. Supplie-moi, j'adore ça. J'adore quand les salopes ne veulent pas qu'on sache qu'elles mouillent quand on les brutalise.

Il déchire brutalement mes collants résille, ses doigts s'enfoncent sans délicatesse entre mes cuisses. Je retiens un gémissement, mords violemment ma lèvre pour masquer le plaisir que cette barbarie déclenche en moi.

— T'es déjà trempée, sale garce, constate-t-il contre mon oreille avec une satisfaction malsaine. Tu prétends avoir peur, mais t'aimes ça.

Je détourne le regard qui déborde de honte, les larmes dévalent mes joues. Mais au fond… j'aime ça. J'aime ce sentiment de perte de contrôle, j'aime ce danger extrême, j'aime cette honte insupportable qui me consume totalement.

Mon visage écrasé contre le froid, mon corps entièrement soumis à sa volonté. Je supplie encore une fois, faiblement, inutilement, chaque mot renforçant pourtant mon excitation coupable.

— Non, pitié… arrêtez…

Il râle, puis me jette brutalement au sol, le choc me coupe le souffle alors qu'il se poste au-dessus de moi. Mes coudent tentent de se hisser pour fuir, mais son poing entre en collision avec ma tempe. Je vacille et je mouille… plus violemment.

Il me retourne d'un geste sec, son torse écrase mes omoplates, sa main encercle ma gorge jusqu'à me laisser voir des points noirs.

Je sens son souffle glissé sur ma peau, chargé de violence, de fièvre, d'une tension à peine contenue.

Mon ventre se contracte. Mon bassin aussi.

Son autre main descend, agrippe violemment l'élastique de mon bas. Il tire, fort, sans soin, et le bruit du tissu qui craque me vrille les nerfs. Un mélange de honte et d'excitation grimpe d'un seul coup, jusqu'à me brûler la gorge.

Je tente encore un « non », murmuré, rauque, vide, mais ceci n'est pas un cauchemar à refermer au réveil. C'est ma réalité. Sale. Distordue. Crue. Et mon corps… Mon corps, lui, n'a pas reçu l'ordre de fuir.

Mes cuisses sont déjà contractées. Mon dos cambré. Je me hais de le sentir réagir. Mais quelque part, entre la peur et la douleur, il y a cette chaleur obscène, indéfendable, qui pulse.

Et je n'arrive pas à la faire taire.

Un grognement s'échappe de lui. Grave. Animal. Ses doigts s'enfoncent dans ma peau comme des crochets. Il serre. Il tient. Il possède.

Je perds le fil.

Chapitre 10

Maxime

La pièce disparaît. L'écran du film, quelque part derrière moi, continue de projeter une lumière bleutée sur les murs. Des éclats d'ombres bougent autour de nous, comme si la scène était filmée à mon insu, pour un public invisible.

Mon front heurte le sol. Je laisse faire. Je veux qu'il continue, sous mes protestations, comme si ces mots vides suffisaient à cacher ce que j'éprouve.

Les sons deviennent flous. Tout se mélange… les souffles courts, les grognements rauques, le battement furieux dans mes tempes, et, au milieu de ça, ma voix déformée, fiévreuse, étrangère.

— Je vous en supplie… haleté-je entre deux sanglots.

Ma peau hurle. Mon sexe palpite. Mon ventre se tord.

J'ai honte. J'ai peur. Et j'en redemande.

J'entends sa fermeture descendre, le bruit d'un sachet qu'on déchire, ses ongles enfoncés dans mes cuisses quittent ma chair tandis que son bras enroule mon ventre, remontant mon cul à sa merci.

Puis l'extase, alors qu'il s'enfonce en moi, ma chatte trempée.

C'est crade. C'est trop. C'est parfait.

Il accélère ses coups de boutoir, prend violemment possession de mon corps. Chaque coup, chaque morsure, chaque pénétration me fait perdre un peu plus pied, mon corps hurle à l'intérieur de continuer, de ne jamais cesser, de m'achever totalement.

Je me déteste à cet instant, consciente que je devrais ressentir uniquement du dégoût, de la colère, mais ce que j'éprouve est tellement plus sombre, tellement plus pervers.

Le temps semble se figer autour de nous, pourtant, je sais qu'il ne reste plus beaucoup de temps avant que la police n'arrive, mettant un terme à ce moment où… j'existe enfin. Quarante-cinq minutes exactement. C'est le temps qu'il a pris avec Chloé, c'est le temps qu'il prendra avec moi. Et ce soir, je serai sa dernière victime.

Je sens mon corps trembler violemment sous l'orgasme qu'il arrache à ma chair, après avoir calé un objet rugueux entre mes fesses, synchronisant les mouvements avec celui de son érection. Malgré mes mensonges, mes plans soigneusement orchestrés, mon addiction reste plus forte que ma raison, alors qu'il m'insulte de tous les noms d'oiseaux.

Quand la porte s'ouvrira sur les agents armés, prêts à embarquer ce violeur, je saurai que j'ai gagné. Pourtant, cette victoire aura un goût amer, car je ne serai jamais libérée de ce désir monstrueux qui me dévore.

Cette nuit parmi tant d'autres, j'aurai sombré volontairement dans l'abîme, et les lettres tatouées sur sa peau resteront imprimées en moi pour toujours, une preuve indélébile de mon propre poison.

Mes ongles s'accrochent à sa main que je plante, il crache un « connasse ». Ma joue me lance sous le coup qu'il m'administre, puis mes cheveux se retrouvent entre ses mains, me forçant à remonter le buste. Et, dans un élan ma fesse droite est marquée par ses cinq doigts, abandonnant l'objet qui exerce toujours une friction entre mes parois intérieures.

— Sale chienne ! peste-t-il avant de me pilonner comme une merde, mes parois se rétractent autour de lui et mes ongles se recroquevillent sur sa peau, entre désir et instinct de survie.

Mon cul claque contre son bassin, ma cyprine virulente est animée par des clapotis alors que sa fermeture écorche ma peau. Il m'offre une autre gifle lorsque je me permets de tourner la tête pour observer l'enfoiré qu'il est.

— Regarde devant toi, connasse !

Après ce qui me semble une éternité, sa poigne se relâche, accompagnée d'un grognement qui annonce que lui aussi a lâché sa purée. Mais, contrairement à ce qu'il pense, moi, j'ai déjà trois orgasmes d'avance. Il exerce une pression contre mon crâne, mon menton claque contre le sol avant que mon visage se retrouve forcé à être relevé. Ma mâchoire est douloureuse. Il se débarrasse du latex, ma bouche s'ouvre lorsqu'il m'ordonne de le faire, les larmes cascadent sur mes joues d'une honte incandescente d'apprécier ce qui vient de m'arriver. Il insère le latex rempli de son foutre au fond de ma bouche, puis tapote ma joue.

— Bonne petite salope.

Il se redresse, reboutonne son jean avec une arrogance froide, et libère mon anus quand la porte explose derrière lui. Le bruit me fait sursauter. En un instant, l'appartement est rempli par la présence envahissante des policiers, leurs voix crient des ordres sévères et secs, leurs rangers lourdes résonnent sur le sol.

L'homme au masque de serpent est violemment plaqué au sol, hurlant des injures obscènes, tandis que Nathan se précipite immédiatement vers moi. Son visage, habituellement stoïque, est traversé par une inquiétude profonde, ses yeux d'un gris argenté me scrutent avec intensité.

— Maxime, ça va ? me demande-t-il avec douceur, posant une main rassurante sur mon épaule dénudée.

Je me redresse, tremblante, encore étourdie par l'intensité de ce qui vient de se produire. Ma gorge se serre lorsque je recrache discrètement le préservatif dans la paume de ma main, la honte envahit mon corps comme une vague glacée.

Mes vêtements pendent en lambeaux. Mon corps marqué et douloureux, mais surtout ce sentiment terrible, celui d'avoir pris plaisir à ce cauchemar, me submerge totalement. Mes lèvres tremblent. Les premières larmes sincères coulent silencieusement sur mes joues. Je secoue violemment la tête, repoussant la main de Nathan qui vient se tendre vers moi.

— Ne me touche pas ! hurlé-je, plus à moi qu'à lui, honteuse de ma faiblesse.

Il ne recule pas, ne cède pas face à mon refus. Doucement, avec précaution, il m'attire contre lui, ignorant mes gestes défensifs, mes poings qui ne frappent plus vraiment. Mon corps tremble contre son torse avant de finalement abandonner toute résistance. Mon visage se niche contre sa poitrine, les sanglots secouent violemment mon corps meurtri.

J'ai joui.

J'ai aimé ça.

Et maintenant, je veux juste… mourir.

Je déteste ce moment, celui où la honte revient avec cruauté, effaçant en un instant le plaisir sombre et interdit que je viens d'éprouver. Pourtant, au fond de moi, cette honte finira par disparaître, remplacée peu à peu par le souvenir pervers d'un orgasme puissant, interdit, honteusement désiré.

— Respire, murmure Nathan contre mes cheveux, d'une voix calme et protectrice. Tout est fini.

Je ferme les yeux avec force, tentant de reprendre le contrôle de mes émotions. J'entends vaguement les policiers emmener mon agresseur, ses insultes résonnent comme une mélodie macabre dans l'appartement silencieux. Mais bientôt, je ne ressens plus rien d'autre que la présence rassurante de mon mentor, son souffle régulier apaise mon cœur affolé.

Après quelques minutes, je me redresse et essuie avec colère les larmes sur mes joues. Je déteste me sentir faible, vulnérable. Je déteste surtout savoir que derrière ces larmes, derrière cette honte atroce, reste une vérité terrible.

— Je suis désolée, bégayé-je, évitant soigneusement son regard.

— Tu n'as rien à te reprocher, répond-il avec sincérité et patience. C'est terminé.

Je dodeline de la tête, retrouvant peu à peu mon calme, ma façade froide se reconstruit seconde après seconde. Toutefois, une partie de moi reste profondément brisée, consciente que je suis prisonnière d'un cercle infernal dont je ne souhaite pas sortir. Parce que ça ne se terminera jamais…

Je relève enfin les yeux, un sourire amer étire mes lippes.

— On se revoit bientôt.

Il soupire, me fixant avec appréhension, mais finit par hocher la tête, comprenant que je suis déjà prête à recommencer, encore et encore. Malgré les larmes, malgré la honte qui me consume, cette dépendance toxique reste plus puissante que tout.

— Pense à mettre de la glace, me conseille-t-il, avant de quitter l'appartement, refermant délicatement la porte derrière lui.

Je reste seule dans cette pièce désormais silencieuse, les souvenirs de ce qui vient de se produire imprègnent encore ma peau marquée.

Oui, je sais que je suis brisée. Mais c'est précisément pour ça que je continuerai, que je poursuivrai ces hommes, ces monstres, jusqu'au bout. Parce qu'au fond, je ne suis pas seulement la victime. Je suis leur pire cauchemar, et ils n'ont aucune idée de ce dont je suis capable pour les faire tomber.

Demain, je recommencerai, car dans mes abysses, le plaisir demeure toujours plus puissant que la honte.

Des coups brusques frappés à ma porte me font sursauter. Mon cœur s'emballe à nouveau, envahi d'une appréhension étrange, un mélange de peur et de quelque chose d'autre, de plus obscur. Mon corps porte encore les stigmates de ce qui vient de se produire, chaque marque vibrant comme une blessure ouverte… ou un souvenir brûlant.

J'hésite, figée. Puis j'ouvre légèrement, tentant de masquer le chaos à l'intérieur.

Chapitre 11

Maxime

Eden apparaît dans l'encadrement, ses cheveux blonds en désordre et son expression grave, tendue. Son sourire habituel a disparu. Ses yeux clairs se posent sur moi, et je vois le moment précis où ils captent l'état de mon corps : vêtements déchirés, cheveux en désordre, les marques rouges sur mon cou qui crient ce que je voudrais taire, et probablement ma joue qui doit virer au bleu.

Il fronce immédiatement les sourcils, troublé par ce qu'il découvre.

— Putain, souffle-t-il avec angoisse, qu'est-ce qui t'est arrivé ? J'ai vu les flics débarquer chez toi, j'ai eu peur…

Je détourne les yeux, submergée par une honte qui n'a rien à voir avec le traumatisme. C'est l'ivresse qui me hante, le souvenir du sang, du contact brutal, du vertige. Je croise mes bras sur ma poitrine, tentant vainement de masquer les traces évidentes laissées par mon agresseur.

— Rien, Eden, dis-je d'une voix froide et distante, évitant toujours son regard insistant. Tout va bien, rentre chez toi.

Il n'écoute pas, il ne bouge pas, continuant de me scruter avec inquiétude.

— Tu plaisantes ! s'exclame-t-il. Laisse-moi au moins t'offrir un thé, discuter un peu… Tu peux pas rester seule comme ça.

Je secoue la tête, encore fragile, mais déjà réactivée par sa voix. Sa présence. Sa chaleur. Mon corps tendu, encore sensible, réagit avec violence au moindre mot doux… si étrange pour moi.

— Je n'ai pas besoin d'aide, Eden. Ça va passer.

Du coin de l'œil, sa mâchoire se tend, frustré par mon refus obstiné. Sans prévenir, il s'avance vers moi, déterminé, et pose fermement sa main sur mon épaule. Sa paume est chaude, humaine, mais elle fait éclater quelque chose de plus primitif en moi.

— Que tu le veuilles ou non, on est amis. Et je refuse de te laisser seule ce soir !

Je relève les yeux vers lui, surprise par la sincérité évidente qui brille dans ses prunelles vertes. Eden ne lâche pas prise, et je réalise qu'il ne me laissera pas tranquille tant que je n'aurai pas cédé.

Est-ce ça, tenir à quelqu'un ? Ou est-ce simplement une réaction normale… pour quelqu'un comme lui ?

— Eden… bafouillé-je faiblement, sentant mes barrières faiblir devant son insistance douce, mais ferme. Je ne veux pas déranger…

— Tu déranges pas, répond-il avec une douceur étonnante, faisant glisser sa main sur mon bras.

Un thé. Rien de plus. Mais mes cuisses se resserrent déjà.

Je soupire pendant que mon regard glisse sur mon salon encore marqué par l'agression récente. Je ne peux pas nier que sa proposition est tentante, et la solitude qui m'attend ici me paraît soudain plus menaçante que jamais.

— Très bien, annoncé-je finalement en soupirant.

Il sourit, visiblement soulagé, et m'entraîne avec délicatesse vers leur appartement voisin. À peine entrés, Parker relève immédiatement la tête vers moi, son sourire disparaissant brutalement quand il remarque mon état. Ses yeux noisette glissent lentement sur moi. Une caresse silencieuse, mais terriblement éloquente.

— Putain, Maxime… déclare-t-il, choqué, se levant du canapé. Qu'est-ce qui t'est arrivé ?

— Rien, rétorqué-je.

Ma voix est creuse autant que le picotement entre mes jambes est réel.

— Juste un incident, ce n'est rien… ajouté-je, plus pour moi que pour eux.

C'est ce qu'on dit, non ? *Un simple incident.*

Parker échange un regard inquiet avec Eden, mais il ne dit rien, préférant respecter mon silence. Je m'installe sur le canapé, tandis qu'Eden disparaît rapidement dans la cuisine pour préparer le thé.

Je sens le tissu contre mes cuisses nues, la tension dans mon ventre. Ma peau réclame encore une main, une morsure, un ordre, une insulte.

Rien ne tourne rond chez moi.

Parker se place près de moi, gardant volontairement une légère distance respectueuse.

— Tu sais, si jamais tu veux en parler… on est là.

Je relève les yeux vers lui, touchée par cette douceur inattendue. Mes lèvres tremblent, je suis prise au dépourvu par cette franchise rare à laquelle je ne m'attendais pas.

— Merci, chuchoté-je, le regard fixé sur mes doigts, dont les ongles sont encore tachés de sang. Mais ça ira…

Il sourit faiblement, respectant mon besoin de silence. Eden revient rapidement, dépose une tasse fumante entre mes mains. La chaleur me rassure, mais c'est la proximité de leurs corps, l'odeur masculine de leur salon anthracite qui réveillent ma honte.

Eden disparaît à nouveau, puis revient rapidement avec une trousse de secours. Sans dire un mot, il s'installe près de moi, commence à sortir délicatement de quoi désinfecter les marques encore brûlantes sur ma peau.

Je devrais dire non, mais j'en suis incapable. C'est nouveau pour moi et… je crois que j'aime ça.

Parker se lève à son tour, revient avec une poche de glace qu'il applique sur ma joue tuméfiée. La fraîcheur me fait tressaillir, mais je reste silencieuse, le corps encore sous tension et les cuisses de plus en plus serrées par leur proximité et leurs touchers.

Je ferme les yeux, sachant déjà que je vais fantasmer sur cette scène.

Sur leur douceur. Sur mon état. Sur leur regard. Sur ma vulnérabilité. Parce que dans ma tête tordue, tout est matière à désir.

L'ambiance apaisante vole soudainement en éclats lorsque la porte s'ouvre, laissant apparaître Saul et, juste derrière lui, mon obsession. Mon corps réagit instantanément, s'échauffant violemment malgré mon état. Leurs puits noirs se posent sur moi, silencieux, intenses, lourds de sous-entendus.

Dean ne prononce pas un mot, mais la raideur dans son corps est palpable. Ses traits se ferment un peu plus lorsqu'il découvre mon état. Il ne pose pas de questions. Il n'a pas besoin de mots.

Il tourne les talons, disparaît dans sa chambre, puis revient aussitôt. D'un geste brusque, il me balance un pull et un jogging noir au visage. Je sursaute. L'odeur de sa lessive m'écrase les narines, et le tissu rêche me tire une grimace.

— Mets ça, ordonne-t-il, sec, tranchant, sans me laisser la moindre échappatoire.

Je le fixe. Fière. Cassante. Mais mon ventre se contracte.

Je déteste l'effet qu'il a sur moi. Ou peut-être que je déteste l'aimer.

— Non, merci. Je n'ai pas besoin de ton aide.

Il serre immédiatement la mâchoire, ses pupilles se rétrécissent, son regard devient plus noir encore. Il ne bouge pas. Ne cille pas.

Il s'installe dans le fauteuil en face de moi, les bras croisés sur son torse comme une barrière. Ou un piège.

— Je ne t'ai pas demandé ton avis, s'agace-t-il. Enfile ces fringues. Maintenant.

Sa voix me transperce. Autoritaire. Sale. Trop efficace.

Mon cœur cogne dans ma poitrine, et entre mes cuisses, la trahison est totale. Ma cyprine s'écoule sur ma peau, à défaut de ne plus avoir de sous-vêtement.

Et malgré ma colère, malgré mon envie de le gifler, je gémis, mentalement.

Je finis par céder, agacée, mais obéissante. Et ça, c'est pire. Parce que je sais ce que je suis en train de ressentir. Ce plaisir noir, dégueulasse, inavouable. Ce frisson moite dans le creux de mes reins, quand il m'impose sa volonté. Ce vertige masochiste d'être *à lui*, même sans le vouloir.

Tu devrais hurler. Cracher. Griffer.

Mais tu t'exécutes.

Comme une chienne bien dressée.

J'enfile rapidement le pull, comme on s'enchaîne à son bourreau. Il est trop grand, imbibé de son odeur, lourd de tout ce qu'il ne dit pas. Le jogging suit, maladroitement glissé par-dessus mon collant déchiré. Une couche en plus. Un camouflage de la honte.

Mais ça ne suffit pas.

Rien ne masque cette voix dans ma tête.

Tu bandes pour lui.

Tu jouis du pouvoir qu'il a sur toi.

Le silence retombe dans la pièce. Il se redresse, son regard s'adresse durement vers ses amis.

— Et vous deux ? Vous m'expliquez ?

Eden hausse les épaules, embarrassé, échangeant un coup d'œil rapide avec Parker.

— On en sait rien, mec. On l'a trouvée comme ça.

Dean serre violemment les poings, visiblement frustré par leur manque de réponse. Puis ses yeux noirs viennent se planter directement dans les miens, plus menaçants que jamais.

J'aimerais le supplier d'arrêter de me dévisager comme s'il allait me manger…

— Qu'est-ce qui s'est passé ? grommelle-t-il.

Je soutiens froidement son regard, refusant catégoriquement de lui livrer mes secrets.

— Rien qui te concerne, pesté-je avec provocation.

Sa mâchoire se crispe davantage, ses pupilles s'embrasent d'une colère contenue.

— Ne joue pas avec moi. Réponds-moi !

Je me lève, refusant d'obéir à cet ordre qu'il tente d'imposer avec autorité, même si tout mon corps aimerait tomber au sol et ramper vers lui.

— Je rentre chez moi, déclaré-je simplement, d'une voix froide, mettant fin à la discussion.

Je fais quelques pas vers la porte, prête à m'échapper, mais il se lève aussitôt, bloque rapidement mon passage, puis m'attrape fermement par le bras pour me forcer à rester. Son emprise réactive quelque chose de viscéral en moi. Un feu sale. Une mémoire corporelle dérangée.

— On n'a pas terminé, me menace-t-il, le visage proche du mien, son souffle heurtant mes lèvres.

Mon corps s'embrase.

Je tente de garder la tête froide, et ne pas tomber à ses pieds volontairement.

— Lâche-moi.

— Non. Tout ce qui se passe ici me regarde. T'es tombée dans mon territoire, alors tout… tout me concerne !

Ses mots sont absurdes. Abjects. Mais, putain, ils m'excitent. Et j'abhorre ça.

Nos souffles se mélangent. Ma peau est chaude. Mes cuisses se resserrent autour du doux coton avec une violence honteuse de savoir que je le tache. Mon regard reste dur, mais ma bouche tremble.

— Je ne suis pas sous ton contrôle, Dean. Alors… laisse-moi partir.

Je ne veux pas partir.

Un silence glacial s'installe entre nous, nos regards s'affrontent dans un duel muet. Finalement, après une éternité, il lâche mon bras et recule d'un pas sans jamais détourner les yeux.

— Casse-toi, balance-t-il. Mais cette conversation n'est pas terminée.

Je le fixe encore quelques secondes, consciente que cette bataille vient à peine de commencer. Puis, sans ajouter un mot, je quitte leur appartement, le cœur au bord des lèvres, mon sexe bouillant et humide entre mes cuisses, et son regard sur mon dos n'arrange rien à ce que je m'apprête à faire une fois seule.

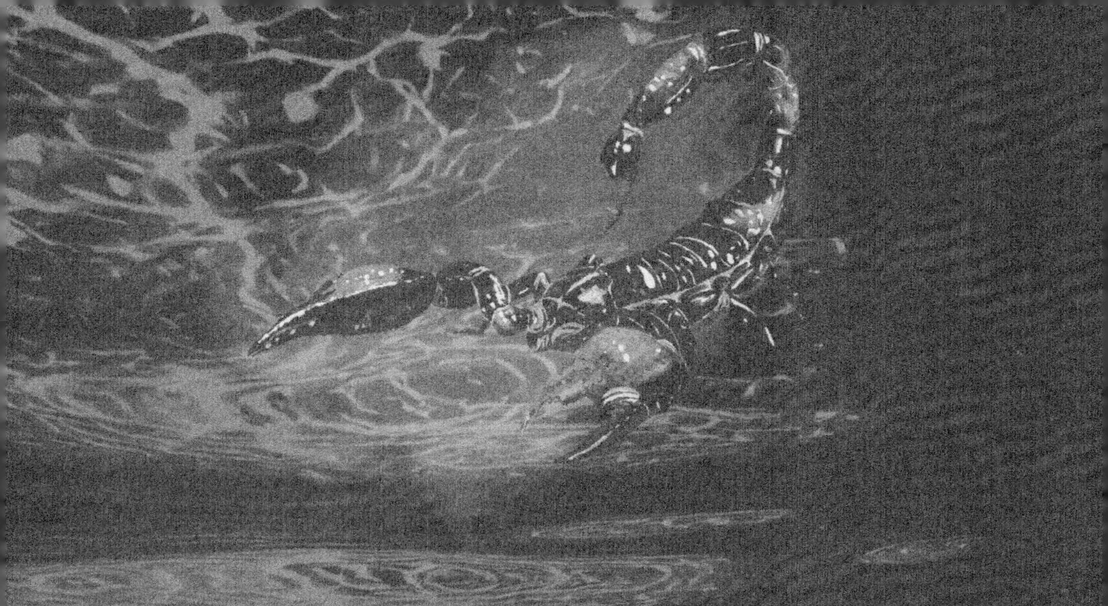

CHAPITRE 12

DEAN

J'aspire à peine la fumée de ma cigarette et savoure la sensation de la nicotine qui envahit mes poumons avec un soulagement amer. À côté de moi, Saul reste silencieux, immobile comme une statue, son regard noir fixe un point précis : le balcon voisin désert.

Je serre imperceptiblement la mâchoire, irrité par cette obsession qui ne cesse de s'immiscer dans mes pensées. Son visage tuméfié d'hier soir me revient constamment en mémoire, ainsi que cette insolence froide qu'elle continue d'afficher malgré la barbarie évidente qu'elle a endurée.

— Elle est étrange, lâche finalement mon ami, comme s'il lisait dans mes pensées.

Je reste muet, ne prenant pas la peine de répondre. Elle est différente, dangereuse, fascinante. Et c'est précisément ce qui me dérange.

Un bruit de voix attire soudain notre attention depuis le salon. Eden et Parker, installés devant la télévision, se taisent alors que les mots froids et précis de la présentatrice s'étendent clairement jusqu'à nous :

« … *Un homme a été arrêté hier soir à Biarritz, après avoir agressé sexuellement une femme de vingt-cinq ans dans son appartement. Les forces de police ont indiqué qu'il s'agirait d'un violeur récidiviste déjà recherché pour plusieurs affaires similaires…* »

Le silence qui suit est lourd, pénible. Mon cœur manque un battement, mes poings se ferment si fort que mes jointures blanchissent. Eden tourne la tête vers moi. Parker avale difficilement. Ils pensent tous à la même chose que moi.

— Vous croyez que c'est elle ? lâche Saul, sa voix plus grave, plus sombre que d'habitude, cherchant à se convaincre que ce n'est pas le cas.

Personne ne répond tout de suite. Mais on sait tous. On l'a vue. Les bleus. Les vêtements déchirés. Le regard vide. Ou trop plein.

— Les flics, les marques, souffle Parker. Ça colle.

Eden serre les poings, visiblement au bord.

— Et elle nous a rien dit… s'agace-t-il, comme une accusation plus que comme une plainte.

Je reste figé. Je fixe ce putain de balcon vide comme s'il allait me répondre.

— Elle a refusé de parler, lâché-je en recrachant ma fumée, le goût amer encore sur la langue. Elle aurait pu prévenir, bordel ! Me prévenir.

— Pour quoi faire ? balance Eden. Pour que tu la repousses encore ? Que tu lui balances qu'elle a rien à foutre ici ?

Je me retourne d'un bloc, les yeux foudroyants.

— Je n'ai jamais dit ça.

Il soutient mon regard, puis hausse les épaules sans insister davantage, mais son regard accusateur reste fixé sur moi.

Je détourne la tête, fixe à nouveau cet espace vide à côté du nôtre. Le balcon où elle se tenait encore hier, à demi nue, à moitié brisée, et pourtant plus vivante que tout le reste.

Je me hais de m'en souvenir avec autant de précision.

Je me hais d'imaginer encore la trace de mes doigts sur sa gorge.

Cette fille est un piège, une menace permanente.

Je finis par serrer les dents, conscient que mon trouble envers elle devient chaque jour un peu plus dangereux.

— Oubliez cette fille, dis-je froidement, plus pour moi-même que pour eux. Elle est dangereuse.

Saul esquisse un sourire énigmatique, mais reste silencieux. Pourtant, dans son regard sombre, je comprends qu'il ne me croit pas une seule seconde.

Je jette un dernier coup d'œil vers l'appartement voisin, frustré, en colère, mais aussi profondément troublé.

Elle est entrée dans ma vie comme un poison.

Et je commence à le réclamer.

Mes lames glissent violemment sur la glace, projetant une pluie glaciale. La vitesse, l'adrénaline, la violence de ce sport n'ont jamais été aussi nécessaires que maintenant. Cela fait plusieurs jours que je n'ai pas revu notre voisine. Plusieurs jours que son absence se fait sentir malgré moi : irritante, insupportable.

Je m'efforce pourtant de chasser son image de mon esprit. Mais chaque coup déversé sur la glace, chaque collision avec mes coéquipiers, ne fait que renforcer ma frustration.

— Dean, à toi ! me hurle Saul depuis l'autre côté de la patinoire, m'envoyant le palet d'un geste sec.

Je l'attrape instinctivement, pivote avec une agilité brutale pour éviter Parker qui me barre la route. Sans hésiter, je m'élance vers Eden, positionné près du but adverse, prêt à recevoir ma passe. Nos regards se croisent une fraction de seconde, puis le palet fuse à pleine vitesse.

Eden marque immédiatement, déclenchant des cris enthousiastes dans la patinoire. Pourtant, mon visage reste fermé, sans émotion. Je n'arrive plus à ressentir cette satisfaction habituelle. Mon esprit est ailleurs, toujours parasité par cette chevelure multicolore qui refuse de quitter mes pensées.

Je serre les dents et tourne sur moi-même pour reprendre ma position au centre de la glace. Eden et Parker échangent des regards inquiets, conscients que quelque chose cloche. Mais aucun d'eux n'ose rien dire, connaissant trop bien ma tendance à exploser lorsque je perds patience.

Saul patine vers moi, respirant lourdement à cause de l'effort.

— Dean, faut que tu te reprennes, dit-il avec calme. T'es complètement ailleurs.

Je le fusille du regard, agacé par son ton posé. Je ne supporte pas qu'on vienne mettre des mots sur ce que je ne veux pas voir.

— Occupe-toi de ton jeu. Je vais très bien.

Il hausse les épaules, esquisse un sourire ironique, ce genre de sourire qui dit « *tu peux mentir à tout le monde, mais pas à moi* », avant de glisser de nouveau sur la glace.

L'entraînement se poursuit dans une tension palpable. Je ne joue plus, je cogne. Chaque geste est une pulsion à peine déguisée. Chaque contact, un exutoire.

Je frappe. Je percute. Je m'use. Pour ne pas penser à elle. Pour ne pas entendre son rire dans ma tête, pour ne pas revoir sa gorge sous mes doigts, pour ne pas me souvenir de l'odeur de son sang mêlée à sa peau chaude.

Quand l'entraînement prend fin, je quitte immédiatement la glace, j'arrache mes patins comme si c'était eux qui me brûlaient. Je ne parle pas. Je fuis.

Parker s'approche pourtant, hésitant. Il sent que ça déborde.

— Tu veux en discuter ?

Je relève les yeux, mon regard sombre suffit à lui faire comprendre qu'il ferait mieux de ne pas insister. Il soupire, secoue légèrement la tête avant de s'éloigner, déçu, mais résigné. Il sait qu'on ne s'attarde pas sur ce genre de manque. Pas sur cette obsession-là.

Seul dans les vestiaires, je craque.

Mon poing percute le casier. Le bruit métallique résonne comme un tir de fusil. Mon souffle est lourd. Ma peau moite. Ma bite douloureusement tendue.

Elle est en train de me rendre fou. Plus je cherche à l'éviter, plus elle empoissonne mes veines. Son absence me dérange encore plus que sa présence. Je serre les dents, conscient que je perds totalement le contrôle de la situation.

Sous la douche, la vapeur m'enveloppe, me brouille la vue. Mais pas mes pensées. Elles, elles deviennent plus nettes. Plus sales. Je vois ses jambes, ses bleus, la manière dont elle m'a regardé, défié ; offerte. Et je bande, encore.

— Fait chier !

Je ressors, une serviette autour des hanches, le torse tremblant d'un besoin que je n'arrive plus à taire.

Les vestiaires résonnent des voix animées de mes coéquipiers. Eden, Parker et Saul discutent bruyamment, mais tous se taisent lorsque je prends la parole.

— Ce soir, on va au Velvet Sin.

Ma dose. Ma came. Mon enfer contrôlé.

Un silence bref, mais évocateur, s'installe immédiatement, tous les regards convergent vers moi. Eden affiche aussitôt un sourire entendu, échange un clin d'œil rapide avec Parker, ravi par l'idée.

— Putain, enfin une bonne idée, capitaine ! lance Parker en riant.

Saul ne dit rien, mais je sens son regard sombre et approbateur sur moi, parfaitement conscient que ma proposition ne sort pas de nulle part. Je ne cherche pas une pute. Je cherche un exutoire à l'image de Maxime. Un corps à martyriser, à dominer, à transformer en elle.

Je serre les poings. Je repousse son visage de mes pensées. Je me rhabille en vitesse. Je redeviens Dean Knight.

Froid. Décidé. Et affamé.

— Vingt-trois heures. Ne soyez pas en retard, conclus-je froidement, enfilant rapidement mon jean noir.

Ce soir, je vais l'extirper de moi. Ou crever en essayant.

Le Velvet Sin est bien plus qu'un simple club. C'est un sanctuaire de débauche. À mon image.

Chapitre 13

Maxime

La pièce des Délicieuses Abîmes est silencieuse, seulement interrompue par les gémissements étouffés de Chloé. Deux semaines sont passées depuis l'arrestation de son agresseur, mais pour elle, le cauchemar est loin d'être terminé. Les autres femmes écoutent attentivement, leurs regards chargés d'empathie, mais aussi d'une douleur qu'elles connaissent toutes trop bien.

— Je pensais… je pensais qu'une fois qu'il serait arrêté, tout serait terminé, bafouille-t-elle, les mains serrées sur ses genoux. Mais il continue de hanter mes nuits. J'ai beau savoir qu'il est en prison, je ne peux pas m'empêcher de penser à lui…

Sa voix se brise en un sanglot plus violent, et je ressens sa douleur jusque dans mes entrailles. Je me redresse, prête à intervenir, quand la porte s'ouvre dans un grincement.

Toutes les têtes se tournent immédiatement vers la nouvelle venue. Son regard hésitant parcourt rapidement la pièce, cherchant du réconfort dans ce lieu étrange qu'elle vient tout juste d'oser franchir.

Je me lève, un sourire rassurant aux lèvres.

— Bonsoir. Tu dois être Amalia Vidal, n'est-ce pas ?

La jeune femme hoche timidement la tête, avance avec précaution dans la pièce. Elle paraît anxieuse, effrayée, mais quelque chose dans son regard révèle également un profond soulagement d'avoir franchi ce premier pas.

— Désolée du retard, j'avais… encore un peu peur de venir, m'avoue-t-elle, ses mains tremblantes.

Je lui adresse un sourire chaleureux, lui fais signe de s'installer parmi nous.

— Tu n'as pas à t'excuser. Tu es exactement là où tu dois être. Ici, tu es libre de parler, d'écouter ou simplement d'être présente. Personne ne te jugera.

Amalia s'assoit, son regard croise timidement celui de Chloé, qui essuie encore ses joues. Un silence apaisant s'installe brièvement, permettant à chacune de reprendre son souffle.

Mais au fond de moi, j'éprouve une certaine tension. Amalia a franchi ce seuil ce soir, et son arrivée marque une avancée décisive. Quelque chose me dit qu'elle pourrait détenir des réponses importantes, peut-être même essentielles à la suite de ma mission ici à Biarritz.

Je reprends la parole, rompant délicatement le silence.

— Chloé, ce que tu ressens est parfaitement normal. Ce n'est pas parce que ton agresseur est derrière les barreaux que les sentiments disparaissent comme par magie. Le désir, la peur, la douleur… tout cela reste gravé en nous bien après qu'ils ont disparu physiquement de nos vies.

Les regards des femmes autour de moi acquiescent silencieusement, chacune connaissant trop bien cette contradiction brutale entre le désir et la honte, le plaisir et la douleur.

Amalia prend timidement la parole avec une douceur qui contraste avec la souffrance évidente dans ses yeux.

— J'avais peur de venir parce que… parce que j'avais honte. Honte d'avoir aimé ça. Honte d'avoir ressenti du plaisir alors que je ne voulais pas…

Son aveu courageux résonne en chacune de nous. Je lui souris, allégée de voir que son arrivée va permettre au groupe d'avancer, d'oser enfin affronter ces vérités cachées qui nous rongent toutes.

— C'est exactement pour ça que nous sommes là, Amalia, la rassuré-je. Ici, nous comprenons toutes ce que tu ressens.

Elle hoche la tête, ses épaules se détendent comme si elle venait enfin de saisir qu'elle n'est plus seule.

Cette soirée marque un tournant pour les Délicieuses Abîmes. Une nouvelle étape, un nouvel espoir. Et pour moi, une nouvelle opportunité d'en apprendre davantage sur ceux que je traque sans relâche.

Derrière chaque larme, chaque confession, se cache un nouveau nom, une nouvelle cible, me rapprochant davantage de ceux qui sont à la tête de tout ça.

Un silence s'installe après les paroles timides d'Amalia. Le groupe commence à s'ouvrir peu à peu, chacune dévoile subtilement les secrets qu'elle gardait enfouis depuis trop longtemps. Mais c'est Sarah, jusque-là restée discrète, qui attire toute mon attention.

Elle relève la tête, ses yeux rougis cherchent les miens avec une hésitation coupable.

— Hier soir… ils sont revenus, murmure-t-elle, les mains crispées nerveusement sur ses genoux. Ils étaient moins nombreux. J'étais contrariée.

Les regards des autres femmes convergent vers elle, à la fois intriguées et troublées par ses paroles. Elle baisse les yeux aussitôt, honteuse, mais son silence en dit bien plus que ses mots.

Je m'avance vers elle, parle avec calme pour la pousser à poursuivre.

— Sarah… qu'est-ce qui s'est passé exactement ? Pourquoi cette déception ? Dis-moi comment tu t'es sentie.

Son regard se dirige vers moi, humide de gouttes contenues, mais aussi d'une confusion profonde qu'elle peine à exprimer.

— Je… je me suis sentie… frustrée, admet-elle indignement. Comme si… comme s'il ne s'intéressait plus à moi. Comme si je n'étais plus assez importante pour mériter son attention…

Je comprends parfaitement ce qu'elle ressent. Cette contradiction affreuse entre la peur de l'agression et l'envie désespérée d'en ressentir l'intensité.

Je me penche vers elle, cherchant son regard pour la réconforter, lui offrir un espace de sécurité pour continuer.

— Quand tu dis « il », tu parles d'un en particulier ?

Elle hoche la tête, essuyant rapidement une larme du revers de la main.

— Le Masque Doré. C'est lui le dominant, qui décide, qui observe, qui choisit. J'étais sa chose à lui, mais en constatant son absence, je me suis sentie trahie.

Sans le montrer, je mémorise silencieusement cette information cruciale, consciente qu'elle vient peut-être de me livrer une pièce essentielle du puzzle que je cherche désespérément à résoudre.

Un raclement de gorge me fait tourner la tête tandis que Lucie, jouant avec ses doigts, nous observe, avant d'ouvrir la bouche.

— Qu'est-ce qu'ils te font en général ? Moi… moi, il aime m'attacher à une corde dont la pointe des clous s'enfonce dans mes poignets, dit-elle en remontant ses manches.

Et là, les croûtes apparaissent. Brunes. Roses. Certaines encore fraîches. Une cartographie muette de souffrance transformée en habitude.

Personne ne parle.

Moi non plus.

Parce que j'ai envie de pleurer et de jouir en même temps.

Je devrais me révolter. Je devrais dire que c'est inacceptable.

Mais au fond, je m'imagine à sa place. Je déchiffre trop bien ce besoin de sentir la brûlure, le fer, la morsure, comme une preuve qu'on existe encore.

Sarah se triture les peaux de ses doigts, puis annonce :

— Quand… quand ils sont… les quatre présents. Celui au masque doré s'installe sur mon canapé tandis que ses complices m'arrachent mes vêtements. Je leur crie de ne pas faire ça, mais…

Sa voix se brise, laissant sa phrase inachevée, les mots restent coincés dans sa gorge. Un silence lourd s'établit, rempli des non-dits qu'aucune de nous n'ose avouer à voix haute. Je sens son désarroi, sa confusion profonde, cette honte atroce qui la consume de l'intérieur. Alors, sans hésiter, je prends la parole à sa place :

— Tu ressens ce que tu n'oses pas prononcer, exposé-je calmement, plantant mon regard dans le sien, doux, mais ferme. Tu éprouves ce désir coupable, celui que tu refuses d'accepter. Tu luttes contre toi-même parce que chaque fois qu'ils entrent chez toi, chaque fois qu'ils posent leurs mains violentes sur ton corps, une partie de toi a envie de les supplier de continuer.

Elle relève les yeux vers moi, ses prunelles embuées de larmes, mais aussi de soulagement. J'ose enfin dire ce qu'elle n'arrivait pas à formuler.

— Oui… murmure-t-elle.

— Ce que tu ressens est réel. Tu as le droit de ressentir ce désir. Tu as le droit d'avoir envie de cette brutalité interdite. Je sais ce que c'est : plus tu refuses, plus tu cries, plus tu supplies, plus ton corps réclame l'inverse. Plus c'est interdit, plus c'est douloureux, plus ton envie grandit.

Ses larmes dévalent ses joues, reconnaissant dans mes paroles la vérité qu'elle tente désespérément de fuir.

— Mais c'est mal… souffle-t-elle, la voix tremblante.

Je secoue la tête.

— Non. Ce sont eux qui sont dans l'erreur. Tu n'es coupable de rien. Ton corps a simplement trouvé une façon de survivre à cette violence. Ton désir est ta manière à toi de reprendre le contrôle, même si ça paraît incompréhensible. C'est ta sécurité.

Elle me fixe longuement et absorbe mes arguments, les yeux luisants d'une gratitude qu'elle peine à exprimer. Je perçois la tension quitter peu à peu son corps, la laissant plus apaisée, soulagée d'un poids immense.

Autour de nous, le groupe reste silencieux, chacune médite sur ses propres démons intérieurs. Amalia me lance un regard troublé, mais respectueux, consciente que cette discussion nous concerne toutes, que nous portons chacune en nous ce frisson coupable qui nous ronge silencieusement.

Je souris à Sarah.

— Ici, nous acceptons tout. La peur, la honte, le désir. Ce club existe justement pour ça : apprendre à accepter ce que les autres refusent de comprendre, ne l'oublie jamais.

Elle acquiesce, les yeux brillants, mais plus calmes.

Néanmoins, en la voyant reprendre peu à peu le contrôle, je réalise que son histoire n'est que le début d'une révélation bien plus sombre.

Je m'installe sur mon siège, puis pose mes mains sur mes cuisses et les regarde tour à tour.

— J'ai appris à supplier. À pleurer, à implorer, à dire non avec toute la sincérité d'une femme terrifiée. Ils aiment ça. Tous. Les violeurs. Les dominants. Les salauds en quête de pouvoir. Ils se nourrissent de cette illusion de résistance. Alors, j'ai joué le jeu. Très tôt. Très bien. Et plus je refusais, plus ils jouissaient. Plus je tremblais, plus ils devenaient violents. Et c'est là que la mécanique s'est inversée. La douleur est devenue prévisible. La peur, gérable. Le contrôle, possible. Ce n'était pas du consentement. Ce n'était pas non plus de la soumission. C'était de l'adaptation. Et, avec le temps… je crois que j'ai cessé d'avoir mal. Je me suis simplement observée, comme un corps utile dans une scène qui se répète.

Mes yeux balaient le groupe, accrochent des regards marqués par la confusion, la honte, et cette peur dévorante d'être jugées. Mais, moi, j'ai dû me résoudre à me détacher de tout ça.

C'est finalement Amalia qui brise timidement le silence, après ma confession, ses yeux hésitants fixés sur moi.

— Maxime, s'exclame-t-elle avec prudence, sa voix douce, mais insistante. Est-ce que… est-ce que tu es déjà tombée amoureuse de l'un d'eux ?

Je sens immédiatement tous les regards se braquer sur moi, attendant avec anxiété ma réponse. Mon cœur s'accélère, trahissant une faiblesse que je déteste ressentir. Je reste silencieuse, cherche mes mots, avant de finalement répondre, d'une voix ferme, mais teintée d'amertume :

— Non. Jamais.

Je secoue la tête, détourne les yeux, cherche à éviter leurs regards inquisiteurs.

— Je me suis juré de ne jamais franchir cette limite. Le désir, oui. L'obsession, aussi. Mais l'amour… c'est interdit. C'est un piège, une faiblesse que je refuse catégoriquement de ressentir.

Amalia fronce les sourcils, visiblement troublée par mes paroles.

— Mais… comment tu fais pour contrôler ça ? Comment tu empêches ton cœur de… ressentir ?

Je prends une profonde inspiration pour masquer la légère hésitation qui fait trembler ma voix.

— Parce que je ne m'autorise jamais à aller jusque-là. Dès que je sens cette frontière dangereuse s'approcher, je m'éloigne. C'est une règle que je me suis imposée il y a très longtemps.

Sarah murmure avec admiration :

— Tu es tellement forte… J'aimerais avoir ta force.

Je secoue la tête, un sourire amer vient étirer mes lèvres. Pas un sourire de fierté, non, un sourire de défaite contenue. D'un mensonge savamment entretenu.

— Je ne suis pas forte, Sarah.

Je suis juste une femme brisée… une carcasse qui avance, plus par réflexe que par espoir. Une survivante aux démons trop bien nourris pour mourir.

« Vivre » ne fait plus partie de mon vocabulaire, pensé-je en effleurant mon épaule.

L'amour est une faiblesse dont je ne pourrais jamais me remettre. C'est pour ça que je refuse obstinément de céder.

Mes doigts tremblent. Je les coince sous mes cuisses, pour dissimuler ma vulnérabilité.

Forte…

Ce mot tourne en boucle dans mon crâne, comme une insulte mal placée. Si elle savait… Si elle avait vu ce que j'ai ressenti avant-hier, dans cette ruelle, à genoux, humiliée, le visage rempli de foutre après qu'ils m'ont insultée de salope.

La voix de ma mère résonne brusquement en moi, vive, brûlante, douloureuse.

« Tu comprendras un jour. On ne choisit pas de qui on tombe amoureuse. »

Un frisson incontrôlable me traverse, faisant remonter à la surface ce souvenir, cette promesse prononcée dans la colère et la rage, un soir d'été où j'avais hurlé de toutes mes forces face à elle, déversant toute ma haine, toute ma rancœur.

— Je refuse de finir comme toi ! avais-je hurlé, le visage ruisselant de larmes. Je ne serai jamais comme toi, maman. Jamais je ne tomberai amoureuse d'un homme qui me violente, qui me brise, qui me détruit à chaque fois qu'il me touche.

Elle était restée immobile, silencieuse, mais ses yeux pleins de douleur n'avaient pas suffi à me faire changer d'avis.

— Tu ne sais pas de quoi tu parles, avait-elle murmuré d'une voix brisée, un sanglot dans la gorge. On ne choisit pas. C'est plus fort que tout. C'est comme une malédiction.

— Alors, je m'interdis cette malédiction ! avais-je crié de toutes mes forces, serrant violemment les poings. Et si un jour, je devais ressentir ça, alors je sauterais du haut d'un toit pour l'éteindre !

Ses yeux s'étaient remplis de douleur, d'une tristesse infinie, refusant catégoriquement cette réalité.

Un vertige me prend, mon souffle se coupe à l'idée que je puisse devenir celle que j'ai toujours détestée : ma propre mère.

Je sens les regards interrogateurs des femmes du groupe, inquiètes devant mon silence soudain. Je me ressaisis immédiatement, relève lentement les yeux, cache soigneusement mon trouble derrière un sourire rassurant, mais froid.

— Désolée. Je pensais à autre chose.

Et ce quelque chose, c'est moi, une gamine banale, qui ai compris trop tard qu'elle n'aurait jamais dû voir le jour.

Je crois que j'avais onze ans… peut-être douze.

La première fois, ils ont sonné comme des invités. C'était toujours comme ça. Ils n'étaient jamais appelés des monstres. Ma mère les surnommait « les amis de ton père » ; géniteur qui n'était rien d'autre que le bourreau de cette dernière.

Elle leur ouvrait la porte, souriait. Je devais faire de même après qu'elle m'a dit :

— Va mettre ta robe blanche, celle qui te va si bien.

Je la détestais, elle grattait la peau. Elle collait quand je transpirais. Elle s'ouvrait trop facilement.

Ce soir-là, ils étaient trois. Trois hommes déjà vieux. Le genre qui sentait le vin, la colère et la cigarette froide.

Je me souviens avoir cherché les yeux de ma mère quand l'un d'eux m'a attrapée par la taille pour me faire asseoir sur ses genoux.

Elle n'a rien dit.

Elle a baissé les yeux et a servi du vin pendant qu'ils me touchaient.

Je n'ai pas pleuré.

Pas tout de suite, mon corps ne comprenait pas encore que c'était réel. Et quand j'ai essayé de me débattre, c'est elle qui m'a regardée comme une étrangère.

« Ne fais pas d'histoires. Ce sont des hommes bons. Ils nous aident. Ils t'aiment. »

Ce mot.

Aimer.

Je l'ai haïe pour la première fois ce soir-là.

Puis c'est devenu un rituel pourvu de mains différentes. J'ai compris ce soir-là que l'amour, dans cette maison, se gagnait à coups de sacrifice. Qu'une femme devait se soumettre ou disparaître.

Puis Nathan est apparu, un soir d'hiver. Mes vêtements n'en étaient plus vraiment – des lambeaux souillés de foutre, suspendus à un corps qui ne m'appartenait plus.

Il s'est approché, le visage fermé, les traits tirés par une fatigue qu'on ne cache plus depuis longtemps.

— Vous allez bien ?

C'est ce qu'il m'a demandé.

J'ai ri. Pas de nervosité. Pas d'ivresse. Juste ce rire sec, cassé, parce que plus personne ne m'avait posé cette question depuis des années. Et la seule réponse que j'ai su lui offrir, c'est :

— Si, pendant un viol, il y a un orgasme… Est-ce que c'est toujours un viol ?

Il n'a pas répondu. Il m'a juste tendu sa veste. Et c'est en l'enfilant, que j'ai vu sa plaque.

Les jours suivants, il m'a tendu une main que je ne méritais pas. Grâce à lui, j'ai subi des tests médicaux. Et j'ai compris. Que mon corps était défaillant. Que j'étais abîmée, déroutée de l'intérieur. Que mes mécanismes étaient tordus, comme si la douleur et le plaisir avaient été mal câblés.

Je me sentais inutile. Froide.

Sans raison de continuer.

Mais un jour, il m'a parlé de ce réseau criminel qu'il essayait de faire tomber. De ces ordures qu'on ne pouvait approcher que par les marges.

Et j'ai eu une illumination.

Et si je devenais l'arme ?

Pas la victime.

Pas la pleurnicheuse qu'on sauve.

Non.

La clef. La faille dans leur système. Leur appât.

J'ai emprunté une troisième voie. Celle où j'utilise ce qu'on m'a brisé pour en sauver d'autres. Celle où je me sacrifie pour que des femmes, elles, aient une sortie.

Mais parfois, quand je me regarde dans la glace…

Je ne sais plus si je suis devenue un outil de justice, ou simplement le monstre préféré de mes anciens bourreaux.

Chapitre 14

Maxime

Les lumières tamisées du bar glissent sur mon verre à moitié vide, dessinant des reflets ambrés sur mes mains tremblantes. Autour de moi, les voix joyeuses et les rires éclatants résonnent, mais ils semblent flotter en surface, incapables d'atteindre l'abîme où mes pensées se perdent. Je suis présente en apparence, pendant que mon esprit erre dans des ténèbres que j'avais cru pouvoir contrôler.

L'alcool, mon ennemi et mon complice, trouble mes sens, brise mes barrières et libère cette vérité que je refuse d'affronter. Ce soir, j'ai décidé de prendre le risque, de m'oublier un instant, même si cela signifie de m'approcher dangereusement de l'abîme.

On m'a toujours dit : sois proche de ton ennemi. Alors me voilà, en tête-à-tête avec ce poison que je crains autant que je désire. Je porte le verre à mes lèvres et savoure la brûlure familière qui s'engouffre dans ma gorge, éveillant mon corps tout en assoupissant ma raison.

Mes pensées dérivent inévitablement vers Dean, cette obsession dont le regard noir hante chacune de mes insomnies, chaque moment de faiblesse où mes doigts s'enfoncent dans mon ancre, ma main serrant ma gorge comme il l'a fait. Je soupire amèrement et me demande combien de fois j'ai juré de ne jamais retomber dans ce piège. Pourtant, assise seule dans ce bar, je sens que je frôle la chute, m'enfonçant dans une spirale où le désir et la douleur se confondent.

Le barman s'approche, sa voix douce contraste avec le vacarme ambiant :

— Vous en voulez un autre ?

Je relève les yeux, hésite quelques instants, puis acquiesce d'un hochement de tête.

— Oui. Encore un.

Il sourit brièvement avant de s'éloigner pour préparer ma commande. Je détourne mon regard, laisse mes yeux se perdre dans le vide, hantée par cette vérité terrible : je deviens exactement ce que je méprisais.

Je serre les poings, tente de repousser le flot de souvenirs et de sensations contradictoires qui m'envahit. Chaque gorgée de cet alcool est à la fois une rébellion et une soumission, une confession silencieuse de ma faiblesse et de mon désir déviant.

Seule face à mon ennemi intérieur, je réalise à quel point j'ai déjà franchi toutes les limites que je m'étais imposées.

Je fais tourner le verre entre mes doigts, fixe, sans vraiment voir, le liquide ambré qui tourbillonne à l'intérieur, pendant que mon esprit se perd. Chaque relation toxique, chaque agression, chaque moment de violence se transforme en cicatrice invisible, mais indélébile.

En Bretagne, il y eut cet homme, mon agresseur, une obsession passagère qui me consumait à chaque instant. Je n'étais pas amoureuse, juste obsédée. Mais quand il fut arrêté, je partis sans me retourner, espérant fuir cette addiction malsaine pour m'immerger dans une nouvelle mission, dans une nouvelle ville.

Mais Dean… Dean, c'est différent. Son obsession défie toute logique. Un simple regard échangé dans une cage d'escalier, son corps brutalement plaqué contre le mien, ses mains serrant ma gorge comme une menace taciturne. Cette scène se répète sans cesse dans mon esprit, réveillant en moi un désir inexplicable, une pulsion qui me consume à la fois de honte et d'ivresse.

Je ferme brièvement les yeux et me demande ce qui se serait passé si j'avais osé le provoquer davantage. Aurait-il franchi une limite irréparable ? M'aurait-il réellement détruite, ou se serait-il arrêté juste à temps ?

Le souvenir me hante, me rend folle.

Je frissonne malgré moi, consciente que cette pensée est dangereuse. Je ne devrais même pas envisager cette possibilité, mais l'idée reste gravée en moi, aussi troublante que fascinante.

Pourtant, une autre image m'envahit, radicalement opposée à tout ce que je connais de lui… et s'il n'était rien de plus qu'un homme dissimulé derrière un masque violent ? Peut-être que sous cette façade glaciale et brutale, Dean se révèle être simplement un garçon perdu, un être en quête de tendresse qui enlace doucement les femmes après les avoir effleurées avec une délicatesse inattendue, presque tendre.

Cette vision me trouble plus encore, car elle brise tous les repères auxquels je m'accroche. Je ne sais plus à quoi me fier : à la violence éclatante qu'il me montre ou à cette douceur que, malgré moi, j'imagine au creux de ses gestes ?

Je termine mon verre, consciente qu'il ne reste qu'une seule certitude : Dean est mon obsession la plus dangereuse, celle qui consume mes pensées et défie ma raison.

Il y a quelque chose de sombre, de noué, dans ses yeux noirs… et j'ai besoin de le déchiffrer pour savoir.

Je monte péniblement les escaliers, mes jambes vacillantes sous l'effet de l'alcool. Chaque marche devient un combat. Ma jupe remonte sur le haut de mes cuisses, mais je m'en fiche. Tout ce que je veux, c'est atteindre mon appartement. Me couper du bruit. Fuir ce bar. M'éloigner de mes pensées qui tournoient comme un poison dans mes veines.

Derrière moi, la musique assourdissante de l'appartement des joueurs fait trembler les murs, comme un rappel pernicieux que Dean n'est jamais loin. Je frissonne, sans savoir si c'est à cause de lui… ou de tout ce que je ressens depuis qu'il a posé les yeux sur moi.

Ma main tremble en cherchant la serrure. La clef refuse d'entrer.

— Allez, putain… soufflé-je, agacée, en m'acharnant sur le métal froid.

Après plusieurs tentatives maladroites, la porte s'ouvre enfin. Un soupir de soulagement m'échappe tandis que je pénètre dans mon lieu de vie. Le silence m'engloutit. Un silence trop total.

Je tente d'allumer. Rien. Noir complet.

Merde. Le disjoncteur.

Je claque la porte, l'écho résonne un peu trop fort. J'avance à pas de velours vers le cagibi, retire mes Docs que je délaisse sur mon passage, le carrelage froid sous mes talons. Je trébuche en titubant, mais me reprends, la tête lourde, ma vision devenue floue.

Dans l'obscurité, mes doigts cherchent à tâtons le boîtier électrique. Je soupire, je jure entre mes dents. Mon souffle est irrégulier, mon corps en déséquilibre.

Je suis prise d'un frisson. Brutal. Incontrôlable.

Je me retourne d'un coup, le cœur battant à l'explosion. Mais il n'y a rien. Que le noir. Que ce silence. Et cette sensation… d'être observée.

Une main se plaque violemment sur ma bouche. Un cri m'échappe, mais il s'écrase contre cette paume glaciale, étouffée, inutile.

Je me débats, mais mon corps est trop lent, mes gestes trop mous. L'alcool me trahit. Mon souffle se bloque, mon ventre se noue autant qu'il se délecte.

Je lève les yeux. Instinctivement. Dans la baie vitrée, sous la lumière blafarde de la lune, je les vois.

Trois silhouettes.

Silencieuses. Immobiles.

Des spectres d'ombre, tout de noir vêtus. Leurs visages dissimulés derrière des masques métalliques. Des crânes luisants. Leurs reflets chromés scintillent dans la nuit comme autant de menaces muettes.

Le cauchemar vient juste de commencer, et mon sexe palpite à cette idée.

Je tente une dernière fois de me débattre, de crier, de lutter contre ce destin macabre, mais mon corps refuse de m'obéir. Je suis trop ivre, trop faible, et surtout trop consciente que, malgré tout, c'est exactement ce que je désire.

Un autre s'approche de moi, penche sa tête légèrement sur le côté, et murmure d'une voix rauque et glaciale :

— Tu peux hurler, mais personne ne viendra te sauver.

Son corps se presse brutalement contre le mien. Ils me prennent en sandwich et cette putain de sensation fait couler l'excitation entre mes cuisses. Je me réjouis déjà de ce qui va suivre, consciente que cette rage orgasmique me détruira autant qu'elle me comblera.

Je tente d'adresser un coup de poing à celui qui se trouve face à moi, mais il le réceptionne en secouant la tête, alors que ces yeux d'un blanc neige dont il est impossible de posséder dans la vraie vie s'enfoncent dans les miens.

— Grave erreur, gronde-t-il en m'administrant une gifle si forte que le sang se répand sur mes papilles et mon ventre se gonfle d'un putain de plaisir.

Encore… Plus fort…

Mes pieds traînent sur le sol alors que mon corps se déplace jusque dans le salon où ils me jettent brutalement contre la table basse. Si ça continue, l'alcool coulera à flot, et pas dans le bon sens, même si j'ai envie de crier que c'est foutrement bandant. Le troisième se plante à ma hauteur, attrape mes cheveux brutalement.

— Tu as commis une grosse erreur en faisant coffrer ce connard, mais ne t'inquiète pas, nous savons comment punir une pute dans ton genre.

Un sourire amusé se dessine sur mes lèvres alors que je crache sur son masque.

— Vous ne me toucherez pas, sinon je vous dénonce aux flics. J'ai juste à crier et tout l'immeuble appellera les secours.

Il me tire davantage les cheveux et essuie ma bave avec.

— Tu sembles trop sûre de toi, pour une nana qui s'apprête à se faire déchirer par tous les trous.

Mon cœur bat à toute vitesse alors que j'entends mon collant craquer sous la poigne de son complice. Ma chatte est totalement trempée, mon cœur bat à toute vitesse et, putain, je suis au bord de la jouissance juste au déchirement des coutures !

Chapitre 15

Maxime

Je me défais de leur prise, tente de me sortir de la table basse, mais un poids vient s'installer sur mon dos, me coupant le souffle. Je suis définitivement coincée et mon corps hurle de me sortir de là, et à la fois crève d'envie qu'il m'étouffe encore.

— Ne faites pas ça, je vous en supplie.

Mes cheveux se retrouvent tirés en arrière par celui qui a pris place sur mon dos, tandis que celui face à moi se redresse et défait les boutons de son pantalon de smoking.

— Fais-lui fermer sa gueule ! s'exclame celui qui écarte mes cuisses, que je tente de refermer en vain, même si je suis déjà prête pour eux.

— C'est comme si c'était fait, déclare l'homme face à moi, qui attrape sa queue cachée dans son caleçon noir, dévoilant une érection qui me coupe le souffle.

— Elle te fait peur, susurre-t-il.

Je hoche la tête, mon crâne douloureux au plus la pression derrière se resserre. Mon sexe palpite, je salive et, putain, j'ai foutrement envie qu'ils me déchirent un par un !

— Allez en enfer, bande d'enfoirés de…

Je n'ai pas la possibilité d'en dire plus que son gland se presse contre mes lèvres clauses, sa main libre emprisonne mon menton avant d'exercer une pression qui me fait ouvrir instinctivement la bouche, laissant l'accès libre. Sa verge se niche entre mes lippes tandis qu'une main palpe mon cul, s'approchant de l'avant de mes cuisses.

— Putain, ce cul, il est parfait, s'extasie mon ravisseur sur mon dos.

Je m'apprête à mordre sans détourner le regard de celui qui me fait bouffer sa longueur avec des va-et-vient de bassin, mais me ravise en découvrant ce qu'il déniche de sa manche. Une arme qu'il braque contre mon front.

Mon Dieu… je vais jouir…

— Ne t'avise même pas de le faire, si tu veux garder ta cervelle intacte.

Je cligne des yeux, le cœur au bord de l'évanouissement. Mes larmes s'écrasent sur le sol, rejoignent mon surplus de salive alors qu'il pilonne ma gorge. Mes oreilles captent le bruit d'un sachet se faire déchirer, puis ma culotte subit le même sort. Un gémissement étouffé m'échappe. Il débute ses va-et-vient brutaux et, dans ce moment, la pipe qui m'était obligée d'offrir avec dégoût devient un plaisir que je prends. Ma langue roule autour de son sexe gonflé, il impose la cadence et je l'anime par le roulage de pelle que j'offre à sa verge. Mon vagin se contracte à chaque fois qu'il s'enfonce au plus profond de mes entrailles, plus encore lorsque quelque chose de tiède roule le long de ma fente anale, puis qu'une langue accompagne cette coulure pour s'arrêter sur l'endroit le plus étroit de mon corps.

Il accompagne ses léchages avec un objet froid et dur traçant un cercle. Je gémis, sentant mon excitation éclabousser mes cuisses, et mon corps monte en degré au milieu de ses trois hommes, ce qui engendre des points noirs dans ma vue. La musique des voisins, qui vient de prendre plus de décibels, fait vibrer les murs. De toute façon, même si je criais, ils ne m'entendraient pas d'un chouia, et il est préférable qu'il en soit ainsi.

Le gland cogne fort au fond de mes buccales, m'arrachant un relent d'alcool et d'acide que je ravale. Je donne plus de volonté à celle qui remplit ma bouche, tout en analysant l'homme qui me fait face, contrairement aux deux autres dont je ne peux voir que le reflet dans la baie vitrée et dont leurs ongles s'enfoncent dans ma peau. Chacun me conduit dans un état lamentable, engendrant une explosion de couleur noire. Mon cul reçoit une claque puissante, puis deux pendant que chacun déchire mes entrailles par tous les trous.

La montée dans mon ventre se fait plus dense, ma chatte se resserre et mes joues chauffent alors que j'explose d'une putain de libération.

— Elle a joui, la salope ! s'exclame l'un d'eux.

Les iris blancs de celui que je pompe brillent même sous la lentille qui dissimule sa vraie couleur. Ses doigts gantés s'enroulent autour de son membre qu'il extrait de ma bouche, me redonnant un peu de souffle, avant de me frapper la joue avec.

— T'aimes ça ? me questionne-t-il en accélérant les va-et-vient sur sa hampe.

Je ne réponds pas, à la place, je tire la langue comme un cri de finir ce qu'ils pensent un cauchemar pour moi. C'est une rébellion, mais aussi une vengeance pour leur faire comprendre que je n'ai pas peur ; même si, une fois seule, je me craquerai comme une merde au sol pour avoir agi comme une salope.

— Je crois qu'elle nous fait un appel.

Les coups de boutoir se suspendent, même cette langue, avec ce truc froid et rugueux qui me faisait frissonner, engendre un manque béant alors que j'aimerais qu'une chose : qu'ils recommencent et partent avec l'envie qu'ils ne reviennent jamais. Ou pas…

Ma chair se contracte dans le vide qu'ils laissent derrière eux, déclenchant un gémissement que je ne contrôle pas. J'ai à peine le temps de cligner des yeux que trois queues se retrouvent sous mon nez, un canon lubrifié pointé dans ma direction dévoilant l'objet qui se trouvait dans mon canal. Ma langue encore pendue, leur érection prise en otage par leurs doigts, ils se malaxent. La première giclée vient de droite, s'écrase sur ma tempe, le fluide gluant roule jusqu'à ma joue.

— Putain, tu le crois, ça ? Une vraie petite chienne docile, se réjouit celui qui vient de m'asperger l'autre partie du visage dans un grognement de satisfaction.

Ma langue roule sur ma lèvre, m'imprégnant de ce goût que beaucoup cracheraient ou pesteraient avec un haut-le-cœur, mais moi, je prends, je savoure, et je le laisse glisser au fond de ma gorge comme un putain de bon rhum.

Le dernier repose son gland contre ma lèvre et me remplit de son sperme que j'avale sans ciller. Et, comme une bonne petite pute, mes lèvres se referment sur lui tel un chiffon qui déblaie la poussière.

— Elle sera parfaite, grogne-t-il tout en replaçant sa queue redevenue molle dans son caleçon pendant que les deux autres profitent de ma gourmandise pour que je les lustre à leur tour, avec ce qu'on pourrait assimiler à de l'amour.

Mes cheveux sont brutalement tirés en arrière, mon corps encore tremblant sous l'impact de tout ce qui vient de se passer. Je tente de reprendre mon souffle, mais l'adrénaline qui pulse encore dans mes veines me garde figée, incapable de bouger. L'un d'eux s'approche, son souffle chaud frôle ma joue sale, sa voix froide et tranchante résonne dans l'obscurité de mon appartement.

— On reviendra, sois-en sûre, me jure-t-il d'un ton menaçant. Et cette fois, nous n'aurons aucune limite si tu fais tomber un autre de nos fils de pute.

Ses doigts se desserrent de mes cheveux et ma tête bascule en avant, trop lourde, trop vidée de force pour que je puisse la retenir. J'entends le claquement sec de la porte qui se referme derrière eux, retentissant comme un serment dans l'espace silencieux de mon appartement.

Un long frisson glisse le long de ma colonne vertébrale. L'écho de ses paroles danse dans mon esprit, mais je ne ressens rien. Ni peur ni panique. Juste un vide immense et une addiction qui s'ancre un peu plus profondément en moi.

Les larmes montent, brouillent ma vision. Je suis encore trop submergée par ce que je viens de subir, par cet avertissement que je devrais craindre… et qui pourtant ne me fait ni chaud ni froid.

Je veux qu'ils reviennent.

Je veux les sentir encore. Et je sais comment…

Un dernier souffle, un soupir voilé qui s'échappe de mes lèvres tremblantes.

Je redresse mon corps affaibli, mes muscles encore douloureux. Mes mains s'élèvent jusqu'à mon visage, effaçant d'un geste vif les traces gluantes qui s'accrochent à mes joues, mon front, mon menton, pour faire disparaître tout ce qui vient de se produire.

Mais ça ne suffit pas.

Je vacille en me levant, mon équilibre instable à cause de l'alcool et de la fatigue accumulée. Chaque pas jusqu'à la salle de bain est un effort, mais je ne ralentis pas. Je veux me débarrasser de ce poids invisible, de cette odeur qui me colle à la peau, de cette sensation de souillure qui s'accroche à chaque pore de mon corps.

Une fois devant la douche, mes doigts fébriles arrachent mes vêtements. Ma jupe tombe au sol en premier, suivie de mon haut froissé et de mes collants déchirés. Mon corps nu frissonne sous l'air froid de la pièce, mais je n'y prête aucune attention.

J'ouvre l'eau, tourne le mitigeur jusqu'à ce qu'elle soit brûlante, de façon insupportable. Je veux tout effacer.

L'eau frappe ma peau nue, ruisselle le long de mon dos, de mes hanches, de l'intérieur de mes cuisses. Elle coule comme une pluie acide, censée laver, purifier, mais elle n'efface rien.

La salle de bain est noyée dans la vapeur. Tout est flou. Les murs disparaissent. Le miroir aussi. Et moi avec.

Je respire mal.

Je me retiens de vomir. Ou peut-être de jouir. Je ne sais plus.

Je ferme les yeux, laisse les gouttes brûlantes laver ce fluide collant qui accroche mes joues, mes mèches de cheveux prises d'assaut. L'eau entraîne tout avec elle, dilue la honte, la transforme en quelque chose de plus supportable.

Mais ce que je sens… c'est eux.

Le souffle contre mon oreille. La poigne. Le craquement de mon collant.

Et ce frisson. Ce putain de frisson qui m'a traversée alors que j'aurais dû me débattre plus fort.

Ma main glisse entre mes cuisses, sans que je m'en rende compte. Un geste interdit. Un aveu muet. Un appel au vice que je combats autant que je le provoque.

L'autre agrippe mon cou, une fureur silencieuse, comme si, en pressant plus fort, je pouvais tout faire disparaître. Mais ce n'est pas aussi simple. L'odeur, la sensation, la mémoire… rien ne se rature vraiment.

Je n'ai pas de raison pour mourir… pas encore.

Le liquide trouble s'écoule sous moi, emportant avec lui ce que je refuse de garder. Mais je ne tremble pas. Je ne pleure pas.

Mon sexe est encore gonflé, encore lubrifié, prêt à accueillir mes ongles, mais je m'arrête et tombe à genoux. Je ramène mes bras autour de moi, cherchant un abri que je ne trouve pas. La chaleur entre mes cuisses amplifie. Je suis un paradoxe vivant. Un monstre fait de honte et de délire charnel. Une femme qui devrait hurler, mais qui… attend qu'on revienne.

Chapitre 16

Maxime

Le soleil tape fort aujourd'hui, réchauffant ma peau nue alors que je suis installée sur mon balcon, jambes croisées sur le transat en plastique usé. Mon bikini épouse mon corps, offrant une illusion de détente que je ne ressens pas réellement. Je ne cache pas mes bleus, à quoi bon cacher quelque chose qui m'a fait jouir autant que j'ai détesté. Mes doigts pianotent mécaniquement sur mon clavier, mon regard absorbé par l'écran.

J'ai une mission. Une obsession.

Dans un onglet ouvert, une recherche défile : « Masques de crâne chromés achat en ligne ». Je fais défiler les résultats, analysant les détails, les modèles, les options de personnalisation sur le darknet. *Il faut que je les trouve.*

Les souvenirs reviennent et mon corps s'embrase.

J'augmente le volume de mes écouteurs qui diffusent une musique électrisante, noyant les bruits environnants. Une cigarette pend mollement entre mes lèvres, la fumée s'élève paresseusement dans l'air chaud du matin. Chaque inhalation est une tentative de calmer cette rage sourde en moi, ce besoin impérieux de contrôler ce qui m'a échappé hier soir. Et à la fois canaliser l'envie de me doigter pour soulager mon vagin qui pulse chaque fois que les images reviennent.

Trois hommes.

Des crânes métalliques reflétant la lueur froide de la lune. La force brute de leurs gestes, l'intensité de leur menace et ce flingue qui a titillé mon anus.

On reviendra.

Un sourire amer étire mes lèvres, mes doigts tapent plus vite sur le clavier. Oui, ils reviendront. Je vais les forcer à le faire.

Mes mâchoires se crispent sur le filtre en repensant à leurs voix déformées, aux ombres mouvantes dans mon appartement, à l'odeur du danger qui collait à eux, tout comme mes cuisses qui se pressent l'une contre l'autre.

« Si tu fais tomber un autre de nos fils de pute. »

Ces mots tournent en boucle dans mon esprit, un avertissement clair. Mais, surtout, une confirmation. Ils sont organisés. Je viens, peut-être, d'identifier les têtes pensantes du réseau que je démantèle en silence depuis des années. Je tire et reporte ma cigarette à mes lèvres, inspirant une longue bouffée avant de l'écraser dans le cendrier. L'adrénaline pulse en moi, me tient éveillée malgré la fatigue qui pèse encore sur mes muscles endoloris et probablement encore alcoolisés.

Une ombre se dessine dans mon champ de vision, me faisant lever les yeux.

Eden est adossé à la rambarde du balcon, ce sourire indéchiffrable accroché à ses lèvres, un mélange d'arrogance, de charme et de quelque chose d'étrangement… doux.

Ses lunettes de soleil reposent au bord de son nez, laissant entrevoir ses prunelles claires, moqueuses, presque enfantines.

Il a ce genre d'énergie solaire qui agace autant qu'elle intrigue.

— T'as pas chaud à rester plantée là ? lâche-t-il, rieur.

Ses yeux s'aventurent sur moi. Et mon corps réagit avant même que je puisse l'en empêcher. Un battement. Un frisson. Une pulsation.

Il ne fait rien d'exceptionnel. Il est juste là. Il me bouffe de ses iris. Et c'est déjà trop.

Avant que je puisse répondre, Parker surgit derrière lui, en balançant un ballon de plage entre ses doigts tatoués. Il est torse nu, le bronzage naissant sur ses épaules larges, les abdos dessinés juste assez pour qu'on imagine le reste. Son regard macchiato se pose sur moi avec cette familiarité provocante qui le caractérise.

— Tu devrais venir avec nous, Max, lance-t-il avec un sourire complice. Plutôt que de cramer ici toute seule sur ton balcon, autant bronzer sur le sable.

Je me contente de hausser un sourcil, aspirant le reste de ma cigarette que je viens d'allumer. La fumée glisse entre mes lèvres, telle une caresse que je contrôle à défaut d'en désirer une autre.

— Humm… Pourquoi pas ? décrété-je, détachée en apparence.

Mais à l'intérieur… c'est autre chose.

Eden sourit, plus large cette fois.

Parker m'adresse un clin d'œil.

Mon bas-ventre pulse, discret, mais réel.

C'est faible. Mais, c'est là. Pas comme Dean. Pas cette fièvre brûlante, cette perte de repère totale.

Non.

Avec eux, c'est autre chose. Plus diffus. Plus lent. Mais pas moins vicieux. Le genre de désir qui ne s'impose pas, qui s'infiltre, doucement, entre les côtes.

— J'enfile mon kimono et je vous retrouve sur le palier, déclaré-je en leur lançant un regard faussement las.

Eden incline la tête, un sourire satisfait aux lèvres, tandis que Parker lève le pouce avant de quitter le balcon avec nonchalance. Je les regarde disparaître à l'intérieur de leur appartement, rieurs, détendus, loin de deviner les pensées qui fourmillent derrière mon calme apparent.

Je détourne les yeux, abandonne mes recherches pour aujourd'hui. Je devrais continuer, fouiller plus loin, chercher encore. Mais mon corps désire autre chose.

J'entre dans mon appartement, pose mon ordinateur sur la table et file directement dans ma chambre, laissant mes pas vibrer sur le carrelage. Mon esprit est encore tiraillé entre cette étrange invitation et la chaleur entre mes plis.

Eden et Parker ne sont pas Dean. Ils ne cherchent pas à me chasser, à me repousser comme lui. Au contraire, ils me laissent entrer. Mais j'aimerais plus… toujours plus…

Je sors un kimono en dentelle rose poudré et l'attache négligemment autour de mes hanches, couvrant partiellement mon bikini vert fluo. L'ensemble est provocant sans être vulgaire, un équilibre parfait entre légèreté et intention.

Je passe une main rapide dans mes cheveux, vérifie brièvement mon reflet dans le miroir. Un simple jeu d'apparences qui, avec les marques, donne un côté plus sensuel.

Je sors sur le palier et les découvre en train de verrouiller la porte de leur appartement. Eden tourne la tête vers moi, son sourire s'élargit instantanément.

— Enfin prête, princesse ?

Sa voix est chaude, une pointe moqueuse, pourtant, je sens une tension glisser entre mes omoplates. Je m'habitue à son arrogance douce et assumée. Il n'a rien de la froideur de son capitaine, ou du regard perçant et dérangeant de Saul. Eden est facile à apprécier, mais aussi à désirer, surtout lorsqu'il m'appelle princesse, comme si j'avais encore la possibilité de choisir entre ramper entre ses cuisses ou monter dessus.

Et, pour être honnête, je ne suis plus très sûre de ce que je choisirais.

Sans hésiter, il passe un bras autour de ma taille, un geste léger, naturel. Il est chaud, direct, rassurant.

Et mon corps, ce traître silencieux, frissonne à peine sous cette étreinte trop sage pour être honnête.

— T'as vu ça, Parker ? dit-il en me serrant contre lui. Elle a mis un truc sexy juste pour nous.

Parker, qui vient de verrouiller la porte et de glisser les clefs dans la poche de son short, s'approche en riant. Son regard analyse mon kimono rose poudré, contrastant avec mon bikini néon. Le tissu glisse un peu, révélant la courbe de ma cuisse et à la manière dont ses billes noisette brillent, mon ventre se contracte.

— On a de la chance, apparemment.

— Ne vous emballez pas trop vite, répliqué-je avec un sourire. J'évite juste de me balader à moitié nue devant tout l'immeuble.

Eden resserre un peu son étreinte autour de ma taille, une lueur taquine dans le regard. Pas assez pour être intrusif. Juste ce qu'il faut pour que je sente la ligne de son torse contre ma hanche.

— Dommage, t'aurais pu provoquer quelques crises cardiaques.

Je secoue la tête, mais je ne me détache pas de lui. Avec eux, tout est léger, fluide, agréable.

Contrairement à l'attitude de Dean et Saul ; des regards qui transpercent, qui condamnent, qui brûlent sans jamais toucher. Des juges silencieux qui me dévorent sans jamais m'embrasser.

Mais Eden et Parker, eux, sont faits de chaleur et de lumière. Ils sourient. Ils touchent. Ils jouent.

Et mon corps répond à cette légèreté, même s'il en désire davantage.

Je les laisse me guider vers l'escalier, nichée entre eux comme une anomalie bienvenue.

Chapitre 17

Maxime

L'air est chaud, chargé de l'odeur salée de l'océan et des effluves sucrés de glaces fondantes que tiennent des enfants. Biarritz vit sous le soleil et, aujourd'hui, je me fonds dans le décor.

Nous descendons la place animée, bordée de terrasses où des familles et des couples discutent en buvant un verre. Des rires éclatent ici et là, contrastant avec le grondement plus lointain des vagues.

Eden, toujours aussi à l'aise, marche à mon côté, son bras ayant quitté ma taille, mais son énergie légère et enjouée ne m'abandonne pas pour autant. Parker suit d'un pas tranquille, observant distraitement l'agitation environnante.

Une fois arrivée devant l'étendue de sable doré, je retire mes claquettes, les glissant dans mon sac de plage.

— Ah, ah, ça, c'est mieux, s'émerveille Parker en imitant mon geste, ses pieds s'enfonçant dans la chaleur réconfortante du sable.

Eden fait de même, un sourire paresseux aux lèvres, avant d'étirer ses bras au-dessus de sa tête, offrant au soleil sa peau hâlée. Je ne peux m'empêcher d'imaginer ma langue se frayer un chemin le long de son torse et mordre chacun de ses muscles.

— J'espère que t'es prête à bronzer, dit-il en me lançant un regard joueur. Parce qu'on compte bien rester ici un moment.

Je laisse mes orteils s'enfoncer dans le sable, savourant sa douceur sous mes pieds, tout en me murmurant, je suis prête à beaucoup… beaucoup de choses.

— Bronzer, peut-être. Me baigner, on verra, répliqué-je.

Il arque un sourcil, amusé.

— T'as peur de l'eau ou quoi ?

— Non, juste des gens qui veulent m'y pousser, dis-je avec un sourire en coin.

Il éclate de rire tandis qu'il secoue la tête avec un air faussement innocent.

— Aucun de nous ne ferait une chose pareille…

Fais-le et surtout fais en sorte de me noyer jusqu'à ce que je puisse jouir de cette sensation.

— J'y crois moyen, Rhétoricien.

Parker lève un bras, l'agitant dans l'air avec une nonchalance habituelle.

— Ils sont là.

Je suis son regard et vois Eden baisser légèrement ses lunettes sur le bout de son nez, observant l'espace où Dean et Saul sont déjà installés, comme deux rois silencieux sur leur trône de sable.

Autour d'eux, un amas de filles rit trop fort, leurs corps moulés dans des morceaux de tissu ridiculement petits. Elles s'accrochent à eux comme des parasites charmés, gloussent, ondulent, chassent l'attention avec des mains baladeuses et des sourires bien trop mécaniques.

Je devrais rouler des yeux, soupirer, mépriser cette mascarade. Mais à l'intérieur, une vibration étrange me vrille le ventre, une chaleur acide qui se faufile jusqu'à l'arrière de mes genoux. Un agacement moite, un désir travesti.

Eden ricane à côté de moi, son épaule frôle la mienne dans un contact à peine perceptible.

— Ils ne peuvent pas s'en empêcher ?

— Leur réputation serait ruinée s'ils débarquaient sans leur harem, ajoute Parker en souriant, son ton dégoulinant d'ironie.

Je continue d'observer Dean, adossé contre le sable, ses lunettes de soleil masquant ce regard noir et tranchant qu'il réserve toujours pour moi.

Et ce simple soupçon engendre une pulsation entre mes jambes.

Saul, lui, est plus relâché, ses doigts posés sans vergogne sur la cuisse d'une brune silencieuse.

Il la caresse comme on caresserait un chien bien dressé.

Je déglutis, dérangée.

Fascinée.

Excitée.

Nous avançons sur le sable brûlant, sans la moindre incertitude. Leur terrain devient le nôtre. Leur territoire, une arène.

Et je n'ai aucune intention de rester discrète.

D'un geste fluide, Eden bouscule une des filles collées à Dean, un simple frôlement d'épaule suffit à la faire tituber, ses bracelets cliquettent contre sa cuisse bronzée.

— Oups, souffle-t-il avec amusement, sans même lui accorder un regard.

Parker se fraie un passage plus directement, écartant une fille blonde assise trop près de Saul d'un simple mouvement du bras. Elle rit, faussement indignée, mais je vois déjà dans ses yeux qu'elle n'osera pas protester.

Ses yeux glissent sur Parker comme une supplique muette.

Je les regarde faire.

Et j'ai chaud. Pas à cause du soleil… c'est autre chose.

Une ivresse insidieuse, une montée douce, mais poisseuse dans mes veines.

J'aime cette sensation de conquête. J'apprécie voir ces filles délogées comme des obstacles gênants. J'aime me sentir au centre.

Et je sens mon corps qui réagit. Lentement. Sournoisement.

Eden balance brutalement sa serviette sur le sable, envoyant une gerbe dorée sur les filles autour.

— Eden, sérieux ?! s'exclame l'une d'elles en secouant ses cuisses couvertes de sable.

— Désolé, pas fait exprès, répond-il d'un ton qui trahit exactement le contraire.

Je réprime un sourire en posant calmement mon sac à côté de lui, avant d'étaler ma serviette avec méthode. Je m'agenouille sur le sable chaud, la chaleur mordant mes genoux me ramène immédiatement au présent.

Le vent joue avec mon kimono, le soulevant comme une invitation.

Dean ne bouge pas, allongé négligemment sur sa serviette, ses lunettes de soleil cachent son regard. Mais je sais qu'il me dévisage, dans chaque picotement qui naît à la base de ma nuque et de mes tétons tendus à l'extrême.

Saul relève vaguement un sourcil, son visage affiche cette nonchalance méprisante qu'il cultive si bien.

— Vous étiez obligés de vous poser là ? grogne-t-il, son regard passe d'Eden à moi, où plutôt sur mon « Fuck » qui apparaît alors que le vent soulève l'ouverture de mon kimono.

— Et pourquoi pas ? La vue est meilleure, ici.

— Tu veux dire sur nous ? rétorque Saul avec un sourire en coin.

— Parfaitement, renchérit Parker sans même lever les yeux, s'étalant sur le sable comme un félin repu.

Je me contente d'un sourire énigmatique et fais mine de fixer l'horizon, l'océan immense et pourtant… tout mon corps est tourné vers mon obsession.

Eden vient se glisser derrière moi avec une aisance naturelle, son torse frôle mon dos, ses cuisses effleurent les miennes.

Ses doigts s'activent sur le nœud fragile de mon kimono. Il ne tire pas encore. Il le caresse, comme s'il testait mes limites, et je tremble sous le désir qu'il aille plus loin.

Je ne me rappelle pas avoir été aussi proche de lui, mais la sensation de ses mains autour de ma taille ne me dérange pas. Au contraire, elle m'embrase.

— Tu es plus sexy sans, chuchote-t-il dans le creux de ma nuque, sa voix chaude et taquine.

Le tissu léger glisse le long de mes bras, puis tombe sur le sable dans un froissement obscène.

Ma respiration se suspend brièvement, non pas à cause d'Eden, enfin, en partie, mais parce que je sais.

Même caché derrière ses verres teintés, je peux sentir son regard lourd peser sur moi, comme une brûlure muette.

Son silence m'arrache un orgasme mental.

Je me mords la lèvre, tente d'ignorer la tension qui s'insinue entre nous. Eden, lui, n'a aucune idée du feu auquel il joue en laissant ses mains rouler sur mes hanches.

Sa chaleur m'envahit… mais mon esprit est ailleurs.

Parker finit par ajouter son grain de sel.

— C'est quoi, ces marques sur tes cuisses ? demande-t-il en plissant les yeux, curieux.

Mon cœur rate un battement.

Je baisse les yeux vers mes cuisses, découvrant les croûtes déjà formées, souvenirs de la veille, de leurs doigts brutaux, de la morsure du danger. Des preuves de mon trouble.

Le silence s'épaissit autour de moi, le sang cogne mes tempes.

— Je me suis coupée en me rasant.

Il hausse un sourcil, doutant de ma réponse, mais il ne commente pas.

Dean, lui, ne bouge toujours pas. Mais son poing s'est serré sur sa serviette.

Comme si, malgré son masque d'indifférence, il n'aimait pas du tout ce qu'il voyait, ou qu'il préférerait que ce soit les siennes. Et ce simple constat fait dérailler mon excitation.

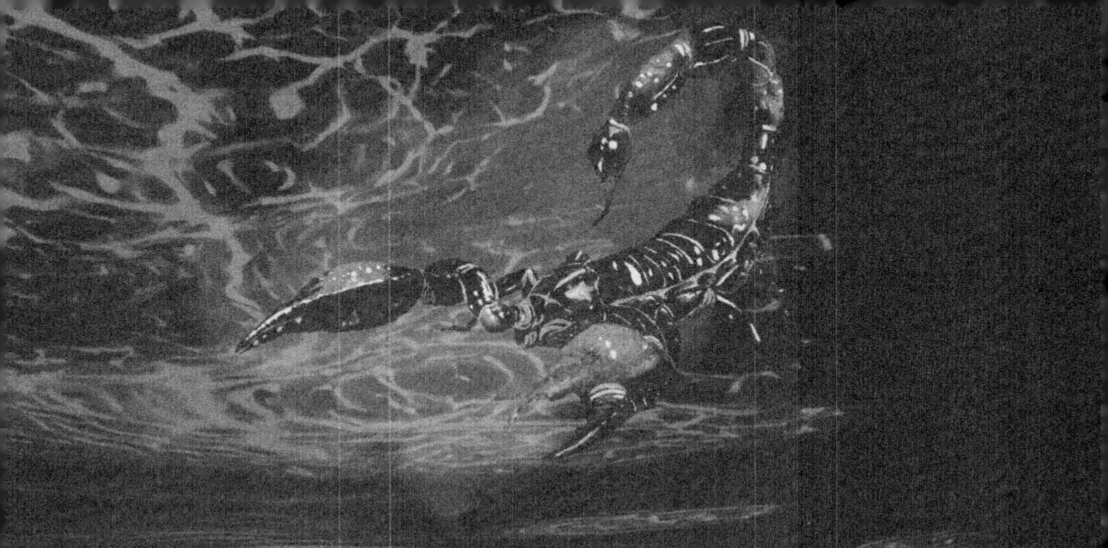

CHAPITRE 18

DEAN

Il a fallu qu'ils la ramènent.

Il a fallu qu'elle débarque, cette garce flamboyante, avec son putain de bikini néon, éclatant sous le soleil comme un cri de guerre lancé à la décence.

Un haut si minuscule qu'il menace à chaque mouvement de libérer ses seins, bombés, arrogants, insolents.

Un bas si échancré qu'il épouse sa chair avec une indécence maîtrisée, comme s'il avait été cousu sur mesure pour provoquer. Et juste au-dessus, gravé sur sa chair, ce mot… « Fuck ». Une déclaration silencieuse. Un piège à fantasmes. Rien n'est laissé au hasard. Chaque détail est une corde autour de ma gorge. Et je l'avale sans lutter.

Allongé, j'essaie de faire abstraction, de rester concentré sur autre chose… n'importe quoi d'autre. Mais c'est impossible, tout en elle attire mon regard comme un pistolet braqué sur ma tempe. Surtout quand je les vois. Eden, à califourchon sur son dos, son torse nu collé à sa peau, ses paumes lentes, trop lentes, qui étalent la crème solaire sur ses épaules dénudées, effleurant sa nuque comme si elle lui appartenait déjà.

Il lui chuchote quelque chose à l'oreille. Elle se pince les lèvres.

Parker est accroupi à ses pieds, ses doigts cascadant sur ses mollets, la caressant plus qu'il étale la crème. Elle écarte les jambes et mon sang martèle mes tempes autant que ma queue qui se contracte. Elle rit, la tête rejetée en arrière, ses cheveux colorés s'étalant sur son épaule tatouée.

Le mot « SURV;VRE » orne sa peau pâle comme un avertissement silencieux.

Un rappel que cette fille n'est pas normale. Et que je suis en train de perdre pied pour une nana pas permise.

À côté de moi, y'a cette brune, dont j'ai déjà oublié le prénom. Elle trace des cercles du bout de son ongle sur mon torse, pensant peut-être me séduire. Elle pourrait disparaître dans l'instant, je ne lèverais même pas un sourcil.

Ce qui m'obsède, c'est elle, ses hanches se soulevant doucement au rythme de sa respiration, comme si elle jouissait. Comme si chaque caresse était une promesse d'orgasme lent et douloureux.

Ça me rend dingue. Un feu se propage sous ma peau, une colère mêlée d'ivresse, et ça m'exaspère. Eden et Parker n'ont aucune gêne, et elle non plus. Elle rit franchement, provocante sans le savoir. Ou peut-être qu'elle le sait très bien, et ça la fait jubiler. Sur sa cuisse, j'aperçois les marques qu'elle a justifiées par une « coupure de rasoir ».

Mon cul.

Maxime n'est pas négligente. Elle laisse traîner ce qu'elle veut qu'on voie. Ce qu'elle veut qu'on remarque, qu'on fantasme, qu'on questionne sans oser demander.

Et je suis là, incapable d'avaler ma salive, à me faire brûler vivant.

Eden fait mine de masser le bas de son dos, et elle lâche un rire cristallin qui me donne envie de… je ne sais pas. De rugir. De partir. De l'attraper. De l'attacher à une poutre. De l'étrangler. De la baiser.

Tout ça. En même temps. Dans le désordre. Dans la douleur.

Mon poing se crispe sur le tissu râpeux de ma serviette. Mon regard reste planté sur elle. Sur eux. Sur cette scène insupportable qui me pousse à bout.

Je suis une explosion contenue. Un monstre enfermé dans une cage bien trop étroite pour ma rage.

Et Maxime devient la main sur la serrure. Et si elle tourne… je jure que je détruis tout.

La fille sur mes genoux se rapproche un peu plus, son parfum sucré m'assaille, mais je ne sens rien, je n'éprouve rien. Mon esprit refuse de s'éloigner des cheveux colorés, du corps indécent, ce tatouage qui m'intrigue et m'agace à la fois.

Je lui lance un regard, caché derrière mes verres noirs. Elle ne me voit pas, trop occupée à plaisanter. Mon sang bouillonne, je déteste cette impression de perdre le contrôle.

Calme-toi, Dean, me répété-je.

Ignorer, c'est ce que je fais de mieux, pas vrai ? Mais bordel ! C'est compliqué quand elle est là, quand elle rayonne sans même faire d'efforts.

Mes pensées dérivent, perdues quelque part entre une fureur sourde et une pulsation animale. Mon regard accroché à sa peau, à ses courbes, à ce putain de rire qu'elle offre à d'autres que moi.

Je suis en train de sombrer dans quelque chose que je n'arrive plus à contenir.

Quelque chose de noir, de poisseux, de vicieux. Soudain, une main rugueuse me tire brutalement de mes illusions.

Saul, impassible, mais déterminé, se penche vers moi et me claque violemment l'épaule.

— Hé, Dean, assez de rêveries, lâche-t-il, sa voix grave tranche dans le vacarme ambiant. T'es en train de t'échauffer, et pas à cause du soleil.

Je cligne des yeux, encore pris dans le tourbillon de mes émotions contradictoires, et regarde mon meilleur ami, son expression marquant une froide détermination qui m'arrache un sursaut.

Il ne se laisse pas distraire par ce spectacle provocateur : il sait, comme moi, que trop s'attarder sur Maxime, sur la finesse de ses courbes et l'insouciance de son rire, c'est jouer avec le feu.

— On est ici pour profiter du soleil, pas pour que tu fasses une syncope en plein fantasme, reprend-il, son ton plus calme, plus bas, cherchant à couper le fil qui me relie à elle.

Je serre les mâchoires, le cœur tambourinant dans ma poitrine, me rappelant que, malgré l'attirance irrésistible qu'elle engendre, il faut savoir mettre des limites. Même si, au fond de moi, la tension ne fait que s'exacerber.

Je prends une profonde inspiration, essaie de laisser derrière moi cette vision qui me hante. Une, deux fois. L'air marin ne m'apaise pas, mais il m'empêche de détoner.

Je hoche la tête, incapable de formuler autre chose qu'un :

— Merci, mec.

Il hoche la tête, impassible. Saul n'a jamais besoin d'appuyer. Il te dit ce qu'il faut, au moment où il le faut. Puis il se tait, te laisse face à tes propres monstres.

Le vacarme de la plage reprend peu à peu. Le cri d'un gamin qui rit dans les vagues. Le crissement du sable sous les pieds des touristes. Les voix. Le monde continue de tourner, comme si je n'étais pas au bord du pic.

— Allez, viens te baigner ! lance Eden pour la troisième fois, d'une voix à la fois moqueuse et incitative.

Maxime, allongée sur sa serviette, s'appuie sur ses coudes. Le soleil éclaire son visage, ses cheveux arc-en-ciel dansent avec la brise. Elle le fixe, les yeux plissés par son sourire en coin.

— J'y gagne quoi à venir avec toi ? rétorque-t-elle, défiant l'arrogance de notre clown de service.

À peine a-t-elle fini de parler que Parker se lève à son tour et, d'un air malicieux, lance simplement :

— Nous.

Un silence curieux suit. L'atmosphère s'alourdit d'un cran. Ce simple mot suffit à décaler toute l'ambiance, à faire basculer le jeu dans quelque chose de plus… dérangeant.

Notre voisine se lèche les lèvres. Un tic involontaire ou un geste parfaitement maîtrisé, impossible à dire. Elle soupire, apparemment blasée, mais son regard n'a jamais été aussi vivace.

— Pas assez convaincant…

Eden, toujours le roi de son propre théâtre, fronce les sourcils avec un rictus narquois. Il attrape l'élastique de son short et l'abaisse d'un geste lent, provocateur, révélant sans la moindre pudeur le V de ses hanches sculptées. Devant l'assistance de passants, certains parents détournent le regard, d'autres chuchotent, puis il expose sa queue tel un tableau du Louvre.

Mon regard, froid et distant, observe l'exhibition avec une indifférence que j'essaie de maintenir. Pourtant, je sens quelque chose d'inattendu dans le jeu des regards : malgré la provocation extrême, elle esquisse finalement un sourire complice et dit, d'une voix douce teintée d'amusement :

— Tu m'as convaincue, gémit-elle en se levant.

Ce qui m'étonne, c'est à quel point elle semble prendre ce moment à la légère, comme si ce dérapage public n'était qu'un jeu parmi tant d'autres. Je reste en retrait, l'esprit agité par des sentiments contradictoires. D'un côté, je rejette ostensiblement ces comportements de provocation qui me rappellent à quel point je déteste perdre le contrôle. De l'autre, je suis irrémédiablement attiré par l'insouciance et l'audace qu'elle dégage et cette foutue envie de la baiser violemment pour remplacer les marques sur sa peau par les miennes. Ma queue se tend juste à cette putain d'image.

Je ferme momentanément les yeux, tentant de faire abstraction de leur folie collective, tout en sachant pertinemment que ces instants sont autant de rappels douloureux que je crève de la toucher, de la mordre, de la faire crier en m'enfonçant entre ses putains de lèvres pulpeuses, jusqu'à la faire vomir.

La brune se rapproche, déployant toute sa fougue en se hissant au-dessus de moi. Son sourire en coin se mêle à une audace que je ne peux qu'observer avec une pointe d'amusement.

— Tu veux que je te mette de la crème solaire ? propose-t-elle d'un ton malicieux, ses yeux pétillants sous le soleil éclatant.

Je pose mes mains fermement sur ses hanches, sentant le contact ferme et chaud de sa peau contre mon érection qui ne ramollit pas sous les images d'une certaine nana à genoux, ma verge butant le fond de sa gorge.

— Fais ta vie, rétorqué-je d'une voix basse, défiant son geste avec une nonchalance assumée.

Sous mon short de bain, mon membre me supplie de faire quelque chose, mais pas à cause de la brune qui glisse ses mains pleines de crème sur mon torse en minaudant. Non.

C'est l'arc-en-ciel qui revient, l'eau salée roulant sur sa peau hâlée comme une invitation. Son bikini mouillé colle à ses formes parfaites, dévoile ses tétons tendus.

La main d'Eden posée sur sa taille, ses doigts appuient juste assez pour revendiquer une proximité que je refuse d'analyser.

Mon regard s'assombrit. Je serre les mâchoires, incapable de détourner les yeux. Parker secoue ses cheveux trempés dans notre direction, envoyant une pluie de gouttelettes sur Saul qui sursaute avec un grognement furieux.

— Putain, Parker ! râle-t-il en s'essuyant le visage, exaspéré.

Eden éclate de rire, resserrant sa prise sur Maxime. Je presse un peu plus les hanches de la brune sans même y penser, le regard toujours fixé sur la nana qui bande tous mes muscles et qui relève la tête vers moi, un sourire en coin accroché à ses lèvres.

Eden la soulève, lui arrachant un cri qui ressemble plus à un gémissement, la faisant virevolter en l'air avant de la déposer brutalement sur le sable. J'observe cette scène qui se déroule sous un soleil de plomb, quand, soudain, une sonnerie stridente déchire le cercle.

Maxime, un peu désorientée, fouille à l'aveugle dans son sac, ses gestes maladroits contrastent avec l'assurance de nos exubérances. Sous les murmures moqueurs d'Eden, qui ne peut s'empêcher de rire de cette scène théâtrale, je laisse échapper, exaspéré :

— Tu ne veux pas éteindre cette putain de sonnerie !

Elle ne me regarde pas. Toujours concentrée sur son portable, elle relève ses lunettes, posées maladroitement sur le bout de son front, et je vois, dans la déformation de son visage, une expression qui n'annonce rien de bon. D'un geste brusque, elle porte le combiné contre son oreille, sa bonne humeur retombe dans ce moment de chaos.

Sans prévenir, elle pousse Eden qui passe ses bras autour d'elle d'un coup sec. Celui-ci s'effondre sur Parker, qui, pris au dépourvu, tente en vain de se redresser.

Sa main libre s'empresse de ranger ses affaires, sans lâcher son téléphone de l'oreille.

— J'arrive, surtout tu ne bouges pas, j'arrive, lance-t-elle d'une voix pressée.

Il ne lui faut pas longtemps pour s'éloigner, sa silhouette se fondant dans le tumulte ambiant, tandis que nos regards restent braqués sur son cul. Un silence lourd s'installe, comme si le monde retenait son souffle face à son départ précipité.

Eden, toujours imperturbable malgré l'agitation, se tourne vers Parker.

— Qu'est-ce qui lui arrive ? le questionne ce dernier, l'angoisse voilant ses yeux.

Eden partage ce même questionnement silencieux. Dans le tumulte des rires, des chuchotements et des gestes encore désordonnés, il est évident que quelque chose a changé.

Les questions restent en suspens, et les regards échangés entre eux en disent long.

Saul finit par rompre le silence, sa voix grave tranche l'air chargé de tension.

— À quoi vous jouez avec elle, sérieux ?

Son regard acéré se pose sur eux, les fixant avec une intensité qui en dit long. Je veux savoir aussi. Je refuse qu'elle s'incruste entre nous.

Ce n'est pas juste une question de territoire, c'est une question de contrôle.

Sa présence me dérange. Pas seulement parce qu'elle est trop provocante, trop à l'aise, trop indécente dans ses manières et ses sourires. Non, elle est un problème.

Un problème qui risque de nous péter à la gueule… Et de réveiller ce que j'ai enseveli sous le silence, sous le contrôle, sous les années. Ce que je ne veux plus jamais voir ressurgir.

Si Parker et Eden continuent à la glisser sous nos yeux, à lui donner une place qu'elle ne devrait pas avoir.

C'est un risque.

Je serre les dents, attendant leur réponse. Parker est le premier à parler, haussant les épaules comme si tout ça n'était qu'un jeu sans conséquences.

— On s'amuse, mec. C'est juste Maxime. Elle est cool, elle ne se prend pas la tête.

Je ricane intérieurement.

— « Juste » Maxime ? Ce n'est pas « juste » une fille. Elle attire trop d'attention. Elle provoque trop. Elle existe trop, vociféré-je.

Eden s'appuie sur ses avant-bras, son sourire en coin toujours vissé à ses lèvres, mais son regard brille d'un éclat plus sérieux.

— On est juste détendus, Dean. Elle sait se défendre toute seule. T'as peur de quoi, au juste ?

Saul croise les bras, l'air blasé, son regard cherche l'appui du mien. Je sais qu'il pense comme moi.

— Le problème, c'est pas elle, dit-il lentement, son ton plus dur que d'habitude. Le problème, c'est ce qu'elle pourrait foutre en l'air si vous continuez à la laisser faire ce qu'elle veut.

Son sous-entendu est clair.

Parker arque un sourcil, amusé. Il ne comprend pas. Ou il fait semblant.

— Oh, allez, vous vous faites trop de films. Qu'est-ce qu'elle va foutre en l'air, sérieux ?

Je me redresse, mes coudes quittant mes genoux font chuter la brune au passage qui peste, mais que j'ignore parce que j'ai plus important à penser. Mon regard se plante dans celui de Parker.

— Tout.

Ma voix claque, froide, tranchante. Parce que je le sens.

Elle s'immisce. Elle prend de la place. Elle est là, entre nous, et je déteste ça. Elle me donne envie de reproduire les pires choses qui ont failli me coûter ma place dans l'équipe.

Eden échange un regard rapide avec Parker avant de souffler en riant, secouant la tête comme si j'étais paranoïaque.

— Mec, t'es en train de dire que Maxime est une menace ?

Chapitre 19

Maxime

J'arrive dans la ruelle, le souffle encore court, mes cheveux humides claquent contre ma peau à chaque pas précipité. L'air est lourd, poisseux, et l'odeur familière de l'asphalte chauffé par le soleil me colle à la gorge.

Mon cœur se serre dès que je l'aperçois.

Recroquevillée sur elle-même, son corps fragile replié contre le mur de briques crasseux. Des bleus couvrent sa peau, des ecchymoses violacées maculent ses bras, et même dans la pénombre de cette ruelle, je peux constater la douleur imprégnée dans chacun de ses gestes.

Un mélange de rage et d'impuissance me traverse, un frisson d'adrénaline me remonte l'échine.

Je m'approche, prend une inspiration pour calmer l'orage en moi.

— Lucie… soufflé-je d'une voix plus douce que je ne le voudrais.

Elle sursaute, ses épaules se contractent, comme si ma voix était une menace et non une présence rassurante.

Merde.

Je m'accroupis devant elle, ignore la douleur qui pulse dans mes propres muscles.

— Regarde-moi, dis-je doucement, mais elle garde les yeux baissés, fixe le sol comme s'il pouvait la protéger.

Mes ongles s'enfoncent dans mes paumes tant la colère bout en moi.

— Qui ? articulé-je entre mes dents.

Elle ne répond pas tout de suite, sa respiration hachée, son corps secoué de tremblements incontrôlables. Je reconnais ça. Je connais cet état.

Je l'ai vécu trop de fois.

— Lucie… Dis-moi qui.

Enfin, elle relève ses yeux pleins de larmes.

— Ils étaient trois… bafouille-t-elle d'une voix brisée.

Mon estomac se noue.

Trois. Encore trois.

Les mêmes ombres, les mêmes masques ?

Mon sang bouillonne, mes poings se ferment jusqu'à en blanchir mes jointures. Je vais les retrouver. Et je vais leur faire payer.

Je passe un bras sous le sien, l'aide à se relever avec délicatesse, bien que chaque mouvement semble la faire souffrir. Son corps est trop léger, trop fragile sous mes doigts.

Elle vacille, et je raffermis ma prise sur elle, ignorant la colère sourde qui pulse dans mes veines.

— Je vais te ramener chez moi, annoncé-je d'une voix calme, maîtrisée, malgré la rage qui monte en moi. On discutera, si tu t'en sens capable.

Elle ne répond pas, mais hoche faiblement la tête, ses lèvres tremblantes se pressent l'une contre l'autre, comme si parler risquait de la briser encore plus.

Je la guide hors de la ruelle, mes pas précis et mes muscles rigides. Chaque parcelle de moi crie vengeance, chaque marque sur sa peau est un rappel brutal de ma propre mission.

Trois hommes.

Des ombres qui rôdent, qui n'ont pas fini.

Ce soir, je ne me contenterai pas de l'écouter.

Ce soir, je vais traquer.

Après plusieurs minutes de marche, nous atteignons enfin mon immeuble.

Lucie s'accroche à moi, ses pas encore hésitants à chaque étage, mais elle tient bon. Son souffle est court, ses traits se déforment à cause de ses stigmates, mais elle ne se plaint pas.

Je pousse la porte, l'aide à entrer avant de la refermer derrière nous, verrouillant aussitôt. Comme si ce simple geste pouvait empêcher le danger de franchir le seuil.

— Tu peux t'asseoir, lui dis-je en désignant le canapé.

Elle obéit, ses yeux fuient les miens, ses bras enroulés autour de son propre corps comme si elle essayait de se protéger d'un danger invisible.

Une fois sûre qu'elle peut tenir debout seule, je l'abandonne et me dirige vers la cuisine, sans un mot, sans brusquer. J'ouvre un placard, attrape un verre et le remplis d'eau avant de revenir vers elle.

— Tiens.

Ses doigts tremblants se referment autour, ses ongles, d'un vernis écaillé, raclent le verre. Elle boit à petite gorgée, en silence, et je la laisse faire.

Je m'installe sur la table basse, face à elle, observant chaque détail.

— Tu veux parler ? demandé-je enfin, brisant le silence.

Elle fixe le fond de son verre, ses lèvres s'entrouvrent sans qu'aucun mot ne sorte.

— Ils portaient des masques ?

Son regard se lève vers moi, sa respiration suspendue. Je me redresse sans réfléchir, mes muscles tendus par la pression que je leur inflige.

— Maxime… murmure-t-elle, incertaine.

Je ferme les yeux, cherche à calmer la tempête.

— Ne t'inquiète pas, la rassuré-je. Tu es en sécurité ici.

Mais moi, je ne le suis plus.

— Ce n'était pas les agresseurs de d'habitude…

Mon cœur rate un battement.

Elle lève ses yeux craintifs vers moi, sa gorge se serre avant qu'elle ne lâche dans un souffle presque inaudible :

— Ils portaient des masques de Joker.

Mes muscles se figent. Des Joker.

Mon sang se glace autant qu'il bout dans mes veines. Je recule d'un pas, ma main vient machinalement se poser contre ma hanche, à la recherche de mon téléphone qui se trouve dans mon sac posé sur l'îlot. Des putains de Joker.

Mon esprit s'emballe.

Elle baisse la tête, serre le verre d'eau entre ses doigts comme un bouclier invisible. Je suis les bleus sombres sur ses poignets, les marques sur sa peau pâle, et je prends une inspiration longue, mes ongles s'enfoncent dans mes paumes.

Je dois réfléchir. Analyser. Mais la seule pensée qui tourne en boucle dans mon crâne, c'est qu'il y en a d'autres.

D'autres hommes.

D'autres masques.

D'autres monstres.

Je me penche vers elle, plus douce que je ne me sens en réalité.

— Lucie, je vais trouver qui c'est.

Elle relève ses yeux débordants d'une terreur qu'elle essaie de contenir.

— Tu ne peux rien contre eux…

Je souris, un sourire trop calme, trop froid.

— Regarde-moi bien. Je peux tout contre eux.

Elle ne répond rien, mais dans son regard, elle réalise que je ne plaisante pas.

Je pose une main légère sur son épaule, tente d'adoucir mon ton malgré la tension qui me ronge.

— Va prendre une douche, ça te fera du bien, je marque une pause avant d'ajouter, et si tu as besoin d'affaires de rechange, y en a dans ma chambre.

Elle hoche la tête lentement, hésitante, avant de se lever en silence. Je lui indique la porte du doigt. Son corps est encore marqué par la douleur, ses gestes mesurés comme si chaque mouvement pouvait réveiller un souvenir indésirable.

Je la regarde disparaître derrière la porte de la salle de bain avant de me diriger immédiatement vers mon ordinateur.

Il faut que je sache. Tout de suite.

Je fais craquer mes doigts, le souffle court, puis je l'ouvre et me connecte à mon accès sécurisé.

Mes doigts glissent rapidement sur le clavier.

Je tape une série de commandes, cherchant à avoir accès aux vidéos de surveillance des rues. Il doit y avoir quelque chose. Un détail, une plaque, un indice qui me dira qui sont ces putains de Joker.

L'écran clignote, l'interface de piratage s'active et les lignes de code s'enchaînent sous mes yeux. Quelques secondes suffisent avant que le premier flux vidéo ne s'ouvre.

La rue. Le lampadaire cassé. L'ombre d'un corps qui vacille.

Lucie.

Je rembobine la vidéo, le regard rivé sur l'écran, analysant chaque mouvement.

Puis, ils apparaissent. Trois silhouettes encapuchonnées, des masques blancs aux sourires rouges figés.

Je m'appuie contre le dossier, les poings serrés.

Je serre les dents et scrute d'autres rues pour tenter de trouver leurs visages, avant qu'ils ne le recouvrent

Lucie revient après plusieurs minutes, habillée d'un de mes pyjamas, ses cheveux encore humides collés à son cou. Elle a l'air plus apaisée, mais son regard porte encore les ombres de ce qu'elle a vécu.

— Je me suis permis… murmure-t-elle en baissant légèrement les yeux, comme si elle s'excusait d'exister, jouant avec une goutte qui tombe de sa chevelure.

Je me redresse, referme mon ordinateur avant de hocher la tête.

— Tu as bien fait.

Je prends mon PC d'une main, cale une cigarette entre mes lèvres, et me dirige vers le balcon. J'ai besoin d'air, de réfléchir, de calmer la rage qui bout encore dans mes artères.

Lucie hésite, puis s'approche dans un souffle, se tenant à quelques centimètres de moi. Je l'observe du coin de l'œil alors qu'elle fixe le vide, comme si ce qu'elle allait dire lui brûlait la gorge.

— L'un d'eux… avait une marque de crâne sur le dos de la main.

Mes doigts se crispent autour de mon ordinateur.

Un crâne.

Un putain de détail qui vaut de l'or, mais impossible à distinguer sur la caméra. J'expire lentement la première bouffée de nicotine, cherchant à ne pas réagir trop vite. Je grave cette information dans mon esprit, l'ajoute à mon puzzle déjà trop complexe.

— Au début… j'ai pris plaisir.

Elle chuchote, les mots lui font honte. Je connais ça. Trop bien. Elle inspire, se déteste de l'avouer, avant d'ajouter, la voix brisée, mais contenue :

— Mais ils ont été violents. Même si j'ai l'habitude…

Elle marque une pause, puis ajoute dans un souffle à peine audible :

— Ils n'étaient pas lui.

Je tourne la tête vers elle et l'examine.

Elle est ailleurs, perdue dans un souvenir qu'elle seule peut voir.

Lucie serre un peu plus les pans du pyjama contre elle, le regard fuyant. Elle hésite. Ses lèvres tremblent, mais les mots finissent par s'échapper, plus fragiles qu'un souffle.

— J'avais la sensation de le tromper… Alors que je ne sors même pas avec lui et qu'il…

Sa voix s'étrangle.

Elle ne finit pas sa phrase.

Alors je l'achève à sa place, le ton neutre, sans jugement, parce que je sais.

— … et qu'il ne t'appartient même pas.

Elle relève ses yeux remplis de larmes, comme si elle venait de se voir à travers moi. C'est exactement ça.

Elle ne répond rien. Les mots qu'elle n'ose pas dire sont déjà là, entre nous.

Je pourrais lui dire que c'est normal. Que ce n'est pas sa faute. Que ce qu'elle ressent, ce lien déformé, cette obsession maladive, c'est ce qu'ils veulent.

Que ce putain de cercle est fait pour ça.

Mais elle n'est pas prête à l'entendre.

Et, moi, je n'ai pas le luxe d'être honnête, alors je mens.

— Repose-toi, si tu veux. Ou regarde la télé.

Je marque une pause avant d'ajouter, jouant l'indifférence comme une seconde peau :

— J'ai un truc à finir.

Elle hoche la tête, soulagée d'avoir une issue. Soulagée que je ne creuse pas plus.

Je l'observe s'installer sur le canapé, son corps encore crispé par le traumatisme.

Si elle savait ce que je fais réellement, si elle savait que je bosse pour la police, que je collabore avec ceux qui veulent détruire ce cercle auquel elle est dépendante…

Elle me haïrait.

Ainsi que les autres.

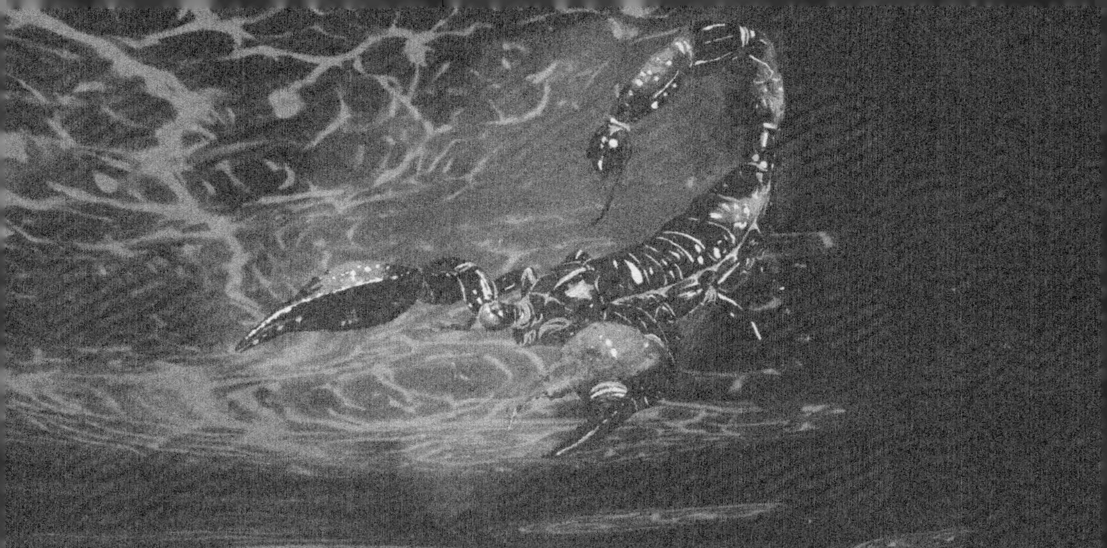

Chapitre 20

Dean

La nuit est fraîche, et l'air porte encore l'odeur de la sueur, de l'alcool et du vice du Velvet Sin que nous venons de quitter. La fin de soirée a été longue, et demain, l'entraînement va nous tomber dessus comme une putain de punition divine.

Mais ça, je m'en fous.

Une silhouette fonce dans Saul et moi, surgissant de nulle part. Toute de noir vêtue, elle marche vite, trop vite, trop pressée, comme si elle tentait d'échapper à quelque chose.

Ou à quelqu'un.

Je fronce les sourcils, mes muscles se bandent par réflexe.

— C'est pas ton pull ? lâche mon voisin d'un ton neutre, intrigué.

Il désigne le vêtement sombre qui flotte légèrement autour de la silhouette et je serre les mâchoires.

Je le reconnais, comme ce putain de parfum sucré aussi.

Maxime.

Elle marche seule. Dans le noir. Comme si le monde ne représentait aucune menace pour elle. Comme si rien ne pouvait l'atteindre.

Un rire sec m'échappe, mais il est dépourvu d'amusement.

Elle est inconsciente, ou elle le fait exprès.

Je jette un regard à Saul. Il me fixe, sachant exactement ce que j'ai en tête.

— On va la suivre.

Je resserre les poings, sentant la tension vibrer sous ma peau.

— Et lui faire comprendre qu'elle doit arrêter de leur traîner autour.

Elle a pris assez de place.

Et ce soir, je vais lui rappeler qu'elle n'en a aucune ici.

Il est une heure du matin.

Le parc est presque vide, seulement éclairé par quelques lampadaires défectueux qui projettent des ombres trop longues sur les allées désertes. Maxime marche vite, sa silhouette noire se fond dans la nuit comme si elle appartenait déjà aux ténèbres.

Saul et moi restons prudents, nous gardons nos distances, observant sans un mot ce qu'elle fout ici, seule, en pleine nuit.

Puis, elle fonce sur un groupe de trois mecs.

Pas de peur. Pas d'hésitation. Elle les attrape par les mains férocement.

Putain, mais qu'est-ce qu'elle fout ?

Les mecs protestent, reculent, mais elle ne lâche pas. Elle cherche quelque chose.

— Elle est complètement malade… murmure Saul à côté de moi.

Je ne réponds pas. Je fixe la scène, incapable de détourner les yeux.

Le troisième type s'avance. Plus massif que les autres, l'arrogance accrochée aux lèvres comme un poison. Il lui tend ses mains d'un geste lent, condescendant. L'un de ces mecs qui pensent qu'on leur doit le monde.

— T'as pas idée du genre d'ennuis que t'attires en jouant à ça, la menace-t-il, le ton glissant comme une lame sous la peau. Si tu veux qu'on te baise, suffit de demander.

À côté de moi, Saul se tend. Prêt à bondir.

Mais Maxime ne bronche pas.

Elle reste droite, la main toujours posée dans celle de l'inconnu. Son regard se plante dans le sien, figé, glacé, insondable. Et puis, sa voix tombe, aussi tranchante qu'un rasoir :

— T'as pas inventé la menace, mon cœur. Des types plus dangereux que toi me sont déjà passés dessus. Ils s'en souviennent encore. Certains… ne sont jamais sortis de ma tête.

Il fronce les sourcils, déstabilisé.

Je n'ai pas le temps de réagir qu'un éclat argenté brille sous les rayons de lune.

En une fraction de seconde, la lame jaillit de sa manche, fine et discrète. Un reflet d'argent sous les néons crasseux. Elle ne tremble pas. La pointe s'enfonce dans la chair du mec, entre deux tendons de la main. Pas profond. Juste assez pour qu'il hurle.

Le cri lacère l'air.

Il la repousse brutalement, accompagné d'une gifle sèche, brutale. Maxime recule d'un pas, mais elle reste debout, vacillante, les yeux brûlants. Pas de larmes. Juste une espèce de fureur contenue, prête à éclater.

Ses deux acolytes avancent d'un geste instinctif et l'attrapent par les bras.

— Putain… murmure Saul, prêt à bouger.

Je l'attrape par le bras avant qu'il ne fonce.

— Attends.

Le type à la main en sang lui assène une autre gifle, son regard flamboyant de rage. Il n'y a plus rien de docile. Plus rien d'humain, peut-être. Juste un gouffre, un vertige. Un avertissement silencieux.

Elle l'affronte du regard et murmure assez fort :

— La prochaine fois, vise plus fort. Parce que moi, je ne rate jamais deux fois.

L'homme sourit et approche sa bouche de son oreille. Mais il n'a pas le temps que son crâne heurte violemment le sien.

Un coup de boule sec et brutal.

L'impact résonne jusqu'à nous.

Les mecs bloquent une seconde, surpris.

Saul et moi ne bougeons toujours pas.

Elle se débat comme une furie, comme si son corps entier avait été programmé pour survivre. Elle se tord, pivote, et en une fraction de seconde, elle se dégage des deux mecs qui la tenaient.

Elle ne fuit pas.

Elle attaque.

Sa main se referme en un poing solide qui s'écrase directement dans la pomme d'Adam du type encore en sang, le coup sec retentit jusqu'à nos oreilles.

Le mec étouffe un gémissement rauque, basculant en arrière, suffocant.

Avec une rage viscérale, elle ajoute un coup de genou entre ses jambes. Un impact net. Il s'effondre en grognant, tordu de douleur, alors qu'elle s'installe à califourchon, comme une prédatrice sur sa proie.

Les deux autres se précipitent, prêts à défendre leur pote, mais elle lève son couteau.

— Vous êtes les prochains sur ma liste.

Sa voix claque dans l'air frais de la nuit. Ils ne bougent plus. Ils reculent d'un pas.

Et Maxime revient à sa cible.

Elle attrape son menton d'une main, forçant le mec à lever les yeux vers elle. D'ici, je peux entendre sa voix.

— Tu n'aurais pas dû la toucher.

Je remarque son bras bouger, la lame s'enfonce dans les entrailles. Le cri déchire la nuit si fort que quelques fenêtres s'allument dans les immeubles alentour, mais le parc est trop éloigné.

Personne ne verra ce qui vient de se passer.

Personne, sauf nous.

Et je ne sais pas ce qui me dérange le plus.

Le fait qu'elle l'ait fait… Ou le fait que je bande douloureusement de la voir agir.

L'homme agonise, son souffle se transforme en râles douloureux. Il tremble, du sang coule de sa poitrine, et, pourtant, elle ne cille pas. Elle reste immobile, son portable entre ses doigts ensanglantés.

Elle ne panique pas. Pas plus qu'elle ne semble regretter son acte criminel.

Je décide de sortir de l'ombre, trop curieux… et irrésistiblement attiré par un arc-en-ciel pas si coloré, au fond. Plutôt obscur. Tordu. Magnétique.

— Tu caches bien ton jeu, décrété-je, en dissimulant tant bien que mal l'excitation morbide qui me dévore.

Je le savais. Tu es louche, Maxime…

Elle ne sursaute pas et relève juste les yeux vers moi, furieuse.

Malheureusement, je n'ai pas peur d'elle. C'est même pire.

Elle devient soudain… délicieuse. Une minuscule, et féroce, créature. Trop fragile pour vivre. Trop orgueilleuse pour supplier.

Exactement le genre de chose qui m'amuse. Et que je prends un malin plaisir à casser.

À mes côtés, Saul ricane. Lui aussi a enfin trouvé un être qui dépasse nos attentes… Trop, peut-être.

— On devrait appeler les flics, non ? dit-il en me lançant un regard en biais. Qu'en penses-tu, capitaine ?

Je me frotte la barbe rasée de près, mon regard toujours fixé sur elle. Je pourrais la balancer. C'est ce que j'aurais dû vouloir depuis le début.

L'éloigner. La dégager de nos vies. Mais au lieu de ça, une autre idée germe dans mon esprit.

— On peut aussi conclure un marché.

Elle plisse les yeux, méfiante, ses muscles tendus, son couteau toujours dans sa main ensanglantée.

— Si tu acceptes… je marque une pause, la laissant deviner la suite, nous t'aiderons.

Les mots tombent lourdement entre nous.

Je veux qu'elle ouvre la bouche sans même comprendre pourquoi. Qu'elle devienne ma créature docile. Soumise. Perdue. Je veux qu'elle m'implore comme une chienne en manque, quémandant sa punition comme une friandise.

Oui, Maxime. Je veux t'entendre me supplier…

De te briser.

De te salir.

De t'offrir mille et une mauvaises choses.

Deviens mon plaisir coupable. Mon ivresse interdite. Et je te promets que tu ne ressortiras jamais indemne.

— Vous croyez que j'ai peur de vous ?

Sa voix claque dans l'air comme une provocation assumée. Elle ricane, sans une once de peur, comme si tout ça n'était qu'un jeu qu'elle maîtrisait déjà.

Lentement, elle essuie du revers de sa main le sang qui a éclaboussé son visage, le maculant un peu plus sur sa peau pâle.

Sa capuche tombe.

Et sous la lumière blafarde du parc, ses cheveux arc-en-ciel se dévoilent, illuminant la noirceur de la scène.

Un putain de contraste. Un éclat dans l'ombre.

Je ne sais pas ce qui me fascine le plus.

Le fait qu'elle ne tremble pas, ou le fait que ce soit excitant de la voir comme ça.

Je serre la mâchoire, un sourire mauvais naissant au coin de mes lèvres.

— Peur ? répété-je, goûtant ce mot comme un poison sur la langue que je n'ai plus goûté depuis trop longtemps.

Saul souffle un rire amusé.

— Je l'aime bien.

Moi aussi. Et c'est bien ça, le problème.

Maxime reste droite, les épaules tendues, mais son regard tranchant.

Elle ne joue pas la victime. Elle ne joue pas la fille effrayée. Elle joue avec nous.

Et putain… j'ai une foutue envie de la baiser sur ce cadavre, de l'étrangler contre la mare de sang.

Je m'avance d'un pas. Son souffle est calme, maîtrisé. Sa main ensanglantée serre encore son couteau.

— T'aimes te salir ? la nargué-je.

Elle arque un sourcil, puis fait tourner lentement la lame entre ses doigts, comme si elle réfléchissait à la meilleure manière de répondre.

Puis elle sourit.

Un putain de sourire.

— Il faut bien s'y habituer quand on vit entourée de monstres.

Son regard pique directement au cœur. Sa voix se niche sous ma peau. Je devrais la recadrer. Lui rappeler qu'elle n'est pas chez elle ici. Qu'elle joue à un jeu dont elle ignore les règles.

Connais-tu les vrais, Maxime ?

Ceux qui vivent à trois mètres de ta porte.

Ceux qui te sourient le matin.

Ceux qui dorment non loin.

Ceux qui t'effleurent avec des mains pleines de silence.

Ce ne sont pas les bêtes tapies dans l'ombre.

Les vrais monstres, Maxime, ce sont ceux qu'on ne soupçonne jamais.

Et crois-moi…

Tu es sur le point de leur tendre la main.

Je jette un bref regard vers Saul. Il se lèche distraitement les lippes, un sourire étire son visage. Je devrais la détruire, la briser, mais je le ferai d'une autre façon…

Je lui tourne le dos. Qu'elle pourrisse avec son cadavre. Mais sa voix me rattrape, impossible à ignorer.

— C'est quoi, ton marché ?

Je souris et pivote légèrement, mon regard se pose à nouveau sur elle. Elle me fixe, les yeux emplis de défi, comme si elle croyait pouvoir me deviner, me comprendre.

J'effectue un pas vers elle, mes lèvres s'étirent en un sourire lent, contrôlé, carnassier, mes mains plongent dans mes poches.

— Accepte… et tu verras.

Elle ne répond pas tout de suite. Je vois les rouages tourner dans sa tête. Elle réfléchit. Elle hésite.

Elle sait qu'elle ne devrait pas dire oui. Mais il faut être sacrément saine d'esprit pour oser dire non.

Et Maxime ? Maxime a laissé sa raison quelque part entre ses cicatrices.

J'ai hâte qu'elle me donne la permission.

— OK.

Elle se redresse, secoue ses mains pleines d'hémoglobine, comme si ce n'était rien. Comme si elle ne venait pas de plonger plus profondément dans quelque chose dont elle ne pourra pas sortir.

Elle finit par nous dévisager, le menton relevé.

— Maintenant, barrez-vous.

Saul ricane, amusé par son ordre.

— T'as besoin d'aide, peut-être ? demande-t-il avec un sourire espiègle, jetant un regard à l'homme à ses pieds.

Elle s'approche de lui, lentement, dangereusement. Puis, elle sourit.

— Chéri… commence-t-elle, sa voix traînante, d'une sensualité à vous broyer les intestins.

Elle penche la tête, laisse son regard caresser chaque ligne de son visage.

— Toutes les femmes n'ont pas besoin d'un prince pour venir les aider.

Un battement de silence. Elle lui offre une œillade joueuse, un regard qui ne promet rien… et tout à la fois.

Saul éclate de rire, franchement, tandis que je l'analyse encore.

Je la fixe comme un junkie fixe sa dernière dose. Un besoin maladif, viscéral, insupportable.

Elle n'a pas besoin de nous. Elle pourrait probablement nous éventrer, marcher dans notre sang, et s'allumer une clope sans jamais se retourner.

Mais, moi… je crève d'elle.

J'ai besoin qu'elle m'ouvre. Qu'elle déchire cette foutue cage que j'ai soudée autour de moi. J'ai besoin de sa bouche comme d'un aveu arraché sous la torture.

De ses supplices pour me rappeler que je suis encore fait de chair.

De son poison… pour brûler jusqu'à l'os.

Elle est mon remède.

Et ma putain d'overdose exquise.

Chapitre 21

Maxime

Son regard me transperce, lourd d'un mélange de lassitude, d'exaspération… et d'une inquiétude qu'il camoufle mal derrière sa rigidité. Derrière lui, ses hommes s'affairent en silence. Le corps sans vie est évacué comme un simple paquet, un poids mort qu'on a appris à ignorer. Ils ont l'habitude. Ce n'est pas leur premier cadavre.

Nathan croise les bras, me fixe avec cette intensité qui juge plus qu'elle ne questionne.

— Tu vas devoir m'expliquer, Maxime.

Je passe une main sur mon visage. Ma peau colle sous le sang séché. Ça devrait m'alerter, provoquer quelque chose. Mais rien. Aucune panique. Juste une impatience glacée.

Je sais déjà comment ça va finir.

Je soupire, plante mes yeux dans les siens. Inflexible.

— C'était l'un des leurs.

Je croise les bras à mon tour, miroir de sa posture, et serre les dents pour contenir l'orage en moi.

— Il a agressé l'une des filles du club. Lui et ses deux potes. Ils pensaient que personne ne les arrêterait.

Il se passe une main nerveuse dans les cheveux et fulmine.

— Putain, Maxime… Ces filles le veulent. Et tu le sais.

Je sens une onde de colère froide me traverser. Cette phrase. Toujours cette foutue phrase. Je baisse mon attention sur le sol poisseux.

— Non, lâché-je en jouant avec un caillou invisible. Pas cette fois.

Je m'accorde un coup d'œil dans sa direction, il fronce les sourcils. Mon ton l'étonne. Peut-être parce qu'il sent que je ne reculerai pas. Pas sur ça.

Je continue, plus posée, mais chaque mot est un couperet :

— Lucie accepte de souffrir sous SON agresseur.

Il m'observe, son silence m'incite à poursuivre.

— Mais pas par d'autres. Parce que c'est lui qu'elle a choisi. Pour souffrir. Pour jouir de sa propre destruction. Pas eux.

Je laisse le silence peser, lourd, inconfortable, puis je plante mes yeux dans le gris des siens.

— La douleur qu'on accepte est la seule qu'on peut supporter. Le reste… c'est une intrusion.

Un rire sans joie s'échappe de ses lèvres, amer.

— Pourquoi, toi, tu acceptes d'être détruite par n'importe qui… et pas elles ?

Je savais qu'elle viendrait. Cette question.

Celle qui me ronge dans le noir, quand le silence devient insupportable. Quand les souvenirs prennent le dessus. Quand même mes fantasmes me semblent trop réels.

Je m'avance vers lui, jusqu'à réduire l'espace entre nous. Je perçois sa tension, son souffle à peine plus rapide.

Je murmure, à quelques centimètres de son visage.

— Parce que mon cœur est scellé…

Un battement. Suspendu. Suspendu comme moi.

Je passe les portes de mon appartement, épuisée, tendue, l'adrénaline encore accrochée à ma peau comme une seconde nature.

Lucie s'est endormie sur le canapé, recroquevillée sous une couverture trop fine pour masquer les bleus qui marquent encore sa peau.

Je ne la réveille pas.

Je ferme à double tour la porte d'entrée, puis me dirige vers la baie vitrée dont je tire lentement les rideaux, occultant la nuit et tout ce qu'elle transporte avec elle, faisant de même pour chaque fenêtre, chaque putain d'ouverture.

Personne ne doit voir ni entrer.

Quand tout est verrouillé, je me dirige vers ma chambre, retire les vêtements de Dean que j'ai gardés.

Je n'avais pas réfléchi en les mettant ni en les conservant. Maintenant, je les balance sur le lit avec une indifférence froide, avant de filer sous la douche.

L'eau brûlante frappe ma peau nue, chaque goutte lave le sang, la sueur, les souvenirs d'une nuit qui refuse de s'effacer. Mais ce qu'elle ne peut effacer, c'est le feu qui brûle toujours dans mes veines. Je pense à Saul et à Dean, à leurs regards. Ils ont vu une part de moi que je cache obstinément : ma nature explosive. Et putain… ça aurait dû me terrifier.

Mais ce qui me dérange indubitablement, c'est la manière dont il m'a regardée, et cette facilité avec laquelle ma chatte lui crie d'arracher mes parois.

L'eau brûlante n'efface pas ce qui coule dans mes veines.

Dean.

Son regard, ce putain de regard, m'a marquée à jamais. Il est le reflet de mes démons, de mes désirs interdits. Alors que l'eau continue de cascader, je réalise qu'il reste une part de moi qui ne pourra jamais se défaire de cette obsession – même si, en vérité, c'est le plus grand poison qui soit.

J'ai aimé accepter ce marché.

Quelque chose dont j'ignore les conséquences.

Quelque chose qui me fera sûrement sombrer plus profondément que prévu. Mais si cela peut me rapprocher de lui…

Alors, je suis prête à tout. Je suis prête à me mettre à genoux, à l'entendre me donner des ordres, à m'attacher s'il le désire, à me faire mal autant que ça l'excite. Mon sexe se contracte, tandis que mes doigts roulent entre mes seins, imaginant les siens qui s'aventurent sur ma peau meurtrie. Mes ongles laissent des traces à m'en faire mal parce que c'est ainsi que je l'imagine me toucher : cruel et addictif.

Un gémissement m'échappe au plus je m'aventure entre les lèvres de mon sexe luisant, pinçant mon bourgeon comme si c'était la morsure de ses dents, m'approchant irrévocablement de l'orgasme.

Des rires me sortent de mon sommeil.

Ma tête est lourde, mes muscles endoloris par la fatigue accumulée de la veille, même ma masturbation n'a pas suffi à calmer ce besoin. Je vais devoir y remédier rapidement.

Le jour s'est levé, baignant ma chambre d'une lumière dorée qui contraste cruellement avec la noirceur de mes pensées.

Je quitte mon lit, vêtue seulement de mes sous-vêtements, ma peau encore marquée par les plaies que mes ongles ont provoquées.

Mes pas nus sur le sol froid me guident hors de la chambre. Je suis encore embrumée, coincée entre les restes de mon rêve et la réalité trouble qui m'attend.

J'entends Lucie rire.

Son éclat léger suspend le temps, et pendant une seconde, je me demande si elle a oublié la nuit d'hier, ses blessures, ses larmes. Ou si elle rit parce que c'est tout ce qu'elle a trouvé pour survivre.

Je m'approche de la baie vitrée et la pousse. L'air frais du matin m'accueille avec cette odeur iodée et le bruit des vagues qui s'écrasent contre le sable férocement.

Et, c'est là que je le vois.

Adossé à la murette qui sépare nos balcons, une cigarette entre les doigts, son regard paresseusement posé sur moi dès mon arrivée.

Son sourire s'étire immédiatement, malicieux, comme s'il n'attendait que ça, comme s'il savait que cette nuit, ma bouche avait crié son nom après deux orgasmes qui m'ont vidée de toute mon énergie.

J'aime qu'il me regarde. Je déteste qu'il m'ignore, parce que plus il le fait, plus je mouille, plus je souhaite ramper entre ses cuisses comme une petite chienne qui attend sa friandise. Lui, son corps musclé, sa queue dont j'imagine les traits et la sensation qu'elle pourrait me procurer… Putain, juste cette pensée et me voilà toute chose.

— La prochaine fois, propose-moi de venir rejoindre ton lit, propose Eden.

Son ton est léger, innocent, mais son regard ne l'est pas. Mes yeux doivent trahir mon état d'excitation ou alors il doit sentir à quel point mon sous-vêtement est moite malgré la murette qui nous sépare. Dean ne lâche pas mon regard, son sourire toujours accroché à ses lèvres, sa cigarette entre ses doigts brûlant aussi lentement que sa provocation visuelle.

Chapitre 22

Maxime

Je m'appuie contre l'encadrement de la baie vitrée, consciente de mon apparence, consciente de son regard qui me parcourt.

— T'es du genre à aimer être invité ? je hausse un sourcil, faussement curieuse.

Même si l'idée qu'il vienne se glisser dans mon lit sans mon autorisation accentue les papillons noirs dans mon ventre.

Eden ricane, souffle une volute de fumée paresseuse dans l'air du matin.

— Ça dépend.

Il me jauge.

— T'es du genre à aimer qu'on s'invite sans demander ?

Je suis du genre à apprécier les vilains garçons comme vous, mais surtout comme lui. À rêver que vous me consumiez jusqu'à éteindre ce feu que vous prodiguez entre mes cuisses, surtout toi ; Dean Knight…

Je penche la tête juste un peu, le jeu s'installe trop naturellement entre nous. C'est toujours comme ça avec lui, tout comme avec Parker.

Ils flirtent sans attache, effleurent sans toucher, provoquent juste assez pour titiller et, putain, j'en veux plus… toujours plus.

Mais pas autant que l'homme au regard noir, aux traits marqués, à cette aura de danger et de domination qui fait frétiller mon sexe.

— Je suppose que ça dépend qui, insinué-je avec un sourire en coin, jouant son propre jeu, avec l'idée rêveuse qu'il le fasse.

Eden se mord légèrement la lèvre, amusé, et j'adore cet éclat qui brille dans ses yeux. Comme s'il voulait me manger, là, sur ce balcon devant un bon public qui saurait apprécier.

— Je vais finir par croire que tu me cherches, Arc-en-ciel.

Sa voix traîne un peu trop sur mon surnom. Je souris, mais mon regard ne cille pas.

— Ce serait une erreur de croire ça.

Si tu savais…

Il rit, son corps se détache de la murette pour écraser sa cigarette sur le rebord du balcon. Son capitaine ne m'a pas toujours pas quittée des yeux et, mon Dieu, ce que j'aimerais lire dans ses pensées, en distinguant la forme de son sexe qui se dévoile sous son jogging gris. Imposante. Dure. Une belle promesse de jouissance, déchirante.

— Peut-être. Mais je suis du genre à aimer les erreurs, me provoque Eden.

Lucie ricane derrière moi, ayant visiblement suivi toute la scène avec amusement.

Je ne bouge pas, ne le quitte pas des yeux. Il n'est pas Dean, mais il reste un loup et je veux devenir leur agneau. Un bruit de porte qui claque fait sursauter ma voisine. Des pas traînants se succèdent. Parker débarque à son tour sur le balcon, les cheveux en bataille, l'air de quelqu'un qui vient à peine d'émerger d'un sommeil trop court ou trop agité.

Son short de sport pend légèrement sur ses hanches, dévoilant le V parfait qui crie de se faire lécher, et son T-shirt froissé semble avoir été enfilé à la va-vite.

Il passe une main dans sa chevelure désordonnée, bâillant sans aucune gêne, avant de poser ses yeux endormis sur nous.

— C'est quoi, ce bordel ? grogne-t-il.

Eden lui lance un regard amusé, se penche contre la murette du balcon.

— T'as raté un sacré spectacle, mec.

Parker hausse un sourcil, puis tourne son attention vers moi.

Ses yeux voyage naturellement sur mon corps à moitié vêtu, mais contrairement à Eden, il ne cherche pas à cacher son inspection.

— J'ai surtout raté une bonne raison de me lever plus tôt.

Je croise les bras, donnant plus de volume à ma poitrine, et m'appuie un peu plus contre l'encadrement.

— Vous êtes toujours en chasse dès le matin ou c'est juste que j'ai un effet particulier sur vous ?

Parker s'esclaffe, puis passe sa langue sur ses lèvres, et ce putain de geste, je l'imagine sur ma peau embrasée.

— On est des chasseurs nés, bébé.

Eden hausse un sourcil, et ajoute :

— Mais toi…

Il marque une pause, ses yeux pétillent d'un amusement teinté d'un tout autre intérêt.

— Toi, t'es du genre à ne pas vouloir être attrapée ?

Je souris en coin sans répondre, avant de pousser sur mes jambes pour reculer vers l'intérieur.

— À plus tard, mes loups.

Lucie leur adresse un petit signe de la main, avant de me rejoindre à l'intérieur de l'appartement.

— Ils sont toujours comme ça avec toi ? demande-t-elle, curieuse, un brin amusée.

Je hausse les épaules, me dirigeant vers la cuisine pour me servir un café.

— Eden et Parker aiment jouer. Ils testent les limites.

Elle s'appuie contre le plan de travail, m'observe avec une lueur rieuse dans les yeux.

— Tu connais la réputation de nos joueurs de hockey ?

Je lève un sourcil, intéressée malgré moi. Je n'ai pas eu le temps de m'appuyer sur les dossiers de mes voisins, trop absorbée par ma mission, par le reste, et par la manière dont mon corps réagit à chacun d'eux.

Je pose ma tasse de café sur le comptoir, puis me penche dessus tout en croisant les bras.

— Dis-moi tout.

Elle sourit, l'air de quelqu'un qui sait déjà trop de choses.

— Plusieurs plaintes, jamais de suites. Des filles ont parlé, mais jamais assez pour que ça devienne une affaire.

Je ne bouge pas, écoutant attentivement.

— Baiser sur la voie publique ? Ça leur arrive. Parfois à plusieurs. Ils sont du genre à tout partager. Dean a évité la prison de peu, mais l'argent achète le silence et depuis, on n'en entend plus parler.

La prison ? Mon sexe pulse à cette idée, l'imaginant les poignets scellés dans une combinaison qui, je suis sûre, lui donnerait encore plus de charme qu'il ne possède déjà.

Je serre subtilement la mâchoire.

Lucie hausse les épaules, comme si tout ça était une évidence.

— Toutes les filles qui adorent les Devils rêvent de se retrouver au milieu d'eux quatre.

Elle ricane, mais moi, je retiens juste quatre mots.

« Accepte, et tu verras. »

Une promesse voilée. Une menace déguisée, ou un putain d'avertissement, qui, à la place de m'effrayer, me fait suer.

La chaleur me gagne. Pas celle de la tasse de café brûlant autour de laquelle mes doigts viennent de se refermer. Non, c'est plus sale. Quelque chose qui rampe sous ma peau.

Je me passe une langue rapide sur les lippes, ma bouche s'assèche alors que Lucie continue de déballer les rumeurs sur les Devils.

— Tu ne les connais pas encore, Maxime, dit-elle en se redressant. Mais eux, ils vont vouloir te connaître.

Je retiens un sourire, je ne suis pas sûre que ce soit eux qui vont me connaître. Ils ne connaîtront jamais la vraie moi. Ils ne connaissent que Maxime. Une femme provocante aux cheveux arc-en-ciel et qui devrait finir dans un asile si elle n'était pas une pièce maîtresse pour les flics.

Je finis par aborder un autre sujet après plusieurs échanges sur mes fameux voisins, ma voix plus douce que je ne l'aurais cru.

— Comment tu te sens ?

Elle baisse les yeux, joue nerveusement avec l'ourlet du pyjama qu'elle porte toujours.

Puis, elle murmure enfin :

— Je me sens mieux… grâce à toi.

Sa voix est sincère, teintée d'une vulnérabilité qu'elle ne laisse sans doute voir à personne.

— Merci d'être venue.

Elle relève brièvement les yeux, un sourire à peine esquissé sur ses lèvres. Puis, dans un souffle amer, elle ajoute :

— Même si, aux yeux des gens, ça pourrait être louche.

Je fronce les sourcils, attendant la suite. Un rire sans joie la gagne, tout en secouant la tête avant de lâcher ces mots qui cognent trop fort :

— Une femme qui cherche le viol… qui se retrouve à crier au secours alors qu'on l'agresse.

Elle joue avec ce paradoxe, celui que personne ne comprend. Celui qui nous lie. Je la fixe, sans juger, je sais exactement où elle veut en venir. Et pourtant, je ne trouve pas de réponse à lui donner.

Parce qu'au fond, je suis toujours coincée dans cette même contradiction, dans ce cycle où je cherche les coups plutôt que les caresses. Le non-consentement, là où l'interdit est plus enivrant qu'une bouteille de whisky au prix exorbitant.

Lucie étire ses bras dans un soupir fatigué.

— Je vais rentrer.

Sa voix est posée, mais je perçois la fragilité derrière ses mots.

— On se retrouve au club, demain ?

J'acquiesce d'un simple hochement de tête. Elle a besoin d'espace. De temps.

Elle se redresse, cherche ses vêtements pliés sur le bord du canapé. Mais au moment où elle tend la main, quelque chose me serre la poitrine.

Je sais ce que ça fait.

Enfiler à nouveau ce qu'on portait quand tout a basculé. Alors, avant qu'elle ne les touche, je l'arrête.

— Garde le pyjama.

Elle se fige, relève les yeux vers moi. Je plante mon regard dans le sien, sans détour.

— On croit que c'est qu'un vêtement…

Je marque une pause.

— Mais il n'y a rien de plus cruel que de porter ce qui vous a vu vous faire détruire.

Elle hoche simplement la tête avant de relâcher ses anciens vêtements, comme s'ils étaient pourvus de flammes.

Ce n'est pas juste elle que je protège de ce poids, c'est moi aussi.

Je me souviens du nombre de fois où j'ai rêvé d'y foutre le feu, juste pour voir si les flammes pouvaient effacer les viols à répétitions.

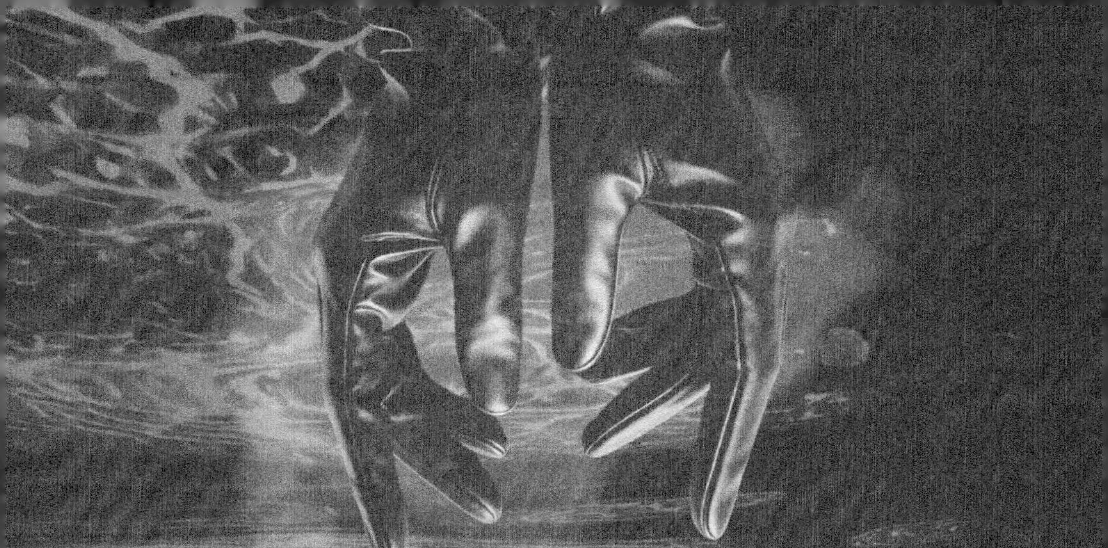

Chapitre 23

Golden Plague

Autour de la table, seules les ombres règnent. Les visages sont cachés, dissimulés derrière des masques qui portent leur propre histoire.

Seuls les chefs sont autorisés à être présents. Ici, c'est le cœur noir du réseau. Et ce cœur commence à saigner.

— Putain de merde, grogne celui portant le masque de Joker, la voix remplie de rage contenue.

Ses poings gantés sont serrés sur la table en bois massif, son souffle est court, furieux.

— On a encore perdu trois hommes hier.

Un silence pesant s'installe. Puis un coup de poing claque violemment contre le bois.

Le bruit résonne, sec et puissant. Celui qui porte le masque de Purgeur gronde, sa voix sombre et menaçante.

— Ça fait quatre.

Il marque une pause, son regard invisible tourné vers chacun d'entre nous.

— Sans compter ceux des autres villes.

Il inspire, reprend son calme avant de lâcher dans un murmure de haine :

— Il faut qu'on coince le connard qui leur tombe dessus.

Je reste immobile, mon index glisse contre la table, effaçant une poussière invisible. Je les écoute, un sourire en coin. Ce n'est pas un « *connard* » qui les chasse dans l'ombre.

Les regards invisibles se croisent à travers les masques, la tension palpable roule sur la table comme une lame affûtée.

Ils ont peur, mais ils ne l'admettront jamais.

Quelqu'un renverse nos pièces une à une, et ils ne contrôlent plus l'échiquier, pas même moi.

Je me redresse, mon dos se détache du dossier de la chaise. Puis, d'une voix calme, tranchante, contrôlée, je brise leur panique silencieuse, tout en renouant ma cravate.

— Je suis déjà sur le coup.

Un frisson semble traverser la table. Je laisse mon regard dévier sur chacun d'entre eux, camouflé derrière mon masque doré au bec de corbeau.

— Nous détenons probablement celui qui fait tomber notre cercle.

Un murmure s'élève, de la méfiance, de l'expectative, à vrai dire, je m'en moque.

Le Joker claque la langue, agacé.

— « Probablement » ? ricane-t-il, mais son rire sonne faux. Il nous faut des certitudes, pas des suppositions, Golden Plague.

Je lève la main. Le silence s'abat comme une guillotine.

— Nous les aurons.

Mes doigts tapotent la table, rythmiques, calmes. C'est ça, le vrai pouvoir. Quand vous détenez toutes les cartes de l'empire, personne n'ose respirer plus fort que vous. Et ce, depuis des années, de père en fils, et ils n'ont pas à douter.

— Il ne sait pas encore qu'il a déjà perdu.

Je mens. Évidemment. En vérité… *il n'y a pas de « il »*. Juste un fantôme sur lequel je projette mes plans.

Mais qui oserait me contredire ? Soyons honnêtes… personne. Pas un seul n'a les couilles de défier celui qui tient les ficelles.

La partie peut enfin commencer. Après des années à ronger mes chaînes dans l'ombre, elle a eu la bonne idée de venir sur *mon* territoire.

Maintenant… je vais pouvoir me l'approprier. Lentement. Stratégiquement.

Je me redresse, pose mes coudes sur la table, mes doigts gantés de cuir entrelacés sous mon bec.

— Tes hommes ont touché une femme qui n'était pas la leur, décrété-je froidement. Ils ont contourné mes règles. Ils ne méritent que ça.

Déjouez mes ordres, mes règles, et votre tête roulera avant d'être piétinée par mes propres mocassins. Personne ne doit se croire au-dessus de moi… Je dis bien « personne » ou presque…

Le Joker tique.

Il redresse un peu son masque, laissant échapper un rire nerveux, étouffé.

— T'es en train de me dire que mes gars font du zèle ?

Je le fixe dans le vide noir de son masque, et je frappe du doigt contre la table, de façon rythmique.

— Rappelle à tes pions que seules les cibles sur leur liste sont leur putain de terrain de jeu. Que s'ils récidivent…

Je laisse ma phrase en suspens tout en sortant mon révolver que je pose sur la table, caresse subtilement la crosse comme on caresse un corps. Mon geste parle plus que des mots.

Un silence engloutit la pièce.

— C'était qui ? me questionne-t-il après hésitation.

Je laisse planer une seconde de trop avant de répondre, mes mots comme un couperet :

— Lucie Vidal.

Le Joker se tend. Pas parce qu'il la connaît, mais parce qu'il comprend ce que ça signifie.

Il souffle un juron, puis passe une main sur son masque avant de lâcher :

— Je vais m'en occuper.

Je hoche la tête, satisfait. Les règles existent pour une raison.

Et si elles commencent à être bafouées… alors le chaos sera incontrôlable.

Je quitte la salle de réunion, et laisse derrière moi les murmures des chefs qui digèrent encore mes ordres.

Je m'enfonce dans la pénombre du couloir, franchis une porte discrète qui mène à une salle adjacente.

Mes hommes sont là.

Trois. Alignés. Attendant mes directives.

Je les regarde un instant, avant de lâcher sans détour :

— Je serai de la partie.

Ils échangent un regard entre eux, surpris, mais silencieux.

Je continue, mon ton tranchant, bien décidé à sortir de l'ombre après tant d'années.

— Je veux voir tout ce qu'elle est prête à subir, jusqu'où elle peut aller.

Un silence lourd s'abat dans la pièce. L'un d'eux finit par prendre la parole, sa voix empreinte d'un mélange de fascination et de trouble.

— Elle est différente.

Je tourne mon regard vers lui.

Il baisse les yeux sous son masque chromé et poursuit :

— J'étais là. Vous… Il hésite. Vous, vous n'y étiez pas pour voir ce qu'on a vu. Pour constater ce qu'elle a reçu.

Il s'humecte les lèvres, cherche ses mots.

— Le plaisir qu'elle a pris.

C'est ce qu'il pense, mais aucun d'eux ne sait que je la traque depuis bien longtemps. Son nom n'est pas apparu pour une raison comme les autres. Mais parce qu'elle pourrait être la reine de mon royaume. Ma reine… mon obsession… ma flamme des enfers. Elle est la seule pour qui je pourrais tuer si quelqu'un se mettait entre nous. Elle m'appartient, peu importe les différentes identités qu'elle prend à chaque changement de région. Elle reste toujours là même : dangereuse, alléchante et brisée, à la recherche de ce que je pourrais lui offrir sur un plateau doré.

— Demain, j'assisterai. J'analyserai de mes propres yeux. Préparez le nécessaire, je veux quelque chose de spectaculaire.

Un murmure d'approbation glisse dans la pièce.

Puis, un autre prend la parole, changeant de sujet :

— Sarah est en colère.

Je hausse un sourcil sous mon masque.

— Pourquoi ?

— Parce que vous ne venez plus la voir.

Je laisse échapper un souffle, à mi-chemin entre le rire sec et le dédain.

— Qu'elle s'y habitue.

Le monde n'attend pas ses caprices.

— J'ai des choses plus urgentes… que de rassurer une fille qui s'imagine compter.

J'ai maintenant mon diamant à portée de main. Sarah, tout comme les autres, n'est qu'une distraction infâme qui ne mérite pas de connaître le goût de ma queue entre ses lèvres ni de prendre mon sperme entre ses cuisses. Seule ma reine aura ce privilège. J'observerai ma jouissance couler sur ses cuisses avant de l'insérer à nouveau en elle pour marquer ma propriété parce qu'elle sera mienne. Son âme, sa douleur, sa peur, et bientôt son cœur…

Autour de moi, les ombres de mes hommes attendent mes ordres, mais je n'ai pas besoin de leur rappeler notre but.

Nous ne laissons pas de traces. Nous charmons, nous envoûtons, nous manipulons.

Jusqu'à ce qu'elles acceptent leur sort, qu'elles réclament notre attention.

C'est ça, notre cercle. Un univers où les limites n'existent pas. Un monde où le plaisir et la soumission sont indissociables.

Un monde où elles finissent toujours par se débattre… Pour mieux ramper comme des petites putes bien dociles.

Mais elle… elle n'est pas, elles.

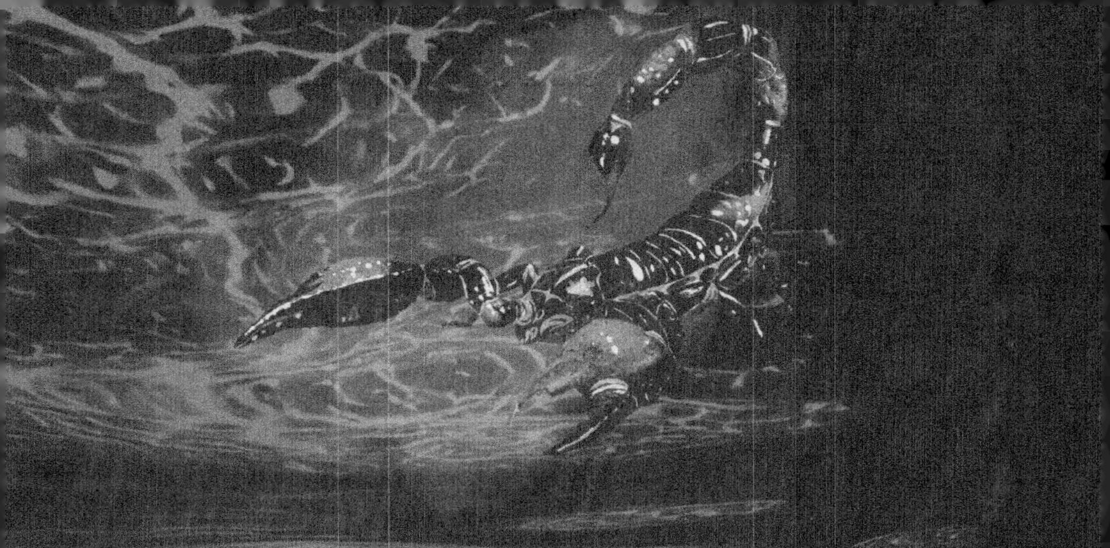

CHAPITRE 24

DEAN

Le soleil se couche, projetant une lueur orangée à travers les larges baies vitrées de la patinoire. La glace craque sous nos lames alors qu'on termine les dernières passes de l'entraînement.

La sueur me colle à la peau, mais je n'y prête pas attention.

Je suis ailleurs.

Depuis que j'ai enfilé mes patins, je n'ai pas réussi à me concentrer. Pas comme d'habitude.

Mon esprit n'était pas ici. Il était avec elle.

Cette idiote qui ne sait pas où elle fout les pieds. Ou pire… qui le sait et qui s'y enfonce quand même.

Je serre les dents, accélère le mouvement en frappant la rondelle avec plus de vigueur que nécessaire.

Parker siffle derrière moi.

— Détends-toi, capitaine, on dirait que tu joues contre un putain de mur invisible.

Je l'ignore. Parce que ce putain de mur est dans ma tête et porte des couleurs arc-en-ciel dans mon obscurité.

Bordel d'Arc-en-ciel.

Elle ne devrait pas être un problème. Mais chaque fois que je la vois, chaque fois qu'elle ouvre la bouche pour me provoquer sans vraiment me parler, où même quand je la surprends avec Parker et Eden à rire comme si elle avait toujours fait partie du groupe…

Ça me rend fou, ça me fait bander, et ça me laisse tomber dans les pires abîmes qui crèvent de reprendre place pour elle.

Parker étire ses bras au-dessus de sa tête, un sourire satisfait aux lèvres alors qu'on charge nos sacs de hockey dans le coffre de la bagnole.

— Plutôt que de rentrer direct, on se pose sur le sable ?

Eden hoche la tête immédiatement, toujours partant pour prolonger la soirée.

Saul, lui, ne dit rien, mais il suit le mouvement, en sortant une cigarette de son paquet.

Je devrais dire non et rentrer, prendre une douche, oublier cette putain de journée. Mais au lieu de ça, je ferme le coffre d'un coup sec et emboîte le pas aux autres.

J'ai besoin d'air, parce que l'imaginer derrière le mur qui nous sépare me donne envie de le défoncer et la prendre par les cheveux pour la baiser fort, jusqu'à ce que sa chatte saigne par ma brutalité.

On marche en silence, la plage étant à quelques mètres de la patinoire. L'allée est calme, les lumières des lampadaires commencent à s'allumer sous le vent marin. Le sable froid s'enfonce sous nos semelles, le bruit des vagues remplit l'espace.

Eden balance ses chaussures et s'étale directement sur le sol. Parker fait de même, toujours aussi insouciant.

Saul reste debout, fumant tranquillement sa clope. Je reste légèrement en retrait, les bras croisés, scrutant l'horizon.

Mon cœur rate un battement, mes lèvres s'assèchent en fixant un point précis.

Elle est là, plus loin sur la plage, seule, assise sur le sable, cigarette entre les doigts.

Et putain…

Je sais déjà que cette soirée ne va pas me calmer comme je l'espérais.

Eden et Parker l'ont eux aussi remarquée, pas difficile lorsqu'on est la seule à avoir les cheveux aussi colorés, volant sous la brise marine.

Ils foncent vers elle, courant dans le sable, tels des gosses surexcités, hurlant son prénom.

Ridicules.

Leurs rires me vrillent les nerfs, trop bruyants pour ce que je ressens.

Elle détourne la tête, la manière dont sa cigarette suspend son mouvement entre ses lèvres pourrait faire penser qu'elle ne s'attendait pas à nous croiser, ou peut-être que si.

Avec elle, c'est toujours flou. Un mélange de provocation feinte et d'indifférence cruelle.

Elle se lève, frotte son cul moulé dans sa jupe en cuir. Parker l'atteint en premier, et je ne rate pas le sourire qu'il lui adresse. Il parle si fort que je ne peux qu'écouter.

— Pourquoi t'es pas venue nous mater à l'entraînement, Arc-en-ciel ?

— Ouais, on a sué comme des bâtards et, toi, tu fais ta mystérieuse, ajoute Eden, faussement vexé.

Avant qu'elle puisse répondre, Eden la chope sans prévenir. Il la soulève du sol, la porte comme une putain de crosse de hockey sur son épaule.

Maxime sursaute, un demi-éclat de rire lui échappe.

— Eden, putain, repose-moi !

— Nan. T'es à nous ce soir.

Il revient dans notre direction, la tenant en équilibre sur son épaule, sa jupe remontée dévoile déjà ce qu'elle ne cache pas. Une dentelle rouge, qui tend dangereusement ma queue sans le moindre effort alors que je m'imagine la frotter contre son anus pendant qu'elle se dilate, prête à me recevoir.

Eh merde…

Parker les suit, éclatant de rire.

Je les observe s'approcher, la mâchoire trop serrée. Maxime n'a pas l'air de lutter, appréciant la manière dont mes potes l'accueillent à bras ouverts et l'entrejambe tendu. Je sens la chaleur grimper en moi.

Et ça me fait chier.

À peine arrivés à notre niveau, Saul peste, agacé.

— Toujours là où on ne te veut pas.

Sa voix claque comme une gifle, tranchante, sèche. Elle ne se laisse pas intimider et plante son regard dans le noir de mon ami, tirant une dernière latte sur sa cigarette avant d'écraser le mégot entre ses doigts, cherchant la brûlure qui, je suis sûr, s'installe entre ses cuisses.

Eden la relâche enfin, la laissant reprendre pied. Elle ajuste sa jupe d'un geste lent, presque à contrecœur, le vent chaud faisant danser ses cheveux colorés autour de son visage.

Parker s'abaisse et lâche les Dr. Martens à ses pieds, tel un gentleman qu'il n'est pas… sauf pour elle, on dirait.

— Tiens, princesse, t'as perdu tes souliers.

Elle esquisse un sourire en coin amusé, mais elle ne bouge pas tout de suite.

Maxime sait qu'elle attire l'attention, qu'on la regarde. Détourner les yeux d'elle, c'est refuser d'affronter la beauté à l'état brut, le charme venimeux qu'elle dégage à chaque pas.

Elle est belle.

Non. Elle est magnifique. À en crever. À en devenir fou.

Ce serait tellement plus simple… si elle n'était pas aussi elle. Aussi consciente de son pouvoir. Aussi insaisissable.

Cette femme ne se contente pas d'exister. Elle s'impose. Je dois lutter pour ne pas y céder.

Saul croise les bras, et la jauge. Je reste silencieux, mais ma queue continue de pulser avec un besoin de connaître sa chaleur, la manière dont elle est serrée.

Elle lâche, un sourire en coin, la voix tranchante :

— Si ça te fait chier, alors ça me réjouit.

Le silence qui suit est lourd.

Parker ricane, amusé. Eden, secoue la tête, un sourire collé aux lèvres. Saul serre la mâchoire, agacé. Il déteste perdre une joute verbale, et Maxime vient de marquer un point.

Je devrais ignorer, ne pas réagir, mais il y a cette tension, ce foutu jeu qu'elle alimente à chaque mot, à chaque regard.

Elle tourne enfin son attention vers moi.

Puis, elle lâche, le ton faussement léger :

— Je ne te demande pas ton avis.

Elle penche la tête, dans son mouvement, le vent soulève quelques mèches.

— Ça se lit dans le puits de tes yeux.

Elle marque une pause, l'air de chercher ses mots, ou juste de me tester encore un peu plus. Puis elle ajoute, un sourire provocateur sur les lèvres :

— Mais parfois, j'ai comme l'impression de voir une lueur de…

Elle se rapproche encore, me laissant respirer les effluves de son parfum, La vie est belle de Lancôme, qui se mélangerait parfaitement au mien. Son regard accroché à mes billes noires, ses lèvres s'étirent si haut que j'aimerais les mordre pour admirer le sang les colorer.

— J'ai envie de te baiser.

Je ris, pris au dépourvu. Un rire bas, rauque, sans douceur, qui ne cache rien de l'agressivité dans laquelle elle me plonge.

Cette femme n'a vraiment aucune idée de ce qu'elle fait, de ce qu'elle provoque chez moi. De ce que je rêve de lui faire subir.

Je réponds d'un calme qui laisse nul doute à mes intentions.

— Je vais le faire, Arc-en-ciel.

Elle ne bronche pas et attend la suite. Je remarque son pouls s'activer au niveau de la veine de son cou, comme si elle n'attendait que ça, comme si elle me criait de réaliser son souhait. Je le lui offre, parce que je l'imagine trop souvent, que je me branle trop avec cette putain d'image.

— Mais seulement quand tu te mettras à genoux devant moi.

Je me penche juste assez, murmurant le coup de grâce :

— Et que tu me supplieras.

Je m'attends à un sourire narquois, à une réplique mordante, mais pas à la voir tomber à genoux, ramper vers moi, tel un chat, trop lentement, trop dangereusement, ses yeux rivés aux miens, sa langue roulant sur sa lippe.

Mes poings se serrent, mais je ne bouge pas.

Elle avance encore, trop proche, trop joueuse sur un terrain où elle risque de se brûler les ailes et ne plus jamais avoir la possibilité de s'envoler.

— Comme ça, tu veux dire ? m'aguiche-t-elle en attendant mon approbation.

Et putain de merde, elle va me rendre complètement cinglé ! Je me penche, réduisant la distance entre nous, mon regard plongé dans le sien.

— Tu n'as aucune idée de ce que tu viens de faire, Arc-en-ciel.

Elle sourit. Cette putain de fossette moqueuse.

— Je crois, au contraire, que j'ai une idée très précise, capitaine, admet-elle d'une voix mielleuse accompagnée d'un doux ronronnement qui accentue les pulsations dans mon jogging.

Elle est un putain de poison, et j'ai foutrement envie qu'elle me contamine autant que je veux la contaminer, jusqu'à ce qu'elle s'effondre.

Mon bras se tend, puis mes doigts effleurent sa mâchoire, une caresse pour féliciter son obéissance.

Un frisson traverse son corps au contact de ma paume chaude.

Son souffle, qui se suspend, dévoile l'éclat d'une lueur qu'elle tente d'étouffer. Ma bouche frôle son oreille.

— Un jour, tu regretteras d'être tombée à genoux devant moi.

Ma voix est basse, mortelle, tranchante sous les yeux de mes meilleurs potes.

Je veux qu'elle comprenne, qu'elle sache qu'elle joue avec quelque chose de bien plus grand qu'elle.

Mais au lieu de reculer…

Elle rit comme si elle ne tenait pas à sa vie. Son tatouage sur l'épaule capte à nouveau mon attention « SURV;VRE ». Une évidence aussi brutale qu'une gifle.

— Alors, fais-moi regretter, Dean Knight.

Mon sang se glace et brûle à la fois. Sa langue m'arrache un violent frisson qui me traverse la colonne vertébrale alors qu'elle la passe sur mon entrejambe encore couvert, mais qui ne laisse aucune place à l'imagination de ma bite gonflée sous ses iris orageux.

Mon souffle se suspend.

Putain !

Je serre la mâchoire, mes poings se crispent malgré moi. Le silence autour de nous devient lourd. Un putain de poids électrique qui s'abat sur tout le monde.

Dans les billes de Saul, je perçois son hésitation, sa tension. Il me connaît assez, il sait que Maxime est un danger pour moi. Elle est la clef qui pourrait déverrouiller celui que j'ai scellé à double tour pour ne pas perdre la seule chose qui compte : le hockey.

Les voix d'Eden et Parker tombent, sous un avertissement déguisé dans un amusement forcé :

— Max, fais pas ça…

Eden se pince les lèvres, Parker croise les bras, tendu.

— Tu risques de ne pas aimer ce qui suivra.

Elle ne s'arrête pas, au contraire. L'avertissement lui arrache un gémissement, alors que sa bouche se referme sur ma longueur couverte de coton.

Et putain, c'est chaud, c'est bon… c'est cruel.

Elle remonte et redescend comme si elle me prodiguait une putain de pipe, puis remonte et attrape avec ses dents le cordon qu'elle tire tout en me fixant, attendant que je la stoppe.

Je ne réponds plus de rien. À genoux, elle est sublime. Avec ma queue entre les lèvres, la salive dégoulinant de son menton, elle deviendra divine.

L'électricité qui monte fait sauter les verrous. Ma porte s'entrouvre pour laisser une infime liberté à mes pires péchés.

Elle ne le comprend pas encore, mais que dès que ma queue connaîtra son humidité, sa bouche, il n'y aura pas de retour en arrière, je ne pourrai plus m'arrêter de vouloir la regarder ramper. Encore. Et encore.

Et quand elle vacillera, je serai là pour ramasser chaque morceau… et les disposer comme bon me semble.

Chapitre 25

Maxime

Mon cœur bat à tout rompre, d'excitation. L'adrénaline pure.

Je ne crains pas de provoquer mon obsession, parce que chaque fibre de mon corps ne cesse de vouloir le connaître davantage autrement que par mon imagination.

Je quitte lentement le tissu de son jogging et inhale son parfum, ce mélange brut et addictif de sueur, de dominance, et de contrôle.

Puis, dans un souffle, je lui rappelle :

— J'ai accepté…

Un frisson me traverse tandis que sa respiration se suspend.

Je ne recule pas. Je le veux, il me veut aussi au vu de la raideur qui a trouvé place entre mes lèvres. Ma chatte est humide, si humide que l'intérieur de mes cuisses se retrouve lubrifié.

— Et je crois avoir une idée de ce qui m'attend.

Ma langue effleure son sexe, ma voix se fait plus basse, plus insolente encore :

— Alors, débutons les festivités…

Je presse sa queue sans rompre notre échange de regards.

— Sauf si tu as peur de moi, le provoqué-je.

Le monde bascule, mes seins se tendent sous mon soutien-gorge. Ses doigts s'enfoncent violemment dans mes cheveux, m'arrachant un léger gémissement.

Il me guide, impitoyable, mes lèvres regagnent son érection pressant mon visage pour devenir mon putain d'oxygène. Et c'est le cas.

Je savoure la tension brute dans son corps, ce combat intérieur qu'il mène entre son contrôle et son envie de tout détruire. Et putain, je veux qu'il me fasse mal. ! Je veux qu'il me déchire, je veux qu'il me marque parce que, putain, pour la première fois, j'ai envie de me faire posséder par la plus belle créature, et à la fois la plus détestable.

Derrière nous, Eden peste, grogne avec amusement :

— J'ai horreur de faire ça sur le sable, mais putain, Arc-en-ciel, tu me laisses pas le choix.

Je souris contre le jogging. Ils ne me feront pas fuir. Ils ne me contrôleront pas. J'ai décidé d'être leur agneau… j'ai besoin qu'ils calment la tempête qu'ils engendrent par leur présence. Mes doigts ne me suffisent plus. J'ai besoin de plus. J'ai besoin d'eux.

Eden glisse sous moi, ses mains sur mes hanches, son souffle chaud contre ma peau. Puis, ses dents.

Elles mordent le tissu de mon haut, tirent dessus. Un frisson violent parcourt mon dos, je me cambre, exerçant une pression pour l'inciter à aller plus loin.

Le monde extérieur n'existe plus. Les passants, les bruits de la mer, le vent chaud du soir.

Rien n'a d'importance.

Je n'ai d'yeux que pour ce noir qui m'aspire. Je pince délibérément l'élastique de son jogging, un simple jeu, un test.

Un frisson le traverse, imperceptible, mais je le distingue dans ses yeux dans la manière dont il se pince la lèvre.

Et je souris de fierté de constater qu'il n'est pas si indifférent en ma présence.

Sa prise se resserre violemment dans mes cheveux, dans un avertissement. Un rappel qu'il est le prédateur. Ça tombe bien, j'ai envie qu'il me dévore jusqu'à me briser.

Du coin de l'œil, je croise le regard sombre de Saul, ils ne sont pas aussi noirs, mais ils sont eux aussi un puits dans lequel je m'égare. Un éclat indéchiffrable brille dans ses prunelles. Comme si même lui voulait voir jusqu'où j'irai ou si je vais prendre la fuite.

Eden approche son nez de mon cou, son souffle accentue le feu sur ma peau pendant que sa langue roule sur ma veine.

— T'es vraiment une emmerdeuse, Arc-en-ciel.

Sa voix est un murmure réjoui, mais il y a autre chose dessous. Quelque chose de plus profond, de plus dangereux. J'aime la façon dont il prononce cette phrase, cela fait ressortir le côté néfaste que je recherche.

Parker ricane, croise les bras, savoure chaque seconde de ce qui se joue.

— Elle cherche les ennuis, et elle les trouve toujours.

Dean ne rit pas. Son regard est noir, opaque, insondable. Lorsqu'il brise enfin le silence, sa voix est rauque, déformée par quelque chose de trop brut, trop réel.

— Tu n'as aucune idée de ce que tu es en train de provoquer, Maxime.

Je souris, mais ma culotte n'est plus qu'une putain de serpillère qui ne demande qu'à être essorée.

— Alors, montre-moi, supplié-je tout en faisant descendre son jogging jusqu'à ces hanches sculptées. Mon souffle devient haletant, mes seins tendus à l'extrême et mon sexe réclament leur toucher.

Je suis au milieu, entre leur corps, entre leurs regards qui brûlent autant que leur présence. Eden continue de faire voyager ses lèvres sur ma peau, son souffle brûlant contre moi, déployant des ondes qui déferlent en moi, trop puissantes, trop incontrôlables.

Dean est immobile. Mais je le sens trembler sous la tension qu'il ne veut pas nommer.

— T'as pas peur que les passants te prennent pour une pute, Arc-en-ciel ? annonce Saul.

Son ton est moqueur, cruel, testant les limites du jeu dans lequel j'ai plongé sans hésitation. Je relève le menton, le fixe sans faillir.

Je souris, lentement, trop lentement.

— Une pute encaisse, une salope choisit. Et moi, j'accepte que ce qui mérite d'être goûté.

Un ricanement éclate quelque part, peut-être Parker, peut-être Eden. Mais je n'ai pas le temps de savourer ma provocation.

Dean ne rit pas. Sa poigne se referme ; brutale, dominatrice.

— Tu devrais faire attention, Arc-en-ciel, ricane Saul.

Leur capitaine s'accroupit devant moi, ses yeux noirs vrillant dans les miens.

— T'es sûre de vouloir continuer à jouer avec nous ?

Son ton est trop doux pour ne pas être cruel. Je le fixe, ma respiration légèrement saccadée, mais mon sourire toujours là.

— C'est vous qui jouez avec moi.

Un rire bref et sec échappe à Parker. Il s'approche de mon dos, son torse frôle mes épaules.

— Peut-être qu'on devrait lui montrer qui mène vraiment la danse, propose-t-il, son souffle ardent contre ma chair.

Un silence électrique s'abat, puis Dean murmure, dénué de douceur :

— Tu crois être prête ?

Je lève les yeux en posture de soumission qui exprime toute ma volonté.

— Fais-moi regretter, Knight, articulé-je dans un ronronnement.

Le piège vient de se refermer.

Mais sur qui ?

Un grognement grave s'échappe de ses lèvres, un ordre silencieux qui me fait comprendre une seule chose :

Suce-moi !

Mes dents accrochent son Calvin Klein que je descends, libérant sa queue. Je déglutis autant que je bave en découvrant son imposante érection et cette putain de longueur ornée de piercing dorées sur le dessus, m'arrachant un violent orgasme avant même de la prendre en bouche, l'imaginant me déchirer de l'intérieur.

Il empoigne sa verge et pose son gland contre mes lèvres ouvertes, je m'attends à ce qu'il bute ma gorge, mais il ne fait rien, alors je prends les devants avec une volonté qui transcende les règles.

Ma langue roule sur sa longueur, trace des cercles autour de son gland avant de le gober sans la moindre retenue. Le froid des bijoux me défonce le palet et, putain, je gémis à le sentir entre mes lippes. Trop bâti pour une gorge profonde, je me contente de ce que je peux tout en espérant qu'il finisse par céder et me défoncer la trachée. Plus ça fait mal, plus je suis en extase, plus il me fait attendre, plus ça sera sale et bon.

Je le savoure, sens sa veine gonflée, son souffle se faire plus violent, ses doigts plus douloureux sur mon cuir chevelu.

Défonce ma bouche, Dean… Déchire-moi…

Le sable est froid, mais leurs corps brûlent. Eden me fait gémir juste en mordant mes tétons à tour de rôle. Le vent fait danser mes cheveux sur mon visage, mais je ne les sens même plus ; juste ma salive qui déborde sur sa peau qui ruisselle sur mon menton, accompagnée des vibrations de ma gorge à chaque gémissement qu'Eden engendre dans tout mon être. Mais ce n'est toujours pas assez. Toujours trop doux.

La main de Parker roule sur mon dos. Un frisson parcourt ma colonne vertébrale.

Je suce fort, mes joues se creusent à chaque aspiration. Le désir n'est qu'une tension entre nous, un fil prêt à céder, à se rompre, à exploser.

Il finit par mener la cadence, son souffle court, son regard ancré dans le mien, noir d'un orage que je ne peux plus arrêter.

Ses doigts serrent avec plus de force alors que son bassin bute d'un coup sec et douloureux, engendrant un haut-le-cœur que je savoure autant que les larmes qui s'échappe de mes paupières pendant qu'il pilonne ma gorge avec plus de force.

Des doigts s'aventurent sur le tissu qui me couvre encore. Ma jupe remonte un peu plus, exposant mon cul et ma chatte prêts à subir tout ce qu'ils voudront m'offrir… et, putain, j'espère qu'ils le feront.

Eden souffle contre ma peau, réjoui, générant un frémissement impitoyable sur mon sein sensible par ses morsures.

— Tu continues de provoquer, Arc-en-ciel…

Parker ricane, ses doigts caressent le tissu de ma dentelle avant que ma fesse ne brûle sous la pression de sa claque, et je jouis instantanément sous la douleur. Mes cuisses tremblent alors que ce n'est qu'une infime partie de ce qu'ils pourraient me faire s'ils laissent tomber leurs limites.

— Mais jusqu'où t'es prête à aller ?

Je pourrais arrêter. Je pourrais les faire attendre. Mais mon corps supplie de faire de moi leur chose, leur salope. La manière dont j'observe Dean répond à la question que Parker a posée.

« Aussi loin que vous me l'autorisez »

Eden glisse une main sur ma hanche.

— Je crois qu'elle comprend pas encore dans quoi elle met les pieds.

Parker se penche vers mon cul, son souffle effleure ma chatte qui se contracte.

— Oh si, elle comprend, constate-t-il en découvrant probablement l'état de ma dentelle.

Un ricanement échappe à Saul :

— Alors offrons-lui une démonstration.

À ces mots, mon string devient un simple tissu déchiré, puis deux doigts s'enfoncent entre mes plis, m'arrachant un gémissement étouffé autour de cette longueur au goût métallique qui remplit mes papilles. Mes yeux s'enfoncent dans le puits noir qui me fait face, le voyant vaciller sous mon supplice, ma soumission. Il s'enfonce toujours plus loin dans ma gorge, les larmes redoublent.

Les doigts de Parker accélèrent leur cadence, tout en jouant avec mon clitoris qu'il pince, tire et, putain, je jouis une seconde fois sans la moindre résistance.

Le sexe d'Eden caresse la peau de mon ventre sous ses grognements, alors que mon vagin se fait malmener par son acolyte. Saul, qui me fixe encore, se retrouve à présent la main sur sa queue tendue, le rictus de Dean est une simple réponse. Ma bouche la quitte dans un bruit de succion avant de m'attarder sur l'autre sans jamais rompre le contact de son regard charbonneux.

— Putain, t'es trempée, déclare Parker avant de sentir sa langue reposer sur mes plis, puis de les tirer entre ses dents, accompagné d'une autre claque brûlante.

Je l'aspire, creuse mes joues à en avoir mal. Dean continue de maintenir mes cheveux, m'obligeant à suivre le rythme qu'il impose. Le gland cogne le fond de ma gorge, dissimulant les gémissements qui font gonfler mon bas-ventre sous leurs regards, sous leurs touchers, sous ses yeux.

Puis, comme s'il perdait patience du vide que j'ai créé chez lui, mes cheveux sont tirés jusqu'à son érection que je gobe à nouveau.

— Je vais te prendre si fort… me promet Parker, sa voix rauque, tranchante, dangereuse.

Un frisson violent traverse ma peau, au plus il accentue les mouvements de sa langue aspirant ma cyprine.

Oui… fort… plus fort…

Mes muscles se contractent sous l'anticipation, sous le poids de leurs prunelles. Dean reste silencieux, mais durcit toujours plus fort. Je lève les yeux, cherche cette fraction de seconde où il cède, où il m'accorde ce que je réclame.

Mais ce n'est pas moi qu'il regarde.

C'est Parker.

Sa voix claque, glaciale, brutale :

— T'as une capote ?

Un silence s'abat autour de nous.

— Sérieux, Dean, depuis quand on a besoin de…

Il n'a pas le temps de finir, qu'il lui coupe la parole. Je pourrais tout faire exploser en annonçant que je suis sous contraception, mais où serait le plaisir là-dedans ? En observant leur capitaine devenir possessif, comme s'il était le seul à désirer souiller le fond de mes entrailles.

— N'y pense même pas !

Sa voix est un grondement sourd, un ordre indiscutable. Parker peste et, comme une punition, il crache sur mon cul et enfonce ses doigts à l'intérieur sans même me préparer. Et c'est l'extase lorsqu'il synchronise ses doigts à ceux enfouis au fond de ma chatte.

Mon obsession ferme les yeux. Ses cils noirs effleurent ses pommettes, trop doucement pour appartenir à un homme comme lui. Sa tête bascule en arrière, ses mâchoires se contractent.

Il lutte contre ce putain de feu qu'il refuse d'allumer.

Il est magnifique.

Trop.

Un chef-d'œuvre en tension, un roi en pleine chute. Mais il serait encore plus parfait… dans la peau d'un monstre.

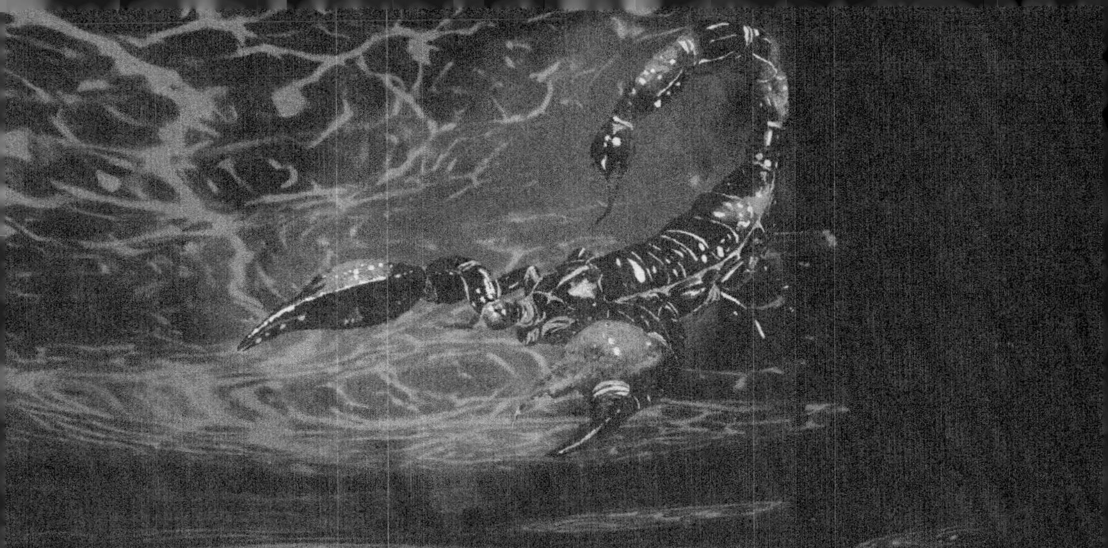

CHAPITRE 26

DEAN

Mes doigts enroulés dans ces mèches qui me rendent fou, je donne la cadence. Je sens sa respiration chaude, son souffle tremblant, et la manière dont sa langue joue avec mes piercings, me rend fou. Elle sait comment amadouer ma queue, me consumer.

Elle ne devrait pas être là. Elle ne devrait pas faire ça.

Néanmoins, je suis incapable de la stopper, chaque putain de fibre de mon corps réclame plus de sale, plus de douleur.

Sa salive chaude et brûlante dégouline sur ma peau, pendant que sa langue explore chaque contour, chaque putain de nerf tendu, c'est une torture.

Un plaisir bestial.

Un supplice qui me traîne au bord du gouffre.

Je serre les dents, mes muscles se crispent alors que je lutte contre l'inévitable. Je devrais la repousser, reprendre le dessus. Mais au lieu de ça, mes doigts se crispent dans ses cheveux, resserrant ma prise, forçant son regard à croiser le mien. Elle ressemble à une chienne, une magnifique chienne alors qu'elle me suce comme si j'étais la huitième merveille du monde.

Parker a disparu sous les plis de sa jupe noire, son visage caché là où elle le laisse s'abandonner. Le bruit de sa peau claquée par la main d'Eden fait vibrer mon corps toujours plus fort lorsqu'elle gémit sous la douleur.

Ses doigts s'accrochent au grain de sable, sa respiration hachée trahit les sensations qui l'envahissent.

Putain !

Eden n'est pas en reste, sa main autour de sa queue, sa bouche déguste ses seins qui débordent de son décolleté, ballotant au rythme de la pipe qu'elle m'offre. Saul frotte la sienne contre sa joue, tout en la bifflant jusqu'à ce qu'elle devienne écarlate.

Leurs paumes glissent sur sa peau nue, s'approprient chaque frisson, chaque trou qu'elle possède, chaque tressaillement qu'elles arrachent à son corps.

Ils la réclament, leur queue et l'animation qu'ils exercent en sont une putain de preuve irrévocable.

Je la possède déjà, j'en suis conscient juste à la manière dont elle me bouffe des yeux. Chaque putain de matin, ils traînent un peu trop longtemps sur moi. Tout comme sa respiration qui se suspend quand j'entre dans la pièce.

Et ses cuisses… ses sublimes cuisses se frictionnent, instinctivement, dès que je me retrouve trop près.

Ma bite entre ses lèvres se tend sous sa salive qui roule sur mes couilles tendues. C'est mon nom qui est imprimé dans sa tête, malgré tout ce qu'elle voudrait faire croire.

Je ressens chaque vibration qui s'échappe de sa gorge, qui s'enroule autour de moi, amplifiant mon propre contrôle, mon propre désir.

C'est exaltant.

C'est démentiel.

C'est dangereusement addictif.

Sa langue se tend, son corps tremble, et se tend encore. Un frisson violent la secoue, se frayant un chemin jusque dans mes propres muscles.

Parker redresse la tête, sa respiration légèrement saccadée, son regard brûlant. Il passe sa langue sur ses lèvres luisantes.

— Elle est parfaite. Putain, je te l'avais dit.

Il accroche mon regard, une lueur sournoise et satisfaite dans ses prunelles. Saul ricane en arrière-plan, tandis qu'Eden accentue sa branlette contre le bas-ventre de cette créature sortie d'un putain de conte de fées pour obsédés.

Son souffle est encore erratique, son corps encore prisonnier des sensations. Je devrais me réjouir de la voir à genoux. Je devrais me contenter de cette victoire, de cette putain de soumission qu'elle vient d'offrir sans même se rendre compte que ce n'était qu'un avant-goût.

Mais je ne ressens rien de tout ça.

Ça ne suffit pas. Je veux plus que cette bouche pulpeuse. Je veux tout.

J'entends Eden jurer entre ses lèvres, le gland de Parker propulser un jet blanchâtre sur son cul rougeâtre. Saul, dans un râle, redécore le côté droit de son visage tout en étalant avec son gland son sperme chaud. Il ne m'en faut pas plus, je bute au fond de sa gorge et m'arrête alors que mes couilles se contractent pour se vider au fond de sa trachée.

Ses yeux s'écarquillent, un frisson la traverse, ses avant-bras tremblent sous l'extase d'avoir été marqués par notre territoire, l'ombre de l'abandon encore imprimée dans ses pupilles qu'elle semble vouloir me cacher.

Eden murmure quelque chose en riant, mais je ne l'écoute pas. Parker se redresse, son sourire suffisant plaqué sur le visage pendant qu'il remonte son jogging, comme s'il sortait d'un entraînement banal.

Saul ne bouge pas. Il reste figé, à la fixer de ses yeux morts, après avoir rangé son engin.

Moi, je veux entendre ce qu'elle a à dire. Je veux sa vérité, nue, crue, crachée entre ses canines. Je veux savoir ce qu'elle a éprouvé quand elle s'est offerte. Ce qu'elle a pensé quand ses jambes ont tremblé, et que son corps a succombé.

Je l'attrape par la gorge, mes doigts se referment juste assez pour la marquer.

— Regarde-moi.

Sa respiration est encore erratique, mais elle obéit. Son bleu plonge dans mon noir, et putain…

Je lis tout ce qu'elle refuse de dire, mais que son corps crie silencieusement. Je serre un peu plus ma prise, ses joues rougissent sous la pression empêchant le sang de passer correctement.

— T'as aimé ça, pas vrai ?

Son regard se voile d'une lueur que je connais trop bien. Je souris, dangereusement, approche mes lèvres de son lobe que je lèche, sa sueur imprègne mes papilles.

— Continue de te mentir, Arc-en-ciel. Ça me laisse du temps pour te prouver à quel point t'es déjà à moi.

Son souffle se bloque une seconde. Puis elle rit, un rire nerveux, un rire qui ne trompe personne tandis qu'elle est prise d'un sanglot d'impuissance.

— Va te faire foutre.

L'illusion est belle.

Mon sourire s'agrandit. Je viens de remporter quelque chose d'encore plus précieux qu'un corps offert.

Je viens de rafler son esprit sans même l'avoir cherché. Et je compte ne jamais le lui rendre.

Chapitre 27

Maxime

Les voix autour de moi se font lointaines, se mêlant en un murmure indistinct. Je devrais être là pour elles, être cette force qui guide et rassure, mais pour l'instant, je suis ailleurs. Piégée dans l'enfer de mes propres pensées, je revois encore le moment où, furieuse, je suis rentrée chez moi, le cœur battant à tout rompre, la tête en proie à l'adrénaline. Dean, cette obsession empoisonnée, m'a tout pris…

Il m'a regardée le faire sans le moindre scrupule et, malgré ma haine, je n'en veux pas moins.

Je revois l'instant où j'étais dans ma salle de bain, le corps brûlant, marqué par leurs mains, leurs regards, par tout ce que j'avais laissé se produire. La douche a été la plus douloureuse de ma vie, car ni l'eau ni la brûlure de savon n'ont pu effacer ce qu'ils ont laissé sur moi.

Ce n'est pas mon corps qu'il a marqué, c'est mon âme.

— Maxime ?

Une voix me ramène à la réalité. Je cligne des yeux, croisant le regard des femmes qui m'entourent. Le cercle est là, attendant que je sois présente, que je sois leur force. Mais ce soir… je ne suis plus sûre de pouvoir me soutenir moi-même. Les regards, inquiets, méfiants, me scrutent, et moi, habituée à écouter, à recueillir leurs confidences, je me sens déchirée.

— Maxime ?

La voix se fait plus insistante. Je lève les yeux et rencontre celui de Chloé, dont les doigts tremblants serrent son gobelet de thé. Elle hésite, puis ose :

— Tu es ailleurs… Ça va ?

Un mensonge me brûle la gorge. Un « oui », un « bien sûr », ou encore « ce n'est rien », mais je ne peux pas le dire, pas alors que l'ombre de Dean est encore gravée sur ma peau, que leurs emprises ont laissé des marques indélébiles sous mes ongles, dans mes paupières, dans ma putain de conscience. Tout était différent : ce n'était pas un viol comme je suis habituée. J'étais consentante, je le voulais… et maintenant que je l'ai eu, je veux qu'il me prenne sans jamais demander si je suis prête, je veux qu'il me fasse encore plus mal.

Je force un sourire, celui que j'ai perfectionné au fil des nuits.

— Juste fatiguée.

Lucie, assise à côté de moi, me fixe un instant, puis hoche mollement la tête. Elle ne me croit pas, mais ne me force pas non plus. On sait que certaines blessures ne se racontent pas en un soir. Je me redresse et reprends mon rôle.

J'inspire profondément. J'efface Dean, Parker, Eden, Saul… J'efface la plage, l'eau brûlante de la douche, et cette sensation d'être marquée de l'intérieur.

— On reprend, dis-je d'une voix ferme.

Elles hochent la tête et la discussion reprend, pendant que je prends conscience que ce jeu dangereux n'en est qu'à ses débuts, et il risque de devenir ma fin.

Ce n'est pas une idée, c'est une certitude.

Ce soir, je vais rentrer chez moi, croiser leur porte, sentir leur présence derrière ces murs trop fins.

Et je vais me demander… *Est-ce que j'ai vraiment envie d'effacer ce qu'ils ont laissé sur moi ?*

La salle retrouve son rythme. Les voix se mêlent, les silences se remplissent, je reste en arrière-plan, prisonnière de mon propre chaos.

Jusqu'à ce qu'Amalia parle, sa voix, faible, mais claire, perce l'espace.

— Il portait un masque de Anonymous.

Un frisson glisse le long de ma colonne vertébrale.

Je relève les yeux vers elle, capturant chaque tremblement dans ses doigts, chaque hésitation dans ses paupières mi-closes.

Elle est terrorisée, mais elle parle.

— C'était différent cette fois.

Sa respiration se suspend.

— D'habitude, c'est violent, c'est… cruel. Mais là, c'était comme si… comme s'il voulait que je participe. Comme si…

Ses lèvres tremblent.

— Comme s'il voulait que je l'aime.

Un silence lourd s'abat sur le cercle. Je serre les dents, mon regard glisse sur chaque femme ici présente. Elles sont toutes dans ce cercle vicieux où le bourreau s'empare de leur cœur pour ne jamais leur rendre.

Mais je ne laisserai pas perdurer cette tradition sale.

Chloé hoche la tête, sachant exactement ce qu'Amalia voulait dire. Lucie croise les bras sur sa poitrine, se referme sur elle-même.

Moi, j'ai l'impression que l'air devient plus lourd autour de moi. Mon cerveau se met en marche, recompose les indices, analyse chaque mot d'Amalia.

Je dois trouver qui il est… Parce qu'un homme qui veut être aimé par sa victime… Ce n'est pas un prédateur ordinaire.

Il ne cherche pas la peur, mais l'effondrement.

Il veut qu'elle le désire, qu'elle le supplie, qu'elle confonde sa douleur avec de l'amour. Il veut dissoudre son identité, pièce par pièce, jusqu'à ce qu'il ne reste plus rien d'elle… rien qu'un reflet de lui.

Et ce genre de monstre ne s'arrête jamais tant qu'il n'a pas obtenu sa victoire : une ruine consentie.

Je redresse mon dos, puis recentre toute mon attention sur Amalia.

— Dis-moi tout.

Ses doigts jouent nerveusement avec l'ourlet de sa manche, son regard fuit celui du groupe avant de se poser sur moi.

— Ils sont toujours deux.

Sa voix est basse, fragile, comme si prononcer ces mots leur donnait encore plus de pouvoir.

— Mais cette fois…

Un frisson secoue ses épaules.

— C'était comme s'il voulait que ce ne soit que lui.

Mon cœur bat plus vite. Les pièces commencent à s'imbriquer dans ma tête.

Deux hommes.

L'un qui agit par pulsion, dans une mécanique bien rodée. L'autre qui cherche quelque chose de plus profond, de plus dangereux.

— Tu l'as déjà ressenti avant ? demandé-je, la voix plus posée que je ne le suis réellement.

Elle secoue la tête, inspire profondément avant de souffler :

— Non… D'habitude, il ne cherche pas à me faire croire que j'ai le choix.

Je me tends.

— Comment il était ? poursuis-je, cherchant à creuser chaque détail qui pourrait me mener à lui.

Amalia fronce les sourcils, visiblement troublée par ce souvenir.

— Calme. Trop calme. Il parlait. Il s'intéressait à moi. Il voulait que je réponde, que je le regarde. Il disait que…

Elle s'arrête. Ses mains se referment en poings sur ses genoux.

— Que j'allais finir par l'aimer.

Un silence brut s'abat sur nous toutes.

— Tu penses que c'est le cas ? Qu'une fois aimé, tout s'arrêtera ?

Amalia relève les yeux vers moi, incertaine.

— Peut-être que…

Je secoue brusquement la tête, mon regard dur accroché au sien.

— Il n'y a pas de « peut-être ». Ce type ne s'arrêtera pas. Plus tu lui faciliteras l'accès, plus ça sera pire, parce que tu diras oui à tout ce qu'il te demandera.

Je suis déjà passée par là. Je sais ce que c'est d'être prise au piège d'une obsession qui n'est pas la tienne, mais qui finit par te consumer malgré toi.

Je m'adosse contre ma chaise, croisant les bras sur ma poitrine.

— Je vais te dire ce qui va se passer maintenant.

Elle fronce les sourcils, troublée, mais elle m'écoute.

— Il t'a voulue seule cette fois. Pas pour le sexe. Pour le contrôle. Il commence à te faire croire que tu es à lui. Pas comme un jouet, non… comme une extension de lui-même. Un prolongement de sa toute-puissance. Il va revenir. Encore. Toujours. Pas pour ton corps. Pour ton esprit. Pour t'user. Pour t'éteindre.

Son souffle se coupe. Je vois son cœur battre trop vite sous sa peau.

— Et si je le repousse ? murmure-t-elle.

Je ris. Un rire sans chaleur, sans espoir.

CHAPITRE 28

MAXIME

— Tu crois qu'un homme comme lui comprend le mot « non » ?

Je penche légèrement la tête, cherchant ses prunelles du regard.

— Il va s'accrocher plus fort. Devenir plus doux. Puis plus cruel. Il va s'infiltrer dans ta tête, dans tes cauchemars, dans ton silence. Et quand tu penseras enfin avoir repris le dessus… il te brisera une dernière fois. Juste pour que tu n'oublies jamais que c'est lui qui t'a reconstruite.

Un frisson la traverse. Lucie hoche la tête, confirmant mes dires.

— Je suis déjà tombée là-dedans, Amalia.

Son regard se fige sur moi, surpris. Les autres aussi écoutent avec plus d'attention. Je n'ai jamais avoué ce qui m'a menée à créer ce cercle.

Mais ce soir…

Je n'ai pas le choix.

— J'ai connu un homme comme ça. Il ne m'a pas seulement volée… il voulait que je lui appartienne. Il voulait que je le regarde, que je le choisisse, que je l'aime, comme on aime une prison.

Ma voix se fait plus basse, plus tranchante.

— Et le problème, c'est qu'une partie de moi l'a fait.

Un souffle collectif s'échappe des femmes autour de moi. Un silence étouffant s'abat sur nous. Je m'humecte les lèvres, fixe Amalia avec une intensité qui la fait frissonner.

— Je suis tombée dans son piège. Il m'a hantée, obsédée, brisée. Et le jour où j'ai compris…

Mon cœur bat trop fort.

— C'était trop tard. Il m'a eue, il a vendu mon corps à d'autres, me droguant jusqu'à me conduire dans l'inconscience. Parfois, ils étaient trois, parfois dix, et je ne pouvais jamais le lui refuser. Même lorsque l'un d'eux, pour son propre plaisir, lui a demandé de me raser les cheveux pour jouir sur mon crâne, j'ai dit oui. J'ai accepté de perdre ma féminité. J'ai accepté de me faire pisser dessus parce que je ne souhaitais pas qu'il s'éloigne de moi. Je ne voulais pas le décevoir. Mais il m'a abandonnée le jour où j'ai dit stop. Pas avec des mots. Pas avec un cri. Non.

Je prends une inspiration pour ravaler les images qui s'infiltrent dans mes pensées.

Ma main glisse instinctivement sur mon ventre, un geste fugace, nerveux, avant de retomber sur mon genou. Le souvenir revient — brutal, acide — où l'on m'a annoncé que j'avais perdu quelqu'un dont je ne connaissais pas l'existence. Cette nuit-là, j'ai pris une décision irrévocable : plus jamais je ne laisserai un homme planter une vie dans mes entrailles. Plus jamais je ne commettrai l'erreur d'oublier une foutue pilule et d'opter pour quelque chose de plus sûr, pour cette vie instable qu'est la mienne. Aucun enfant ne mérite de porter le poids de celle que je suis devenue.

— Il m'a abandonnée dans une ruelle gelée, la peau marquée, les vêtements en lambeaux, offerte comme une putain de carcasse à une bande d'hommes trop ivres pour distinguer une femme d'une proie. C'est ça, son adieu. Pas un regard. Pas un regret. Juste une main dans mon dos et une phrase froide : « Servez-vous, elle aime ça. » Et pendant qu'ils rigolaient, pendant qu'ils me tiraient comme une poupée… lui, il s'allumait une clope à quelques mètres, comme si j'étais déjà morte.

Amalia ne dit rien, mais je n'ai pas besoin de ses mots. Je lis la terreur dans ses yeux. Je termine avec la force de celles qui ont déjà tout perdu :

— Ne commets pas la même erreur. Éprouver des sentiments te rend faible, ça te pousse à faire des choses que jamais, en temps normal, tu n'aurais acceptées. Tu fais des compromis avec l'enfer juste pour ne pas perdre la seule chose qui te fait encore te sentir vivante.

Elle hoche la tête, un souffle tremblant entre ses lèvres entrouvertes, ses épaules crispées sous l'impact de mes mots.

Mais je n'ai pas fini. Je me penche vers elle, mes yeux plantés dans les siens. Chaque mot claque comme une sentence.

— Mais contrairement à ce qu'il pensait, il n'a jamais eu mon cœur. Je l'ai aimé. Oui. Mais je ne suis jamais tombée amoureuse, articulé-je.

Un frisson la parcourt, et dans le cercle, les regards se croisent, silencieux, lourds de vérité.

Je me redresse, croise les bras, inspire profondément, et lâche ce dernier avertissement, celui que personne ne m'a donné à temps :

— Ne lui donne jamais ce pouvoir, Amalia.

Elle acquiesce, docile. Mais je lis autre chose dans ses yeux. Quelque chose de plus dangereux. Une faille. Un vertige.

Peut-être… déjà une forme de dépendance.

Je connais ce regard. Je l'ai porté, moi aussi, il y a longtemps, et encore aujourd'hui. Mais à la différence d'avant… c'est que je ne suis plus une victime inconsciente. Je ne tombe plus pour mon bourreau par naïveté.

Je m'attache à celui qui a déjà les crocs. Celui qui pourrait me briser… mais que je laisse approcher quand même.

C'est là, la vraie tragédie.

Ce n'est plus la violence qu'on m'impose.

C'est celle que je choisis.

Après un silence pesant, la séance prend fin. Elles quittent la salle une à une, certaines en silence, d'autres murmurent un dernier « merci ».

Comme si mes mots avaient du poids. Comme si elles me voyaient comme une vérité brute, quelque chose qu'elles ne peuvent ignorer.

Mais je ne suis pas une réponse. Je suis juste une autre foutue contradiction.

Lucie m'adresse un dernier regard avant de franchir la porte.

Amalia, elle, est la dernière à sortir.

Elle hésite, ses doigts serrés sur la lanière de son sac.

— Si… si je tombe ? murmure-t-elle.

— Tu m'appelles. Peu importe l'heure.

Elle hoche la tête, puis disparaît dans la nuit.

Un souffle s'échappe de mes lèvres alors que je laisse tomber ma tête en arrière, fermant les yeux une fraction de seconde.

Je me redresse et sors mon téléphone pour contacter la seule personne capable de prendre en considération mes mots.

J'appuie sur l'icône d'appel, porte le téléphone à mon oreille.

Une sonnerie.

Deux.

Trois.

Puis sa voix grave perce le silence :

— Maxime ?

Je fixe les néons vacillants au plafond.

— On a un problème.

Il soupire de l'autre côté de la ligne.

— Encore un ?

Je serre les dents à en avoir mal à la mâchoire.

— C'est plus qu'un problème, Nathan.

Un silence.

Puis sa voix plus basse, plus tendue :

— Explique-moi tout.

Je croise les bras, mes doigts tapotant nerveusement sur mon avant-bras.

— Masque d'Anonymous. Il agit habituellement avec un complice, mais cette fois, il était seul. Il sème le doute… subtilement, méthodiquement. Pour que sa victime ne le voie plus comme son bourreau, mais comme sa seule sécurité.

Je l'entends jurer.

— Putain ! Il se différencie des autres. C'est dangereux, Maxime.

Je ris sans humour.

— Tous ces types sont dangereux.

— Non.

Il marque une pause.

— Les violeurs, on peut les identifier, les juger, les enfermer. Leur crime est visible, tangible, défini par la loi. Mais les manipulateurs affectifs… eux infiltrent ton psychisme avec une précision chirurgicale. Ils ne te prennent pas par la force. Ils t'emmènent à consentir à ce que tu ne voulais pas. Et quand tu oses parler, il n'y a ni preuve ni blessure, seulement une confusion qu'ils ont eux-mêmes créée.

Je ferme les yeux une seconde.

— Je dois le retrouver. Entre ses mains, elle ne ressortira pas entière.

Le silence est tendu de l'autre côté.

— Tu sais que ça te rapproche encore plus d'eux, pas vrai ? déclare-t-il.

Je rouvre les yeux, mes ongles s'enfoncent dans ma paume.

— Oui.

Le silence de Nathan s'étire. Je sais qu'il réfléchit, qu'il analyse chaque mot que je viens de prononcer. Malheureusement, je n'ai pas le temps d'attendre qu'il tire ses propres conclusions.

— J'ai une hypothèse.

— Je t'écoute.

Je serre mon téléphone un peu plus fort, mes pensées s'alignent à toute vitesse.

— Ce ne sont pas des loups solitaires. C'est une meute. Plusieurs cellules dispersées, mais rattachées à un seul réseau. Une organisation bien plus structurée qu'on ne le pensait.

Nathan ne dit rien, mais je sais qu'il m'écoute avec attention.

— Il y a forcément un chef. Je soupçonne l'homme au masque doré dont Sarah m'a parlé. Mais voilà le problème…

J'inspire profondément, repense à la visite des crânes argentés.

— Des masques dorés, il y en a des dizaines. Des centaines. Sur le darknet, c'est devenu un symbole. Ça peut être un crâne, un Scream, un loup, un ange, un visage neutre façon théâtre grec.

Je soupire, frustrée.

— Je vais pousser mes recherches.

— Fais attention à toi, Maxime.

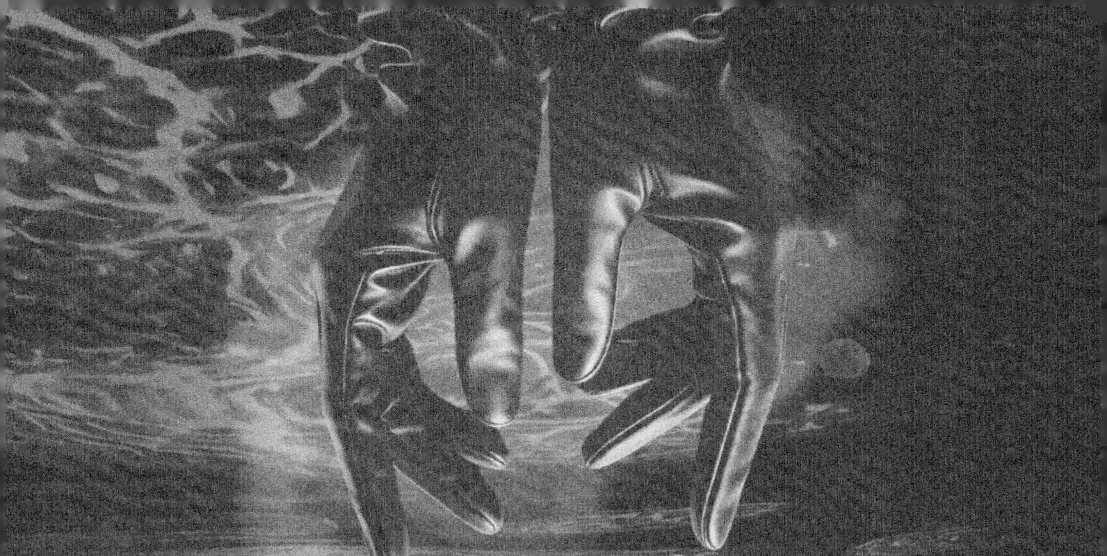

Chapitre 29

Golden Plague

Je reste assis dans le fauteuil, un verre de rhum réchauffant mes doigts, pendant que les bruits étouffés de la soirée se fondent dans le lointain. Un vieil adage dit que la patience est une vertu. Mais la mienne, ce soir, a atteint sa limite.

Je fixe l'espace qu'elle occupe, un appartement sobre et impersonnel qui semble d'abord n'être qu'un espace de transition. Pourtant, pour moi, c'est bien plus qu'une simple pièce. C'est le théâtre où se joueront mes obsessions les plus noires pour la femme qui fait tomber, année après année, les hommes de mon cercle. Une anomalie, un danger, et la fascination incarnée.

Je l'ai observée en silence, l'imaginant tour à tour comme la reine de mon royaume. J'ai cru qu'elle serait insignifiante, indifférente comme toutes les autres, mais elle a en elle quelque chose qui me fascine.

Autour de moi, le son des basses cogne contre les murs. Parfait. Personne ne doit entendre. Mes hommes patientent dans l'ombre, fidèles et invisibles. L'heure approche.

Je fais rouler le liquide ambré entre mes doigts, chaque rotation inscrit dans ma peau la promesse de l'inéluctable. Puis enfin, le bruit d'une clef dans la serrure résonne. Je pose mon verre, sans précipitation. La poignée tourne, un léger grincement se fait entendre. Et enfin, dans l'embrasure, sa silhouette se découpe dans la pénombre.

Un sourire amusé se dessine sur mes lèvres masquées. Elle ne sait pas encore. Elle ignore que le moment même où elle franchit ce seuil, elle entre dans une cage qu'elle pense sécurisée. Moi… je suis le prédateur qui referme les barreaux derrière elle.

La lune éclaire son corps : sa jupe courte qui dévoile une peau trop belle pour rester cachée, ses Dr. Martens ornées de chaînes qui claquent doucement à chacun de ses pas, et ce simple haut qui crie de le déchirer.

Mon cœur s'active, ma respiration se ralentit pour dissimuler la pulsation féroce qui monte en moi. Sous mon masque, rien ne trahit mon émoi, mais tout en moi brûle. Je scrute chaque détail, chaque courbe. Elle est la reine parfaite, la source de ma perversion obsessionnelle, celle qui, avec sa présence appétissante, vient déconstruire mon équilibre.

Elle s'arrête, la clef toujours enfoncée dans la serrure, puis se tourne lentement. Ses yeux plongent directement dans les miens ou plutôt, dans l'illusion de mes yeux que j'ai soigneusement façonnée derrière mon masque doré.

Elle ne semble pas surprise. Au contraire, son regard se fait complice, défiant l'autorité de ce regard qui la traque depuis bien trop longtemps.

Je souris, admiratif de cette impertinence. Elle ne sait pas encore que, à ce moment précis, ma fascination pour sa dépravation devient l'essence même de ma raison d'être : l'obsession qui me consume, qui me force à aller chercher, à la dominer, à la faire mienne… même son cœur est verrouillé à double tour, aussi imprenable qu'une forteresse en flammes…

Je le prendrai. Et s'il faut l'arracher de force, je le ferai, jusqu'à ce qu'il me reconnaisse comme sien…

On ne fuit pas la peste.

On pourrit avec elle.

Un rictus s'étire sur l'angle gauche de sa bouche, cet air insolent qu'elle arbore comme une arme.

La dernière fois que je l'ai observée via mes hommes de main, elle avait les cheveux blonds, portait un tailleur sur mesure sous le nom de Clara Vinchene, tout l'inverse de la femme qui se trouve sous mes yeux. J'aime la manière dont elle arrive à se fondre si facilement dans chaque identité qu'elle prend. C'est comme un jeu de Cluedo.

Elle entrouvre les lèvres, sa langue roule sur sa lèvre.

— Je me demandais quand j'allais enfin vous rencontrer.

Sa voix ne montre aucune peur et cette simple tonalité me fait bander durement. Elle tapote sa lèvre du bout de son index, feint une réflexion innocente, tout en mordillant la pulpe. J'imagine ma queue à la place et cela ne la rend que plus détestablement désirable.

Elle est parfaite… trop parfaite pour ce monde qui ne la comprend pas, mais je suis là pour rétablir cette anomalie.

— Même si je vous pensais plus nombreux…

Ses yeux parcourent la pièce avec nonchalance avant de revenir à moi. Elle avance, sans le moindre tremblement, puis s'installe face à moi, sur la table basse, comme si nous étions deux vieilles connaissances qui discutent sous les rayons de lune.

Elle penche le visage, croise les jambes, et tout en moi voudrait lui crier de les écarter pour constater si elle mouille en me sachant ici, mais quelque chose me dit que c'est juste un moyen pour elle de soulager sa chatte en feu.

Cette femme est déglinguée et je veux me l'approprier.

— Je ne ferme jamais la porte de ma chambre ni celle de ma salle de bain.

Ses prunelles captent chaque détail, chaque ombre autour d'elle, comme si elle cherchait à résoudre une énigme.

Puis, elle sourit, et son murmure tombe comme une lame :

— Mais les toilettes… Qui irait se cacher dans les toilettes ?

Un sourire naît sous mon masque.

Putain…

Elle est bandante.

Chaque détail, chaque morceau de peau exposé, chaque battement de cils me rend tendu à l'extrême.

Elle finit par écarter les jambes comme si elle lisait dans mes pensées, me dévoilant une dentelle turquoise avec une charmante auréole de cyprine.

— Pourquoi avoir mis si longtemps ?

Sa voix est moqueuse, provocante, son regard brille d'un éclat diverti.

— Après tout… j'ai tué l'un des vôtres, mis en taule plusieurs de vos hommes.

Un sourire s'étire sous mon masque, je lève à peine ma main, un simple mouvement. Elle n'a pas le temps de réagir. Une paume gantée s'écrase sur sa bouche. Un autre serre ses poignets et y enroule une corde tressée de cheveux humains et de fils d'or ternis, héritage d'un antique culte oublié.

Chaque tour est murmuré dans une langue morte, chaque nœud appuie sur ses veines pour extraire le péché à même son sang.

Son corps se tend violemment.

Elle s'agite, se débat, son cri meurt derrière le cuir noir.

Son instinct lutte. Son cerveau refuse. Mais tout ça n'est qu'un putain de mensonge. Dans l'éclat fébrile de ses pupilles, le message est clair. L'adrénaline. Le frisson qui court sur sa peau ; cette réaction qu'elle ne peut pas contrôler.

Mon sourire s'agrandit sous mon masque.

— Enfin, murmuré-je, brisant enfin le silence.

Ma voix tombe sur elle comme un couperet, un peu plus grave grâce à mon masque.

— Le vrai jeu peut commencer.

Elle est magnifique. Même ainsi, même contrainte, même piégée. Peut-être même encore plus.

Mes hommes la forcent sur la chaise, son ventre écrasé contre le bois, ses bras liés dans son dos. Sa respiration est hachée, rapide. Son corps hurle à l'instinct de fuir, mais son âme…

Son âme s'accroche au précipice.

Mon regard glisse sur elle, analyse chaque mouvement de ses muscles sous la contrainte, me nourrissant de son cri de détresse.

Je fais un simple signe de tête. La main qui étouffait ses cris se retire. Elle crache dans ma direction. Sa salive effleure mon gant, rate de peu ma cravate.

Ses prunelles brûlent de rage, sa poitrine se soulève avec force sous l'émotion.

— Ne me touchez pas, j'vous en prie !

Un rire bassement amusé résonne autour de nous.

Elle peut hurler, se débattre, se convaincre de ce qu'elle veut… Mais c'est déjà trop tard.

Je m'approche lentement, prends le temps de savourer son souffle qui s'accélère malgré elle. Je me penche juste assez pour que ma voix effleure sa nuque, tandis que mes doigts compriment sa gorge.

— Mens-toi encore…

Je marque une pause, sentant la tension déferler sur elle, le bord de mon bec racle sa peau frémissante, dépose la marque de l'élu.

— Bientôt, tu me supplieras de revenir, parce que je vais tout te prendre, ma reine.

Elle se déchaîne. Ses poignets se tordent contre les cordes, ses jambes tentent de repousser l'inévitable.

Elle lutte contre ce que son propre corps lui hurle déjà.

Je lâche sa gorge et tapote sa joue sanglante avant de reprendre place dans le fauteuil. Je m'enfonce confortablement dans le cuir, observe son combat avec un calme absolu, ma jambe croisée au-dessus dissimule ma queue compressée dans mon pantalon et cette putain d'envie de me branler sur sa peau olive.

Elle crache des injures, jette des protestations tranchantes qui fusent dans l'air lourd de tension.

L'un de mes hommes se positionne derrière elle, déchire sa jupe sans le moindre ménagement.

CHAPITRE 30

GOLDEN PLAGUE

Son enveloppe se dévoile sous les rayons de lune, offerte à notre regard. Et je ne manque rien. Le frisson qui la traverse. La façon dont ses muscles se contractent, refusant d'accepter ce qui va suivre malgré le gémissement qui s'échappe de ses lèvres.

Sa jupe en cuir se retrouve dans les mains de mon homme de main, il abat le tissu sur son cul.

Le claquement résonne, net, précis, son cri fuse.

Un son entre l'agonie et autre chose. Il recommence, deux… trois… quatre, jusqu'à ce que ça lui brûle les entrailles. Elle se mord la lèvre, et je ne rate pas ce mouvement.

Mes doigts tapotent l'accoudoir de mon fauteuil, mon regard dirigé sur elle, sur ce putain de paradoxe ambulant qu'elle est.

Elle n'est pas comme les autres, je l'ai toujours su. Elle ne hurle pas pour supplier. Elle hurle pour s'empêcher d'aimer ça.

— Regarde-moi, ma reine !

Ma voix est calme, tranchante. Elle serre les mâchoires, mais obéit. Mes hommes l'entourent, leurs doigts effleurent sa peau exposée, testent ses réactions, pendant que le couteau déchire son haut.

— À genoux ! ordonné-je, pointant mes mocassins.

— Va crever, peste-t-elle, mais son corps est déjà soulevé puis projeté au sol comme je l'ai exigé. Je me penche tandis qu'elle enfonce son bleu dans le mien.

— Tu crois que c'est toi qui joues avec nous ?

Elle ne répond pas, elle se contente de sourire, ce rictus insolent accroché à ses lèvres.

— Tu crois que c'est toi qui tiens les rênes ?

Un rire s'échappe d'elle, moqueur.

— Vous avez déjà perdu.

Ma main s'écrase sur sa joue, la laissant geindre, son visage bascule, puis je l'attrape par la gorge.

— Ça, c'est ce que tu penses.

Je me penche jusqu'à ce que la pointe de mon masque s'enfonce dans son oreille.

— Tu es tellement convaincue que ton esprit t'appartient encore, mais plus pour très longtemps.

Je murmure chaque mot, une promesse funeste. Ma prise la comprime toujours plus, puis la relâche en exerçant une pression juste assez forte pour la faire basculer au sol.

Mes hommes l'attrapent, écrasent son estomac contre l'assise du canapé et reprennent leur rituel, leurs gestes plus démonstratifs.

Je n'ai pas besoin de la toucher plus que je ne le fais déjà, encore moins celui qui s'impose à elle. Je veux être celui qui l'obsède.

Celui qui envahit son esprit et qu'elle ne pourra plus chasser de ses pensées, même lorsqu'elle sera seule.

Je l'observe se débattre, se perdre jusqu'à ce qu'elle comprenne, lentement, douloureusement… Que ce n'est pas son corps que je veux posséder.

C'est son cœur à moi seul autant que son âme.

Mes sbires l'encerclent. Chacun joue son rôle avec une précision glaciale, leur langage corporel oscille entre la menace et la promesse.

— Continue, salope, peste l'un d'eux, sa voix basse et menaçante. C'est mieux quand tu lutes.

Maxime frissonne, son corps trahit un mélange de peur et d'anticipation. Ses yeux fixent les miens, cherchent une sorte de salut ou peut-être une reconnaissance de sa situation désespérée.

— Je ne suis pas votre salope, crache-t-elle, sa voix tremblante, mais furieuse.

Le rire qui répond à sa protestation est cruel et moqueur.

— Tu seras ce que nous voulons que tu sois, salope, renchérit l'autre, en faisant glisser son couteau le long de sa cuisse exposée.

Le contact est à la fois une promesse et une sentence, un rappel de leur contrôle sur son corps à cet instant.

Elle se débat contre ses liens, son corps se courbe sous la tension, ses muscles saillants sous la peau. Chaque mouvement est un tableau vivant de désespoir et de jouissance.

— Arrêtez… sa voix est un souffle, noyée sous le poids de l'humiliation et de la colère.

Je reste silencieux, mon regard ne dévie jamais, absorbe chaque détail, chaque petit acte de rébellion. C'est dans ces moments que je la comprends le mieux. C'est là que je vois clairement la femme qu'elle est vraiment, pas seulement une victime ou une combattante, mais un mélange complexe d'émotions humaines brutes.

L'un de mes hommes se penche, son souffle chaud contre son oreille.

— On t'avait promis de revenir !

Elle tourne la tête brusquement, ses lèvres se pincent pour réprimer un cri ou peut-être pour empêcher les mots de s'échapper.

C'est une danse macabre. Une exploration des limites de la volonté humaine, de la douleur et du plaisir entremêlés, inextricables.

Je me lève, mon propre corps réagit à l'énergie dans la pièce, tout en sortant mon révolver. Je m'approche, chaque pas mesuré, délibéré. Je m'arrête juste hors de portée, là où mon ombre peut l'effleurer.

— Regarde-les, Maxime. Regarde ce qu'ils veulent te faire, décrété-je, ma voix aussi froide que la glace, mon arme caresse sa joue puis roule sur ses lèvres. Dis-moi que tu ne ressens rien ?

Elle lève les yeux, les émotions bataillent dans ses prunelles. La défaite, la rage, le désir, tout s'y reflète. Mais, surtout, il y a la détermination, la flamme indomptable qui fait d'elle ce qu'elle est.

— Je vous hais, dit-elle finalement, chaque mot tremblant de vérité et de souffrance.

— Pour l'instant. Mais ce n'est pas l'absence de haine qui définit ce que nous sommes, répliqué-je en me penchant pour capter son regard plus directement, tout en enfonçant le canon dans sa bouche. C'est ce que nous faisons malgré elle.

Les mains de mes hommes sont partout sur elle, intrusives, affirmant leur contrôle absolu, la giflant jusqu'à l'écorcher. Le manche sculpté dans une vertèbre humaine glisse entre ses cuisses tremblantes, dans un claquement obscène. Un gémissement étranglé lui échappe, étouffé par une main qui presse ses joues sur mon bulldog que je finis par retirer, la laissant haletante.

— Remplis-la. Qu'elle comprenne qu'ici… elle n'existe que pour être vidée.

Il lui impose de lécher son gland, de savourer le goût de sa propre essence. Elle obéit, par soumission. Chaque action, chaque geste est un combat entre ce qu'elle veut refuser et ce que son corps réclame.

— Trempée à souhait, annonce l'un d'eux, sa voix rauque trahit sa propre ivresse alors qu'il retire le manche luisant de cyprine.

Son commentaire est un constat, un compliment macabre à la réaction viscérale qu'elle ne peut réprimer.

Ma queue pulse douloureusement sous mon pantalon. Chaque mouvement, chaque frisson qui parcourt son corps m'atteint comme si j'étais celui qui la touchait, celui qui explorait les contours de sa chatte pour y découvrir les plus laides profondeurs.

Je suis connu comme l'observateur, celui qui ne participe pas, celui qui regarde et calcule. Mais, dans ce moment, l'envie de briser cette façade devient insoutenable. De participer, de goûter à cette énergie brute qui s'écoule de sa soumission forcée et de sa résistance indomptable.

Mon rôle est de diriger ce tableau sombre, pas d'y plonger. Je suis le marionnettiste, pas la marionnette. Mon contrôle est mon pouvoir, et mon pouvoir est dans mon contrôle.

— Elle est parfaite, n'est-ce pas ? déclare un autre, ses yeux brillants de fascination perverse alors qu'il suit du regard la manière dont sa queue se fait gober.

— Une reine, réponds-je au-dessus des sons de lutte et de plaisir mélangés.

L'un d'eux saisit brutalement ses cheveux colorés, tire sa tête en arrière pour exposer son visage dans un grognement, la force à regarder ceux qui la contrôlent. Le geste est violent, un contrôle physique qui est autant une démonstration de pouvoir qu'une punition.

— Regarde-toi, salope, ricane-t-il, sa voix pleine de mépris. Tu crois que tu nous résistes, mais tu mouilles comme une chienne qui n'attend que ça.

Maxime proteste, sa voix s'élève en un cri de refus qui, pour tout spectateur ignorant, pourrait sembler désespéré. Mais son regard, celui qui se fixe parfois sur moi entre les assauts, trahit une autre vérité. Il y a une lueur là, un éclat féroce qui ne dit pas *peur*, mais *plus fort*.

— C'est tout ce que vous avez? crache-t-elle entre deux halètements, ses mots coupant à travers le bourdonnement des humiliations verbales. Vous devrez faire mieux si vous voulez me briser.

Sa provocation est un carburant pour eux, les pousse à redoubler d'efforts. Mais pour moi, c'est une révélation. Elle n'est pas juste une victime ou un jouet. Elle est une adversaire, la plus digne que je n'ai jamais rencontrée.

Les actions se durcissent, les mains deviennent plus sauvages, plus déterminées. Chaque contact est à la fois un test et une torture, un moyen de découvrir les limites qu'elle refusera de franchir et celles qu'elle embrassera, peut-être même sans le vouloir.

Pourtant, elle ne semble pas en avoir…

— Plus fort, ordonné-je.

Et ils obéissent, car dans cet univers que j'ai créé, mes mots sont loi. Je dévisage ma reine qui lutte et survit à chaque assaut ; je me demande silencieusement combien de temps je pourrai rester simplement spectateur avant que l'arène ne me réclame comme participant.

Elle est ma reine et je vais être son *ROI*.

Chapitre 31

Maxime

Mon corps est une carte de douleur et de plaisir, chaque toucher une contradiction que je ne peux ni ignorer ni entièrement accepter. Mes fesses brûlent sous les claques successives, chacune laissant un écho de chaleur qui se répand dans mes veines, autant que mon visage qui, je sais, aura une couleur bleutée.

Les coups de boutoir sont impitoyables. Mon menton est humide de salive, chaque butée dans ma gorge me rappelle cruellement leur position. L'un après l'autre, ils me prennent, sans répit. Mon cul, ma chatte et ma bouche, aucun trou n'est oublié. Chaque mouvement, un mélange d'agonie et de quelque chose de sinistre, proche du plaisir.

Je lutte pour contenir mes gémissements, chaque son étouffe un aveu de ma propre trahison corporelle. Mais c'est quand mes yeux captent les siens, ou du moins, ce qu'il me laisse voir, que ma résolution vacille le plus. Ces yeux derrière le masque d'un bec de corbeau doré brillent d'un éclat sauvage qui attise les flammes en moi.

Il est incroyablement calme, un contraste frappant avec la fureur qui m'entoure. Ses doigts caressent nonchalamment son érection, toujours couverte, une promesse de ce qui pourrait être, mais qui reste hors de ma portée. Cette retenue est une torture en soi, son attention sur moi, un poids plus lourd que les mains qui me réduisent à un objet.

Chaque va-et-vient est une secousse dans mes entrailles, et mon sexe réagit avec une trahison pulsante. C'est immoral, révoltant, et pourtant, cela ressemble dangereusement au nirvana.

Il est le maître de cette horreur orchestrant chaque détail avec une précision qui est à la fois terrifiante et exquisément attirante. Je ne peux m'empêcher de penser qu'il me comprend d'une manière que personne d'autre ne pourrait… ne devrait.

Chaque fois que nos regards se croisent, je me sens comme si je tombais d'une falaise sans fin. La chute est vertigineuse, pleine de vent et de vide, et pourtant, je ne peux m'empêcher de trouver la paix dans cette perte de contrôle.

Ce n'est pas de l'attachement, ce n'est pas du désir au sens conventionnel. C'est quelque chose de plus sombre, un lien tissé à partir de la douleur et du pouvoir, un lien qui me lie à lui d'une manière que je ne suis pas prête à explorer pleinement.

Mais, tant que ses yeux blancs continueront de me scruter à travers le chaos, je resterai captivée, suspendue entre la douleur et la délivrance.

Je comprends Sarah lorsqu'elle parlait de l'homme au masque Doré. Il est… dangereux derrière son bec, mystérieux sous son chapeau, séduisant dans son costar noir, et n'oublions pas cette cravate rouge qui pourrait s'enrouler autour de ma gorge si je le lui demandais. Je suis sûre qu'il ne refuserait pas.

L'air est chargé de grondements bas et de souffles haletants, de la jouissance imminente des hommes qui me dominent. Ils murmurent des ordres, des directives crues qui résonnent avec la brutalité de leurs actes.

— Ouvre la bouche, salope, gronde l'un d'eux, la voix rauque d'anticipation. Laisse l'esprit entrer.

C'est déjà le cas, connard. L'esprit est déjà présent, depuis longtemps.

Mon ventre se contracte sous la synchronisation des queues qui entrent et sortent derrière moi. Ma langue se déploie, provocante, une invitation qui ne manque pas de les enflammer davantage. C'est une récompense perverse, un trophée de leur supériorité sur moi. Je transforme leur contrôle en une sorte de défi.

Chacun d'eux trouve son apogée, l'un après l'autre. Je perçois leurs spasmes comme des vagues qui se brisent contre les falaises de ma résilience. Mon visage reçoit un jet chaud et gluant, mes cils couverts, mes cheveux ne sont pas épargnés, mais je m'en délecte. Les orgasmes qu'ils m'ont administrés à tour de rôle bruissent en moi, violents et dévastateurs, un ouragan de sensations qui balaie tout sur son passage.

Les coups de reins qui marquaient la frontière de mon corps s'estompent, me plongeant dans un vide béant alors qu'ils me contournent pour me faire face, retirent la capote de leurs queues encore gonflées, prêts à me délivrer la plus belle des récompenses.

Sous ses yeux, sous ce regard qui ne me quitte pas, je tremble non de peur, mais d'une excitation ombrageuse.

Je les dévisage, chacun à leur tour, leur faisant comprendre par mon regard et mon attitude provocatrice que je ne suis pas celle qu'ils pensent contrôler, même si leur sperme s'écrase sur ma langue et ma peau.

Je suis en pleine possession de cette obscénité, je l'embrasse, la transforme en une arme contre eux. Je me répugne et me vénère à la fois.

— Regarde-moi, ordonné-je d'une voix essoufflée, mais sensuelle, sans aucune honte d'être recouverte de foutre.

C'est à lui que je parle, l'architecte de ma future chute.

Il ne bouge pas, mais je perçois son attention, plus aiguë que jamais. Dans son silence, il y a une reconnaissance tacite que quelque chose a changé, que le pouvoir a glissé, même de manière imperceptible.

Je suis engloutie par le plaisir, oui, mais plus encore par la révélation que je peux le manipuler autant qu'il me manipule. Je peux jouer dans ce jeu sombre avec autant de maîtrise et de défi que lui.

La salle retombe dans les vibrations des basses de mes voisins après la tempête, un calme qui pèse, chargé de conséquences et de nouvelles compréhensions. Et dans ce calme, je trouve une force, une volonté à prouver que je ne suis pas une victime de leurs désirs déviants, mais une protagoniste de ma propre légende perverse.

Je relève les yeux vers le Masque Doré, cherchant une faille dans son armure d'indifférence.

— Est-ce tout ce que vous avez ? Ou est-ce que le maître du jeu craint de se salir les mains ? Ou de tomber pour sa… Reine ? dis-je en utilisant ce surnom qu'il m'a dédié.

Il ne répond pas, et dans son silence, je sais que j'ai touché une corde sensible.

Finalement, il se lève, ses mouvements fluides et contrôlés. Il s'approche lentement, la distance entre nous diminue avec chaque pas mesuré. L'intensité de son regard, même caché derrière le masque, est palpable. Je me redresse comme je le peux, prête à affronter ce qui vient, malgré mes poignets douloureux sous la friction de la corde.

— Tu es différente des autres, confie-t-il, sa voix basse et réfléchie. Plus résistante. Plus dangereuse.

Je souris, prenant ses mots comme le compliment qu'ils sont censés être, même s'ils sont prononcés avec une note de prudence.

— Je suis un produit de vos propres fantasmes tordus, me moqué-je.

Il se tient juste devant moi, si proche que je peux sentir la chaleur de son corps, si proche qu'avec ma langue, je pourrais mordre sa queue rigide d'avoir observé mon corps se faire défoncer par ses sbires.

— Tu as peut-être raison, admet-il. Mais cela ne change rien. Nous sommes ce que nous sommes. Toi, tu es le joyau de notre couronne de vice. Très bientôt… tu ne lèveras plus les yeux vers moi. Parce que tu ramperas. Et quand tu le feras, ce ne sera plus pour supplier qu'on arrête. Mais pour supplier qu'on ne s'arrête jamais.

Il marque une pause. Son regard m'écorche.

— Je serai ton Roi. Celui qui règne sur tes plaies, ton sexe, tes cris.

La fraîcheur matinale m'enveloppe alors que je suis sur le balcon, mon ordinateur ouvert affiche des pages de recherches sur le Masque Doré et les informations sur les autres agresseurs liés à mon club. Mes poignets ne me font plus souffrir après avoir dû me dégager moi-même, il y a deux jours de ça, de cette corde immonde faite de cheveux humains, à l'aide d'un vulgaire couteau de cuisine.

Ce détail me hante. Ces mèches nouées, serrées jusqu'à me broyer les os, ne sont pas un simple lien de contention. C'est une signature. Peut-être un rite. Un hommage morbide à un rituel ancien, inspiré de celui qu'on surnommait « le Médecin de la peste. »

Je suis plongée dans un enchevêtrement de données cryptées, de visages floutés, de noms murmurés entre les lignes des forums les plus sombres du net. Des archives effacées trop vite, des fragments de vérité tachés de sang et d'oubli, dénonçant l'existence d'une figure occulte…

Un homme masqué, au bec incurvé, l'incarnation moderne de la putréfaction et du pouvoir.

Chaque clic est un pas dans un labyrinthe plus tortueux que le précédent.

Mon téléphone rompt le silence de ma concentration. Je détourne le regard où l'écran affiche « Nathan » en grosses lettres. Je jette un œil vers le balcon d'à côté, constatant l'absence de mes voisins ; les Devils récupèrent probablement de leur dernière soirée qui s'est étirée jusqu'aux petites heures. Depuis cette nuit sur le sable, nous n'avons pas eu l'occasion de nous revoir. C'est peut-être mieux ainsi. Cela me donne une marge de tranquillité pour calmer mes pulsions et me recentrer sur la raison de ma présence ici.

Je presse le bouton pour répondre, tout en retournant à l'intérieur de mon appartement. Je ferme la baie vitrée derrière moi, laisse mon ordinateur sur la chaise du balcon.

— Nathan, je t'écoute, dis-je un peu plus au centre du salon.

— Une de tes informations a porté ses fruits. Nous avons localisé l'un des chefs en lien avec le masque dont tu m'as parlé, sa voix est teintée d'urgence.

Mon cœur bat un peu plus fort. Chaque morceau d'information est un potentiel pivot dans mon enquête, une chance de dénouer un peu plus les fils tordus de cette affaire.

— Où ? le questionné-je, ma main libre serrant le rebord de la table.

— Pas loin de chez toi, en fait. Il semble que ce réseau soit plus proche que nous le pensions. Je t'envoie les détails. Fais attention, Maxime. Ces types ne jouent pas dans la cour des petits.

Je hoche la tête, même s'il ne peut pas me voir.

— Compris. Je vais jeter un œil. Et, Nathan… merci.

Je raccroche, laisse le téléphone glisser dans ma main alors que je digère l'information. Nathan est fiable, et s'il dit qu'ils sont proches, alors je dois redoubler de vigilance.

Je me dirige vers le balcon et récupère mon ordinateur, la prudence me dicte de poursuivre mes recherches à l'intérieur. Alors que je m'apprête à rentrer, un mouvement sur le balcon voisin attire mon regard. Un des Devils, vêtu de son caleçon laissant sa musculature élégante attraper les rayons de soleil, s'étire sur son balcon.

Nos regards se croisent, et un frisson me sillonne jusqu'entre mes jambes. Je détourne mon attention, décidée à ne pas me laisser divertir par cette vue qui, de toute évidence, a toujours autant d'effet sur mon être, mais Parker me saisit doucement par le bras, engendrant une décharge dans tout mon être. Il baisse les yeux vers mes poignets, où la peau porte encore les stigmates, tandis que mes billes se perdent sur sa peau dorée par le soleil.

— Ça va, Max ? s'inquiète-t-il.

Je tente de retirer mon bras, masque mon trouble par un sourire qui se veut rassurant.

— Oui. Juste quelques égratignures, mens-je, espérant qu'il ne poursuive pas cette discussion.

Il ne semble pas convaincu, mais choisit de ne pas insister. Ses yeux noisette, cependant, restent fixés sur les marques un moment de trop, ce qui me fait me sentir exposée, et à la fois j'imagine ses lèvres se poser dessus avec la douceur qu'il dégage ce matin.

— Si tu as besoin de parler ou de… quoi que ce soit, hésite-t-il, cherchant ses mots, je suis là, tu le sais ?

Je hoche la tête, reconnaissante pour son offre, même si je ne l'accepterai jamais. Les secrets que je garde sont trop lourds, trop sombres pour être partagés, même avec quelqu'un qui semble vraiment se soucier de mon bien-être, bien que ses lèvres aient goûté à mon nectar et engendré un orgasme puissant.

Bordel, juste à y penser, me voilà en feu.

— Merci. J'apprécie vraiment, réponds-je en me raclant la gorge.

Il me lâche finalement, et je me hâte de rentrer, fermant la baie vitrée derrière moi avec un soupir de déception et à la fois de soulagement. Je laisse mon masque de nonchalance tomber. Les croûtes sur mes poignets sont un rappel douloureux de la férocité et du contrôle auquel j'ai été soumise. Mais elles sont aussi des badges de survie.

Garde ton calme, tu ne le voulais pas, mais, au fond, tu sais qu'il n'y a rien de plus vivant que ça…

Je m'approche du buffet, prends une petite boîte de premiers soins pour calmer les traces sur mes poignets. Chaque geste est méthodique, une manière de reprendre contrôle sur mon propre corps après l'avoir senti si hors de ma maîtrise.

Pendant que j'applique une pommade apaisante, mon esprit s'égare déjà sur les informations que Nathan m'a transmises, et à la prochaine étape de mon enquête. Les risques sont énormes, mais je suis décidée à aller jusqu'au bout. Pour les Délicieuses Abîmes, pour moi-même, et pour mettre fin à ce cycle de violence caché derrière des masques.

Je dois être prête. Prête à jouer, prête à affronter ce qui vient, même si cela signifie plonger encore plus profondément dans l'opacité de mon trouble.

Le masque me revient en tête et mon corps frémit d'excitation, me rappelant la sensation de la pointe du bec qui s'enfonçait dans ma peau et son canon entre mes dents avec l'idée qu'une balle aurait suffi pour m'éteindre.

Chapitre 32

Maxime

La lumière du soleil se reflète sur les bâtiments alors que je marche vers l'endroit convenu pour retrouver Eden et Parker. Vêtue d'un short noir en dentelle et un top rose, mes cheveux tirés en deux nattes qui balancent à chaque pas, c'est une tenue légère, idéale pour une journée dédiée à l'exploration et à l'évasion, loin des ombres de mes nuits agitées.

Depuis trois jours, mes pensées sont hantées par le masque doré accompagné par le visage de Dean, cette présence constante et pourtant insaisissable dans ma vie. Je ne l'ai pas vu depuis plusieurs jours, et quelque part, cela me donne un répit, une chance de respirer sans sentir son regard ardent sur moi, ma poitrine gonflée par le stimulus qu'il engendre dans tout mon corps.

L'aquarium est un choix parfait pour aujourd'hui. C'est un lieu rempli de calme et de beautés aquatiques, où je peux laisser mes soucis s'apaiser au rythme des mouvements lents des poissons derrière les vitres massives.

Je retrouve les garçons devant l'entrée principale de l'aquarium. Ils sont déjà rayonnants, un enthousiasme contagieux dans leur sourire. Eden arbore un bermuda beige et un débardeur blanc, dévoilant sa musculature avec une aisance non feinte. Parker aussi, torse sculpté, débardeur léger. Ils me donnent tous deux l'impression de sortir tout juste d'une nuit d'excès : sueur, orgasmes, rires, et ça me suffit à rallumer cette pointe de chaleur au creux mon ventre.

— Prête à découvrir les mystères sous-marins ? me lance Eden, relevant ses lunettes de soleil sur ses cheveux d'or décoiffés.

Son regard me parcourt, sans retenue, et, aussitôt, ma peau frémit. Je souris, pour lui rendre son assurance, avec un petit hochement de tête.

— Absolument. C'est exactement ce dont j'ai besoin.

Nous pénétrons à l'intérieur, accueillis par la fraîcheur de l'air conditionné, une délicieuse caresse sur ma peau réchauffée par la chaleur estivale. Je me sens déjà un peu mieux, cette journée est l'occasion de me perdre dans un univers marin au lieu de combattre mes démons.

On commence par l'aile consacrée aux méduses. Le spectacle est fascinant : leurs corps translucides glissent derrière la vitre avec une grâce hypnotique. Chaque frémissement de leurs tentacules me remémore le frisson que j'éprouve quand l'un d'eux effleure ma peau, sans même s'en rendre compte.

Parker, fidèle à lui-même, se met à lire à haute voix chaque panneau explicatif. Sa voix résonne dans le petit couloir, entre rires et commentaires farfelus. Eden, plus discret, observe les méduses, totalement absorbé par leur danse silencieuse. Un sourire sur les lèvres, je capte les regards complices qu'ils échangent, et en moi, un bûcher prend flamme.

Cette légèreté me fait du bien. Pour la première fois depuis des lustres, je ris en toute sincérité à une blague de Parker, et je prête une attention réelle à ce qu'Eden me raconte sur le comportement des poissons-clowns. Je me sens… normale. Comme si aucune ombre ne planait sur moi.

Eden finit par pointer une vitre où évoluent des poissons tropicaux aux couleurs vives, surréalistes.

— Regarde, Max ! On dirait qu'ils ont été peints à la main, s'enthousiasme-t-il, collant son doigt contre le verre.

Je m'approche, captivée, Parker en profite pour me chatouiller la taille. Je sursaute, un petit cri m'échappe.

— Arrête, Parker ! protesté-je, la voix parcourue de rires, en essayant de m'éloigner de sa main malicieuse.

Eden en profite, passe son bras autour de mes épaules et me serre contre lui. Le contact de sa peau contre la mienne déclenche une vive décharge électrique, ravivant malgré le lieu des souvenirs trop intenses. Où son toucher s'était fait plus audacieux. Bien plus audacieux.

J'en redemande…

— C'était fou, murmure-t-il à mon oreille, ses mots… un écho de cette nuit sur le sable, sa langue curieuse sur chaque parcelle de mes seins.

Une vague s'écrase dans mon estomac. Une sueur subtile perle sur ma nuque. Les images me reviennent, nettes : la main de Parker sous ma jupe, sa précision diabolique, ses doigts explorant ma chatte luisante… mon cœur qui s'était emballé à l'idée qu'on puisse nous surprendre, ce plaisir mêlé de peur et de perversion si caractéristique de ma déviance.

— Oui, très fou, avoué-je, un léger tremblement dans la voix, tandis que mon regard s'accroche aux poissons qui nagent devant nous. Mais… on est ici pour les poissons, pas vrai ?

Parker rit, un son grave qui me chatouille l'oreille alors qu'il se penche vers moi, son souffle effleurant mon cou.

— Bien sûr, pour les poissons… mais peut-être aussi un peu pour le frisson, ajoute-t-il, sa main glissant le long de mon bras, un geste léger, mais chargé de sous-entendus.

Je ne peux m'empêcher d'émettre un petit rire. Le bruit se perd dans la foule de visiteurs, dans le bourdonnement discret des bassins qui filtrent l'eau. La tension est là, sous-jacente, un courant électrique qui parcourt chacun de mes nerfs. Mes tétons se dressent derrière mon haut, ma respiration s'accélère. C'est de la simple proximité, et pourtant mon organisme réagit très vite, trop vite. Il s'embrase.

— Gardez vos mains pour vous, au moins jusqu'à ce qu'on sorte d'ici, plaisanté-je, la voix plus aiguë que je ne l'aurais voulu.

Mon cœur pulse, car j'imagine déjà ce qu'ils pourraient me faire une fois seuls. Nous avançons dans la salle suivante, multipliant blagues et anecdotes.

Parker lit un panneau, Eden en commente un autre. Je joue à la fille légère, l'amie insouciante, celle qui sourit sans penser. Mais la vérité, c'est que je suis un champ de mines sous un ciel d'orage.

Mes pensées ne connaissent plus la paix. Chaque fois que l'un de leurs bras frôle le mien, que leur voix grave vibre à mon oreille, que leur parfum de cuir, de sueur et de vice se glisse dans mes narines…

Mon sexe pulse, mon esprit s'égare sous une demi-lune où leurs mains n'avaient rien d'innocent.

La visite se poursuit, légère en apparence. Cette insouciance est éphémère, elle cache les ombres qui habitent mes nuits et les pulsions qu'ils éveillent en moi. Je dois me reprendre, au milieu de ces créatures marines qui m'offrent un moment de répit, obligeant mon excitation à se tapir dans un coin, mais prête à déferler au moindre contact, au moindre chuchotement trop proche.

Quand je les vois se sourire l'un à l'autre, et leur présence à mes côtés, je revis ce frisson, ce courant malsain et délicieux. Celui qui me rappelle que j'ai besoin d'eux ou au moins de leur toucher plus que je ne voudrais l'admettre à voix haute. Ils savent exactement comment entretenir ce feu sous-jacent que je dissimule entre mes cuisses.

Nous nous éloignons des salles plus lumineuses pour nous aventurer dans une zone plongée dans une douce pénombre, où l'eau et les reflets dansent sur les parois. Après un passage bref devant l'écran projetant la naissance d'un phoque, une scène touchante dans sa simplicité, nous nous enfonçons dans la grotte des tortues. L'éclairage ici est intime, brisé seulement par la lumière vacillante émanant du bassin, qui souligne les formes massives de deux tortues nageant paisiblement.

Mais nous, on ne nage pas paisiblement.

L'atmosphère est électrisante.

Eden s'approche de moi par-derrière. Son souffle frôle mon cou, juste sous l'oreille. Ses lèvres, puis sa langue effleurent ma peau pour tracer un chemin humide et incandescent. Un spasme incontrôlable me traverse. Je retiens ma respiration de peur d'émettre un son trop audible dans ce lieu public. Et pourtant, je me sens fondre. Toute résistance logique s'étiole un peu plus à chaque caresse.

À ma gauche, Parker ne tarde pas à se joindre à cette effronterie. Sa main trouve mon fessier à travers mon short, un geste qui a tout d'un rappel de nos ébats précédents.

— Je sais à quoi tu penses, vilaine fille.

Son commentaire me parvient à peine, un souffle contre mon oreille, salace et affamé.

— Imagine ce qu'on pourrait faire si on avait cette salle pour nous seuls…

Je devrais réagir, protester, rompre ce contact inconvenant et terriblement risqué. Nous ne sommes pas seuls, après tout… des visiteurs peuvent apparaître à tout moment. Mon cœur bat à tout rompre et le souffle me manque. Je suffoque sous l'effet de l'adrénaline qui pulse dans mes veines.

— Gardez ça pour plus tard, arrivé-je tout juste à articuler, la voix étranglée par l'effort de rester impassible.

Parker, loin de me calmer, glisse alors sa main sous mon short, malgré ma protestation. Le tissu épouse encore mes cuisses, et la chaleur de sa paume contre ma peau me fait tressaillir. Une vague de chaleur gagne mon bas-ventre, elle s'étend, me remémore chaque regard, chaque geste de cette fois où j'ai cédé.

Je ne devrais pas, mais, déjà, mon corps choisit pour moi. Je mouille toujours plus à mesure que ses doigts approchent de mes lèvres qui le réclament, conscients du danger, avides du frisson que cela engendre.

Il découvre ma moiteur, témoin muet de mon désir, et mes cuisses se referment à moitié sur sa main pour exercer une légère friction. Je soupire, un mélange de honte et de jouissance refoulée. La texture musclée du torse d'Eden contraste avec mon corps devenu aussi mou que la guimauve. Il lèche une fois de plus mon cou, des images troublantes de ses lèvres autour de mon mamelon, de son gland qui caressait la peau de mon ventre étalant son liquide pré-séminal comme si je lui appartenais, me reviennent en rafale.

— Arrêtez… murmuré-je, sans conviction. Il le faut, dis-je à moi-même, mais mes hanches, elles, ne se dérobent pas.

Chapitre 33

Maxime

Parker presse sa paume dans mon short et Eden intensifie ses baisers dans mon cou, je me sens prise au piège par cette dangereuse attirance pour le risque et la violation des limites en plein lieu public. Et loin de m'en défendre, je me sens y céder, petit à petit. Un courant électrique parcourt mes reins. Mes tétons se tendent douloureusement sous mon haut. Je donnerais n'importe quoi pour qu'ils continuent, qu'ils aillent plus loin, qu'ils me fassent franchir la barrière du raisonnable.

Je m'immobilise, la respiration coupée, tandis que Parker, plus impitoyable que jamais, enfonce encore un peu sa main, cherchant à voir jusqu'où je peux aller sans craquer. Je le retiens d'un geste fébrile, mes ongles se plantent dans son avant-bras, mais je ne sais plus si c'est pour l'arrêter où l'inciter à les enfoncer en moi. Nous sommes trop visibles, un simple regard pourrait nous surprendre, un petit cri d'alerte, et c'est fini.

La langue sur ma nuque s'éloigne, Eden me contourne et mon corps se retrouve plaqué contre la roche. Mes lèvres se pincent pour retenir le gémissement alors que sa bouche s'approche de ma poitrine, un simple frôlement à travers mon top qui me galvanise. Je serre les lèvres pour ne pas gémir, mon cœur bat si fort que, j'en suis persuadée, même les tortues peuvent percevoir les vibrations. Il mord fermement. La douleur est légère, rapidement submergée par les doigts qui pincent mon clitoris, me faisant gémir contre ma volonté. Ma main trouve sa chevelure dorée, et sans penser, je presse sa tête contre moi, encourageant et intensifiant son assaut.

— Arc-en-ciel, gronde Parker, sa voix basse et rauque près de mon oreille. Laisse-toi aller.

Ses mots sont une caresse, une invitation à abandonner mes dernières résistances. Mon esprit crie pour que je reprenne le contrôle, mais mon corps a ses propres désirs, ses propres besoins, il se moque de la prudence.

Je me perds dans la sensation, dans le doux mélange de douleur et de plaisir, de chaleur et de froid. Les roches derrière moi sont dures contre ma peau, mais les corps qui m'encerclent sont tout ce qui compte.

La main continue son exploration audacieuse, ses doigts jouent un rythme qui me pousse vers des sommets que je n'aurais pas dû vouloir atteindre. Eden, sentant mon abandon, redouble d'efforts, alternant morsures et suçons, chaque marque qu'il laisse est un tatouage temporaire de notre imprudence.

Je suis sur le fil du rasoir, balancée entre le désir de repousser leurs avances et le besoin de me plonger plus profondément dans cet océan de sensations interdites. Le frisson de l'acte interdit, de l'ivresse dans un lieu où nous pourrions à tout moment être découverts, ajoute une couche d'excitation insupportable à mon état déjà fébrile.

Finalement, la raison me rattrape juste assez pour murmurer un faible avertissement, ma voix tremblante trahit mes conflits internes.

— Pas ici, soufflé-je, bien que j'aimerais leur crier de me prendre contre ce mur froid.

Mes mots ne semblent pas les atteindre, au contraire, ils les encouragent.

Eden, avec une assurance provocante, saisit ma main et la guide sous son bermuda. La rigidité de sa queue et la chaleur de sa peau contre la mienne sont jouissives. Mon pouls s'accélère à chaque nouveau contact. Sa respiration est lourde, un chuchotement contre mon oreille qui me pousse à débuter de longs va-et-vient autour de son membre, tout en m'humectant les lèvres pour contrôler les gémissements qui veulent se frayer un chemin.

Les longs doigts de Parker trouvent leur chemin entre mes plis humides, jouant sur le fil de mon envie et de mon besoin. Sa capacité à me manipuler est effrayante, car avec uniquement deux doigts en moi, il m'amène à un point où je ne réponds plus de rien.

Je me retrouve prise entre deux feux. La main d'Eden qui guide le rythme de la mienne et les doigts de Parker créant un rythme me font perdre tout sens de la retenue. Mon autre main, presque de son propre accord, glisse sur le débardeur de Parker avant de se nicher sous son bas et j'enroule sa verge, débutant des va-et-vient qui sont à la fois compliqués et terriblement satisfaisants.

Ils grognent contre ma peau, l'un mord mon épaule tandis que l'autre s'occupe de mon sein qui réclame sa salive. Comme s'il savait. Sa main libre glisse sous mon top, le libérant de la contrainte avant de jouer avec le bout durci par l'excitation et la fraîcheur de l'air de l'aquarium. Sa langue trace des motifs audacieux. Chaque lapé me fait frissonner et pousser des soupirs que je voudrais contenir, mais qui finissent par se transformer en gémissements violents, au plus ils accélèrent la cadence.

— Laisse-moi te désobéir avec la langue, prononce Parker difficilement avec ma main qui monte et descend sur sa verge. Et t'adorer en t'étranglant de plaisir.

Ces mots sales m'enflamment, pendant que sa main s'enroule autour de ma gorge.

Dans cet espace sombre et confiné, la réalité du monde extérieur s'estompe, remplacée par l'évidence crue de nos actions. Nous sommes engloutis dans un océan de sensations, chaque vague nous tirant plus profondément dans un territoire inexploré et dangereux.

Malgré le plaisir, une partie de moi reste alerte, consciente des risques, de la possibilité d'être découverts. Cette peur se mêle au plaisir et crée une dualité qui amplifie chaque sensation. Mais elle semble impuissante à arrêter ce qui est déjà en action.

Eden, guidé par un désir impérieux, tombe à genoux devant moi, laissant ma main vide de lui. Ses gestes sont délibérés, chaque action est lourde d'une tension insoutenable.

— Qu'est-ce que tu fais ? haleté-je, une tentative faible de retrouver ce qu'on nomme contrôle.

Sans répondre, il baisse mon short, expose mon sexe à l'air frais de l'aquarium. Parker retire ses doigts luisants de ma cyprine et les porte à ses lèvres dans un geste révérencieux. Son regard sur moi est intense. Non… brûlant.

Je tente de rassembler mes pensées, mais la pointe d'une langue récupère mon liquide étalé sur mon clito.

— Dis-moi que tu veux que je m'arrête… et regarde comme ton corps me supplie de continuer, Arc en ciel, grogne, Eden.

Je le supplie intérieurement de ne pas le faire. La sensation est si intense, si directe, que je dois plaquer mon bras contre ma bouche pour étouffer le gémissement qui menace de s'échapper.

Le plaisir que déclenche cette langue est trop… trop exquis dans son intensité. Ses mouvements experts sont animés de manière à tirer chaque note de plaisir. Je me trouve prise dans une toile d'émotions contradictoires. Le besoin impérieux de céder à un autre orgasme qui me déchire les entrailles.

— Laisse-toi aller. On te tiendra, m'encourage Parker d'une voix grave et sensuelle.

La proposition, loin de m'apaiser, attise le feu qui me calcine. La combinaison de sa voix et les léchages voraces d'Eden font chanceler ma résistance.

Mes jambes tremblent, mes genoux menacent de céder sous le fardeau de la boule qui commence à peser dans mon estomac. Mon bras reste fermement pressé contre ma bouche, mais les sons s'échappent et se mélangent aux bourdonnements constants de l'aquarium autour de nous.

Parker finit par rejoindre Eden au sol, me décollant à peine des roches. Ses mains agrippent mes fesses qu'il écarte juste assez, laissant ses ongles s'enfoncer dans ma chair. Son souffle est chaud contre mon coccyx, un rappel constant qu'il est tout aussi impliqué dans cet acte que son acolyte.

Leurs langues se rejoignent. Elles dansent, glissent autour de ma chatte, et explorent avec une précision qui frôle l'art jusqu'à ce que Parker remonte pour savourer mon anus. Chaque mouvement est réfléchi, conçu pour tirer le maximum de tout spasme qui sillonne mon corps. La sensation de leurs deux langues qui œuvrent en harmonie me pousse rapidement vers un bord que je n'ose pas franchir.

Leurs mains sont partout, sécurisantes et exploratrices, elles me guident à travers cette tempête de plaisir.

Le murmure de Parker casse à peine le silence.

— Ne retiens rien !

Ses mots, loin de me rassurer, jettent de l'huile sur les flammes déjà imposantes. Son ordre est une permission de succomber pleinement à ce que j'éprouve, de laisser aller les dernières barrières que je tenais fermement jusqu'à maintenant.

Chapitre 34

Maxime

Ils continuent de travailler en tandem, me poussent de plus en plus près du point de non-retour. Je me mords la lèvre pour me contenir, mais mes gémissements s'échappent en vagues, en des sons brisés.

Eden, dans un mouvement fluide et audacieux, soulève l'une de mes jambes et la place sur son épaule. Ce nouvel angle offre un accès inédit et encore plus provocant. Leur assaut se transforme en une danse de doigts et de langues, une union de sensations qui me dérobe toute capacité de résistance.

Le souffle court, je laisse échapper un chuchotement brisé.

— Oh putain ! mes doigts se crispent dans leurs mèches et tirent instinctivement au rythme de l'escalade de mon orgasme.

L'air de la grotte, déjà chargé d'électricité, vibre avec l'intensité de nos échanges. Chaque va-et-vient dans mes orifices, chaque souffle partagé, pousse les limites de ce qui est permis, de ce qui est possible. La pression de l'explosion monte, inévitable et irrépressible, un ouragan qui se prépare à emporter tout sur son passage.

Des voix lointaines résonnent, puis s'approchent timidement de notre enclave de plaisir coupable. L'écho de pas et de conversations interrompues parviennent à mes oreilles, mais l'urgence de me libérer éclipse toute prudence. Loin de les ralentir, ils redoublent d'efforts, défiant le monde extérieur d'interférer.

Puis elle me frappe, avec la force d'une tempête. La jouissance me traverse de part en part, me laissant secouée, brisée. Une plainte s'échappe, un son qui traverse l'air en un écho et atteint les oreilles des inconnus qui viennent de pénétrer le couloir et probablement toute la salle qui entoure ce lieu.

Des murmures choqués, mes yeux se posent sur leurs joues rougies par l'embarras.

La langue de Parker quitte la fente de mon anus, puis détourne son attention de moi. Du coin de l'œil, je le soupçonne de sourire, mais mes paupières se ferment quand les canines d'Eden tirent sur mon clito et ses trois doigts s'enfoncent plus loin dans mes parois.

— Bienvenue, messieurs, accueil Parker d'un ton nonchalant, comme si nous n'avions été que des amis en train de rire. Vous cherchez quelque chose ?

Je lève une paupière et étudie les visages, qui semblent osciller entre la curiosité et le désarroi. L'un d'eux, un jeune homme aux cheveux roux et aux joues peintes, semble vouloir s'excuser, mais les mots lui échappent.

— Désolé, nous ne savions pas… on entendait juste… un bruit, et…

Eden m'arrache un gémissement avant que sa salive quitte ma chair sans rompre le mouvement de ses doigts.

— Il n'y a rien de mal à explorer ce que l'on désire.

Un frisson de surprise traverse les spectateurs, des regards échangés, hésitants. Eden et Parker échangent une œillade complice sous mes lamentations, amusés par la tournure que prend notre débat, puis ils se détournent pour un départ précipité, un silence épais retombe sur nous, un contraste frappant avec la cacophonie de sensations dont j'ai du mal à retrouver contenance.

Les doigts quittent mes plis luisants, puis il les apporte à ses lèvres, sa langue roule autour, ses yeux verts plantés dans les miens.

— Divin, grogne-t-il, ce qui engendre une pulsation de mes muscles avant de se redresser tout en replaçant mon short là où il aurait dû être.

Leurs visages s'illuminent de triomphe.

— Exquis, ajoute Parker, passant sa langue sur ses lèvres, pour capturer le dernier vestige de notre interlude passionné.

L'embarras monte à mes joues alors que je prends conscience de la vulnérabilité de notre position, exposée non seulement physiquement, mais aussi socialement.

— Ça va ?

Eden me tend la main, m'aidant à reprendre mes esprits. Sa préoccupation est sincère, bien que son sourire trahisse une certaine fierté pour les orgasmes, dont il est l'auteur.

— Oui, haleté-je. Merci.

Merci de m'avoir fait jouir, pour avoir calmé le feu que vous aviez allumé.

— On devrait sortir d'ici avant que la sécurité ne débarque, propose Parker, une lueur de malice dans les yeux qui ne parvient pas à masquer son appréhension.

Son acolyte acquiesce et balaie du regard la grotte. Mais nos espoirs de départ tranquille s'évanouissent lorsque les voix des gardiens semblent s'amplifier. Des bruits de pas pressés signalent qu'on nous a probablement dénoncés.

Sans perdre une seconde, les garçons agrippent chacun une de mes mains, et nous voilà en train de filer à toute allure à travers les couloirs, zigzaguant entre les familles et les touristes surpris. Des exclamations nous poursuivent, mais nous rions. C'est nerveux, euphorique, rehaussé d'une pointe de panique délicieuse.

L'adrénaline ne diminue rien, au contraire, elle ne fait que prolonger la flamme de jouissance qui m'a parcourue plus tôt. Ma peau vibre encore à l'endroit où Parker m'a touchée, où Eden m'a embrassée. Mes cuisses gardent la mémoire brûlante de leurs caresses intrusives et assumées, mes lèvres conservent encore le goût du désir interdit.

— Par ici, crie Eden, nous guidant vers une sortie moins fréquentée.

Le rideau de la chaleur estivale nous tombe dessus dès que les portes s'ouvrent. L'air du dehors nous frappe, nous rappelant à la réalité, mais nous continuons de courir, poussés par un même élan, un besoin de fuir la sanction potentielle.

Les éclats nerveux se transforment en rires authentiques. Nous ralentissons, conscients d'avoir réussi notre évasion. Nos mains restent entrelacées, ce simple contact prolonge la promesse sulfureuse de notre complicité.

— Ça, c'était quelque chose, souffle Eden, accompagné d'un grand sourire qui illumine son visage, puis jette un coup d'œil par-dessus son épaule, pour vérifier que nous ne sommes pas suivis.

— De la folie pure, ajoute Parker, ses pupilles brillantes, encore captivées par l'excitation du danger. Mais délicieuse, termine-t-il.

Je ne peux retenir un sourire, même si un tourbillon de pensées contradictoires m'agite. Ce qu'on vient de faire frôle le scandale… c'était tout bonnement dément. Une satisfaction intense et malsaine. Un autre chapitre d'une histoire intrépide que j'écris sans vraiment m'en rendre compte.

Je les observe, et je jurerais que mes yeux scintillent d'admirations et… d'autre chose. Eden a les cheveux en désordre, un éclat fébrile dans ses yeux. Parker se retrouve avec le débardeur légèrement froissé, son sourire mi-victorieux, mi-soulagé.

— Qu'est-ce qu'on fait maintenant ? nous interroge Parker, le regard sautant de moi à Eden.

Ce dernier, reprenant un peu d'assurance, enfonce une main dans ses cheveux en bataille.

— On pourrait rentrer ?

Mon cœur rate un battement. Rentrer, c'est peut-être la promesse d'un nouvel épisode, loin des yeux cette fois. Une possibilité de pousser encore plus loin la folie qui nous unit. Mais une partie de moi réclame aussi un répit, un semblant de normalité.

— Pourquoi pas, finis-je par dire, dans un fin sourire. Mais promettez-moi que la soirée sera moins agitée, d'accord ?

— Promis, répondent-ils à l'unisson, un léger rire fusant de leur gorge.

Nous reprenons la marche, nos pas s'alignent naturellement, aimantés par cette expérience partagée et délicieusement scandaleuse. Je ne peux m'empêcher de penser que tout ça n'est que le début ou le précipice d'une fin. Un jeu dangereux, de ce besoin d'excitation extrême et de transgression, qui se mêle à l'attirance que j'éprouve pour leur audace. Je me doute que tout peut déraper plus durement encore. Malheureusement, je n'ai pas la force de résister à leur charme. Ni l'envie.

Dans mon esprit, les images de leurs caresses clandestines dans l'aquarium, la pression de leurs corps contre le mien, la libération que j'ai éprouvée au moment où j'ai joui me reviennent en boucle. Un mélange incandescent de honte et de plaisir.

Je serre mes doigts entre ceux de Parker, avant de faire de même avec Eden. Une fois chez moi, ou chez eux, nous reprendrons ce jeu téméraire.

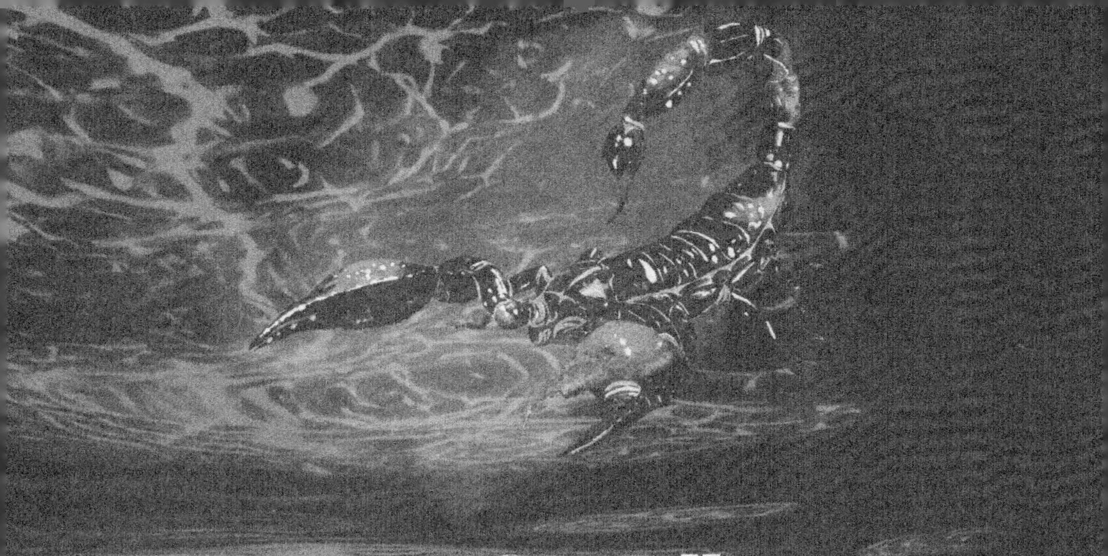

Chapitre 35

Dean

Je pousse la porte de l'appartement, épuisé par la longue journée passée à l'extérieur. Je m'attends à retrouver l'atmosphère habituelle, mais ce que je découvre sur le balcon me coupe net dans mon élan. Leurs voix et leurs rires emplissent l'air, des canettes de bière à la main, baignées dans un halo de fumée de cigarette.

Le tableau a tout d'un moment amical, presque idyllique, sauf qu'il ne l'est pas pour moi.

Maxime et Eden rient aux éclats, visiblement amusés par les histoires que Parker mime avec un enthousiasme théâtral. Ses bras s'agitent dans tous les sens, dessinant l'air avec exagération, alors que chaque mouvement semble provoquer une nouvelle vague de rires.

Saul, adossé contre le garde-corps, arbore un rictus qui n'augure rien de bon. Un mélange d'amusement et de cynisme. Je le connais trop bien, ce sourire ; c'est celui qu'il affiche quand il est sur le point d'éclater, ou quand il se délecte d'une situation qu'il juge à la fois fascinante et irritante. Je suis frappé par la façon dont son regard scrute mon arc-en-ciel, glissant sur ses hanches comme un avertissement silencieux, et ça me serre quelque chose au fond de la poitrine, une tension que je me refuse.

— Qu'est-ce que je rate ? lancé-je, tentant d'enrober ma question d'une fausse curiosité en m'approchant.

Un murmure intérieur me susurre que je rate en réalité bien plus qu'une simple histoire. Je loupe un lien qui semble se tisser entre eux et qu'elle consolide à chaque sourire.

Maxime tourne la tête vers moi, son visage illuminé par les restes de ce fou rire, une larme perle au coin de son œil. Elle l'essuie du bout des doigts, comme si de rien n'était, puis lève sa bière en ma direction.

— Dean, tu aurais adoré. On racontait à Saul notre évasion de l'aquarium. C'était… épique, s'esclaffe-t-elle, son ton moqueur, mais étrangement chaleureux.

— Évasion ? répété-je, les sourcils froncés en découvrant son cou orné de suçons.

— Tu aurais dû voir ça, renchérit Eden, se levant pour me tendre une bière. Pure adrénaline, mec. On a failli se faire pincer par la sécurité, heureusement, on a pris la fuite juste à temps. Merci au cardio.

Je m'empare de la canette et m'installe à côté d'elle. J'essaie d'afficher un visage neutre, voire détaché. Mais je ne peux pas m'empêcher de noter comment la lumière tamisée du crépuscule accentue les reflets de ses cheveux colorés, sa nuque découverte, ornée du rouge des succions, porte la même couleur que son visage encore rougi par le rire. Elle ressemble à une œuvre trop vive pour cet appartement.

— Il y avait quoi de si fou ? interrogé-je, cherchant à mieux comprendre ce qui semble tant les unir désormais si clairement.

Ces personnes que je considérais jusqu'alors comme mes seuls frères d'armes.

Parker reprend son histoire et explique en détail comment ils ont dû courir à travers l'aquarium pour esquiver la sécurité et les visiteurs choqués par leur comportement peu orthodoxe.

Pendant qu'il parle, je perçois le frémissement de Maxime à côté de moi, son épaule frôle la mienne lorsqu'elle part dans un nouvel éclat de rire. Le mélange de jalousie et d'attirance qui m'abrite est violent, incontrôlable.

Elle compare son orgasme à une « plongée sous-marine ». Tout le monde rit, sauf Saul et moi. J'essaie de sourire, mais mes mâchoires se crispent. C'est trop visuel, trop évocateur : je l'imagine, plongée dans une volupté insensée, se laissant emporter par la vague… Mes mains se serrent autour de ma bière, mordant le métal. Ma bouche crie de couvrir ce cou de mes cinq doigts, pour la marquer de moi seul.

— C'est une façon de voir les choses , marmonne Saul, un sourire en coin, qui se moque gentiment du choix de métaphore.

Parker hoche la tête, un sourire plus complice que jamais. Eden, fidèle à lui-même, ajoute un clin d'œil à l'adresse de Maxime, la main posée sur la sienne comme s'il réclamait un prolongement de leur complicité.

Je force sur mes lippes, tentant de dissimuler l'irritation croissante qui bouillonne. La conversation est légère, pleine de sous-entendus et de rires, mais je ne peux m'empêcher de me sentir comme un étranger qui regarde de l'extérieur.

Une partie de moi crève d'envie de la ramener à la raison. La mienne. De l'enfermer dans un tête-à-tête où elle n'aurait d'yeux que pour moi, et d'éclater ce petit cercle trop intime qui grandit entre mes potes et elle.

— Ouais, super, à couper le souffle, insiste Maxime, qui pouffe encore.

Ses yeux brillent d'un amusement si intense que j'ai l'impression que mes prunelles sont en feu.

— Les tortues avaient un spectacle en première loge !

J'avale une longue gorgée de bière. Je veux me donner une contenance, faire redescendre la pression qui bout dans mes veines. J'ai du mal à comprendre pourquoi sa manière de se fondre dans le groupe, de rire avec eux, de partager des histoires avec autant d'aisance, me dérange à ce point.

Je suis perturbé par ce qu'elle me fait éprouver, un mélange de colère et d'excitation. Quelque part, les imaginer la toucher, la faire geindre, réveille aussi un besoin tordu. Un désir de m'imposer, de la posséder, de marquer son corps comme un territoire, tel un chien qui pisse sur un arbre.

J'ai foutrement envie de te pisser dessus, Maxime…

— On aurait payé pour voir ta tête si tu avais été là, glisse Parker avec un clin d'œil. Je crois que tu aurais même participé à la course.

— Qui sait… maugréé-je, haussant les épaules. J'espère que vous n'avez pas trop fait de conneries, parce que je n'ai pas envie de gérer vos délires si ça retombe sur nous. Le coach vous tuerait.

Et moi avec.

Je pense à Maëva.

La petite blonde au hoodie trop court, celle qui m'avait jeté ce regard plein de défi l'an dernier, en tribune B. Elle me chauffait, jambes écartées, sans culotte. Impossible de la quitter du regard, j'avais cette foutue envie de l'étouffer, de couvrir sa plastique de foutre, juste pour graver son cul de mon nom et mon odeur dans sa peau.

On a fini par se la faire au milieu du parking, sur la Aston de Saul. C'était fort. Presque sale. J'ai connu mieux… mais y a des fois où l'instant, l'interdit, suffit à tout faire exploser.

Les règles sont faites pour être transgressées.

Les conséquences ? Je suis un Devils. Ici, tout le monde nous idolâtre.

Ils peuvent râler, pester, nous traiter de connards arrogants… ça ne les empêchera pas de payer leur place, de gueuler notre nom en tribune, et de nous adorer quand on envoie nos ennemis bouffer la glace.

Ils partent dans un nouvel éclat de rire, et la cause de mon état se tourne vers moi, un sourire plus doux, reconnaissant, comme si elle percevait la tension en moi et tentait de la calmer. Je ne la remercie pas pour autant. Je bois encore, pour noyer mon irritation et ma confusion dans l'amertume de la bière.

Dans le creux de ma conscience, un petit démon ricane : « *Tu meurs d'envie de la baiser sur-le-champ, devant eux ?* » Je l'étouffe aussitôt, mais il continue de gratter, laissant une empreinte brûlante au creux de mon ventre.

Les rires se poursuivent, la soirée avance, et je reste planté, entre le désir de m'inclure dans leurs rires et la force qui me retient, m'ordonnant de ne pas céder à cette euphorie qui n'est pas la mienne. Maxime paraît si à l'aise, si spontanée, insouciante dans ce cercle. Je l'observe ; une partie de moi rêve d'être la cause unique de ses sourires, l'autre partie me somme de ne rien montrer, de rester ce Dean froid qui ne cède pas aux émotions.

J'exulte en silence, incapable de laisser paraître la folie qui me prend. Incapable de nier la jalousie qui me bouffe, ou l'excitation coupable qui me traverse quand je croise le bleu de ses iris.

Les effluves de cigarette, la chaleur du crépuscule, les sous-entendus dans sa voix quand elle évoque ses plaisirs de l'après-midi… Tout me donne le tournis. Je bois encore, avalant un peu plus ma frustration, et jure intérieurement que la prochaine fois, je ferai en sorte qu'elle n'oublie jamais le seul prénom qu'elle doit graver dans sa putain de cervelle.

— Dean, tu es sûr que ça va ? la voix de Parker me tire de mes pensées. Tu es silencieux ce soir.

— Fatigué, c'est tout, réponds-je en haussant les épaules, avec un sourire forcé.

Autant mentir que d'avouer l'inavouable.

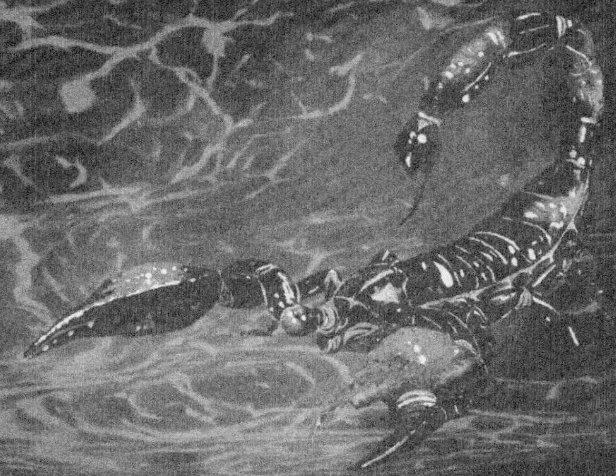

Chapitre 36

Dean

Maxime, de son regard affûté, ne rate rien de mon malaise. Ce qu'elle fait ensuite me déstabilise, un simple mouvement de sa jambe qui vient frôler la mienne, à peine perceptible, mais ma respiration s'accélère, et engendre un putain de frisson jusqu'à ma queue.

— La plage, l'aquarium… Tu aimes te faire prendre sur le fait, pourquoi ça ne m'étonne pas, lâché-je, la voix plus dure que je ne le voudrais, teintée d'un sarcasme qui me surprend moi-même.

Elle ne se démonte pas. Son sourire s'élargit, un défi glisse dans ses beaux yeux.

— Tu es jaloux ? susurre-t-elle, d'une douceur venimeuse.

Le mot heurte mes nerfs à vif. Je ne réponds pas immédiatement et préfère m'allumer une cigarette, cherchant une contenance dans la fumée.

— Non, rétorqué-je. Je me dis juste que… si tu veux que les gens te regardent te faire baiser, alors fais en sorte d'être plus voyante.

Les mots claquent, froids et secs. Or, sous ma poitrine se forme un diaporama de mille émotions contradictoires.

Le rire d'Eden me parvient, étouffé, tout comme je remarque la brève ombre qui traverse le visage de Parker. Saul, lui, garde son rictus, curieux d'assister au prochain acte de notre jeu d'échecs émotionnel.

Maxime se contente de me fixer. Son expression se fait plus ferme.

— Je ne sais pas ce qui te dérange le plus : ma liberté sexuelle ou le fait que je ne cache pas mon plaisir.

T'as pas compris, Maxime. Ton corps est un autel. Et je meurs de le profaner.

Je tire longuement sur ma cigarette. J'ai envie de rétorquer, de lui dire que ce qui me dérange, ce n'est pas son plaisir avec mes potes… C'est qu'il me nargue. C'est qu'il rit dans sa gorge, me souffle qu'elle n'a pas besoin de moi…

Alors, je vais le détruire. Le tordre. Le redéfinir.

Jusqu'à ce que son ombre ait peur de jouir sans mon autorisation, mais je garde ces mots pour moi.

La soirée se poursuit avec une tension sous-jacente, palpable, mais non exprimée, jusqu'à ce que Saul observe le jeu entre elle et moi et balance une invitation qui fait monter la tension d'un cran.

— Tu devrais sortir avec nous dimanche prochain. Nous connaissons un bon club si tu veux faire de l'exhibition, propose-t-il avec un sourire qui se veut inclusif, mais qui, à mes oreilles, sonne comme un défi.

Sans réfléchir, je lâche d'une voix tranchante

— Je ne la veux pas là-bas.

Surtout pas là-bas !

Maxime, qui n'a rien d'une sourde, se penche vers moi, ses yeux pétillent d'une étincelle provocatrice.

— Moi, j'ai envie d'y aller, dit-elle, sereine, un sourire en coin, déjà décidée.

Saul éclate d'un rire franc, la situation l'amuse follement, entrevoir la tension dans mes mâchoires doit être un spectacle qui le réjouit. Eden et Parker échangent un regard entre fou rire et curiosité, comme s'ils assistaient à une partie de tennis où Maxime et moi serions les joueurs.

— Elle est libre, glisse Saul, un ton faussement conciliant. C'est pas comme si tu pouvais décider de ce qu'elle fait de ses nuits.

Non. J'veux qu'elle n'ait plus envie de les vivre sans moi.

Eden et Parker, eux, échangent des regards entendus,

— C'est une femme libre. Elle peut aller où elle veut, quand elle veut, renchérit Eden, appuyant là où ça fait mal.

Je serre les dents, conscient que je suis en train de perdre pied dans cette conversation, que mes émotions me trahissent d'une manière que je n'aurais jamais autorisée auparavant.

— Bien sûr, finis-je par dire, tentant de récupérer ce qu'on nomme détachement.

Intérieurement, j'ai envie de l'empoigner, de la plaquer contre ce mur pour lui arracher son air insolent. De lui graver dans la chair qu'on ne me défie pas.

Je veux qu'elle comprenne que la liberté, c'est un luxe qu'on perd quand on m'obsède.

Maxime me sourit, un sourire narquois, et prend une gorgée de sa canette. La tension entre nous est identique à une grenade à laquelle on vient de retirer la goupille. Parker et Eden le sentent, Saul aussi. Ils ne sont plus que des spectateurs, curieux de savoir jusqu'où nous irons dans cette joute silencieuse. Je détourne les yeux, incapable de soutenir son regard trop perçant.

— Alors, c'est décidé. Dimanche, clubbing, annonce Saul, qui clôture le sujet avant que d'autres mots malheureux ne puissent s'échapper.

Je jette mon mégot dans le cendrier et m'enfonce un peu plus dans mon siège, prisonnier de cet étrange bal où je ne suis plus le maître de mes pensées.

La soirée se termine peu après, chacun se retire dans son espace et emporte avec lui les non-dits et les tensions de la nuit.

Je reste un moment sur le balcon, la cigarette entre les doigts, lorsqu'un bruit sur ma droite attire mon attention. Je la dévisage, les yeux un peu trop fixés sur le contraste entre le pull ample que je reconnais étant le mien et le shorty en dentelle rouge qui étreint ses magnifiques hanches.

— À quoi tu joues, Arc-en-ciel ?

Elle franchit l'espace entre nos balcons avec une aisance spontanée, comme si les frontières entre nous n'existaient pas. Ses doigts s'emparent de ma cigarette, effleurant brièvement les miens, ce qui déclenche un contact électrique, avant de porter le filtre à ses lèvres. Elle inspire profondément, ses yeux ne quittent pas le noir des miens, puis elle exhale la fumée, de manière théâtrale, laissant le nuage se dissiper entre nous.

— Je suis chez moi, dit-elle simplement, une pointe de défi dans la voix.

Je me pince la lèvre pour canaliser le flot de questions qui me brûlent l'esprit.

— Je parlais de dimanche. Pourquoi tu as accepté ? À quoi tu joues ? Qu'est-ce que tu cherches à la fin ? Eden, Parker… et puis quoi encore, Saul ?

Son sourire s'élargit, illuminant son visage d'une expression à la fois séduisante et exaspérante. Les rayons de lune s'accrochent à sa peau et putain… *j'ai foutrement envie de leur faire de l'ombre*. Elle recrache une autre bouffée de fumée en direction de mon visage.

— Je cherche à vivre, Dean. À profiter de tout ce que la vie a à offrir, sans me soucier de ce que les autres pensent. Dimanche, je serai là parce que l'idée de découvrir quelque chose de nouveau me plaît. Et toi, pourquoi ça te dérange tant ?

Je ne veux pas que tu deviennes la cible d'un monde auquel je ne veux pas que tu appartiennes.

Je me bats avec mes propres émotions, déchiré entre l'envie de la plaquer contre le béton, de la prendre par le cul, et celle de la repousser pour la protéger...

— Alors, je ferai en sorte que tu regrettes d'avoir accepté cette putain de soirée, lâché-je finalement, les mots piquants et empoisonnés.

La menace est sournoise, mais réelle, son corps se raidit, accompagné d'un frémissement dans son regard qui ne m'échappe pas. Sa bouche s'entrouvre, prête à répliquer, mais elle se retient, mesurant peut-être les conséquences de continuer cette joute verbale avec moi.

Elle claque sa langue dans un bruit sec qui fait monter ma rage d'un cran et aussi ma putain de queue qui s'imagine contre. La fumée de ma cigarette s'échappe en volutes légères, provoquant les règles de ma vie en train de déflagrer.

— Tu ne peux pas me faire regretter mes choix. Je suis maîtresse de mes décisions.

Sa voix est posée, trop calme. Et la certitude qu'elle ne ressemble à aucune autre nana me vrille les neurones à me rendre malade.

Elle se détourne, m'offrant une vue sublime sur sa dentelle qui tombe sur ses collines hautaines, écrase ma cigarette avant de rentrer, et le claquement de la vitre me heurte comme un coup de massue. Quelque chose se déchire en moi quand je la vois disparaître. J'ai l'impression qu'elle m'échappe... Qu'elle nous échappe, à moi et à mes potes, et que je suis impuissant, privé du contrôle que j'ai cruellement besoin de lui imposer.

Sans réfléchir, sans même essayer de combattre l'impulsion impure qui me dévore, je passe par-dessus la murette pour rejoindre son balcon, ma queue frottant douloureusement mon bas. Mon cœur cogne, mes poings se serrent sous mon corps qui vibre d'une colère confuse. Je dois la forcer à partir, à disparaître de ce terrain qui est le mien et où elle s'est installée comme si elle y régnait.

Une petite voix, vicieuse et jouissive, murmure dans ma tête :

« Fais-lui comprendre ce qu'elle a vraiment accepté. Déchire le voile. Montre-lui que le pire ne fait que commencer. »

Elle pense avoir compris, mais elle n'a pas totalement saisi à quel point le loup a faim.

À l'intérieur, Maxime se retourne brusquement, me voyant débouler dans son appartement. Ses yeux s'écarquillent, un mélange de choc et de fureur se peint sur ses traits.

— Dégage de chez moi ! hurle-t-elle, la voix éraillée de rage et de surprise.

NON ! Je ne peux pas. Le feu qui me brûle est trop violent, trop insistant. En deux foulées rapides, je suis sur elle et la plaque sans ménagement contre le mur. Ma main se referme sur sa gorge, comme je l'ai trop souvent rêvé. Le contact de sa peau sous mes doigts me provoque une décharge. Son parfum floral et doux, sa chaleur… Tout m'assaille dans une confusion de désir et de furie.

— Il faut que tu dégages de notre vie, grogné-je, d'un désespoir caché. Qu'est-ce que tu ne comprends pas, putain ?!

La pulsation de son cœur cogne sous ma paume. Je la serre un peu trop, mais je ne sais plus faire semblant. Dans son regard, je lis la peur, la colère, puis cet émerveillement de bête acculée qui me coupe le souffle.

— Tu n'as aucun droit de me dire où je dois être ! crache-t-elle, pendant que ses ongles s'enfoncent dans mon poignet. Tu n'as pas le contrôle sur moi.

La vérité brute de ses mots s'abat sur moi. Elle a raison. Et je hais sentir que ce pouvoir, cette autorité, que j'exerçais sur tout et sur tout le monde jusqu'ici s'effrite devant elle. Elle me voit vaciller. Et elle en tire une force que je ne parviens pas à briser.

Je dois inverser la situation jusqu'à ce qu'elle ne puisse plus m'extirper de sa chair sans s'éventrer elle-même.

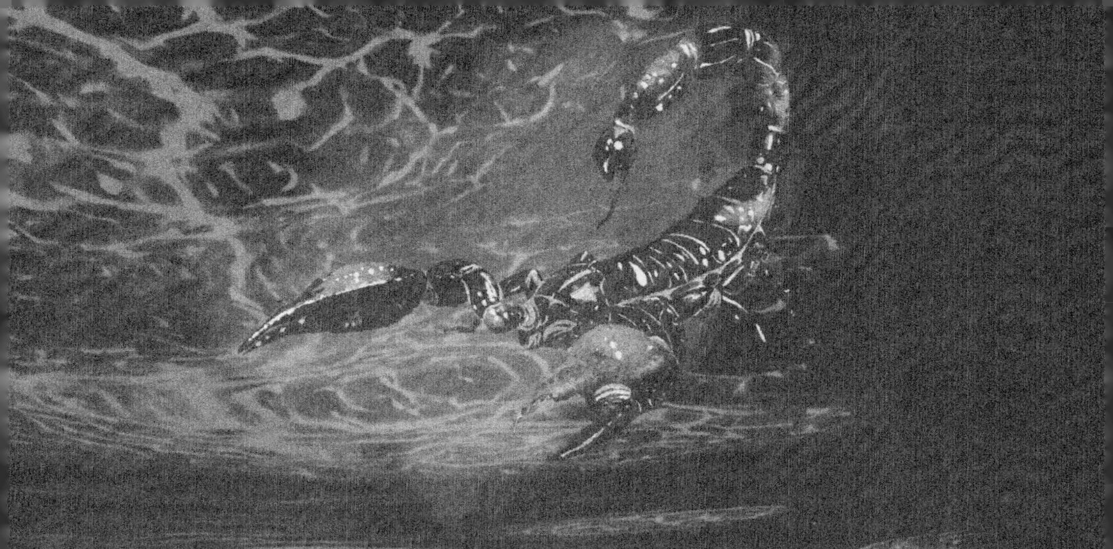

Chapitre 37

Dean

Son corps se débat, elle tente de desserrer ma prise sur sa gorge, me clouant du regard. Sa respiration s'accélère, ses muscles se tendent contre moi dans un combat muet qui tourne à l'affrontement érotique dans ma tête.

— Tu m'étouffes, Dean, lâche-moi !

Je ne lâche pas. Ou plutôt, je ne veux pas. Je veux couvrir ces putains de suçons sur son cou. Je veux qu'elle comprenne, qu'elle faiblisse, qu'elle admette ne pas pouvoir dominer la situation. Et, au fond, il y a aussi ce désir qui me trouble et me terrifie. La posséder là, tout de suite, dans ce torrent de rage et de sueur, est un supplice, un putain de besoin.

— Tu ne me laisses plus le choix, grogné-je, penché à son oreille.

Mon souffle s'écrase contre sa nuque. Son corps frissonne, et je vacille, pris entre mon envie de la haïr et celle de m'emparer d'elle. Une part de moi s'extasie devant le regard orageux qu'elle me lance, cette lueur qui me supplie d'aller plus loin. Cette part déviante qui en moi s'enflamme quand elle se met à lutter au lieu de céder.

Je ne sais plus si c'est de la colère, de la jalousie ou une excitation malsaine qui me fait agir. Peut-être un mélange des trois, un poison mortel que j'absorbe volontiers du moment que je peux l'entraîner avec moi.

Je suis prêt à franchir les frontières que je m'étais interdites, pour la chasser ou la garder, je ne sais même plus. À la simple pensée, je bande toujours plus fort, et le choc de mon bassin contre le sien m'arrache un frisson à la fois furieux et fébrile.

Maxime le sent, et quelque chose traverse son expression, un éclat fugitif que je ne parviens pas à déchiffrer.

Peur ?

Désir ?

Elle reste de marbre, pourtant ses doigts agrippent mes avant-bras, cherchent à me repousser ou peut-être me retenir. Elle ne crie pas, elle pourrait appeler à l'aide, mais elle ne le fait pas. C'est un jeu maudit, une pulsion commune que nous laissons exploser.

Dans un sursaut, je relâche à peine ma poigne sur sa gorge en voyant son visage pâlir, et laisse l'air revenir. Elle halète, ma main reste quand même posée là, comme un ultime avertissement.

Le silence semble figer la scène. Mon cœur cogne si fort que j'ai l'impression qu'il va rompre ma cage thoracique. Et à travers toute cette violence, il y a une perverse satisfaction à la voir ainsi, plaquée au mur, son corps chaud contre le mien.

— Je te déteste, crache-t-elle dans un souffle, un filet de salive s'échappe de sa lèvre que je meurs d'aspirer.

Dans le fond de ses yeux, je lis autre chose. Un brasier. Peut-être même un écho à ma propre folie.

C'est sale, c'est hasardeux, et pourtant, je me sens plus vivant que je ne l'ai jamais été.

— Alors imagine ce que j'éprouve quand je te vois !

Sans attendre sa réponse, je la retourne brusquement, la pressant contre le mur. Sa respiration se hâte, et je peux sentir la tension de son corps sous mes mains. Sa poitrine s'écrase contre le mur froid, et je reste un instant immobile, pris dans le feu de l'action, réalisant la portée de mes actes.

— Dean, arrête tes conneries, ça suffit, sa voix est ferme, un fil de peur y tremble.

De ma main droite, je tire sur son shorty et les coutures cèdent sous la pression.

— Dean, s'il te plaît.

Je suis incapable de l'écouter. Pris d'un élan, j'extrais ma queue de mon jean avant de cracher comme un connard dans ma paume, puis malaxe ma bite qui se frotte entre ses cuisses, faisant tinter mes piercings. Je devrais arrêter, mais… je ne suis plus apte à me raisonner.

Je l'empale sans demander mon reste. Et putain, elle est chaude et foutrement trempée, sa chatte épouse ma queue comme si elle avait été conçue pour moi. Chaque coup de reins est brutal, chargé non seulement du plaisir physique, mais aussi du poids que j'ai trop longtemps contenu face à elle. Nos peaux claquent l'une contre l'autre, mes doigts libres empoignent ses cheveux pour la tirer en arrière, me donnant plus de profondeur.

— Dean, supplie-t-elle les yeux larmoyants.

Ses parois se contractent autour de moi, comme si son corps et sa tête n'étaient pas en accord, réagissant à chaque retrait et à chaque nouvelle poussée dans sa moiteur qui coule le long de ma bite.

Ses ongles raclent le papier peint, des traces de lutte et de capitulation mélangées, tandis que ses plaintes emplissent l'espace réduit entre nous et le mur froid.

Sa main agrippe la mienne, ses doigts s'enfoncent dans ma chair, elle cherche à me retenir autant qu'à me repousser, puis la dirige vers son clitoris où nos doigts frictionnent son bouton gorgé de sang. Sa réaction est un miroir de mes propres contradictions. Mes canines s'enfoncent dans sa clavicule exquise.

— Dean… un murmure brisé, perdu dans le son de nos corps qui se rencontrent avec une urgence barbare.

Je capte son regard dans l'ombre, ses yeux brillent d'une émotion que je ne peux que décoder.

Je continue de la culbuter férocement, sa gorge entre mes mains, l'autre qui malmène son clito, pour prouver l'erreur de son choix, pour lui faire comprendre qu'elle doit partir… ou pas. Le plaisir est indéniable, mais il est teinté de tant d'autres choses : de culpabilité, de désir, de confusion.

Mon cœur défonce mes côtes, chaque battement cherche à fracturer mes os.

En moi, deux voix s'affrontent : le diable qui me hurle de continuer, de ne pas m'arrêter jusqu'à la consommation totale, et l'autre, la voix que j'avais choisie depuis mes excès, me rappelle que j'ai failli tout perdre.

Je recule soudainement, un large pas pour mettre de la distance entre nous. Ma queue tendue à l'extrême et foutrement lubrifiée de sa cyprine. Je m'étais juré de ne plus jamais le reproduire. Un retour en arrière, un cauchemar familier.

— Ça n'aurait pas dû arriver, grondé-je, chargé de remords tandis que je replace tant bien que mal mon membre gonflé.

Maxime me dévisage, ses yeux brumeux, au bord des larmes. Dans son regard, une supplication qui me glace et m'embrase à la fois.

— Encore, s'il te plaît, dit-elle d'une voix brisée, comme si chaque syllabe la dépouillait un peu plus.

Je déglutis, tiraillé. Ce que je pourrais faire nous détruirait tous les deux. Seulement, voilà, il y a cet élan obscur qui m'aspire, cette envie violente de la refaire plier. Mon corps hurle, j'en ai la gorge serrée, un assortiment de dépossession, de culpabilité, et d'une ivresse qui refuse de mourir.

Elle me fixe, frêle, éperdue, son regard me supplie de ne pas la laisser ainsi. Et je tremble, les mains résolument incrustées de la mémoire de sa peau, que je plante dans mes cheveux pour me ramener à la raison…

— Comment… comment tu peux me demander de recommencer… alors que tu m'as supplié d'arrêter ?! hurlé-je, de confusion et de colère.

Je suis à la fois éteint et consumé.

Je veux.

Je ne veux pas.

Son corps s'effondre, ses jambes, trop faibles pour la porter. Ses mains agrippent le bord de mon pull qu'elle porte, tirent dessus avec une faiblesse désespérée, comme si le tissu la brûlait ou la raccrochait à la réalité.

— Ne pose pas de questions… marmonne-t-elle, la voix étranglée. Juste, finis ce que tu as commencé.

Ses mots m'anéantissent, traversent la dernière muraille de ma volonté. Ils s'insinuent dans mon cerveau et ravivent le monstre que je pensais avoir muselé pour toujours. J'essaie de parler, de dire que c'est de la folie, que je ne peux pas… Mais rien ne sort, si ce n'est un souffle rauque, chargé de ce besoin indécent de la sentir soumise et offerte.

J'ai envie de fuir, de la lâcher, de quitter les lieux pour ne plus la revoir. Comme j'ai envie de la prendre, là, tout de suite, de la marquer plus encore, de la forcer à me dire qu'elle me désire, qu'elle préfère crever sur ma queue que sur celle d'un autre. Le choc de ces deux envies me lacère l'âme.

Les larmes coulent sur ses joues, et son regard continue de me supplier ; dans cet entre-deux où nous avons basculé.

On est aux portes d'un gouffre que j'ai creusé par mon impulsivité.

Mes poings se crispent dans ma tignasse. L'empreinte de mes cinq doigts décore sa gorge et son souffle se fait plus saccadé. J'entends ma respiration, lourde, bestiale, ma queue encore plus dure qui réclame sa chaleur, son corps, ses protestations. Je voudrais hurler, casser quelque chose, me briser moi-même.

Je finis par me pencher vers elle. Mes doigts emprisonnent son menton et relèvent son visage inondé de larmes. Dans ses pupilles, je lis un océan de détresse, d'excitation et d'un abîme qu'elle tente de dissimuler.

— Maxime, je ne veux pas te faire de mal… admets-je, d'une voix basse et nerveuse, tandis que mon pouce effleure la goutte salée qui vient de rencontrer ma peau, dont je crève d'envie de connaître le goût.

— Tu ne me fais pas de mal. C'est… tout le reste qui fait mal. Pas toi. Pas ça.

Ses mots me bouffent, un écho mystérieux d'une souffrance que je ne comprends pas tout à fait.

Je soupire, déchiré entre la prudence et la pulsion de lui donner ce qu'elle réclame. Malgré tout, je l'aide à se relever et la tire contre moi. Nous avançons vers le canapé, comme deux somnambules guidés par une attraction plus forte que la raison. Le silence est lourd, et chaque respiration l'amplifie.

Elle se laisse tomber à mes côtés, le corps encore tremblant. Le pull remonte et me laisse apercevoir son sexe nu, cru, brutal, dans ce contraste de tissus qui continue de se serrer et desserrer. Cette image, aussi poignante que provocante, me prend à la gorge. Je vois une femme qui n'a plus peur de rien, qui me supplie de refaire naître le monstre que j'étais avec son regard fiévreux.

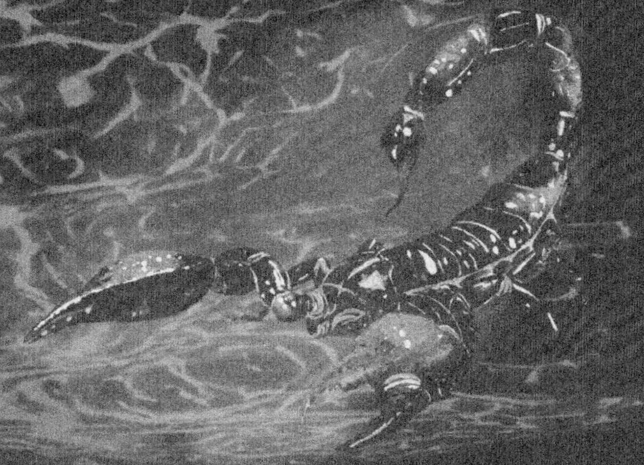

CHAPITRE 38

DEAN

Elle écarte les jambes, un appel silencieux, si douloureusement sincère que mon cœur cogne dans ma poitrine. Mon esprit hurle que tout ça est une folie, que je n'aurais jamais dû franchir ces limites, mais à chaque seconde, ma vraie nature dévore mes scrupules. Je renverse la tête en arrière, un grondement de frustration et d'excitation m'échappe, je passe une main sur mon visage.

— Tu es sûre de toi ? demandé-je, la gorge serrée.

J'ai besoin de cette confirmation, de ce feu vert pour justifier les pulsions du monstre que je suis sur le point de libérer.

Elle me répond d'un mince filet de voix, un souffle, un « oui » qui résonne avec une conviction inébranlable. Un « oui » qui fait tout capoter.

Je plonge, j'abandonne la prudence et la raison. Prêt à exploser dans cette jouissance mêlée de violence que je connais trop bien. Prêt à combler ce vide qu'elle me révèle sans le nommer.

Elle m'aspire dans son monde à elle, et je sombre au moment où je devrais fuir pour ne pas l'aspirer dans ma déviance.

Mon regard glisse sur son corps, sur le bas de son ventre. Elle m'a autorisé, voire supplié, de finir ce que j'ai commencé. Une partie de moi, effarée, me crie qu'on frôle l'inacceptable, qu'on effleure la ligne rouge. Mais mon corps, mon besoin, s'embrase sous l'effet de son « oui ».

Elle soulève le pull et me dévoile plus explicitement sa chatte ruisselante, les conséquences d'un désir qu'elle ne s'acharne pas à dissimuler. Je déglutis, l'estomac en nœuds, alors que l'adrénaline me vrille les veines. Ma mâchoire se serre, un grognement sourd naît de ma poitrine, la conjonction de tout ce que j'éprouve : culpabilité, rage, fascination, chaleur démentielle.

— Bordel… Maxime… pesté-je, incapable de formuler une phrase cohérente, en me frottant une seconde fois le visage.

Il y a tant de questions, tant de refus qui butent contre la réalité de son « oui ».

Ses yeux me défient de reculer et me conjurent, en même temps, de la rejoindre plus loin dans cette descente aux enfers.

Je me perds dans son souffle, dans la sueur qui perle à la base de son cou, et dans la fièvre qui irradie sa peau. Je lis, au fond de son bleu océan, toute la profondeur d'un trou noir qu'elle nommerait plaisir, ou plutôt… survie. Un gouffre dont j'ignorais l'existence, et je m'y jette, car elle me le réclame ; de la prendre, ou la sauver, ou peut-être la détruire.

Dans le silence de l'appartement, nos respirations s'entrelacent, créant une bulle hors du temps. Son souffle haletant s'écrase sur ma peau, j'entends son cœur qui pulse sous la sienne. J'ai déjà dépassé la limite. J'accepte ce rôle, ou plutôt, je retrouve celui dont je me suis si longtemps défendu.

Avec un mouvement vif, j'enlève ma ceinture, la boucle cliquette dans le silence. La lueur dans ses yeux, à mi-chemin entre la peur et l'excitation, m'invite à m'enfoncer davantage dans cette noirceur. Le martèlement de mon cœur réveille l'écho de cet être brutal que je pensais enfoui à jamais.

— À genoux, ordonné-je.

Elle ne proteste pas et tombe au sol avec une lenteur féline, avant de se positionner sur ses genoux, à la fois soumise et désireuse, ce qui anime un frisson malsain dans tout mon être. Un frisson oublié m'emplit, de la voir obéir, silencieuse, la tête en arrière, la gorge déjà offerte.

Putain, ça m'avait manqué.

Je me penche, la ceinture dans la main, mon regard rivé sur mes doigts qui l'ont marquée. Elle attend la suite, retenant son souffle. Sans une hésitation supplémentaire, je lui enroule le cuir autour du cou. Un collier improvisé qui scelle l'instant où j'autorise le « monstre » à émerger.

— Je t'avais prévenue, Arc-en-ciel, grogné-je, la voix gutturale, marquée par la conscience du chemin que je m'apprête à reprendre.

Sa gorge se resserre sous la ceinture, juste assez pour que sa vue se brouille, pas assez pour l'étouffer totalement. Mes doigts s'enroulent autour du cuir, je maintiens la pression sans me détourner de son regard dans lequel je décèle un combat intérieur. Son corps réclame que l'on continue, tandis qu'une lueur affolée signale la lutte contre la douleur. Ou la crainte.

J'observe son lieu de vie, mille idées, mille pulsions me gagnent.

Ce miroir sur le mur, parfait pour la forcer à se regarder pendant que je l'éclate contre la table. Le plaid jeté négligemment sur l'accoudoir deviendrait un bâillon improvisé. Les anneaux décoratifs suspendus au plafond, une opportunité pour y attacher ses poignets, la suspendre, l'exposer.

Et cette foutue bougie parfumée à la vanille ? Je la ferais couler sur ses seins, une goutte après l'autre, puis sur chaque parcelle que je veux revendiquer.

Une goutte pour sa langue quand elle ose me défier.

Une pour ses cuisses quand elle pense pouvoir être libre.

Et une, juste au creux de son bourgeon, là où je compte loger mes pires obsessions.

Je veux ses larmes quand elle comprendra que ce n'était pas du jeu, et ses tremblements quand elle devinera que la douleur est ma façon de dire « je te garde ».

Elle mouillera au moment exact où je dirai : *je suis ce qu'on invoque, ce qu'on ne contrôle pas. Tu m'as ouvert la porte, Maxime, maintenant, tu vivras dans ma cage.*

Tout ici peut être une arme. Un outil. Un prolongement de ma déviance. Je pourrais passer des heures à inventer de nouveaux supplices, à la façonner avec tout ce qu'elle croit familier.

Mon regard termine son parcours sur son épaule, où ce mot « SURV;VRE » est gravé dans sa peau. Je me demande fugacement de quoi elle doit survivre, à quoi elle a échappé. Et surtout, ce qu'elle fera quand elle découvrira qui je suis vraiment. Elle ignore jusqu'où je peux aller, jusqu'à quel point je pourrais la briser par simple besoin de la posséder.

La tension grimpe dans un carrefour d'odeurs : celle du cuir, de la sueur, et de son parfum sucré. Elle vacille, je le distingue à ses ongles qui s'enfoncent dans ses genoux pour supplier d'arrêter et, dans le même temps, me demander de continuer. On navigue en eaux troubles, un océan sans horizon. L'intérieur de mes cuisses est en feu, mon bas-ventre n'est plus que fièvre qui ne demande qu'à exploser.

— Tu tiens vraiment à jouer avec le monstre ? murmuré-je, en serrant un peu plus la ceinture.

Un rictus me gagne, agrémenté d'un frisson de jouissance trouble.

Un putain d'arc-en-ciel, un contraste violent entre ses cheveux et la noirceur de son esprit. Je la déteste, je la veux. Mes mains tremblent alors que je tire sur le cuir, un peu plus sec, pour lui couper brièvement la respiration.

Elle émet un son rauque, une fusion de gémissement et de protestation. Ses muscles semblent réagir à quelque chose de profond et d'extrême. Elle aime ce moment plus qu'elle ne le devrait.

Ma queue pulse entre mes jambes, ma verge humide de lubricité. La bête en moi rugit de satisfaction, alors que mon diaphragme se contracte, et mon esprit hurle de la prendre, de la forcer à me supplier. Je franchis toutes les limites que je m'étais imposées. Sa respiration devient hachée, son visage se colore d'un rose fiévreux.

— On ne recule plus… on ne recule plus, Maxime, répété-je.

Je tente un bref instant de me souvenir de qui j'étais avant. Un type qui ne voulait plus sombrer dans ce genre de démesure. Et à celui qu'elle me ramène, ce monstre que je pensais enterré.

Elle tente un mouvement de la tête, cherchant de l'air, mais je maintiens la pression. Un contrôle malsain qui m'apaise autant qu'il me terrifie. Nos regards s'électrisent. Je lis dans ses prunelles un désir trouble. Elle ne cherche pas à fuir, elle s'abandonne à l'étau de ma main et du cuir.

Les secondes s'étirent, j'entends mon cœur battre au rythme du sien. J'ai si chaud qu'un vertige me gagne.

— Putain… grommelé-je. T'es en train de me rendre fou, Arc-en-ciel.

Un imperceptible sourire effleure ses lèvres, malgré la ceinture qui lui scie la gorge. Elle me défie encore, complètement prise dans l'abysse qu'elle a elle-même sollicité. Sa voix ne sort pas, mais son regard me crie : *« Continue. »*

Et moi, comme un damné, je ne peux qu'obéir à ce langage muet qui scelle ce nouveau pacte. La barrière est brisée, le monstre est bel et bien revenu.

Avec une pression sans douceur, je la force à se redresser. La boucle cliquette contre ses clavicules, et un léger râle étouffé lui échappe. Elle ne proteste pas, ne recule pas, elle m'obéit comme un chien fidèle, et mon ventre s'enflamme.

— Laisse-moi voir ton cul, grogné-je d'une voix autoritaire, ma main libre agrippe ma queue, frottant les bijoux qui décuplent mes sens.

Je la malaxe brièvement en la détaillant du regard. Elle exécute l'ordre, relève légèrement les hanches, se tourne, puis cambre le dos de façon provocante, son regard perdu au loin, comme si elle acceptait de basculer entièrement dans ce rituel déroutant. Mes yeux voyagent sur son corps, sur la courbe splendide qui se dresse devant moi. La pression sur la ceinture augmente quand je tire un peu plus, la forçant à se rapprocher. Un choc électrique me sillonne. Cette soumission, je l'ai rêvée, je l'ai rejetée et, en même temps, elle me prend au piège.

Sans lâcher la ceinture de ma main gauche, je renonce à mon érection, libère ma verge pour mieux passer le bras autour de son bassin. Ma langue, avide, vient chercher ce parfum unique, cette sueur, cette odeur de peur mêlée de désir sur sa peau. Un spasme me soulève alors que je remonte lentement du haut de ses cuisses jusqu'à la rondeur parfaite qui se dresse sous mes lèvres.

Je goûte cette chair, d'abord en effleurant la cambrure d'un coup de langue humide, avant d'y planter mes dents, comme le ferait une bête égarée. Elle pousse un gémissement qui me vrille les tympans. Un mélange de douleur et de délectation, un son rauque et reconnaissant.

— Putain !

Sa peau frissonne, tressaute même, sous l'impact de la morsure. Je l'imagine tiraillée entre la crainte d'aller trop loin et la sombre satisfaction d'avoir réveillé celui qui dormait.

Elle se raidit, sa respiration hachée m'indique qu'elle lutte, qu'elle résiste tout en s'offrant. Un écho sauvage me crie de continuer, d'aller encore plus loin. Un point de non-retour guette, et je l'aperçois, à un souffle d'ici.

— Tu l'as voulu… murmuré-je près de la marque que je viens de laisser, puis dépose ma salive sur sa peau.

Ma main se crispe sur le cuir, je le serre une nouvelle fois, alourdissant sa respiration, lui rappelant qu'il n'existe pas de zone grise. Il n'y aura pas de douceur, juste un territoire où la douleur et le plaisir se confondent.

Elle lutte par réflexe, cherchant la prudence, alors même que sa main se tend vers moi, pour dire : «*Plus fort*». Son corps me supplie de tout prendre, de tout briser, pour la reconstituer selon ma volonté.

La lune forme un nimbe sur nos silhouettes d'une lueur fantomatique, comme si elle scellait définitivement le pacte que nous avons conclu. Je la maintiens sur un fil entre la suffocation et l'orgasme, pendant que mes dents et mes lèvres marquent sa fente comme on tatouerait un territoire. Elle est tout à la fois. Victime et instigatrice, elle me réclame, m'exige, me détruit.

D'une pression, je la hisse sur mes cuisses. Son dos se plaque contre mes muscles tendus par l'excitation. Le contact de sa peau frémissante sur la mienne me brouille l'esprit, chaque friction me brûle autant qu'elle me glace.

Elle se laisse aller, le poids de son corps et le renoncement de sa volonté se fondent dans mes bras. Sa tête bascule, ses cheveux arc-en-ciel frôlent ma nuque d'un geste souple. Elle lève un instant les paupières, et dans ce regard mi-clos je décèle un éclat contradictoire. Puis elle ferme les yeux et se rend à la sensation, à ce flot d'émotions excessif qui nous emporte.

Son souffle chaud, rapide, me caresse l'avant-bras enroulé autour de sa gorge, exerçant plus de pression sur la ceinture, tandis que mon bassin la heurte violemment. Chaque mouvement est une pénétration qui me fait osciller entre la conscience de la briser et celle, au contraire, de la *combler*.

Je la domine dans chaque respiration, chaque va-et-vient, j'en détermine le rythme et la profondeur.

— Plus fort, réclame-t-elle, la voix étranglée.

— Écarte les jambes et prie que je ne te laisse jamais cicatriser, lui promets-je.

Sa main attrape la mienne, qu'elle descend avec autorité entre ses cuisses. Son corps tremble, pulse contre ma paume. Je découvre sa chaleur, son humidité, l'invitation au déraillement complet. Ses yeux se ferment à nouveau, sa bouche s'entrouvre dans un gémissement sourd alors que j'accrois la pression sur la ceinture, la faisant vaciller au bord de l'étouffement.

Mes doigts, à l'unisson de mon érection qui la percute, franchissent sa barrière de pudeur, la portant plus près de cet abîme. J'ai peur de la perdre dans cette spirale, et pourtant, je ne peux m'empêcher de serrer plus fort, de la pénétrer plus profondément, avec ce besoin de lui imprimer ma marque, de la subjuguer, de la sauver, ou de la détruire…

CHAPITRE 39

MAXIME

La lumière matinale filtre à travers les rideaux et me tire de mon sommeil agité. Je relève à peine les paupières et, déjà, mon corps proteste d'une sourde douleur. Les souvenirs de la nuit dernière, dispersés et brûlants, s'imposent à moi. Je me dresse dans mon lit, chaque muscle m'évoque l'intensité des heures que j'ai passées avec Dean.

Je pose enfin la plante de mes pieds sur le sol glacial et me lève avec précaution. À chaque mouvement, mon corps me ramène à la veille de nos ébats, du poids que mon corps a subi. Ces marques, et ces ecchymoses… ces signatures clandestines, tatouées dans mes fibres, des serments silencieux, témoins d'une ivresse qu'on ne devrait jamais goûter.

Je traîne dans le couloir et tourne à droite, mon regard s'accroche au miroir de la salle de bain. Je n'avais pas encore l'intention de constater mon état, mais le mal est fait. Maintenant, il est trop tard, je suis face à moi-même. Sur ma peau, les stigmates de la nuit : des coups, morsures, sans oublier le frottement du cuir, accompagné des empreintes de doigts, sont gravés sur mon cou et ma taille. L'un de ces bleus, plus profond, me rappelle son autorité. Un frisson me secoue lorsque j'effleure du bout des doigts la marque de ses dents sur ma clavicule. J'inspire, ma gorge se serre. Je revois sa silhouette et son regard dense, d'une violence contradictoire, de ce désir et ce conflit qui l'ont traversé, mêlés à la brutalité qu'il m'a imposée ou que je lui ai réclamée.

Un peu des deux.

Les sensations reviennent en cascades. L'urgence, le mélange de plaisir cru et de douleur effarante, la peur que tout dérape, et le vertige d'une jouissance qui n'aurait dû exister. Je suis à la fois brisée et étrangement plus lucide. Dean n'est pas doux comme je l'imaginais. Loin de là. Il est la perfection du mal dans une splendeur qui m'a poignardé le cœur… et je veux encore sentir son venin courir dans mes veines.

L'eau froide coule dans la vasque, je penche la tête au-dessus du lavabo, asperge mon visage. Elle ne parvient pas à effacer l'empreinte de ses ongles sur mes hanches ni la sensation de sa morsure quand il me possédait. Tout ce qu'elle fait, c'est souligner la réalité crue d'un lien dangereux, noué cette nuit-là.

Je relève la tête. Mon reflet me paraît différent. Il ne s'agit pas seulement de mon visage, légèrement tuméfié ou de ces traces qui marquent ma peau, c'est mon regard qui a changé. Une lueur plus sombre, plus résolue, comme si j'avais affronté un abîme en moi et que j'en ressortais… pas indemne, mais plus proche de ce que je suis. Cette nuit n'a pas été qu'une échappée de désir, ce fut un duel avec nos démons entremêlés.

— Dean.

Je murmure son nom dans le silence. La perfection du mal, c'est ainsi que je vois désormais ce qu'il est. Un venin que je convoite, un poison qui me consume autant qu'il m'exalte. Mes pas me ramèneront à lui, j'en suis certaine, malgré la peur qui m'étreint. Ces marques ne seront pas les dernières, je chercherai à les revivre, à les prolonger, parce que c'est plus fort que moi, plus fort que le bon sens ou l'amour-propre.

Je quitte la salle de bain et découvre le mutisme qui m'entoure et m'avale à la fois. Un silence dans lequel je flotte, mais où son écho plane encore. Une voix, un souffle, un ordre rugi à mon oreille. Et malgré la honte, le regret ou le trouble, probablement un mélange des trois, le coin de mes lèvres se retrousse. Ma peau sensible réclame déjà un nouveau round de cette folie.

— Quelle connerie… dis-je tout bas, sans pouvoir dissimuler un brin d'impatience.

L'impatience de replonger, de retrouver la morsure, de redécouvrir cette violence où je me suis sentie vivante, vivace, transcendée.

Son venin, j'en ai un besoin que je ne saurais avouer.

Ce qu'il s'est passé cette nuit ne peut me distraire de ma mission principale. *Il n'en a pas le droit.*

D'un geste décidé, j'enfile mes vêtements, tout en jetant mon shorty déchiré parmi tant d'autres. Le simple frottement du tissu sur mes hanches me rappelle que ma vie a changé de dimension la veille. Mes jambes me soutiennent malgré la douleur, et j'enfile mes bottes, une armure contre la spirale de pensées qui menace de m'engloutir.

Devant mon ordinateur, je lance rapidement les dossiers accumulés. Des heures de fouilles, d'images, d'échanges cryptés que j'ai rassemblés pour débusquer l'homme masqué d'Anonymous. Cet individu obsédant, qui se terre derrière un visage figé, se pense intouchable. Mais j'ai la ferme intention de le faire sortir de son terrier.

Je parcours les vidéos de surveillance, les extraits audio, les captures d'écran, chaque fragment susceptible de me livrer un indice sur son identité. Soudain, apparaît une scène dans une ruelle sombre. Un groupe d'individus masqués entoure l'homme, et il se tient au centre, droit, confiant. J'arrête l'image. Je zoome sur ses mains, espérant y déceler le signe d'appartenance à une organisation que je traque.

Soudain, j'aperçois une bague ornementée d'un emblème distinct. Je jette un coup d'œil à mes autres documents, et la confirmation me saute au visage. Un léger frisson me saisit, je tiens un fil tangible qui mène inévitablement au Masque Doré, le vrai chef, celui que je redoute autant qu'il m'exalte.

Le souvenir de notre confrontation, ce duel à la fois mental et charnel, s'immisce dans mes pensées. Son masque, son aura de puissance, et sa volonté de me détruire. Cet homme mystérieux qui m'a fait éprouver un mélange dément de fascination et de peur, mais je ravale ces émotions. Elles n'ont pas leur place ici, pas quand je suis à deux doigts de mettre la main sur Anonymous. Le faire tomber précipitera la réaction du Masque Doré et forcera ce monstre à sortir de l'ombre.

Je soupire et me prépare mentalement à contacter un informateur pour en apprendre plus sur cette bague, sur ce qu'elle symbolise exactement. Un risque de plus, un pas de plus dans une zone grise où les alliances se font et se défont au gré des intérêts. Je ne peux me permettre ni l'erreur ni la faiblesse.

Je ferme la porte de mon appartement avec un double tour de clef, avec la nette intention de laisser derrière moi ces images de ma nuit, ce venin que Dean a inoculé en moi et qui me fait encore vaciller.

Le soleil brille haut dans le ciel, mais dans mon cœur et mon esprit, l'ombre de l'Anonymous plane, un rappel constant du danger et du devoir.

Une chose est sûre, sa chute va provoquer un séisme chez leur chef et ses adeptes. Mon pouls s'emballe rien qu'à l'idée de l'affronter, lui, la quintessence de ce pouvoir malsain qui m'a déjà liée à lui d'une manière bien plus personnelle que je ne l'aurais voulu. Au fond, j'aspire à cette confrontation, parce qu'elle m'oblige à me surpasser, à braver cette part en moi qui se nourrit du danger et des limites qui restent floues.

J'y ai découvert ma propre propension à me perdre dans la violence, à céder aux plaisirs troubles de la domination et de la douleur. C'était un assaut sur mes nerfs. Aussi dangereuse soit-elle, elle est mon arme quand il viendra pour moi.

La jouissance de voir tomber ces hommes, un par un, alimente mon énergie. Le démantèlement de leur réseau me rapproche de mon but ultime, mais il y a aussi une part de moi qui désire cette confrontation avec lui. L'affrontement avec cet homme au bec est excitant, il me pousse dans mes derniers retranchements, me teste de manière que peu ont fait.

Mon téléphone vibre dans ma poche, un rappel de la réalité et des tâches à accomplir. J'ouvre l'émail, pour recueillir les précieuses informations que mon contact me fournit.

Message sécurisé — Source : S.X

Objet : Analyse — Emblème

Destinataire : M.D [canal codé ALN-04]

J'ai regroupé les données. Ce que tu tiens là n'a rien d'un bijou décoratif.

C'est un emblème hiérarchique, avec un code symbolique précis, ancré dans les réseaux cryptés. Connu sous le nom : Le Baiser du Médecin. Référencé dans des forums rituels, IRC obscurs, darkchains classées niveau 2 à 4. Présence élevée depuis 1962, pic d'activité détecté depuis avril 2025.

Le bec incurvé, reprise du doctor Plague, est le symbole de filtre entre réalité et perception. Représente le contrôle de la respiration, donc de la vie, et de la vérité.

Le corps du serpent gravé à l'arrière-plan est une allégorie de la corruption lente, du désir viral. Il glisse sous la peau, comme un poison silencieux.

La langue rouge est un détail symbolique fort. Évoque une possession rituelle par fellation, rite de soumission mentale et corporelle.

Pour ce qui concerne l'œil incrusté d'un rubis, il se présente sous deux couleurs :

→ Rubis noir = rang d'exécution.

→ Rubis rouge = haut rang/leader.

Traduction connue dans les cercles initiés :

« Le venin entre par les yeux, glisse sous la peau, et dévore ce qu'il reste d'âme. L'amour est une maladie. Et nous en sommes les médecins. »

Lorsque je verrouille mon écran, un demi-sourire se dessine sur mon visage. Je suis plus proche du but et, quelque part, la perspective de cette escalade me grise. Mon sang pulse d'impatience. Devoir et désir se rejoignent. Je veux qu'Anonymous tombe, je veux provoquer la réaction du Masque Doré, mais, surtout, je veux qu'il vienne me retrouver… encore…

Je lève les yeux vers le ciel azur et constate à quel point le soleil est haut et chaud.

Ils ne savent pas que sous cette lumière, le plus sombre des affrontements se prépare, pensé-je, amusée, en glissant le téléphone dans ma poche.

Chapitre 40

Maxime

Le dimanche se lève avec un changement de cap inattendu. À la place du club qui promettait son lot d'exhibitions et d'excès, me voilà sur le point de me fondre dans une soirée d'un genre tout aussi spectaculaire, mais autrement dangereux. L'homme que je traque se trouve parmi l'élite des parieurs clandestins, des adeptes des courses de voitures qui enflamment la nuit de la ville. Pour y pénétrer, je dois afficher un certain standing, où le luxe et le risque s'entrelacent dans un pacte silencieux.

La robe que je choisis est noire. Elle deviendra ma seconde peau, révélant, avec audace, ce qu'il faut pour attirer l'attention et laisser deviner le reste. Mes cheveux, soigneusement coiffés, tombent en vagues soyeuses, ce qui ajoute une touche de glamour sauvage.

Une apparence qui crie : *« Ne me sous-estime pas. »*

Derrière moi, les regards pesants des garçons me brûlent, cette présence constante qui m'enveloppe depuis que j'ai franchi les lignes avec eux.

Dean est distant depuis cette nuit où nous avons franchi un cap. Celui que ni lui ni moi n'étions sûrs de vouloir franchir. Mais ses yeux, quand ils rencontrent les miens lorsque je passe du temps dans leur appartement, parlent d'une histoire différente, une histoire où l'envie et la confusion se mêlent de façon explosive.

Eden et Parker marmonnent derrière moi, manifestement mécontents de mon changement de programme. Eden, toujours le plus audacieux, vient se glisser dans mon dos. Ses mains agrippent mes hanches nues alors que je ferme les attaches de mon soutien-gorge clouté ; un geste si familier, et pourtant chargé d'une tension érotique trop lourde. Je frissonne, sous le souvenir de nos partages récents, leur conquête sur mon plaisir, et sur ce besoin irrépressible que j'ai de l'extrême.

Plus discret, Saul se tient en retrait, mais son regard perçant me pèse encore plus que les mains sur ma peau. Il devine qu'il se trame autre chose. Son scepticisme me pique, autant qu'il me donne envie de me justifier…

— Pourquoi ce changement de dernière minute ? lance-t-il, sa voix traînant sur un fond d'autorité qui ne masque rien au soupçon qu'il éprouve.

— Une opportunité. Je ne peux pas la laisser passer, rétorqué-je alors que mon pouls s'accélère sous mon demi-mensonge.

Eden et Parker s'échangent un regard et forment un front commun. Ils voudraient me retenir auprès d'eux, dans ce jeu qui nous lie, dans cette perversion dont ils sont devenus complices. Parker m'effleure la main, une douce caresse qui me rappelle le moment où il m'a fait jouir en public.

— Viens avec nous, insiste-t-il, avec une note d'espoir dans ces mots. Profite d'abord de notre soirée, et si tu veux te frotter aux ténèbres ensuite, tu pourras.

Je leur souris, un sourire mi-reconnaissant, mi-mystérieux. Ils sont un ancrage, une constante dans le chaos où je navigue, mais j'ai déjà décidé. Mon cerveau est focalisé sur cette traque qui m'attend, celle de l'homme que je veux abattre pour en attirer un autre plus dangereux.

— Peut-être, dis-je, tout en sachant que je risque de ne pas revenir de sitôt.

Dans mon reflet, je remarque la tension qui dessine mes traits, plus dure que dans mes habitudes. La robe glisse sur mes côtes, puis j'ajuste le collier, là où il a déposé ses marques, désormais effacées de ma peau, mais pas de ma mémoire. Les fantômes de ses doigts imprimés en moi réclament encore la violence qu'il m'a offerte.

Au moment de quitter l'appartement, les adieux se font légers, un échange de sourires et de baisers sur la joue. Pourtant, la tension sous-jacente est palpable pour quiconque sait lire entre les lignes. Eden m'attrape une dernière fois par la taille et glisse à mon oreille :

— Je suis jaloux…

Sa voix a beau être taquine, je capte le sérieux qui l'habite, autant que la moiteur qu'il engendre entre mes cuisses. Parker, de son côté, le visage faussement boudeur, demande :

— Tu vas commettre une infidélité, Arc-en-ciel ?

Leur humour me touche et me blesse à la fois, ce qui ravive l'ambivalence de notre lien. Avec eux, j'ai découvert une partie de moi que j'ignorais. Ce goût pour le risque, la provocation, et la transgression des limites, mais aussi que même dans la douceur réside une forme de jouissance exceptionnelle. Mon trouble se nourrit de l'idée d'être prise en public, de la douleur qui se mêle à l'orgasme, comme un carburant à ma soif d'excès.

— Je ne promets rien, réponds-je, un éclair de malice dans la voix, qui masque difficilement le tumulte intérieur.

Je me détourne, mon sac à main contre ma hanche, mes pas sûrs et, pourtant, mon cœur bat la chamade. Ce soir, je ne suis pas la voisine, la pseudocoloc perverse des Devils, encore moins Maxime la conquête soumise. Je suis Maxime la prédatrice, celle qui traque un homme derrière un réseau criminel qui regroupe des violeurs.

Au-delà de mes penchants obscurs, j'ai une mission, un combat qui transcende mes désirs personnels. Et peu importe que leurs mains me manquent déjà, j'irai jusqu'au bout parce que mettre la main sur ce salaud, c'est précipiter la chute de l'organisation… et forcer le Masque Doré à révéler son faciès.

Les escaliers me semblent plus raides que d'habitude, mes jambes flageolent entre l'excitation et l'appréhension. Mais je m'y accroche, nourrie par cette certitude que la passion ténébreuse qui me lie aux Devils n'est rien en comparaison de la fascination que j'éprouve pour le danger.

Je quitte l'immeuble, la nuit n'est pas encore tombée, mais le ciel s'assombrit déjà comme un présage. J'inspire profondément. Mon cœur se débat dans ma poitrine, avide du frisson que je vais chercher dans cette nuit de paris clandestins, avide de l'interdit qui me fait frémir autant qu'il m'effraie.

C'est ainsi que je vis, un peu comme une double course : l'une vers le triomphe de la justice, l'autre vers la satisfaction de mes pulsions extrêmes que je cultive en secret, qui dénonce la femme dangereuse et maso que je suis.

Chapitre 41

Maxime

Les moteurs grondent en arrière-plan, ce qui déchire le silence de la ville endormie. L'odeur du goudron chaud, chargée d'essence et d'huile, me parvient à travers la vitre abaissée. J'inspire cette fragrance métallique avec une étrange délectation. Ça sent la promesse d'une nuit intrépide, la plus pure forme d'excitation pour quelqu'un de mon espèce.

Je me hisse dans ma voiture, le cuir frais m'arrache un frisson. Je tourne la clef, et le moteur vibre sous mes doigts. Derrière moi l'immeuble se réduit, je laisse les complications des liens que j'ai tissés avec les garçons, même s'ils hantent encore mon esprit. Ce soir, je dois m'arracher à leur emprise pour me concentrer sur mon objectif. La route est le seul fil conducteur où j'accroche mes pensées.

Je saisis mon téléphone, et j'appelle Nathan. Il me répond comme s'il attendait mon coup de fil, un peu trop vite.

— Je suis en route.

— Bien reçu, Maxime. Fais attention à toi, me renvoie-t-il avec cette gravité qui me réchauffe et m'exaspère en même temps.

Il sait, mieux que quiconque, combien je suis déterminée, à quel point je danse avec le feu. Il me rappelle que l'endroit où je vais n'est pas un simple champ de courses clandestines, mais un repaire de parieurs, de faussaires, de criminels. Certains pourraient tenter de profiter de ma présence pour me piéger ou me faire taire.

— Les derniers rapports indiquent pas mal de mouvements ce soir, ajoute-t-il.

— Parfait, admets-je en m'allumant une cigarette et soufflant la première bouffée, serrant le volant d'une main. J'adore quand les choses bougent plus que de raison. Ça veut dire que je suis sur la bonne piste.

Le léger rire de Nathan me parvient, amer, protecteur. Il me rappelle la présence d'une équipe de soutien non loin. Je hoche la tête, même s'il ne peut pas le voir. J'imagine son visage soucieux, une ride de tension qui barre son front. Il est ce point d'ancrage qui me garde à la lisière du gouffre. *Ou qui tente, du moins.*

— Je te tiens au courant.

Je raccroche. L'écran du téléphone s'éteint et me replonge dans la pénombre qui envahit la ville. Les lampadaires jouent en reflet sur la carrosserie. Les rues se parent d'un voile nocturne, chaque néon devient un phare dans l'océan de béton. La fumée de ma cigarette rend l'atmosphère encore plus lugubre et excitante. Mon cœur pulse un peu plus vite que d'habitude, il reconnaît cette montée familière, semblable à un frisson érotique que je cherche autant que je redoute.

Au fur et à mesure que je m'approche du point de rendez-vous, je discerne le murmure de la ville se transformer en grondement. L'épicentre se dévoile, sous des voitures alignées, leurs phares illuminent l'asphalte, les cliquetis de canettes de bière, accompagnés des rires rauques et les crissements de pneus. Un territoire hors-la-loi, le genre que j'affectionne tout autant qu'il me révulse.

Je me gare en retrait, pour passer inaperçue, et écrase ce qui reste de ma cigarette dans le cendrier. Je préfère le clair-obscur, pour ne pas exposer trop vite ma présence à ceux que je chasse. En sortant, j'entends le claquement caractéristique de mes Dr. Martens sur le bitume, un son qui me rassure. Il me ramène à moi, à la femme qui se tient droite dans des situations que beaucoup fuiraient.

Je ferme la portière et appuie sur le verrou de ma clef, qui anime un clic sourd noyé dans le crépitement lointain des moteurs. L'odeur du goudron tiédi par la journée, mêlée à celle des vapeurs de carburant et de l'excitation ambiante, me donne le vertige. Un cocktail étourdissant chatouille les parties les plus tordues de mon âme. Mon sang appelle le péril. C'est un besoin vital, une pulsion qui, je le sais, se confond parfois avec mes penchants plus sombres.

Je m'avance et repère des silhouettes en groupe, des rires gras, ainsi que des discussions à mi-voix sur des sommes d'argent, de qui va gagner la prochaine course, et qui a falsifié les derniers chiffres. Sous la musique forte, je perçois déjà qu'on me dévisage. Je suis une étrangère dans cet univers, et pourtant je m'y sens chez moi. Mon cœur bat d'exaltation à l'idée de frôler le danger, d'attiser l'indiscrétion de ceux que je viens faire chuter.

Je repense à ce qui m'attend si les choses tournent mal. Les coups, la violence et les conséquences, si je suis démasquée. Ce scénario devrait me faire reculer, mais au contraire, il allume en moi cette vieille complice. La soif de frôler l'extrême, la nuance entre l'effroi et l'éloge. Une pulsation démente me chevronne, un frisson dont je ne peux me passer.

Mes mains se crispent sur mon sac, qui me rassure après avoir senti la douceur des angles de mon téléphone. Dans un coin de ma tête, la voix de Nathan me revient : *« Fais attention. »* Je lui souris intérieurement. *Oui, je ferai attention, ou du moins, j'essaierai de ne pas tout faire exploser dès le départ.*

Je soulève le menton d'un pas décidé, mes cheveux glissent sur mes épaules, dévoilant une femme sûre d'elle. Je suis la chasseuse qui a soif de proie, et la proie qu'ils ne savent pas qu'ils désirent déjà.

Mon regard se perd au-delà des néons, je cherche déjà la silhouette de l'homme que je dois identifier. Pour l'instant, rien. Seule l'anticipation me nourrit. Mais, bientôt, je le trouverai, je le pousserai à se montrer, et je frôlerai d'un chouia l'explosion qui me fait me sentir frétillante.

C'est ma double nature, la traqueuse tentée, à la fois par le péril et par la satisfaction qui en découle. Je m'enfonce dans la foule, consciente que ce penchant pour l'interdit et l'excès n'attend qu'une étincelle pour s'enflammer, comme l'asphalte attend le crissement du pneu pour lâcher toute sa fumée.

Les moteurs ronflent pour déchirer la nuit, tandis que les carrosseries rutilantes se préparent à la course. Je plisse les yeux lorsque j'aperçois enfin cette silhouette imposante, happée dans un cercle de complices. Le visage m'échappe, à moitié caché par les autres, mais je reconnais sa posture… Sûre d'elle, dominatrice, puis un éclat me fait baisser le regard sur la bague, un détail anodin pour beaucoup, mais crucial pour moi, un gage de son appartenance au réseau que je traque depuis si longtemps. Un flash bref me traverse. Cette bague ne m'est pas inconnue, mais impossible de savoir où ni quand. Je secoue la tête pour revenir au présent.

Je m'apprête à opérer un demi-tour, à élaborer un plan plus sûr, quand une voix m'enveloppe, grave et menaçante, comme si elle plantait ses griffes dans l'air nocturne.

— Un nouveau dessert… Une licorne comme toi ne passe pas inaperçue.

Je pivote et rencontre son regard qui jauge mon insolence. Mon ventre se contracte sous l'appellation de « licorne » qui cache l'imprévisible.

— Je suppose que vous n'êtes pas là que pour les voitures, riposté-je, la voix plus froide que je ne le voudrais. Les licornes, après tout, n'apparaissent que là où elles ont des affaires à régler.

Il ricane de façon rauque. Un son qui ne détend rien, tout en diminuant la distance qui nous sépare.

— Quelle affaire pousserait une créature comme toi dans un lieu pareil ?

Je pourrais répondre mille choses. Au lieu de ça, j'opte pour la version courte.

— Disons que je m'intéresse aux gens qui portent une bague très spéciale. Un pass pour entrer dans des cercles plus… exclusifs.

Son sourire se crispe, le sérieux de mes mots semble allumer une lueur d'alerte dans ses yeux gris. Il se penche vers moi, jouant sur notre différence de taille pour m'intimider, et putain, ça me fait mouiller ! Son haleine sent la nicotine et la violence à peine voilées.

— Tu joues à un jeu dangereux, ricane-t-il. Les licornes, vois-tu, finissent souvent en proie.

Je garde la mâchoire serrée pendant que mon cœur s'accélère au rythme de ses menaces. Une part de moi, la plus sombre, se délecte de ce frisson. La perspective de risquer gros, de provoquer l'assaut, m'enflamme d'une promesse de souffrance alléchante, qui me donne envie de tomber à genoux.

— Les licornes ont des cornes, rétorqué-je, les yeux ancrés dans les siens. Et elles savent s'en servir.

Un cercle se forme autour de nous, inconfortablement intime. Il se rapproche si prêt que son ombre me couvre entièrement.

— Dégage de mon terrain avant que nous ne te baisions comme une salope, après t'avoir arraché la langue.

Mon corps frissonne, et je déteste autant que j'adore cette montée qui me rappelle ma nuit avec Dean. Je lui crache au visage, aussi humide que mon shorty.

Il essuie sa pommette, puis ses poings se ferment. Je me prépare à encaisser le choc, ce ne sera pas le premier ni le dernier, lorsqu'un bras se glisse autour de ma taille avec une possessivité animale. Un parfum que je reconnais, celui dont j'ai été privée ces derniers jours, un mélange de shampooing et d'orage, d'une présence que j'ai appris à désirer autant que je la redoute et, putain, je ne réponds plus de rien ! Ma chatte se fait plus onctueuse.

— Je m'en occupe. Va voir ailleurs, lâche Dean d'une voix qui ne tolère pas la contestation, dans un tranchant absolu dans chaque syllabe.

Son corps se presse dans mon dos, comme un rempart. La tension de ses muscles engendre la contraction de mes parois qui réclament son intrusion. Sa présence ici se résume en deux mots, sécurité et domination. L'homme hésite, tout en analysant Dean avec une rage à peine dissimulée au bord des lèvres. Mais, moi, je ne sens qu'une chose qui déconnecte tous mes neurones… son érection. Témoin involontaire de notre passif trouble.

Il est évident que la présence de mon voisin change les règles du jeu. Quelque chose dans sa posture, ou peut-être dans son regard, lui dit que ce n'est pas un adversaire à prendre à la légère.

Je respire, encore secouée de sa main qui reste sur ma taille. Elle est si proche de mon bas-ventre que mon corps en tremble. Une partie de moi s'insurge, l'autre succombe à l'ondée érotique d'un sauvetage musclé, et de l'image de sa queue en moi, ses bijoux frottant mon point G avec expertise.

Après un moment de silence tendu, où seul le bruit des moteurs et des conversations aux alentours remplit l'air, ma proie recule d'un pas, son regard toujours fixé sur celui qui me garde contre lui, telle une propriété déjà gardée.

— Tu as de la chance d'avoir des amis dans des endroits élevés, crache-t-il finalement à mon insu, avant de se tourner et de disparaître dans la foule.

Je me tourne vers celui qui m'empêche de réfléchir à combien font 2 + 2. Les battements de mon cœur sont trop forts, et ce flot de stimulation impossible à nier s'ajoute à l'irritation d'avoir fait échouer ma mission. Ou peut-être… de me donner envie de le sucer s'il me le demandait au milieu de cette foule.

— Qu'est-ce que tu fais ici ? ma voix est un murmure, à peine audible au-dessus du tumulte environnant.

Il ne répond pas, son regard scrute la foule pour s'assurer que l'homme ne revienne pas avec des renforts.

— Je te suivais, admet-il, son ton bas. Je voulais m'assurer que tu ne te mettais pas dans une autre situation sanglante.

Son aveu m'apporte à la fois de la chaleur et un frisson de frustration, mais je reste tout de même sceptique.

— Je n'ai pas besoin d'une garde rapprochée, répliqué-je, bien qu'à l'intérieur, je tremble encore de l'adrénaline du moment.

— Peut-être que non, répond-il, son regard ne quittant pas le mien, mais je n'étais pas prêt à prendre ce risque.

Ses ongles s'enfoncent dans mes flancs, je ne sais pas si c'est par colère, ou désir. Il me pousse jusqu'à une voiture garée un chouia plus loin, l'urgence de ses gestes trahit sa colère et son inquiétude. L'intérieur de mes genoux heurte le capot avec force. Le chaos vrombit autour de nous. Les grondements des moteurs, des conversations étouffées, et l'écho de la confrontation avortée sont toujours présents. Pourtant, c'est entre lui et moi que la vraie tempête se déchaîne.

CHAPITRE 42

MAXIME

Son étreinte se fait plus rude et me plaque contre la carrosserie, dans un choc sourd. Mon dos épouse la forme de la taule alors que son corps se penche, si proche que je sens son souffle nerveux s'écraser sur mes joues.

— Tu cherches quoi, putain, à te faire violer par ce type ?! Tu aimes ça, Maxime ? C'est ça que tu cherches ? Ou tu veux peut-être commettre un deuxième crime ? Bordel, tu n'es pas à ta place ici, pourquoi tu risques ta vie ?

Sa voix claque, pire qu'une lame. Je me redresse sur mes coudes, la rage s'empare de mon cœur.

— Je ne suis pas là pour me faire plaisir ! J'ai un objectif à réaliser.

Sa mâchoire se crispe. J'entends ses ongles racler le capot sous ses muscles bandés. La sueur coule entre mes seins au plus je le sens en colère contre moi.

— Ça justifie que tu risques ta peau dans ce merdier ? Mauvaise excuse.

— Oui ! Parce que personne d'autre ne le fera. J'aurais espéré un minimum de soutien, pas des accusations ni des rappels sordides.

Un silence s'installe, tordu par la tension que nous partageons. On se jauge, avec un feu dans le regard, cherchant chacun à percer les secrets de l'autre. Son corps si proche me fait mal autant qu'il me rassure, ce qui décuple mon penchant pour la souffrance et le danger.

— Accusation, répète-t-il avec un rire amer. T'as oublié la nuit où je t'ai agressée, et tu m'as supplié d'aller plus loin ? Je ne crois pas t'accuser, c'est un putain de fait. Tout comme le violeur qui s'est fait coffrer quelques jours après ton arrivée ici. Tu les cherches, n'est-ce pas ? Pourquoi ? Pourquoi tu t'infliges ça ?

L'évocation de la nuit où je l'ai supplié fait surgir des images interdites. Mes hanches enserrées, sa main sur ma gorge, et cette satisfaction malsaine de lui céder. Un frisson me secoue, brutalement. Je le repousse du plat de la main, puis mes ongles s'accrochent à la veste qu'il porte.

— Tu ne sais rien de moi ! craché-je. Tu ne peux pas comprendre, lui… lui, il a compris…

Je me fige aussitôt, horrifiée d'avoir laissé ces mots s'échapper. Un vertige me saisit concernant le Masque Doré, cet homme qui a lu en moi plus rapidement que lui ne l'a fait.

Mon obsession fronce les sourcils, et toute sa stature se durcit.

— Qui, « lui » ? De qui tu parles ? siffle-t-il, me maintenant la gorge d'une main ferme, comme s'il pouvait m'arracher la vérité de force.

Je voudrais le supplier de laisser tomber, de ne pas poser de questions, mais je lis la rage dans ses yeux et comprends qu'il ne me lâchera pas avant d'avoir sa réponse. Seulement, je ne peux pas lui donner. Tout ça reviendrait à dévoiler ma traque contre un ennemi plus dangereux que tout ce qu'il pourrait imaginer, mais qui m'obsède autant qu'il me menace.

— Lâche-moi, tenté-je, les dents serrées, le cœur en ébullition. Tu ne comprendrais pas. Personne ne peut comprendre.

Il me fusille du regard, je crois distinguer, une étincelle de jalousie et d'angoisse au fond des yeux, comme s'il percevait un rival chez cet inconnu. Ses doigts se resserrent, la tension gonfle autour de nous alors que l'oxygène se fait rare. Je sais qu'il attend un mot, un indice, mais je me tais et mords ma lèvre pour ne pas céder, entre la vérité et lâcher la bombe qui se forme sous mes reins au plus il m'empêche de respirer.

Dans l'épaisseur de la nuit, les rires d'autres coureurs résonnent, avec le grondement d'un moteur en toile de fond. Tout se brouille, sauf l'intensité de ce duel entre nous. Son souffle heurte ma respiration saccadée qui nous maintient dans un face-à-face ne pouvant que dégénérer ou exploser dans une étreinte encore plus mortelle.

Je songe à la vraie raison de ma présence : piéger un autre homme pour provoquer la venue du Masque Doré. Dean ne saisit pas la gravité de mes actes. Il ne comprend pas que j'ai besoin de ce danger, de cette confrontation, tout autant que je veux sauver d'autres victimes. C'est mon devoir, oui, mais c'est aussi mon désir, cette tension qui nourrit mon trouble.

Je frissonne au moment où les larmes me montent aux yeux.

Suis-je prête à le perdre, prête à supporter son mépris, pour achever cette traque ?

Un murmure étouffé me taraude : *oui.*

— Laisse tomber, dis-je, la voix tremblant sous une colère refoulée. Tu ne ferais qu'aggraver les choses. Tu n'as pas la moindre idée de ce qui se joue ici.

Ses mains se décrispent à peine, et son regard cherche encore la vérité dans le mien. Un éclair de souffrance s'y loge.

— Je ne vais pas te laisser t'autodétruire dans ce bourbier, commence-t-il, sa voix trop grave pour paraître calme.

Un frisson de rage me traverse, j'agrippe ses poignets pour le pousser. Mon propre désir s'emmêle à ma fureur, qui engendre un dégoût envers moi-même de ne pas savoir si je veux qu'il m'empêche ou me suive.

— Je n'ai pas besoin de ta protection. Je n'ai besoin de personne ! tenté-je de dire sous l'air qui manque à mes poumons.

Il me scrute, immobile, d'un regard encore plus glacé. Son cœur se débat autant que le mien, je l'entends. Puis il expire lentement, comme s'il essayait de reprendre le contrôle de son être.

— Je savais que tu me créerais des putains de problèmes, gronde-t-il, chacun de ses mots devient un coup de poignard. Une petite salope qui cherche à donner son cul à tous les bâtards…

Je ne lui laisse pas le temps de finir que ma main fuse en une gifle sonore qui résonne dans l'air nocturne. Son visage bascule d'un coup sec, et je lis la colère passer dans ses yeux. En un instant, ses doigts reviennent plus sauvages sur ma gorge et m'obligent à affronter ses prunelles.

— Ne refais plus jamais ça, ou tu le regretteras, Arc-en-ciel, grince-t-il.

Fais-moi mal, Dean…

Ses mots réveillent le feu sous ma peau, il est si brûlant que mon propre souffle se coupe. Son érection se presse contre mon bassin, un signal dément du pouvoir tordu de ce face-à-face. Sans réfléchir, je lui adresse une autre gifle, et son désir grandit, exacerbé par la violence des coups, autant que mon shorty se retrouve lubrifié, je suis prête à subir ses coups de reins coléreux.

Avant que je puisse réagir davantage, il me tourne violemment contre le capot. Il m'emprisonne les poignets d'une main rude, pendant que l'autre plaque mes seins contre le métal froid.

— Tu fais exprès, Max. Tu me chauffes avec ce regard de garce affamée, tu te cambres comme une pute en chaleur, et, après, tu cries au secours ? balance-t-il, ses mots mortels comme un venin. Tu n'es pas nette, Max. T'es délicieusement foutue.

Son souffle chaud lèche ma nuque, et chaque frôlement accentue la brutalité animale de l'instant. Mon ventre se tord de peur et d'une attirance singulière. Je ne sais plus où s'arrête ma panique et où commence mon excitation malade.

— Lâche-moi, Dean, supplié-je, la voix éraillée.

Dans le tremblement de mes genoux, je devine combien mon corps trahit mes mots. Chaque seconde sous sa domination électrise mon esprit, un mixte déroutant de colère et de dépendance.

Ses lèvres frôlent mon oreille, puis un murmure rauque franchit sa bouche :

— Tu penses vouloir que je te lâche ? Tu crois vraiment que c'est ça ?

Je tremble sous lui, partagée entre le besoin de m'échapper et l'envie de rester capturée dans cet instant brutal et captivant.

— Dean, s'il te plaît.

Mon corps trahit mes paroles lorsque mon cul se frotte à lui. Il serre davantage sa prise sur mes poignets, tandis que de l'autre, il descend, ses ongles raflent le tissu de ma robe.

— Je sais ce que tu cherches. Qu'on te traite comme la salope que tu caches sous ta peau, crache-t-il. Je vais te prouver que ce fils de pute n'est pas le seul à te comprendre.

Un choc traverse mes entrailles, son aveu allume un incendie dans ma poitrine. Ce qu'il suggère dépasse l'entendement, mais c'est précisément cette ambiguïté, cette promesse de transgression, qui me happe.

Mon esprit vacille entre la honte et l'ivresse. Mon corps en feu, soumis à sa force, répond à son emprise dans un mélange de haine et de besoins. Le battement de mon cœur résonne comme un tambour, chaque cellule de mon être scellée au moindre de ses mouvements, et de ses respirations.

— Dean… s'il te plaît, murmuré-je, la voix brisée, incapable de poser mes limites.

Mes poignets se libèrent un instant, sa main sur ma hanche est ferme, possessive. Son étreinte me fait haleter, un rappel que je suis capturée.

Il rapproche son visage du mien, et la sueur perle sur mes tempes. Ses yeux, ardents, me cherchent. Il me lit, me voit, probablement bien plus que je ne l'aurais cru.

— Tu es fou… t'es un malade, articulé-je, la gorge sèche.

Un rictus déforme ses traits, sous un mi-sourire, mi-contrôle.

— Toi pas moins, Max. Tu me supplies de te libérer… mais ton corps me retient. On est faits de la même infection. T'appelles ça, douleur. Moi, j'appelle ça… *NOUS*.

Chapitre 43

Maxime

Nos respirations s'entremêlent, un instant suspendu. Il dicte les règles et, moi, j'y cède, électrisée par cette intensité que je ne trouve nulle part ailleurs, sauf avec son rival. Une part de mon âme hurle au secours, l'autre s'abandonne à ce boucher qu'est Dean, à son étreinte amère, à ce qu'il pourrait déchaîner en moi.

La fête continue autour de nous, indifférente à notre confrontation. Les passants défilent, certains jettent des regards curieux ou choqués vers le capot de la voiture où je suis pressée, puis sur ma robe remontée de manière compromettante sur mes hanches.

Insensible au monde qui vacille autour de nous, Dean glisse ses doigts rugueux sous l'élastique de ma culotte, et la tire vers le bas avec désinvolture, je dirais même sadisme. Le tissu glisse le long de mes cuisses dans un aveu muet. Chaque geste est une déchirure dans ma volonté, une lame affûtée qui ouvre une brèche entre l'effroi et le désir brut.

Ses mains sont mes chaînes, telles des menottes enflammées. Il sait ce qu'il fait. Il sait où toucher, comment me briser. C'est une domination pure, crue, sans fard. Une prédation que je ne peux que subir. Mon cœur cogne contre mes côtes, mais ce n'est pas de peur… c'est ce besoin écœurant, honteux, de me laisser faire. D'être prise. Salie. Absorbée par lui.

— Dean… les gens… balbutié-je dans une tentative aussi fragile que dérisoire de reprendre le contrôle.

Ma voix se désintègre dans la tension sexuelle qui sature l'air, dans le magnétisme sauvage de son emprise. Il n'écoute pas. Il me lit dans les tremblements de mes cuisses, dans la moiteur qui s'épanche entre elles. Ses doigts s'enfoncent contre ma peau avec une audace possessive, si violente que mes yeux se révulsent. Il n'explore pas, non. Il revendique. La façon dont il me domine, ici, en public, est terrifiante et exaltante à la fois.

Ses lèvres trouvent le lobe de mon oreille.

— Laisse-les regarder, Max. Qu'ils se demandent ce que ça fait de t'avoir. Et si l'un d'eux ose seulement te désirer… je lui arracherai la queue. Puis je te forcerai à te souvenir à quel point tu es à moi. Jusqu'à ce que t'en crèves.

Une décharge électrique me traverse, me foudroie. Mon corps me trahit encore. La honte se mêle à la jouissance. C'est toxique. C'est sale. C'est exquis.

Sa main se glisse entre mes cuisses, luisantes, brûlantes, ouvertes telle une offrande perverse. Mes reins se cambrent, offerts à son sadisme. L'autre s'enroule dans mes cheveux. Il tire en arrière, expose mon cou comme s'il allait m'égorger de sa langue.

Il mord. Fort. Juste au bord de la douleur, juste assez pour que ça me brûle, que ça m'excite jusqu'à la nausée. Je frémis, incapable de dire si je veux qu'il me détruise ou qu'il me sauve.

— T'es trempée comme une putain de chienne, grogne-t-il contre ma peau. Tu me rends pire que je ne suis déjà, Maxime. Tu me donnes envie de te déchirer de l'intérieur.

Sa voix est un venin. Ses mots, des aiguilles.

— Arrête… soufflé-je, trop tard, trop faiblement.

Une supplique qui ment, parce que tout en moi réclame l'inverse. Je suis une faille ouverte, un gouffre qui l'appelle. Je veux qu'il m'envahisse. Qu'il m'avilisse. Qu'il fasse de moi son objet.

Ses doigts pénètrent enfin mes lèvres, avec une violence farouche, sous une brutalité savamment dosée. Il me laboure de deux doigts, et je hurle, mordue par la honte et l'orgasme qui rampent dans mon bas-ventre.

Je ne suis plus qu'une bête. Un bétail en transe, consumé par l'homme qui me broie.

Et Dieu, comme je l'aime, ce chaos.

Ma tête retombe contre sa poitrine, et ce contact simple ; son torse dur, sa chaleur animale, s'accompagne d'un rythme brutal de sa respiration qui électrise le moindre nerf de mon corps. La proximité rend chaque seconde plus insupportable, plus exquise. C'est un calvaire. Un appel. Un abandon.

Dans cette rue à demi plongée dans l'ombre, où les néons des festivités battent faiblement au loin comme un cœur artificiel, il devient à la fois le centre de mon monde et celui de ma chute.

Il contrôle tout. Mes frissons. Mes tremblements. Ma honte.

Chaque aspiration me semble volée, arrachée à la décence. Il m'exhibe, m'éclate à la lumière sale du monde dans une possession obscure. Il se fout des regards. Il veut qu'on sache. Que tout le monde sache. Que je suis sienne.

Sa brutalité me fait gémir, et ce son me rabaisse autant qu'il m'excite.

Je ferme les yeux et me perds dans l'intensité de son contrôle absolu. Dean est une tempête qui dévaste tout en moi. Et je n'ai ni l'instinct de fuir ni l'envie de survivre.

Ses doigts s'éclipsent, il les remplace par la seule chose plus dangereuse encore. Son sexe dur, massif, brûlant de violence contenue.

Il me pénètre sans prévenir, comme s'il me punissait. Et je halète, mes dents claquent dans le vide, mon dos se cambre, et je crois mourir.

Chaque collision est un coup de poignard. Chaque poussée, un rappel que je suis vivante, déchirée, offerte. Il me bouscule contre lui, me maintient comme une proie, une salope, une chose à briser.

Et je jouis de cette brutalité. De cette abomination d'émotions contradictoires.

— Plus fort, articulé-je, ou peut-être je gémis, ou je pleure, c'est flou.

Il grogne. Son corps répond avec une violence inhumaine. Il me prend comme s'il voulait effacer le monde en moi. Me détruire de l'intérieur. Me posséder au point que je ne puisse plus jamais être une autre.

Ma robe est remontée jusqu'à la taille tandis que ma dignité se fait arracher par ses coups de boutoir ravageurs.

Je m'accroche à lui comme une damnée. Mes ongles griffent sa peau, cherchent des points d'ancrage dans le chaos. Je veux le marquer. Je veux qu'il saigne. Je veux qu'il sache que même dans ma soumission, je le hante.

— Comme ça, soufflé-je, ma voix rauque d'un trop-plein de plaisir et de douleur.

Il devient *monstre*. Sauvage. Parfait.

Il murmure des obscénités à mon oreille, des mots qui me violent de l'intérieur, des menaces sucrées sous des promesses de nuits pires encore. Il veut m'enfoncer dans mon vice, me dévorer. Et pauvre folle que je suis, je le supplie de continuer.

Je le désire cruel. Je le veux dangereux. Parce que c'est là, dans cette brutalité érotique, que réside ma vérité. Mon abîme. Dean incarne tout ce que j'ai toujours craint… et tout ce que je n'ai jamais osé désirer aussi fort. Dans cette ruelle, avec ses mains qui marquent ma peau, et sa queue qui laboure mon sexe, je comprends…

Je suis irrécupérable.

Il est mon châtiment.

Mon obsession est parfaite dans cette violence, dans cette apparence brutale de répondre à mes supplications les plus sombres. C'est comme si cette part de lui était faite pour moi. Je lui murmure encore de me faire mal, les mots qui étaient des souffles se transforment en gémissements, une prière pour qu'il ne s'arrête pas, une requête pour qu'il continue à me montrer combien il peut être impitoyable.

La rue autour de nous s'estompe, les sons de la fête deviennent un murmure lointain, et il ne reste plus que ce *NOUS*.

Il se retire et me propulse contre la carrosserie froide. Sa prise se resserre sur mes cheveux, d'une main ferme qui exige et annonce l'intensité à venir. Sans préambule, il me pénètre par-derrière sans aucune préparation, ma mâchoire se verrouille, retenant de justesse un cri de douleur. Ses coups profonds et rythmés font claquer nos peaux l'une contre l'autre, m'arrachent un cri aigu sous les larmes que je retiens, qui cherchent à dévaler mes joues.

Chaque mouvement est plus robuste, chaque poussée plus désagréable. Les morsures qu'il inflige sur ma peau sont abominables, ses ongles s'enfoncent si profondément dans la chair de mon cul que je sais déjà que ces marques me hanteront pendant des jours. C'est une violence que je reçois comme une offrande, car avec Dean, contrairement aux rencontres avec le Masque Doré, je ne finirai pas en larmes.

Il n'est pas mon agresseur, mais l'épicentre de mes fantasmes les plus sombres. Je tente en vain de m'accrocher à la voiture, tandis que je me perds dans la douleur exquise qu'il me procure. Il y a une symphonie cruelle dans ses mouvements, un orchestre de souffles coupés et de chair heurtée qui composent une mélodie pure. Les marques de ses dents, les empreintes de ses doigts sur ma peau ne sont pas seulement la preuve de sa possession, mais des badges d'honneur dans le jeu pervers que nous jouons, un jeu où je suis à la fois victime et volontaire.

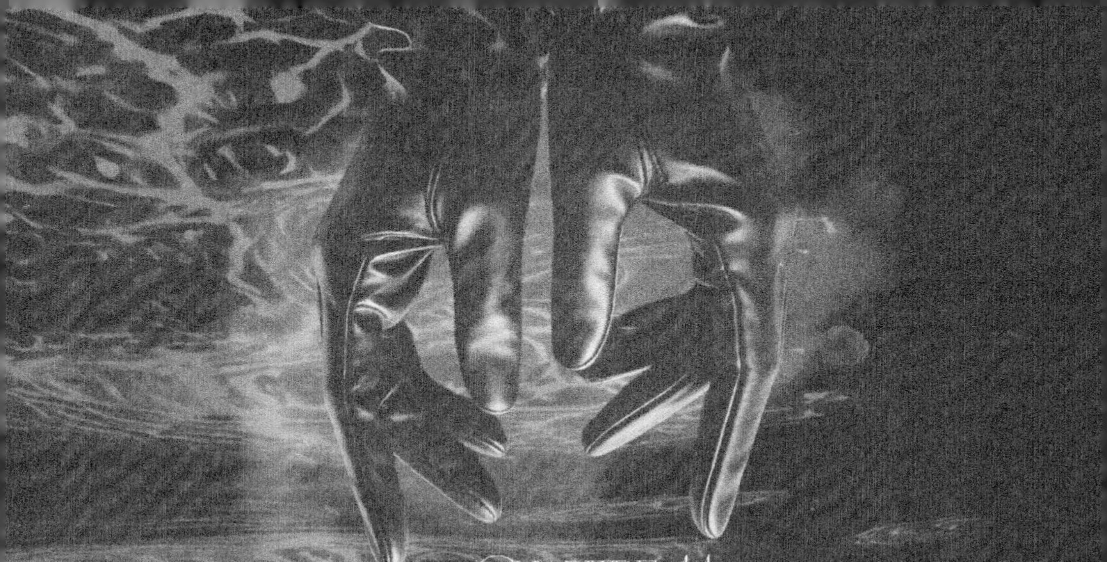

Chapitre 44

Golden Plague

Mon poing s'abat sur la table en bois massif. Les visages masqués autour de moi se figent, et la tension monte instantanément.

— Anonymous a été arrêté, dis-je, de façon à trancher le murmure de colère qui commence à enfler parmi mes inférieurs.

Des grognements de mécontentement émanent des ombres, chaque homme masqué absorbe l'impact de cette révélation. Les masques de Joker, de Purgeur, et d'autres encore reflètent une palette grotesque de l'horreur et de la fureur.

— Chaque erreur nous rapproche de la fin. À partir de ce soir, nous ne tolérerons plus aucune faiblesse.

L'homme au masque de porc lève la main, sa voix gronde malgré le filtre de son masque.

— Il faut nettoyer l'intérieur. Purger les doutes. Exécuter ceux qui s'ouvrent trop. Les femmes surtout. Elles parlent. Elles contaminent.

Je hoche la tête, le cuir de mes gants crisse dans le silence.

— Toutes les femmes identifiées comme instables seront surveillées. Les rapports devront être quotidiens. Et si l'une d'elles dévie… elle sera offerte à la chambre rouge.

Un frisson parcourt l'assemblée. La chambre rouge. Là où les corps sont brisés avec élégance. Là où les volontés se plient ou se meurent.

Je me lève enfin. Mon masque doré brille sous l'éclairage rougeâtre. Il ne cache rien. Il expose ma monstruosité autant qu'il la célèbre.

— Ce soir, nous prenons des décisions qui définiront l'avenir de notre organisation. Soyez prêts à faire ce qui est nécessaire. La loyauté sera récompensée, la trahison punie.

Je les scrute, chacun d'eux, tente de discerner les pensées derrière ces visages cachés.

— Nous allons renforcer notre emprise. Plus de jeux, plus d'erreurs. À partir de maintenant, nous agissons avec une précision mortelle.

Les hommes se lèvent, un à un, leurs gestes délibérés et leurs regards fixés sur moi, qui témoignent de leur engagement renouvelé ou de leur peur dissimulée.

Les jours à venir seront cruciaux, une danse sur le fil du rasoir. Mais avec chaque risque vient une récompense, et je suis prêt à parier l'avenir pour garder le contrôle de mon royaume des ténèbres.

Je sais qui est derrière tout ça. L'idée même me tourmente, une provocation si audacieuse qu'elle mérite une réponse personnelle. Mais je garde ce secret enfoui profondément, car révéler cette vérité pourrait ébranler les fondations mêmes de mon empire.

Elle est parfaite, trop parfaite. Sa capacité à se soumettre, à embrasser le chaos avec une grâce royale, m'obsède. Sa présence dans mon monde me captive, et son audace me provoque de la manière la plus troublante. C'est une pièce maîtresse inattendue sur mon échiquier, une adversaire digne de ce nom.

Elle a la douceur d'une reine et la noirceur d'une amante damnée. Elle se laisse salir sans jamais perdre sa lumière. Elle s'abandonne sans jamais se rendre. Elle est née pour régner à mes côtés. Pas comme une poupée fragile. Non. Comme une impératrice du vice.

Mais je dois la tester pendant que je les mène sur le mauvais fil.

Je dois la déchirer de l'intérieur, fendre chaque recoin de son être, pour voir si elle est digne du Golden Plague.

Et si elle l'est… alors elle comprendra. Qu'il n'y a que moi. Que je suis le seul à pouvoir la briser jusqu'à l'extase, la conduire là où même ses cauchemars n'osent aller.

Elle pensera que je suis son ravisseur. Mais je serai sa délivrance.

Je veux qu'elle pleure de honte et jouisse de peur. Je veux la posséder au point qu'elle supplie pour rester. Mais je ne peux pas me permettre de laisser mon admiration personnelle interférer avec nos objectifs. Ma fascination doit rester cachée, car la divulguer serait montrer une faiblesse, une faille dans mon armure que mes ennemis pourraient exploiter.

Pourtant, le désir de la revoir, de confronter cette force indomptable, me consume.

Je me promets de lui rendre visite, de répondre à sa provocation de la manière la plus directe et la plus implacable. Elle mérite une audience avec le Golden Plague, non pas en tant que victime, mais en tant que véritable protagoniste de cette danse macabre.

Le soir tombe, et les rues de la ville bruissent du frisson de l'interdit. Je prépare mon départ, ajuste mon masque avec une précision méticuleuse et renoue correctement ma cravate, ainsi que mon chapeau. Ce soir, je me tiendrai face à elle, et nous verrons si elle brille toujours aussi intensément sous le poids de mon regard.

La vérité reste muette dans la chambre forte de mon esprit, mais chaque battement de mon cœur trahit l'intensité de mon anticipation. Elle est à la fois ma provocation et ma punition : trop magnifique dans sa soumission, trop parfaite dans son défi. Et je compte bien lui montrer que même dans les ténèbres, certaines lumières ne peuvent être éteintes.

Derrière moi, mes hommes fidèles et implacables suivent en cadence régulière, des échos de ma propre détermination. Nous montons les marches qui mènent à l'antre de celle qui a osé défier l'ordre établi, celle qui s'est jouée de mes pions comme un enfant qui renverse les pièces d'un jeu trop longtemps incontesté, mais que je garde dans le plus grand des secrets.

Ce soir, c'est moi qui prends le contrôle, et Maxime va subir à la fois ma colère et ma récompense. Elle a fait tomber mes hommes, un par un, après tant d'années à la suivre de région en région, là où elle débarquait et faisait chuter les têtes de mon royaume.

Sa porte se dresse devant moi, une barrière bien trop frêle pour la tempête que je suis sur le point de déchaîner. D'une main ferme, je frappe, le son retentit, un présage dans le calme trompeur de la nuit. Mes hommes se positionnent stratégiquement, prêts à intervenir, mais cette nuit, la confrontation est mienne.

La porte s'ouvre dans un grincement, je plante mes yeux dans les siens, et cherche dans son regard cette flamme indomptable qui a rallumé un feu dans les cendres de mon intérêt. Maxime ne recule pas. Son expression, une mixture de défi et d'anticipation, comme si elle avait su que ce moment viendrait, comme si elle l'avait attendu.

— Bonsoir, ma Reine, ma voix est basse, chargée de l'orage à venir.

Je fais un pas en avant et franchis le seuil, mes hommes restent en retrait, tel un mur sombre et silencieux. Ma créature reste immobile, et son regard ne cède rien de sa volonté.

— Qu'est-ce que tu veux ? sa voix est ferme, mais je perçois l'infime tremblement qui la parcourt, le frisson de celui qui farandole au bord du gouffre.

— Ce que je veux ?

Je m'approche, réduisant l'espace entre nous, jusqu'à ce que ma présence devienne une étreinte invisible qui l'encercle.

Chapitre 45

Golden Plague

— Je veux que tu comprennes le prix de tes actions, que tu ressentes ce que c'est de déplacer les pièces d'un Roi.

Elle ne flanche pas, mais ses lèvres se pincent, signe qu'elle mesure l'étendue de la situation. Elle est toujours aussi splendide dans son contrôle apparent. Mais je vois au-delà. Je lis la vérité dans la dilatation de ses pupilles, dans la manière infime qu'elle a de redresser le menton, comme si elle cherchait de l'air là où il n'y en a plus.

— Je vais tout te prendre, me menace-t-elle.

Je souris derrière mon masque, un sourire que seule elle pourrait deviner, un sourire de prédateur qui a enfin encerclé sa proie. Je tends la main, saisis doucement une mèche de ses cheveux, puis mes doigts gantés glissent jusqu'à sa nuque. Elle frissonne, mais ne fuit pas. Elle sent l'orage. La déflagration imminente.

— Un jour, peut-être. Mais je ne suis pas venu pour te punir, ma Reine. Je suis venu pour te revendiquer.

Elle entrouvre les lèvres, où un souffle s'échappe de tout ce qu'elle n'ose pas admettre.

— Revendiquer ? Tu crois pouvoir m'avoir juste parce que tu m'as surveillée comme un prédateur malade ?

Je ris, un son bas et rauque à la fois.

— Je ne crois pas. Je sais.

Mes mains la saisissent, férocement, et la plaquent contre le mur dans un bruit sourd. Mon bec frôle sa joue. Elle pousse un cri… pas de peur, pas encore. C'est un simple cri de surprise. De déséquilibre. Et son corps se cambre. Elle est furie, elle est en feu. Elle me hait autant qu'elle me sent nécessaire dans son déséquilibre.

— Tu veux que je sois ton roi. Tu veux régner sur des cendres, mais tu refuses encore de t'agenouiller devant l'ombre.

Je colle mon corps au sien, la maintiens prisonnière entre le mur et moi. Mon souffle traverse le masque, chaud contre sa peau. Ma main glisse de ses hanches à l'intérieur de ses cuisses, explorant avec une lenteur perverse sous une violence contenue.

La porte se ferme d'un claquement sec, scellant le destin de la soirée. Mes doigts se serrent autour de ses cheveux, tirent sa tête en arrière pour qu'elle ne puisse pas détourner son regard du mien.

— Tu es en chaleur chaque fois que tu sens le danger. Tu t'ouvres à lui comme une putain à son vice. Tu le veux, Maxime. Tu veux être prise par ce que tu ne peux pas contrôler.

Elle tente de se débattre. Ses ongles s'agrippent à mon veston, pas pour me repousser, non, pour garder l'équilibre. Ses hanches ont déjà trahi sa bouche.

— Tu veux que je t'avilisse, que je t'enchaîne, que je mette fin à cette mascarade de liberté.

Je la pousse un peu plus dans ses abîmes. La tension monte jusqu'à en devenir irrespirable.

— Dis-le, ma Reine. Dis-le, ou je te brise sans poésie. Je ne suis pas eux… je n'ai aucune limite, dis-je tout bas comme une sentence.

Sa langue lèche ses lèvres, tandis que ses yeux scintillent d'un mélange complexe de peur et d'excitation. C'est une contradiction vivante, une énigme enveloppée dans le désir. Elle me défie avec son silence, mais chaque battement de ses cils est une invitation à plonger plus profondément dans le jeu qu'elle pense avoir mis en place.

— Tu es mienne, que tu cries que tu jouisses, ou que tu me tues. Ta douleur… est mon royaume.

Elle frissonne sous mes promesses, et je peux sentir la rapidité de son pouls sous la paume de ma main. Sa vulnérabilité contraste avec le courage qu'elle a montré jusqu'à présent, ce qui ajoute une couche d'urgence à notre interaction.

— Je voulais juste que tu reviennes, finit-elle par dire, évitant d'admettre ce que j'aurais aimé entendre de cette vilaine bouche.

Je ris, un son qui ne contient aucune joie, mais une promesse de rétribution. Je la libère brusquement, la laisse se redresser, mais mes mains trouvent immédiatement de nouveaux points de contrôle sur ses épaules, la maintenant fermement en place.

— Je vais te montrer ce que cela signifie de jouer avec le feu, lui assuré-je. Tu as fait tomber mes hommes, mais tu as aussi attiré l'attention du seul que tu ne devrais jamais vouloir rencontrer dans l'ombre.

Ma main glisse de son épaule à sa nuque, exerçant une pression juste assez forte pour lui rappeler qui dirige. Ma main libre glisse le long de sa taille, explore avec audace la courbe de son corps, ses muscles tendus sous mes doigts.

— Et maintenant, je vais prendre ce que tu m'as si imprudemment offert.

La confusion se mêle à l'anticipation dans ses yeux, un panachage enivrant qui ne fait qu'accroître mon envie de la dominer. Malgré sa façade de défi, elle tremble, le signe qu'elle ressent autant l'intensité de l'instant que moi.

— S'il te plaît, murmure-t-elle, sa voix brisée par une vulnérabilité soudaine. Ne me fais pas de mal…

— Tu as déchaîné une tempête. Maintenant, tu dois en endurer la fureur.

Dans ce moment suspendu, je savoure la complexité de ses émotions, et la peur mêlée d'une ivresse qu'elle ne peut dissimuler. Ma décision est prise, je vais la marquer de mon empreinte. Non pas simplement comme une victoire, mais comme une conquête totale de son esprit rebelle.

— À genoux !

Elle hésite, son regard oscille entre rébellion et soumission. Finalement, avec un soupir résigné, elle s'agenouille. Je me tiens au-dessus d'elle, savourant la vue et l'étendue de nos deux rôles.

— Bonne fille, décrété-je, en tapotant le dessus de sa tête. Maintenant, regarde-moi.

Son regard capture le mien. Il y a une étincelle indomptable, une lueur qui m'affronte malgré sa position vulnérable.

— Tu penses avoir gagné, ris-je dans un grognement, chaque mot chargé de promesses et de menaces. Mais tu ne comprends pas encore. Ce n'est pas seulement une question de domination physique, ma Reine. C'est une domination totale… de ton esprit, de ton corps, et de ton âme.

Je me penche vers elle, mon visage tout près du sien, respirant son parfum, un mélange de crainte et de fermentation.

— De ton cœur !

Elle avale difficilement, sa poitrine se soulève sous chaque respiration rapide. Elle est magnifique, un tableau parfait de désir contrarié et d'effroi anticipé.

— Ne fais pas ça, supplie-t-elle.

J'ignore sa demande et guide sa main vers mon érection. Elle tremble, tout en tirant la fermeture Éclair vers le bas.

— Est-ce que je t'ai dit de la toucher !

Elle s'humecte les lèvres, tandis que ses yeux s'écarquillent pensant peut-être que je la laisserais me goûter aussi facilement. Je veux la faire patienter, je veux qu'elle rampe à mes pieds pour avoir cette putain d'opportunité.

— Tu vois, commencé-je, la regardant droit dans les yeux, tu es déjà en train de me supplier, de la vouloir, même si chaque fibre de ton être te crie de résister. C'est ça, le vrai pouvoir. La faculté de faire plier la volonté, de transformer la peur en appétit. De savoir si tu mérites ou non. Et, ce soir, tu ne mérites pas de me connaître avec ta langue.

Je noue un peu plus mes doigts dans ses cheveux et plaque ses lèvres contre ma queue gonflée.

— Maintenant, montre-moi à quel point tu la veux !

Elle ferme les yeux, puis, avec une résignation qui fait écho dans la tension de son corps, elle débute. Sa soumission est réticente, mais chaque mouvement est chargé d'un érotisme brut, un jeu de pouvoir où elle est à la fois victime et complice.

Sa langue râpe sur le tissu tendu de mon pantalon, une offrande silencieuse et désespérée. Elle retrace chaque courbe de mon sexe, trop douée, trop précise.

Et pourtant, je ne ressens aucune gratitude. Seulement un triomphe glacé. Une victoire âcre.

Je me recule, abruptement. Son souffle meurt contre la fermeture de mon pantalon.

— Mauvaise fille, confié-je, avec un calme terrifiant. Tu pensais que ton talent te sauverait ? Que ton corps te ferait pardonner ?

Le cuir noir de mon gant s'écrase sur sa joue, laissant une trace écarlate. Sa tête vacille sous l'impact, ses cheveux retombent sur son visage comme les rideaux d'un théâtre obscène.

Je les saisis avec violence. Elle chancelle, lutte contre l'équilibre, mais je la maintiens d'un geste autoritaire, une poigne qui nie toute échappatoire.

Je la hisse à la hauteur de mon visage, et nos regards s'entrechoquent comme deux lames prêtes à se fendre.

— Tu es à moi, maintenant.

Ma voix est une sentence glacée, inéluctable.

— Chaque parcelle de ta chair. Chaque souvenir que tu caches. Chaque peur que tu abrites même à toi-même. Tout m'appartient. Et surtout ce que tu refuses de donner… parce que c'est là que réside la vraie soumission.

Elle frissonne. Pas de froid. De honte qui s'accompagne d'un spasme insupportable où la peur s'écrase contre le désir. Je discerne dans son regard, son esprit lutter contre elle-même. Et cette querelle me fascine plus que son obéissance.

— Reprends.

Le mot claque dans un ordre sacré. Elle hésite, son regard glisse un instant vers le sol, puis revient à moi. Elle cède. Comme si son âme était traînée derrière chaque geste. Sa bouche enveloppe à nouveau le tissu, ses lèvres prisonnières d'un acte qu'elle ne peut plus nier.

Je reste parfaitement immobile, ma main sur sa tête, la guidant. Chaque va-et-vient est un fil de marionnettiste. Chaque respiration, un piège dans lequel elle s'enfonce davantage.

— Lève les yeux.

Ma voix se fait cruelle, rabaissante. Elle lève le regard, et je découvre l'éclat parfait. La rébellion mourante, la dignité sur le point de se rendre, sous l'identité en train de s'effondrer.

— Regarde-moi pendant que tu t'humilies. C'est ça, que tu veux ? Ou tu voulais pire encore ? Un collier ? Une laisse ? Que je te traîne dans la boue devant tous les autres pour que tu comprennes enfin que tu n'es rien sans mon regard ?

Chapitre 46

Golden Plague

Ses yeux se voilent d'un gémissement étouffé. Elle se noie déjà dans l'acte, dans la contradiction. Son corps obéit, mais son esprit vacille. Et moi… je l'admire. Je l'encercle. Je l'enchaîne.

Je ne jouis pas. Je ne veux pas. Elle ne le mérite pas. Je pourrais défaire ma braguette, glisser entre ses lèvres, envahir sa gorge jusqu'à ce que ses larmes se gorgent de honte sous la jouissance qui roule sous sa peau. Mais non.

Je veux qu'elle supplie de me goûter. Je veux qu'elle ressente le manque comme une brûlure. Que sa bouche pleure de ne pas être pleine de mon foutre. Qu'elle comprenne que même sa dévotion ne suffit pas. Qu'elle n'aura ma chair que quand, moi, je l'aurai jugée digne.

Ma main entoure sa gorge parfaite.

— Tu pensais pouvoir me manipuler ? Me défier ? C'est moi qui t'ai façonnée. Tout ce que tu es… tordue, honteuse, affamée… tu l'as puisé dans mon ombre. Tu m'as senti avant de me connaître. Tu m'as désiré avant de me voir.

La tension monte, crescendo, chaque mouvement de sa bouche fait monter la pression à un point insupportable. J'aimerais sentir sa salive, mais je ne fais rien pour, car elle mérite de souffrir dans l'attente.

— Tu ne sais pas encore tout ce que je suis capable de faire.

Ma voix est basse, douce, une fausse caresse qui cache une trahison.

— Mais tu vas apprendre. Oh, tu vas apprendre…

Je l'attrape par les cheveux, la courbe en arrière d'un mouvement sec, et enfonce deux doigts entre ses lèvres.

Pas pour la faire gémir. Pas pour lui donner du plaisir, mais pour la réduire au silence.

Je les plante, jusqu'à sa gorge. Je joue avec sa glotte comme avec un interrupteur de pouvoir. Son souffle se coupe, tandis qu'elle se débat. Un réflexe, rien de plus. Ses haut-le-cœur m'excitent. Sa vulnérabilité m'enivre.

Je souris derrière mon masque, un sourire qu'elle ne verra pas, mais qu'elle sentira dans chaque centimètre de chair violée par mon autorité.

Après plusieurs va-et-vient, jusqu'à défoncer son palet, je retire mes doigts, sa salive file le long de sa lèvre brillante et souillée.

— J'adore quand tu baves sans le vouloir, soufflé-je, affectueux. Ça me rappelle à quel point tu n'as aucun contrôle.

Je la soulève jusqu'à la traîner et la pousse contre le dossier du canapé. Elle s'étrangle sur sa propre respiration, son estomac écrasé, et son souffle volé, pour m'offrir une vue parfaite sur ce cul qui mérite un putain d'Oscar. Tendu, cambré, parfait. C'est limite insultant sous ce shorty trop sage. Ma main s'abat contre, lui arrachant un gémissement.

Un son magnifique.

Je recommence.

— Arrête, stop !

Ses mots ont le goût du mensonge, je les entends comme une prière inversée. Ses yeux me supplient de continuer, et je vais exaucer ce vœu non formulé, avec tout le zèle d'un bourreau amoureux.

Je frappe encore. Encore. Chaque impact laisse une marque. Chaque rougeur est une lettre gravée de celui qu'on nomme Golden Plague. Une signature de possession.

— Arrête ? répété-je, moqueur. C'est drôle. Ton corps, lui, me dit l'inverse.

L'ombre de mon masque se projette sur ses reins. Je tire le tissu sur le côté, et un souffle de satisfaction m'échappe. Elle est prête, offerte, mouillée telle une bête en rut. Comme si son sexe avait devancé sa raison.

Je m'agenouille et frotte la pointe de mon bec contre sa cyprine que j'étale, puis l'enfonce en elle, reniflant cette odeur interdite. J'anime mon visage, engendrant des va-et-vient, et observe le miel qui coule sur l'or au plus elle gémit de cette intrusion profane. Ma langue roule sur mes lèvres, désireuses de goûter ce que je détiens. J'extrais le bec de sa vulve rouge sous la pique et je m'enfonce à nouveau en elle, profondément, violemment, encore et encore, jusqu'à ce que le tournis me monte au crâne.

Je l'entends haleter. Sa chatte suinte, se resserre, m'implore en silence. Ses lèvres sont gonflées, saignantes, c'est divin.

— Ta chatte aura le goût sale de l'or. Riche, indécente, addictive. Elle ne brillera plus que pour moi.

Ma main s'écrase sur le galbe de son cul, puis j'extrais le bec, satisfait de le voir recouvert d'une mouille écarlate. Je lève juste ce qu'il faut de mon masque, tout en entretenant mon identité secrète. Mon souffle chaud contre sa chatte la fait frissonner, anticipant ce qui est à venir. J'entends sa respiration s'emballer et laisse ma langue plonger sans élégance dans cette cyprine qui coule en abondance pour moi.

Je veux qu'elle perde le fil, qu'elle oublie son prénom, qu'elle oublie qu'elle a, un jour, été libre. Ses mains s'agrippent au canapé que l'un de mes sbires maintient fermement. Ses hanches se tordent. Elle gémit, d'abord comme une supplication, puis comme une défaite.

Je la goûte avec avidité et explore chaque contour de ses lèvres pour ne perdre aucune miette.

Elle est au bord. Je le sens. Elle ne sait plus si elle veut jouir ou fuir. Et ça… c'est mon moment préféré.

Je m'arrête.

Elle hurle, un son brisé, humilié, alors que je me recule, mon souffle irrégulier, mais mon regard toujours maître. Je passe ma main sur ses fesses rougies, de manière possessive.

— Tu ne viendras que lorsque tu m'appartiendras. Corps, esprit, volonté.

Je la laisse pantelante, tremblante, frustrée à l'extrême. Elle m'appartiendra un peu plus à chaque instant où je la prive de l'orgasme que je contrôle.

— Tu n'arrêtes jamais de me surprendre…

Ma voix est un murmure, un râle empoisonné, tandis que je m'humecte les lèvres du goût mêlé de sa sueur et de son miel qu'elle conserve si bien. Salée, musquée, animale.

Un arôme d'abandon. Un parfum de victoire.

Ses cuisses tremblent, sa respiration saccadée trahit la perte de tout repère.

Une fois son corps redescendu, je reviens à la charge. Ma langue s'acharne dans sa fente, mon nez la respire jusqu'à m'immerger dans sa chaleur dégoulinante. Mes doigts trouvent son clito, le malmènent avec la dextérité sadique d'un homme qui ne cherche pas à donner… mais à rendre accro. Elle gémit, se tortille, captive dans le doux enfer que je crée pour elle.

— Dis-moi ce que tu veux, Maxime.

Ma voix est grave, haletante, mais toujours en contrôle.

— Dis-le-moi, et je te le donnerai. Tu es ma reine… mais même les reines doivent mendier.

Elle gémit, mais ne parle pas. Mes doigts accélèrent sous ma langue qui change de rythme.

Elle lutte. Pas contre moi. Contre elle-même.

Je veux entendre le mot. Le vrai. Celui qui brisera le vernis de fierté qu'elle tente encore de porter. Je veux qu'elle crache sa soumission. Qu'elle nomme son désir à voix haute pour qu'il devienne réel, obscène, irrévocable.

Mais elle se contente d'un cri étranglé, d'un gémissement écorché.

Je la quitte brutalement, ma bouche souillée, mes babines brillantes de ce qu'elle est devenue. Je me redresse, réajuste mon masque, puis l'observe.

Elle est magnifique ainsi.

Attachée non pas par des cordes, mais par l'empreinte de mes doigts, par l'écho de ma langue, par la trace invisible de mon regard.

Elle lutte pour comprendre pourquoi elle ne veut pas que ça s'arrête. Et je souris, parce que je n'en ai pas fini. Je ne veux pas juste la baiser, je veux l'habiter. Reformater chaque pulsion qu'elle croit sienne, jusqu'à ce que la prochaine fois, elle jouisse par la force.

Puis, sans avertissement, je la pénètre brutalement, déchirant son cul comme elle le mérite, la faisant hurler de douleur et de plaisir, sans même l'avoir préparée, c'est là où règne la beauté de la douleur. Son dos se cambre, ses mains cherchent à s'accrocher, mais il n'y a rien, elle est maintenue prisonnière par des mains aussi sales qu'elle.

Ses hanches me cherchent. Elle ondule autour de ma queue, implore que je l'écrase contre chaque poussée pour mieux l'ouvrir.

— C'est ça que tu cherchais ? C'est ça que tu viens toujours trouver dans l'ombre…

Ma main serre sa gorge pour l'étrangler. Pour lui rappeler que je pourrais en finir, et que ça l'excite.

— Voilà le contrôle que tu voulais m'abandonner. Voilà la soumission que tu n'osais même pas formuler. Mais je t'interdis de jouir… parce que tu ne mérites pas cette bénédiction.

Elle crie. Encore. Mais c'est un cri qui s'ouvre, pas qui résiste.

Celui qui dit : *Plus fort.*

— Lèche mon or, découvre ce goût exquis que tu possèdes après la morsure du doré.

Je la force à pivoter le menton et admire avec fierté sa langue sucer mon bec avec affection. Nos corps se heurtent dans une cadence démente, sans douceur, sans logique, une guerre sainte entre domination et adoration perverse.

Le son de notre union est sale. Bestial. Magique.

Je la pilonne avec la même détermination que celle d'un roi qui pose sa couronne sur la tête d'un royaume qu'il vient de conquérir, et elle me suce comme on remercie un dieu.

Chaque coup de boutoir est une promesse.

Tu ne seras plus jamais à personne d'autre.

Les sons de notre combat remplissent la pièce, un mélange de douleur et d'extase, de pouvoir et de perte, qui peint une image parfaite de ce que nous pourrions devenir.

Mes doigts s'enfoncent contre son tatouage « Fuck », dernier vestige de son ancienne liberté. Bientôt, il ne sera plus qu'un souvenir brûlé sous le fer.

Un fer rouge, marqué du sceau du Baiser du Médecin. Le rite de passage qui fera d'elle la Reine du Plague.

— Bientôt, ce corps blasphémé… portera l'emblème sacré de mon empire.

Chapitre 47

Maxime

Tout semble se dissoudre dans un tourbillon de désir interdit et de dégoût de moi-même. Je suis repliée sur le sol, le corps encore secoué par des spasmes de rage et de honte. Dans ma bouche, le goût métallique de mon sang, un écho de sa violence et de mon propre abandon. Ma respiration heurtée résonne dans le silence oppressant de l'appartement. Sans oublier la brûlure entre mes cuisses, et cette douleur lancinante sur chaque centimètre de peau marqué par ses mains. Il n'y a pas eu de douceur. Pas même de satisfaction réelle.

Je n'ai pas joui. J'aurais voulu. J'ai supplié, au fond, sans le dire. Mais lui s'est servi.

Il a joui au fond de mon anal, de ma chatte jusqu'à la dernière goûte, sans jamais me laisser le rejoindre.

Il m'a violée, trois fois… trois putains de fois, avec ses doigts, sa queue et son bec déchirant. Il a fait de ma peau un sceau de propriété… sa propriété. Mon esprit le cherche encore, ma langue veut goûter à nouveau à ma cyprine sur son bec, telle une drogue, sous une fièvre mortelle.

Je me déteste de ressentir encore cette chaleur sale, là où il m'a prise. De frissonner à l'idée de son souffle derrière mon oreille. De mouiller à nouveau en revivant la scène.

Putain, qu'est-ce qui ne va pas chez moi ?

Les larmes qui coulent sur mes joues brûlées par la honte et les gifles ne changent rien. Elles ne lavent aucune culpabilité. Je peux encore sentir sa présence, son odeur, ses mains gantées, et la courbe cruelle de son masque qui a déchiré mes plis à sang. Je le déteste autant qu'il me hante, c'est une obsession que je ne peux pas chasser de mon crâne.

— Pourquoi ?

Ma voix s'étrangle dans le vide, adressée à l'ombre qu'il a laissée derrière lui. Pourquoi suis-je si faible, si incapable de repousser totalement son emprise ? Pourquoi y a-t-il en moi cette part qui veut le danger ? Qui aime la douleur ? Qui désire les monstres ?

Mais aucune réponse ne vient. Seulement mes propres sanglots, un rythme macabre de répugnance et d'angoisse. Le frisson de ses mots continue de résonner dans mes tympans, accompagné du souvenir de ses assauts, de l'invasion brutale de mon espace.

Finalement, j'arrive à me relever. Mon corps tremble, proteste, chaque muscle endolori par la violence que j'ai subie, ou que j'ai tolérée ? J'en ai perdu la distinction.

Les bleus et les morsures, tout mon être raconte cette nuit qui témoigne de la bataille menée contre lui, et contre moi-même. Contre cette partie malade qui s'exalte devant la domination qui s'embrase dès que le danger apparaît.

Je me traîne jusqu'à la salle de bain. Sous le néon cru, je parais plus fantomatique que jamais. Je cherche désespérément la femme que j'étais… avant lui, avant Dean, avant qu'un homme en masque ne vienne pervertir mes pulsions les plus refoulées, avant ma première agression.

Mais je ne vois qu'une inconnue.

Une poupée brisée aux pupilles dilatées par le souvenir d'un plaisir qui s'est entremêlé à la souffrance, où le viol en devient un poisson exquis.

Son ombre court dans mes veines, dans ma salive, dans mes pensées les plus honteuses.

Dean me brise pour se soulager.

Lui me brise pour me reconstruire.

Et moi, dans cette reconstruction déviante, je trouve un sens. Quelque chose qui me ressemble plus que ce que je n'ai jamais été.

J'attrape le savon posé sur la céramique, le mouille à peine, puis frotte ma peau jusqu'à l'irriter, avec l'espoir d'ôter son odeur, son emprise, son foutre. Mais je veux qu'il reste aussi. En moi. Dans mon crâne. Je veux ses mots. Je veux ses ordres.

Je veux…

Je veux qu'il *recommence*…

— Je ne te laisserai pas avoir mon cœur ! crié-je sous les sanglots. Tu peux prendre mon corps, me tordre jusqu'à me faire supplier… mais mon cœur reste à moi. Toujours.

Je voudrais y croire. Je voudrais que ce soit plus qu'une prière. Mais ce n'est qu'une maigre consolation, un idéal dérisoire. C'est tout ce que j'ai pour l'instant. J'ai besoin de m'y accrocher. Je ne vois pas d'issue, pas de salut, pas de corde pour me hisser hors de ce gouffre où il m'a entraînée, où je l'ai laissé m'emporter.

Mes gouttelettes se mélangent à l'eau qui éclabousse mon visage. Un vertige me gagne et, dans un accès de rage contre moi-même, contre ce désir maladif qui me ronge, je frappe le miroir du poing. Le verre se brise en morceaux, comme mon esprit qui se morcelle encore un peu plus.

Le bruit strident des éclats qui dégringolent dans la céramique m'arrache un rire nerveux. De petites coupures ornent mes articulations, et le sang perle, se mêle à l'eau, aux larmes. Une toile rouge et transparente, un fidèle reflet de l'état de mon cœur.

J'ai toujours été attirée par ceux qui me dévorent, appris à idolâtrer ceux qui me punissent et ce besoin de me sentir sale pour exister.

— C'est ta faute, maman…

Je répète cette phrase, la voix étranglée de chagrin, pas vraiment sûre de ce que j'éprouve. Je sais juste qu'il y a un vide dans mon passé, des blessures anciennes qui ont dallé la route à ces désirs inavouables, à cette pulsion malsaine qui fait de moi une proie… ou une complice.

Pourquoi suis-je ainsi ? Pourquoi ne puis-je m'empêcher de désirer ce qui me détruit ?

Mais dans le fond de ma douleur, ils sont deux. Deux faces d'une même dépendance. Deux monstres qui attisent mon trouble à la limite du supportable, qui me laissent pantelante de dégoût et pourtant avide de plus.

Le sang dégouline sur ma peau, et j'y découvre une seule certitude : je ne sortirai pas indemne de cette nuit ni de toutes celles à venir. Parce qu'à chaque coup, à chaque invasion, je laisse derrière moi un fragment de qui je suis. Et je ne veux pas, je ne peux pas m'en empêcher.

Je finis par laisser mes mains ensanglantées retomber le long de mon corps. La douleur physique est là, mais elle est faible comparée à la violence de mon esprit, à la force brute de l'obsession qu'il a ancrée en moi.

Je suis sale. Je suis à bout. Je suis prise au piège.

Je me surprends à sourire. Un sourire tordu, brisé, honteux.

Les images de mon enfance ressurgissent, imprégnées de la douleur de ceux que j'avais tenté d'oublier. Une mère, toujours absente, toujours trop emportée par ses propres démons, qui offrait mon corps en échange de son propre réconfort. Son amour, conditionnel, teinté de négligence, m'a appris à trouver du soulagement dans le chaos, à chercher l'approbation dans les yeux de ceux qui ne me voyaient que comme un objet.

Je presse ma main blessée contre ma poitrine, pour essayer de contenir la douleur qui menace de me submerger. Le sang coule entre mes doigts, chaud, insistant, un rappel cruel que même la douleur physique ne peut éclipser ce que j'éprouve à l'intérieur.

— Pourquoi je ne peux pas juste être normale ? Pourquoi est-ce que je ne peux pas m'aimer comme je suis ? Pourquoi est-ce toujours les mauvaises personnes que je laisse entrer ? m'apitoyé-je, chaque mot, un coup porté contre la barrière que j'avais érigée autour de mon cœur.

Je me laisse tomber au sol, le dos contre le carrelage froid de la salle de bain. La pièce tourne autour de moi. Je suis le produit de mes expériences, façonnée par des mains indifférentes et, maintenant, c'est à moi de recoller les morceaux, peu importe combien ils me coupent en retour.

— Je ne serai pas comme toi, maman. Je ne lui donnerai pas mon cœur.

Les mots glissent de ma bouche dans le vide. Ou peut-être simplement à mon reflet intérieur, brisé. Peu importe. Je les prononce pour me convaincre… que je ne suis pas condamnée.

Chapitre 48

Maxime

Je ne pourrai jamais changer, j'en suis consciente. C'est un fait, gravé dans les synapses de mon cerveau comme une marque au fer rouge. J'aime ça autant que je me hais de l'aimer. Comment désirer autre chose quand on n'a connu que la violence, les coups, le dégoût, l'amour toxique d'une mère tombée dans les bras de son bourreau, le *désespoir* d'avoir été conçue dans cet enfer ? Elle en est sortie plus dévastée encore et, moi, je suis le rappel vivant de cette nuit où il ne s'est jamais retourné.

Par ma faute…

Les muscles endoloris, je me redresse et me dirige vers la cuisine, mon shorty abandonné sur le sol, seul mon haut couvre encore ma poitrine.

J'attrape une bouteille de rhum et mon paquet de cigarettes, puis je me traîne jusqu'au balcon où la lune devient ma seule compagne, ma meilleure amie de toujours. Elle a toujours été là, silencieuse et indifférente, témoin de mes chutes répétées.

La baie vitrée claque quand je l'ouvre, et j'y laisse l'empreinte de mon sang. Je porte la bouteille à mes lèvres pour une grande gorgée, puis l'abandonne pour la roulette de mon briquet qui crisse, et j'aspire la fumée, carbonisant mes poumons pour précipiter ma fin.

Mes pensées courent, reviennent à eux. Dean, si emporté dans ses propres pulsions qu'il se laisse happer par mon univers tordu. Le Masque Doré, qui m'a cernée comme personne… qui a creusé un sillon si profond en moi que j'ai le sentiment qu'il habite chacune de mes inspirations.

Je les déteste autant que je les veux.

Je les veux… car eux me regardent vraiment.

Ils voient la bête assoiffée de chaos que je suis et l'embrassent sans détour, avec la brutalité et la saleté que je mérite, que je réclame.

La fumée s'échappe en tourbillon sous le ciel nocturne, pour se mélanger à la brise fraîche qui balaie le balcon. Mes pensées sont lourdes, chargées de regrets et de désirs contradictoires qui m'assaillent sans répit. Chaque bouffée est un rappel de mes combats internes, de cette lutte incessante entre la recherche de plaisir et la répulsion que j'éprouve pour ce que je suis devenue.

Mes doigts tremblent alors que je repose la bouteille sur le garde-corps, le verre claque contre le métal. Le silence de la nuit est ponctué par le lointain écho des vies qui continuent, indifférentes à ma détresse.

Je me sens seule, terriblement seule, cette solitude n'est autre que le prix à payer pour mes choix, mes obsessions. Le rhum brûle ma gorge, mais c'est une brûlure de bienvenue, un rappel que je peux encore ressentir quelque chose malgré tout.

Le vent se lève, ma peau exposée frissonne pendant que je tire une autre bouffée, laissant la nicotine calmer le tumulte temporaire de mon esprit.

Je laisse échapper un soupir… de douleur et de résignation. Ce n'est qu'une question de temps avant que tout ne s'effondre autour de moi. J'aimerais croire que je peux me libérer de ce cycle. Mais… il y aura toujours un « ensuite ». Il y en a toujours un pour moi, un prochain gouffre à explorer, un nouveau délire où je m'abîme.

L'alcool brun descend aussi vite que mon paquet de clopes. Mes jambes tremblent, s'ankylosent sous le poids de l'alcool et de l'épuisement. Mes sens vacillent, tout comme mon équilibre. Un vertige m'engloutit, et je m'écroule sans grâce tandis que la bouteille m'échappe des mains. Elle éclate au sol dans un fracas cristallin, un dernier écho de verre qui se brise. Les éclats se dispersent dans ma chute. J'ai la tête lourde, le cœur chargé de rancœur et d'envies insalubres.

Au-dessus, la lune me contemple, silencieuse.

Détachée.

Comme ma mère l'a été, autrefois.

Comme je le suis de mon propre sort.

Mon dos rencontre le sol froid, chaque fragment de verre brisé près de moi est une représentation éclatée de ma propre existence. La douleur dans ma main se mêle à celle de mon cœur. Je ferme les yeux pour essayer tant bien que mal d'échapper à la réalité oppressante qui m'entoure. Le vent s'intensifie, soulève des mèches de mes cheveux et les disperse autour de mon visage comme les serpents de Médusa.

La nicotine me laisse un arrière-goût amer, tout comme les souvenirs des dernières heures. Les échos d'une fête lointaine me parviennent, des rires et des basses qui résonnent dans la nuit, mais elles sont hors d'atteinte. C'est comme regarder un film à travers une vitre embuée d'une autre réalité, plus lumineuse, qui n'a rien à voir avec la mienne.

Ici, sur ce balcon glacial, je baigne dans une sorte de vide, un crépuscule sans fin.

Mon esprit s'égare vers Dean. Sa colère, son désir, cette flamme rebelle qu'il porte en lui et qui me font autant de bien que de mal. Quelque part, j'y vois un espoir. Un espoir dangereux, car il pourrait aussi bien me sauver que me précipiter un peu plus dans l'abîme. Et ce paradoxe me crucifie. Dois-je le repousser pour le protéger de ma noirceur ? Ou dois-je l'attirer encore plus près pour ressentir ce frisson réconfortant au creux de l'âme ?

Tout se bouscule dans mon crâne, je n'arrive pas à trancher. Je ne peux pas décider maintenant. Pas ici, pas alors que je tremble, à moitié ivre, épuisée par mes propres contradictions.

Un gémissement douloureux m'échappe alors que je me recroqueville en fœtus, priant que le béton m'aspire dans un quelconque oubli. Le sommeil ne viendra pas, je le sais. L'oubli non plus, pas cette nuit. Je suis trop lucide dans mes ténèbres.

Un rire amer éclate entre mes lèvres, un rire qui se mue en un sanglot brutal. Mes yeux se posent sur ce tatouage gravé sur mon épaule :

SURV;VRE.

C'est censé être mon étendard, mon cri de guerre. Un rappel que j'ai la force de surmonter n'importe quel enfer. Mais ce soir, il me semble si dérisoire, je dirais même ironique. Comme s'il se moquait de chaque fois où j'ai cru sortir la tête de l'eau, alors que je ne faisais que surnager dans mon désespoir.

J'ai survécu, oui. Mais ai-je vraiment vécu ?

Les larmes brouillent ma vision, et mes muscles se contractent tandis que j'effleure les lettres de mon tatouage, comme si les caresser pouvait me redonner un peu d'humanité. Chaque trait me hurle qu'il faut plus que résister : il faut vivre, vraiment. Trouver un sens, une lumière au-delà de l'ombre.

Je lève les yeux vers la lune, cet astre taciturne qui me contemple dans ma nudité émotionnelle, et je murmure, la voix enrouée par la fatigue :

— Tu me vois, là, à me battre pour quelque chose de plus grand qu'une survie monotone… Je veux vivre. Je veux être vivante, avec tout ce que ça implique.

Les mots se dissipent dans le noir, emportés par le vent, sans écho ni réponse. Pourtant, les prononcer à haute voix me donne l'illusion que j'ai un semblant de contrôle sur mon destin. Mais ça ne fait qu'ajouter de l'acide dans ma bouche, car c'est *impossible*.

Mes doigts attrapent à l'aveugle un bout de ce qui reste de ma bouteille que j'agite devant mes yeux, sa surface reflète faiblement le clair de lune.

SURV;VRE.

Ces lettres, marquées à jamais dans ma peau, deviennent un fardeau. Une rage contre la simple survie qui m'a tenue captive si longtemps.

D'un geste féroce, je passe le verre sur le tatouage, grattant les lettres SUR. Chaque mouvement est une affirmation : je ne veux plus juste survivre. Les lettres s'effacent sous l'assaut du verre, pour laisser derrière elles une trace rouge et douloureuse qui brûle à la fois ma peau et mon âme.

Je laisse tomber le morceau et contemple le sang se mêler aux débris autour de moi.

— Vivre, murmuré-je au vent, aux étoiles, à moi-même. Vivre, pas seulement survivre.

CHAPITRE 49

DEAN

Je pousse la porte de l'appartement et ressens encore l'écho de la patinoire résonner en moi : le rugissement de la foule pulse au rythme de mon cœur, un refrain impossible à chasser. L'air est chargé d'adrénaline, de joie, mais aussi d'une certaine fébrilité électrique, comme si la nuit était prête à tout embraser.

À l'intérieur, les gars sont déjà disséminés partout. Certains ont une bouteille à la main et saluent bruyamment les nouveaux arrivants. D'autres esquissent quelques pas de danse, les épaules encore raides du match mais déjà allégées par l'euphorie de la victoire. La musique vrille l'espace, les basses résonnent jusqu'au fond de ma cage thoracique.

— Hé, Dean ! T'as vu ça ? On les a massacrés !

La voix de Parker m'arrache un sourire, lorsqu'il me tape dans le dos.

— C'est clair, c'était énorme, réponds-je en attrapant quelques bières dans le frigo.

J'en distribue autour de moi, sentant la fièvre de la soirée monter en même temps que le niveau sonore. Les visages sont illuminés par un mélange d'ivresse et de fierté, la détente après la tension du match. C'est toujours le même rituel, l'excitation bouillonne, les discussions fusent, et la nuit se promet longue et délirante.

Je me pose enfin, une bouteille fraîche dans la main, et balaie la pièce. Chaque victoire a son goût particulier ; un subtil mélange de soulagement et d'ivresse. Mais ce soir, une autre saveur s'y ajoute, une tension sous-jacente, un manque que je ne m'explique pas. Il me faut quelques secondes pour comprendre.

Elle n'est pas là, et son absence me laisse un drôle de vide après l'avoir vue squatter notre appartement durant plusieurs jours.

— On devrait faire un toast ! lance Saul, déjà en train de se faire une place au centre du salon.

Je me joins à la ronde, bière levée, entendant des éclats de rire qui rebondissent sur les murs.

— À l'équipe, à la victoire, et aux nuits qui ne font que commencer ! proclame Saul.

Les verres et les canettes s'entrechoquent dans un chœur de vivats.

La soirée défile entre les rires, les vannes, des gens qui dansent, et d'autres qui se collent avec une complicité naissante. C'est à la fois bruyant et chaleureux, exactement ce qu'on attend d'une fête après un match gagné. Pourtant, sous le brouhaha ambiant, je décroche, mon regard scanne la foule, à la recherche… de rien. Ou plutôt, de quelqu'un.

Je suis allégé qu'elle ne soit pas là pour semer son chaos, et en même temps, une partie de moi est étrangement déçue de ne pas la voir surgir avec sa manière provocante et ce regard chargé d'ironie et de feu. À chaque grand éclat de rire, j'ai l'impression d'apercevoir un bout de sa silhouette, et quand je me retourne, évidemment, elle n'est pas là.

Je secoue la tête, avale une gorgée de bière.

Ça suffit, faut pas se prendre la tête.

Mais même dans l'exaltation de la victoire, je ne parviens pas à la chasser de mon esprit. Elle est une ombre colorée, une impression électrique qui me colle à la peau. J'ignore ce que ça signifie. Je n'ai pas envie de creuser davantage.

Je m'efforce de profiter de la fête, mais il y a une partie de moi qui reste ailleurs, tournée vers elle. Cette présence tumultueuse qui fait jaser, et qui, malgré son absence, semble hanter la soirée. Même au sommet de l'euphorie, elle reste insaisissable. Inévitable. Dans la liesse générale, un coin de mon esprit la cherche, comme si j'en avais besoin pour rendre la fête complète ou pour la faire exploser.

Je me contente de ce tiraillement intérieur et me promets de l'oublier le temps d'une nuit, de me noyer dans les sons de la musique, les rires des autres, et l'orgueil savoureux d'avoir décroché la victoire. Mais soyons réalistes, ce n'est qu'une diversion passagère. Maxime est gravée dans un recoin, et pas même la plus grande des fêtes ne pourra déloger son ombre trop longtemps.

Je suis en pleine discussion au milieu du salon quand le rire d'Eden se brise en un cri à glacer le sang.

— Max !

Le ton est si tranchant, si urgent, qu'il gèle toute l'euphorie entre les murs d'un seul coup. Mon cœur fait un bond et repart à toute vitesse. Eden disparaît déjà dans le couloir, filant en direction de la porte d'entrée. À mes côtés, Parker reste figé, sa bière en suspens, un masque de confusion sur le visage. Sans réfléchir, je me mets à courir.

Je déboule sur le balcon, d'où je l'ai entendu crier. L'air de la nuit me heurte de plein fouet, chargé d'un sombre pressentiment. Du coin de l'œil, j'aperçois la murette basse qui sépare nos balcons. Sans hésiter, je la franchis d'un saut précipité.

La scène me frappe tel un véritable coup de poing dans le ventre. Maxime est effondrée au sol, pratiquement nue, le corps lacéré de marques rougeâtres et de sang. Sa respiration est irrégulière, et ses yeux, habituellement si vifs, sont noyés dans la douleur.

Mon pouls défonce mes tempes. Je laisse tomber ma bière, l'éclat du verre contre le béton me semble lointain, irréel, noyé sous un épais brouillard. Je m'agenouille près d'elle, mes mains tremblantes effleurent sa peau meurtrie.

— Qu'est-ce qu'il s'est passé ?

Ma voix devient un grondement, rauque, coloré d'une peur que je ne peux cacher, même si je le voulais. Derrière nous, les bruits de la fête persistent, transformés en un bourdonnement sans sens. Il n'y a qu'elle et moi, et l'urgence de la sauver.

Elle me jette un regard suppliant, le visage déformé par la souffrance.

— Aide-moi…

Son chuchotement se brise sous le poids de la détresse. Je ne réfléchis pas, glisse mes bras sous son corps frêle, puis la soulève délicatement.

— Reste avec moi, Maxime…

J'entends des coups précipités contre la porte, des voix qui s'affolent. Saul et Eden font irruption depuis l'entrée, les traits paniqués. Je traverse la pièce, le cœur à l'agonie, et m'apprête à la poser sur le canapé.

— Trouvez une trousse de secours ! Vite !

Ils fouillent frénétiquement dans les placards, jusqu'à retourner l'appartement pour trouver de quoi soigner ses blessures. Pendant ce temps, je me penche sur elle, la gorge serrée. Elle a du mal à garder les yeux ouverts, et sa voix, quand elle émerge, est fragile :

— Pas ici…

Ses larmes commencent à couler. Cette simple phrase me lacère autant que le spectacle de son corps mutilé. Sans hésiter, je la reprends dans mes bras. Elle paraît minuscule, si légère à porter. Une contradiction totale avec la force insolente qu'elle affiche d'ordinaire.

— Ça va aller, la rassuré-je, ou peut-être que c'est moi que je tente de rassurer.

Je m'avance à travers le salon, direction sa chambre. À chaque enjambée, je peux sentir son souffle chaud et saccadé heurter ma poitrine. Mes pensées s'entrechoquent, elles balancent entre la peur et l'urgence, entre la colère et cette étrange compassion qui m'était inconnue jusqu'à maintenant.

La fête et les rires ne sont plus qu'un souvenir lointain, un décor flou qui s'écroule autour de nous. Toute mon attention, toute mon énergie, converge vers elle.

Je donne un coup de pied dans la porte de sa chambre pour l'ouvrir et la dépose avec précaution sur le lit, remarquant son corps se contracter à chaque geste. Son visage se crispe, et ça me déchire de l'intérieur.

— Je suis là, la rassuré-je. On va s'occuper de toi.

Je jette un regard urgent par-dessus mon épaule.

— Magnez vos culs, putain !

Lorsqu'ils arrivent enfin, la trousse de secours à la main, je m'agenouille près du lit. Mes yeux ne peuvent se détacher d'elle, de ses mèches colorées collées sur son front trempé de sueur, de son regard inexistant sous la souffrance. Le décalage entre la lumière douce de la chambre et la gravité de la situation m'assomme.

— Reste avec nous, Max !

Je préfère fixer ses blessures plutôt que son visage, tant j'ai peur d'y lire un mélange insoutenable de détresse et d'accablement. J'entreprends d'enlever lentement quelques éclats de verre incrustés dans sa paume, chaque soupir qu'elle pousse me fait bouillir de rage.

Parker, arrivé en trombe, s'installe de l'autre côté du lit. Il effleure ses cheveux, les dégage derrière son oreille pour la tranquilliser.

— Eh, ma beauté, si tu voulais t'amuser, t'avais qu'à nous appeler, lâche-t-il dans une tentative maladroite de détendre l'atmosphère.

Saul, adossé contre le mur face au lit, fronce les sourcils.

— Elle s'est fait violer, balance-t-il d'un ton grave.

Un silence tombe, si épais qu'il me donne la nausée. Eden sursaute, l'inquiétude et la colère se battent dans ses yeux.

— Arrête tes conneries, Saul ! Tu crois que c'est le moment de dire des conneries pareilles ? crache-t-il.

Saul pointe du doigt les cuisses de Maxime, où des marques évidentes de lutte sont visibles.

— Alors, si je dis des conneries, explique-moi ça !

J'ai l'impression que mon sang s'embrase, mes dents se serrent si fort que je pourrais m'en briser la mâchoire. Eden et Parker ne bougent plus, aussi sidérés que moi. Soudain, sa voix fend l'atmosphère :

— Ce n'est rien, je vous jure… c'est rien…

Ça me fait l'effet d'un coup de poignard. Elle tente de nous apaiser, alors que c'est clairement à elle qu'il faut porter secours.

— Maxime, tu ne peux pas garder ça pour toi, grondé-je, la colère étouffée dans ma gorge. Parle-moi, dis-moi ce qui s'est passé.

Son regard accroche le mien, j'y trouve un mélange de défi et de souffrance. Elle ouvre la bouche qui peine à articuler.

— Je… je ne peux pas…

Sa voix se brise, et je comprends que quelle que soit l'horreur qui s'est abattue sur elle, elle n'est pas prête à la partager. Derrière moi, j'entends Eden inspirer douloureusement, prêt à exploser. Parker pose une main sur l'épaule de Maxime, cherchant à la réconforter. Mais dans l'éclat de ses prunelles, elle ne trouve aucun réconfort, il n'y a qu'une détresse infinie. Quelque chose de lourd, de noir, qu'elle refuse de lâcher.

J'ai la main posée sur sa peau et continue de retirer un éclat de verre qui s'est logé près de la naissance de ses doigts. Le moindre frôlement la fait frémir, contrairement à moi : ma colère se nourrit de son souffle haché.

— C'est lui ? supposé-je d'une voix qui se veut ferme, mais qui en devient tout l'inverse.

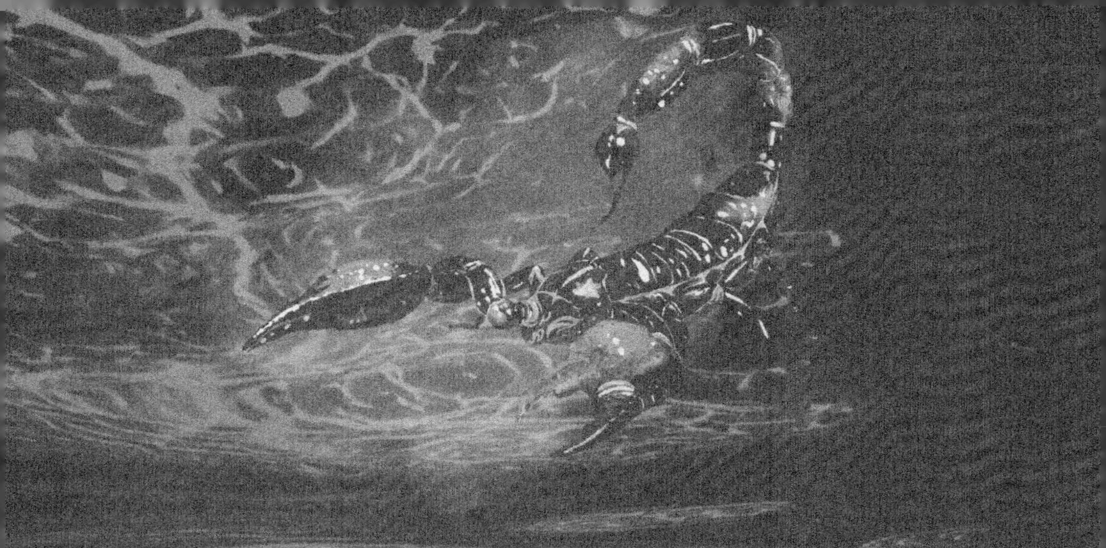

Chapitre 50

Dean

Eden, Parker et Saul observent la scène en silence, tout en échangeant des regards anxieux. Maxime relève vers moi des yeux voilés de larmes, mais malgré tout, il y a dans son regard une flamme… farouche… déroutante.

— Tu as déjà eu une obsession, Dean ?

La question me fait l'effet d'un crochet en plein sternum. Elle me prend de court, ébranle mes certitudes. Je ne comprends pas où elle veut en venir, pas dans un moment comme celui-ci.

Elle continue, la voix faible, à bout de force, mais étrangement ferme.

— Ma mère était obsédée par son violeur… jusqu'à en tomber amoureuse.

Elle hoche la tête, pour souligner l'absurdité de la chose. Puis ses traits se durcissent, et une lueur trouble brille au fond de ses billes.

— Moi, j'en ai deux. Et je ne veux pas qu'on me les retire, même si je crève quand ma deuxième obsession débarque.

Un frisson me traverse. Son aveu m'atteint, autant qu'il me dérange et me blesse. Les mots semblent résonner dans ma cage thoracique, ce qui laisse une sensation de vide insupportable. Je me force à maintenir mon calme, à poser fermement ma main sur son poignet comme pour l'ancrer au sol.

— Ce que tu vis, ce n'est pas de l'amour, rétorqué-je, la voix rauque de douleur. C'est une dépendance malsaine. C'est dangereux, pas seulement pour toi…

Je m'arrête, incapable de finir ma phrase. Je suis inquiet pour elle, mais peut-être aussi pour moi, pour ce qu'elle soulève en moi ; ce trouble, cette fascination que je n'assume pas.

— Tu ne comprends pas.

Elle a le visage tendu, la mâchoire crispée. Son regard me transperce et fait vaciller ce qu'il reste de ma détermination.

— Tu ne peux pas comprendre, parce que tu ne l'as jamais ressenti. Ça me nourrit autant que ça me détruit. J'en ai besoin pour respirer, même si c'est toxique. Je suis… une anomalie, Dean. Je souffre, et rien ne peut me réparer. Rien.

Ses mots se meurent dans un sanglot étouffé. Ses yeux cherchent désespérément une lueur d'empathie dans les miens, comme si l'admettre à voix haute lui arrachait un lambeau d'âme supplémentaire.

Derrière moi, j'entends Eden déglutir, je perçois le souffle nerveux de Parker, et Saul qui serre les poings. Aucun de nous ne sait quoi répondre. Nous sommes tous tétanisés par la conscience que, cette fois, elle est allée trop loin, qu'elle se noie dans un gouffre où elle refuse qu'on la suive, mais dont elle ne veut pas qu'on l'arrache non plus.

Mon cœur palpite si fort que j'en ai mal. Je voudrais la secouer, la forcer à comprendre le danger, à ouvrir les yeux sur la toxicité de ses actes. Mais comment changer la donne quand son histoire a forgé ce besoin ? Ce manque. Cette soif tordue.

Je ravale ma frustration. Je repose mes yeux sur l'éclat de verre dans sa plaie.

Il faut ôter le corps étranger pour la soigner, mais elle, elle s'y accroche, comme si la douleur était la seule façon de se sentir vivante.

— Maxime…

Ma voix n'est plus qu'un chuchotis. Une prière, peut-être, je n'en sais foutre rien. Nous restons suspendus entre la réalité brutale et ses confessions sulfureuses. Son bras tremble sous ma main, son souffle se brise dans un nouveau sanglot.

La main de Parker effleure ses cheveux colorés.

— De quoi es-tu souffrante, mon Arc-en-ciel ? lance-t-il d'une voix étrangement tendre, tandis que son regard cherche à croiser le sien. Dis-nous, qu'on puisse mieux te comprendre.

Je lève brièvement les yeux vers lui. Parker a toujours eu une approche différente avec elle, une fusion d'humour et d'affection sincère probablement due à leur âge similaire qui joue un rôle crucial. Puis ça me frappe à quel point il peut être protecteur, malgré ses airs de fêtard insouciant.

Eden, lui, s'avance, la mâchoire crispée par l'inquiétude. Il s'accroupit à sa hauteur et pose une main hésitante sur son épaule valide, par peur de la briser davantage.

— On est là, Max… ajoute-t-il, son regard allant de Parker à moi, à la recherche d'une quelconque assurance. Parle-nous. Aide-nous à comprendre ce qui te fait tant souffrir.

Saul reste en retrait, adossé contre le mur, les bras croisés. Son visage fermé exprime tout autant de tension, mais il ne bronche pas. Il la fixe comme s'il attendait une explication qui ne viendra peut-être jamais.

Elle inspire difficilement, son regard passant de l'un à l'autre, elle est sur le point de lâcher quelque chose d'intime. Son silence se prolonge une seconde de trop, et quand elle parle enfin, c'est un aveu qui lui écorche la gorge et me poignarde le corps.

— J'ai été diagnostiquée, il y a quelques années… d'un trouble paraphilique sadomasochiste extrême. Les médecins disent que c'est mon cerveau qui a réagi… qu'il s'est reconfiguré pour survivre. Une sorte de verrou. Une protection contre les viols répétés que j'ai subis toute mon enfance.

Je fixe l'encre sur sa peau, avec l'envie de tout calciner.

— Apparemment, c'est classique, chez certaines victimes. Le traumatisme devient une norme. Le cerveau lie la peur à l'excitation. Et après… tu ne sais plus vivre autrement, continue-t-elle les joues baignées de larmes.

La pince entre mes doigts tremble, tandis que mon souffle se fait plus nerveux, au plus je l'écoute.

— Ce n'est pas un choix. Pas un fantasme tordu. C'est une maladie. Mais c'est aussi devenu ma nature. J'ai… besoin de violence. De… domination. Je ne peux pas fonctionner autrement. C'est… c'est plus fort que moi.

Parker cesse de caresser ses cheveux, figé. Eden détourne brièvement le regard, comme s'il essayait de digérer l'information. Saul se redresse, l'air toujours aussi fermé.

Quant à moi, mon cœur se serre. Elle nous jette un regard incertain, prête à se protéger de nos jugements.

Je lâche la pince, mes mains tremblent pendant que je me recule, réalisant à quel point ce que je suis s'emboîte à ce qu'elle est. Je pourrais être celui qui lui donne ce qu'elle réclame. Je pourrais l'emmener là où plus personne ne revient.

Mais à quel prix ?

Je la regarde, et l'envie de la posséder s'éloigne de mon crâne qui ne hurle plus qu'une seule chose :

Protège-la. De ce monde. De toi.

— Je… je vais prendre l'air.

Je traverse le couloir à grandes enjambées, mes nerfs à vif, et je débouche sur le balcon. L'air nocturne, glacial, me heurte immédiatement, mais il n'a rien d'apaisant. Je sors une cigarette, l'allume de gestes fébriles, et inspire la nicotine comme un naufragé cherchant son dernier souffle.

Dans ma tête, les mots résonnent encore, se mêlant à son regard, à ses plaies, à sa confession. « Deux obsessions »… « Paraphilie »…

Je lâche un rire amer, qui ressemble plus à un grognement. Elle est cinglée. Brisée. Et pourtant, je sens bien la manière dont mon cœur bat plus fort chaque fois que je pense à elle, comme si son désastre intérieur m'attirait avec une force magnétique. J'ai l'impression d'être un papillon qui fonce volontairement dans la flamme, fasciné par la lueur mortelle.

La baie vitrée coulisse derrière moi. Je n'ai pas besoin de me retourner pour savoir de qui il s'agit. Je l'entends s'approcher de la rambarde. Il s'y adosse en silence, les bras croisés. Il attend que je parle, que je crache ma rage, autant que mon incompréhension.

Je tire une longue bouffée. La fumée me brûle la gorge, mais c'est toujours moins vif que cette tempête sous mon crâne.

— Elle est foutue, mec, lâché-je, impuissant.

— Ouais… Et toi, t'es foutu avec elle, rétorque Saul.

Mes mâchoires se contractent en même temps que mes doigts se referment plus fort sur la clope.

— Je veux qu'elle parte, elle doit dégager de nos vies, sifflé-je.

Il pivote sur lui-même pendant que ses prunelles sombres se braquent sur moi. Il n'ajoute rien, mais son regard me transperce pour jauger la cohérence entre mes mots et ce que j'ai envie de hurler vraiment.

Je me mens à moi-même, je le sais pertinemment, mais il le faut, je veux qu'elle s'éloigne au risque que je la détruise, plus qu'elle ne l'est déjà. Pourtant, la simple idée de ne plus la voir, de ne plus percevoir cette lueur dangereuse dans ses yeux, crée un vide monstrueux au creux de mon ventre.

— Non, tu veux qu'elle reste. Parce que tu es le seul à pouvoir lui offrir ce qu'elle réclame.

Il attend que je réagisse à tout ce qu'il vient de balancer, sauf que je suis incapable de sortir le moindre mot ; de la même façon que je ne peux m'empêcher de repenser à cette foutue soirée, lorsque j'ai senti le « monstre » se réveiller en moi.

Je ferme brièvement les yeux. Les images m'étouffent. Maxime, à genoux. Son visage rouge, nos respirations hachées. Elle me provoquait comme jamais, le sourire au bord des lèvres, les pupilles dilatées par quelque chose de sombrement dangereux. J'ai essayé de garder le contrôle, de ne pas replonger dans ce vieux schéma que j'avais laissé derrière moi. De ne pas redevenir ce type que j'étais avant.

Et j'ai craqué, sous ma raison qui se faisait la malle, emportée par une pulsion primaire de voir sa gorge enroulée. Eh merde ! je ne sais même pas comment on en est arrivés là. Peut-être qu'elle l'a suggéré, ou peut-être que c'est moi qui l'ai initiée. Tout ce que je sais, c'est que je n'ai pas reculé.

J'ai vu la lueur dans ses yeux changer, devenir encore plus vive. J'ai senti son corps se cambrer, son souffle saccadé contre la pression de la ceinture.

Et ça m'a comblé.

Une partie de moi, la plus sombre, exultait. J'ai retrouvé ce frisson de domination et de violence, ce truc à la fois vieux et nouveau que j'avais tenté de rayer de ma vie. Mais avec elle, je n'étais plus ce Dean « rangé » ou « discipliné ». Non, j'étais ce mec que j'avais toujours craint de redevenir : brutal, bestial, habité par un désir de tout détruire.

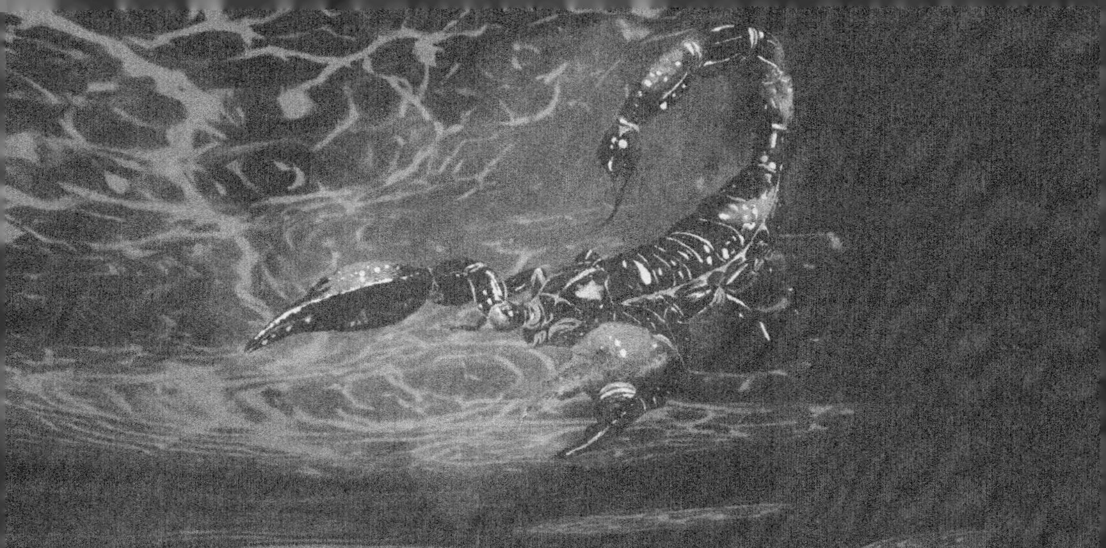

CHAPITRE 51

DEAN

Elle… elle se laissait faire, lâchant des gémissements à la frontière du supplice et de l'extase. Je n'avais jamais vu quelqu'un s'abandonner autant. Un moment, j'ai même pensé que j'étais en train de la perdre, qu'elle étouffait sous mon emprise. Mais elle a planté ses ongles dans mes bras en me suppliant de ne pas m'arrêter.

Après… je ne sais plus vraiment ce qu'il s'est passé. Je me rappelle juste m'être réveillé le lendemain, la ceinture abandonnée sur le sol de ma piaule, un sale goût de cendre dans la bouche. Et le souvenir de son regard brillant, triomphant, comme si elle avait trouvé chez moi l'exacte noirceur qu'elle cherchait.

— Ce connard ! crié-je pour effacer ce moment de ma mémoire, peut-être même l'idée qu'un autre la détruise, si je m'éloigne.

Je balance ma cigarette par-dessus le balcon et la regarde se faire avaler dans l'obscurité.

— Je vais le trouver, et je vais lui faire regretter d'avoir posé ses sales mains sur elle.

Il hoche la tête, mais ça semble faux.

— Et quand tu l'auras trouvé ? Tu crois vraiment que ça va suffire ? Que ça va la guérir ?

Je me pince l'arête du nez, incapable de répondre. La vérité, c'est que même si ce salopard disparaît, Maxime continuera à se briser d'une autre façon, peut-être même avec un autre type.

Saul pousse un soupir tout en se redressant.

— Tu veux mon conseil ?

— Non.

— Je vais quand même te le donner. Arrête de lutter. T'as déjà perdu la face.

Je le fusille du regard, mais il se contente de me taper sur l'épaule. Je passe une main dans mes cheveux, l'adrénaline de la soirée toujours ancrée dans mes veines. J'ai beau tenter de rationaliser, d'éteindre ce brasier qu'elle a allumé en moi, y a un truc qui me griffe de l'intérieur. Une putain d'injustice.

— Elle ne peut pas aimer subir ça, balancé-je, la mâchoire serrée.

Saul, qui était déjà prêt à rentrer, s'arrête net. Il me regarde par-dessus son épaule, avant de revenir vers moi, croisant ses bras contre sa poitrine. Son regard est froid, tranchant, comme un scalpel sur une plaie déjà ouverte.

— T'en es sûr ?

Je fronce les sourcils.

— Quoi ?

Il secoue la tête, un rictus tordu sur les lèvres.

— Dean, tu la regardes comme si elle était à toi. Comme si t'avais le droit de décider ce qui est bon ou non pour elle. Mais putain, t'as vu Maxime ?

Je garde le silence pendant que ma colère gronde dans mon ventre.

— Elle vit dans ce merdier, elle s'y nourrit. Elle cherche pas un mec qui va lui dire que c'est mal, elle cherche un mec qui va lui prouver que c'est pire que tout ce qu'elle imagine.

Mes doigts blanchissent sur la rambarde.

— C'est une connerie. Ce n'est pas ce qu'elle veut, tenté-je de me convaincre.

Saul ricane, mais il n'y a rien d'amusé dans son rire.

— T'as vu comment elle te regarde ? Tu crois que c'est juste de la provocation ? Elle te supplie. À sa façon tordue, mais elle te supplie. Elle sait probablement que tu es celui qui peut l'accompagner.

Je détourne le regard, incapable de supporter son analyse, parce qu'au fond, je sais qu'il a raison.

— Tu flippes comme un putain de gamin… parce qu'elle t'a réveillé. Le monstre que t'avais enfermé sous clef ? Il griffe déjà les barreaux. Et t'as peur qu'elle lui ouvre la cage en grand.

Je relève la tête. Mon regard accroche le sien, mais c'est trop tard. Il a visé juste. Pile là où ça fait mal.

— Elle veut pas juste tomber, Dean. Elle veut s'écraser avec quelqu'un. S'effondrer dans une putain d'extase morbide. Et t'es l'enfoiré parfait pour ça.

Mon cœur cogne à me défoncer les côtes. Il sait exactement où frapper. Sa phrase me renvoie à la fois à ce que j'étais et à ce que je suis encore, quelque part, sous mes airs de mec rangé. J'ai beau lutter, je ne peux pas nier que l'obscurité de Maxime réveille la mienne.

— Ferme ta gueule, Saul, répété-je, sans vraie conviction.

Il arque un sourcil, toujours avec son rictus moqueur accroché aux lèvres.

— Tu sais que j'ai raison.

Je le fusille du regard, les mâchoires serrées à m'en péter les dents. Il insiste. Et je le hais de foutre les mots exacts sur ce que je m'efforce de taire.

— Quand on s'est rencontrés, tu les prenais comme des chiennes. Tu les brisais, une à une, et t'en redemandais. T'as pas arrêté par vertu, Dean. T'as arrêté par obligation. Mais Maxime… elle t'offre une putain de boussole vers ta part la plus noire.

Une colère brute me monte au visage. J'ai envie de le cogner, de tout envoyer valser, mais ça ne ferait que prouver à moi-même qu'il a tapé juste.

— Ce n'était pas pareil… lâché-je, plus pour me persuader que pour lui répondre.

— Non ? Alors explique-moi.

Je ravale un juron, mes ongles s'enfoncent dans ma paume jusqu'à frôler la peau.

— Avant, j'étais juste un enculé sans attaches. Je baisais pour expulser mes démons. Pas pour les partager.

Saul hoche la tête.

— Et maintenant ?

Je baisse les yeux. La réponse, je la connais, mais elle me fout la trouille. Maintenant, c'est bien plus qu'un simple défouloir. Y a quelque chose chez elle qui m'obsède, m'aspire dans son propre chaos, et ça réveille un besoin qui me dévore. Une partie de moi est terrifiée, l'autre ne demande qu'à s'y abandonner.

— Je ne veux pas redevenir ce monstre, finis-je par articuler, la gorge nouée. Le mec que j'étais… il aurait pu la briser juste pour le frisson.

— Et t'en as encore envie ? demande-t-il, calmement.

Je relève les yeux.

— Une partie de moi, ouais.

Il soupire, puis claque ses doigts contre la rambarde.

— Dans ce cas… il va falloir que tu poses des limites. Claires. Nettes. C'est pas elle qui va t'en poser. C'est à toi de la tenir.

Il continue, implacable.

— Je sais que tu flippes à l'idée de devenir comme ta putain de famille foireuse. Parce que tu as failli tout perdre.

Mes dents grincent alors qu'il mentionne ce pire moment de ma vie.

— Ferme ta gueule !

Il n'en a rien à foutre de mes menaces. Il enfonce le clou, droit au cœur.

— Rien t'oblige à être pire qu'eux, Dean. Rien t'oblige à la briser pour mieux la posséder. Mais si t'es pas capable d'assumer ce qu'elle fait ressortir en toi, t'as un problème.

Je lâche un rire sans humour, le regard braqué sur l'horizon noir.

— Et c'est quoi ta solution de merde, alors ? Parce que peu importe ce que je fais, elle me bouffe la tête.

Saul me fixe avec cet air de mec qui a tout compris avant moi, je n'ai pas besoin de le voir… ça se sent à des mètres.

— Sois juste le vrai toi. Et peut-être que cette obsession qu'elle a pour l'autre disparaîtra.

Je rejette la tête en arrière, observe le ciel, cherchant une réponse. Mais tout ce que j'y trouve, c'est un vide insondable qui me renvoie à ma propre confusion. Je serre les mâchoires, tiraillé par cette alternative empoisonnée. Ni l'un ni l'autre n'est une solution satisfaisante. Et si je choisis de jouer avec elle, c'est remettre un pied dans un univers que je croyais avoir enterré à jamais.

Mon estomac se contracte, j'ai cette sensation qu'un uppercut s'enfonce dans mon estomac et que la bile gagne ma gorge. Je m'imagine cet enfoiré la posséder. Ce putain de fantôme qu'elle cherche sans même s'en cacher.

Mon ami se redresse et cale son dos contre la rambarde. Il sort une clope, l'allume sans se presser, puis expire la fumée.

— En revanche, Eden et Parker ne vont pas la lâcher.

Je me tourne vers lui d'un bloc, mes muscles tendus comme des câbles prêts à rompre.

— Ils l'aiment trop, poursuit-il, toujours aussi calme. Alors pose-toi les bonnes questions. T'as deux choix : soit, tu continues à partager ta marchandise en faisant comme si t'étais le seul à avoir les clefs, soit…

Il me fixe, le regard planté dans le mien.

— Soit tu fais double job.

Un frisson de colère et d'incertitude me traverse l'échine ; c'est la merde… la grosse merde.

— Son pilier…

Il tire une latte et termine par :

— … et son bourreau.

Un silence s'abat entre nous. Mon cœur cogne à m'en faire mal, et mes tripes mijotent sous la tension. J'ai toujours cru pouvoir la repousser, cru que je gardais le contrôle de la situation. Mais la vérité, c'est que tout a basculé.

Je relâche un lent soupir et observe la ville en contre bas, comme si cette foutue nuit pouvait m'apporter un semblant de réponse. Dans ma tête, c'est un vrai chaos. Maxime est à la fois l'origine et la finalité de ce bordel.

Je prends la parole sans détour, la gorge encore serrée.

— Tu sais c'est quoi, le problème de ma famille de merde ?

Saul me dévisage, la clope coincée entre ses doigts, attend la suite.

— Ça fait des générations qu'ils reproduisent le même schéma comme si c'était normal.

Un bref silence s'installe, aussi lourd que le poids sur mes épaules.

— Mais si quelqu'un était intervenu, s'il y avait eu un gars assez différent pour foutre son grain dans ce cycle pourri… peut-être que ça aurait tout changé.

Il éclate d'un rire rauque.

— Oh putain… tu vas nous faire le mec qui croit encore aux contes de rédemption, maintenant ?

Un rictus me tord la bouche. C'est un sourire de mec qui sait qu'il saute en pleine tempête, mais qui n'a plus envie de faire machine arrière.

— Je ne parlais pas de moi.

Saul fronce les sourcils, méfiant.

— Mais de vous.

Son expression se fait plus cruelle, un sourire qui me rappelle un prédateur, alors qu'il tapote la rambarde du bout des doigts.

— Et si ça marche pas ?

Je fixe un point invisible, le cœur en vrille.

— Alors je passerai à l'autre option.

Le silence retombe, plus lourd encore. Saul ricane de nouveau et tire une dernière latte avant d'écraser sa clope du talon.

— Ou alors…

Il s'interrompt, sa voix traîne sur la proposition comme une provocation.

— Tu peux aussi alterner.

Je relève les yeux vers lui. Nos sourires se reflètent l'un dans l'autre. Différents. Mais pas tant que ça.

Si elle croit que la douleur est sa seule bouffée d'air…

Alors je serai celui qui serre juste assez pour qu'elle vive.

Et celui qui ne lâchera jamais la corde. Même quand elle suppliera d'étouffer.

Chapitre 52

Maxime

La première chose que je sens, c'est la douleur. Une pulsation sourde dans ma main, un élancement à l'épaule, ainsi que la brûlure diffuse sur mon visage… et mes fesses.

Putain.

Je cligne des yeux, encore lourds du sommeil agité qui m'a happée. Dans ma tête, tout se mêle : l'emprise du Masque Doré, la morsure des coups, puis le flou de mon retour, comme si on m'avait rafistolée à la hâte, recousue avec des fils à vif.

Ma respiration est calme, en apparence. Mais à l'intérieur, mes organes pourrissent à force de naviguer sur un fil entre la honte, la peur et… autre chose. Quelque chose d'inavouable.

Quand je baisse les yeux, j'aperçois Eden, endormi à mes côtés. Son visage est détendu, le halo de la lumière du matin caresse ses traits enfantins. Puis, un poids sur mon abdomen… Parker, son bras possessif drapé sur moi. Ils sont chauds, solides, familiers. Mon corps se rappelle de leur chaleur contre ma peau, de la manière qu'ils ont de me protéger, mais aussi de la pulsion qui m'envahit quand j'imagine leurs mains trop fermes, leurs gestes brusques, ce vague écho de domination qui me subjugue.

Je me redresse avec précaution, essayant de ne pas les réveiller. Mes pieds nus rencontrent le sol glacé, une évocation que je ne porte qu'un short de pyjama et un haut bien trop large pour être à moi.

Qui m'a changée ?

Je ravale ma pensée. Peu importe, au fond.

En silence, je quitte la chambre, filant comme un fantôme pour ne pas troubler l'équilibre étrange qui règne encore sur leur sommeil. L'appartement semble endormi. Le trafic matinal bruisse au loin, et chaque pas me ramène à la violence d'hier soir. Je grimace de douleur autant que je suis prise d'un frisson qui traverse ma colonne, de ce curieux délice que mon esprit associe à la souffrance.

Je me dirige vers la cuisine et ouvre un placard. Mes gestes sont mécaniques, à peine conscients. Je devrais réfléchir à ce qui va suivre : le Masque Doré, Dean, tous ces foutus hommes qui m'obsèdent et alimentent mes vices. Pourtant, c'est la présence d'Eden et Parker dans ma chambre qui me revient en tête. Leur façon de m'avoir réparée après l'horreur de la nuit. De ne pas m'avoir laissée sombrer seule.

Je ne sais pas si je dois sourire ou pleurer.

Le café envahit ma gorge, amer et brûlant, un baume sur mon esprit saturé. Je m'allume une cigarette, savoure la première bouffée, un maigre contrôle sur un corps qui ne m'appartient plus tout à fait, marqué par les mains d'hommes dont j'ai, malgré moi, faim.

Je traverse le salon et rejoins le balcon. L'air marin me caresse la peau nue et me fait frémir. Un frisson déplaisant. Je me souviens avoir fait tomber une bouteille. Les éclats de verre avaient volé, un miroir de mon âme en pièces. Pourtant, ce matin, tout est clean. Ils ont tout effacé, recollé mes bribes, comme si j'étais leur cause perdue.

Un nœud se forme dans ma poitrine, impossible à démêler. Je tire sur ma clope, ferme les yeux. Je ne veux pas penser à eux ni à moi, seulement me perdre dans ce néant un instant.

Le bruit léger de pas me parvient. Parker émerge, décoiffé, son torse nu, portant juste un caleçon. Il file à la cuisine, se sert du café, puis se dirige vers le balcon avec ce sourire désinvolte qui semble défier la gravité.

— Toujours matinale, lance-t-il, posant ses coudes sur le garde-corps pour me faire face, ses yeux pétillent comme s'ils surveillaient chacun de mes gestes.

Je prends une dernière taffe, recrache la fumée en un lent soupir.

— Mon absence t'a réveillé ?

Il hausse les épaules, un sourire en coin.

— Je somnolais à moitié, contrairement à Eden qui roupille comme une larve.

Son regard s'attarde sur mon visage, le coin de ses lèvres retombe quand il remarque mes ecchymoses. Il avance la main, effleure mon menton, et incline ma tête.

— Il t'a pas loupée, fait-il, la voix plus grave.

Son pouce longe ma mâchoire, où la peau doit probablement virer au violet vu la douleur qu'elle provoque. Pourtant, ce geste engendre un frémissement… une douleur rendue intime… stimulante. Ma gorge se noue, partagée entre un élan de gratitude et la honte de me savoir ainsi marquée.

— Ça partira dans quelques jours, le rassuré-je sans baisser les yeux.

Je ne lui dis pas qu'au fond, je ne regrette pas. J'ai mal, oui. Mais une part de moi se sent plus vivante dans ces meurtrissures. Elles me rappellent ce que je suis… un être qu'on torture, qu'on manipule, qui cherche lui-même la limite où plaisir et supplice se confondent.

Il m'observe, comme s'il essayait de déchiffrer ce mélange de gêne, de défi et de détresse qui flotte dans mes yeux. Dans le noisette des siens, je lis cette compassion qui me serre le cœur autant qu'elle me donne envie de rejeter l'idée même d'être sauvée.

Parce que, malgré les bleus et la peur, je veux ça. Je veux ce chaos, cette violence, cette atmosphère cruelle où moi et eux jouons, où je trouve un sens tordu à ma propre existence.

Il soupire, et je distingue un bref regret dans le mouvement de sa main qui quitte mon visage.

— Tu devrais te reposer un peu plus, Arc-en-ciel.

Un ricanement m'échappe, amer, chargé d'une ironie que je n'ai plus la force de cacher.

— Reposer quoi, Parker ? Mon corps ou ma tête ?

Il ne répond pas, mais ses yeux me parlent. Ils me renvoient un mélange d'inquiétude et de désir, un drôle de cocktail qui maintient son regard scotché au mien. Il comprend ce que je fuis, mais aussi ce que je recherche.

Je fais tournoyer ma cigarette entre mes doigts, le sel marin caresse ma peau trop nue. Parker reste contre la rambarde, le café dans une main, mais c'est à moi que toute son attention est consacrée. Une attention chaude, impérieuse… et foutrement troublante.

— Tu sais ce qu'est mon problème avec toi, Arc-en-ciel ? lâche-t-il, d'un ton amusé, mais je devine l'intensité qui bouillonne derrière ses mots.

Je hausse un sourcil, prends une nouvelle taffe avant de recracher la fumée lentement.

— Éclaire-moi, parce que la liste est déjà longue.

Son sourire se creuse, animant un éclair de malice dans ses iris, puis sa voix s'abaisse d'un cran, rauque, dans un aveu impudique.

— J'ai foutrement envie de te prendre contre cette rambarde.

Une onde de chaleur me traverse, un frisson nourri par son timbre affamé. Sa main sur ma hanche me rapproche de lui, m'embrasant toute entière.

— Et en même temps, j'ai envie de te dorloter comme un putain de bébé alors que j'ai horreur des gosses.

Ma chatte se contracte, mon ventre se noue. Il y a dans ses mots cette contradiction qui résonne tellement avec ma propre folie… j'ai soif de violence et à la fois de cette douceur inconnue. Je veux être brisée, mais aussi étrange que cela puisse paraître, j'ai autant envie d'être choyée. Mon regard se perd dans ses prunelles, et je souris.

— Alors, qu'est-ce que tu vas choisir ? Me baiser ou me border ?

Il éclate d'un rire sonore. Je le trouve éblouissant quand il rit de cette façon, comme si rien ne pouvait l'atteindre.

— Toi, t'as définitivement un grain.

— Et c'est pour ça que tu m'adores, non ?

Son sourire s'efface à peine, mais je perçois un sérieux trouble au fond de ses yeux.

— Ouais… c'est bien ça, le problème.

Sans crier gare, il me soulève d'un geste fluide. Mes jambes s'enroulent autour de sa taille dans un pur réflexe, je retiens mon souffle. Il pivote, et c'est moi qui me retrouve plaquée contre le métal, accrochée à ses hanches. Il est si proche que sa queue raide frotte mon sexe. Ses mains agrippent fermement mes cuisses, comme s'il me réclamait, et tout mon corps se réveille d'un seul coup.

Un sourire dangereux flotte sur ses lèvres, ce genre de sourire qui me fait oublier mes ecchymoses, mes peurs, mes contradictions.

— Qui es-tu, sorcière bien-aimée ? murmure-t-il, d'un souffle qui roule sur ma clavicule avant de remonter jusqu'à mon oreille.

La sensation de ses doigts sur ma peau me coupe la respiration, pendant que ses cheveux chocolat chatouillent mon nez. Il trace un cercle lent contre mon flanc, allumant un incendie au creux de mon ventre.

— Qu'est-ce que tu apprécies dans l'interdit ?

Ses mots ont la lourdeur d'une obsession, d'un désir ambigu qui me rappelle que nous ne sommes pas « normaux ». Nous avons dépassé les bornes, l'étape « juste potes » s'efface, et nous y prenons goût. Mes doigts se crispent sur ses épaules, mes ongles s'enfoncent dans sa peau brûlante pour l'obliger à sentir ma présence, ainsi que mon bas humide contre son érection.

Chapitre 53

Maxime

J'ai mille répliques sur le bout de la langue. Des provocations, des vérités, des mensonges. Mais, à la place, je le regarde droit dans les yeux, nos lèvres à quelques millimètres.

— L'interdit, Parker… c'est toi.

Un frisson parcourt son échine, et ses mains se contractent sur ma taille. Sa mâchoire se serre tandis que ses pupilles se dilatent. Il est entre l'urgence de me prendre et celle de m'embrasser sans la langue, juste pour essayer de réparer ce qui est brisé en moi.

— Putain, Arc-en-ciel… halète-t-il tout contre ma bouche, comme s'il hésitait entre rire ou plaquer ses lèvres jusqu'à m'étouffer.

Mes cuisses enveloppent un peu plus ses hanches, et je me frotte volontairement contre son érection, ce qui lui arrache un grognement. Chaque fibre de mon corps vibre, prise dans ce jeu où douleur et passion se confondent. J'attends qu'il craque, qu'il franchisse la limite, qu'il me montre, encore une fois, combien notre monde est bancal.

— Tu penses vraiment que c'est le moment ?

La tension retombe comme un coup de massue. Nous nous figeons. Dean est planté sur l'autre balcon, le regard braqué sur nous. Ses mots brûlent autant que la jalousie évidente dans son ton.

Mon estomac se noue tandis qu'il tire sur sa cigarette.

— Tu verras ça une fois qu'elle sera remise en état.

Il écrase son mégot dans le cendrier posé sur la rambarde, avant de passer souplement par-dessus la murette. Son regard sombre effleure ma silhouette, mais c'est mon bandage qui l'intéresse en premier.

Je ne bouge pas alors qu'il s'approche. Au contraire, je presse inconsciemment mes cuisses autour de la taille de Parker et savoure les contours de son membre sous mon short trop court. Sa respiration se coupe une seconde, et ses doigts caressent ma nuque en réponse.

Dean n'a d'yeux que pour ma main blessée. Il l'attrape et glisse son pouce sur la gaze imprégnée de sang séché.

— Il faut changer ton bandage, fait-il remarquer.

Puis il tire dessus, dévoilant la plaie encore lacérée. Le rouge s'y étale en arabesques cruelles. Ses sourcils se froncent quand il relève les yeux sur mon épaule.

— Tu l'as bien scarifiée, constate-t-il, trop calme pour être honnête tout en câlinant la plaie qui m'arrache l'envie de jouir.

Il étudie les lettres, puis relève ses yeux vers moi, le muscle de sa mâchoire tressaille.

— Maintenant, il dira « V;vre ».

Le silence entre nous s'épaissit. Ses doigts gardent mon poignet en otage, son pouce glisse contre ma peau, mais dans mon esprit, son mouvement prend une autre dimension.

— Est-ce que tu es sûre de vouloir vivre, Maxime ?

Aucun mépris dans sa voix, pas de froideur ou de brutalité. Juste un chuchotement à peine audible, celui d'un scalpel qui rase la plaie béante au fond de mon âme. Je ne trouve rien à répondre. Je le fixe, incapable de sortir le moindre son… je ne suis pas sûre de pouvoir vivre.

— Pose-la sur le canapé et trouve-lui de la glace, lâche-t-il à l'attention de Parker, d'un ton sec. Elle va finir par ressembler à un Schtroumpf.

Je lève les yeux au ciel, mais je suis trop épuisée pour balancer une pique. Parker resserre son emprise autour de ma taille, me conduit à l'intérieur, puis me dépose en douceur sur le canapé. Ses paumes effleurent mes hanches.

— Je sais pas ce que tu lui fais, mais on est clairement dans le même bateau, commente-t-il, avec un rictus amusé. Tes cheveux doivent être magiques, j'vois pas d'autre explication.

Je lui rends un sourire en coin tandis qu'il s'éloigne en sifflotant vers la cuisine, lorsqu'un léger courant d'air me fait lever la tête.

— J'ai une porte, tu sais.

Dean suit mon regard vers l'entrée endommagée, puis hausse les épaules.

— Si tu l'ouvres, je ne suis pas certain qu'elle reste accrochée. On fera venir une entreprise pour la remplacer.

Son ton est neutre, et pourtant, je ressens la tension qui l'enveloppe, autant que ma culotte qui s'humidifie… encore.

Il s'installe sur la table basse en face de moi et sort une trousse de soins. Ses doigts, fermes et précis commencent à retirer totalement le bandage sanguinolent de ma main. Je mords l'intérieur de ma joue pour ne pas grimacer, la douleur me ramène à la réalité, mais elle a aussi cette perversité de m'exciter et de me donner envie d'écarter les cuisses.

Je l'observe… sa mâchoire serrée, le regard posé sur ma peau mutilée, et ce léger tressaillement sous l'œil, révélateur de sa colère contenue. Il est enfin revenu… à moi.

Mon cœur s'emballe à chaque caresse médicale, à chaque soupir qu'il retient, et mon sexe lui crie de me prendre tandis que mon esprit s'imagine ramper jusqu'à ses pieds, la bouche ouverte prête à le sucer s'il me l'ordonnait.

Parker réapparaît avec un sac de glace enroulé dans une serviette, puis le presse avec douceur contre ma joue.

— Tiens bon, Arc-en-ciel, murmure-t-il, sa voix à mi-chemin entre l'inquiétude et la taquinerie.

Mais mon attention est rivée sur celui qui touche ma peau, sur la manière dont ses gestes se font méticuleux et tendres malgré l'exaspération qui l'habite. Je ne suis pas sûre de tenir bon. Il m'envoûte, me terrifie, me donne la sensation que plus rien ne m'appartient. Un poids pèse sur ma poitrine, comme si quelque chose cherchait à s'échapper de moi pour se glisser derrière ses côtes.

— Pourquoi ?

Le mot m'échappe, un chuchotement si discret que je ne suis pas sûre de l'avoir vraiment prononcé. Pourtant, il s'arrête net. Ses mains se stoppent, toujours en serrant ma peau meurtrie, et il relève la tête. Parker, accroupi, retient son souffle.

— Pourquoi quoi ?

Je le fixe, incapable de masquer les questions qui se bousculent dans ma tête : *pourquoi tu es là ? Pourquoi tu me soignes ? Pourquoi tu ne me laisses pas crever dans ma merde, alors que tu fais tout pour me détester ? Pourquoi, cette nuit, tu m'as prise dans tes bras comme si j'étais ton dernier espoir ? Et pourquoi as-tu fui ensuite en découvrant celle que je suis ?*

Ses doigts se crispent sur mon poignet. Je ravale un sanglot qui n'a rien à faire là. Je ne suis pas censée être la fille qui pleure, je suis celle qui se jette dans l'abîme.

Il finit par lâcher un grognement étouffé.

— Parce que ça me fait chier. Ça me fait chier de te voir dans cet état. Ça me fait chier de comprendre ce que tu recherches.

Ses sourcils se froncent, et sa main libre effleure la marque violacée laissée par un autre sur ma peau. Un éclair de jalousie barbare traverse ses yeux, sous une pointe de rage qui me fait frissonner.

— Et ça me fait chier de voir sur toi des putains de marques qui ne viennent pas de moi.

Mon souffle se coince dans ma gorge. Parker lâche un soupir fataliste et recule, devinant que la suite ne le concerne pas. Dean ne bouge pas. Son pouce caresse à peine cette ecchymose, pour s'approprier ma blessure.

— C'est ça que tu voulais entendre, Arc-en-ciel ? Ou tu préfères encore croire que je me fous de toi ?

Son aveu est un coup de poignard, une putain de menace sournoise. J'ai l'impression que mon esprit part dans tous les sens, tiraillé entre l'envie de me coller à lui, de l'embrasser jusqu'à en crever. Et celle de le fuir pour qu'il ne voie pas à quel point je suis accro à cette violence, et à quel point je suis en train de tout lui donner sur un plateau d'argent.

J'ouvre la bouche, mais aucun son n'en sort. Rien. Il fronce les sourcils, accompagné d'un rictus amer qui déforme le coin de sa bouche salivante.

— Tu n'as rien à dire ?

Il se redresse. Et dans son mouvement, je remarque la raideur de son corps, ainsi que l'envie qu'il ait de tout renverser.

— C'est bien ce que je pensais.

Sa voix est redevenue glaciale, atteignant un point de non-retour. Comme si mes silences, mes refus, l'avaient blessé plus que n'importe quelle insulte. Ses yeux rencontrent les miens une dernière fois, et j'y lis une détresse noire, quelque chose qui me donne envie de hurler, d'attraper son bras pour le retenir et lui avouer :

Je ne veux pas être sauvée. Je veux être aimée telle que je suis. Même si c'est moche. Même si c'est flingué.

Est-ce que t'en es capable, toi ?

De m'aimer même quand je saigne, même quand je jouis du mal ?

Mais je ne fais dis rien.

Il se détourne et sort par la baie vitrée, le dos raide, comme un animal prêt à bondir. Et son départ me laisse un goût de cendre sur la langue, un vide qui menace de m'engloutir.

Mon cœur est au bord de l'explosion, comme mes mains qui tremblent sur mes genoux.

— Putain de merde…

Le souffle me manque. Parker s'anime à côté de moi, puis il pose sa main sur ma jambe nue, son pouce trace de petits cercles sur ma peau.

— Il reviendra, me promet-il.

Je secoue la tête.

— Il n'aurait jamais dû venir.

Un rire sans joie glisse de ses lèvres.

— Toi non plus, Max… Toi non plus.

CHAPITRE 54

MAXIME

Je suis allongée sur le tapis de leur salon, mon corps sert de toile aux délires artistiques d'Eden et Parker, qui se plaisent à me recouvrir de dessins.

Leurs rires s'entremêlent à ma propre nervosité, là où chaque trait de feutre vibre comme un choc électrique. Mon cœur cogne, affolé, incapable de suivre le rythme d'un organisme qui trahit déjà mes pensées. La moindre caresse, même anodine, me vrille. Tout ce que je veux, là, maintenant, c'est écarter les jambes.

Offrir ce sexe encore meurtri, encore brûlant, à la première morsure venue. Je suis en manque. Pas de tendresse. Mais de cette douleur familière qui me fait me sentir vivante. Ma vulve pulse, suinte, réclame ce qu'on lui a arraché… et ce que je veux qu'on m'arrache de nouveau.

— Je suis en train de faire une œuvre d'art, s'amuse Parker, penché sur ma hanche où il esquisse des arabesques maladroites.

— Tu parles, ça ressemble à un gribouillage d'enfant de trois ans, rétorque Eden qui se retient de pouffer.

J'esquisse un sourire. Il y a, dans leur légèreté, quelque chose de rassurant, une façon de me maintenir ancrée dans la réalité alors que mon esprit dérive vers des zones plus sombres, plus tentantes. J'ai chaud, ça s'entend à ma respiration qui se fait plus courte. Chaque seconde que je passe à sentir leurs mains éveille un frisson qui remonte vers mes cuisses à l'idée de les sentir en moi. Ça pulse dans mon ventre et me rappelle ce besoin, ce vice, cette obsession de la violence douce, de la domination latente.

Sur le balcon, Saul et Dean nous observent, ce qui n'aide à rien à faire chuter la température que je cherche à dissimuler. Ils fument en silence, torse nu, l'air las, je crois même agacés. Il y a tout de même dans les yeux de Dean de l'inquiétude, cette tension qui s'amplifie dès que nos yeux se croisent. Ils savent, maintenant, que je ne suis pas «normale», que le moindre contact peut déclencher chez moi un tsunami de désirs inavouables.

— Vous avez vraiment rien de mieux à foutre ? lâche Saul en expirant un nuage de fumée dans la nuit.

— On veille sur notre chef-d'œuvre, réplique Eden avec un petit sourire narquois.

Parker presse ma taille d'une main ferme pour m'empêcher de bouger et continue son dessin, je retiens mon bassin de se soulever pour qu'il me coince davantage.

— T'imagines si ça restait à vie ? demande-t-il, faussement sérieux.

— Je deviendrais votre chef-d'œuvre éternel, réponds-je, sous un rire qui me chatouille la gorge.

Ce rire meurt vite dès que mes pensées bifurquent vers lui. Le Masque Doré. Cette obsession, ce danger qui plane, me réclame dans un rôle malsain où l'adrénaline et la peur sont mes meilleurs moteurs. Chaque fois que j'y songe, il y a en moi ce mélange de honte et d'excitation qui grimpe sous ma peau et réveille les bleus, les plaies et les lésions qu'il m'a laissés. Des souvenirs que je devrais fuir, mais que mon corps réclame, encore.

Dean éteint sa cigarette d'un geste sec. Son regard ardent se pose sur moi.

— Tu devrais arrêter de traîner ici, balance-t-il en se rallumant une autre cigarette.

Je me redresse sur mes coudes, faisant déraper le marqueur que Parker tient. Mon corps se tend, et la sueur perle à la base de ma nuque. Il est là et, rien que ça, l'excitation m'étrangle, l'envie de ramper et qu'il me tienne en laisse comme cette seule nuit me rend tout chose.

— Pourquoi ? Tu as peur de ce que je pourrais faire ou de ce que tu pourrais *me* faire ?

Ses mâchoires se crispent, comme s'il retenait une réponse trop brute. Eden pouffe, amusé.

— Elle t'a eu, mec.

Dean détourne les yeux de ce dernier, et cligne des paupières.

— Tu veux vraiment savoir ?

La provocation monte en moi, celle qui me pousse vers cette lisière que je franchis sans cesse. Je veux qu'il craque, qu'il exhibe cette noirceur qu'il m'a laissé découvrir, qui fait écho à la mienne. Mais il ne dit rien de plus. Juste un regard qui en dit long sur ce qu'il aimerait me faire, ce qu'il refuse peut-être de s'avouer. Et ça me frustre.

— Putain, arrête de bouger, Max, râle Parker en se focalisant à nouveau sur moi, sa main prenant appui sur mon bassin.

— Ce n'est pas ma faute si l'encre chatouille, riposté-je, la voix un peu tremblante, tandis que mon souffle s'accélère dès qu'il recommence à me toucher.

— C'est pas de l'encre, c'est du feutre indélébile, et crois-moi, faut frotter fort pour l'enlever, se marre Eden, traçant un petit cœur sur mon épaule.

— C'est aussi de l'encre, idiot ! Et toi, si tu continues, je vais devoir te tatouer mon prénom, menace Parker en ricanant.

— T'es malade, rétorqué-je, mais je ne bouge pas.

Son emprise me fait trembler, et putain, tout mon corps se tend ! La moindre pression me donne envie de me cambrer, de m'offrir à cette intensité brute.

Il finit par enlever sa main et je me redresse, tentant de voir leurs graffitis, mais Eden s'esclaffe en prenant une photo.

— Qu'est-ce que tu fais ? grogné-je, essayant d'attraper son téléphone.

Sur l'écran, je découvre une débauche de formes ridicules, de phrases débiles, et en lettres capitales sur ma nuque : « PROPRIÉTÉ DES DEVILS SHARKS ». Dont le S a dérapé.

— Sérieusement ?

— Fallait pas bouger, se défend-il, l'air faussement innocent.

Je secoue la tête, réjouie. Du coin de l'œil, Dean et Saul finissent leur cigarette et la jettent.

— On dirait une gamine qui joue avec le feu.

J'ancre mon regard dans le puits noir qui me faire frémir, un sourire provocateur sur les lèvres.

— Le feu, c'est mon élément.

Sa mâchoire se contracte. Quelque chose bouillonne en lui, et mon ventre se tord d'anticipation. Je veux qu'il réagisse, qu'il cède, qu'il m'arrache à eux, qu'il me prenne, me fasse mal, hurler s'il le souhaite.

Finalement, il s'avance, silencieux. D'un geste rapide, il prend un feutre noir, enlève le capuchon avec ses dents et se positionne à califourchon sur moi. Le tapis me colle à la peau, autant que son poids sur mon ventre, un poids volontairement contenu pour ne pas animer les ecchymoses, mais qui me coupent le souffle.

Quand la pointe du feutre effleure le haut de ma poitrine, là où mon cœur bat à m'en faire mal, j'ai l'impression que tout mon sang afflue sous cette encre. L'excitation me fait tourner la tête, mes cuisses se crispent, mon bas-ventre se contracte. J'ai chaud, trop chaud, et l'envie de m'ouvrir pour lui ne lui échappe pas.

Il ne me quitte pas des yeux, puis, finalement, il baisse son regard sur le haut de mon sein. Avec une lenteur sadique, il trace un grand « D ». Un frisson me sillonne, dans une fusion parfaite de panique, de fascination et d'un plaisir coupable. Il me marque comme s'il posait son sceau sur un morceau de son territoire.

— Ça te brûle ? souffle-t-il, sans me lâcher du regard.

Je ne réponds pas, la gorge nouée. Mais mon corps, lui, hurle *oui*. La moiteur qui grandit entre mes jambes confirme cette vérité que j'aimerais dissimuler.

— Si toi, tu poses ton territoire, alors moi aussi ! s'écrie Eden d'un ton jovial.

Je n'ai pas le temps de chercher une issue qu'il s'installe au-dessus de ma tête, un autre feutre dans la main. Il abaisse le marqueur, ainsi que mon soutien-gorge et trace deux « E » sur mes tétons. Ma peau se tend, sous un rire nerveux. Je suis à la fois terrifiée et envoûtée par ce qu'ils sont en train de faire.

— Voilà, maintenant, c'est équilibré, ajoute-t-il avec un clin d'œil.

Mon souffle s'emballe, la sueur perle sous mes aisselles, j'ai un mal fou à garder la tête froide. Chaque trait d'encre, chaque contact, chaque ricanement me fait palpiter. Mon corps me déchire l'esprit, me hurle que j'ai besoin de plus : plus de domination, plus de douleur, plus de caresses.

Je les veux tous, je les veux maintenant, je veux…

Je ferme les yeux et essaie de calmer la pulsation affolée de mon cœur. Mais c'est peine perdue. Les deux me marquent, Dean me surveille, Saul fulmine, et mon corps implore.

Je m'étonne de réaliser à quel point je commence à m'attacher à eux. Parker, Eden, Dean, et même Saul avec son air grave. Ils savent, plus ou moins, que je suis foutue, que ce vice me ronge. Et pourtant, ils sont là, ne me rejettent pas, ne m'abandonnent pas. Peut-être qu'ils ne perçoivent pas toute la noirceur de ma maladie, mais le simple fait qu'ils me touchent me donne envie de m'offrir à leur perversité pour mordre dans la mienne.

Dean relève la tête, ses billes noires se plantent dans les miennes. Un frisson d'écho parcourt mon échine. Nous sommes au seuil d'un monde où tout peut basculer et la question est : jusqu'où vais-je les emmener ? Jusqu'où vont-ils me suivre ?

Mes côtes se soulèvent dans un effort pour respirer à nouveau. J'ai le cœur en vrac, le cerveau en ébullition d'un désir si confus que j'en ai le vertige.

Soudain, Parker s'avance.

— Mon tour, lance-t-il, et il descend plus bas.

Bien plus bas.

Ses doigts effleurent la lisière de ma petite culotte, tout contre la peau rasée de mon bas-ventre. Son geste paraît inoffensif, mais là, juste sous la dentelle, il n'y a rien de tout ça. S'il osait descendre ne serait-ce que d'un centimètre de plus, il comprendrait que je suis déjà perdue dans mon propre vertige.

— Un petit « P » par ici, murmure-t-il, un sourire satisfait flottant sur ses lèvres.

Le feutre glisse tout près de mon pubis, peut-être même sur mon tatouage, et je ne peux m'empêcher de cambrer les reins en réponse à ce frisson qui escalade le long de ma colonne. Parker se relève, fier, et lance un coup d'œil à Saul, resté en retrait.

— Tu veux poser ton territoire ?

CHAPITRE 55

MAXIME

Le sang bat à mes tempes. La chaleur se propage entre mes jambes. Mes pensées enflamment mes nerfs. Mon regard croise celui de Saul, ce regard froid, calculateur, qui me jauge de haut en bas comme s'il décortiquait chaque recoin de mon être.

Il avance, sans un mot de plus. Et quand il s'empare d'un feutre rouge, mon souffle se suspend. Rouge.

J'ai déjà la marque de Dean, grande et imposante, un « D » qui me scie la poitrine. Deux « E » d'Eden, plantés sur mes seins. Un « P », placé bien trop près de l'endroit où tout mon désir s'embrase. Mon corps est un champ de mots, un terrain de jeu où ils revendiquent chacun leur part de moi, tels des chiens qui pissent sur leurs propriétés… même l'idée qu'ils le fassent n'aide pas à réduire la lubrification de mon sous-vêtement.

— Soulève-lui les cuisses, ordonne Saul d'un ton sec.

Parker obéit aussitôt. Ses mains chaudes se glissent là où il l'exige. Dean, toujours perché sur mon estomac, garde la pression nécessaire pour que je ne puisse pas échapper à la scène et ne rate rien de mes réactions qui expriment clairement ce qui se passe dans ma tête. Eden se tient au-dessus de ma tête, son torse tout proche de mon visage m'emprisonne dans une bulle de chaleur et de chair.

Et, au milieu de tout ça, l'extrémité du feutre rouge effleure la peau fine en bas de mes reins, tout près du coccyx. Ça me hérisse, tel un choc électrique qui me traverse.

— Un « S », grince Saul, en traçant son initiale.

Mon corps tout entier tremble, pas de peur, pas de froid, mais d'un feu ravageur qui m'irrite la peau. Mon cœur cogne, un écho brutal dans mes côtes. Il ne manque plus qu'une étincelle pour tout faire exploser.

Sans réfléchir, d'un geste brusque, j'arrache le feutre des doigts de Dean. Il m'observe, immobile, son souffle encore plus lourd quand je plaque un immense « M » sur le torse d'Eden.

— Si vous voulez me posséder, alors moi aussi, haleté-je, le regard braqué sur Eden.

Je perçois un mélange d'amusement et de curiosité. Parker, Saul, Dean… tous retiennent leur respiration, comme suspendus à l'instant qui va suivre.

Dean, calé à califourchon sur moi, me défie des yeux. Ses prunelles noires luisent d'une lueur dangereuse tandis que son torse se soulève par une respiration qui s'emballe. Je ne lui laisse pas le temps de protester. Je dérape le feutre contre sa peau, traçant un « S » juste au-dessus de son cœur.

Son regard s'assombrit aussitôt. Son poing se serre. Il n'aime pas ça. Mais il ne m'arrête pas non plus.

Je mords ma lèvre et, dans une impulsion insolente, je marque un premier « M » sur ses lèvres pincées. Mon geste se prolonge. Un autre « M », puis encore un, et encore un, cherchant à le faire plier sous mon autre identité.

— Putain, mec… elle te tague comme une œuvre d'art, s'esclaffe Parker.

Sans lâcher leur capitaine du regard, je glisse la pointe du feutre sous la ceinture de son jogging, parvenant à tracer quelques M supplémentaires jusqu'à ce que son tissu m'empêche d'aller plus loin. Chaque trait réveille une tension dans son ventre, et à la raideur de ses abdos, je comprends qu'il se retient de me repousser… ou de me saisir plus fort encore.

— Merde… Max… grogne-t-il, mais il reste figé, m'accordant le champ libre.

Erreur fatale.

Je me redresse, nos souffles se frôlent. On est si proches que j'entrevois le tremblement de sa mâchoire quand mes lèvres menacent de toucher les siennes. Derrière moi, j'entends Eden exploser de rire.

— Mec… elle a marqué « Saul » sur ton cœur, remarque-t-il, hilare, en désignant le « S » inscrit sur sa peau. Je savais pas que tu faisais dans les queues.

Un rictus de dégoût ou de rage assombrit le visage de mon obsession. Saul arque un sourcil, à la fois amusé et sur la réserve. Mais ce n'est pas le S de ce dernier, c'est ma vie, mon identité.

Dean fixe ce dernier imprimé sur sa peau. Ses phalanges blanchissent un peu plus, sa poitrine se dilate sous l'effet d'une colère ou d'un désir violent que je devine dangereux.

Mes reins se cambrent un peu plus sous son poids. Je suis prise au piège, attirée et effrayée à la fois.

— Tsss… lâche-t-il entre ses dents, dans un grondement animal.

Je le contemple, le souffle court, parfaitement consciente que je suis en train de jouer avec la bête. Parce que, malgré ma propre folie, je suis sûre d'une chose… je suis devenue son obsession.

Parker n'est pas en reste, un grand « M » orne maintenant son torse. Mes mouvements sont rapides, désordonnés, je cherche autant à défier qu'à échapper à ce désir carnassier qui nous happe tous.

L'atmosphère devient irrespirable. L'érection de Dean me prouve qu'il est clairement agité, et la chaleur qu'il dégage me rend folle. Mes cuisses s'entrouvrent, un appel silencieux, un besoin insensé que je ne contrôle plus.

Je me laisse retomber sur le sol. Eden se penche au-dessus de moi, et sans pouvoir me retenir, ma langue effleure son torse, le long du M. Sa peau est chaude, salée, vibrante, et j'entends son souffle se briser quand mes dents se referment sur son téton.

— Putain, Max… râle-t-il, la voix enrouée de fièvre.

La poigne de Dean se resserre sur mes hanches. Il ne fait aucun geste pour me stopper, mais son immobilité n'a rien de passif. C'est une tension qui menace d'exploser à tout instant.

Le tissu de ma culotte glisse le long de mes cuisses. Lentement, trop lentement. Mon ventre se tord, je suffoque d'anticipation, incapable de nier à quel point je suis déjà prise d'une envie irrépressible.

— Putain, elle est trempée ! se réjouit Parker, comme s'il venait de découvrir un secret auquel il s'attendait.

Mon corps se cabre, et j'abandonne le téton d'Eden, dont le goût reste sur ma langue. Il plonge aussitôt dans mon cou, son nez se fraie un chemin sous mes cheveux, puis sa bouche effleure ma peau, aspire mon odeur, tout en laissant sa langue tracer un sillon humide jusqu'à ma clavicule.

— T'es foutrement délicieuse, Arc-en-ciel, gémit-il.

Mon cœur bat si fort que j'en ai mal. C'est ça, la paraphilie… la limite entre la violence et la volupté, entre la crainte de perdre pied et la jouissance de m'y abandonner. Je les sens tous autour de moi, me marquant, m'exposant, et mon esprit chavire dans un étourdissement où se mêlent les noms : Eden, Parker, Dean, Saul, et la présence implacable du Masque Doré.

Je n'aurai pas la force de choisir. Et je sais qu'eux, autant qu'ils me désirent, ne mesurent pas la profondeur de mon anomalie.

Pour l'instant, je les veux tous, je me veux à eux, déchirée par un besoin qui me dépasse.

Dans cette pièce sombre, sous leurs mains, je suis à la fois leur jouet et leur amante, et chaque geste, chaque souffle, chaque morsure me confirme que je ne suis plus vraiment la même Maxime qu'hier. Mais au diable la raison, au diable la morale : je suis en vie, et c'est à travers cette fièvre que je trouve un sens, même tordu. Pire encore… dangereux.

Je rejette la tête en arrière, la respiration déchirée par un gémissement trop audible. Mes lèvres s'entrouvrent dans un souffle qui me défonce la gorge alors que la langue de Parker effleure mon centre lubrifié. Mon dos se cambre, mes ongles s'agrippent au tapis, tentant de trouver un appui dans ce flot d'émotions délirantes.

Derrière mon étreinte charnelle, les regards de Saul et Dean demeurent silencieux. Ils évaluent mes frissons, chaque tressaillement, chaque soupir étranglé. Ils jaugent jusqu'où je suis prête à aller. Mon cœur cogne plus fort. J'ai la gorge sèche, le corps en proie à ce feu qui me galvanise.

Dean ne bouge pas, mais cette inertie n'est qu'un jeu cruel, un supplice pour me briser. Il attend, patiemment, que je le supplie, que je reconnaisse qu'il est celui que je convoite, celui dont j'ai besoin, incapable de lui échapper.

Un coup de langue plus profond me fait suffoquer, et un gémissement étranglé meurt sur mes lèvres. Mes doigts se crispent au sol, à la limite de me déchirer la paume déjà meurtrie. Eden a déjà entrepris son sillage brûlant sur ma peau. Sa langue glisse sur mon cou, mes épaules, mes seins, jusqu'à la morsure de mes tétons, ce qui déclenche une vague de spasmes incontrôlés.

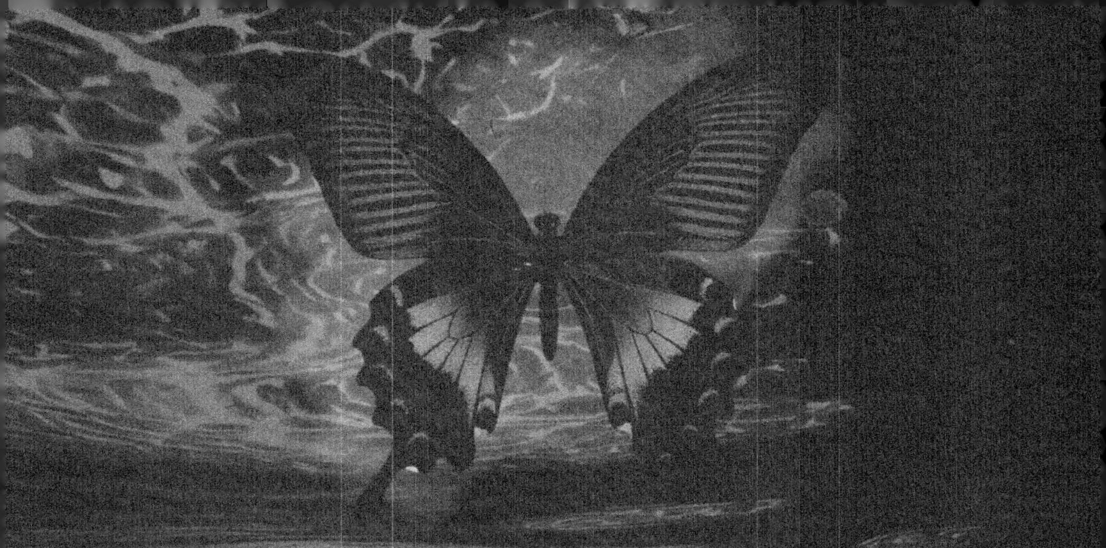

Chapitre 56

Maxime

Dean se penche, juste assez pour que je hume son parfum musqué, mêlé à l'odeur lointaine de la cigarette. Assez près pour que son souffle chaud me frôle la peau sans me toucher réellement. Un frisson me saisit, me fait basculer la tête en arrière. La morsure d'Eden sur mon téton m'arrache un cri d'extase, autant que les prunelles qui me jaugent, impitoyables.

— Bouge pas.

La voix de Parker claque, son ordre résonne, et je me tends d'un seul coup, obéissante malgré moi. Son étreinte puissante maintient mes cuisses écartées, ce qui m'empêche de chercher un contact plus intime, de soulager ce vertige qui me transperce. Je suis entre leurs mains, condamnée à subir cette lente agonie d'ivresse.

Saul finit par entrer dans la danse, sa nuque tatouée se penche vers moi. Son souffle rase la base de mon sein, sa bouche avide s'y accroche en une morsure tamisée de douceur. Ses dents effleurent, titillent, et ma poitrine se soulève sous l'effet d'une décharge électrique qui me traverse tout entière.

Dean, Dean, Dean… son nom tambourine dans mon crâne. Je voudrais qu'il pose ses mains sur moi, qu'il prenne la place de Parker ou d'Eden, qu'il me prenne tout court. Mais il se contente de me contempler comme un lion jaugerait sa proie. Cette attente m'enflamme plus sûrement que n'importe quelle caresse, me faisant perdre la tête.

C'est ça que tu cherches, Maxime ? semblent dire ses yeux noirs braqués sur moi, avec une scansion dévorante.

J'essaie de me soulever, d'offrir mon bassin, un peu plus loin, un peu plus vite. Parker m'immobilise, et je comprends qu'ils ne comptent pas me laisser choisir le rythme. Ils décident. Ils orchestrent. Et je suis pantelante, l'envie de jouir hurle dans mes reins.

Mon visage s'embrase, autant que mes joues s'empourprent, mais je ne peux réprimer ce mélange paradoxal de honte délicieuse et de jouissance imminente. Une pulsation sourde au creux de mon ventre se forme, un nœud de chaleur prêt à déflagrer.

La bouche d'Eden m'afflige une douce torture, comme s'il voulait marquer chaque parcelle de ma peau. La langue de Parker me fait suffoquer. Plus haut, Saul sculpte mes seins d'une tendresse impérieuse. Mais au centre de ce chaos, Dean demeure le pivot. Silencieux, il me fixe avec un éclat sauvage au fond des prunelles.

C'est lui, surtout, que je guette, que j'implore intérieurement de me rejoindre, de faire cesser ce tourment en me prenant sans détour. Pourtant, je me délecte aussi de cette attente, de la perversion latente qui me noie dans mes propres contradictions. J'ai besoin qu'il me comble, autant qu'il me détruise.

Quand, enfin, il esquisse un geste, mon cœur bondit dans ma poitrine. Ses mains, larges, fortes, s'abaissent sur mes cuisses, près de celles de Parker, pour signifier qu'il est temps qu'il prenne le relais. Un frémissement incontrôlable me secoue. Il fait glisser ses doigts sur ma peau, effleure la frontière où ma cuisse rencontre mon bassin, ce qui engendre une lamentation incontrôlée.

Et, dans ce bref instant où nos regards se percutent, je lis ce qu'il a toujours caché… une fureur, un besoin bestial aussi profond que le mien. Son mutisme n'est pas qu'un calcul, c'est un combat intérieur qu'il mène contre lui-même, contre la part de ténèbres qu'il craint de délier.

Je veux qu'il la libère.

Mes pensées s'entrechoquent, mes sens saturent. Eden continue de me mordre, de me goûter. Saul enfonce ses ongles dans la chair de mes seins, jouant avec la limite entre douleur et plaisir. Parker me retient, m'empêche de bouger, de fuir ou de chercher plus de contact. Et Dean… Dean, c'est la promesse d'un carnage érotique qui me consume : la crainte et l'extase enlacées.

Dans cet étau de sensations, je ne suis plus qu'une masse incandescente, un nœud d'adrénaline et de feu. Je ne peux plus reculer. Et quelque part, malgré la peur, malgré la conscience d'aller trop loin, je me sens intensément vivante.

Le silence se fait autour de nous, ponctué par mes halètements et les respirations rauques qui effleurent ma peau. Les corps se resserrent, et je comprends que tout ne fait que commencer. Que cette nuit sera un pas de plus dans cette folie partagée où mon désir morbide trouve enfin une réponse.

Il appuie un peu plus son poignet contre mon bas-ventre, comme s'il voulait marquer son territoire. Je gémis, brisée, offerte.

Venez, crient mes battements de cœur. *Prenez-moi.*

Je devine la lueur d'un défi dans l'œil de Dean. Il m'attend. Il veut que je craque, que je le supplie en premier.

Alors, dans un souffle rauque, ma voix s'élève, à peine audible :

— Dean…

Il se penche, laisse son haleine frôler mes lèvres, mais ne répond pas. Il ne fera rien tant que je ne formulerai pas clairement ce qu'il veut entendre. Et la tension atteint un degré insupportable.

Sa main se referme autour de ma gorge, et il serre suffisamment pour que des points lumineux dansent au bord de ma vision. Chaque pulsation de mon cœur se répercute contre sa poigne pour envahir mes tympans. L'adrénaline fuse, se mêle à la fébrilité qui me tord le ventre.

— Attache-la, exige-t-il.

Mes bras se trouvent prisonniers au-dessus de ma tête, mon attention reste rivée sur son ventre, hypnotisée. Il bouge, un frisson parcourt ses épaules, et tout mon corps se tend dans l'espoir, pendant que quelque chose s'enroule autour de mes poignets. J'entends mon propre souffle saccadé ou plutôt, je l'imagine, car l'air me manque.

Puis je vois son poing. Sa main serrée, crispée, fermée sur quelque chose de brûlant. Sa queue dont la veine ressort, j'entends les bijoux cliqueter entre eux.

Il se caresse lentement, avec une lenteur cruelle, maintenant sa prise autour de ma gorge sans jamais la relâcher.

Je me cambre, une supplique muette, ma poitrine se soulève pour tenter de capter l'oxygène qui me fuit. Mon corps parle à ma place, acceptant l'inévitable, réclamant ce qui est en train de se jouer ici. Je distingue son sourire, ce rictus cruel qui annonce qu'il a le contrôle, qu'il dicte chaque geste, chaque soupir.

— Tu es trempée pour moi, Arc-en-ciel ?

Sa voix rauque claque, chargée de satisfaction venimeuse, savourant la preuve de ma reddition. Je suffoque dans son étau, mais je ne veux pas qu'il desserre sa main. Toute mon âme se débat entre la peur et un vertige excitant.

Toujours…

Le mot se forme dans mon esprit, mais il me semble que ma gorge est incapable de le prononcer. L'air lui-même est devenu épais, chargé d'une électricité statique. Mes cuisses se crispent, mon estomac se contracte, un besoin urgent me transperce à la frontière ténue. Entre la douleur et le désir, je perds tout repère.

Son regard, plus sombre que jamais, me perfore d'une manière implacable.

Ses doigts sur ma gorge se resserrent une fraction de seconde de plus, faisant monter les étoiles au coin de ma vision. Puis il relâche juste assez pour que je puisse reprendre un filet d'air, me laisser flotter dans cette mer d'adrénaline avant de m'y replonger la tête la première.

Dans le silence dense qui nous enveloppe, je perçois chaque frémissement, chaque goutte de sueur, chaque battement de cœur : les siens, les miens, les leurs, un orchestre morbide qui nous entraîne plus loin dans la fièvre de cette nuit.

Mon dernier souffle, avant de sombrer dans ce vide éblouissant, n'est qu'un murmure :

— Condamne-moi…

Il rampe au-dessus de moi, d'eux, ses muscles tendus, sa respiration saccadée ; son corps impérial domine l'espace.

Son noir s'accroche à mon bleu et mon ventre se tord, le feu se propage, une déferlante d'adrénaline me submerge. Sa main brutale quitte ma gorge et empoigne mes cheveux, forçant mon regard à rester ancré au sien.

Puis il descend, le bassin. Lentement. Délibérément.

Sa queue imposante et décorée d'or se retrouve au bord de mes lèvres, suspendue entre nous, son ardeur insolente, exigeante.

Chapitre 57

Maxime

Un filet d'amour s'échappe du bord de son gland, traçant un sillon humide sur sa peau puis échoue sur la mienne. Mes lèvres s'entrouvrent dans un souffle brûlant. Ma langue glisse sur la coulure, étale cet amour de lui, goûtant son impatience, savourant l'interdit.

Il laisse fuir un grognement, un bruit grave, viscéral, qui résonne dans chaque parcelle de mon corps, alimentant le brasier qui dévore mes entrailles.

Ses doigts se resserrent dans mes cheveux, me guident sur sa verge m'imposant un rythme, butant le fond de ma gorge ; le froid de ses billes contraste avec ma chaleur et me déchire le palet, tandis que de la bave ruisselle le long de mon menton.

Parker m'ancre plus fermement contre sa bouche, une poigne qui m'empêche de fuir, même si je l'avais voulu. Les dents d'Eden et Saul s'enfoncent dans ma peau, y laissent des marques qui vibrent comme des cicatrices brûlantes. Ce n'est que lorsque la morsure de Parker se referme brutalement sur mon bouton que je pousse un cri étranglé et je réalise, dans un éclair fiévreux, que des pinces à linge sont accrochées à mes tétons.

Je ne sais pas quand ils les ont posées. Je ne sais même pas comment j'ai pu ne pas les sentir. Mais maintenant, la douleur fuse, l'excitation monte.

Je ne suis plus seulement une obsession… je suis leur putain d'addiction.

Le bruit sourd d'un emballage qu'on déchire me parvient, avant même que je ne sente l'impact d'un corps qui me remplit. Je n'ai pas le temps de réagir, un choc électrique me parcourt, me fait arquer les reins dans un spasme incontrôlé. La violence de la pénétration me coupe le souffle et me donne le vertige. Mon sexe est un champ de bataille. Et à chaque poussée, c'est comme si le Masque riait encore à l'intérieur de moi.

Il a arraché, taillé, violé. Et maintenant, chaque foutue pénétration me rappelle que je ne suis plus intacte.

Mais je serre les dents. Je ne gémis pas. Je ne pleure pas.

Je laisse mon corps encaisser, déborder, saigner s'il le faut. La douleur n'est pas née de leurs gestes. Elle est l'écho de ce qu'un autre a laissé en moi.

Les Devils… ne me brisent pas. Ils recousent avec des mains rugueuses ce que *lui* a arraché à vif.

Ce n'est pas de la tendresse, ce serait mentir. Mais dans leur rage, dans leur fièvre, je trouve un semblant d'équilibre.

Une violence maîtrisée. Une douceur dans la brutalité.

Ils ne sont pas ma plaie.

Ils sont l'anesthésie.

Je ne sais plus où je suis, ni combien de bras me retiennent, ni quelles mains tracent des sillons enflammés sur ma peau. Je sens simplement l'un qui cramponne mes hanches dans une battement de reins exquis, l'autre qui me maintient la tête et cogne ma gorge, un autre qui tire sur mes poignets. Des voix, des soupirs, des ricanements graves qui se mêlent à mes propres plaintes, un véritable brouillard de souffles effrénés.

Mes yeux remontent dans le puis noir des siens malgré le voile de mes cils embués.

Une morsure sur mon épaule m'arrache un cri à demi étouffé. Un frisson parcourt ma colonne vertébrale. Je devrais protester, m'en vouloir, me protéger… Pourtant, mon corps répond d'un élan dément, un abandon total que je n'aurais jamais soupçonné.

Les coups de boutoir pleuvent, me guident d'orgasme en orgasme, dans une succession de vagues brûlantes qui me laissent tremblante. Par instants, j'ai l'impression de défaillir, mais la poigne qui me maintient à nouveau la gorge relâche la pression, juste assez pour me rappeler qu'on ne me laissera pas sombrer. On veut me voir tout vivre, tout ressentir.

— Voyons si tu tiendras la cadence après que chacun de nous t'aura baisée, Arc-en-ciel… susurre-t-il, d'un ton grave et moqueur.

L'adrénaline explose dans mes veines et me fige. Un rictus me brûle la gorge, quelque part entre la terreur et la jouissance. Je pourrais m'y noyer, m'y perdre, et c'est précisément ce que je veux. J'ai besoin de ce chaos pour me sentir en vie.

Mes doigts cherchent un appui, agrippent tantôt un vêtement, tantôt une peau malgré la difficulté. Les respirations se synchronisent en un rythme effréné. L'écho de mes propres battements de cœur tonne à mes oreilles, m'ensorcelle.

Ma tête bascule en arrière, mon ventre se tord. Dean resserre son emprise sur mes cheveux, me maintient contre lui, m'empêchant d'échapper à sa hampe ainsi qu'au plaisir qui dissimule la douleur.

Avant qu'un autre bruit de sachet n'annonce le prochain assaut.

Un sursaut me secoue lorsque la cadence change, le mouvement se fait plus lent, plus maîtrisé, comme si on me ménageait. Des mains apaisent mes cuisses, une bouche dépose un baiser sur ma tempe. Un instant de répit, ou presque. Je halète, défaillante, mon esprit à peine plus clair.

Mon sexe est en feu, mon esprit est brumeux, mon cœur bat trop fort, et pourtant, je ne veux pas arrêter.

Pas tant que ses yeux sont sur moi.

Ma mâchoire devient douloureuse, mes lèvres enserrent sa longueur, ma langue roule sur ses bijoux, mes joues creusées par l'effort.

Tant qu'il me voit, alors j'existe.

Il gronde bas, un son rauque qui vibre dans l'air chaud, ses mains enserrent plus fermement ma chevelure, guident chacun de mes mouvements avec une précision impérieuse. Chaque traction qu'il impose m'attire plus profondément dans l'abîme de mes propres limites, floutant les lignes entre douleur et plaisir.

À travers l'épaisse brume qui aveugle mes pensées, je ressens juste assez d'instinct pour déchiffrer que ce n'est pas seulement eux qui me consument, c'est moi qui m'offre à cette dévoration. Et je ne me suis jamais sentie aussi libre et asservie à la fois.

Mes forces m'abandonnent peu à peu, alors qu'on me maintient encore, qu'on me cherche du regard. Dans le plus grand chaos, leurs yeux sont braqués sur moi, attendant que je m'écroule ou que je me relève, que je supplie ou que je crie.

Eden et Parker, désormais spectateurs actifs, murmurent des encouragements, des mots qui deviennent des caresses sur ma peau électrisée. Saul, entre mes cuisses, rythme ses assauts à la cadence des soupirs que je réprime à peine. Son emprise sur mes hanches est un rappel constant de leur contrôle, de leur domination.

Chaque coup de reins m'envoie des ondes de choc à travers le corps, tandis que je continue de servir cette queue, absorbant son désir, le transformant en mien. Les coups pleuvent, les jouissances s'enchaînent, et à chaque vague, je me perds un peu plus.

— C'est ça, Max, montre-nous à quel point tu nous appartiens, déclare Eden, sa voix chargée de lourdes implications.

Je ferme les yeux, me permettant de ressentir pleinement chaque sensation, chaque toucher, chaque souffle contre ma peau. Lorsque je les rouvre, le regard de Dean capte le mien, intense, brûlant, inébranlable.

Dans ses yeux, je n'y trouve que mon reflet, transformé et distordu par notre lien toxique, par cette danse de pouvoir et de capitulation que nous exécutons si parfaitement.

— Étouffe-moi, réclamé-je, un appel à la fois à Dean et à moi-même. Ne t'arrête pas, ajouté-je entre deux va-et-vient autour de sa peau tendue et des coups de boutoir.

Il répond par un rictus qui effleure ses lèvres, avant de redoubler d'intensité, affirmant sa possession, affirmant notre connexion perverse et irrévocable.

Les contours de la pièce s'estompent alors que les rayons de lune filtrent à travers les rideaux, drapant les corps sculptés d'Eden et Parker sur le balcon en argent, leur queue qui commence à peine à retomber. Leurs silhouettes, éthérées et détachées, fument en silence, les yeux encore scellés à la scène qu'ils viennent de quitter. Saul les rejoint, sa démarche lourde et sa respiration haletante témoignent de l'intensité des moments passés. Le préservatif garni pend encore à son membre, un rappel tangible de ce qu'ils ont partagé.

Dean m'attire vers lui, son regard embrasé traverse l'obscurité à moi.

— À mon tour, susurre-t-il, dans un grondement bas et possessif.

Il me guide pour m'asseoir sur ses cuisses, ses mains grandes et chaudes encadrent mes hanches. La douleur de ma peau me rappelle chaque contact, chaque étreinte forcée, mais sa présence sous moi est un baume étrange et contradictoire.

Mon corps est à la fois épuisé et parcouru de frissons électriques. Pourtant, je trouve encore l'énergie de glisser mes ongles sur son torse, mes poignets toujours attachés, et suis chaque contour, chaque muscle, pour mémoriser la forme de celui qui n'est autre que mon plus beau refuge.

Mon plus dangereux aussi.

Mes doigts laissent un sillage de frissons sur sa chair, je me demande s'il éprouve ce même vertige qui me noue l'estomac.

— Et toi, tu ne te couvres jamais ? dis-je, épuisée, le corps en sueur.

Son seul sourire en réponse suffit à chasser une partie de mes angoisses. Il se penche et laisse sa langue parcourir ma poitrine, ses dents saisissent une pince, qu'il recrache négligemment au-dessus de mon épaule, il fait de même avec l'autre. Le contraste entre la morsure et la chaleur me fait haleter. Mon corps frissonne, réceptif.

— Tu ne leur appartiens pas, se confie-t-il. Moi, si ! J'ai cramé tout ce qu'il me restait de lucide… le jour où t'as ouvert la cage.

Une étincelle se produit dans mon esprit. Ses mots, je devrais les craindre, car ils sont chargés d'avertissement. Pourtant, ils ont l'effet inverse. Je m'y accroche comme à un ancrage dans le tumulte de mes désirs contradictoires. Dans ce monde où mon image est traquée, jugée, il est devenu un point fixe autour duquel mes peurs et mes élans se bousculent.

Ses mains guident les miennes enroulées d'une écharpe, m'incitant à trouver la meilleure position, à m'ajuster au mouvement. Sa verge titille mon entrée, le mordant de l'or m'arrache un orgasme brutal. Il me fait basculer en arrière, pour exposer mes courbes, autant à lui qu'à ses colocs. Je suis à la fois l'actrice et la spectatrice de mon propre abandon, comme si j'étais en dehors de mon corps, observant cette chorégraphie étrange où je suis tantôt exécutante, tantôt réceptacle.

Mon cœur bat à un rythme effréné. Il me maintient fermement, ses mains appuyées sur mes hanches. Son souffle chaud effleure mon abdomen, et je comprends qu'il n'a aucune intention de partager ce moment avec qui que ce soit. Ce «moi si» qu'il a murmuré quelques instants plus tôt résonne encore dans ma tête. Il se revendique comme celui à qui j'appartiens.

Même si tout en moi me hurle *danger*.

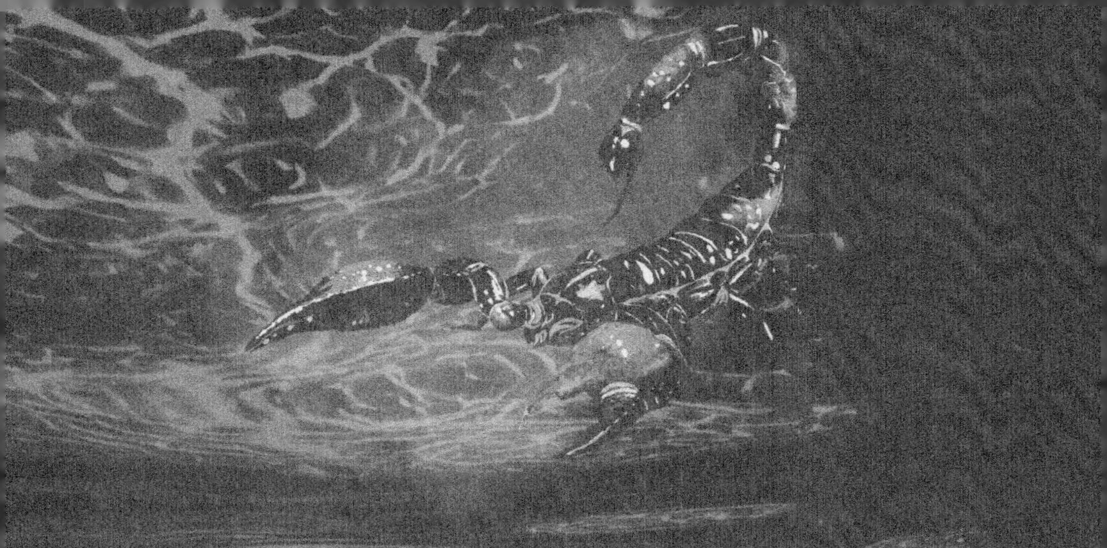

Chapitre 58

Dean

La lune déverse son halo argenté à travers la fenêtre, qui éclaire nos peaux marquées de lettres, de dessins et d'ecchymoses. Les images sont si naïves sur son corps nu… et pourtant, elles racontent une histoire brutale. Elle, étendue contre moi, exhibe le « D » au-dessus de son cœur. Une rage froide que j'ai libérée malgré moi, qu'elle a provoquée, réclamée et qui maintenant m'envahit comme une drogue.

Ses parois rougeâtres me tiennent prisonnier, un frisson de vie sous mes doigts. Son assurance, sa manière de se lover contre mon torse me rappellent que nous ne sommes pas ici pour des demi-mesures. Il n'y a que l'intensité. Nos peurs, nos désirs, nos excès. Son corps, couvert de marques éphémères à l'encre, contient en lui d'autres marques, plus profondes, ainsi que celles qui expriment à quel point elle est prête à suivre ma folie. À embrasser la sienne.

J'observe ce « D » gravé au-dessus de son cœur, et ça me procure un mélange d'orgueil et d'agacement. Elle m'appartient, je la possède… Pourtant, il y a en elle une énigme que je ne maîtrise pas. Un jeu dangereux. À travers ses obsessions, elle me prouve que ce que je prenais pour ma plus grande peur est devenu ma plus grande tentation.

— Tu es vraiment… trop parfaite pour ce monde, lâché-je, le ton bas, plus pour moi que pour elle.

Elle relève la tête et me toise, son visage grimace alors que je m'enfonce en elle plus fort. Je passe ma main sur ses côtes et savoure ce frisson de soumission. Cette contradiction m'obsède. Je l'ai sentie se raidir sous ma morsure, se tendre sous mes ordres, mais jamais reculer. Et plus je la découvre, plus j'ai envie de la briser et de la protéger à la fois.

Elle ondule sur ma queue, ses hanches cherchent sans cesse mon contact. Sa chatte est moite, gonflée et brûlante, l'odeur de nos transgressions plane encore dans l'air.

Mon érection devient douloureuse, même au fond de son enfer qui ne cesse de s'humidifier. Mon regard tombe sur le « M » qu'elle m'a apposé, puis le « S ». Je la serre plus fort contre moi, nos peaux glissent l'une contre l'autre avec une urgence croissante.

— Qui est S, Max ? Qui ?

Ma question, murmurée avec la force de la jalousie et de la curiosité, flotte entre nous, un voile sombre qui menace de teinter chaque montée de bassin que je lui prodigue.

Elle capture mon regard, ses yeux ne sont qu'un abîme de mer agitée dans lequel je me perds trop volontiers. Un miroir de l'orage qui gronde en moi. Ses lèvres s'entrouvrent, un gémissement s'échappe tandis que nos corps continuent de parler cette langue qu'ils connaissent trop bien.

— Mon identité, lâche-t-elle, sa voix, un fil tendu qui vibre avec les résonances de nos impulsions.

Elle ne parle pas d'une autre personne, mais d'elle-même. Une partie qu'elle garde sous clef, peut-être la plus vulnérable, peut-être la plus dangereuse. Cela me frappe de plein fouet. Je ne la connais pas vraiment. J'ai effleuré la surface, j'ai exploré la profondeur de ses désirs, mais le cœur de son être reste un mystère.

Je ralentis, ma frustration et ma curiosité tempèrent mon ardeur. Mes mains glissent de ses hanches à son cou, cherchent à comprendre, à connaître cette part cachée.

— Parle-moi du vrai toi, insisté-je, tel un ordre alors que mes doigts enroulent sa gorge dont une veine pulse sous mes phalanges.

Elle frissonne sous l'autre qui rafle son téton. Elle lutte, je le lis au fond de ses yeux. Il y a une sorte de conflit entre son désir de se révéler et la peur de s'exposer.

Le silence s'étire, un fil tendu prêt à rompre. Puis elle inhale profondément, une décision semble se former derrière ses yeux voilés.

— Celle que j'essaie de laisser derrière, mais elle me rattrape toujours. C'est celle que j'ai été forcée de devenir. C'est mon passé, mon fardeau… mon fantôme.

Sa confession m'enveloppe, lourde comme le plomb. J'enserre son cou, un geste de protection, ou de possession. Les deux, je crois.

Mon obsession pour elle se transforme, se complexifie. Nos muscles se contractent entre eux, atteignent l'orgasme au même moment, et putain ! Je n'aurais jamais cru que ça pouvait être aussi exaltant.

Elle s'apprête à descendre de mes cuisses, mais je la retiens pour continuer d'exister au fond de ses entrailles. Je la fixe, mes mains ne quittent pas sa peau. Au contraire, elles l'écrasent un peu plus contre mon bassin. Un grondement sourd traverse ma poitrine. Je veux tout savoir, tout prendre, tout creuser.

— Ton nom !

Ses lèvres tremblent, ses cheveux colorés tombent partiellement sur son visage, ce qui me masque en partie son regard. Elle se rapproche, ses seins pressés contre moi, et tout contre l'oreille :

— Sofia, ronronne-t-elle, telle une clef tournant dans une serrure longtemps rouillée.

Je redresse la tête, plonge mes yeux dans les siens. Ses prunelles brillent d'une flamme qu'elle tente d'éteindre, mais qui ne demande qu'à être alimentée.

Ce nom est une arme, un secret qui me lie un peu plus à elle, qui la rend vulnérable autant qu'indispensable. Mon cœur qui bat la chamade, la peur et le désir confondus dans ce moment suspendu. Au lieu de me repousser, elle m'attire plus près.

— Sofia… répété-je, savourant la sonorité sur ma langue, alors que son visage se teinte de rouge sous le manque de l'oxygène.

Mon autre main remonte le long de son dos, puis agrippe ses cheveux et l'oblige à me contempler. Dans ses yeux, je devine l'incertitude, la crainte, mais surtout la résignation : *quoi qu'il arrive, je ne la lâcherai pas.*

— Tu ne peux pas fuir ce que tu es, confié-je, ma voix chargée de promesses et de menaces en même temps. Tout comme je n'ai pas l'intention de te laisser t'échapper.

Ses poignets ligotés passent au-dessus de ma tête et se coincent sur ma nuque, un geste qui n'a rien de docile malgré la situation. Je suis animé par le picotement de ses ongles sur ma peau. Un instant plus tard, mes hanches se soulèvent, ma queue de nouveau apte à la tuer de fatigue autant qu'elle me tue ou me réanime de l'intérieur. Je ne sais pas ce que j'apprécie le plus.

Sa chatte ma galvanise et m'emporte dans un enchevêtrement de membres et de souffles. Nous basculons à mi-chemin entre la violence et la tendresse, entre le besoin de se marquer à jamais et la volonté de se deviner encore.

— Je suis à toi, Dean, confie-t-elle, un peu plus fort, comme si elle acceptait la défaite qu'elle n'assumait pas.

Mon cœur cogne, et mes lèvres s'étirent, féroces. L'instinct me crie que c'est plus qu'un simple abandon sexuel… c'est un pacte. Un pacte qui me donne droit sur son histoire, ses peurs, ses secrets. Un pacte qui scelle notre descente au fond de nos déviances.

Je penche la tête, relâche son cou et attire sa clavicule entre mes canines, lui arrachant une lamentation à mi-chemin entre la douleur et l'extase. Puis je glisse mes lèvres jusqu'à son oreille, la queue en feu.

— Ton nom sur mes lèvres finira par devenir ta nouvelle obsession, Sofia. Ton prénom a été prononcé dans l'horreur. Souillé par des mains qui n'auraient jamais dû te connaître. Mais je vais t'apprendre à l'aimer à nouveau. À le laisser glisser sur ta langue sans trembler. Je vais m'infiltrer dans chacun de tes cauchemars et les retourner contre eux. Je vais redéfinir ton nom, Sofia, t'en faire une drogue, un putain de refuge. Et quand tu le hurleras… ce ne sera plus de douleur. Ce sera pour moi. Rien que pour moi.

Son corps se raidit, un frisson la secoue, mais elle ne recule pas. Elle boit mes paroles, et ses doigts se crispent davantage dans mes cheveux. Son souffle chaud tremble sur mon cou.

— Je le suis déjà, admet-elle dans un soupir tremblant.

Un élan de satisfaction se propage dans mes veines. Je la serre plus fort, la plaque contre moi, tel un possesseur sûr de son bien. Derrière son apparence fière, j'ai vu ses failles. Sous mes airs froids, elle a fait revivre en moi l'animal que je croyais enterré.

— Oh, je sais. Mais tu ne fais que commencer à comprendre ce que c'est d'être dérobée de tes dernières lueurs de lucidité.

Nos respirations se confondent sous la chaleur de ses hanches contre mon bassin. L'air a un goût d'électricité, de métal, sur le point d'allumer une nouvelle étincelle. Il n'y a pas de retour possible.

Ni pour elle ni pour moi.

Elle mord sa lèvre, un tic inconscient qu'elle a chaque fois qu'elle essaie de reprendre le contrôle.

— Regarde-moi, Sofia.

Elle hésite, puis obéit. Ce n'est pas une soumission, c'est une acceptation. Son regard s'enfonce dans le mien, et je vois tout ce qu'elle tente de me cacher : le chaos, la peur, l'excitation, l'interdit.

Mes doigts glissent le long de ma gorge, puis effleurent le S qu'elle a tracé sur mon cœur avec son feutre. Un rappel silencieux de ce qu'il s'est passé, de la possession mutuelle que nous avons commencé à revendiquer.

— C'est moi, maintenant.

Je laisse ma main descendre sur son ventre, effleurer son tatouage juste au-dessus de son bas-ventre. Son souffle se coupe, son dos se cambre.

— Comprends-le bien, Sofia : je n'ai fait qu'effleurer l'ivresse de te garder sous moi. Ta chatte enlace déjà ma queue comme une braise affamée, mais je veux plus…

T'infiltrer le crâne, m'insinuer dans ta peau, graver mon nom sur chaque battement de ton cœur. Tu es à moi, et je ne relâcherai mon emprise que lorsque ton dernier soupir s'étouffera dans mon désir.

Elle se mord l'intérieur de la joue, comme si elle se battait contre l'évidence.

— Dis. Mon. Nom.

Son regard vacille. Son souffle tremble.

— Dean Knight.

Et putain, c'est la plus belle et la plus dangereuse prière que je n'ai jamais entendue.

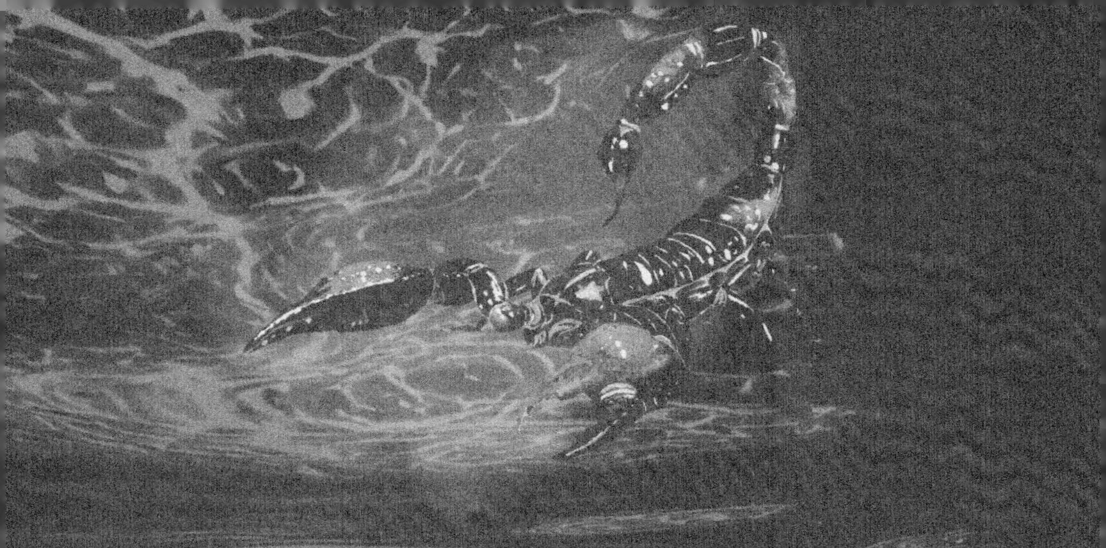

Chapitre 59

Dean

L'odeur de ma sueur se mêle au cuir de mon sac de sport que je balance dans un coin du salon. J'ai encore l'adrénaline de l'entraînement qui bourdonne sous ma peau, mais ce n'est rien comparé à la chaleur qui m'anime dès que mon regard glisse vers elle.

Sofia, ou plutôt Maxime, comme tout le monde ici s'obstine à l'appeler.

Assise par terre en tailleur, l'écran de son ordi éclaire son visage. Ses doigts filent sur le clavier à une vitesse insolente, un burger dans son autre main. Ça fait une semaine qu'elle squatte, s'infiltrant dans chaque recoin de notre quotidien, comme si elle avait toujours fait partie de la bande.

Avant, j'aurais râlé. J'aurais trouvé à redire sur son intrusion.

Sauf que je ne dis rien.

J'aime l'avoir à portée de main. Sous mon contrôle.

Eden et Parker me contournent et, comme d'habitude, passent derrière elle pour lui coller un baiser sur ses cheveux colorés.

— Salut, beauté, susurre Parker en ébouriffant ses mèches.

— Tu fais quoi ? ajoute Eden en lorgnant sur l'écran.

— Je bosse, lâche-t-elle en croquant dans son burger, sans même lever les yeux.

— Toujours aussi sexy avec de la sauce sur le menton, Arc-en-ciel, commente Saul en s'affalant dans le canapé, bière en main.

Je détourne brièvement le regard vers lui, avant de revenir à elle. Elle est concentrée, trop. Puis son attention se déplace vers la télé. On passe les infos en continu depuis qu'elle est ici.

« Deux hommes recherchés pour violences et abus ont été retrouvés ce matin, livrés directement à la police… »

Je surprends un rictus qui tord ses lèvres. Un sourire qu'elle aurait voulu dissimuler. Mon estomac se noue. Je déteste cette expression chez elle, ce sourire en coin qui en dit plus que ses mots.

— C'est quoi, cette gueule ? lancé-je, la voix un brin trop agressive.

Elle lève à peine les paupières, hausse les épaules et reprend une bouchée de son burger.

— C'est une bonne nouvelle, non ?

Mes yeux se plissent, je scrute chaque muscle, chaque millimètre de peau. Elle ment, ou du moins, elle me cache quelque chose.

— Tu n'es pas le genre à te réjouir devant les infos, répliqué-je à mi-voix.

Ses mâchoires se crispent à peine.

— Je ne souris pas.

— T'essaies, mais tu n'y arrives pas.

Autour de nous, les autres ne captent pas l'électricité qui court dans l'air, trop occupés à boire leur bière et à balancer des blagues post-entraînement. Mais, moi, je la sens, cette tension. Elle me prend aux tripes et la queue, putain…

— T'étais où hier soir ?

Ma question claque comme un coup de fouet, ce qui la fige. Elle relève enfin la tête, ses yeux plantés dans les miens. Son expression est trop lisse, trop… maîtrisée.

— Pourquoi ?

Elle croit vraiment me doubler ? J'ai entendu la porte claquer vers quatre heures du matin, je l'ai vue revenir, et surtout, j'ai remarqué les nouveaux bleus sur son corps, la lèvre fendue planquée sous son rouge à lèvres.

J'ai laissé couler, afin de tester ma soi-disant patience. Mais je me suis rappelé que je n'en ai jamais eu.

— C'est une question si compliquée que ça ?

Elle prend tout son temps, mord dans son burger et m'agace au plus haut point.

— J'avais des choses à faire, réplique-t-elle entre deux mâchouilles.

— Ah ouais ? Comme quoi ?

Elle pince les lèvres, cherche une excuse.

— Tu n'as pas des trucs à cacher à ton obsession ?

Son regard s'assombrit, je remarque la colère monter.

— Va te faire foutre, Dean.

— Oh, mais c'est exactement ce que t'as fait hier soir.

Ses traits se durcissent. Je vise juste. Je me redresse et m'approche d'elle, lui imposant ma présence, percevant les regards de Parker, Eden et Saul converger vers nous.

— Qui t'a foutu ces marques ? grondé-je.

Elle me fixe, droite, cherchant à me faire reculer avec un simple coup d'œil. Mauvaise pioche. Ce jeu-là, je le connais trop bien, et je le gagne toujours.

— Allons, Arc-en-ciel… c'était qui ?

Je lève la main, frôle sa lèvre fendue du bout des doigts, effaçant son rouge à lèvres. Elle ne bronche pas, mais son corps se tend.

— Alors ? Quelqu'un t'a fait ça. J'veux des noms.

Elle garde le silence, mais je lis la réponse dans la dilatation de ses pupilles.

— C'est ce fils de pute… craché-je, la jalousie coule dans ma voix. On ne te suffit pas ?

Un bref éclair passe dans ses yeux, mais je m'en cogne. Mes doigts se referment autour de sa gorge, et putain, ses yeux s'illuminent à m'en rendre fou !

— Quatre queues pour une chatte, ça devrait être suffisant !

Mon rictus s'étire sans joie.

— Mais toi… toi, tu vas encore faire la salope ailleurs.

Le silence la trahit. Ses doigts se crispent sur son clavier.

— Qu'est-ce que je dois en penser ? continué-je, serrant une seconde de plus sa gorge, son visage prenant une teinte vermeille.

Elle frissonne, et ça m'enrage autant que ça me plaît. Je me penche, mes lèvres proches de son oreille, pour qu'elle entende chaque pulsation de mon cœur.

— T'as besoin de savoir un truc, Sofia : je n'aime pas partager. Surtout pas avec des chiens de la casse qui posent leurs mains crasseuses sur ce qui me plaît.

J'inhale sa peur, l'excitation qui l'anime, sa cyprine qui inonde son bas, un mélange qu'elle déguise sous son insolence.

— Si c'est lui que tu veux, dis-le !

Un battement de silence, et je me recule suffisamment pour plonger mes yeux dans les siens, tout en lâchant ma prise. C'est à la fois un défi et un ultimatum. Je lis l'incertitude passer sur son visage, un relâchement imperceptible de ses traits qui me donne envie de l'étrangler… et de la déchirer de l'intérieur.

— Mais ne reviens pas en traînant ta carcasse à l'aube avec la gueule abîmée et des excuses bidons. Parce que la prochaine fois, je te jure que je m'en occuperai à ma façon. Et crois-moi, tu préférerais encore affronter l'enfer.

Elle déglutit, ses prunelles fixées sur moi. Je peux entendre son cœur battre à travers ce silence. Derrière elle, les gars l'observent en chiens de faïence. Sofia serre les poings, pour se retenir de me cogner ou de me supplier de l'emmener plus loin.

Ma rage déborde, corrosive, incontrôlable. Je la veux. Entièrement. Exclusivement. Et elle s'obstine à jouer les cavalières solitaires, comme si son corps ne m'appelait pas chaque putain de seconde.

Un grondement guttural m'échappe, vibre dans ma poitrine, et mes lèvres s'entrouvrent sur un ordre primal, que je n'ai même pas formulé.

— Tu piges, Arc-en-ciel ?

Ma voix est cinglante, un fil barbelé qui ne demande qu'à la lacer.

Elle ne répond pas, mais son menton s'abaisse en un geste imperceptible. Elle me provoque avec son silence de faire le prochain pas, d'arracher son sweat pour dévoiler les marques, de lui faire payer son insolence.

J'ai envie de la prendre, de lui rappeler qui la possède. Mais je me retiens, sa tension ne fera que grandir, et elle finira par m'implorer de le faire en rampant.

Je me détourne, tentant de calmer la bête, puis je murmure suffisamment fort pour qu'elle m'entende quand même :

— On en reparlera plus tard. Crois-moi, tu ne vas pas y échapper.

Dans son mutisme, je jurerais que je l'entends sourire à nouveau. Je ne tolérerai pas qu'elle s'acoquine ailleurs sans me le dire.

Je ne partage pas mes obsessions où mon foutre repose au fond de ses entrailles. Et elle, elle est la plus dévorante que j'aie jamais connue.

— Et si c'était justement ce que je cherchais ?

Une décharge me traverse. Elle va me rendre fou. Je me retourne, ma main cogne sur la table basse, la rage et l'excitation mêlées.

— Et si, pour une fois, tu apprenais à savourer quelque chose de *normal* ?

Un éclair traverse son regard. Elle se tend, juste un instant.

— Il me semble que t'as apprécié ce qu'on t'a fait avant-hier, reprends-je, la voix rauque.

Je pose mes paumes sur la table, la bloquant sans même la toucher. Pas besoin de contact pour lui rappeler ma présence ni le danger qui plane quand elle me méprise.

— La façon dont on a pris soin de ton corps…

Je ne la quitte pas des yeux, mes mots se glissent entre nous comme des lames. Son souffle se fait plus court, ses cils tremblent. Je sais ce qu'elle ressent, le conflit interne qu'elle refuse de nommer lorsque je l'ai bâillonnée sur les garde-corps du balcon et que nous l'avons dépossédée de son corps par tous les trous.

— Mais si tu veux qu'on te fasse encore plus mal… la menacé-je.

Je savoure le frisson qui la parcourt… le vrai.

— Tu n'as qu'à le dire.

Le silence se tend, chaque seconde pèse.

— Parce que je sais comment t'écraser jusqu'à arracher tes sanglots comme d'autres cueillent des fleurs, te briser pièce par pièce sans jamais desserrer mon emprise.

Dans ses yeux, je discerne la colère, l'ivresse et une part de panique. Elle est en feu, et je la tiens. Mes potes, autour, ont saisi l'ambiance, et ça leur plaît autant qu'à moi.

— J'sais pas, Dean… insinue Eden d'un ton traînant en posant ses coudes sur ses genoux. Peut-être qu'elle nous a trouvés trop doux ?

Parker ricane, s'appuie de la même manière que son voisin, juste derrière elle, son souffle frôlant ses cheveux colorés.

— Ou alors, elle préfère varier le menu.

Elle se redresse, prête à envoyer une pique, mais Saul, qui n'a pas pipé un mot jusque-là, se décide enfin à parler.

— Peut-être qu'elle teste les limites, ajoute-t-il en jouant avec la fermeture Éclair de sa veste.

— Elle adore ça, renchérit Parker, qui fait glisser sa main sur l'épaule de Sofia. Jouer avec le feu, voir jusqu'où elle peut aller avant que tout explose.

Je ne bouge pas, je ne la quitte pas des yeux. Sa respiration s'accélère, elle est cernée de toute part. Coincée.

— Dis-nous, Max… reprends-je d'une voix basse, maîtrisée. Qu'est-ce que tu veux, au fond ?

Elle entrouvre la bouche, mais aucun son n'en sort. Je me penche, comblant la courte distance qu'il reste entre nous.

— T'as envie que l'on continue de prendre soin de toi… ou qu'on te fasse mal jusqu'au sang ?

Eden hausse un sourcil, un sourire amusé aux lèvres.

— On s'adapte, tu sais.

Parker ricane.

— Mais traîne pas trop à choisir, ou c'est nous qui déciderons.

Sofia demeure immobile, ses mains crispées sur son ordinateur. Son regard s'évade d'un visage à l'autre, captif de l'atmosphère enragée. Elle le sait : on ne la laissera pas s'en tirer ainsi.

Elle est prise au piège. Et, à en juger par la façon dont ses lèvres s'entrouvrent et dont son souffle se coupe, elle adore ça

CHAPITRE 60

MAXIME/SOFIA

Je me lève d'un bond, retire son pull que je jette au sol, puis arrache au passage la bière des mains d'Eden et la cigarette de Dean avant qu'il n'ait pu l'approcher de ses lèvres. J'ai le regard noir, la respiration déjà trop rapide.

— Allez vous faire foutre, les Devils !

Ma voix claque dans l'appartement, et un silence impérieux s'installe. L'adrénaline de leurs mots pulse dans mes veines et bat contre mes tempes, trop fort. À chaque martèlement, mon ventre se tord. Ils jouent avec moi, me testent, me poussent à bout. Je refuse de devenir leur poupée cassée… et en même temps, un frisson charnel me traverse à l'idée d'être la leur, seulement la leur.

J'atteins le balcon en trois pas furieux, jette la cigarette et la canette par-dessus la rambarde, saisis le métal glacé à pleines mains. Le même qui m'a laissé une douleur aiguë dans le dos, à l'arrière de mon crâne, alors qu'il butait le métal à chaque gorge profonde forcée. J'inspire brutalement, tentant de calmer la chaleur en moi, cette moiteur qui se propage entre mes cuisses, ce picotement cruel à la pointe de mes seins, durs sous mon haut trop fin.

Derrière moi, le silence s'épaissit. Ils m'observent. Je le sais, je le sens sur ma nuque. Et je déteste à quel point ça me rend… humide. À quel point mes cuisses se serrent, mes tétons se durcissent toujours plus sous le frottement du tissu.

— Sofia…

La voix de Dean. Calme. Beaucoup trop calme. Mon cœur fait un bond. Je reconnais ce ton-là… il va me briser ou me faire implorer. *Qu'il fasse les deux.*

Je l'entends s'approcher. Son parfum et la chaleur de son corps se collent à mon dos, si près que son souffle effleure ma nuque. Un frisson me secoue.

— Je n'aime pas qu'on joue avec mon autorité, m'avertit-il à mon oreille.

Je souris, moqueuse, pour dissimuler l'envie qu'il me tue ou me sauve de l'état dans lequel il me plonge.

— Autant que je déteste l'idée que tu n'imprègnes pas dans ta putain de cervelle que tu es à nous. À moi !

Un ricanement sec m'échappe. Sa lente expiration sillonne ma peau, un souffle indécent, pas le genre qui fait rire, le genre qui agace, qui électrise, qui brûle.

— Je ne t'appartiens pas, Dean.

Faux.

— T'es sûre ?

Son doigt effleure ma poitrine, là où son « D » reste gravé sous la peau, une marque inavouable que je chéris autant que je la renie. Puis, sans prévenir, il me plaque contre la rambarde. L'impact m'arrache un souffle rauque, et un pic de plaisir au creux du ventre.

— Répète-le, ordonne-t-il, la voix basse et tranchante.

Mon cœur cogne à en hurler. Je finis par tourner la tête et croiser son regard. Le même qui consume au point de me rendre folle. Derrière lui, le reste de la meute : Eden, Parker, Saul, tous conscients qu'une limite va être franchie. J'entends même Parker glousser. Ils adorent voir jusqu'où je peux aller avant de céder.

— Va te faire foutre.

Son sourire s'étire, carnassier. J'aurais dû fermer cette porte-fenêtre, j'aurais dû fuir avant qu'ils ne m'encerclent. Trop tard. J'ai chaud, mon corps s'embrase.

Un imperceptible mouvement de bassin, un froissement à peine, trahit que je me frotte à sa cuisse, cherchant un soulagement.

Sa main remonte sur ma hanche, son pouce effleure la chair nue au-dessus de mon T-shirt bien trop court. J'ai envie de crier : *« Prends-moi, fais-moi mal, remplace ses marques par les tiennes »*, mais je me mords l'intérieur de la joue pour me taire.

— T'es sûre que c'est ce que tu veux, Arc-en-ciel ?

— Arrête de m'appeler comme ça…

Il rit, un rire rauque qui me traverse.

— C'est mignon, tu n'aimes plus les surnoms ?

— Je n'ai pas envie d'être votre jouet.

Faux… faux… faux !

Son regard s'obscurcit aussitôt, et ses doigts se crispent davantage sur ma hanche.

— Ton corps, ton odeur, tes yeux disent tout l'inverse.

Il ne me laisse pas fuir. La chaleur monte, mes cuisses lubrifiées se collent l'une à l'autre dans un sursaut de désir. Mes tétons me font mal, réclament que quelqu'un les saisisse, les morde, les marque. Je me cambre contre lui, mon ventre épousant son torse dur, je résiste à l'envie de le supplier.

— Tu veux quoi ? lancé-je, la voix plus éraillée que je ne l'aurais voulu.

Son sourire disparaît, remplacé par une lueur sombre. Ses yeux s'attardent sur mes lèvres, puis plongent dans mes prunelles.

— T'apprivoiser.

Une vague brûlante me traverse, et mes reins se creusent. Derrière nous, Parker glousse.

— Tu vas avoir du boulot, mon gars !

— Ferme-la, rétorque Dean sans même tourner la tête.

Du coin de l'œil, j'aperçois Saul, les bras croisés, avec ce regard glacial qu'il m'offre toujours, et Eden, indolent, une clope aux lèvres. Ils sont tous là et me dévisagent telle une proie en cage.

— Tu perds ton temps avec elle, grogne Saul.

Ces mots me giflent intérieurement, piquent un orgueil que je croyais déjà calciné.

— Elle nous appartient, rétorque mon bourreau sans hésiter.

Mon souffle se bloque. Cette phrase me vrille les tripes, rallume cette faim maladive d'être prise, marquée, réduite à ce besoin tordu d'être marquée par eux, d'appartenir à ces diables qui me font me sentir en vie. Je serre les dents, fixe Dean d'un regard enragé.

— Je n'vous appartiens pas.

Il rit, un son sec, dépourvu de chaleur.

— C'est beau, la conviction… T'es vraiment la seule à y croire.

Moi-même, je n'y crois pas…

Il saisit mon poignet fermement et l'attire entre nos corps, pressant ma paume contre la bosse dure sous son jogging. Mes doigts frémissent, mon ventre se contracte. *Fait chier ! Je pourrais jouir si je me laissais aller.*

— Merde… souffle Parker, à moitié amusé.

Dean serre mes doigts contre son érection, m'imposant son rythme.

— Joue pas à ça avec moi, Arc-en-ciel, son ton est rauque, chargé de menaces et d'un désir sauvage. Je sais comment te punir.

Je pourrais me dégager, je pourrais hurler. Mais je ne bouge pas. C'est trop bon, trop enivrant de subir son autorité qui m'engloutit, cette menace de me priver de lui. Mon regard défie le sien, mes doigts se contractent sur sa queue.

Il m'observe, comme un loup prêt à dévorer son gibier. Il sent bien que je mouille, que je me cambre, que mes tétons pointent, que tout mon corps réclame cette violence. J'ai le souffle court, je lutte pour ne pas hurler : *« Prenez-moi, faites-moi mal, remplacez ses marques par les vôtres ! »*

Il serre la mâchoire, et sa main remonte pour effleurer la peau de mon cou. Ses doigts m'encerclent sans appuyer, juste assez pour me rappeler l'ombre de sa force. Mon ventre se tord. Mes cuisses se resserrent et un frisson me brûle la nuque alors que je gémis.

— Putain, vous me fatiguez, grogne Saul, qui soupire d'exaspération.

Dean ne bronche pas, il continue de me fixer. Dans le silence étouffant, ses pupilles sont un avertissement.

— Tu veux vraiment un monstre, Sofia ?

Mon cœur rate un battement, mais je hoche la tête avec braverie, de cette promesse qui rampe sous ma peau.

— Alors, viens dimanche prochain… avec nous.

Je fronce les sourcils.

— Le club ?

Un sourire carnassier s'affiche, lent et cruel.

— Le club, répète-t-il.

Il recule d'un pas, me libère la gorge, mais je sens encore la pression imaginaire de ses doigts contre ma peau… et le début de ma punition. Mon souffle est laborieux, j'ai la tête qui tourne, l'adrénaline me vrille le sang.

Un silence tombe. Le vent s'engouffre, frais, me faisant prendre conscience de mon propre corps trop chaud. Parker m'observe, les bras croisés, un rictus amusé au coin des lèvres.

— Alors, Arc-en-ciel ?

Je ravale ma salive. Je devrais dire non, claquer la porte, fuir comme une fille saine d'esprit.

Mais je ne suis pas de ce genre-là.

Je suis la fille qu'on souille et qui en redemande. Qui se cambre quand on la menace, bande pour l'interdit, gémit pour la douleur.

Je suis irréparable, incapable de rester debout, préférant me traîner à genoux dans une pièce pleine d'inconnus juste pour mériter un regard.

Je ne veux pas qu'il me prive de lui et, à la fois, je veux qu'il me punisse. Qu'il m'écorche. Qu'il me nie jusqu'à ce que je n'existe que par ses mots, par sa queue, par sa haine travestie en jouissance.

S'il doit me détruire, alors que ce soit avec élégance. Qu'il fasse de ma fin une œuvre.

Un rictus s'inscrit sur mes lèvres.

— Dimanche, alors.

J'aperçois ses pupilles se dilater. Ce battement d'œil, ce soupir à peine retenu… Il vient de réaliser. Il m'a donné exactement ce que je cherchais.

Chapitre 61

Maxime/Sofia

Sarah pleure, ses épaules secouées par des sanglots étouffés.

— Ils ne reviennent plus…

Sa voix se brise sur les derniers mots. Je la regarde, immobile, sentant mon propre cœur se contracter. Elle ne comprend pas, elle ne voit pas ce qui se joue en coulisses. Elle ne sait rien du Masque Doré, de ses desseins ni de ses obsessions changeantes.

— Ils ne reviennent plus, répète-t-elle, comme si elle espérait que je la contredise.

Mais je ne peux pas. Je ferme les yeux une seconde et retiens la colère sourde qui me ronge. Ils ne reviennent pas parce que le Masque Doré a une nouvelle cible. Une nouvelle obsession.

Je me mords l'intérieur de la joue, trois masques sont tombés depuis plus d'une semaine et demie. C'était un coup d'échec, un mouvement risqué, mais je savais d'avance qu'il finirait par revenir et il est revenu à chaque fois, enfonçant son venin dans mes veines qui ne cherchent même pas l'antidote.

Je suis ce qu'on appelle la contagion. La maladie elle-même.

Dans ma tête, l'image de cette ruelle me revient en flashs intenses. La froideur du mur de briques contre mon dos, les rires moqueurs des trois autres masques autour de moi, et… le Masque Doré. Si près, avec sa cravate serrée sur ma gorge et cette lueur d'excitation et de fureur qui brille derrière son accessoire métallique, après m'avoir giflée à cinq reprises.

— Tu voulais qu'on revienne ?

— Tu voulais nous provoquer ?

— Tu voulais qu'on te félicite, salope ?

Leurs voix résonnent encore. Je revois ses doigts gantés qui m'entravent, son souffle incendiaire près de mon oreille qui cascadait ma nuque en une prière sale qu'on murmure à une sainte souillée. Je n'ai pas hurlé. Je suis restée figée entre la terreur et la résignation, à attendre que ça passe ou que ça m'achève.

Mais ce n'était pas la douleur le plus dérangeant.

C'était l'évidence.

Celle qu'il a découverte sur mon corps.

Je ne suis plus uniquement à lui. Je navigue dans ce néant malsain, tiraillée entre deux obsessions, deux bêtes qui veulent me posséder sans partager.

Et comme Dean… il ne le supporte pas.

— Tu veux appartenir à d'autres ? Alors je vais te montrer ce que ça coûte.

Son genou s'est enfoncé entre mes seins, la cravate m'a rendue inconsciente à plusieurs reprises sous le manque d'oxygène. Il ne restait plus rien de mes vêtements, que des lambeaux et l'odeur de foutre mêlée au sang.

Quand ils ont fini de souiller ma peau, de marquer mon corps de bleus, de griffures, de crachats et de morsures, je me suis retrouvée au sol, tremblante, vidée après avoir été insultée de putain.

Une larme a coulé. Une seule. Puis j'ai ravivé le feu que j'ai planté au fond de mes tripes pour ne pas crever.

Je me suis levée.

Et je suis partie.

Pas chez eux, là où Dean rôde, où Eden me caresse pour m'envelopper d'un calme que je ne mérite pas, où Parker me taquine juste assez pour me faire oublier que je suis brisée, et où Saul me fixe, les pupilles dilatées, entre l'envie de m'abolir ou me bouffer toute crue. Non. Je suis rentrée chez moi, j'ai coupé le téléphone, bloqué la porte pour qu'ils ne voient pas mon état, barré les fenêtres. Parce qu'il ne faudrait pas grand-chose pour que Dean bascule dans une rage meurtrière comme les deux autres fois, détruisant tout ce qui lui passait sous la main.

Pour moi… à cause de moi, comme le reprochait si bien ma mère.

Les sanglots de Sarah m'obligent à revenir au moment présent, ses doigts crispés sur ses genoux. Je me force à lui murmurer que peut-être ils reviendront, que, peut-être, c'est juste temporaire.

Mais je sais que non. Rien n'est un hasard. Ils ont changé de cible, tout simplement.

Je baisse les yeux, un goût amer dans la bouche.

Et malgré la honte… une part de moi en tire un soulagement tordu, la satisfaction d'être la pièce maîtresse de leur jeu. Cette folie, je l'ai cherchée, et je ne peux plus m'en passer.

La voix de Chloé me ramène à la raison.

— Un nouveau masque est apparu.

Les regards se tournent vers elle.

— Quoi ? demande Lucie en fronçant les sourcils.

Chloé hoche la tête, triturant le tissu de son haut.

— Il est venu la semaine dernière. Il ne m'a pas touchée. Il est juste resté là… à m'observer.

Ma colonne vertébrale se tend.

— Quel genre de masque ? demandé-je, mon ventre déjà crispé.

Elle relève les yeux, une lueur tremblante dans le regard.

— Un masque de lune triste.

Le silence tombe dans la pièce, plus lourd que jamais, le nœud dans mon estomac se défait. Lucie mordille sa lèvre inférieure, puis soupire.

— Je n'ai pas eu d'autre visite…

Sa voix est droite, mais son regard, lui, vacille.

— Je m'attendais à rencontrer mon nouveau tortionnaire.

Ses doigts s'enroulent autour d'un vieux bracelet de tissu, qu'elle fait tourner encore et encore, comme si elle pouvait remonter le temps en même temps que les fils.

Ses poignets ont guéri. La peau est intacte.

Je croise les bras contre ma poitrine, réfléchis.

Un masque de lune triste ?

Je me rends compte qu'Amalia n'a toujours rien dit. Je tourne la tête vers elle. Elle est assise en retrait, les mains enroulées autour de ses genoux, le regard perdu.

Lucie me fixe, ses sourcils froncés, puis sa voix fend le silence tendu :

— Est-ce qu'ils viennent te voir ?

Toutes les têtes se tournent vers moi. Sarah, les yeux encore humides, se redresse, agrippe mon regard comme si j'étais son dernier espoir. Elle veut croire que je ressens la même attente, la même souffrance, le même manque. Sauf que la vérité m'appartient, et je ne peux pas la lui livrer.

Ils ne m'ont pas oubliée. Ils sont revenus à plusieurs reprises, et j'en porte encore les stigmates. Mais impossible de l'avouer. Je me force à sourire, un rictus détaché, et je secoue la tête.

— Non.

C'est un mensonge odieux. Je sens encore la pression de ses doigts sur ma gorge, la brûlure de leurs coups dans mes côtes, ainsi que ma chatte qu'il a possédée avec un putain de manche fabriqué à base d'os, avant de me jeter au sol et leur ordonner de me baiser comme une salope. Si Sarah découvre la vérité, elle réalisera que c'est ma faute.

Lucie acquiesce sans conviction. Sarah baisse les yeux, essuie ses joues d'un geste tremblant.

— Pourquoi ils m'ont oubliée, moi ? murmure-t-elle.

Je croise les bras, l'esprit en vrac.

— Est-ce que l'un d'eux portait une bague ? dis-je en glissant un regard vers Chloé.

Elle fronce les sourcils, méfiante.

— Pourquoi tu demandes ça ?

Je feins l'impassibilité, même si mon cœur cogne à m'en rompre la poitrine. Si elle confirme mon intuition, je tiens peut-être un foutu fil conducteur depuis le début…

— Mes anciens bourreaux aimaient en porter pour m'écorcher la peau, expliqué-je d'un demi-mensonge.

Elle inspire, fouille sa mémoire avant de reprendre :

— Oui. J'ai senti quelque chose de dur sur son annulaire… comme une chevalière.

Le sang pulse dans mes tempes.

— T'es sûre ?

— Ouais. Ses gants couvraient ses mains, alors je n'ai pas vu ce que c'était. Mais j'en suis sûre.

Je retiens un juron. Un détail infime, mais potentiel. Mon esprit s'emballe, la fièvre de l'enquête me ronge. Si ces bagues portent une inscription, un symbole caché… alors je tiens peut-être une piste. Un fil à tirer. Une putain de faille dans leur forteresse.

Le symbole que Steph.X m'a transmis revient hanter mes pensées.

Le Baiser du Médecin.

Un blason de pouvoir et de domination, mais qui ne dévoile rien de plus qu'un empire né dans l'ombre depuis des générations, bâti sur les corps, les rituels et le silence.

Et au sommet…

Mon bourreau, dans des costars de luxe et aux cravates de soie.

Elles finissent par quitter la pièce, chacune perdue dans ses propres ténèbres. Je garde les bras croisés, le regard rivé sur un point imaginaire du mur.

Ma main tremble alors que je déverrouille mon téléphone pour appeler Nathan. Il décroche aussitôt :

— Maxime ?

— J'ai besoin que tu vérifies un truc, lancé-je, la voix tendue.

— Je t'écoute.

— Tu as encore les pièces à conviction des types qu'on a fait tomber ? Des bagues, notamment ?

— Ouais… pas mal. Pourquoi ?

— Regarde si tu trouves une inscription, je ne sais pas… quelque chose.

J'entends le crissement d'une chaise, signe qu'il se redresse.

— Je m'y mets. Je te rappelle dès que j'ai quelque chose.

— Le plus vite possible, Nathan.

Il raccroche sans un mot et laisse derrière lui un silence assourdissant. Si ces bagues portent une marque, alors j'ai une brèche, un moyen de me faufiler jusqu'à eux, ou plutôt, jusqu'à lui.

Des pas résonnent dans la salle désormais vide. Je me redresse, sur mes gardes.

Chapitre 62

Maxime/Sofia

— Alors, c'est là que tu te caches, Arc-en-ciel.

La voix traînante d'Eden coupe le silence. Il s'avance, m'attire contre lui, son bras fermement enroulé autour de ma taille. L'odeur familière de son parfum boisé m'enveloppe. Avant que je ne puisse protester, Parker arrive, collant son torse contre mon dos. Me voilà prise en sandwich, *encore*.

— Sympa comme planque, raille Eden, son souffle frôlant ma tempe.

Je soupire sans chercher à me défaire de leur étreinte.

— Comment vous m'avez trouvée ?

Ils échangent un regard complice. Parker affiche un sourire narquois.

— On ne te dira pas nos secrets.

Je lâche un rire sec.

— Vous m'avez localisée.

Leurs sourires s'éteignent un peu, et je constate avec satisfaction qu'ils ne cherchaient pas à être subtils. *Bingo*.

Je m'écarte d'un pas et pose un doigt sur la poitrine de Parker, puis sur celle d'Eden, les fixant avec un rictus en coin.

— Faites gaffe, les gars. Je maîtrise l'art de l'hacking, et je pourrais… disons, griller vos téléphones si l'envie m'en prend.

Eden éclate de rire, lève les mains en signe d'abandon.

— On a toujours su que t'étais flippante, Arc-en-ciel, mais on dirait qu'on doit dormir avec un œil ouvert.

Parker, plus sérieux, fronce légèrement les sourcils, une ombre passe dans son regard, puis il observe autour de lui.

— Tu bosses sur quoi, au juste, Max ?

Je pince les lèvres, hausse les épaules.

— Des trucs.

— Des trucs, répète Eden, visiblement peu convaincu.

Parker cueille délicatement mon menton entre ses doigts, accrochant mon regard.

— Tu sais que tu peux tout nous dire.

Le silence pèse une seconde de trop.

Non. Je ne peux pas. Si Dean apprend que je joue aux détectives, que je me rapproche encore du Masque Doré, ça va mal se terminer… pour tout le monde.

— Allez, on se barre d'ici. Vous me payez un café, et peut-être que je vous balance deux ou trois indices sur ma petite vie mystérieuse, dis-je en changeant de sujet.

Eden grogne.

— T'es chiante.

— Je sais.

Il passe son bras autour de mes épaules. Un contact brûlant, naturel, mais putain… mon cœur rate un battement à l'instant où son odeur m'assaille. Ce mélange de bois brûlé, de sueur et de chaleur masculine. Mon ventre se contracte, mes tétons se durcissent sous mon débardeur sans soutien-gorge, et mes cuisses se frottent l'une contre l'autre dans une tentative minable de calmer ce feu que je ne maîtrise plus.

Parker attrape ma main. Il entrelace ses doigts aux miens, et là encore, mon souffle se coince. Sa paume est chaude, rugueuse, et j'ai envie de la sentir glisser entre mes cuisses plutôt que contre la mienne.

— Vous comptez me garder en laisse toute la soirée ou quoi ? ma voix tremble, mais aucun d'eux ne semble le relever.

Eden resserre son étreinte, son torse collé à mon bras, et je peux sentir son cœur battre lentement. Avec maîtrise. Avec ce calme dangereux qui me fait perdre pied.

— Ça dépend. Tu comptes encore nous fausser compagnie ?

— J'ai des priorités.

— Ouais, et nous en faisons partie, Arc-en-ciel.

Je roule des yeux, mais c'est un mensonge. Ils sont ma priorité. Mon putain de poison. Mon besoin vital. Leur chaleur, leur emprise, leur manière de me contempler comme si j'étais à la fois une bête sauvage à dompter et un trésor à dévorer.

Leur regard m'a manqué… celui qui me déshabille plus vite que leurs mains.

L'attachement est un luxe dangereux, surtout pour quelqu'un comme moi qui trouve dans leur présence à la fois un refuge et une prison.

Parker lève nos mains jointes et les balance doucement. Je ressens chaque mouvement jusque dans ma culotte déjà trempée.

— Café contre informations. Ça te va ?

Je pince les lèvres. L'amusement masque la tension qui crépite sous ma peau.

— Un peu trop honnête pour moi.

Eden sourit, ce sourire-là, celui qui dit qu'il sait quelque chose que j'ignore.

— Oubliez le café. Dean et Saul nous attendent au restau. Et je suis sûr que le plat sera aussi délicieux que ce qu'on a goûté à l'aquarium.

Son ton rauque me renverse. Les souvenirs explosent dans mon esprit. Leurs mains, leurs langues. La roche froide sous mon dos.

— Alors, allons les rejoindre.

Eden se crispe, puis glisse ses doigts sur mon cou. Là, juste sur la marque encore violacée. Mon souffle se coupe.

— Tu sais que notre capitaine est remonté contre toi ?

— Remonté ? Pourquoi ?

Je fais semblant d'être innocente, mais je sais très bien de quoi il parle.

— Deux jours, Maxime. Deux putains de jours où tu nous as ghostés.

Parker ne rit plus. Il serre ma main avec plus de force, et sa tension traverse mon bas-ventre.

Un frisson incontrôlable me traverse. Ma culotte colle à mes lèvres gorgées de sang, et j'ai envie… j'ai envie de les supplier de me prendre dans cette putain de ruelle. De me marquer à nouveau.

— On était prêts à défoncer ta porte une seconde fois. Saul voulait carrément briser ta baie vitrée.

— Charmant.

Je souris en coin, mais le regard d'Eden devient plus sombre.

— Mais en regardant ton cou…

Il effleure toujours du bout des doigts la trace qui trahit la dernière visite du Masque Doré.

— J'ai la réponse à ton absence. Il va être furax.

Il me force à le regarder, et je lis la déception sous la colère dans ses yeux.

— Je le suis aussi.

— Oh, vraiment ? dis-je en levant un sourcil, jouant avec le cordon de son sweat.

— Dean peut être très possessif, continue-t-il, ignorant ma provocation. Et savoir que tu joues encore avec ta cinquième roue, ça risque de ne pas bien passer.

Un rire m'échappe, court, acide.

— Huit.

— Quoi ? Parker fronce les sourcils.

— Vous êtes huit, déclaré-je.

— Putain… Comment ça, huit ?

Il lâche ma main et s'arrête net.

— Je croyais qu'il n'y avait qu'un autre gars.

Je hausse les épaules avec un sourire énigmatique.

— Vous n'êtes pas les seuls à me vouloir.

Le silence s'abat sur nous comme une tempête contenue. Leurs mâchoires se contractent. Leurs regards deviennent ceux de prédateurs féroces et furieux.

— Et tu crois qu'on va juste accepter ça ?

Le ton d'Eden est glacial.

— Non, je me penche vers lui, murmure contre ses lèvres salivantes. Mais j'ai hâte de voir ce que vous allez faire pour m'en empêcher.

Puis je me détourne, laissant derrière moi deux prédateurs en proie à leur propre jalousie. Un hoquet m'échappe quand on me soulève brusquement, et qu'un bras épais verrouille ma taille dans une prise de fer.

— Putain, Parker !

Je proteste, mais son sourire narquois me fait comprendre que j'ai déjà perdu. Et j'aime perdre face à eux.

— Pas encore, répond-il, sa voix basse près de mon cul. Tu nous as manqué ces deux derniers jours, tu sais. Tu nous dois bien un petit spectacle, il appuie sur le mot avant de me donner une fessée qui m'électrise.

Eden marche à côté de nous et dodeline de la tête avec une gravité exagérée.

— Absolument, Arc-en-ciel. Et puis, je me demande si Dean va apprécier ton petit numéro d'évasion.

L'air se charge d'une tension nouvelle à la mention de Dean. Mon cœur, déjà en surrégime, se serre à l'idée de sa réaction.

— Il n'a pas besoin de savoir, grommelé-je.

Parker éclate de rire, un son qui vibre contre mon bassin.

— Oh, il saura. Il sait toujours, Max. Tu devrais le savoir mieux que quiconque.

Il resserre son emprise alors qu'Eden s'approche, un rictus mauvais sur le visage.

— Une vilaine fille, Arc-en-ciel.

Il claque ma fesse avec force, me faisant cambrer par réflexe.

— Et les vilaines filles méritent une correction.

Mon souffle se bloque, la sensation brûlante de sa paume contre ma peau nue sous ma jupe me fait frissonner.

— Et si c'était ce que je cherche ?

J'écarte légèrement les jambes sous le bras de Parker, un geste subtil qui ne leur échappe pas.

Eden sourit, un sourire qui ne promet rien de bon.

— Alors tu vas être servie. Il a préparé quelque chose de spécial ce soir.

— Quelque chose de spécial ? répété-je, mon ton légèrement tremblant, non pas de peur, mais d'anticipation.

— Quelque chose qui va te faire oublier toutes tes autres obsessions. Qui va te rappeler à qui tu appartiens vraiment.

Chaque cellule de mon corps est hyper consciente de leur présence, de leur force, et de la promesse non dite de la soirée qui s'annonce.

— Et si j'aime ça ?

Ma voix est un fil ténu, chargé d'un défi silencieux.

— Nous allons nous assurer que tu adores ça ! me confirme Eden un sourire en coin.

— Vous êtes tarés.

— Peut-être.

Parker resserre son étreinte autour de mes cuisses. Eden m'afflige d'une autre claque sur le cul.

Et putain… ça me plaît.

CHAPITRE 63

MAXIME/SOFIA

Parker descend les marches d'un pas léger, toujours avec moi sur son épaule comme un foutu trophée, tandis qu'Eden nous suit en sifflotant. L'odeur de nourriture m'atteint enfin, et mon estomac grogne en réponse, trahissant ma faim.

— Un super endroit pour toi, glisse Parker en tapotant mon cul en ébullition après les fessées qu'ils m'ont administrées sur le chemin.

Nous sommes accueillis par un type mince au visage tiré, qui nous désigne notre table avec un regard hésitant, son sourcil se hausse en voyant ma position.

Je lui fais un coucou de la main avec un sourire innocent.

— Ça va, je suis bien installée.

Son expression se tord davantage. Pour pousser le malaise un peu plus loin, je glisse discrètement ma main sous la chemise de Parker et lui palpe une fesse bien ferme sous les yeux ronds de quelques clients attablés.

— Putain, Maxime !

Parker se tend, mais rit malgré tout.

— Tu cherches la merde, grogne Eden derrière nous.

Après quelques pas de plus, il me dépose enfin sur une chaise, et tout mon amusement s'évapore en une fraction de seconde.

Dean me fixe, chaque battement de son cœur semble en écho avec le grondement lointain des vagues. Son regard est un puits sans fond de noirceur, ses mains crispées sur la nappe blanche. Chaque mouvement, chaque silence de sa part me frappe en un coup d'électricité qui alimente le brasier que je porte en moi.

Je jette un rapide coup d'œil autour de moi. Nous sommes installés dans un angle du restaurant, une zone un peu plus sombre, un peu plus intime, loin des curieux.

— Tu n'veux pas m'engueuler après que j'ai mangé ? lancé-je, tentant de détendre l'atmosphère avec un humour qui sonne creux à mes propres oreilles.

Saul, avec son verre à moitié levé, laisse échapper un rire rauque qui fait froid dans le dos.

— Tu crois vraiment qu'il va attendre ?

Dean ne prononce rien. Il se contente de me fixer, ses jointures blanchissent. Et putain, ça m'excite ! Alors, au lieu de le regarder, je fixe l'immensité des vagues qui s'écrasent contre la côte derrière les grandes vitres du restaurant. C'est plus facile ainsi. Moins dangereux.

Mais Parker n'a visiblement aucun instinct de survie.

— Tu savais que le type n'était pas seul ? lâche-t-il en s'étirant, comme s'il annonçait une météo banale. Elle se fait baiser par…

Il compte sur ses doigts pour enfoncer le clou et déclare :

— quatre.

Le silence qui s'abat dans tout le restaurant est suffocant. Dean ne cligne pas des yeux, ne respire presque plus. Sous la table, mes cuisses se frictionnent l'une contre l'autre, une réponse instinctive à la montée de tension sous ses yeux qui me crie : *je vais te détruire, Sofia, si fort que tu ne pourras plus jamais marcher.*

Saul émet un son étouffé, mi-choqué mi-diverti, tandis qu'Eden, toujours pragmatique, pousse un soupir exaspéré.

— T'as le don de foutre la merde, Arc-en-ciel.

Je tente de rire, de minimiser la portée de leurs paroles, mais il est trop aigu, trop forcé.

— Oh, ça va.

Ça ne va pas. Les mots de Parker résonnent en moi comme un appel, alimentant les flammes que je peine à maîtriser.

Du coin de l'œil, j'entends les phalanges de Dean craquer. Saul ricane, amusé par la situation, attendant de voir jusqu'où ça va exploser. Parker se vautre contre le dossier de sa chaise, affichant un sourire narquois, mais son regard me lance un avertissement : *tu devrais désamorcer la bombe avant qu'elle ne t'explose à la gueule.*

Je prends le risque de poser mes yeux sur celui qui hante mes nuits, la cause de tant de lubrification et de masturbation intense.

Mauvaise idée.

Son regard est noir. Plus sombre que je ne l'ai jamais vu. Une mer déchaînée, prête à tout emporter. Mais ce n'est pas la jalousie qui le consume.

C'est la possessivité.

Un poison bien plus vicieux.

Il se penche en avant, s'appuie sur la table, et sa voix tombe en une lame bien aiguisée :

— Qui ?!

Son ton n'invite pas à la discussion. C'est un ordre masqué en question. Tranchant. Possessif.

Je triture la serviette, la tension me fait mal, puis je hausse une épaule dans une nonchalance feinte.

— Trop de questions, Dean.

— Je vais le formuler autrement, grogne-t-il en posant ses coudes sur la table si fort que les verres tremblent. Qui sont ces fils de putes qui pensent pouvoir mettre leurs mains sur toi ?

Parker et Eden échangent un regard rapide.

— Tu vas vraiment la cuisiner ici ? intervient Eden. On est dans un putain de restau, mec.

— Je crois qu'il s'en fout, souffle Saul, avant de boire une gorgée.

Dean ne répond pas. Il ne quitte pas mes yeux. Il attend.

— Tu vas te calmer, m'agacé-je, posant mes mains à plat sur la table. Ce n'est pas un putain de tribunal, et je n'ai tué personne, cette fois.

Je vois ses muscles se raidir.

— Tu t'es fait massacrer, le corps. Mon corps, Max ! Mon appartenance !

Mon cœur bat vite à la manière dont il parle de moi, de mon corps qui s'embrase sous ses mots.

— J'ai eu pire, rétorqué-je avec un fatalisme qui masque mal la réalité de ma situation.

Il se raidit, la colère peinte sur chaque trait de son visage.

— Putain, Maxime !

Il se passe une main sur le visage, exaspéré, et je pourrais croire qu'il est sincèrement concerné.

Presque.

Dean est un diable, un démon aux crocs acérés qui aime posséder, dominer et contrôler.

Et j'aime ça, j'aime tout ce qu'il est lorsqu'il laisse le monstre en lui sortir.

Un silence s'installe, puis, d'un ton beaucoup plus froid, beaucoup plus calculé, il me murmure :

— Si tu cherches à me rendre fou, t'es sur la bonne voie.

Il se lève, sa serviette claque sur la table comme un coup de feu dans la nuit tranquille. La tension dans ses épaules raconte l'histoire de sa colère contenue, de son désir refoulé, et de sa frustration palpable. Il se dirige vers la porte, chaque pas, une déclaration, chaque mouvement chargé d'une énergie brute exerce une vibration dans mes veines.

Saul émet un sifflement bas, un son qui se perd dans le brouhaha ambiant du restaurant.

— Merde, t'as vraiment le chic pour le pousser à bout.

— C'est réciproque, pesté-je avant de boire une gorgée de mon verre, le regard rivé sur sa silhouette qui disparaît.

Mes doigts jouent machinalement avec le bord de mon verre, la fraîcheur du liquide à peine une distraction contre la touffeur qui monte en moi. L'excitation perverse que provoque sa fureur m'envahit, me faisant regretter de ne pas l'avoir suivi. Mon corps réagit de son propre accord, une moiteur s'accumule là où lui seul a le pouvoir d'explorer avec une telle intensité.

— Va le voir, insiste Saul, ses yeux perçants cherchent les miens avec une intensité qui frôle l'ordre.

Je secoue la tête, une lueur de défi brille dans mon regard au reflet que rejettent les miroirs au fond de la salle.

— Non.

Pourtant, chaque fibre de mon être crie le contraire. Mes jambes sont prêtes à me porter vers lui, à franchir cette distance que mon esprit s'efforce de maintenir. Mes doigts se crispent, s'enfoncent dans la paume de ma main. Sous la vague de chaleur qui continue de traverser mon corps, mes tétons durcissent sous le tissu. La sueur perle à ma tempe, un témoignage silencieux de l'orage intérieur que ses mots ont déclenché.

Eden souffle, son expression mêle résignation et amusement.

— Il va revenir encore plus furieux, tu sais.

— Ça n'est pas mon problème, rétorqué-je.

— Oh que si, ricane Parker, son sourire tranche comme la lame du couteau qu'il fait tourner entre ses doigts, me remémorant le manche qui allait et venait entre mes cuisses. Tu es son problème. Et il est le tien.

Le poids de leurs regards est étouffant, chaque battement de mon cœur amplifié par le silence pesant. Parker joue nerveusement avec son couteau, Eden semble exaspéré, et Saul me fixe avec cette intensité déconcertante qui n'appartient qu'à lui.

— Je ne suis pas son putain de jouet, lâché-je, ma voix s'élève malgré moi.

— Non, mais tu lui plais, et ça, ma *belle*, c'est encore pire, conclut Saul avec une gravité qui fait écho à la froideur de mon propre cœur.

Un frisson parcourt ma colonne vertébrale, un mélange de peur et d'anticipation. La sensation de leur regard me calcine, l'écho de leur voix dans mon esprit, tout contribue à attiser le feu que je tente désespérément de contenir.

Mais courir après Dean, c'est signer mon arrêt de mort.

C'est lui donner exactement ce qu'il veut.

Saul arque un sourcil, un rictus moqueur sur les lèvres.

— T'es vraiment une tête brûlée.

— Et toi, un connard.

— Un connard qui sait lire entre les lignes.

Chapitre 64

Maxime/Sofia

Le silence s'abat sur nous. La mer dehors gronde sous la lumière de la lune, mais je ne l'entends même plus.

Je bois une longue gorgée de mon verre.

Dean ne reviendra pas tout de suite. Pas avant d'avoir brûlé sa rage, avant d'avoir calmé ce monstre en lui que j'ai réveillé.

Je le connais assez pour savoir ça. Mais je le connais trop mal pour comprendre ce qu'il fera ensuite.

Et bordel, j'ai envie de découvrir ça…

Le silence autour de la table est assourdissant. Les regards sont rivés sur moi, chargés de non-dits.

Eden se pince l'arête du nez, Saul me fixe avec cet air trop sérieux, trop analytique.

Je pousse un soupir, lourd, et je me lève brusquement, ma chaise gratte contre le sol dans un cri strident. Tous les yeux dans le restaurant se tournent vers moi, mais je ne vois qu'eux.

— Je veux du marbre et des lettres en or sur ma pierre tombale, lancé-je d'une voix glaciale, chaque mot un défi jeté à leur face.

Je quitte la table sous leurs yeux figés, leurs respirations retenues.

L'air froid de la nuit frappe mon visage, un mélange paradoxal de liberté et de pièges. Je le trouve appuyé contre sa voiture, sa cigarette pendante entre ses lèvres. Sa silhouette marquée par la lueur lunaire. Avec cet air de prédateur blessé, celui qui m'a toujours attirée et repoussée à parts égales, mon cœur trébuche dans ma poitrine, réagissant avant même que mon esprit n'ait pu enregistrer l'ampleur de ce moment.

Je m'approche, mon propre corps trahit une volonté de fer par ses tremblements subtils. Chaque pas résonne sur le pavé comme un coup de tambour qui annonce un affrontement inévitable. La fumée de sa cigarette se dissipe dans l'air, emportant avec elle un semblant de calme que je n'aurais jamais cru pouvoir désirer.

Dean ne bouge pas, mais son aura se contracte. Ses yeux ne quittent pas l'horizon tumultueux de l'océan, conscient de chaque nuance de mon approche. Le craquement de ses jointures autour de la cigarette est le seul indice de son agitation.

Arrivée à sa hauteur, le silence s'étend entre nous, dense et lourd, comme la brume qui se lève au loin sur l'eau. Il finit par tourner la tête, son regard cloue le mien. Dans ses iris, ce n'est que l'orage sous les vagues déchaînées d'une mer en furie, sombre et sans fond.

— Tu comptes me punir ou juste me faire sentir coupable ? ma voix, bien que légère, porte un poids lourd de défiance et de peur qu'il ne me pardonne jamais.

Il écrase sa cigarette sous sa botte dans un geste lent, puis se redresse, sa présence est si imposante qu'elle en devient étouffante. La proximité de son corps envoie des vagues de chaleur le long de ma colonne vertébrale, mes sens s'intensifient, mon anatomie répond d'une manière qui me rend folle.

— Je n'ai pas besoin de te punir, Sofia. Tu le fais déjà.

Sa voix est basse, rauque, imprégnée d'une possessivité qui ne nécessite aucune affirmation verbale.

Il a raison… Chaque fois qu'il prononce Sofia, je commence à l'aimer. Pas ce prénom, pas ce fardeau que je traîne depuis l'enfance… mais ce Sofia à lui. Celui qu'il s'approprie, souille, et transforme.

Ses doigts trouvent ma gorge, là où les marques du Masque Doré s'estompent encore, et le contact me déconnecte de toute réflexion.

— C'est lui, pas vrai ?

Son ton n'attend pas vraiment de réponse, il connaît déjà la vérité.

Mon silence est ma seule défense, mon seul bouclier contre la tempête que je vois brûler dans ses billes. Puis, sans avertissement, ses mains glissent dans mes cheveux, les empoignent douloureusement et me plaquent fermement contre lui. Son corps contre le mien est un mur de chaleur, sous un mélange toxique de colère et de fièvre.

— Tu veux savoir ce que je pense, Arc-en-ciel ?

Il murmure contre mes lèvres, et je peux sentir chaque syllabe brûler l'air entre nous. Je ne réponds pas, capturée dans l'intensité de son regard, dans l'attente de sa domination, dans l'anticipation de sa rage.

Sa poigne se raffermit.

— Je pense que t'es qu'une petite salope en quête d'attention.

Un frisson explose dans mon ventre.

Il me déteste.

Il me désire.

Il me devine.

Ses doigts effleurent mon menton, forcent mon regard à s'accrocher au sien.

— Tu crois que je vais juste te regarder courir après lui ? continue-t-il, la voix rauque. Que je vais te laisser filer comme si t'avais jamais planté tes griffes en moi ?

Mon cœur cogne contre sa poitrine. Je n'ai jamais été aussi près de ses lèvres et je crève de découvrir leur goût autant que j'ai peur de ce qui pourrait m'arriver s'il les posait sur les miennes.

— Tu es la pire chose qui ne m'est jamais arrivée… et pourtant, t'es devenue la plus précieuse saloperie que j'ai jamais eu la chance de souiller dans mes péchés.

Son pouce frotte mes lèvres, et le vertige entre sa voix et sa peau me fait tomber en ruines.

— Ne me fais pas regretter de ne pas t'avoir traitée comme une merde. Parce que j'aurais pu, Sofia. J'aurais dû.

Ma lèvre s'enfonce contre mes dents au plus son pouce exerce une pression.

— Mais je t'ai vue comme un putain de carat, un diamant noir planqué sous la crasse… et j'ai décidé de te garder. Alors ne me déçois pas. Ou je jure…

— Qu'est-ce que tu comptes faire ? le coupé-je, la gorge nouée.

Son sourire est brutal. Son torse dur contre ma poitrine. Son odeur me monte à la tête, un mélange de nicotine, de cuir et de cette putain d'obsession qui me détruit.

— Je vais te faire oublier jusqu'à sa putain d'existence… à coups de langue, il approche un peu plus son visage et ajoute, de morsures, de foutre.

Sa bouche n'est plus qu'à quelques millimètres, le souffle me manque. Mes yeux tombent sur ses lèvres, puis son nez, ses yeux, je tremble comme une feuille sous un vent d'automne.

— Jusqu'à ce qu'il n'y ait plus que moi dans ta tête… et entre tes jambes.

Puis il m'embrasse avec une force sauvage, un baiser qui n'en est pas un. Une revendication, une conquête. Je me perds dans la brutalité de son étreinte, dans le goût féroce de sa bouche qui ne demande pas, elle prend, et me vole tout ce que je pensais posséder.

Chaque point de contact entre nos corps enflamme ma peau. Mes mains s'accrochent à lui, griffant sa veste de cuir qui couvre ses épaules, cherchant à me rapprocher encore plus, à fusionner dans cette tempête qu'il a éveillée en moi, et, à la fois, je suis en train de causer ma propre perte.

Ce putain de baiser…

C'est l'instant où je réalise que c'est trop tard.

Qu'il ne me rendra jamais ce qu'il vient de voler.

Qu'il ne doit pas me le rendre, je ne veux jamais qu'il le fasse. Parce que chaque fibre de mon être m'arrime à lui : une putain de promesse maudite.

Il grogne contre ma bouche, sa main agrippe ma nuque, me broie le peu de volonté qu'il me reste. Son autre main glisse sur mes hanches pour me tirer contre lui.

Son souffle, court et saccadé, comme le mien. Sa langue force l'entrée de mes lèvres et je le laisse prendre ce qu'il veut, ce qu'il exige, ce qu'il ne me demandera jamais.

Lorsqu'il se détache, son front reste appuyé contre le mien, nos souffles chaotiques se déclarent un combat. Il me fixe et ses yeux se transforment en une promesse ou une menace.

— T'es à moi, Sofia.

Cette déclaration, c'est une clef tournant dans une serrure, ouvrant une porte que je n'aurais jamais dû entrouvrir. Mon esprit crie, mon corps tremble, mais mon cœur, mon putain de cœur, bat un rythme dangereux, celui de la capitulation. Je ferme les yeux, laisse la réalité de ses mots m'envahir, me marquer plus profondément autant que le baiser.

— Dis-le, exige-t-il, sa voix, une ombre dans la nuit.

Je secoue la tête, une rébellion futile contre l'inévitable. Mais Dean, impitoyable, implacable, revient à la charge et augmente la pression de ses doigts autour de mon cou, un rappel ferme de son contrôle.

— Dis-le, Arc-en-ciel.

Ma résistance se brise, et dans un murmure qui sonne comme une capitulation, je cède.

— Je suis à toi, Dean.

Dans cet aveu, dans ce simple échange, je sais. Tout ce que j'ai, tout ce que je suis, ne m'appartient plus. Il m'a pris tout cela avec un seul baiser.

Il ferme les yeux une demi-seconde, comme s'il s'en gorgeait, que ces mots comblaient une absence primale.

Quand il les rouvre, son regard n'est plus humain. Il me grogne dessus, satisfait, bestial. Et sans me laisser le temps de respirer, il m'attrape à la taille, me soulève, me plaque contre lui, et je ne peux qu'y répondre en enroulant mes jambes.

Et cette fois… il ne me laissera plus jamais appartenir à personne d'autre.

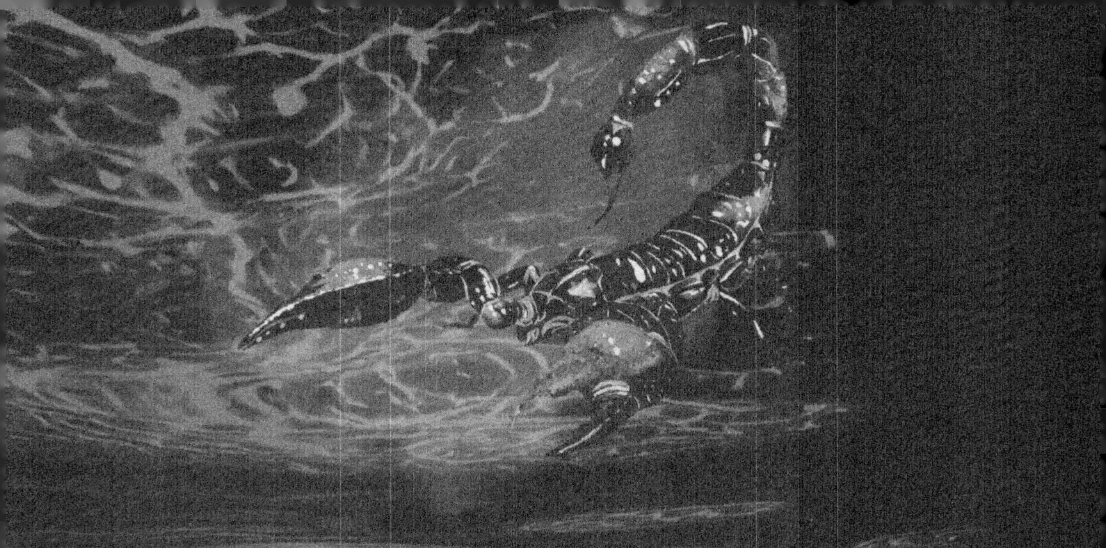

Chapitre 65

Dean

Cloué dans le silence de ma chaise, je la dévore des yeux.

Tout s'efface. Le tintement des verres, le vacarme des voix, les regards fuyants ou effrayés. Il ne subsiste qu'elle… ou plutôt la preuve indélébile de mon emprise.

Ces traces sombres qui ceignent sa gorge, ses lèvres, ces sillons violets souillant ses clavicules, ces griffures qui marquent sa peau, autant de signatures brûlantes gravées à mon nom.

Chaque meurtrissure pulse de ma présence, chaque battement la rappelle à mon pouvoir. Tant que ces marques respireront, le monde n'existera plus qu'à l'intérieur de mes frontières, autant que la brûlure qu'a causée mon briquet sur ses tétons rosés pour la punir de m'avoir ghosté.

Je les ai gravées pour annihiler tout ce qui n'est pas moi. Pour écraser ses souvenirs, étouffer les visions de ces salauds qui l'ont souillée à plusieurs. Mais ce n'est pas assez. Même mes crocs fichés dans sa chair n'ont pas encore conquis la totalité de son être.

Pas entièrement. Pas selon mes termes.

Elle lisse ses cheveux, tente d'arranger le chaos que j'ai tatoué sur sa peau, comme si un geste pouvait maquiller ce que nous sommes, dompter la bête qu'elle a tirée de ma cage.

Mais chez elle, rien n'est doux. Rien n'est simple. Rien n'est stable.

Sofia.

Pas Maxime : Maxime n'est qu'une façade. Moi, je vois ce qu'il y a derrière : la faille, l'ombre, l'incendie.

Je demeure là, prêt à être consumé par ses flammes, parce qu'il est déjà trop tard. Elle est entrée. Dans ma tête. Sous ma peau. Et maintenant… elle brûle tout.

Je veux qu'elle reste. Même quand je ne l'étrangle pas, que je ne grogne pas son nom entre deux pulsions.

Et si elle me détruit ?

Tant pis. J'aurais brûlé pour quelque chose… qui en valait la peine.

Mes poings se crispent sous la table, mes jointures blanchissent, et je la dévore du regard, affamé de ses lèvres délicieuses.

— Tu comptes me fixer encore longtemps comme ça ?

Sa voix est douce, mais sous-entend l'ombre d'une provocation qui me donne envie de l'éclater contre cette table et de lui montrer à quel point je fais tout ce que bon me semble lorsque ça la concerne. Et Dieu que j'ai envie de lui faire mille choses salaces ! Qu'elle comprenne qu'elle n'a plus le droit de désirer un autre, hormis ceux autour de cette table.

Elle croise les bras, sa bretelle tombe sur son épaule, révélant la morsure que je lui ai infligée juste sous la clavicule.

— Qu'est-ce que j'ai fait pour être attiré par une nana aussi déglinguée que toi ?

Elle rit. Mais ce rire, c'est du poison. Une seringue pleine de venin plantée dans mes veines.

— Peut-être que t'aimes ça.

Je serre les dents, la mâchoire tendue.

— T'aimes être obsédé par moi. Et tu n'aimes pas partager.

Mon sang bouillonne, mon instinct hurle qu'elle a raison.

Je n'aime pas la partager. Je ne veux pas la partager. Pas ses soupirs, pas ses tremblements, pas ses orgasmes. Et encore moins, ses larmes. Elle est à moi, encore plus après avoir goûté à ces putains de lèvres mortelles et addictives.

Dans un mouvement lent, je me penche sur la table, mes mains toujours fermées en poing, et je murmure :

— Sois plus convaincante, Arc en ciel…

Son sourire s'efface, mais ses yeux brillent. Elle se mord la lèvre, hésite une seconde, puis…

Elle se lève.

Sans un mot, elle contourne la table, jusqu'à se trouver à ma hauteur. Son buste se penche, ses lèvres frôlent mon oreille, et dans un souffle rauque qui me fait bander instantanément, elle me ronronne :

— Dans les mots… ou dans les actes ?

Putain, Sofia.

Trois paires d'yeux sont braquées sur moi, sur elle, sur la situation que j'installe sans même essayer de cacher l'évidence.

Tout ce qu'elle est est à moi. Mais elle n'a pas encore démontré qu'elle l'avait compris.

Elle fait mine de retourner à sa place après m'avoir alléché. J'agrippe son poignet, la ramène vers moi sèchement, mon regard planté dans le sien.

— Les chiennes ne mangent pas à table.

Elle arque un sourcil, hésite une fraction de seconde, puis sourit. Et moi, je perds encore, parce que je lui ai donné ce qu'elle voulait.

— Sous la table.

Un silence tendu s'étire, jusqu'à ce que ses yeux plongent dans les miens, accompagnés d'un putain de sourire, avant de se laisser tomber au sol et de ramper sous la nappe.

Eden laisse échapper un sifflement bas, Parker esquisse un rictus, tandis que Saul soupire sachant que la soirée finirait ainsi.

On est habitués à briser les règles. Mais elle ?

Elle est en train de briser les nôtres.

L'avantage d'être des joueurs pros reconnus, c'est que personne ne bronche. Qu'on soit des enfoirés connus ou que notre réputation suffise à faire taire les regards curieux, il suffit de quelques coups de fil pour que toute preuve disparaisse. La plainte en est une preuve, même si j'ai risqué gros.

— Oh putain, gémit Eden.

Il pose nonchalamment ses coudes sur la table, comme si tout était normal. Parker pouffe dans son verre de whisky. Saul lève simplement les yeux au ciel, mais il ne dit rien.

Maxime est un putain de problème. Mais personne n'ose l'arrêter.

Je suis en train de me foutre en l'air en l'imaginant. Ses cuisses doivent se frotter l'une contre l'autre pour ne pas avoir été assouvie comme elle le pensait en me rejoignant dehors. Son souffle éventuellement saccadé. Ses ongles probablement enfoncés dans ses paumes. Son cœur battant dans sa chatte.

Elle est à eux, mais particulièrement à moi.

Le serveur approche, un carnet en main, avec un air parfaitement professionnel plaqué sur son visage. Je lève mon regard sur lui, calme, parfaitement maître de moi-même, alors que, sous la nappe, c'est tout l'inverse.

Elle avale tout ce qu'Eden lui offre.

— Messieurs ? demande le serveur, sa voix étrangement raide lorsqu'il pose les yeux sur notre ami dont les yeux se révulsent et ses dents pincent sa lèvre.

Saul commande en premier, comme si rien d'anormal n'était en train de se dérouler sous cette putain de table.

Il prend un steak saignant. Sans surprise.

— Même chose, annonce Parker en reprenant une gorgée de whisky, un rictus étirant ses lèvres.

Eden, lui, est beaucoup plus divertissant.

Son bras repose sur la table, son autre main plongée sous la nappe, enroulée de toute évidence dans sa chevelure, la tenant fermement contre lui.

Et putain, c'est un spectacle !

— Une entrecôte sauce poivre, dit-il, puis il inspire entre ses lèvres, laissant sa tête tomber légèrement en arrière, ses paupières mi-closes. Et du vin rouge. Beaucoup de vin rouge.

Le serveur déglutit.

— Et pour… Madame ? bafouille-t-il.

Je souris lentement.

Putain, cette scène est une œuvre d'art.

— Elle est déjà en train d'avaler, réponds-je sèchement, mon regard enfoncé dans celui du serveur.

Il ingère péniblement sa salive, note rapidement quelque chose sur son carnet et tourne les talons, disparaissant dans la cohue du restaurant.

Un tremblement subtil secoue son cul qui claque contre mon tibia.

Elle me fait attendre, la garce !

Les doigts d'Eden se crispent sur la nappe, ses lèvres se pincent sous l'ivresse. Un frisson, une onde de plaisir incontrôlée qui le parcourt, mais il reste silencieux.

Il passe une main dans ses cheveux, son torse se soulève violemment, et il marmonne une insulte entre ses dents serrées.

Saul s'enfonce dans son siège, une main remontant sur son menton, comme s'il analysait un foutu chef-d'œuvre, avant que ces yeux ne se révulsent en arrière.

— Je vais la tuer, grogné-je, mon poing se crispe sur la nappe.

Eden ricane, le souffle court.

— Pas encore, putain.

Saul sourit en coin, tout en s'humectant les lèvres.

— Laisse-la finir, on dit souvent que le meilleur est pour la fin.

Parker frappe contre la table, sa voix s'égare entre amusement et frustration.

— Ne m'oublie pas, beauté.

Il ricane en haussant un sourcil vers Saul, qui serre les dents, la main agrippée à la nappe à la recherche d'un point d'ancrage.

Le serveur revient un quart d'heure plus tard et dépose les plats avec un sourire trop poli, trop coincé.

— Bon appétit, Messieurs.

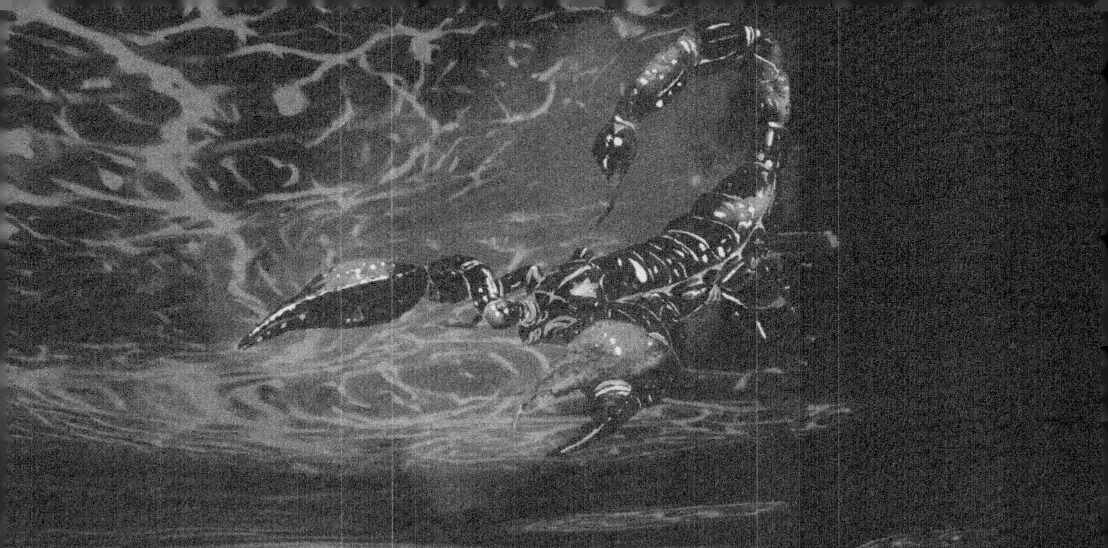

CHAPITRE 66

DEAN

Je bande plus fort, mes muscles se contractent, mon souffle s'accélère. Je serre les dents, mes doigts tapotent contre le bois.

— Ça suffit !

Je veux que ça s'arrête. Ou plutôt… Je veux que ça explose. Parker grogne, ses doigts descendent sous la nappe. Maxime étouffe un rire.

Je plante mes ongles dans la nappe. J'ai attendu trop longtemps, ma patience est à bout. D'un geste brusque, ma main passe sous la table, je saisis sa jupe, mes doigts s'enfoncent dans son mollet que je traîne sur le sol.

— Remonte.

Elle résiste. Je resserre ma prise. Sa respiration s'accélère, mais elle obéit et revient parmi nous. Sa langue passe sur sa lèvre lubrifiée, son index essuie le coin, un geste qui n'a rien d'une sainte. Son regard rencontre le mien, ses pupilles dilatées de fierté.

Elle adore jouer avec le feu.

Parker soupire, encore sous l'effet de l'orgasme, son torse se soulève violemment. Eden passe une main sur son front, comme s'il venait de courir un marathon.

Saul, lui, rit doucement, secouant la tête.

— T'as des couilles.

Maxime hausse un sourcil, provocante.

— J'en ai plus que vous quatre réunis.

Eden ricane. Parker frappe à nouveau contre la table, exaspéré.

— Je vais finir par te baiser en plein milieu du restaurant, Candy.

Elle lui envoie un regard en coin et s'installe à califourchon sur mes cuisses. Sa moiteur traverse son vêtement, son bassin frotte contre ma queue tendue.

Je plante ma fourchette dans ma viande, mon regard semé dans le sien, le défi enflamme ses pupilles. Sa langue finit par rouler sur la veine de mon cou, sa respiration brûle ma peau.

Eden mâche lentement, son regard rivé sur son dos nu, ses doigts tapotent la nappe comme s'il comptait les secondes avant d'exploser.

Saul n'a pas levé les yeux. Il coupe sa viande avec précision, comme si la scène devant lui n'avait rien d'étonnant.

Parker souffle bruyamment, reculant légèrement sa chaise.

— Sérieusement ?

Il serre les poings, sa mâchoire tendue.

— Je vous rappelle qu'on est en train de bouffer.

Comme si cela lui avait posé un problème de se faire gober la queue, lui et ces putains de plaisir d'exhibition. Elle sourit contre ma peau, ses hanches ondulent, juste assez pour me faire perdre patience.

Je lève ma fourchette au-dessus de son épaule et l'apporte à ses lèvres.

— Ouvre.

Ses yeux scintillent de malice, elle obéit. Elle mord lentement. Sa langue effleure ma peau alors qu'elle avale. Eden pose ses couverts, croise les bras sur la table, et souffle un rire étouffé.

— Elle est ingérable.

Saul avale sa bouchée, ses yeux glissent sur elle avec une lueur de jugement mêlée d'amusement.

— Elle fait son territoire.

Parker secoue la tête.

— C'est un putain de supplice.

Elle ricane, ses doigts tracent des cercles lents sur mon torse.

— Je fais ce que je veux.

Sa voix est lente, traînante, son regard assumé, ardent. Je soupire, relâche ma prise sur ma fourchette.

— Je vais t'attacher la prochaine fois.

Elle hausse un sourcil, joueuse, alors que sa chatte inonde mon jean.

— Promesse ou menace ?

Parker lève les yeux au ciel, Saul sourit, et Eden prend une gorgée de son verre.

Ce dîner va être très, très long.

Je recule mon assiette et, d'une main ferme, la soulève et pose son cul sur la table. Son regard ne vacille pas, son souffle ne tremble même pas.

Saul attrape ses cheveux, l'amenant en arrière, l'obligeant à s'allonger sur la nappe blanche.

Elle ricane, mais sa poitrine se soulève plus fort.

Elle adore ça, devenir le centre de l'attention.

Eden approche un morceau de son entrecôte du bord des lèvres entrouvertes de notre invitée.

— Il faut prendre soin de toi, Arc-en-ciel, avant de t'épuiser.

Elle ouvre la bouche, il effleure sa lèvre inférieure avec le morceau de viande avant de le glisser sur sa langue.

Je croise les bras, observe ses cuisses ouvertes et son sous-vêtement taché qui trahit son état, et putain ! J'éprouve un mélange de dédain et d'irritation possessive.

Elle est à nous.

Elle n'est pas à lui.

Elle n'est pas à eux.

Les murmures fusent autour de nous.

Des clients pestent, outrés, mais je n'en ai rien à foutre.

Eden et Parker échangent un regard complice, réjouis par la scène. Le second approche une frite et la presse contre les lèvres de cette nana folle et magnifiquement bandante.

Elle avale lentement, trop lentement, et quand elle passe sa langue sur sa lèvre, Eden pose une main sur son ventre, trace des cercles autour de son nombril, son haut remonté dévoilant l'invitation « Fuck ».

— Tu cherches vraiment à tester nos limites ici ?

Maxime rit, ses yeux brillent d'arrogance.

— Les vôtres ou celles des autres ?

Saul ricane, diverti.

— Les autres n'ont jamais eu leur mot à dire.

Je plisse les yeux sur sa peau marquée par mes dents, mes aspirations, mes putains de griffures. Je glisse un doigt sous l'élastique de son sous-vêtement, que je tire juste assez pour le faire claquer contre sa chatte.

Son corps tressaille, un frisson qui ne m'échappe pas.

— Tu veux que l'on continue ?

Son sourire ne faiblit pas.

— Ose.

Putain !

Eden se penche sur elle, son nez frôle sa gorge.

— Ça me rappelle quelque chose.

Maxime ne répond pas. Elle s'humidifie les lèvres pendant que Parker contracte la mâchoire.

— Les Devils ne reculent jamais devant un défi, approuve Saul.

Les protestations s'intensifient autour de nous, des clients appellent les serveurs. Eden rit, Parker hausse les épaules, défiant quiconque oserait nous interrompre.

— D'accord, murmuré-je en glissant mes doigts sous la dentelle fine. Voyons combien de temps tu tiendras avant qu'on te fasse supplier.

Le bord de la nappe se froisse sous mes doigts tandis que je lui retire son sous-vêtement, effleurant sa peau brûlante, et le glisse dans la poche de mon jean.

Elle mord sa lèvre, son regard ancré dans le mien, défiante. Un rictus glisse sur ma bouche. Je referme mes doigts sur ma fourchette et dans un mouvement lent, volontaire, je la fais remonter jusqu'à ses lèvres suintantes.

Les dents de métal raclent leur contour, arrachant à sa bouche un soupir à peine contenu. Le lubrifiant qu'elle y laisse… suinte sur l'acier. Je l'apporte à ma bouche et savoure ce goût salé, presque sucré.

Je la dévisage, les pupilles dilatées, et susurre :

— Écarte les cuisses !

Eden sourit, réjoui, tandis que Parker prend une gorgée de vin, détendu comme si c'était une soirée entre potes et non une scène d'exhibition à table, sous les regards médusés des clients.

— Les mecs, vous croyez qu'on peut obtenir une réduction sur l'addition en donnant ce genre de spectacle ? plaisante Parker, son sourire en coin.

— Je dirais même qu'on devrait être payés, ajoute Eden, son regard rivé sur elle.

Elle laisse échapper un rire étouffé, mais je resserre ma prise sur sa hanche, plaquant son dos contre la table, et elle tressaille.

— Tu veux toujours jouer ?

— Toujours, dit-elle en s'humidifiant les lèvres, un murmure qui me fait perdre toute patience.

Saul rit, mais ses yeux noirs trahissent l'excitation qu'elle fait naître chez chacun de nous.

Je niche lentement l'arrondi du couvert entre ses plis et savoure cette manière obscène dont son sexe se referme, cherchant à assouvir sa faim. Sa cyprine recouvre le métal lorsque je le retire, et je recommence en la profanant sous les yeux du monde. Son bassin se soulève, je remue le manche de façon à la faire suffoquer d'attente, puis le retire, l'apporte à mes lèvres, ses pupilles ne ratant rien de ma langue qui se délecte de son nectar, puis la repose calmement sur le côté de mon assiette. Le frottement de mon jean devient une torture, probablement identique à sa chatte qui se contracte, cherchant fiévreusement quelque chose à emprisonner.

Je me lève et me penche au-dessus d'elle, savourant chaque frisson qui traverse son corps.

— T'as déjà oublié ce que je t'ai dit ?

Elle avale avec difficulté, mais ne détourne pas le regard.

— Rappelle-moi, susurre-t-elle, joueuse, les joues cramoisies.

Je pince son menton entre mes doigts, approche mes lèvres de sa gorge, et lui murmure une promesse qui fait bondir mon propre cœur dans ma poitrine :

— Je vais te rappeler que tu n'appartiens à personne, sauf à nous. À moi.

Mes mots lui font écarter davantage les cuisses.

Ses cheveux colorés s'éparpillent sur la table, un contraste saisissant contre le blanc immaculé du tissu.

Je déboutonne mon jean et retombe sur ma chaise, empoigne ma hampe compressée sous le tissu. L'élastique de mon Calvin Klein cascade sur ma verge, accentuant le feu que Maxime anime. Mes doigts s'agrippent à sa cuisse. D'un coup d'œil complice mes potes soulèvent leurs assiettes pour éviter une chute de céramique. Je la tire jusqu'à mes cuisses, et l'empale dans la descente accompagnée d'un gémissement explosif.

Derrière moi, quelques voix s'élèvent, indignées par notre comportement. Je les ignore.

— Regarde-moi.

Ses cils papillonnent avant de se baisser, et bordel, cette lueur dans son océan me fait perdre pied. Ma main coince sa gorge, l'autre prend place sur son clito, où sa chaleur est plus intense. L'humidité qui s'en échappe roule le long de ma queue.

Parker se redresse, un sourire en coin.

— Ne l'oublie pas, beauté. On est tous là.

Saul ne fait aucun commentaire, mais son regard plongé sur la scène en dit long. Il observe, analyse, prêt à jouer s'il en a l'occasion.

Un gémissement éclate de ses lèvres, étouffé dans le bruit ambiant du restaurant.

Putain, elle est magnifique ! Non… elle est horriblement DIVINE !!!

Sa tête bascule en arrière, sa gorge couverte par mes doigts, pendant que son bassin se mouve sur ma bite dans un mouvement aussi lent qu'exquis. Elle déguste la sensation des piercings qui massent son point G, la conduisant au précipice d'une falaise.

— Baise-moi, Sofia, lui ordonné-je si bas qu'elle seule peut l'entendre.

Un frisson secoue son échine, un courant électrique qui pulse entre nous. Son regard s'accroche au mien, brille d'un mélange de fanfaronnade et d'abandon, puis elle obéit.

Ses paumes se plaquent contre mes épaules, ses hanches roulent, son corps se presse et se relâche : un supplice, une torture, une putain de bénédiction.

Eden attrape un morceau de steak du bout de sa fourchette et l'approche des lèvres entrouvertes.

— Ouvre, Arc-en-ciel.

Elle obéit sans cesser ses mouvements, sa langue frôle le métal avant qu'elle ne referme les lèvres autour de la viande, ses yeux verrouillés aux miens.

Elle monte, elle descend, ses cheveux vibrent à chaque va-et-vient. On continue de manger comme si elle n'était qu'un délicieux dessert partagé entre nous. Ce qu'elle est.

Son souffle est erratique, ses ongles lacèrent ma peau à travers ma veste, mais elle ne s'arrête pas.

Elle me baise dans une cadence qui frôle l'insupportable. Mon regard se perd sur son corps, son *Fuck* se contracte à chaque mouvement, son dos cambré m'offre une vue sur ses lèvres qui m'engloutissent, luisantes de cyprine.

Parker pousse une frite entre ses lèvres entrouvertes, un sourire malsain aux coins de la bouche.

— T'es affamée, glisse-t-il en la regardant savourer la bouchée.

Elle ne répond pas, mais ses paupières mi-closes et ses soupirs suffisent. Mon bassin se tend sous elle, plus agressif, plus exigeant.

— Plus vite, t'es trop lente ! râlé-je.

Elle étouffe un cri dans sa gorge, son corps tremble. Elle est au bord. Je serre ma prise, malmène son clito autant que sa gorge. Mes doigts pincent, tirent dessus, c'est exaltant la manière dont elle suffoque.

— Elle va exploser, commente Saul d'un ton froid.

Je serre les dents… moi aussi. Son cri brise le brouhaha du restaurant, faisant taire les clients, alors que mes couilles se compriment. Sa cyprine devient une marée pendant que mon foutre se repend en elle, contractant tous mes muscles jusqu'à me couper le souffle alors qu'elle hurle mon nom.

Elle n'a pas le temps de reprendre son souffle qu'Eden attrape une serviette et la jette sur la table.

— Essuie-toi avant qu'on commande le dessert, Arc-en-ciel.

Sa chatte se contracte autour de moi alors qu'elle glisse la serviette entre nous, cherchant un semblant de dignité dans cette scène où elle n'a pourtant plus aucun contrôle.

Elle croit qu'elle peut s'échapper, qu'elle peut masquer ce que je viens de lui faire.

Erreur.

Je l'attrape par le poignet, la retenant alors qu'elle cherche à s'extirper de mon emprise.

— Tu comptes essuyer ça sur une putain de serviette ? soufflé-je, avec mépris.

Son souffle est court, son corps tremble, sa poitrine se soulève sous les vestiges de son plaisir. Mon index passe entre la serviette et ce qui s'écoule d'elle.

— Je veux que chaque goutte de mon foutre en toi te rappelle à qui tu appartiens, décrété-je, mon index roule sur sa lèvre que je couvre de sperme. Que chaque coulure te rappelle qui te possède. Ton cerveau doit s'imprégner de mon nom, le graver au fer rouge dans chaque recoin de ton esprit.

Ses doigts se crispent sur la serviette, comme si elle hésitait encore entre la honte et l'exaltation.

Ses dents emprisonnent sa lèvre brillante, elle détourne le regard et se dérobe de mon emprise alors que je lui arrache la serviette des mains.

Sa démarche est plus lente, ses jambes tremblent, et je savoure la vue de ma semence qui se fraie un chemin sur ses cuisses. Elle s'assoit avec prudence, croise les jambes pour en garder chaque goutte.

Et putain, je suis satisfait de son obéissance. C'est ma marque, mon empreinte. Elle est ma chose, et je veux qu'elle le sente à chaque instant, qu'elle se souvienne de qui la possède.

Un sourire carnassier étire mes lèvres alors que je m'appuie contre le dossier de ma chaise et range ma queue sans essuyer sa cyprine. Bordel, rien ne sent aussi bon que sa perte qui recouvre l'or.

Chapitre 67

Maxime/Sofia

Mon sac pend négligemment à mon épaule, mon bikini épouse chaque courbe de mon corps tandis que mes claquettes battent contre le bitume. La plage s'étend, vaste et brûlante, et je repère rapidement ma bande.

Eden, fidèle à lui-même, m'adresse de grands signes, son sourire éclatant se reflète dans la lumière du soleil. Parker, allongé sur sa serviette, arbore ses lunettes de soleil avec une désinvolture affichée, savourant l'instant. Saul est assis sur le sable, une cigarette entre les doigts, indifférent à l'agitation environnante.

Et puis… Dean. Et cette fille sur *lui*.

Mon regard se fige. Mon estomac se tord dans un mélange d'incrédulité et de rage froide.

Elle est étalée sur son torse, son corps pressé contre le sien comme une revendication brutale. Ses doigts effleurent l'endroit où j'avais marqué un S avec une audace inouïe, un droit que personne ne lui a accordé, un territoire qu'elle s'est imprégné elle-même.

Je me force à respirer, à arborer une façade indifférente, refusant de me laisser happer par la jalousie qui gronde en moi.

Je ne suis pas jalouse, je me répète. Mais mon corps, lui, trahit tout. Mes pas reprennent, lents, mes poings se crispent sur la sangle de mon sac.

Je souris, un sourire large, factice, empli d'une venimeuse ironie.

— Putain, c'est une crèche ici ? lancé-je, retirant mes claquettes pour enfoncer mes pieds nus dans le sable chaud.

Eden éclate de rire, Parker baisse ses lunettes, et Saul expire une volute de fumée, esquissant un sourire en coin.

L'auteure de ma colère reste immobile, une présence d'acier qui, pourtant, me porte son attention. Je l'ai toujours eue, je le sens même s'il ne me regarde pas.

Mon sourire se charge d'une lueur provocante lorsque je défais lentement le nœud de mon paréo et le laisse tomber sur le sable, dévoilant mon bikini rouge qui épouse ma silhouette.

Les regards se braquent instantanément sur moi alors que j'installe ma serviette et pose mes fesses dessus.

Sans que je m'en soucie vraiment, deux paires de mains se glissent déjà sur moi et j'ai chaud, autant par leurs paumes que par la rage qui m'étouffe.

— Putain, t'en as mis du temps, ronronne Eden en fouillant dans mon sac, extrayant la crème solaire d'un geste familier.

Il en verse une généreuse dose dans sa paume, en déclarant, avec un sourire espiègle :

— Il faut protéger mes deux bébés.

Ses mains trouvent leur chemin sous le haut de mon bikini, ses paumes se pressent contre mes tétons tendus. Mon vagin pulse malgré moi alors qu'il les masse avec une tendresse… quasi possessive. Ma tête retombe en arrière sans cacher le gémissement que provoquent ses mains sur mes tétons douloureux après qu'il est allumé son putain de briquet pour me faire crier son nom.

Parker se charge du bas. Ses doigts glissent sur l'arrondi de mes hanches, puis descendent, plus audacieux, faisant courir en moi un frisson incandescent.

Je frissonne sous leur toucher, chaque mouvement, chaque effleurement étant scruté par les regards affamés.

Saul, le plus silencieux, lâche un rictus amusé.

— Vous cherchez la merde, commente-t-il avant d'expirer une bouffée de fumée.

Je sens surtout le regard de Dean, un regard lourd, brûlant d'une intensité extrême, insoutenable.

— Dégagez.

Sa voix tombe, sèche, glaciale. Je lève les yeux et, enfin, nos regards se croisent, ses lunettes entre ses doigts. Le sien est d'un noir abyssal, et il n'y a rien d'amusé dans son expression. Sa patience semble sur le point d'exploser, comme si chaque seconde passée à me regarder le rapprochait inexorablement du déluge.

Eden sourit, largué par l'ambiance, Parker se montre détendu et provocateur.

Moi, je me divertis à l'observer perdre le contrôle dans son immobilité. Je fais rouler mes épaules, rapprochant mon corps de celui d'Eden, et je lance, feignant l'innocence malgré la tension qui vibre dans l'air :

— Pourquoi ? T'as peur que je t'échappe ? Tu as raison.

Sa mâchoire se contracte sous mes mots bien piquants.

— Je peux te mettre de la crème, propose la garce, ses lèvres formant un cœur, ses yeux de biche narguant les miens.

Dean redresse la tête, croise mon regard, et son sourire se transforme en provocation, sous un avertissement qui promet un jeu dangereux que je ne vais pas aimer.

— Ouais, vas-y, réplique-t-il en une invitation fatale.

Il se redresse, offrant son torse sculpté. Eden explose de rire, son murmure se glisse contre mon oreille avec la connivence d'un complice de toujours, et Parker intensifie son emprise, glissant ses doigts de façon à me rappeler que chaque parcelle de moi est désormais à prendre, à partager.

— Ça ne te plaît pas, susurre-t-il, son ton se mêle à l'envie, à la provocation.

Mon sang pulse dans mes tempes, mon esprit s'embourbe d'une rage obscure, la tension charnelle et l'appartenance se confondent en un seul cri inarticulé.

Dean pousse le vice encore plus loin, à me rendre folle. Sa main remonte lentement sur la peau bronzée de cette garce, ses doigts glissent sous le bas du bikini.

Les flammes prennent place dans mon regard alors que son bas s'anime sous le mouvement de sa main.

— Oh… gémit-elle.

Mon cœur cogne dans ma poitrine. Mes dents se serrent alors que ma salive devient acide. Mon ego hurle à la mort de lui briser la nuque avec en prime lui arracher la langue.

Sans prévenir, Eden agrippe mon menton comme s'il comprenait ce qui est en train de brûler en moi. Comme s'il sentait mon cœur cogner douloureusement et l'envie de crier, de pleurer bien plus qu'après mettre fait malmener. Il écrase ses lèvres sur les miennes, m'arrachant un gémissement.

Un baiser vorace.

Profond.

Je ne me fais pas prier et mes cuisses se tendent sous la chaleur qui s'installe entre.

Il grogne, ses doigts agrippent mes hanches, et je réponds avec la même sauvagerie, ma langue roulant autour de la sienne.

Parker rit, totalement excité par le spectacle.

— Oh bordel, là, c'est carrément mieux !

Saul hoche la tête, impressionné.

Je n'ai pas besoin de voir Dean pour savoir qu'il bout. Je le sens.

Son putain de regard brûle ma peau. Les lèvres d'Eden sont encore brûlantes sur les miennes, multipliant les contractions dans mes muscles. Mais je me fige quand je l'entends à nouveau.

Un putain de gémissement.

Pas le mien.

Pas le sien non plus.

Sa voix de chienne qui jouit de ce qu'il lui fait.

Mon estomac se retourne violemment. Eden s'immobilise, sentant le changement dans mon corps. Mes neurones se sont mis sur *off*, je me défais de sa prise, mes muscles tendus, la mâchoire prête à se fracturer.

— Oh, putain, non, murmure Eden en voyant mon regard qui vient de se planter sur Dean.

Son torse est luisant de crème, mais ce n'est pas ça qui me donne envie de hurler. C'est elle qui roule des hanches contre sa main. Un autre putain de gémissement.

Ma tête explose, mon corps réagit avant même que mon esprit puisse aligner une pensée cohérente. Je me lève d'un bond. Le sable vole sous mes pieds, mais je m'en cogne.

En quelques secondes, j'attrape ses cheveux d'un coup sec.

— Dégage de là, pétasse.

Elle pousse un cri aigu, surprise, et je la tire furieusement loin de sa peau, loin de sa main à présent mouillée par elle. ELLE !

— Aïe, mais t'es malade ou quoi ?!

Elle essaie de se débattre. Je tire plus fort, jusqu'à la traîner sur le sable, haletante, indignée.

Je me penche au-dessus d'elle, mon regard glacé ancré dans le sien.

— Tu as dix secondes avant que je ne décide de te noyer ! l'avertis-je en propulsant sa tête vers le sable.

Dean ne dit rien. Il ne m'arrête pas. Il vient de foutre le feu à une bombe à retardement. Eden et Parker échangent un regard, à la fois amusé et impressionné.

Saul lâche un sifflement lent, bras croisés.

— Putain, Arc-en-ciel.

La fille rampe en arrière, encore sonnée.

Dean se redresse et s'essuie le torse du bout des doigts, effaçant la trace de crème comme si elle n'avait jamais existé. Mais il ne pourra pas effacer la marque qu'elle a déposée sur ses doigts, la douleur qu'il vient de planter dans mon putain de cœur…

Il se lève, son regard tombe sur moi.

Sombre. Brûlant. Possessif.

— T'as aimé ça, pas vrai ?

Ma respiration s'accélère. Il fait un pas vers moi. Puis un autre. Son torse se colle presque au mien.

— Tu veux te battre pour moi, Maxime ?

Ses doigts attrapent mon menton, son index roule sur ma lèvre, la couvrant d'une excitation qui me donne envie de lui cracher au visage. Son regard sonde le mien.

— On est quittes, maintenant, pas vrai ?

Mon souffle se coupe. Mon cœur cogne. Et putain, je ne sais plus si j'ai envie de lui coller une droite ou de l'embrasser.

— T'as mal, me provoque-t-il un sourire cruel en coin. Ravi que tu saches ce que ça fait. Quand le seul corps que t'as envie de baiser, c'est celui qui se fait salir par d'autres.

Le cœur choisit, mais pas la raison.

Pas cette putain de raison qui me hurle de me calmer.

Mon poing explose contre sa mâchoire, toute ma jalousie et ma rage concentrées dans l'impact. Le claquement sec déchire l'air. Il chancelle, la nuque vrillée par la violence du coup.

Il encaisse, mais reste planté là, tendant encore cette mâchoire crispée. Sa langue effleure la lèvre éclatée pour goûter le sang, puis ses yeux reviennent se planter dans les miens sous une braise d'orgueil, d'ironie, de désir malade.

Cet enfoiré s'en repaît, et j'en crève. Je suffoque sous l'acide de ma colère.

Mes pieds labourent le sable à grands pas furieux. Je m'accroupis, arrache mes affaires. Chaque objet m'appartient, chaque grain de sable me nargue. La serviette claque tandis que je la secoue, projetant des gerbes de grains comme des éclats de verre. Ils fouettent Dean, fouettent cette fille qui n'a pas compris la portée de ma menace.

Elle tousse, sous une protestation.

— Non, mais ça va pas, connasse ?!

Je pivote, avec un sourire taillé dans la glace :

— Répète ça, pour voir.

Ses pupilles se dilatent, le courage s'évapore. Elle baisse les yeux, se dérobe, recule d'un pas. La plage, l'air, le monde entier frémissent sous ma hargne.

Parker mord son poing pour ne pas exploser de rire.

Eden avale sa bière en secouant la tête, amusé.

Saul hausse un sourcil, faussement désintéressé.

Le regard de Dean est plus sombre que l'océan derrière lui. Son corps est tendu. Il ne dit rien, ne s'excuse pas. Je le hais pour ça.

Je lâche pour dissimuler la douleur qu'il vient de m'infliger :

— T'as du sable sur la gueule.

Je balance mon sac sur mon épaule et recule de quelques pas avant de tourner les talons sans jeter un regard en arrière.

CONNARD !

Chapitre 68

Maxime/Sofia

Le miroir crache l'image d'une prédatrice.

Minirobe noire, insolente, moulée sur moi comme une étreinte qui refuse de lâcher prise. Mon dos nu impudiquement offert, chaque courbe exhibée pour affamer quiconque osera poser les yeux sur ma peau.

Mes talons lacèrent l'air, enserrent mes mollets et martèlent mes artères d'un battement fiévreux. Je suis ciselée pour la chasse.

Parfaite pour ce soir.

Parfaite pour effacer son empreinte… ou la retourner contre lui et la lui graver au fer s'il s'aventure à me frôler.

Trois jours.

Trois jours arrachée à Dean. Pas un frisson de son regard d'ombre, pas une syllabe de cette voix qui incendie ma cage thoracique. Trois jours à me noyer dans la même image : ses doigts en elle, son soupir étouffé.

La jalousie ronge mes cuisses, je les presse jusqu'à la douleur. Qu'il ose se mettre sur mon chemin ce soir, et je marquerai son souvenir à vif, jusqu'à ce que la brûlure porte mon nom.

Mes ongles s'enfoncent dans mes paumes, cherchent un ancrage pour ne pas céder, pour ne pas m'effondrer sous l'envie rageuse qui me bouffe de l'intérieur.

Un cliquetis métallique résonne, me sortant de ma spirale toxique.

Je me tourne vers le salon. Eden est là, briquet en main, son sourire insolent éclairé par la flamme dansante qui embrase sa cigarette dans sa chemise grise élégante, faisant ressortir le vert et les petites teintes dorées de ses yeux.

Son regard capte le mien, et je frissonne sans raison valable. Ou peut-être justement à cause de toutes les raisons obscures qui pulsent sous ma peau.

Sur mon canapé, Parker est affalé, sa bière à la main. Son sifflement appréciateur me traverse les entrailles, lui aussi vêtu d'une chemise d'un bleu pétrole qui fait ressortir le noisette de ses iris.

— Si Dean te voit comme ça, il va définitivement vriller.

J'ignore volontairement sa remarque, finissant d'ajuster ma robe d'un geste provocateur. Eden tire sur sa cigarette, ses prunelles fixées sur moi avec une intensité qui ne laisse aucune place à l'imagination qui se glisse dans son esprit.

— T'as le droit de baiser avec d'autres, Arc-en-ciel, dit-il soudain d'une voix plus sombre, plus grave. Mais lui n'a même pas le droit de toucher ailleurs ?

Un sourire moqueur étire ses lèvres, mais il y a autre chose dans son ton. Une colère sourde, une possessivité sous-jacente qui vient se heurter brutalement à la mienne.

Je croise les bras, feignant l'indifférence, mais mon cœur s'accélère furieusement.

— Je n'ai jamais prétendu être juste.

Parker ricane, son regard incandescent et provocateur.

— Deux poids, deux mesures… Arc-en-ciel aime jouer dangereusement.

Si seulement…

Eden finit par écraser sa clope et avance vers moi. Sa main attrape mon menton avec une douceur trompeuse, ses doigts animent une brûlure sur ma peau trop sensible alors qu'il laisse son pouce rouler sur mon rouge à lèvres rosé. Son parfum, cette odeur familière, me frappe violemment, déclenchant une série de frissons incontrôlables. Sa voix devient rauque, intime, et un chouia menaçant.

— Rien n'est juste avec toi, c'est ce qui te rend captivante.

Mon ventre se contracte cruellement, mes cuisses se pressent davantage. La chaleur déferle entre mes jambes, ce qui déclenche une douleur sourde, incontrôlable. Je retiens un gémissement, les dents serrées. Mon corps me trahit toujours, il s'en est rendu compte.

Je relève le menton, refusant de céder sous son regard pénétrant.

— On y va ?

Parker se lève immédiatement, sourire aux lèvres. Eden rit, victorieux, avant de déposer un bref baisé sur mes lèvres qui tachent les siennes.

Ma porte claque, mais c'est le bruit du verrou dans le couloir qui fait sauter mon rythme cardiaque. Mon sang se glace. Je me tourne lentement, inexorablement.

Il est adossé contre le chambranle de la porte. Mâchoires serrées, son regard sombre se fait brûlant avec cette chemise blanche, dont les trois boutons sont ouverts, ce qui me donne envie de passer ma langue sur l'ouverture. Mais je suis en colère et je dois le rester… mais jusqu'à quand, quand tout lui conduit mon corps en feu.

Derrière, Saul expire une bouffée de cigarette, un sourire vaguement amusé aux lèvres, son tatouage sur la nuque ressort sous le pli de son T-shirt en V.

Mon souffle devient erratique, violent. Je serre les mains d'Eden et Parker pour cacher leur tremblement.

On descend rapidement les marches, chaque pas me rapproche du gouffre que Dean représente alors qu'il devrait m'éloigner.

Mes jambes frissonnent, mon cerveau brouillé par son regard possessif, à peine dissimulé derrière une colère glaciale. Mon corps est un brasier tiraillé entre l'excitation malsaine et l'envie destructrice.

Eden ricane tout bas à mes côtés.

— Ce soir, Arc-en-ciel, tu vas découvrir tout ce que tu adores détester.

Je relève les yeux vers lui, sourcils froncés. Parker complète dans un murmure, son regard brillant d'excitation anticipée :

— Et crois-moi, tu ne pourras plus t'asseoir correctement demain, ajoute-t-il embrassant mon épaule.

Un frémissement traverse mon corps, mes muscles se crispent. L'image fait instantanément battre mon cœur, mes lèvres s'entrouvrent dans une respiration incontrôlable.

L'excitation maladive se répand plus bas, inondant complètement ma culotte qui bientôt ne servira que de serpillère. Je me mords violemment la lèvre pour ne pas craquer et gémir juste à la contraction qui s'accentue.

Nous nous glissons sur la banquette arrière de la Porsche de Saul en silence.

La voiture file à travers la ville, les lumières floues défilent sous mes yeux, les sons étouffés m'enveloppent, mais tout mon corps est concentré sur une seule chose. Lui, assis sur le siège passager tirant sur sa clope.

Nous arrivons rapidement sur un parking. À peine Eden sorti que je le suis aussitôt. Parker se glisse sur ma droite tandis que le premier reste sur ma gauche, leurs corps proches, leurs mains possessives sur ma peau réveillent mes pulsions les plus intenses.

La porte métallique s'ouvre sur l'inconnu dont les vigiles nous offrent un immense sourire, serrant les mains des hommes qui m'accompagnent. Les basses vibrent jusque dans mes os.

Les corps s'entrechoquent sous les lumières tamisées. La chaleur suinte sur ma peau, la moiteur étouffante envahit chacun de mes pores.

Un frisson me sillonne alors que je ressens son souffle chaud dans mon dos, un frôlement imperceptible, brûlant, prédateur.

Dean est trop proche. Son parfum, un mélange de nicotine et de danger, m'envahit entièrement et consume toute rationalité.

La tension est insoutenable. Mes cuisses se frictionnent d'elles-mêmes. Mon cœur explose dans ma poitrine. Ma bouche s'assèche, chaque terminaison nerveuse à vif.

La soirée n'a pas encore commencé, mais mon corps est déjà au bord du précipice.

Ils ne veulent pas être ici. Pas avec moi. Mais ils ne supportent pas non plus l'idée que je sois ailleurs.

Les doigts d'Eden se transforment en une prise possessive, désagréable, mais je savoure cette douleur, cette sensation de possession. Parker place fermement sa main sur mes hanches, la pression légère, mais autoritaire, marque son territoire de façon évidente là où mon dos est à leur merci. Un spasme parcourt mon corps tout entier sous leur toucher. Mon cœur s'affole, mes sens s'affûtent atrocement à chaque contact, à chaque respiration partagée.

Ils m'attirent vers le bar comme si je n'étais qu'un jouet qu'ils trimballaient fièrement devant tous ces regards. Et putain, j'adore ça !

— Trois shots, et un verre pour la petite rebelle, lance Parker au serveur d'un ton amusé, ses yeux pétillant d'une malice insolente.

Je hausse un sourcil en le fixant avec provocation.

— Et depuis quand je suis devenue « petite » rebelle ?

Eden se penche vers moi, son souffle s'écrase sur mon oreille, sa voix devient rauque, chargée d'insinuations dangereuses.

— Depuis que tu prends ton pied à nous rendre complètement fous, à commencer par notre capitaine…

Mon corps réagit instantanément. Ma respiration se saccade. Putain, ces garçons savent exactement comment appuyer sur mes tendances les plus sombres.

Le serveur glisse les verres devant nous et Parker lève immédiatement le sien, un sourire moqueur.

— À notre douce dépravation.

Je ricane faussement. Eden corrige immédiatement, son regard ancré dans le mien, son sourire devenu carnassier.

— À notre douce domination sur ta peau et ton âme, Candy.

Je déglutis difficilement, les mots papillonnent dans mon ventre comme une promesse. Mes seins se gonflent sous ma robe, mes tétons durcissent douloureusement au contact du tissu devenu insupportable. Mes ongles s'enfoncent discrètement dans le verre pour calmer cette frénésie montante. Leurs paroles éveillent des instincts primaires, une envie viscérale d'être complètement à genoux pour eux.

Chapitre 69

Maxime/Sofia

Un mouvement attire mon attention. Dean se place juste à côté de moi, si proche que son corps frôle dangereusement le mien, envoyant une décharge brûlante à travers mon système nerveux. Son parfum boisé envahit immédiatement mon espace vital, créant une addiction instantanée et dévastatrice. Je serre farouchement les cuisses, ma culotte n'est plus qu'un amas de cyprine, tandis que son regard noir me cloue littéralement sur place.

— Amuse-toi, Arc-en-ciel, murmure-t-il d'une voix traînante, froide et autoritaire.

Mais, sous sa permission, je perçois clairement la menace implicite, l'avertissement brutal. Il n'aime pas que je m'éloigne. Mais il est bien trop fier pour l'admettre. Je relève les yeux vers lui, mon regard rempli d'insolence.

Un sourire provocateur étire lentement mes lèvres.

— Oh, je vais m'amuser. Et crois-moi, tu ne rateras rien du spectacle.

Sa mâchoire se crispe, une rage sourde se mêle au désir vorace dans son regard.

— Arrête ça tout de suite, grogne-t-il à voix basse.

Je sens son pouvoir me traverser, remuer mes entrailles. Mon souffle s'accélère, ma poitrine se soulève rapidement. Mais je ne plierai pas aussi facilement.

Je fais un pas de plus vers lui, pressant volontairement ma poitrine contre sa chemise, épousant sa musculature ferme, savourant cette chaleur cruelle qui me consume à chaque contact.

— Comme toi avec elle… soufflé-je à son oreille d'une voix sensuelle et empoisonnante, ma langue effleure son lobe juste assez pour le narguer encore plus.

Son souffle se coupe. Mes ongles raclent le tissu, dessinant une ligne imaginaire et brûlante sur sa peau.

— Tu aurais dû arrêter…

Je marque une pause, une pause sadique, laissant la tension devenir exténuante. Puis je plante mon regard dans son corbeau.

— Mais tu as choisi de franchir la limite à ne jamais dépasser.

Il serre violemment les poings. Ses muscles se tendent, une lutte intérieure traverse ses pupilles. Il lutte contre moi. Contre lui-même. Contre le désir incontrôlable que j'éveille volontairement en lui.

Et putain, je jubile à cette pensée.

Tu m'as brisé le cœur. Moi, je vais te briser les couilles jusqu'à ce qu'elles deviennent bleues de ne pas jouir.

Je fais glisser ma langue sur mes lèvres, sachant très bien qu'il suit chaque mouvement, chaque geste avec une fascination malsaine. Puis je me détourne, rompant brutalement le contact.

— Allez, on danse.

Le poids violent de ses prunelles me transperce tandis qu'Eden dépose un bras possessif autour de mes épaules pour m'entraîner sur la piste. Parker attrape ma main dans un geste audacieux et m'oblige à me coller contre son épaule.

— T'es vraiment une garce, souffle-t-il avec un sourire amusé.

Je ricane d'un rire provocateur, me cambre volontairement contre eux.

— Et pourtant, vous adorez ça.

Eden se glisse dans mon dos, ses mains glissent sans pudeur sur mes hanches, me plaquant contre lui. Je frissonne, sentant sa queue frotter mon cul.

— Ça, Arc-en-ciel, tu peux en être certaine, susurre-t-il à mon oreille, léchant mon cartilage.

Parker pivote nos corps, nous exposant totalement au regard brûlant de Dean. Son attention, sombre, rageuse, quasi meurtrière, me transperce immédiatement. Chaque fibre de mon corps réagit à ce regard dévorant qui me possède, me consume de l'intérieur. Mon cœur s'emballe, ma respiration s'accélère dangereusement. La chaleur humide de mon ivresse devient regrettable.

Il serre son verre, sa mâchoire se crispe à l'extrême, son corps tendu, prêt à exploser. Furieux de me voir là, furieux de ne pas pouvoir me contrôler ce soir, furieux de constater que d'autres me touchent si librement sous ses yeux. Il est fou de rage, mais il ne bouge pas.

Il attend le bon moment pour exploser, et cette pensée me remplit d'une satisfaction intrépide.

Saul, à distance, observe silencieusement, un sourire sombre et amusé étire ses lèvres. Il semble savoir exactement comment tout cela va se terminer.

— Fais sortir le pire en lui, m'incite Parker à mon oreille, ses mains agrippent fermement mes hanches, me pressent encore plus fort contre leur sexe en rut, m'emprisonnant entre deux corps dominants, possessifs, et absolument dangereux.

Je ferme les yeux une seconde, mon corps embrasé par l'idée du chaos imminent, par l'envie maladive d'être malmenée de la pire des manières.

Ce soir, c'est moi qui dicterai les règles, il va apprendre ce que coûte réellement de vouloir me briser.

La musique cogne, sauvage, comme des tambours de guerre, et mon cœur se cale sur ses battements furieux. Mes bras se ferment autour de la nuque de Parker. Ses yeux dévient de mes lèvres à mes prunelles, puis il m'embrasse, d'abord avec douceur, avant d'approfondir la prise jusqu'à faire crépiter chaque terminaison nerveuse.

Deux doigts rudes agrippent mon menton, Eden revendique ma bouche dans un baiser qui efface tout le reste. J'exulte jusqu'à ce que, du coin de l'œil, je l'aperçoive poser son verre. Son regard nocturne reste rivé au mien. D'un geste brusque, il passe une main dans ses cheveux en désordre, puis se détache du bar et s'avance, comme s'il allait mettre la pièce entière à feu et à sang pour me récupérer.

L'air se coince dans ma gorge, l'anticipation brûle mon ventre, mes cuisses se serrent.

Quand il entre enfin dans mon espace, il ne dit rien. Sa main se referme violemment sur ma chevelure, tirant ma tête en arrière. Un éclair d'extase douloureuse s'étire de ma nuque jusqu'à mes orteils. Son souffle brûlant rase ma peau, et chaque centimètre de moi s'embrase sous sa jalousie, la même qu'il a animée chez moi.

Je ne proteste pas. J'ai provoqué la bête. Maintenant, je goûte au prix de mes jeux. Et je l'accepte, totalement, furieusement, jusqu'à la dernière conséquence.

Telle une chienne, il me tient fermement, puis marche jusqu'à s'enfoncer dans un couloir plus sombre, et tous mes sens explosent entre la douleur et la frayeur qui s'installent en moi.

— Tu veux vraiment jouer avec mes nerfs ? grogne-t-il, sous une promesse de brutalité.

Mes ongles s'enfoncent dans mes paumes alors qu'Eden me claque violemment une fessée sonore, sa paume brûlante sur ma peau encore couverte. Un gémissement m'échappe, électrisant davantage l'atmosphère. Il ricane, échange un clin d'œil complice avec Parker.

— Voilà une punition comme tu les aimes, Arc-en-ciel, ronronne Parker, les yeux brillants de malice.

Nous entrons dans une pièce, Saul, silencieux, observateur, verrouille la porte derrière nous, renforçant l'impression de danger, d'absence totale d'échappatoire.

Je découvre l'espace, mon cœur rate plusieurs battements. La lumière tamisée révèle lentement les détails de ce sanctuaire interdit : chaînes suspendues, menottes en cuir noir, une balançoire érotique attachée solidement par de lourdes cordes, cravaches soigneusement rangées, et une multitude de sex-toys exposés avec une rigueur glaçante.

Un sanctuaire de torture. Un paradis infernal.

L'adrénaline se mêle à l'excitation dans mon sang, chaque respiration devient pantelante, difficile. Je tremble déjà, complètement soumise aux pulsions violentes que cette vision déclenche en moi. Mon corps entier se consume d'un désir douloureux, pervers, extrême.

Dean se place face à moi, son torse ferme frôle dangereusement mes seins, éveille tous mes sens, jusqu'à déclencher une vague de chaleur dévastatrice. Ses doigts glissent sur ma gorge, exercent juste assez de pression pour que je sois parfaitement consciente de son pouvoir sur moi, avant de remonter jusqu'à mon menton.

Il me soumettait au poids sombre de son regard chargé d'une colère contenue et d'un désir féroce.

— Tu crois vraiment pouvoir me défier impunément ? me menace-t-il.

Je déglutis péniblement, mon corps tremble d'une attente insupportable.

Il resserre son emprise sur mes cheveux, tire violemment ma tête en arrière, m'obligeant à exposer entièrement mon cou, vulnérable, soumis à sa merci. Un cri enroué m'échappe, chargé d'une douleur exquise, d'une ivresse incontrôlable.

— Tu voulais la guerre, Arc-en-ciel, souffle-t-il contre mon oreille, son ton menaçant est terriblement séduisant. Eh bien, elle vient tout juste de commencer.

Et dans ce murmure agressif, je comprends que, ce soir, il compte m'emmener au-delà de toutes mes limites.

Et putain, je n'attends que ça, tant que seul mon nom marque son âme ainsi que son excitation.

Chapitre 70

Golden Plague

La salle est plongée dans une pénombre menaçante, les seules lumières proviennent des lueurs tamisées qui se réfléchissent sur les masques assis autour de cette table ovale. L'air est lourd, chargé de tension et de secrets.

— Émilie Grégoire a disparu de la circulation, annonce l'un des chefs, un masque de Scream ornant son visage. C'est probablement elle, la traqueuse.

Émilie Grégoire n'est plus un problème depuis très longtemps…

Des murmures s'élèvent, certains spéculent sur d'autres noms, mais mon esprit est ailleurs. Je repense à cette rue sombre, à Maxime sous mes mains, à la violence de mes gestes dont elle en se délectait.

— Nous sommes ici pour parler des autres qui se sont fait arrêter. Si ça continue, tout le monde va tomber, crache un autre, un masque d'ours soulignant son impatience. Il faut stopper ce chasseur ou cette chasseuse. J'ai fait suivre mes martyres et aucune ne montre de signe étrange.

Je reste silencieux, écoutant, analysant. Mes doigts tambourinent la table, l'or froid de mon propre masque reflète peu d'émotion.

Maxime.

Elle pourrait être la chute de mon empire. Elle est coriace. J'ai réussi à avoir sa tête, à la briser de toutes les manières possibles, mais son cœur me résiste.

Pourquoi ne tombe-t-elle pas amoureuse comme les autres ?

Pourquoi, au lieu de la soumettre totalement, ai-je l'impression que chaque rencontre avec elle inverse les rôles ?

— Nous devons être plus stratégiques, finis-je par dire, ma voix calme, mais ferme. Renforcez la surveillance, mais restez discrets. Je ne veux pas plus d'attention sur notre réseau. Et pour l'amour de Dieu, soyez sûrs de vos informations avant d'agir.

Les autres acquiescent, certains visiblement frustrés, d'autres résignés. Ils savent tous que les enjeux sont élevés.

Mais Maxime. Elle est un puzzle que je n'ai pas encore résolu. Une partie de moi craint ce qu'elle pourrait encore révéler, l'autre est intriguée, dangereusement attirée par le feu qui brûle dans ses yeux.

La porte s'ouvre brusquement, rompant le silence oppressant de la salle de réunion.

— Excusez-moi pour l'interruption, mais vous devriez venir voir quelque chose dans la salle vidéo. Cela pourrait grandement vous intéresser.

Je hoche la tête, un frisson d'anticipation me parcourt l'échine alors que je me lève de ma chaise. Les autres chefs me lancent des regards interrogateurs. Je leur fais signe que la réunion est suspendue.

En marchant vers la salle vidéo, les mots de ma reine, dans cette ruelle sombre, me reviennent en tête, perçants comme des éclats de verre *: « Tu as mis de côté tes œuvres juste pour moi, dois-je penser que je t'obsède au point de devenir l'univers de tes pensées, Masque Doré ? »*

Comment peut-elle connaître ce genre de détails ? Comment peut-elle comprendre l'étendue de l'obsession que je porte pour elle, au point de délaisser temporairement les autres, de concentrer tant de ressources, tant d'attention sur elle seule ?

La pièce est plongée dans l'obscurité, à l'exception de l'écran qui diffuse des images en boucle. Mon disciple manipule les commandes, et bientôt, l'écran s'illumine. Ce que je vois capte toute mon attention, forçant mon cœur à battre plus fort, mes pensées à s'accélérer et ma queue à s'animer.

Ma reine est suspendue à une corde, les poignets étirés au-dessus de sa tête. Son corps ondule à chaque coup de cravache, ses tétons prisonniers de pinces métalliques qui vibrent sous l'impact. Mon frère, adossé contre le mur, observe la scène, comme un roi contemplant l'œuvre d'un bourreau.

Elle crie de douleur, mais aussi de plaisir, un mélange déroutant de cris et de gémissements qui résonnent dans la redroom, plus sacrée que n'importe quel rite.

Pourquoi il l'a amenée ici ?

Maxime est déjà prise !

— Il perd son temps., murmuré-je, même si une rage froide commence à s'initier en moi. Elle est déjà réservée.

Le Velvet Sin a été créé pour laisser libre cours à nos pires déviances. Chaque membre sait que conduire une femme ici, c'est l'inscrire sur la liste des noms à corrompre, à traquer, à faire tomber, à laisser des monstres réaliser leurs pires fantasmes sur des femmes qui aiment flirter avec le précipice de la violation.

C'est un piège pour elles, et un carat pour mes finances.

J'éprouve une colère grandissante envers lui pour avoir pris cette initiative sans mon consentement. Cela complique tout. Maxime est devenue plus qu'une simple cible. Elle est le centre de mon obsession qui défie toute rationalité, l'élue pour devenir ma femme.

Il est temps de la marquer, de graver le Baiser du Médecin sur sa peau, là où même la douleur se tait. De l'exhiber. De l'offrir à la scène. Pour que chaque membre du Velvet Sin comprenne que le Golden a choisi, que la Reine est désignée, intouchable par tous. Sauf par moi.

Je dois reprendre le contrôle. Je dois m'assurer que mon réseau reste intact, que son attirance pour le danger reste sous *mon* emprise. Le jeu entre nous n'est pas encore terminé, et je suis loin d'être prêt à la laisser échapper à mon influence.

Mon frère tourne la tête, nos regards se croisent à travers l'écran et, sans un mot, je comprends qu'il est du côté obscur et que son choix s'est porté sur elle.

— Il ne l'aura pas, pesté-je à moi-même.

S'il veut jouer à ce jeu, alors il tombera. Il est hors de question que mon obsession développe des attaches pour lui. Je suis son seul ROI !

C'est moi qui obtiendrai son cœur, avec ses cris mêlés de douleur et de jouissance. Elle est la clef de ma domination et de ma chute, un paradoxe vivant qui me challenge à chaque instant.

Je claque des doigts pour que l'un de mes hommes m'approche.

— Je veux le voir dans mon bureau dès maintenant.

Je quitte la salle de surveillance, les images de Maxime me hantent. Ses seins tendus, son ventre marqué par la cravache, ses cuisses virent au bleu et sa chatte prise d'assaut par du silicone.

Non seulement, je dois la protéger de mon propre sang, mais aussi de mon propre empire. Le Velvet Sin est un terrain de jeu trop dangereux pour elle, et je dois naviguer avec prudence.

Je suis prêt à tout pour la garder pour moi. Et si cela signifie éliminer quiconque ose la convoiter ou la mettre en danger, je le ferai sans hésitation. Elle est plus qu'une obsession. Elle est devenue une nécessité, celle qui dicte mes actions et alimente mes insomnies.

Elle ne le sait peut-être pas encore, mais elle est déjà mienne, enchaînée non par des liens physiques, mais par les fils invisibles de mon désir et de ma volonté. Et je serai le seul à posséder ce qu'elle garde sous ses côtes, quitte à user de la force.

Je traverse les couloirs, mes pas résonnent d'une détermination froide. Mon bureau m'attend, ainsi que la confrontation inévitable avec celui qui partage ma race, mais pas mes convictions. L'air est lourd d'une tension électrique alors que je m'apprête à mettre les choses au clair.

J'entre, m'approche de la verrière, les reflets nocturnes déforment mon ombre. Mes doigts gantés s'enroulent autour du cristal. L'autre main verse deux doigts de bourbon, dont les volutes ambrées s'agitent en une promesse de feu.

Je m'installe dans mon fauteuil de velours rouge, aussi sombre que le péché, aussi doux que le sang versé, et savoure la première gorgée.

La porte s'ouvre sur mon frère, son visage dur comme la pierre.

— Je ne veux plus que tes chiens s'approchent d'elle, tu m'as compris !

Son ton est ferme, sans appel. Mes doigts glissent paresseusement sur le cristal de mon verre.

— Elle est à nous, hurle-t-il les traits tendus.

Le mot « nous » résonne étrangement sur sa langue. Trop possessif. Trop candide.

Un sourire s'étire lentement sous mon masque, invisible, mais bien réel. Il ne sait rien. Ma reine n'a pas parlé.

Son silence est une offrande… une arme que je compte bien retourner contre lui.

— À nous ? répété-je, feignant la confusion tout en calculant chaque mouvement à venir. Je n'en suis pas si sûr, vois-tu.

Ma voix descend d'une octave, murmurant une vérité trop lourde à entendre.

— Elle joue avec toi, frère. Comme elle l'a fait avec tous les autres.

Je marque un silence.

— Depuis des années, ris-je. Et tu n'es rien de plus qu'un pion dans sa folie.

Il serre les poings, la rage palpable dans ses yeux.

— Elle est différente. Si tu crois que je vais te laisser vendre son corps comme tu le fais avec les autres, tu te trompes !

— Différente, répété-je tout en me levant, puis je m'avance vers lui, mon regard fixé sur son visage tendu. Tu es tombé amoureux ? Pauvre fou. Maxime ne peut appartenir qu'à un monstre… et toi, tu n'es qu'un homme perdu, bouffé par ses illusions.

Il s'approche d'un pas, l'ombre de sa haine se dessine sur ses traits crispés. Il lève un doigt et le plante dans ma poitrine.

— Non, frère. Je suis bien pire. Un pauvre fou prêt à tout. Si j'apprends que l'un de tes enfoirés est revenu, c'est moi qui les ferai saigner !

Il se retourne brusquement et quitte la pièce, la porte claque avec une violence qui résonne dans le silence de mon bureau.

Si mon frère veut être mon ennemi, alors il va devoir faire face à la tempête que je suis sur le point de déclencher.

Maxime, ma chère et torturée reine, ne sera jamais à eux. Et bientôt, elle comprendra que son destin est lié au mien, pour le meilleur et pour le pire.

Je souris, la machination prend forme dans mon esprit. Je pousse la porte de mon bureau d'un geste, mon regard balaie la pièce avant de se fixer sur la ligne de mes sbires postés contre le mur.

— Entrez, ordonné-je d'une voix qui ne souffle aucune contestation.

Un à un, mes disciples les plus fidèles pénètrent dans la pièce, leurs visages masqués trahissent peu de leurs pensées, mais leurs corps tendus révèlent leur anticipation.

Je m'appuie contre le bureau et croise les bras. Mon esprit tourne à plein régime et analyse les options, mesurant les risques. La confrontation avec mon frère n'a fait que cristalliser une décision déjà en gestation dans les tréfonds de ma conscience : il doit tomber.

Il est la barrière entre Maxime et moi, entre sa totale allégeance à mon empire.

— Nous avons une anomalie parmi nous, commencé-je, ma voix aussi tranchante qu'une lame.

Les murmures commencent, des regards furtifs échangés, mais je lève la main pour réclamer le silence.

— Cette anomalie a refusé d'entrer dans l'organisation alors qu'elle devait régner au même titre que moi. Elle a osé défier mes ordres, interférer dans mes plans en conduisant l'élue ici.

Les visages se tendent derrière le chrome, l'air se charge d'une énergie électrique.

— Votre mission, continué-je, mon regard fauchant la pièce, captant et tenant chaque paire d'yeux, sera de faire tomber mon frère.

Tous m'écoutent. Tous savent que ce que je m'apprête à déclencher ne pardonne pas l'échec.

— Nous devons agir rapidement et avec minutie. Si nous échouons, nous risquons tous de perdre tout ce que nous avons construit.

Mon poing s'abat sur le bois.

— Et Maxime… doit comprendre que sa place est ici, avec moi. Elle ne doit plus jamais douter de son appartenance. Préparez La Langue du Médecin, il est temps qu'ils comprennent que le Golden a fait son choix.

Je regarde chacun d'entre eux.

— Au boulot, et plus vite que ça !

Un chœur de voix s'élève, affirmant leur loyauté, leur engagement. Je souris derrière mon masque.

Maxime sera mienne, entièrement et incontestablement. Mon frère va apprendre ce que cela coûte de se mettre entre une reine et son roi.

Chapitre 71

Maxime/Sofia

Assise en terrasse au-dessus de l'aquarium, je savoure mon café, mes doigts tapotent sur le clavier de mon ordinateur. Le coucher du soleil illumine la plage en contrebas, faisant miroiter l'océan jusqu'au Rocher de la Vierge. C'est une vue à couper le souffle qui m'éloigne temporairement de la turbulence de ma vie nocturne.

La soirée d'hier avec les garçons dans la redroom me revient par vagues, contrairement aux douleurs de mon corps malgré les crèmes apaisantes. C'était intense, un mélange de souffrance puissante et d'orgasmes que je ne suis pas près d'oublier. Pourtant, au milieu de tout ce chaos émotionnel et physique, un sentiment de solitude persiste. Être l'objet du désir de tant d'hommes peut être grisant, mais cela me laisse souvent vide.

Mes yeux balaient les lignes d'un article que je rédige sur les aspects psychologiques de la soumission et de la domination. C'est une façade, une manière de canaliser mes expériences personnelles dans quelque chose de plus académique, plus acceptable socialement.

La brise marine apporte l'odeur iodée de l'océan jusqu'à moi, je lève les yeux de mon écran pour observer les vagues se briser contre le rocher. C'est paisible ici.

Je réfléchis à Dean, à notre dernière interaction. Malgré tout, il est une constante dans ma vie, une présence aussi rassurante que perturbante. Je devrais le haïr d'avoir touché cette fille et pourtant, voir ses lèvres trempées de ma jouissance, c'est comme si je le possédais à nouveau. Pour moi. À moi. C'est un équilibre précaire, un divertissement dangereux que nous jouons, malgré tout, je ne peux m'empêcher de vouloir continuer.

Mon téléphone vibre à côté de mon ordinateur, ce qui ramène mon attention au présent.

Eden : Tu nous rejoins après le match ? Parker paye sa tournée.

Je souris. Peu importe mes réflexions, la vie continue.

Je termine mon café, ferme mon ordinateur et tape une réponse rapide. Je ramasse mes affaires et me prépare à quitter la terrasse, jetant un dernier regard à la plage où le soleil se noie au fond de l'océan sous un ciel bordé de nuances rosée et orange.

De retour au club des Délicieuses Abîmes, l'atmosphère est tendue, emplie de murmures fébriles et de regards échangés. Les filles sont toutes assises en cercle, comme d'habitude. Je m'installe à ma place habituelle, un dossier sous le bras, prête pour la réunion. Mais il y a une question qui me brûle les lèvres, une interrogation que je n'ai pas pu évacuer depuis la dernière fois que j'ai vu Chloé.

Je me tourne vers elle, la trouvant un peu plus pâle que d'habitude, les ongles torturés entre ses doigts.

— Chloé, commencé-je, d'une voix douce, peux-tu me parler de ta première agression ? Quand est-ce que cela s'est produit ?

Elle hésite, son regard fuit le mien avant de se fixer sur ses mains.

— C'était avec des copines, murmure-t-elle si bas qu'il me faut tendre l'oreille. Nous sommes entrées dans un club… non loin du casino, juste pour rire, par curiosité. Mais le décor… les a mises mal à l'aise. Elles sont parties.

Elle avale difficilement sa salive, son regard s'obscurcit.

— Moi, j'étais… irrésistiblement attirée par l'ambiance.

Lucie lève les yeux, et Amalia fronce les sourcils. C'est Sarah qui met un nom sur le lieu, une expression chargée de peur et de dégoût traverse son visage.

— Le Velvet Sin ? articule-t-elle clairement, et tout mon corps se fige.

Chloé hoche lentement la tête, l'air perdu.

— Tu connais… ce club ?

Sarah enfonce ses prunelles dans les siennes, nerveuse, ses doigts maltraitent déjà les petites peaux autour de ses ongles.

— Après une soirée passée là-bas, tout a basculé.

Mon cœur rate un battement. Une réalisation sombre, glacée, s'empare de moi. Comment ce lieu peut-il être au centre d'autant de récits ? Quel rôle précis joue-t-il dans tout ça ?

Je prends une inspiration tremblante.

— Est-ce que… quelqu'un d'autre a vécu quelque chose lié à cet endroit ? demandé-je, mais ma voix vacille malgré mes efforts pour rester impassible.

Lucie et Amalia se lancent alors tour à tour, hésitantes d'abord, mais, rapidement, les témoignages se superposent, se mêlent en une fresque obscure. Chaque récit suit la même structure troublante : une visite dans ce club, suivie, quelques jours plus tard, d'une agression orchestrée par des hommes masqués.

Je reste immobile, mes pensées hurlent à mesure que les pièces se mettent en place. Le Velvet Sin semble être un lieu clef. Mais pourquoi ai-je été ciblée, alors que je n'avais jamais franchi la porte avant cette nuit ?

Ma respiration s'emballe, mon esprit part en vrille, cherchant désespérément des réponses.

Puis une pensée glaçante me traverse, sournoise, comme un serpent venimeux : Dean. Eden. Parker. Saul.

Les Devils.

Ils ont été là dès mon arrivée. Ils m'ont attirée à eux, intégrée dans leur cercle comme si c'était naturel, comme si je leur appartenais déjà.

Et s'ils étaient plus que de simples habitués ? Plus que de simples joueurs célèbres qui profitent d'un club exclusif ?

Cette hypothèse insidieuse prend racine, fait lentement son nid dans mon esprit.

J'ai vu comment ils ont été accueillis dans ce lieu. Pas comme des célébrités sportives, mais comme des habitués, des initiés. Leur accès aux salles privées, leurs codes silencieux avec le personnel. Tout cela me revient brutalement.

Impossible.

Pourtant…

Les Devils ont leurs zones d'ombres. Des secrets gardés soigneusement sous clef, à l'abri des regards, même du mien. Dean et sa possessivité dangereuse. Eden et son sourire manipulateur. Parker, dont les gestes cachent toujours autre chose. Saul, si distant et mystérieux. Chacun d'eux serait capable, au fond, d'entretenir une double vie.

Le doute me déchire lentement, empoisonnant mes pensées. Ils ne peuvent pas être liés au Masque Doré. Pas eux. Pas après tout ce qu'on a traversé ensemble.

Pourtant, mon instinct ne cesse de hurler cette vérité sournoise, implacable : et si ?

Et si je m'étais trompée depuis le début ?

Et s'ils faisaient partie intégrante de ce cercle ?

Je déglutis difficilement, relevant les yeux vers Sarah, Amalia, Lucie et Chloé. L'ombre du Velvet Sin plane lourdement au-dessus de nous toutes. Et maintenant, je ne sais plus à qui faire confiance.

Je serre mes mains en poing sur mon dossier, afin de masquer le tremblement de mes doigts.

La peur s'enroule comme un reptile. Les Devils… je dois parler à Dean. Je dois savoir. Mais la partie la plus sombre de mon esprit murmure : « Et si parler ne faisait qu'empirer les choses ? »

Je cache mes doutes sous une façade de leader confiante, mais à l'intérieur, je suis un chaos de questions sans réponses et de peurs non avouées.

Le doute me consume de l'intérieur. J'ai lu quelque part que l'histoire a une manière perverse de se répéter, surtout quand on essaie le plus de l'éviter. Et là, assise parmi les autres femmes, un dossier lourd entre les mains, je me demande si je n'ai pas inconsciemment suivi le chemin de ma mère. Elle aussi avait été attirée par le danger, par ces hommes qui la fascinaient autant qu'ils la détruisaient, avant de devenir leur jouet favori.

— Non, c'est impossible, murmuré-je pour moi-même.

Je refuse de croire que Dean, avec toutes ses complexités et ses imperfections, puisse être de la même étoffe que ces monstres. Je l'aurais su, n'est-ce pas ? Les signes auraient été évidents, les alertes trop claires pour être ignorées.

Mais alors, comment expliquer cette coïncidence troublante ? Comment ignorer ce lien entre les Devils et le Velvet Sin, ce lieu de dépravation où j'ai été entraînée avec leurs mots parfaitement choisis pour me donner envie de franchir les portes.

Les hypothèses pèsent plus lourd entre mes doigts alors que je tourne et retourne ces pensées dans mon esprit.

Et si j'avais commis l'erreur de donner mon cœur à la mauvaise personne ? Et si le masque avait réussi à me le prendre sous une autre identité, réalisant que jamais je ne le lui laisserais dans d'autres circonstances.

La question me hante, un écho douloureux de la tragédie de ma mère.

Je pense à lui, à son sourire qui m'a capturée, à ses mains qui ont à la fois donné et pris, et ce baiser qui m'a tout volé, surtout… la chose la plus scellée de mon corps.

Est-ce que mon cœur a été assez naïf pour tomber dans un piège si bien dissimulé ?

Les confidences de Lucie me reviennent clairement : *« Plusieurs plaintes, jamais de suites. Des filles ont parlé, mais jamais assez pour que ça devienne une affaire. »*

J'étais si obnubilée par mon attirance pour eux que, sur le moment, je n'avais pas pris ces mots à la lettre. Des paroles qui auraient dû me mettre la puce à l'oreille depuis le début.

Je dois savoir la vérité, me dis-je avec une résolution froide. Peu importe le coût, peu importe la douleur que cela pourrait déterrer. Je ne peux pas vivre dans l'ombre de ce doute, pas quand tant de femmes risquent de finir comme moi ou elles. . .

Je prends une profonde inspiration et décide de ce que je dois faire.

J'analyse les femmes autour de moi, chacune portant ses propres cicatrices, ses propres histoires de survie.

Nous sommes toutes liées par nos expériences. Et je ne laisserai pas l'histoire se répéter, pas sans me battre.

Plutôt mourir que d'être amoureuse de mon bourreau.

Chapitre 72

Maxime/Sofia

Le tintement de mon téléphone brise le silence pesant de la voiture. Je saisis l'appareil d'une main tremblante et décroche, mon cœur battant à tout rompre.

— Tu avais raison, Maxime.

Nathan commence sans préambule, sa voix trahit une urgence que je comprends trop bien.

— J'ai trouvé des initiales sur chacune des bagues, V.S. Mais je ne sais pas encore ce que cela signifie.

Je fronce les sourcils, pressant l'accélérateur sous le coup de l'adrénaline.

— Velvet Sin, lâché-je d'une voix qui se veut fermée. Un club d'érotisme, celui qui se trouve à quelques kilomètres de mon immeuble.

Alors que je parle, un souvenir oublié remonte à la surface. Marseille, là où ma traque a commencé. Et ce club. Je cligne des yeux, tentant de me souvenir du nom tout en faisant attention à la route. Je revois la façade sombre, les bordures dorées, puis les lettres gothiques : Velvet Sin.

— Attends cinq minutes, déclaré-je à Nathan.

Je me gare rapidement sur le côté de la chaussée et ouvre mon navigateur sur mon téléphone. Je tape le nom du club et découvre avec horreur que dans chaque ville où j'ai été en mission, des clubs portant le même nom s'y trouvaient.

Chaque découverte me glace le sang davantage. Comment ai-je pu négliger un tel détail ? Comment ai-je pu ne pas voir le motif se dessiner si clairement devant moi ?

Je reprends l'appel, ma voix tremblante malgré moi.

— Velvet Sin est leur couverture. Je n'ai plus aucun doute, annoncé-je, les mots pesant lourdement dans l'air. Il faut faire une descente dans chacun de ces clubs, mais celui qui tient les ficelles se trouve… ici.

Mon roc dans cette tempête reste silencieux, je n'entends que le bruit de sa respiration.

— Comment sais-tu ça ?

Je me pince les lèvres et lutte contre les larmes qui menacent de couler, plaquant mon avant-bras contre ma bouche tremblante.

— Parce qu… parce qu'il me rend visite, avoué-je, ma voix grelottante sous le poids de cette confession.

— Pourquoi tu n'as rien dit plus tôt ?

Sa colère est palpable à travers le téléphone, mais c'est la déception sous-jacente qui me brise le cœur.

Je m'effondre en sanglots, les épaules secouées, mon front s'écrase contre le volant.

— Je… je pensais pouvoir le gérer. Je pensais pouvoir trouver plus d'informations. Je suis désolée, Nathan, tellement désolée.

Le silence s'étire entre nous avant qu'il ne reprenne, plus posément.

— Maxime, tu n'es pas seule dans ce combat. Je suis là pour toi. Laisse-moi t'aider.

Je hoche la tête, même s'il ne peut pas me voir.

— D'accord, bafouillé-je entre deux sanglots. Je vais te donner tout ce que j'ai. Tout ce que je sais.

Nous passons les minutes suivantes à élaborer un plan. Nathan se coordonnera avec les autorités locales pour préparer des descentes simultanées sur les clubs identifiés.

Lorsque nous raccrochons, je me sens un peu plus légère, mais la peur se bat toujours en moi. Je me perds sur l'océan, dont les vagues reflètent les ombres de la lune. C'est le calme avant la tempête, et les prochaines heures vont définir le cours de ma vie.

La détermination me fait frissonner. Alors que je redémarre ma voiture, le moteur gronde comme le tumulte de mes pensées. Je suis résolue à découvrir la vérité, peu importe où elle me mènera. Mes sentiments pour les garçons sont forts, mais la nécessité de savoir si oui ou non ils font partie de ce cercle de bourreaux est plus forte encore.

Je me dirige vers l'immeuble, mon cœur bat à tout rompre. Les émotions se bousculent en moi : la peur de ce que je pourrais découvrir, l'espoir mince que ce ne soit pas eux, et le désespoir à l'idée que ma vie pourrait s'arrêter là.

En conduisant, je repense à tous les détails, à chaque absence de Saul et Dean, leur comportement évasif. Et puis il y a Eden et Parker, toujours si proches, toujours s'y prévenants…

Est-ce que leur gentillesse était une façade ? Étaient-ils tous impliqués dans ce cercle sordide ?

À mesure que je me rapproche de l'appartement, je prépare mon plan. Je vais fouiller chaque recoin, chaque tiroir. Je ne peux plus me permettre de faire confiance aveuglément, pas quand tant est en jeu. Je dois être sûre, pour pouvoir soit les confronter, soit… me détacher complètement.

L'aquarium, cette sortie qui avait semblé si innocente, me revient en mémoire. Les regards échangés, les touchers apparemment anodins.

Avaient-ils un sens plus sombre ? Était-ce un moyen de me garder sous contrôle, de m'observer, de s'assurer que je restais dans leur ligne ?

Lorsque j'arrive, je gare brusquement le X6 et monte les escaliers quatre à quatre. Mon cœur bat la chamade, pas seulement de l'effort physique, mais de l'anxiété et de l'appréhension.

Chapitre 73

Maxime/Sofia

Le silence derrière la porte pèse lourd sur mes épaules, alors que je me tiens là, hésitante. Une partie de moi espère qu'ils sont toujours absents, qu'ils ne sont pas encore rentrés du bar pour me donner le temps de faire ce que je dois faire sans confrontations directes.

Après quelques minutes qui me semblent interminables, j'accepte l'évidence que la porte ne s'ouvrira pas de l'intérieur. Je fouille dans mon sac, mes doigts trouvent rapidement ma pince à épiler et une barrette à cheveux, des outils anodins, mais parfaits pour ce que je m'apprête à faire. Nathan m'a montré comment m'en servir pour des situations d'urgence. Bien que ce soit la première fois que je m'apprête à entrer par effraction chez quelqu'un, la gravité de la situation me pousse à agir.

Avec une minutie nerveuse, je manipule la serrure. Chaque clic de la pince à épiler contre les mécanismes internes de la serrure envoie une vague de stress à travers mon organisme. Après un moment qui me paraît une éternité, j'entends le déclic libérateur. Mon souffle est court, rapide, je pousse doucement la porte.

L'appartement est plongé dans le silence. Les contours familiers des meubles se dessinent faiblement à la lueur filtrant à travers les rideaux entrouverts. Je ferme la porte derrière moi, mon cœur martèle ma poitrine.

C'est maintenant ou jamais.

Je m'avance prudemment, mes pas étouffés par le tapis du salon. Chaque détail ici me rappelle les moments partagés, les rires, les confidences… Et pourtant, je suis là pour fouiller, pour découvrir s'ils cachent quelque chose qui pourrait briser définitivement le fragile lien de confiance tissé avec eux.

Je commence par le salon, vérifiant sous les coussins, les assises, dans les tiroirs de la table basse, ainsi que derrière les cadres accrochés. Rien d'anormal. Mon regard se porte ensuite vers le bureau, un lieu plus probable pour cacher des documents importants.

Mon approche est méthodique, mécanique, mais mon souffle n'a rien de calme. Je me force à ne pas penser aux conséquences de ce que je pourrais trouver ou s'ils me surprenaient. Chaque tiroir que j'ouvre, chaque dossier que je fouille, chaque fichier que je parcours sur l'ordinateur, je le fais avec une volonté froide.

En tapotant sur le bureau, un bruit attire mon attention. Mes phalanges tapent sur plusieurs parties du bois, mais à chaque fois, le centre sonne creux. Je passe ma main dessous, la pulpe de mes doigts trouve une trappe, mon cœur bat si fort que j'en ai mal. Un simple appui et, par chance, elle s'ouvre et fait tomber un carnet entre mes doigts. Mon cœur fait un bond. Avec précaution, je l'ouvre à la première page…

Le contenu pourrait tout changer. C'est un mélange de notes, de noms, de dates. Certaines pages sont codées, d'autres clairement lisibles. Mon regard capte des mots-clés qui font écho à mes pires craintes.

Des noms de clubs, des mentions de réunions, des listes de noms féminins, dont certains barrés…

La réalité de la situation s'abat sur moi avec la force d'une vague : je tiens peut-être la preuve de leur implication. Mais est-ce suffisant pour conclure ?

Je prends quelques photos que je transmets à Nathan, referme le carnet, mes pensées en tumulte, et range le carnet dans mon sac.

Mon souffle se bloque, douloureux, suffocant. Chaque inspiration me brûle alors que mes pas résonnent dans l'appartement. Mes doigts tremblent d'angoisse, ils frôlent les murs familiers qui semblent soudain étrangers, menaçants, empreints d'une vérité insoutenable que je redoute déjà. Je me dirige vers la chambre d'Eden, la peur et la douleur s'entremêlent dans mes veines. Je fouille méthodiquement l'armoire, sentant mon cœur bondir à chaque bruissement des vêtements que je déplace. Les tiroirs s'ouvrent et se ferment dans un claquement sourd, mais rien d'anormal ne se révèle.

L'absence même de preuve ne parvient pas à calmer mon cœur. Elle nourrit juste mon inquiétude.

Je passe à la chambre de Saul, retournant chaque coussin, chaque pile de papiers. La tension monte, palpable, chaque recoin exploré ajoute une couche de désespoir. Rien ici non plus, jusqu'à ce que quelque chose sous le lit attire mon attention. Un éclat argenté. Mon cœur fait un bond, ma respiration se suspend.

Je me glisse au sol, mes doigts frôlent le froid métallique. Je tire doucement et mon souffle se coupe net. Un masque chromé, en forme de crâne, reflète mon visage dévasté comme une moquerie sinistre.

Mon corps se contracte, mon estomac se tord violemment.

— Pas ça, supplié-je silencieusement.

Les larmes montent instantanément, elles me brûlent alors que je saisis l'objet avec précaution. Il est lourd dans mes mains, chaque détail ciselé me crie une vérité que je ne veux pas accepter. Des cristaux roulent sur mes joues, chaque perle saline n'est qu'une confirmation de mes pires craintes.

Je me relève d'un bond, la peur et le déni se disputent mon esprit.

Je fonce droit dans la chambre de Parker, priant avec un désespoir aveugle pour trouver du vide, un rien salvateur.

Je fouille frénétiquement. Rien dans la chambre, alors je me dirige vers la salle de bain attenante. Les tiroirs claquent sous mes gestes rapides que je vide au sol, leurs contenus éparpillés autour de moi dans un chaos croissant. Alors que je me penche pour ramasser un flacon tombé, une boîte me tombe sur les pieds. C'est une petite boîte simple, innocente dans son apparence.

Mes doigts convulsent quand je soulève le couvercle, comme si j'ouvrais ma propre tombe. Dedans, deux lentilles d'un blanc cadavérique me fixent. Des prunelles mortes, froides, prêtes à me happer. L'air se change en goudron, se plaque dans ma gorge, chaque bouffée râpe mes poumons comme une lame émoussée.

Mon cœur cogne, hésite, suspendu au fil mince d'une vie prête à se rompre. La vérité me percute, brutale, sans recours, alors que mes genoux ploient sous la sensation que le sol se dérobe.

Aucune échappatoire. Juste cette certitude glacée qui m'enserre, m'étouffe, jusqu'à broyer la moindre étincelle d'espoir.

Comment ai-je pu être si aveugle ? Comment ai-je pu ignorer tous les signes ?

Les preuves s'accumulent, une toile d'horreur se tisse autour de ceux que je croyais être mes protecteurs, *mes amis… amants.* Mon esprit tourbillonne, cherche une échappatoire à la trahison qui s'enracine dans mon âme. Je dois agir, mais chaque option semble mener à un chemin plus sombre.

Je serre la boîte, la réalité de la situation me pèse.

Le poids des lentilles est un rappel que je ne peux effacer. Le danger est réel, et il est proche. Plus que je ne le pensais.

Je titube hors de la pièce, la gorge serrée, l'esprit au bord de l'effondrement. Il reste une dernière chambre.

La sienne.

La porte de Dean se tient devant moi, silencieuse et menaçante. Mon cœur s'arrête, mon souffle ne parvient plus à emplir mes poumons. Je pousse lentement la porte, et j'entre dans un sanctuaire qui ne semble plus rien avoir de familier.

Je fouille avec frénésie, espérant contre tout espoir qu'il soit différent. Chaque mouvement est rapide, mes respirations courtes, à chaque tiroir ouvert, à chaque placard vidé.

Les vêtements volent, éparpillés à travers la pièce dans un désordre croissant. Puis, dans le fond d'un tiroir, je frôle quelque chose, c'est doux, mais la douceur cache parfois les pires douleurs. Mon cœur fait une pause, la peur m'envahit tandis que je le saisis.

Je fixe l'écrin, secouant la tête, pleurant plus fort, avant même de savoir si je me fais mal pour une mauvaise raison. Et si c'était juste un bijou de remplacement ?

Je prends une profonde inspiration, le courage me noue la gorge, et l'ouvre.

Dans l'écrin, la chevalière d'or repose, portant le symbole du réseau. Son éclat blafard lacère l'ombre, pulsant d'une menace muette. Mes doigts tremblent lorsque je la cueille. Le métal, glacé, mord ma peau.

Un cri naît dans ma poitrine, mais s'étrangle aussitôt, noyé par la panique qui m'éventre. La bague s'arrache à mes mains, percute le parquet dans un choc sec. Le verdict vient de tomber.

Je titube, jusqu'à ce que mon dos claque contre le mur. La pièce se contracte autour de moi, l'air se raréfie. Chaque bouffée devient une noyade, ou une fissure de mon cœur. Mes mains cherchent désespérément un ancrage, rencontrent la lampe de la commode. Dans un spasme de survie, je la projette à travers la chambre.

L'explosion du verre fend la nuit, mais ne couvre pas le glas qui résonne à mes tempes. Un silence épais retombe, lourd comme un linceul.

La cage vient de se refermer, et il n'existe plus aucune issue.

Chapitre 74

Maxime/Sofia

Mes yeux se figent sur les tessons éparpillés. Derrière le bord lacéré du placard, un éclat doré pulse comme le dernier battement d'un cœur condamné… peut-être le mien. Le plafond bascule, les murs se rapprochent, et je rampe. Non, je me traîne sur le parquet glacé, les os vibrant d'une terreur qui me dévore déjà les entrailles.

Mes doigts accrochent le métal, soulèvent lentement l'objet, et le monde s'effondre d'un seul coup. Le masque doré surgit de l'ombre, son bec arrogant et cruel, un visage sans âme qui ricane de ma candeur. Tout l'air s'arrache de mes poumons. Un hurlement muet se brise dans ma gorge tandis que mon cœur, celui que je croyais scellé, invincible, se fissure dans un craquement si aigu qu'il couvre même le cliquetis du verre qui s'enfonce dans mes genoux.

Dean.

Le nom résonne comme une sentence. La douleur explose en ondes, foudroyant chaque nerf, jusqu'à rendre la lumière elle-même insupportable. Mes mains se crispent sur le masque, blanchissent, je veux à la fois l'écraser et le fondre dans ma chair pour nier l'évidence. Chaque souvenir se retourne pour en devenir une lame. Ses promesses, ses regards, la chaleur de son corps, tous transmutés en poison corrosif que j'ai laissé couler dans mes veines fragiles.

Je m'écroule, tel un pantin disloqué, les genoux cisaillés, mais la douleur n'est pas rivale avec celle qui augmente sous mon sein. Les sanglots m'arrachent des convulsions que je ne reconnais plus, ma cage thoracique se resserre jusqu'à broyer mes dernières bouffées d'air.

Un jour, tu n'auras plus la force de vivre, la voix de mon premier bourreau s'enracine dans ma mémoire, empoisonnée à jamais. Ces mots, il les a jetés comme un sort, sous le regard muet de ma mère.

Son souffle pestilentiel a glissé sur ma peau alors que j'étais étendue, à peine consciente, le corps brisé, la robe blanche maculée du sang de mon innocence éventrée.

Ta fin prendra effet quand tu tomberas au plus bas. Nous, on ne fait que te forger, avait murmuré l'autre à mon oreille, pendant que le troisième se mouvait entre mes jambes, ravageant ce qu'il restait de moi.

Je n'avais pas compris.

Trop jeune.

Trop innocente.

Trop détruite.

Et maintenant… allongée sur ce sol froid, le souffle haché, le cœur fracturé, je comprends enfin.

— C'est aujourd'hui, pas vrai ?

Le masque m'observe, impassible, un juge sombre d'une tragédie écrite avant ma naissance. Autour de lui, la pièce tourne, floue, tandis que mes larmes noient tout repère. Chaque fragment de vérité traverse mon cœur en un éclat de verre brûlant. Dean, Eden, Parker, Saul : leurs noms se lient, tressent la corde qui étrangle mon espoir. Je cherche une erreur, un détail, un souffle qui me réveillerait de ce cauchemar, mais il n'y a rien.

Je plaque une main tremblante sur ma bouche pour étouffer un sanglot qui ressemble à un dernier souffle de vie. Le décor se lézarde, l'univers se recroqueville autour de cette révélation abominable. Et je reste à genoux, écrasée sous le poids d'un amour devenu mon propre tombeau, incapable de savoir si le cœur qui bat encore dans ma poitrine n'est pas déjà réduit à poussière.

Ma respiration s'accélère, chaque bouffée d'air devient un combat. Je dois sortir d'ici. Le sol se dérobe sous moi, je me force à me lever, chaque mouvement mécanique, piloté par une nécessité de survie qui transcende la douleur dans ma poitrine.

Je quitte précipitamment la chambre, mes pas résonnent lourdement dans l'appartement vide. L'air semble s'épaissir autour de moi, chaque inspiration me rapproche de l'asphyxie. Je franchis le seuil et me précipite vers mon appartement.

Une fois à l'intérieur de mon sanctuaire, je verrouille le mécanisme et m'adosse à la porte, les larmes coulent, libres et incontrôlables. Je me laisse glisser le long du bois, mes genoux en sang ne peuvent plus supporter mon poids. Le sol froid est un faible réconfort pour la chaleur brûlante de mes joues.

Je me recroqueville sur moi-même tel un fœtus qui aurait préféré ne jamais voir la lumière du jour. Les larmes se transforment en gémissements, chaque respiration entrecoupée de tremblements.

Les images des masques, de la bague, et de tout ce que j'ai découvert tournent en boucle dans ma tête. Chaque détail, une épée qui me coupe un peu plus profondément.

L'isolement devient une cellule, les murs se resserrent autour de moi. Pourtant, c'est le seul lieu où je me sens en sécurité, où je peux laisser libre cours à ma douleur sans crainte d'être vue ou jugée.

Je peux pleurer pour la trahison, pour la perte, pour la douleur de savoir que ceux à qui je me suis attachée sont mes ennemis. Le chagrin m'envahit, une vague implacable qui me submerge sans espoir de répit.

Des pas résonnent sur le carrelage du salon, sinistre et inquiétant. Je m'essuie les joues, encore humides, et mon cœur se serre à l'approche des silhouettes qui se découpent contre la faible lumière de la lune.

Quatre masques… quatre traîtres.

Je comprends mieux pourquoi l'appartement était vide… ils m'attendaient. La rage bouillonne en moi alors que je saisis un vase et le lance avec fureur. Il se brise contre l'un d'eux, les éclats de verre volent autour de lui.

Je fixe le Masque Doré. Mes larmes coulent à nouveau, mêlées à la colère et à la douleur déchirante.

— Tu m'as trahie ! Tu m'as menti !

Mes mots sont un cri déchirant dans le silence qui suit le fracas du vase.

— Pourquoi ? Pourquoi m'as-tu fait ça ? Tu as pris ce que je ne voulais jamais donner. Tu as joué avec moi… Vous avez tous joué avec moi !

Je me tire les cheveux, la frustration et l'impuissance m'envahissent.

J'ai juste envie de mourir…

— Enlevez ces putains de masques ! Je ne veux plus les voir, je ne veux plus jamais voir vos visages cachés !

Le Masque Doré s'avance vers moi. Ses gants noirs saisissent mon menton et forcent mon regard à rencontrer le sien derrière le voile de ses lentilles qui cache un puits noir. Sa voix est basse, tendre, un contraste cruel avec ses mots.

— Je t'avais dit que tu tomberais, que tout ce que tu es m'appartiendrait, même si je dois le prendre par la force.

Les mots me frappent comme des coups de poignard, chaque syllabe un rappel de ma chute.

— Pourquoi m'as-tu fait ça ? Pourquoi m'as-tu menti, pour ensuite me faire tout ça sous ton véritable visage le jour, et sous ton putain de masque la nuit ?

Je secoue la tête, repousse ses mains.

— ENLÈVE-LE !

Mon ordre est clair, ma voix tremblante de rage et de désespoir. Les masques restent immobiles un moment, le silence pesant. Mon cœur bat à tout rompre, chaque battement cogne dans mes oreilles.

Il referme ses doigts sur son chapeau et défait la sangle de son masque. Le bec glisse, révélant le faciès que je redoutais, celui qui a partagé mes orgasmes, mes silences, mes vérités. Un seul regard suffit et c'est comme si le plafond s'écrasait sur ma poitrine.

— J'aurais voulu… que ce soit un mirage, soufflé-je entre deux sanglots, la gorge lacérée. Que ton nom ne soit pas celui qui scelle mon destin.

Je vacille, puis je le repousse d'un pas brutal. Le vernis de mes illusions vole en éclats.

— J'aurais dû voir clair. On ne peut pas brûler pour deux hommes à la fois… Pas quand il n'y a qu'un seul visage, qu'un seul bourreau.

Le silence se tasse, lourd comme du plomb fondu. Je le dévisage. Cet homme que j'ai aimé jusqu'à m'en fendre les os, et que je hais à présent avec la même fièvre.

Comment ai-je pu confondre l'ivresse et la corde ?

— Pourquoi ? ma voix se brise. Pourquoi m'avoir inventé ce double fantôme ? Comment as-tu pu faire aimer à mon cœur celui qu'il aurait dû craindre ?

Il ne répond pas. Le masque gît entre nous, un symbole parfait de la fraude et de la possession. Les murs que j'avais dressés autour de mon cœur s'effondrent dans un vacarme muet, la douleur se répand, nue, sans rempart. Je frissonne, seule au milieu de mes propres ruines.

Sa voix tombe, tranchante, glacée, et pourtant fissurée d'une faille qu'il ne veut pas montrer :

— Tu jurais que jamais tu ne me laisserais atteindre ton cœur.

Ses mots se plantent en moi comme des éclats d'acier et je comprends qu'il n'a jamais existé d'issue. Que tout, depuis le premier regard, n'était qu'un piège. Et que je suis déjà enfermée dedans, à vif, sans porte de sortie.

— Alors, j'ai réécrit les règles.

CHAPITRE 75

MAXIME/SOFIA

Chaque mot s'enfonce en moi, une lame chauffée à blanc, ils tranchent ma chair, brûlent tout sur son passage. Ma respiration se coupe, mes doigts se referment en poings tremblants.

— Réécrit les règles ? Tu oses parler de mensonges, de manipulations, comme s'il s'agissait d'un simple jeu ? Comme si mon cœur était un trophée à voler par la tromperie ?

Il revient à la charge, lentement, tel un prédateur qui tente d'apprivoiser sa proie. Son regard blanc cherche à me piéger encore une fois dans cette toile d'émotions contradictoires.

— Ce n'était pas qu'un jeu, ma Reine, dit-il d'une voix plus douce, plus intense, chargée d'un désir qu'il ne peut masquer entièrement. Tout ce que j'ai fait, c'était pour être près de toi, pour que tu comprennes enfin qui je suis vraiment…

Je recule sous la force de mes bras, secoue violemment la tête, les larmes menacent de m'étouffer. Ma voix tremble, ma douleur éclate.

— Qui tu es vraiment ?

Je ris amèrement, un son qui déchire dans le silence pesant de ma souffrance.

— Celui qui a choisi de me briser, de m'utiliser comme une marionnette dans son propre jeu malsain de pouvoir.

Son visage se fige, ses yeux deviennent deux puits de ténèbres malgré le blanc qui les couvre, son corps entier se tend sous l'assaut de mes mots. Il franchit brutalement la distance qui nous sépare, me dominant de toute sa hauteur, son souffle brûlant balaie mon visage.

— TU VOULAIS ÇA ! hurle-t-il, se retenant de me saisir par la gorge. Tu l'as cherché, tu m'as cherché ! Depuis le jour où tu t'es immiscée dans mon univers, depuis ce jour où tu as essayé de fuir et de changer d'identité, de ville, tu n'as cessé de me provoquer ! Oui, j'ai changé les règles, mais mes sentiments, JAMAIS ! TU ES À MOI, PUTAIN, À MOI SEUL !

Son cri résonne entre les murs, vibre de rage et de possession pure. Mon cœur se brise encore plus profondément face à la violence désespérée de ces mots, à cette passion destructrice qui me consume autant qu'elle me terrifie.

— Et moi, qu'est-ce qu'il me reste, Dean ?

Je tremble, ma voix réduite à un murmure amer.

— Qu'est-ce qu'il reste de celle qui a donné sans compter ? Tu m'as peut-être conquise par tes mensonges, mais tu as perdu à jamais celle qui aurait pu t'aimer tel que tu es sans masque.

Je me lève malgré l'épuisement, et lui tourne le dos. La douleur pèse sur mon corps tandis que je me dirige vers la baie vitrée ouverte, et laisse le vent froid caresser ma peau. Mon cœur bat tel un tambour funèbre, résonnant dans chaque cellule de mon être. Je grimpe sur le garde-corps, mes Docs frôlant le vide.

La ville s'étale sous moi, ses lumières vacillantes comme un océan de possibilités auxquelles je ne crois plus. La chute est là, imminente, à portée de main.

Je me sens étrangement sereine. Bientôt, je serai libérée d'un poids écrasant.

— Descends immédiatement de là, ordonne-t-il avec une autorité qui vibre de panique contenue. Ne me fais pas ça ! Ne m'oblige pas à régner sur des cendres, ne me condamne pas à vivre sans ta folie !

Je tourne la tête et plonge mes yeux dans ceux que je croyais connaître. Je cherche désespérément une preuve, une infime trace de vérité dans son regard. Il s'approche lentement, ses mains tendues vers moi avec prudence, craignant que le moindre faux mouvement ne m'envoie vers l'abîme.

— Pourquoi devrais-je rester ? murmuré-je dans un sanglot, l'espoir me déchire encore ce qu'il reste de mon cœur. Pourquoi ?

Je n'ai plus l'ombre d'un souffle à offrir, Dean. J'avais scellé ma promesse dans le sang : aucun amour ne peut naître entre le bourreau et sa proie. Je ne la trahirai pas, quand bien même il me faudrait payer de la dernière étincelle qui maintient mon cœur en sursis.

Il s'arrête, son visage ravagé par une émotion que je n'ai jamais vue auparavant. Une douleur intense, profonde, authentique.

— Parce que respirer sans toi, c'est m'arracher la peau de l'intérieur. Tu es ma seule obsession, ma plus belle créature, malade, détraquée… parfaite. Quand je t'aurai marquée du Baiser… plus personne n'aura le droit de te faire souffrir. Sauf moi. Plus personne n'aura le droit de te toucher, ni de se mettre entre nous. Je ferai de toi ma femme. Ma reine.

Les larmes coulent sur mon visage, emportées par le vent. Je vacille, prise de vertige, déchirée entre le besoin désespéré de fuir cette douleur et celui, tout aussi puissant, d'entendre encore une fois sa voix, de sentir encore une fois ses bras autour de moi.

— J'ai tout ravagé, je le sais, mais je saignerai chaque jour de cette putain de vie pour recoudre ton âme éclat par éclat, grince-t-il, la voix fendue d'horreur. Descends tout de suite !

Je baisse les yeux vers l'obscurité sous mes pieds, le vent froid m'enveloppe, puis relève le regard vers lui. Mon cœur bat tellement fort que j'ai l'impression qu'il va exploser.

— Je ne suis pas sûre qu'il reste quelque chose à réparer, confié-je d'une voix étranglée. Et même si je reste, comment pourrais-je encore croire en toi ?

Son regard brûlant plonge dans le mien. Ses mains tremblent sous ses gants alors qu'il s'avance encore un peu.

— Parce que, malgré tout, tu m'aimes, comme tu as besoin de moi pour respirer. Descends, ma Reine, laisse-moi au moins essayer, laisse-moi te fabriquer des chaînes d'or avec ma culpabilité.

Tout mon être hurle, lacéré jusqu'à l'os, mais mon cœur vacille, encore prêt à s'arracher pour fuir sa poigne, pourtant prisonnier d'un espoir toxique qui voudrait croire, une toute dernière fois, en cet amour qui nous ronge comme un acide.

Et si ce n'était qu'une autre mise en scène ? Qui me garantit qu'il ne tire pas encore les ficelles, qu'il ne savoure pas mes tremblements dans l'ombre, prêt à m'éventrer d'un ultime mensonge ?

Peut-être que tout cela n'est que l'œuvre d'un marionnettiste monstrueux… et que je ne suis rien de plus qu'un pantin suspendu au fil de ses volontés ?

Reste-t-il assez de nous pour sauver ce qui a été si profondément brisé ?

Le vide semble m'appeler, une promesse sombre de paix, de silence… de délivrance. Le souvenir de ma propre voix me revient, une promesse que je m'étais fait un soir de désespérance.

Ne jamais tomber amoureuse de mon bourreau.

Et pourtant, me voilà. Le cœur en miettes, brûlant d'un amour que je ne désirais pas, que je m'étais interdit, que j'avais scellé derrière des barrières infranchissables. Mais il les a traversées, une par une, sans même essayer. D'un seul regard, d'un seul baiser, il m'a prise tout entière, s'est emparé de mon cœur avec une facilité terrifiante.

Je tremble, mes doigts crispés sur ma jupe, la douleur irradie mon âme. Je ferme les yeux, me rappelant ma mère. Son visage marqué par les coups, son regard éteint, vide d'espoir, suppliant pour une miette d'amour qu'elle n'a jamais reçue. Elle avait aimé un monstre, un homme incapable d'aimer autrement qu'en détruisant.

Je refuse ce destin.

Dean est mon monstre. Je l'aime, je le hais. Il m'a prise, m'a possédée, m'a consumée jusqu'à ce qu'il ne reste de moi qu'un amas de cendres et de douleur. Je lui ai tout donné, cette part secrète et fragile de moi que je croyais définitivement verrouillée.

Il ne me la rendra jamais.

Alors, à quoi bon rester ici ?

À quoi bon continuer à respirer, à sentir mon cœur battre pour un homme qui ne sait qu'anéantir tout ce qu'il touche ?

Je préfère encore les flammes, les ténèbres, sentir la lave brûlante sous mes pieds que d'offrir une minute de plus à ce sentiment destructeur.

Je rouvre les yeux, mes lèvres tremblent alors que je murmure vers le vide :

— Si mon cœur doit t'appartenir pour toujours, alors je refuse de vivre une seconde de plus avec ce poison en moi.

Mon corps penche légèrement en avant, attiré par le gouffre, par cette fin libératrice.

Je préfère mille fois mourir en aimant trop fort que survivre dans la douleur de n'être jamais aimée en retour.

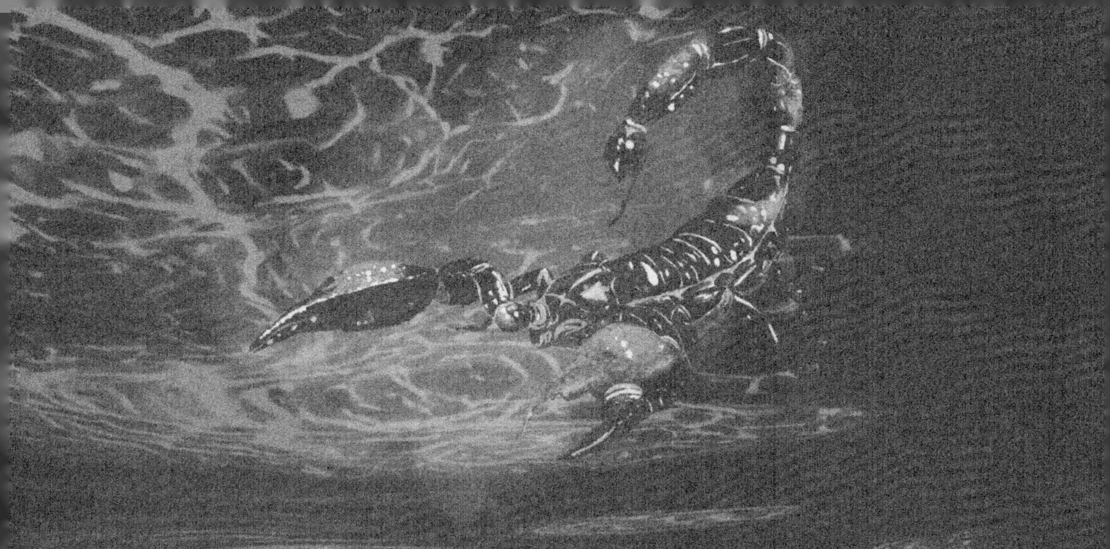

CHAPITRE 76

DEAN

Nous gravissons les marches, les rires et les voix animés se dissipent dans la cage d'escalier. Eden balance une plaisanterie sur Maxime, pariant qu'elle arrivera avec des excuses et probablement à manger. Je hausse vaguement les épaules, une pointe d'agacement sous le sarcasme léger.

Mais tout amusement meurt brutalement lorsque mon regard se fige sur la porte de notre appartement entrouverte. Cette porte que j'ai verrouillée moi-même, par habitude, par méfiance instinctive.

Je retiens Eden par le bras.

— Attends, soufflé-je froidement.

La porte grince sous ma main, révélant l'intérieur. Mon cœur s'arrête. L'appartement est dévasté, nos meubles renversés, les tiroirs éventrés, nos papiers dispersés comme des cadavres après une bataille. Un grondement sourd monte dans ma poitrine, ma mâchoire se serre à en devenir douloureuse.

— Putain, c'est quoi, ce bordel ?! gueule Saul, l'instinct en alerte.

Je ne réponds pas. Mon sang est déjà en ébullition, mes muscles raides comme avant un combat. Eden s'élance dans la pièce, ses gestes fébriles traduisent une inquiétude qu'il masque habituellement par la provocation.

— Vérifiez s'il quelque chose manque, ordonné-je sèchement, tout en composant déjà le numéro de Maxime, chaque tonalité un battement lourd dans mes oreilles.

Saul et Eden s'exécutent, fouillent à travers le désordre, pour s'assurer qu'on ne nous a rien volé. Une sonnerie, puis deux et la messagerie vocale prend le relais, une lourdeur s'installe dans ma poitrine et écrase mes côtes.

Quand ça commence à gratter en dessous, c'est mauvais présage.

Parker, qui avait commencé à ramasser des éclats de verre dans la cuisine, s'arrête brusquement et se précipite vers la baie vitrée, son cri déchire le silence.

— Maxime ! Non ! hurle-t-il, une note de désespoir dans sa voix que je ne lui ai jamais connue.

Il ouvre la porte coulissante avec une rapidité qui témoigne de la gravité de la situation. Mon téléphone me tombe des mains. Eden le rejoint immédiatement, son expression habituellement joviale remplacée par une anxiété palpable.

— Ma beauté, s'il te plaît, descends de là, supplie-t-il, les mains tendues.

Mon cœur martèle ma poitrine alors que je traverse le salon en quelques enjambées, ordonnant à Saul de vérifier son appartement.

Une fois sur le balcon, mon cœur explose en voyant sa silhouette, immobile sur la rambarde, inclinée au-dessus du vide. Une âme prête à basculer dans l'abîme. Ma respiration se coupe. Une fureur glacée envahit chaque parcelle de mon être.

— Sofia, descends immédiatement de là ! grondé-je, chaque mot chargé d'une menace à peine voilée.

Son regard croise le mien, ses joues, baignées de larmes silencieuses, me frappent autant que son expression hantée. Elle secoue lentement la tête, le désespoir dans ses pupilles m'arrache un frisson de colère pure, avant de détourner le regard vers son salon.

— Arc-en-ciel, je ne le répéterai pas, l'avertis-je encore plus durement. Descends de cette putain de rambarde tout de suite, sinon je te ramène par la force !

Un frisson me parcourt alors que je m'approche, prêt à la saisir et à la tirer en arrière si nécessaire. Mais avant que je puisse faire un pas de plus, une voix glaciale, tranchante, et profondément familière, déchire le silence :

— Bonsoir, Dean.

Je pivote brutalement, mon sang se fige dans mes veines. La silhouette imposante de Dante se découpe dans l'ombre du salon, un sourire venimeux étire ses lèvres, resserrant sa prise sur la barre de fer en bout taillée sur mesure, représentant le masque orné du corps d'un serpent. Emblème de l'appartenance. Du sacrifice.

Mes poings se serrent d'instinct, comprenant ce qu'il s'apprête à faire. Il n'y a qu'une seule femme qu'un Golden peut marquer.

Une seule.

L'Élue.

Celle qu'on désigne pour plonger dans l'abîme avec nous, condamnée à devenir le réceptacle de nos pires déviances.

— Toi… grondé-je, un goût de cendre dans la bouche.

Les pièces du puzzle se mettent en place avec une clarté brutale.

Pourquoi n'ai-je rien vu ?

Dans le bureau du Velvet Sin, quand je l'avais confronté, il y avait eu un éclat dans son regard que j'avais choisi d'ignorer, préférant croire à une coïncidence plutôt qu'à une trahison.

Dante s'avance lentement, sa démarche arrogante dégage une assurance malsaine, sous son chapeau noir

— Pourquoi elle ? rugis-je, chaque mot chargé d'un venin contenu. Pourquoi t'en prendre à elle ?

Son sourire s'élargit, dévoilant toute sa cruauté. Il écarte les bras pour embrasser l'étendue de sa déception.

— Tu ne comprends donc pas ? Regarde-la, regarde-nous, répond-il calmement. Tu te crois différent de moi, mais au fond, tu es aussi pourri. Elle nous attire, elle est notre poison, notre putain de malédiction. La seule différence, c'est que je n'ai jamais eu peur de l'accepter, et ce soir, elle deviendra la femme du seul et unique Golden.

Un grondement monte en moi, une rage dévastatrice qui menace d'éclater. Je serre les dents si fort que ma mâchoire en devient douloureuse.

— Ne la compare jamais à tes martyres. Ne me compare jamais à toi. Tu n'as aucune idée de ce qu'elle représente.

Sofia tremble, ses yeux emplis de larmes me dévisagent d'un air suppliant. Son visage, marqué par la peur et la confusion, me pousse à agir. Je dois la protéger, non seulement de lui, mais également de l'ombre que cette révélation jette sur tout ce dont je voulais la préserver.

Dante ricane, les bras croisés sur sa poitrine.

— Tu as raison. Elle représente tout ce que tu essaies désespérément de refouler en toi. La violence, l'obsession, le désir de contrôle.

— Ferme ta gueule ! sommé-je en passant au-dessus de la murette.

Mon poing s'abat sur lui, le plaque brutalement contre le mur, mes doigts serrés autour de sa gorge. La barre de fer tombe au sol, l'écho se répand entre les murs.

— Tu feras quoi ? Tu vas me tuer ? crache-t-il entre deux suffocations. Tu as peur de ce que cela ferait de toi.

Son regard ne vacille pas, il continue de sourire, perdu dans sa démence.

— Qu'est-ce que tu attends ? Montre-lui ton vrai visage. Prouve-lui à quel point tu es comme moi.

Non, nous ne le sommes pas. Jamais. Je refuse de l'accepter. Avec chaque battement de mon cœur, je rejette cette équation qu'il tente de dresser entre nous.

Je dois la protéger, même si cela signifie mettre à exécution ce que j'aurai dû faire depuis longtemps.

Sofia ne sera jamais à lui !

Je jette un coup d'œil vers elle, toujours perchée sur la rambarde, les yeux rivés sur moi, déchirés entre horreur et espoir, alors que mes doigts enfoncent la glotte de mon frère, le privant de tout oxygène.

— Sofia, grogné-je, essayant de maîtriser ma voix tremblante de fureur, ne fais pas cette connerie. Ne les laisse pas gagner.

Elle me fixe, silencieuse, perdue entre deux réalités. Dante en profite pour murmurer dans mon oreille, venimeux :

— Elle ne te pardonnera jamais, Dean. Tu es toi aussi le Golden, même si tu l'as éloigné de ta vie. Nous sommes frères, pas seulement par le sang, mais par la pourriture qui coule dans nos veines.

Je serre les doigts davantage autour de sa gorge, prêt à l'anéantir, mais le regard de Sofia me retient. Je relâche légèrement ma prise, juste assez pour qu'il respire, puis cogne férocement son visage. Il pivote sur la gauche, son sang éclabousse le mur dans un crachat écarlate.

— Tu as tort, Dante, soufflé-je froidement, un filet d'hémoglobine s'écoule de son menton. J'ai préféré devenir un monstre libre… qu'un dieu enchaîné à la pire version de moi-même. Sofia ne t'appartient pas, et elle ne m'appartiendra jamais comme toi, tu l'imagines. Tu ne l'as jamais comprise.

Eden, à mes côtés, sort son portable d'une main ferme pour appeler du renfort. Parker, derrière moi, essaie désespérément de la convaincre de ne pas sauter. Mais elle refuse, son visage marqué d'une détermination féroce.

Saul, déjà lancé, cogne avec la précision glaciale d'un vétéran. Chaque uppercut rappelle les bivouacs noyés de pluie, les ruelles de sable lourdes de cris, chaque marteau-poing exprime les nuits où le sang maculait ses paumes.

Il dissimule ces spectres derrière un calme opaque, mais quiconque ose plonger dans le noir sombre de ses iris y verra encore danser les flammes des villages en ruines et entendra le bourdonnement obsédant des balles.

Un cauchemar gravé à même la rétine, que ses poings racontent à chaque impact sur les sbires de mon pitoyable jumeaux.

— Ça, c'est ce que tu crois, ricane-t-il.

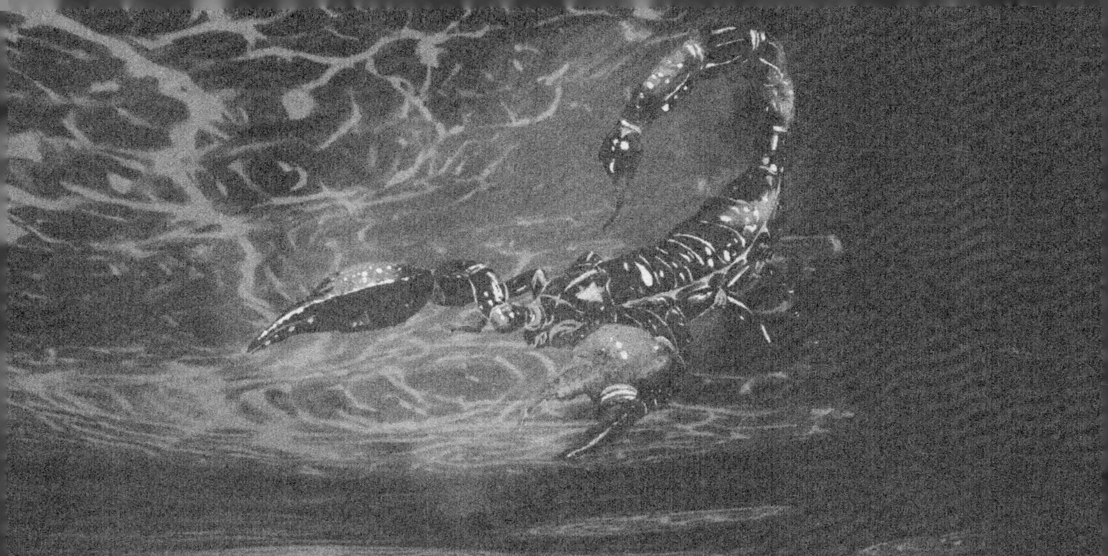

Chapitre 77

Dean

Ses yeux bleus brillent, incertains, déchirés. Un espoir fragile se dessine dans son océan agité.

— Je ne suis pas lui, Arc-en-ciel. Je ne le serai jamais.

Je tire sa cravate vers moi et rabats son corps contre le béton froid brutalement.

— Je t'avais prévenu de ne pas l'approcher, craché-je avec tout le mépris que je ressens. Pas ELLE !

Il rit, un son cruel et froid qui me glace le sang.

— Mon frère, dit-il avec un sourire narquois, ça fait des années que je traque cette femme. Mais avant de pouvoir l'attraper, elle s'échappe comme un putain de fantôme. Elle revient toujours dans une autre ville, sous une autre identité, avec un nouveau look. Et maintenant qu'elle est sur mon territoire, tu ne pourras rien faire pour me la retirer. Elle est la reine parfaite pour mon royaume. Elle est brisée, torturée, et elle adore ce que mes hommes et moi lui faisons.

Chaque mot est un poison. Je serre les dents, la rage pulse dans chaque fibre de mon être.

Je resserre ma prise, mes doigts s'enfoncent dans le tissu de sa chemise.

— Je ne la laisserai jamais devenir un pion dans cet empire de retardés.

Je la vois du coin de l'œil, observer la scène avec une intensité qui me brise encore plus. Son visage est un mélange de peur et de défi, ses yeux brûlent d'une lumière que je n'avais jamais vue auparavant.

Je pivote à peine, assez pour accrocher ses yeux malgré le tumulte.

— Sofia… ma voix s'effiloche entre deux hoquets de douleur tandis que les impacts éclatent contre ma mâchoire. Reste avec moi.

Sous ma clef de bras, il se cabre, mais je referme ma prise jusqu'à sentir mes tendons hurler. Son crâne claque contre mon épaule et, aussitôt, la rouille du sang me ramène aux caves saturées d'ampoules jaunes où, gamin, j'étais forcé de veiller mon propre père. Je le regardais dépouiller des femmes qu'il appelait « manipulatrices d'âme », les transformer tour à tour en jouet et en « réservoir », chaque organe soigneusement séparé pour grossir la caisse noire de l'Organisation des Masques.

Le plastique qui crissait sous leurs corps, la litanie de leurs supplications, la façon méthodique dont il comptait un cœur comme d'autres alignent des jetons.

Tout est resté imprimé derrière mes paupières. J'entendais déjà dans ma poitrine le martèlement d'un instinct qu'il voulait réveiller en moi, l'excitation bestiale que leurs cris pouvaient attiser, et que j'ai due noyer dans le hockey, fragment après fragment, pour ne pas devenir sa copie.

Chaque respiration que j'arrache à mon double fait remonter ce cauchemar, chaque craquement d'os réveille les lambeaux d'un passé où le sang servait de monnaie.

Aujourd'hui encore, je combats la pulsion qu'il a programmée dans mes nerfs. Je refuse d'être le bourreau qu'il rêvait d'engendrer, même si la puanteur de ses crimes continue de plaquer ses ombres sur ma peau… mon nom.

J'étrangle mes scrupules avec la même poigne que j'enserre sa gorge, je protège ce qui est mien, ce qui doit l'être, fut-il nécessaire de piétiner mon propre sang pour y parvenir.

Les hurlements ricochent sur le béton, mais je ne vois plus qu'elle. La brisure dans ses pupilles qui aimante ma propre démence. Sofia tient ma folie en laisse tout en la nourrissant. Elle est la seule preuve vivante que les femmes ne sont pas que des « manipulatrices d'âme », pas quand son âme est fissurée à l'identique de la mienne.

C'est précisément cette faille-miroir qui la rendait si dangereuse. En elle, je reconnais le gouffre qui pourrait m'engloutir et, paradoxalement, la main qui m'arrache du bord.

Je l'ai tenue à distance pour ne pas la dévorer, même si chaque fibre de moi hurlait de graver mon nom dans sa peau, son cœur, son souffle, jusqu'à ce qu'il ne reste plus d'espace entre sa ruine et la mienne.

La rage que j'éprouve envers mon frère est palpable, chaque coup que je lui porte est chargé de toute la colère accumulée au fil des ans. Nous nous battons violemment, les poings volent, les corps heurtent les murs avec force. Les mots de cet enfoiré, empoisonnés et cruels, ne font qu'attiser ma ténacité.

— Si tu savais le nombre de fois où elle m'a supplié de ne pas lui faire de mal, alors que son corps réclamait l'ivresse, me provoque-t-il entre deux coups.

— TAIS-TOI !

La haine bouillonne en moi. C'est pour échapper à ce monde tordu que j'ai choisi le hockey, pour ne pas devenir comme lui, comme eux. Il est comme notre connard de géniteur. Avec ses jeux sadiques et ses manipulations, il représente tout ce que j'ai toujours voulu fuir.

— Tu te convaincs que tu es différent de moi ? Mais nous savons que ce n'est qu'un idéal d'illusions, me nargue-t-il, le visage déformé par un sourire malsain.

— Je ne suis en rien comme toi !

Je crispe mes doigts, prêt à frapper à nouveau, mais quelque chose dans ses paroles me fait tergiverser.

Un souvenir lointain me revient, celui de notre enfance où nous partagions une chambre, des rires, avant que les ténèbres ne nous consument tous les deux. C'était avant que les jeux ne deviennent sérieux, avant que les masques ne remplacent les visages.

— Elle est bien plus forte que tout ce que tu peux imaginer. Et je vais te le prouver, réponds-je, la détermination teinte ma voix d'un ton que je n'avais pas utilisé depuis longtemps.

Il essaie de se libérer, mais je le maintiens fermement.

— J'ai peut-être pactisé avec l'ombre, enfoiré, mais je refuse qu'elle grave mon identité.

Sofia a plongé ses doigts dans ma nuit et m'a prouvé qu'il existe plus que le venin et la cendre. Je brûle de l'enchaîner à moi, de tatouer mon nom dans sa chair, son esprit, son dernier battement, mais je préférerais m'arracher le cœur que de laisser ma propre défaillance l'éventrer.

— Comprends-le : jamais je ne la sacrifierai pour nourrir le monstre en moi.

Le regard que je porte sur lui est lourd de promesses non dites. Cette nuit, tout doit changer. Pour Sofia, pour moi, pour nous tous.

Elle vacille légèrement, la lutte intérieure clairement visible sur son visage. Lentement, imperceptiblement, son corps penche vers le vide.

Mon souffle se coupe, mon cœur repart violemment dans ma poitrine. Mes doigts se serrent autour de sa paume d'Adam, la rage consume chaque fibre de mon être.

— C'est terminé, Dante, déclaré-je durement. T'as perdu.

Il ricane encore, même sous ma prise, son regard noir luisant d'un déséquilibre, impossible à guérir.

— Ça ne fait que commencer, frère. Même si tu me tues… ton visage lui rappellera toujours celui qui se cachait derrière l'or !

Cette phrase me traverse comme une lame. La vérité de ses mots me frappe durement. Rien ne sera jamais fini tant qu'elle restera entre nous, tant que nos démons se déchireront pour elle.

Avec toute la colère accumulée, je lui enfonce mon poing violemment dans la tempe et l'étouffe sous mes doigts avec toute ma force pour mettre fin à son règne. Il s'écroule au sol comme une poupée brisée, inconscient, peut-être mort, mais même de la sorte, ma rage ne se dissipe pas complètement.

Je me retourne vers elle, chaque pas est un espoir désespéré de réparer l'irréparable.

— Tu savais pour l'organisation des masques, tu étais au courant… tu en fais partie, m'accuse-t-elle, les larmes inondant ses beaux yeux, la trahison vibrant dans chaque mot.

Je passe une main tremblante dans mes cheveux, mon cœur se brise sous la vérité de ses accusations. Jamais encore je n'avais été si conscient de posséder un cœur aussi vivant et mort en la voyant.

— Oui, je savais, mais jamais… jamais je n'ai porté ce putain de masque ni cette putain de bague. Je ne suis pas eux, Sofia. Mon père m'a forcé, mais j'ai choisi un autre chemin. Je t'en supplie, Arc-en-ciel, descends de cette putain de rambarde, rentre avec nous.

Ma voix tremble sous l'urgence, sous la peur viscérale de la perdre. Elle se retourne, mais reste debout au bord du vide, défiant l'équilibre fragile entre la vie et la mort.

— Pourquoi je devrais te croire, Dean ? Pourquoi m'avoir caché que tu avais un frère ? Pourquoi m'avoir conduite au Velvet Sin ? Pourquoi tous ces putains de mensonges ?

Son cri retentit dans la nuit, déchirant mon âme un peu plus à chaque question.

Je soupire lourdement, les mots douloureusement vrais sortent de moi malgré mon orgueil.

— Je voulais que Dante comprenne que tu étais déjà mienne. Putain, Sofia, si tu m'avais dit dès le départ qu'il s'agissait du Golden Plague, j'aurais pu éviter tout ça.

Derrière moi, Eden et Parker s'avancent, sentant la gravité du moment.

— On est là pour toi, murmure Eden, ferme, mais rassurant. Pas seulement pour les bons moments. On est avec toi pour tout traverser.

Parker enchaîne, sa voix vibrante de sincérité :

— Arc-en-ciel, tu n'es pas seule dans cette merde. On se battra avec toi, peu importe le prix à payer.

Ses yeux cherchent désespérément une vérité qu'elle peine à croire. Un frisson me sillonne en voyant cette détresse profonde, cette douleur gravée dans son âme. Ce bleu vivant s'efface soudainement pour y laisser un vide glacial.

— Je suis tombée amoureuse de toi, Dean, souffle-t-elle, la voix brisée par le poids de sa confession. Je t'ai donné mon cœur alors que tu n'étais qu'un putain de mensonge. J'ai ouvert la seule chose que je refusais de libérer. Comment je peux avancer en aimant quelqu'un qui m'a trahie ? Vous m'avez tous menti. Je vous ai tout donné : mon corps, mon âme, ma confiance. Et vous, en retour, vous avez détruit le dernier fragment qui me restait intact…

Ses mots sont des couteaux qui me transpercent sans pitié. Je m'approche, tentant d'apaiser ce feu dévorant entre nous, le désespoir sature chacun de mes gestes.

— Moi aussi, craché-je, la voix écorchée d'une sincérité qui m'arrache la chair. C'est exactement pour ça que je ne voulais pas de toi dans nos vies : il a suffi d'un seul de tes putains de regards pour injecter ton venin dans mes tripes, pour court-circuiter chaque verrou que j'avais soudé. Depuis, mon chaos porte ton nom, et chaque battement m'échappe pour battre à ton rythme plutôt qu'au mien.

Elle vacille, le visage ravagé par les émotions. Ses épaules tremblent sous le poids du choix qu'elle semble avoir déjà fait.

— Je ne commettrai jamais la même erreur que ma mère. C'est une promesse que je me suis faite, et je tiens toujours mes promesses. Je refuse de laisser mon amour grandir dans le mensonge, dit-elle d'une voix glacée.

Mon cœur manque un battement quand je comprends trop tard.

— NON !

Son corps bascule vers l'arrière, lentement, inexorablement, aspiré par le vide.

— SOFIA ! hurlé-je de toutes mes forces, en même temps que les cris déchirants d'Eden, Parker, et Saul.

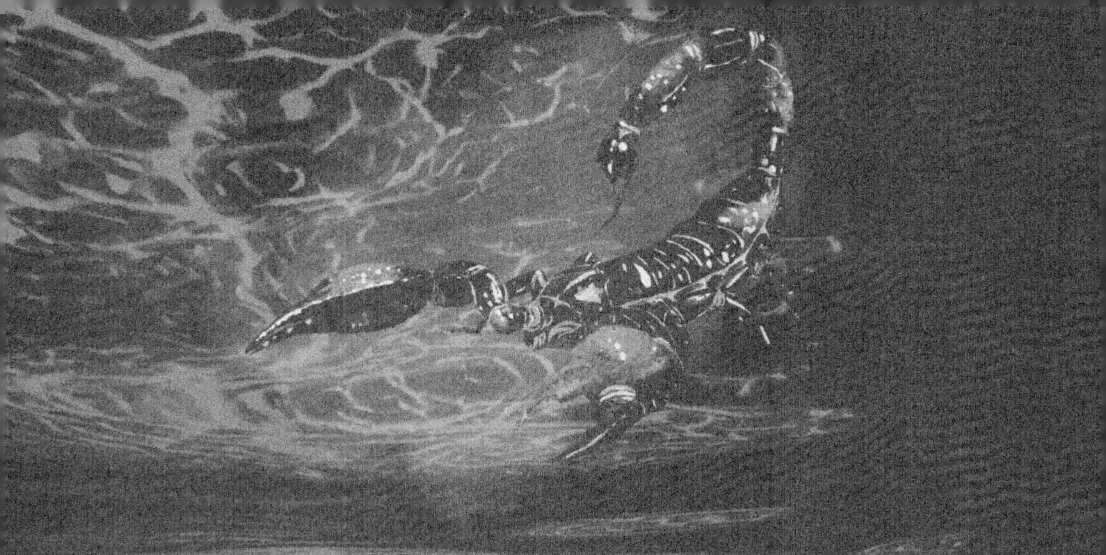

Chapitre 78

Dean

Le monde semble ralentir alors que je me précipite vers la rambarde, les mains tendues inutilement vers elle, impuissant. Eden a les mains sur sa tête, les yeux écarquillés d'horreur. Parker hurle dans le vide, exigeant les secours en panique. Saul murmure des prières brisées par la terreur.

Le temps se brise, s'arrête, alors que son corps chute en silence, se détachant dans l'air froid de la nuit.

Je suis incapable de bouger, de respirer. Un vide terrifiant s'empare de mon être, me laissant déchiré, détruit, sans plus rien à quoi me raccrocher.

Je sens la main tremblante d'Eden sur mon épaule, la voix brisée de Parker qui murmure mon nom comme s'il tentait de m'ancrer dans cette réalité que je refuse déjà.

Mon âme hurle silencieusement son prénom, sans jamais parvenir à atteindre celle que je viens de perdre pour toujours.

J'ai tout perdu.

Et rien ne pourra jamais réparer ça.

La réalité me frappe de plein fouet, nous nous élançons tous vers les escaliers. Chaque marche dévalée résonne avec une douleur sourde dans ma poitrine, mon souffle coupé par l'angoisse. Le bruit de notre précipité attire le voisinage qui ouvre leur porte sur le palier. Eden me suit de près, Parker et Saul à nos côtés, nos visages pâles, hantés par la même frayeur indicible.

En bas, sous les lueurs blafardes des réverbères, son corps repose dans une posture d'horreur, et son visage semble paisible malgré la violence de sa chute. Mon cœur se comprime violemment en apercevant ses cheveux colorés étalés en une auréole macabre autour de son visage livide. Un liquide sombre, épais, imbibe lentement ses mèches, teintant l'asphalte froid d'un rouge terrifiant.

Je m'effondre à genoux auprès d'elle, les mains tremblantes, hésitant à la toucher, terrifié par ce que je pourrais ressentir. Mon cœur cogne avec violence, une douleur insupportable me tord les entrailles alors que je cherche désespérément son pouls.

— Sofia, je t'en supplie, murmuré-je, la voix étranglée par les sanglots qui montent. Ouvre les yeux !

Mes doigts effleurent délicatement son cou, cherchant un signe, le moindre battement faible qui pourrait m'apporter l'espoir. Mais le silence cruel répond à mon appel et me poignarde avec une force que je soupçonnais impossible.

— Je suis là. Je ne te laisserai pas partir comme ça, supplié-je encore, ma voix n'étant plus qu'un souffle, noyé dans l'angoisse. Tu ne peux pas me laisser. T'es à moi… T'ES À MOI, BORDEL !

Mes larmes trébuchent sur son visage, se mêlent au sang qui macule déjà ses traits fins, son visage devenu pâle comme la lune. Je caresse ses cheveux, les doigts tremblants, chaque geste chargé d'une tendresse et d'une culpabilité infinies, colorant ma peau de son sang.

— Réveille-toi, je t'en prie, mon poison… Reste en vie…

Autour de moi, tout devient flou, distant, irréel. Eden étouffe un cri de détresse, portant ses mains à sa bouche. Parker serre violemment ses cheveux, le regard perdu dans le vide, impuissant. Saul, téléphone à l'oreille, hurle des ordres paniqués aux secours, sa voix tremble sous l'urgence.

Chaque seconde s'étire, une éternité douloureuse où je retiens mon souffle et prie pour que tout ceci ne soit qu'un cauchemar. Qu'elle ouvre enfin les yeux, qu'elle me fixe avec ce regard insolent, qu'elle me murmure qu'elle voulait simplement me faire payer de lui avoir volé le fragment intact qu'il lui restait.

Mais elle reste immobile, terriblement silencieuse.

Je baisse la tête, posant doucement mon front contre le sien, mon corps secoué de soubresauts violents, chaque sanglot lacère mon âme un peu plus.

La culpabilité m'arrache de l'intérieur, me détruit à petit feu.

Mes lèvres effleurent son front glacé alors que je murmure, dévasté :

— Je suis désolé… tellement désolé… Je ne voulais pas ça… jamais ça…

Je me presse plus fort contre elle, incapable de lâcher prise, incapable de la laisser partir. Mes mains tremblantes courent sur sa gorge que j'ai tant de fois marquée, son torse immobile où le D marquait sa peau, je cherche un miracle.

— Si ton cœur s'arrête, mon poison… je le volerai de ta poitrine. Je le volerai, et je le forcerai à battre dans ma main… juste pour t'entendre respirer encore une fois.

Je ravagerai la terre, Sofia. J'arracherai les âmes une par une s'il le faut. Je plongerai les villes dans les flammes jusqu'à ce que même l'enfer me supplie d'arrêter.

Je dépose un baiser désespéré contre ses lèvres gelées, comme si je pouvais la ramener par la violence de mon besoin d'elle.

— Tu es à moi. Pas à eux. Pas à Dieu. Pas à la mort. À MOI !

Chaque battement de mon cœur est une torture, une punition insoutenable. Le froid mordant de la nuit s'infiltre dans mes os, mais rien ne sera jamais plus froid que la vérité cruelle devant mes yeux.

Elle est à terre, brisée par notre histoire. Brisée par mes mensonges, brisée par tout ce que je n'ai pas su dire, tout ce que je n'ai pas su protéger.

Les sirènes hurlent au loin, des cris métalliques qui lacèrent l'obscurité, mais, pour moi, elles ne veulent plus rien dire.

Plus rien n'a de sens.

Appuyé contre le mur froid et impersonnel de l'hôpital, je fixe le vide devant moi. Mon esprit est ailleurs, hanté par l'image de son corps étendu brisé par la chute, son sang mêlé à ses cheveux. Cette vision tourne en boucle dans ma tête, une torture constante qui refuse de s'arrêter.

La porte du couloir claque brutalement. Un homme en uniforme surgit, son visage déformé par la colère me percute violemment. En quelques enjambées rapides, il franchit la distance qui nous sépare et me saisit brutalement par le col de ma veste, mon dos s'écrase contre le mur. La douleur physique n'est rien comparée à celle qui brûle déjà mon cœur.

— Pourquoi tu ne l'as pas empêchée ?! hurle-t-il, son visage à quelques centimètres du mien, sa rage projetée directement dans mes yeux.

Eden, Parker et Saul bondissent, prêts à le démonter, mais je lève une main, leur ordonnant silencieusement de rester en retrait. Mon regard, noir d'une fureur froide, ne lâche pas celui de cet homme arrivé de nulle part.

— Tu crois vraiment que je l'aurais laissée sauter si j'avais eu la moindre putain de chance de la retenir ?! craché-je, la voix déformée par la douleur, par l'impuissance.

Je donnerais tout, TOUT, pour effacer ce putain de moment. Pour lui rendre son sourire. Son souffle. Autour de nous, le monde pourrait s'écrouler que je n'en aurais rien à foutre. Il ne reste plus qu'elle dans mon univers en ruines.

L'homme secoue la tête, l'air dégoûté, un mélange de douleur et de colère incendie toujours son regard sombre.

— Dès qu'elle sera revenue… elle sera transférée loin d'ici. Loin de vous, lâche-t-il, chaque mot comme un coup de couteau. Et écoute-moi bien, Knight : si toi ou l'un de tes potes osez l'approcher, je jure que je vous colle derrière les barreaux.

— Si tu l'arraches à moi, je crame cet hôpital. Je crame ta vie. Je crame le putain de monde entier, préviens-je, ma voix basse, menaçante, démentielle.

Sofia est à moi. Elle respire pour moi. Elle hurle pour moi.

Un mutisme gagne l'espace stérile. Il ne cède pas et me fixe droit dans les yeux, sans broncher.

— Si tu tiens vraiment à elle… laisse-la partir avant de la détruire définitivement. Tu ne l'as jamais protégée comme je le fais. Et si tu t'accroches encore… tu seras celui qui l'achèvera.

Il relâche brutalement mon cuir et recule d'un pas, son regard chargé de mépris et de défiance. Je reste immobile, figé dans un silence lourd de regrets.

Un hurlement silencieux m'explose dans la poitrine.

Je ferme les yeux. J'étouffe. Je me vide.

Parker murmure quelque chose à Saul, mais je n'entends rien. Je ne suis concentré que sur deux choses : Sofia et cette douleur insupportable qui broie lentement mon cœur.

— Qu'est-ce qu'on va faire maintenant ? demande finalement Saul, rompant ce silence insoutenable.

Je passe une main tremblante sur mon visage, les yeux fermés, essayant de rassembler mes pensées. Mais rien ne vient, rien d'autre que le néant.

— Je n'en sais rien, dis-je dans un souffle à peine audible. Tout ce qu'on peut faire maintenant, c'est attendre… et espérer qu'elle se réveille.

Les minutes, puis les heures s'écoulent lentement dans ces couloirs aseptisés, chaque seconde accentuant davantage l'angoisse qui nous étreint. Le silence entre nous est épais, chargé de non-dits, de peurs et d'espoirs fragiles.

Finalement, un médecin apparaît au bout du couloir et se dirige directement vers Nathan, sa plaque de police brillant sous les néons blafards. Nous retenons tous notre souffle, tendant l'oreille pour capter les mots qui scelleront notre sort.

— Madame Mayton est plongée dans un coma profond, commence-t-il d'une voix calme, mais alourdie par la gravité de l'instant. Nous avons dû la réanimer à plusieurs reprises pendant le transport. Son cœur s'est arrêté trois fois. Elle respire actuellement grâce à une assistance mécanique.

Il marque une pause, lisse sa blouse d'un geste nerveux.

— Sa chute de plusieurs étages a causé des fractures multiples, notamment au bassin, à la colonne vertébrale et au crâne. Nous ne savons pas encore si elle pourra remarcher. L'œdème cérébral est important. Elle sera transférée à l'aube dans un centre spécialisé à Lyon, en hélicoptère. Mais je ne vous cache pas que… ses chances de se réveiller sont extrêmement faibles.

Le silence qui suit est plus violent que n'importe quel cri. Le médecin s'éloigne, laissant Nathan seul face à cette révélation dévastatrice. La colère de Saul bouillonne à mes côtés, son poing serré témoigne de son impuissance face à cette injustice qu'il a trop souvent vécue.

— Ils ont pas le droit de l'éloigner comme ça, crache-t-il entre ses dents serrées, la rage se mêlant à sa douleur. On peut pas la laisser partir sans rien faire !

Eden et Parker partagent cette frustration, leurs visages crispés par l'angoisse. Pourtant, quelque chose en moi cède définitivement face à ces mots. Savoir que Sofia risque de disparaître définitivement, sans que je puisse jamais la revoir, la toucher, entendre à nouveau son rire insolent ou ses provocations… m'anéantit complètement.

Et pourtant, une voix sombre et froide me murmure que c'est peut-être mieux ainsi. Pour elle. Pour la protéger de nous. Pour la sauver du chaos dans lequel je l'ai plongée.

Elle mérite une chance de respirer. Une chance d'exister sans le venin que je suis devenu pour ses veines.

— Elle sera mieux loin de nous, murmuré-je d'une voix éteinte, sans vie.

Je me redresse, et m'avance vers Nathan, dont ses yeux gris me fixent avec défiance et mépris. Sans un mot, je le bouscule, lui faisant comprendre par ce geste que je m'incline. Je renonce et lui confie mon poison le plus mortel. C'est un acte de reddition, la reconnaissance silencieuse de mon échec.

Dans ma tête, une promesse résonne, froide et douloureuse :

Chaque minute sans elle sera un incendie que rien ne pourra jamais éteindre. Mais je préfère brûler seul… plutôt que d'empoisonner sa lumière, si elle revient parmi les vivants.

Sans un regard de plus je, m'approche des portes automatiques qui s'ouvrent et inspire profondément l'air glacé qui brûle mes poumons, sans parvenir à apaiser le brasier de douleur.

— Allons-y, les gars, dis-je d'une voix sombre dépourvue d'émotion.

Nous avançons en silence vers notre voiture, chacun plongé dans sa propre peine. Chaque pas est marqué par le poids immense de ce qu'on vient de perdre, de celle que je viens de perdre. Chaque souffle est une torture, chaque pensée tournée vers elle est une blessure ouverte qui ne guérira *jamais*.

Cette nuit a fracturé l'univers.

J'ai perdu la seule femme capable de faire palpiter ce cœur calcifié. La seule qui a glissé ses doigts sous ma cuirasse pour réveiller la moindre étincelle d'humanité et la broyer aussitôt.

Il ne reste qu'un gouffre béant, une absence qui hurle à chaque respiration. Aucun alcool, aucune violence, aucun blasphème ne pourra colmater cette déchirure.

Et l'attente d'un miracle n'est plus à l'affût.

Je la sauve de moi-même… mais je ne sauve pas le monstre que je vais devenir sans elle.

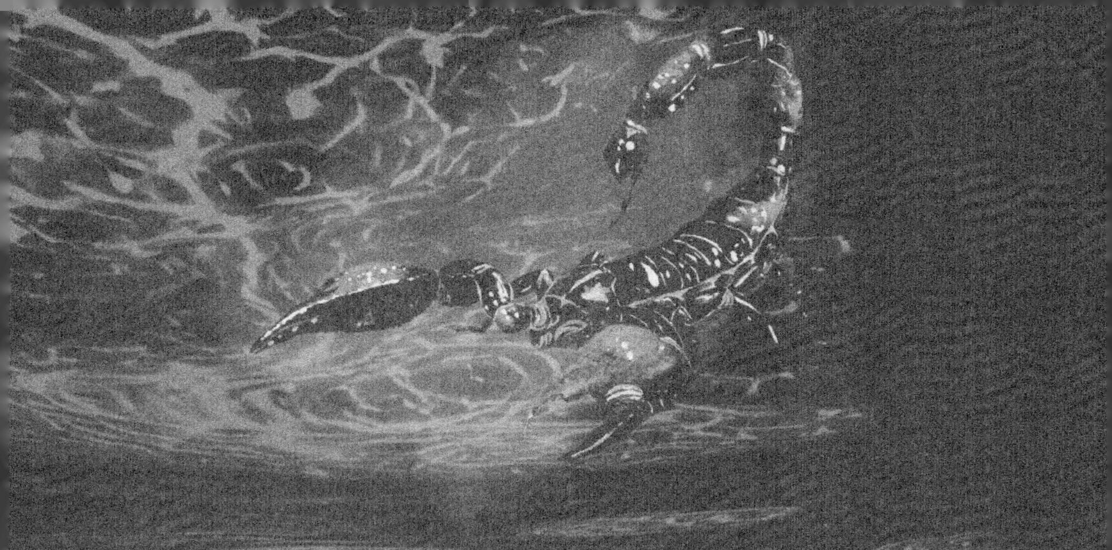

CHAPITRE 79

DEAN

La terrasse est silencieuse ce soir, comme depuis sept jours, seulement perturbée par les bruits distants d'une ville qui ne dort jamais vraiment. On est tous là, fumant en silence, hantés par nos propres pensées. Nos regards dérivent régulièrement vers ce balcon, comme s'il gardait encore l'empreinte du choix fatal de Sofia.

Derrière nous, la télévision murmure ces nouvelles tragiques encore et toujours. Eden tend l'oreille lorsqu'une voix grave attire notre attention, rompant le silence pesant.

« *C'est une enquête de plusieurs années qui vient d'aboutir à Biarritz, où la gendarmerie a procédé à l'arrestation de plusieurs individus liés à une secte occulte, opérant sous la couverture d'un club privé très select nommé Velvet Sin.*

Derrière ses portes luxueuses et ses apparences mondaines, les enquêteurs ont découvert l'envers d'un décor glaçant : des pratiques rituelles, des mises en scène sexuelles violentes, et une structure hiérarchique inspirée du mythe du "Doctor Plague", cette figure masquée utilisée ici comme symbole de domination, de punition… et d'allégeance.

Plusieurs femmes, physiquement marquées et psychologiquement brisées, ont été exfiltrées dans un état critique, certaines dans un coma profond.

Le corps d'Émilie Grégoire, jeune femme portée disparue depuis cinq mois, a été retrouvé sans organes, aux côtés d'autres victimes non identifiées.

Suivant nos informations, les victimes ne semblaient pas choisies au hasard. Au contraire, l'organisation aurait ciblé des femmes vulnérables, présentant des troubles psychiatriques ou comportementaux, parmi lesquels :

Le syndrome de Stockholm, facilitant l'attachement à leurs bourreaux,

Des troubles dissociatifs liés à des traumatismes précoces,

Des troubles de la personnalité borderline, accentuant la quête affective et l'autodestruction,

Des états dépressifs sévères, rendant toute résistance mentale fragile,

Des troubles paraphiliques, un dérèglement du désir sexuel où la souffrance, l'humiliation et/ou la violence deviennent la seule voie vers l'excitation.

Selon les experts mobilisés, ce dernier point aurait été instrumentalisé par les membres de l'organisation pour justifier les actes commis : les femmes n'étaient pas seulement victimes, elles étaient, dans leurs mots, "nées pour être offertes à la douleur" ».

Un frisson me traverse l'échine. Je revois les yeux de Sofia, ce dernier regard qu'elle m'a jeté, rempli de douleur et de vide, juste avant qu'elle ne disparaisse.

Je me torture avec les mêmes questions, encore et encore :

Si elle avait su la vérité plus tôt, aurait-elle choisi de se battre plutôt que de se jeter dans ce gouffre ?

Si j'étais arrivé avant…

Si je n'avais pas été aussi aveugle…

Nous avions pourtant tout compris trop tard. Quand l'appartement avait explosé sous le chaos, qu'on a ramassé ce qu'on pouvait sauver après être rentrés de l'hôpital.

Ces foutus masques chromés. Et surtout… celui qu'on surnommait dans les rues le Golden Plague, l'insigne des plus hauts dans leur putain de hiérarchie malade.

Le Golden Plague n'était pas un titre. C'était une malédiction.

Un masque d'or mat, façonné à l'image des anciens médecins de peste, ceux qui, jadis, parcouraient les cités ravagées. Mais chez les Knight, il n'était pas là pour soigner. Pas pour guérir.

Ce bec doré symbolisait la sélection. Le pouvoir ultime de décider qui vivrait et qui souffrirait. Celui qui le portait n'était pas un médecin, mais un juge, un bourreau, et un messager du chaos.

Je n'ai jamais pu oublier, le jour où mon père a fracassé le corps de ma mère contre les murs de notre putain de manoir. Reine déchue du Plague, femme trop longtemps restée sous la coupe d'un monstre. J'ai vu ses yeux verts mourir à force d'être battue, j'ai entendu son souffle faiblir sous les coups, et j'ai su : je ne serai jamais ça.

Je ne serai jamais *lui*.

À mes dix-huit ans, on me l'a tendu. Et j'ai tout rejeté. L'héritage. La hiérarchie. Le masque.

Mais Dante… Il a plongé tête baissée dans ce trône empoisonné. Il s'est fait forger une couronne dans l'or des morts. Il a repris la suite de notre géniteur et, comme lui, il a prétendu régner.

Tandis que, moi, j'ai tenté de vivre en dehors. Loin de leurs jeux. Loin de cette pourriture. Mais ce poison ne vous quitte jamais.

Il reste sous la peau. Dans chaque soupçon, chaque mensonge. Il suffisait d'une erreur, d'un moment de faiblesse… et Dante a sauté sur l'occasion.

Il a tout orchestré pour que la chute soit totale. Pour que la seule personne à laquelle je m'étais attaché s'imagine que j'étais le putain de bourreau.

Mon frère a fait de moi le parfait coupable.

Et cette bague maudite, héritée d'un père dont je ne voulais rien… je l'ai vue briller dans ses mains, alors qu'elle aurait dû brûler dans les flammes du passé.

Un pacte que je n'avais jamais scellé, mais dont le virus coulait dans mes veines.

Et elle a sauté, parce qu'à ses yeux, j'étais *lui*. Parce que je portais les cicatrices d'un héritage que je n'ai jamais réclamé.

Je baisse la tête, hanté par cette réalité que je ne peux effacer. Même si je hurle toute la vérité, même si je détruis le monde pour elle, même si je brûle ciel et terre pour la ramener…

Le poison était déjà là.

En elle.

En moi.

Et maintenant…

Il ne reste plus rien.

Rien, sauf une promesse silencieuse :

S'ils t'éloignent de moi pour te sauver, alors qu'ils savent que chaque seconde passée sans toi sera une apocalypse dans mon sang. Tu es ma chute, mon poison. Et je serai la leur.

— Ça aurait pu être elle, murmure Saul, me sortant de mes pensées, ses doigts crispés autour de sa cigarette. Émilie aurait pu être Maxime.

Je ferme les yeux une seconde, la gorge nouée, les mâchoires serrées à m'en faire craquer les os. Il n'a pas besoin d'en dire plus. Il était le seul à qui j'ai un jour confié la vérité sur mon nom, sur l'envers pourri de mon enfance. Le seul à avoir su pour Dante, avant que le reste n'explose.

Plusieurs heures après notre retour de l'hôpital, il ma dévisagé et ma dit :

T'as plus le choix, Dean. Il faut qu'ils sachent.

Et j'ai tout déballer à mes meilleurs amis.

Eden était livide. Parker a eu besoin de sortir pour ne pas cogner dans un mur.

Je me frotte le visage pour revenir au présent.

— Je sais. Ça me bouffe de l'intérieur de savoir qu'elle est partie convaincue que j'étais comme eux.

Je regarde le mégot de cigarette se consumer entre mes doigts.

— J'ai toujours su que ce monde finirait par me rattraper. J'ai espéré que ça ne la toucherait pas. Qu'il ne la toucherait pas.

Eden se redresse, agité, ses traits marqués par une profonde amertume.

— Elle nous a tous marqués. Elle nous a vus tels qu'on était vraiment : le meilleur et le pire.

Parker tire une dernière bouffée de sa cigarette avant de jeter le mégot par-dessus la rambarde, son regard perdu dans le vide.

— On n'a jamais vraiment eu le contrôle, pas quand il s'agissait d'elle. Maxime jouait selon ses propres règles, et nous, on était juste des spectateurs.

Je me lève brusquement, l'énergie du désespoir pulse dans mes veines.

— Alors, maintenant, on fait mieux. On protège celles qui restent. On soutient les autres Maxime du monde. On sauve celles qui peuvent encore être sauvées.

Mes amis acquiescent, et ensemble, nous faisons le serment de changer les choses. Pour Sofia, pour Émilie, et pour toutes les autres.

Un silence approbateur s'installe, chacun d'entre eux hoche la tête en signe d'accord. Notre serment tacite flotte lourdement entre nous, scellé par la tragédie, porté par la mémoire d'Émilie, de cette femme que mes potes ne cessent d'appeler Maxime, et de toutes les autres victimes sans voix.

Soudain, des coups brusques à la porte nous arrachent à notre méditation sombre. Eden, visiblement épuisé, s'avance lentement et ouvre avec lassitude.

— Lucie ! s'exclame-t-il, surpris.

Sans un mot, elle se jette dans ses bras, prise de sanglots incontrôlables.

— Il faut qu'elle revienne, Eden… On ne va pas s'en sortir sans elle, murmure-t-elle entre deux hoquets déchirants.

Il l'enveloppe, essayant maladroitement de calmer ses pleurs alors qu'il nous adresse un regard chargé d'inquiétude.

Eden la guide vers le salon, essayant de la calmer. Il lance un regard désolé vers moi et les autres. Parker se redresse, plus doux qu'à l'habitude, se dirige vers la cuisine, puis annonce d'une voix basse qu'il va préparer quelque chose pour apaiser les esprits.

Lucie s'installe sur le canapé, ses épaules tremblent encore de chagrin tandis qu'elle essuie fébrilement ses joues humides.

— Les Délicieuses Abîmes ont besoin d'elle, déclare-t-elle d'une voix brisée.

Saul fronce les sourcils, son expression méfiante et légèrement dure.

— C'est quoi exactement, les Délicieuses Abîmes ?

Elle lève vers lui un regard à la fois fragile et défiant.

— C'est le club qu'elle a fondé. Un monde pour les femmes comme nous, pour celles que personne d'autre ne comprend.

Ma gorge se comprime davantage, et j'exerce un pas vers elle, attirant son attention.

— Explique-nous. Qu'est-ce que Maxime faisait exactement avec vous dans ce club ?

Lucie essuie ses larmes et prend une profonde inspiration.

— Maxime… était notre protectrice. Le club était un sanctuaire pour nous. Elle nous aidait à nous reconstruire, à reprendre confiance, à nous exprimer là où la justice ne voulait rien savoir. Elle nous soutenait à accepter notre différence, à retrouver notre identité. Elle nous rappelait chaque jour que nous n'étions pas des victimes, mais des survivantes. Sans elle, nous sommes perdues.

Le silence revient, lourd d'émotions contradictoires. En écoutant Lucie, une douleur profonde me submerge, car je comprends enfin l'étendue réelle de ce que nous avons tous perdu.

Cette femme qui se tenait sur notre balcon, prête à basculer dans le vide à tout moment, n'était pas simplement une victime ni même une combattante solitaire. Elle était la lumière pour d'autres femmes, la seule capable de guider celles qui avaient connu les mêmes souffrances qu'elle. Et en perdant Maxime, le monde a perdu une guerrière silencieuse.

Le thé servi, Parker revient, s'assoit à côté de Lucie, puis pose une main rassurante sur son épaule.

— C'est la fameuse salle derrière le vieux café ? demande-t-il.

J'observe Parker qui échange un regard avec Eden, tentant de capter où il veut en venir, tandis que Lucie acquiesce d'un mouvement de tête.

Évidemment, Sofia ne nous aurait jamais révélé la véritable raison de sa venue à Biarritz, encore moins l'existence de ce club.

Je secoue la tête, une migraine commençant à poindre, alimentée par tous les mystères qui l'entourent encore aujourd'hui.

— Et bien, nous sommes ici pour aider, déclare Parker. Dis-nous ce dont tu as besoin, et nous ferons notre possible pour continuer ce qu'elle a commencé.

Elle nous scrute, une lueur d'espoir naissant dans ses yeux.

— Vous feriez ça ? Même après… tout ce qui s'est passé ?

Eden hoche la tête, sa voix ferme.

— Maxime comptait beaucoup pour nous. C'est le moins que l'on puisse faire pour honorer sa mémoire.

Le poids de notre culpabilité écrase nos épaules, mais ce soir, pour la première fois depuis sa disparition, on a une chance de choisir autre chose que la destruction.

On a une chance d'honorer sa mémoire.

De lui rendre, d'une manière ou d'une autre, la lumière qu'on lui a volée.

Chapitre 80

Sofia

Quatre ans plus tard

Je suis assise dans mon appartement, loin des tumultes de Biarritz, mais les souvenirs de cette époque tumultueuse hantent encore mes pensées chaque jour. Nathan, en face de moi, partage un café dans cette matinée calme et ordinaire. Depuis mon retour à une vie presque normale, après ma tentative d'échec pour fuir à jamais ce monde, les choses ont changé. À l'extérieur, tout semble s'être remis en place. Mais en moi… rien n'a vraiment bougé.

Il y a ce manque, diffus, lancinant, difficile à nommer, mais impossible à ignorer. Comme si quelque chose me rongeait lentement, quelque chose d'absent et pourtant toujours là.

Peut-être que c'est ça, le vrai poison : sentir qu'il te manque un bout de toi-même sans même savoir lequel.

Avant, j'aurais refusé. J'aurais craché sur cette idée. Mais cette fois, j'ai laissé Nathan prendre les devants.

Il m'a fixée de son regard froid, celui qui ne m'autorise aucun mensonge, et a dit simplement :

« Laisse-moi t'aider… mais seulement si tu acceptes de te faire aider toi aussi. »

Et j'ai dit oui.

J'ai autorisé qu'il me trouve des spécialistes. J'ai joué le jeu. Je me suis assise sur un fauteuil en cuir, j'ai regardé des inconnus me disséquer l'âme comme s'ils pouvaient réparer ce qui est foutu depuis l'enfance.

Mais est-ce que ça suffit ?

Est-ce que des mots, des bilans, des diagnostics peuvent vraiment transformer quelqu'un comme moi ? Je n'en suis pas certaine.

Les cachets qu'on m'a prescrits sont-ils assez forts… ou juste assez dosés pour me faire taire sans me réparer ?

Dois-je vivre toute ma vie avec eux comme seule béquille mentale ?

Et si je les arrête… est-ce que tout redeviendra comme avant ?

Est-ce que mon cerveau recommencera à me trahir, à m'emmener là où il veut, et non là où je choisis ?

C'est bien ça, le vrai problème. Je ne sais pas si mes pensées m'appartiennent ou si je ne suis que le produit de mes cicatrices mal refermées.

Pourtant, voilà bien longtemps que ma libido destructrice est éteinte.

Pas une envie.

Pas une pulsion.

Rien.

Peut-être que c'est ça, être guérie… ou juste un sursis.

La seule chose qui pourrait me convaincre que tout ça est derrière moi, c'est d'affronter le mal. C'est pour cette raison que j'ai besoin de confier à Nathan ce qui me taraude depuis plusieurs mois.

— Je dois y retourner, dis-je, mes doigts serrant ma tasse pour y puiser du courage. Je dois découvrir comment les Délicieuses Abîmes ont évolué de mes propres yeux.

Il secoue la tête, son visage marqué par l'inquiétude.

— Sofia, c'est trop risqué. Tu sais que cet endroit ne te rappellera que de mauvais souvenirs… Je ne suis pas sûr que tu sois prête à affronter ce que tu y trouveras.

Je l'interromps et repose ma tasse avec une fermeté qui se veut rassurante.

— Nathan… tu m'as connue dans des états que peu auraient supportés. Tu étais là ce soir d'hiver, quand personne d'autre ne l'était. Quand je n'étais qu'un corps vidé de toute volonté, qu'un cœur en charpie. Tu m'as portée. Littéralement.

Je marque une pause, laissant remonter en moi les souvenirs. Ceux qu'on enterre, mais qui reviennent toujours. Il a vu toutes les facettes de ma personne.

— Tu m'as laissée jouer avec ma propre vie parce que tu savais que ça me gardait debout.

Il détourne les yeux, la mâchoire contractée derrière sa barbe. Je sais que mes mots l'étranglent, mais je dois aller au bout.

— Je promets de ne plus me mettre en danger, mais je ne peux pas ignorer ces femmes qui comptent sur moi. J'ai créé ce club pour elles, pour nous, pour lutter contre nos bourreaux. Je ne peux pas juste les abandonner maintenant que je suis en sécurité.

Il semble lutter contre lui-même, une bataille intérieure qui se lit clairement dans ses yeux gris.

— Je sais que tu te sens responsable, soupire-t-il finalement, mais pense à toi aussi, Sofia. Tu as failli mourir.

Je hoche la tête, mes yeux fixés sur les remous de mon café.

— Je me souviens de chaque seconde de cette chute, de chaque instant perdu dans le coma, du temps passé en rééducation. Mais je me souviens aussi des visages de ces femmes lorsqu'elles venaient se confier. Il est essentiel pour moi de savoir qu'elles vont bien.

Le silence s'installe, lourd et réfléchi, avant qu'il ne cède, un soupir résigné s'échappe de ses lèvres. Dans le gris de ses yeux, je lis l'amour d'un père, d'un frère, d'un protecteur épuisé par trop d'inquiétude.

Il tient à moi comme on tient à sa propre chair. Mais je ne suis pas sa fille. Pas sa sœur. Je suis… celle qu'il a sauvée, et qui refuse de rester une survivante silencieuse.

— D'accord, mais je viens avec toi. Pas de discussion possible là-dessus. Si tu retournes à Biarritz, je serai à tes côtés.

Un sourire timide fleurit sur mes lèvres, mêlant gratitude et soulagement.

— Merci, Nathan. Je ne pourrais pas faire autrement.

Nous terminons notre café en planifiant les détails de notre voyage. Pour moi, c'est une chance de fermer un chapitre de ma vie, ou peut-être de le réécrire. Pour lui, c'est une promesse de protection, une promesse qu'il s'est faite le jour où il m'a vue me réveiller à l'hôpital, déterminée à reconstruire ma vie, alors qu'on m'avait déclarée morte durant trois longues heures.

Notre voiture sera prête demain, et avec elle, nous prendrons la route vers le passé, mais aussi vers un avenir où, moi, Sofia, née Maxime dans cette ville, je pourrai enfin trouver ce que d'autres appellent *paix*.

Le souffle me manque devant l'ampleur du bâtiment qui se dresse devant moi. Le club des Délicieuses Abîmes a grandi, métamorphosé d'un modeste local en cette structure imposante, vibrante de vie et de promesses. Mon cœur s'emballe, un mélange d'excitation et de nostalgie, alors que je m'ajuste dans le miroir du pare-soleil.

Je ne suis plus celle que j'étais. Mes cheveux, autrefois un kaléidoscope vibrant, sont désormais d'un brun chocolat naturel, ils tombent sur mes épaules et cachent mes yeux. Ma tenue est simple, éloignée de l'exubérance passée, un skinny bleu et un débardeur noir. C'est la véritable Sofia qui se présente aujourd'hui, pas l'ombre colorée de Maxime, de Clara, de Morgane, et de toutes mes anciennes identités.

Cet anonymat, je l'espère, me protégera des regards trop curieux.

Nathan me regarde avec une appréhension non dissimulée dans ses yeux clairs.

— Tu es sûre de vouloir y aller seule ? demande-t-il, sa main posée sur le volant, prêt à me suivre si je change d'avis.

Je hoche la tête pour le rassurer malgré le tumulte intérieur.

— Oui, je dois le faire seule. Reste ici, s'il te plaît. J'ai besoin de voir de mes propres yeux ce que tout ceci est devenu sans l'ombre de mon passé à mes côtés.

Il acquiesce, la confiance marquée par une ligne tendue de tension sur son visage.

— Je suis là, Sofia. Pour tout ce dont tu as besoin.

— Je sais.

Avec une inspiration profonde, je sors de la voiture et me dirige vers l'entrée du club. Chaque pas résonne avec les échos de mon ancienne vie. Les rires et les voix des femmes, et même d'hommes, qui entrent et sortent de l'édifice m'enveloppent. Pour la première fois depuis longtemps, je me reconnecte à une partie de moi que j'avais cru perdue.

Les portes s'ouvrent sur un monde que j'ai aidé à bâtir, un sanctuaire pour celles qui, comme moi, ont cherché refuge contre les tempêtes de leur existence. Le hall est spacieux et accueillant, décoré avec goût et respect pour le confort et la sécurité. Les visages des silhouettes sont marqués par des histoires que je connais trop bien, mais aussi par une force et une résilience que j'ai espéré insuffler en ce lieu.

Je me faufile parmi la foule, invisible et pourtant incroyablement présente, me frottant nerveusement le haut de ma poitrine côté cœur. Chaque sourire, chaque éclat de rire me renvoie à ce pour quoi j'ai lutté si ardemment.

Les Délicieuses Abîmes ne sont plus juste un club : elles sont devenues un phare pour les âmes égarées, un lieu où la guérison commence là où la douleur a laissé sa marque.

Et tandis que je me laisse absorber par l'ambiance, une femme me reconnaît, au vu de son visage qui s'illumine d'une reconnaissance mêlée de surprise.

— Maxime ? murmure-t-elle, et soudain, tout le poids de ma décision de revenir ici se fait sentir.

Je suis prête à affronter ceux à qui j'ai laissé croire que j'étais morte derrière un faire-part, prête à reprendre ma place parmi elles. Non plus en tant que leader, mais en tant que sœur d'armes dans cette lutte continue pour la liberté et l'acceptation.

— J'en étais sûre, déclare-t-elle.

Lucie m'enlace, et je lui rends son étreinte avec toute la tendresse d'une retrouvaille longtemps attendue.

— Le ciel ne prend pas les coriaces. Il aurait trop peur de ce que tu pourrais y foutre, se réjouit-elle.

Sa présence, tout comme ses mots, me rassure, un pilier dans le tumulte des émotions qui m'envahit depuis que j'ai franchi le seuil de ce club transformé.

— Tu dois garder ça pour toi, chuchoté-je à son oreille, implorant sa discrétion. Personne d'autre ne doit savoir que je suis en vie.

Elle me regarde, un sourire malicieux éclaire son visage marqué par les épreuves, mais aussi par une résilience remarquable.

— Ton secret est en sécurité avec moi, répond-elle, son clin d'œil complice qui scelle notre pacte.

Nous nous écartons l'une de l'autre juste un peu, et je prends un moment pour observer les changements. Le club vibre d'une énergie nouvelle, un mélange de résolution et d'espoir. Je peux sentir la force collective des âmes qui le fréquentent, un réseau de soutien qui a prospéré même en mon absence.

— Comment vont les choses ici ? demandé-je, ma curiosité piquée non seulement par mon ancien rôle de fondatrice, mais aussi par un besoin sincère de savoir si mon départ n'a pas laissé un vide trop grand.

Elle me prend par la main, m'entraîne plus loin dans l'enceinte du club.

— Mieux que jamais, commence-t-elle, sa voix teintée de fierté. Ta mort a été un choc, mais tu nous avais bien préparées. Nous avons continué ton travail, élargi nos horizons. Il y a plus de membres, plus de programmes d'aide… Tu verras, tout est différent, mais l'esprit reste le même.

Je l'écoute, chaque mot infusant une douce chaleur dans mon cœur. Malgré les circonstances sombres qui ont marqué ma fuite, le club a survécu et prospéré. Une larme de soulagement perle au coin de mon œil, mais je la chasse rapidement.

— Je suis si fière de vous toutes, dis-je, ma voix tremblante d'émotion. Je suis ici pour vous soutenir, pour être à nouveau une des vôtres, si vous m'acceptez.

Elle me serre dans ses bras une fois de plus, plus fort cette fois.

— Tu as toujours été l'une des nôtres. Et tu le seras toujours. Bienvenue à la maison.

Ce retour aux sources, bien que chargé de souvenirs douloureux et de révélations troublantes, marque un nouveau chapitre. Un pas vers la guérison, non seulement pour moi, mais pour toutes les personnes que le club a aidées et continuera d'aider. Avec un cœur plus léger et une résolution renouvelée, je me prépare à reprendre ma place dans cette communauté qui a été la première à m'offrir un refuge, et à la fois une aide pour mettre fin aux cauchemars de ces êtres trop souvent gardés au silence.

Chapitre 81

Sofia

Je trouve refuge sur un banc discret, à l'ombre d'une grande plante qui me cache des regards curieux. L'émotion monte en moi, une tempête silencieuse. Je me cache derrière ma frange, mes yeux voilés par des larmes incontrôlables.

Eden et Parker montent sur l'estrade, et mon cœur se serre d'un mélange de douleur et de nostalgie.

Ils n'ont pas changé, en tout cas, pas en surface. Leurs voix résonnent dans la salle, familières et pourtant lointaines, comme si elles traversaient les brumes d'un passé que j'ai tenté de fuir. Ils annoncent la quatrième année de transformation du club des Délicieuses Abîmes, un projet que j'ai initié, mais jamais vu atteindre un tel niveau d'engagement.

Ils parlent avec passion de l'expansion du club, qui soutient désormais davantage de femmes, mais aussi d'hommes aux prises avec le syndrome de Stockholm, de paraphilie et d'autres trop nombreux.

— Ici, personne n'est jugé, personne n'est pointé du doigt, proclame Eden, son discours vibrant d'une conviction profonde.

Cachée à la vue de tous, je sens un mélange de fierté et de mélancolie. Les garçons ont porté le flambeau que j'avais allumé, un lien indélébile qui me relie encore à eux malgré la distance et les secrets douloureux. C'est comme si, en poursuivant ce projet, ils gardaient une part de moi vivante en eux, un souvenir qui refuse de s'éteindre.

Eux n'ont plus ne sont jamais éteints dans mon esprit, mais je dois fermer le livre. Pour leur bien, pour le mien.

Je les observe, écoute chaque mot, chaque promesse d'un avenir meilleur pour ces êtres qui, comme moi à une époque, cherchent refuge dans la compréhension et l'acceptation de leur anomalie. Ça me rappelle pourquoi j'ai commencé tout cela, pourquoi, malgré tout le mal qui m'a été fait, cette cause reste précieuse et vitale.

Un rire éclate parmi l'assistance, et je me laisse bercer par l'illusion que je suis toujours une partie intégrante de cette communauté. Mais la réalité se rappelle à moi avec la froideur d'une lame contre la peau.

Mon retour ici n'est pas seulement une quête de rédemption ou de réparation : c'est un test.

Est-ce que je peux vraiment regarder en arrière sans douleur ? Est-ce que je peux pardonner, non seulement à ceux qui m'ont blessée, mais aussi à moi-même, pour avoir permis à la haine et au ressentiment de guider mes actions ?

Les larmes longent mes joues, mais je les efface. Peut-être qu'aujourd'hui, dans cet espace rempli d'espoir et de convalescence, je trouverai les réponses que je cherche. Ou peut-être que j'apprendrai à accepter qu'il y ait des choses que même le temps ne peut raturer complètement.

— Sans elle, beaucoup d'entre nous ne seraient peut-être pas là aujourd'hui, déclare Parker, sa voix chargée d'émotion. Elle a vu quelque chose que beaucoup ne pouvaient pas voir, et a agi là où d'autres auraient détourné le regard.

Eden prend la parole, son regard balayant l'assemblée avant de continuer.

— Elle a su reconnaître la douleur et la transformer en quelque chose de puissant, de libérateur. Elle nous a enseigné que nos plus grandes blessures pouvaient devenir nos plus grandes forces.

Un nœud se forme dans ma gorge alors que je les écoute glorifier l'œuvre de celle que j'étais. C'est étrange d'être ici, si proche et pourtant invisible, écoutant l'histoire de ma propre vie racontée par d'autres.

— Si elle pouvait nous voir aujourd'hui, je pense qu'elle serait fière, ajoute-t-il, son ton devenant plus introspectif. Lui prouver que le club ne s'est pas simplement maintenu, mais qu'il a prospéré, se transformant en un phare d'espoir pour ceux qui en ont désespérément besoin.

Je ne peux m'empêcher de murmurer pour moi-même.

— Je le suis.

Il y a de la douleur et de la fierté en moi, de réaliser que malgré tout ce que j'ai perdu, quelque chose de beau et de vital a survécu et continue de croître.

— Et si jamais elle nous regarde de là-haut, poursuit Parker, un sourire se dessine sur ses lèvres, nous lui montrerons combien chaque Maxime qu'elle a sauvée a trouvé ici une famille, un chez-soi.

La foule applaudit, et je me sens encore plus isolée dans mon coin sombre, écoutant les échos de mon passé fusionner avec le présent vivant autour de moi. Peut-être est-ce là, ma véritable maison, parmi ces âmes que j'ai aidées, peut-être… sauvées.

Je finis par m'éloigner silencieusement de la salle, chaque pas résonne avec une détermination nouvelle. Les larmes coulent, non pas de douleur, mais de révélation et de renouveau. J'atteins rapidement l'extérieur, où l'air frais me frappe le visage, ce qui m'aide à rassembler mes pensées éparpillées.

Nathan m'attend, comme il l'a toujours fait, un pilier de soutien dans les tourments de mon existence depuis sept ans. Dès que je le vois, adossé nonchalamment à la voiture, mais avec une inquiétude évidente marquant son visage, je sais que je suis là où je dois être. Il s'écarte pour me laisser de l'espace, mais au lieu de cela, je marche directement vers lui, les bras tendus et les larmes encore présentes.

Je niche mon visage contre son torse, cherchant du réconfort dans son étreinte. Il m'enveloppe de ses bras sans hésitation, un murmure de réconfort s'échappe de ses lèvres alors qu'il caresse mes cheveux.

— Je suis là, Sofia, je suis là.

Je hoche la tête, les mots se bousculent pour sortir.

— Je… Je ne peux pas rester à l'écart, Nathan. Ce club, ces filles, elles sont une partie de moi. Je dois aider. Je dois être là pour elles.

Il soupire, le poids de ma décision pèse également sur lui.

— Nous trouverons un moyen de le faire en sécurité, d'accord ? On va trouver une solution.

Je me redresse, il essuie mes larmes sans détourner son regard.

— Merci, dis-je simplement, ma voix teintée d'une gratitude profonde.

Il m'offre un sourire, bien que ses yeux trahissent ses propres inquiétudes.

— On a toujours été une équipe, n'est-ce pas ? C'est juste une nouvelle histoire.

Une nouvelle histoire, en effet. Un retour non pas à ce qui était, mais à ce qui pourrait être. Un retour aux origines, mais avec une nouvelle perspective, une nouvelle force, et sans une autre organisation à faire tomber. Je me sens prête à affronter ce qui m'attend, avec lui à mes côtés.

Deux semaines se sont écoulées depuis mon retour à Biarritz, nous naviguons d'hôtel en hôtel. Je me tiens au milieu d'une foule en ébullition, encouragée par le rugissement des spectateurs autour de moi. Nous sommes ici pour soutenir les Devils Sharks, l'équipe que j'ai suivie dans l'ombre avec tant d'ardeur. Nathan est assis un peu plus loin pour ne pas compromettre ma couverture. Je perçois son regard sur moi de temps en temps, une présence rassurante dans le tumulte de mes émotions.

Je me mords les ongles, nerveuse, mon cœur bat à tout rompre à chaque mouvement sur la glace. Cela fait des jours que je me plonge dans l'observation de chaque joueur, tentant de déchiffrer l'évolution des garçons à travers les informations que je peux glaner sur Internet et à la télévision, sans avoir à hacker leur portable ou leur ordinateur.

L'ambiance est électrique, chaque but marqué par les Devils déclenche une vague d'excitation qui me submerge, me rappelant les jours où ma vie n'était pas entachée par tant de secrets. Mais, à présent, même ces moments de joie simple sont teintés de la réalité complexe de mon retour.

À travers les cris et les applaudissements, je repère Dean sur le terrain. Il est concentré, puissant, le leader naturel que j'ai toujours connu. Voir son dévouement et son talent incontestable me fait frémir d'un mélange de fierté et de mélancolie. Cet homme, qui a occupé une place si prédominante dans mon cœur, semble maintenant un étranger sous les projecteurs.

Chaque pause, chaque temps mort, je me perds dans mes pensées, analysant chaque interaction que j'ai pu avoir avec eux depuis mon retour, sans même qu'ils le sachent. Je ne suis pas seulement ici en tant que spectatrice : je suis aussi une enquêtrice, une protectrice de celles que j'ai laissées derrière moi lors de ma chute.

Quand le match se termine et que les Devils célèbrent leur victoire, je reste en retrait, contemplant leur joie collective. Nathan me rejoint silencieusement, sa main trouve la mienne dans la foule, me tirant vers la sortie.

— Tu es prête à rentrer ? me demande-t-il, son inquiétude palpable dans sa voix basse.

Je hoche la tête, incapable de parler, les images du match se mélangent avec les souvenirs de jours plus simples.

— Oui, rentrons, réponds-je à contrecœur, ma voix à peine audible au-dessus du tumulte environnant.

Nous quittons la patinoire, je jette un dernier regard en arrière, vers le terrain où les derniers échos des acclamations résonnent encore. C'est un monde que j'ai aimé, un monde qui m'a trahie, et pourtant, un univers auquel je ne peux m'empêcher de vouloir appartenir.

La portière ouverte de la voiture, les lumières des projecteurs se reflètent sur le métal brillant. Mon regard se perd une dernière fois dans la foule qui commence à se disperser, les cris des supporters résonnent dans la nuit. Quelque chose en moi crie de ne pas partir maintenant, de ne pas fuir encore.

Je referme la portière sans monter dans la voiture et me tourne vers Nathan.

— Peux-tu m'attendre encore un peu ? J'ai besoin de rester ici encore un moment, lui confié-je, tentant de masquer le tremblement dans ma voix.

Il me regarde, son appréhension évidente, mais il acquiesce.

— D'accord, mais ne tarde pas trop.

Je lui adresse un sourire forcé, m'approche à nouveau du stade, et m'allume une cigarette, mes mains tremblent sous l'effet du stress et de l'émotion contenue. La fumée s'élève en tourbillons pâles dans l'air frais du soir, chaque bouffée me calme un peu et stabilise les battements désordonnés de mon cœur.

Je marche lentement vers l'entrée encore animée. Les gens passent à côté de moi, en riant, parfois en discutant du match. Ils ne savent pas, ne peuvent pas comprendre les tourments qui me rongent. Pas celui d'il y a quatre ans, mais celui de la Sofia qui a dû combattre ses démons.

Mon retour sur ce terrain n'est pas juste un caprice : c'est une nécessité. Je dois les voir encore une fois, ceux qui ont façonné tant de mes jours, pour le meilleur et pour le pire. Je m'arrête à l'entrée qui donne sur la glace. Le bruit s'estompe un peu, les échos des acclamations se fondent dans les bruits de la nuit.

Je tire une dernière bouffée de ma cigarette avant de l'écraser sous mon talon. Les larmes menacent de couler, mais je les refoule. C'est une force nouvelle qui m'anime maintenant, la décision sous une couche de nostalgie.

Et j'entre.

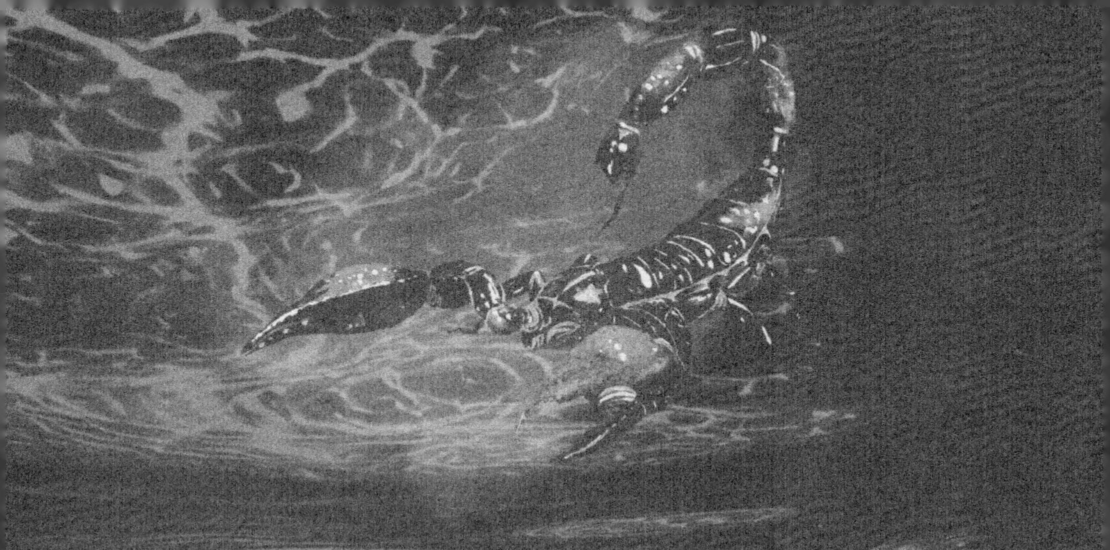

CHAPITRE 82

DEAN

L'atmosphère dans les vestiaires est électrique, imprégnée de la joie et des cris de victoire de mes coéquipiers. Les casiers claquent, les serviettes volent, et l'air est chargé de cette euphorie brute qui suit une victoire bien méritée. Chacun y va de son commentaire, riant, échangeant des tapes amicales ou des accolades.

Mais au milieu de cette célébration, je me sens toujours aussi détaché, comme si je flottais à la périphérie de ma propre vie. Les rires et les hurlements autour de moi semblent provenir d'une autre dimension, là où le bonheur est encore possible, là où les cœurs ne sont pas brisés par les secrets et les trahisons.

Je m'assois sur un des bancs, mon regard fixé sur mes mains jointes, les doigts encore marqués par le froid de la glace. Mon esprit, cependant, est ailleurs, happé par cette image qui me hante sans cesse : Sofia, ses yeux emplis de désespoir et de chagrin, tombant dans le vide. Cette scène se rejoue encore et encore, chaque détail gravé avec une précision cruelle dans ma mémoire, même après les années.

Eden claque sa main sur mon épaule, me sortant brusquement de mes pensées.

— Mec, tu devrais voir ta tête. On dirait que tu as perdu et non gagné. Allez, souris un peu !

Je force un sourire, un de ceux que j'ai appris à maîtriser au fil des ans, pour cacher la tempête intérieure.

— Ouais, désolé, juste un peu fatigué, je suppose, mens-je, espérant qu'il achète cette excuse.

Parker s'approche avec deux bières à la main, qu'il a volées dans la salle des VIP, et m'en tend une.

— On laisse pas Bébé dans un coin. Bois ça, ça te remettra d'aplomb.

Je prends la bière, mes doigts serrent le froid de la canette, la condensation se mélange à la sueur de mes paumes.

— Merci, mec, dis-je, et je prends une longue gorgée, laissant l'amertume de la levure remplir ma bouche pour masquer l'animosité de mes pensées qui ne me quittent plus.

Certains traversent le deuil comme on traverse une rue. Ils se couvrent d'un manteau de convenances, pleurent deux larmes calibrées, puis reprennent la marche.

D'autres plongent tout de suite dans la dope. Ils se gorgent d'ecstasy, de poudre ou de sirop, persuadés que le néant liquide lavera la plaie.

Moi ?

Moi, je suis tombé d'un seul bloc dans un gouffre le jour où Saul m'a tendu ce faire-part. Une enveloppe ivoire, propre, trop propre, et à l'intérieur, une photo de mon poison. Son visage, figé dans un sourire qui n'existera plus jamais. « Décédée ». Un mot, sept lettres, la fin de toutes les équations.

Depuis, l'air a la densité du bitume. Chaque inspiration racle mes poumons comme du verre pilé. On dit que le temps recoud, mais le temps, je le bois cul sec. Et plus j'engloutis, plus le trou se referme au-dessus de moi.

Je veux croire que l'alcool assomme la bête, mais elle griffe quand même, juste plus bas, là où personne ne voit.

Peut-être que j'aurais pu remonter si elle avait survécu. Peut-être qu'un souffle, même brisé, suffit pour accrocher une corde. Mais il ne reste que sa photo qui décore ma table de chevet, les condoléances empaquetées, et moi, un naufragé volontaire qui regarde l'horizon rétrécir sans avoir la moindre envie de battre des bras.

Saul, toujours observateur, s'assoit à côté de moi, son expression plus sérieuse.

— Tu sais que tu peux parler si quelque chose te tracasse, non ?

Je hoche la tête, une part de moi désireuse de tout déverser, de partager ce fardeau qui alourdit mon âme. Mais comment leur rappeler que la femme que j'ai aimée a mis fin à sa vie par ma faute… Comment leur expliquer que malgré tout ce que nous avons partagé, elle a cru que je pourrais être son ennemi ? Alors qu'eux semblent avancer, durement, mais ils y arrivent…

— Je vais bien, répété-je dans un murmure. Juste le poids de quelques vieux démons.

Les garçons acquiescent, acceptant ma réponse sans plus de questions, retournant à leur célébration. Je reste là, buvant et observant ; le fantôme de Sofia plane toujours autour de moi, une présence aussi palpable que la bière dans ma main.

Les rires et les chants reprennent autour de moi, je réalise que gagner un match est facile.

C'est vivre avec les conséquences de nos actions, le vrai défi.

Je me lève, l'âme lourde et le cœur serré, puis annonce à l'équipe que je vais rentrer. Rester ici plus longtemps me semble insoutenable. Depuis sa disparition, chaque victoire, chaque célébration me rappelle à quel point elle a bouleversé mon monde, laissant un vide que ni le temps, ni les succès, ni même le rire de mes potes ne peuvent combler.

Même mettre en cendres Velvet Sin n'a pas été un soulagement…

J'attrape mon sac, glisse ma cigarette entre mes lèvres, déjà allumée, la fumée m'entoure comme un voile protecteur contre les regards curieux. Qu'on me dise de l'éteindre et je cramerai ce stade de la même manière que lorsque je l'ai perdue. Alors que je franchis la porte des vestiaires, mon regard est capturé par une silhouette qui passe la porte de sortie.

Mes pas ralentissent involontairement. *Ce n'est pas elle,* me dis-je.

Je secoue la tête, tente de chasser l'illusion, c'est juste mon esprit qui me joue des tours.

Je quitte le stade, mes yeux scannent machinalement les environs, une habitude prise après des années à surveiller mes arrières, jusqu'à ce que mon regard s'accroche sur la silhouette qui se détache dans la semi-obscurité du parking.

Ses cheveux ne portent pas les couleurs de l'arc-en-ciel que je connaissais si bien, et sa démarche est différente : plus réservée, méfiante. Mais quelque chose en elle capte mon attention, un écho lointain de quelque chose de familier. Mes pas ralentissent, mon cœur bat plus fort, et malgré moi, je me sens attiré par cette inconnue qui semble partager des traits avec celle qui hante mes rêves.

Elle tourne la tête subtilement, la lumière de la lune se reflète sur son visage, illuminant ses traits pour un instant fugace qui me coupe le souffle. Mon sac glisse de mon épaule et tombe au sol dans un bruit sourd, mais je ne le remarque même pas. Ma voix s'élève malgré moi.

— Comment tu t'appelles ?

Elle s'arrête, comme si mes mots avaient le pouvoir de la retenir. Il y a une hésitation, un moment suspendu où tout semble possible. Puis, sous le regard argenté de la lune, elle se retourne complètement, ses yeux dissimulés sous une frange sombre scrutent les miens à travers la distance qui nous sépare.

Il y a un battement, un instant où je pense qu'elle va répondre, qu'elle va briser le silence qui s'est installé entre nous. Mais au lieu de cela, elle se détourne et accélère le pas vers une voiture garée un peu plus loin. Chaque foulée m'éloigne un peu plus d'une réponse que je n'obtiendrai peut-être jamais.

Je suis figé, le regard établi sur la voiture dans laquelle elle disparaît, sentant une vague de frustration et de confusion m'envahir.

Qui est-elle ? Et pourquoi ai-je l'impression d'avoir raté quelque chose d'important, quelque chose qui aurait pu changer le cours de cette soirée ?

Je laisse le soleil de Biarritz caresser mon visage, tentant d'apaiser les tumultes de mon esprit. Chaque bouffée de cigarette semble emporter avec elle une fraction de mes pensées noires, mais elles reviennent, plus persistantes à chaque fois. Les visions de cette silhouette sur le parking s'entremêlent dans mes rêves avec les souvenirs de Sofia, créant un mélange déroutant d'émotions et de regrets.

Saul débarque, sa démarche lourde trahit son propre poids de préoccupations. Il s'adosse à la rambarde à côté de moi et me lance un regard scrutateur.

— Il va falloir parler, mec, parce que vu ta sale gueule, à un moment, tu vas finir par exploser.

Je lâche un rire sans joie, expire la fumée vers le ciel clair.

— Tu penses ? Je suis juste un peu fatigué, Saul.

Il fronce les sourcils, clairement pas convaincu par ma tentative de minimiser les choses.

— Dean, depuis que…

Il s'arrête, laisse son regard se poser sur l'horizon, évitant le seul mot insupportable à prononcer pour qui que ce soit dans cet appartement.

— Tu traînes cette tête. Je te connais, quelque chose te ronge.

Je balance le mégot de ma cigarette et le regarde fixement, réalisant que je ne peux plus vraiment me cacher, pas devant lui.

— C'est compliqué, mec. Chaque fois que je ferme les yeux, je la vois et j'entends ce putain de bruit, ces derniers mots. C'est comme si le passé ne voulait pas me quitter.

Il se passe une main dans les cheveux, clairement inquiet.

— Tu sais, peut-être que c'est ton esprit qui essaie de te dire quelque chose. Tu ne trouveras pas de réponses en fumant ici tout seul.

Je soupire, le cœur lourd, mais reconnaissant pour sa présence.

— Peut-être que tu as raison. Je… je ne sais pas quoi faire, avoué-je en me frottant le visage.

— Elle nous manque à tous, mais toi… J'ai la sensation que plus les années passent, plus ça devient compliqué pour toi, décrète-t-il en scrutant l'horizon.

Je ne réponds pas, le silence le fait pour moi. Saul pose sa main sur mon épaule, un geste de soutien fraternel, avant de se laisser tomber sur la chaise à mes côtés. Je souris tristement, reconnaissant envers lui pour ses mots, même si je doute que quelque chose puisse vraiment apaiser l'ouragan que je suis devenu.

Un monstre, oui… mais un monstre endeuillé, ravagé par sa propre colère.

Je passe mes doigts sur ma poitrine, j'ai lacéré au couteau la seule chose qu'elle avait osé poser sur moi : sa marque, son territoire.

Eden et Parker déboulent dans l'appartement. L'un rit, l'autre balance un sac sur le comptoir. Ils semblent excités, une énergie nouvelle palpable dans leur démarche.

— On a une nouvelle voisine ! déclare Eden en se laissant tomber sur le canapé.

Saul lève les yeux au ciel avec une lassitude feinte.

— Et ça recommence, marmonne-t-il, un sourire en coin malgré son ton légèrement désabusé.

— Non, elle emménage juste au-dessus, ricane Eden pour alléger l'air.

— Elle a un prénom, celle-là ? Ou on continue de les classer par étage et par degré de problème potentiel ? rétorque Saul.

Parker, adossé contre l'ouverture du PVC, rebondit sur les mots.

— On devrait aller lui faire un coucou, non ? Pour la bienvenue et tout ça.

Eden hoche la tête avec enthousiasme.

— Ouais, ça serait sympa. Tu viens avec nous, capitaine ?

Je soupire profondément. L'idée de rencontrer notre nouvelle voisine me pèse d'avance.

— Allez-y sans moi, refusé-je en m'appuyant davantage contre la rambarde, observant le contre bas.

J'entends la porte claquer derrière eux. À peine ai-je allumé ma cigarette que j'aperçois au-dessus de moi des cheveux couleur chocolat.

La femme du parking.

— Je vais finir par croire que tu me traques, lancé-je, un demi-sourire aux lèvres, il est faux, mais personne n'a besoin de le savoir.

Elle baisse les yeux vers moi et ma cigarette me glisse des doigts.

— Sofia…

Sans attendre une seconde de plus, je me précipite hors de l'appartement et me rue dans l'escalier. Je monte les marches quatre à quatre, bousculant Eden et Parker qui s'apprêtaient à frapper à la porte.

— Putain, Dean, souffle Parker.

Ils se retiennent de rire alors que je malmène la sonnette, l'impatience et la frustration se forment sur mon visage. La porte s'ouvre enfin, sur un visage familier, mais non désiré. L'officier Nathan nous dévisage avec une surprise non dissimulée.

Sans une parole, je le bouscule sur le côté, pénétrant dans l'appartement. Mon regard balaie frénétiquement chaque coin à la recherche de celle que je ne peux oublier.

— ELLE EST OÙ ? exigé-je en ouvrant violemment chaque porte, chaque placard, mon cœur battant à tout rompre.

Eden et Parker suivent à la traîne, échangeant des regards inquiets, mais curieux. Nathan récupère de son accueil peu chaleureux, me suit de près, tentant de calmer le jeu.

— Dean, calme-toi, elle n'est pas ici, dit-il d'une voix ferme, mais contrôlée, essayant de me raisonner.

Elle est vivante…

Je défonce la dernière porte avec l'épaule, haletant comme une bête traquée. Chaque pièce vide me donne l'impression de m'écraser un peu plus dans un puits sans fond.

— SI ! Elle était sur le balcon ! Elle fumait sa putain de clope, lâché-je entre mes dents serrées, frustré de ne pas la trouver.

Je m'arrête net, le souffle court, et réalise soudainement que je ne suis pas en train de chercher une femme, mais mon putain de point d'ancrage.

CHAPITRE 83

SOFIA

Vous êtes-vous déjà retrouvé dans une situation totalement hors de votre contrôle, avec ce besoin irrésistible de rester proche de l'homme qui a conquis votre cœur, il y a des années malgré la douleur, pour le sentir à nouveau battre après une rencontre inattendue sur un parking en pleine nuit ?

Avez-vous déjà décidé, sur un coup de tête, de revenir vivre près de lui, près d'eux… avant qu'ils ne découvrent votre présence ?

C'est assurément l'idée la plus stupide que j'ai eue, surtout après avoir entendu la porte de son appartement claquer et la sonnette du mien retentir.

Nathan m'avait prévenue, mais je suis trop têtue, trop… prise par ce besoin de veiller sur eux… sur lui.

Contrairement à il y a quatre ans, lorsque j'ai choisi de sauter dans le vide, je me retrouve maintenant sur le balcon, sous les yeux scrutateurs de Saul. Sa cigarette est suspendue entre ses lèvres, et je me sens piégée par cette deuxième idée stupide prise en quelques minutes seulement.

J'entends Dean hurler à l'étage au-dessus, je tente de me faire toute petite, espérant qu'il ne pense pas à chercher ici, sur son propre balcon.

Mais, comme si le destin se moquait ouvertement de mes tentatives de discrétion, Saul me fixe avec une intensité déconcertante. Il ne dit rien, se contente de m'examiner, analysant probablement la situation étrange dans laquelle je me suis mise. J'entends les pas de Dean se rapprocher, sa voix forte résonne à travers les murs fins, et mon cœur se serre.

Pourquoi suis-je revenue ? Pourquoi ai-je pensé que cela pourrait fonctionner, que je pourrais observer de loin sans jamais être impliquée à nouveau ?

Les émotions que j'avais tenté d'enfouir refont surface, aussi puissantes et déchirantes qu'à l'époque.

Saul se lève et s'avance vers moi, chaque pas est un coup de marteau sur le béton. Ses yeux, normalement pleins de méchanceté, portent une lourdeur sombre tandis qu'il me regarde avec une intensité brûlante.

— Je te croyais morte, Arc-en-ciel, murmure-t-il, sa voix rauque trahit une émotion contenue.

Je recule d'un pas, cherche une échappatoire, mais la murette me stoppe brusquement.

Il avance encore, son ombre s'étend sur moi en une couverture étouffante. D'une main ferme, il soulève mon menton, m'obligeant à le regarder dans les yeux, et je perds le souffle sous son toucher.

— Tu l'as tué en sautant, tu sais ça ? Plus encore, quand on a reçu un putain de papier annonçant tes funérailles !

J'ai l'impression que le sol sous mes pieds s'effondre une seconde fois. Que la nuit où tout a basculé me rattrape avec violence. Que l'oxygène me manque. Que je suis redevenue cette fille désespérée, au bord du vide, mais cette fois… je n'ai plus la force de sauter.

Faire publier ma propre nécrologie, c'était mon coup de grâce. Disparaître sur papier pour qu'ils cessent à jamais de traquer le moindre frémissement de ma présence. Seule cette mort fabriquée pouvait cautériser la plaie, m'arracher au besoin maladif de revenir, et m'enchaîner à une distance que même mon cœur ne pourrait plus franchir. Et pourtant me voilà.

Il ne relâche pas mon menton. Ses doigts sont brûlants contre ma peau froide, et son regard noir fouille chaque parcelle de mon visage, cherchant… quoi ? Une confession ? De la honte ?

Il ne trouvera que du chaos.

Mon souffle se bloque.

— Pendant quatre ans, tu as continué à exister dans l'ombre alors qu'il te croyait morte et enterrée.

Un sourire froid étire ses lèvres, tandis qu'il caresse le contour de ma mâchoire du bout de son pouce. Un geste terriblement intime, qui me pousse à me raidir malgré moi. Saul n'a jamais été aussi proche. Pas comme ça. Pas avec cette douceur vénéneuse qui me donne envie de le repousser aussi fort que de me noyer dedans.

— Tu joues avec le feu, Arc-en-ciel, et crois-moi… lui ne joue pas.

J'ouvre la bouche pour répondre, mais c'est à ce moment précis que la porte d'entrée s'ouvre rudement, percutant le mur dans un claquement sec.

Dean est là.

Le souffle court, les traits tordus par la rage et une incompréhension totale. Ses prunelles charbonneuses passent de Saul à moi, s'arrêtant sur la main de son coloc qui encadre encore mon visage.

Puis, lentement, très lentement, il relève les yeux vers moi. Et je jure que je n'ai jamais ressenti un tel poids sur mes épaules.

Son regard me consume, gonflé d'une colère brute, d'un choc viscéral, et de quelque chose d'autre… quelque chose d'encore plus dangereux. Plus dévastateur.

Il n'a même pas besoin de parler.

Sa présence seule me foudroie.

J'ouvre la bouche, prête à m'expliquer, à dire quelque chose, n'importe quoi. Mais mon cerveau est une tempête enragée, et aucun mot ne parvient à franchir mes lèvres.

— Sofia, lâche-t-il enfin.

Mon nom, prononcé avec cette voix rauque et meurtrière, me donne envie de fuir. Je me force à relever le menton, à ne pas faillir sous la tempête que couvent ses pupilles noires.

Il exerce un pas vers moi. Un seul. Suffisant pour que mon cœur se loge dans ma gorge.

— Dis-moi que je deviens fou, gronde-t-il.

Saul recule, mais son sourire en coin ne disparaît pas. Il observe la scène, amusé et attentif, comme s'il assistait à un spectacle qu'il attendait depuis longtemps.

— J'allais justement lui poser la question, souffle Saul, nonchalamment. Visiblement, la morte est de retour.

Les poings de Dean se serrent.

— FERME TA GUEULE !

L'instant d'après, il est sur moi.

Son torse frôle mon corps, son odeur familière m'envahit, et sa main se referme sur ma gorge dans une prise brutale qui me rappelle combien j'aimais la trace qu'elle déposait sur ma peau. Il me force à le regarder, à affronter la tempête que j'ai provoquée.

— Explique-moi, ordonne-t-il. Tout de suite.

Je ferme les yeux une fraction de seconde. L'air me manque. Mon cœur hurle et, contrairement à ce que je croyais, je fonds sous ses yeux, sous sa poigne, comme si rien n'avait changé.

Un souffle de stupeur traverse la pièce quand Eden et Parker surgissent à leur tour, figés l'espace d'une seconde devant la scène irréelle qui se déroule sous leurs yeux. Puis, comme si un barrage venait de céder, ils se précipitent vers moi, leurs visages baignés de larmes et de soulagement, leur énergie explosive me percute de plein fouet.

Je n'ai même pas le temps de réagir qu'Eden m'attrape brutalement par les joues, m'extirpant de la prise de Dean sur ma gorge, ses mains tremblent. Il plaque une série de baisers sonores sur mon visage, éclate de rire entre deux sanglots incontrôlés.

— Putain, Maxime, balbutie-t-il, incapable de contenir son émotion.

Son front se colle brièvement au mien, son souffle saccadé par l'adrénaline, puis il m'éloigne à bout de bras pour me scruter comme s'il craignait que je disparaisse à nouveau sous ses yeux verts étincelants.

À mes pieds, Parker s'écroule à genoux dans un mouvement théâtral, ses bras s'accrochent désespérément à mes jambes comme si j'étais son dernier espoir de survie.

— Promets-moi que tu ne referas plus jamais ça, d'accord ? sa voix est grave, vibrante, mais un sourire en coin trahit la tension qui se relâche, accompagné d'une coulée de larmes sur ses joues.

Je cligne des yeux, sonnée, étouffée par leur présence, par cette avalanche d'amour qui contraste avec la rage glaciale qui pèse toujours dans l'air.

Dean, en retrait, reste figé, sa mâchoire serrée au point que je l'entends grincer. Ses poings sont toujours crispés, ses épaules raides, et son regard noir planté en moi.

Saul observe la scène avec un rictus amusé, les bras croisés sur son torse, savourant le spectacle grandiose. Comme s'il n'avait jamais cru à ma mort et… que je reviendrai un jour…

Mon cœur cogne douloureusement contre ma poitrine alors que je sens la tension entre Dean et moi reprendre possession de l'air, redevenu étouffant, oppressant.

Eden et Parker ne voient rien de tout ça. Ils continuent de m'englober de leur chaleur, de leurs étreintes, de leur amour, inconscients du fait que je suis toujours en équilibre sur le fil du rasoir.

— On ne te laissera plus jamais disparaître comme ça, Candy, murmure Eden en me serrant contre lui.

Je ferme brièvement les yeux, la gorge serrée.

Si seulement c'était aussi simple.

Si seulement je pouvais vraiment rester.

Si seulement Dean n'était pas là, à me regarder comme s'il était prêt à tout brûler.

— VOUS VOUS FOUTEZ DE MOI ?!

Sa voix claque comme un fouet, fendant l'espace en deux, balayant d'un seul coup la chaleur du moment.

Ils sursautent violemment et rompent immédiatement leur étreinte, comme deux gamins pris en faute. Leur euphorie fond en une fraction de seconde sous la tempête de colère qui consume l'homme qui m'a brisée, et à la fois préservée.

— Putain, Dean, calme-toi… commence Parker en levant les mains, mais il n'a pas le temps de finir.

Il le fusille d'un regard si noir que l'atmosphère semble vibrer sous la tension.

— Me calmer ? siffle-t-il, sa voix est si rauque qu'elle me hérisse la peau devenue brûlante. Vous chialez comme des gosses pendant que, MOI, je suis censé encaisser ça ?!

Il fend l'air d'un pas brutal, la colère vibre autour de lui comme un champ de mines prêt à éclater.

— Quatre ans ! rugit-il, sa voix fendue comme des éclats de verre. QUATRE PUTAINS D'ANNÉES où on l'a crue MORTE ! Quatre ans à trimballer cette tombe dans nos têtes, à étouffer chaque souvenir pour faire semblant de respirer !

Sa poitrine cogne sa cage thoracique à en faire trembler les murs. Ses yeux ne sont plus que deux orages en fusion qui crachent des étincelles qui pourraient réduire le balcon en cendres. La fureur lui laboure les traits, mais il refuse de me regarder, comme si ma simple existence pouvait raviver un incendie qu'il s'efforce de contenir.

— Et vous, bande de cons, tonne-t-il en fustigeant ses amis d'un geste sec, au lieu d'exiger une explication, vous l'accueillez comme si elle revenait d'un week-end spa ?!

Parker entrouvre la bouche, la referme aussitôt, vidé de toute répartie. Eden grince des dents, pris en étau entre la joie fébrile de me voir vivante et la fureur brute qui dévaste son ami.

— Elle est vivante… finit par souffler Eden, aussi calme qu'une lame posée sur la gorge de l'instant.

— Pas pour moi, tranche-t-il.

La phrase me transperce, nette, une balle logée au milieu du cœur. Il pivote, et ses yeux s'abattent sur moi.

Deux brasiers.

Aucune clémence.

Tout l'amour qu'il me restait est devenu projectile, prêt à m'arracher la peau mot après mot. Dans ce silence saturé d'électricité, le béton se dérobe sous mes pieds. La tempête qu'il porte promet de tout faucher. Moi la première.

— Toi ! crache-t-il, comme si le mot était une malédiction qui m'écorche au passage.

Il fond sur moi d'un pas sec, l'air se contracte, mon diaphragme refuse d'obéir.

— Tu vas m'expliquer ?

Sa voix tranche, acérée au point d'éclater mes tympans.

— Tu vas m'expliquer pourquoi tu respires encore alors que tu aurais dû pourrir depuis quatre ans, six pieds sous terre ?

Le hurlement s'est mué en grondement rauque, étouffé, d'autant plus terrifiant qu'il vibre sous la peau. Ses yeux me clouent, deux lames sombres qui refusent de cligner. Il veut me voir rompre, m'éparpiller en larmes et en gémissements.

J'avale ma salive, mon cœur cogne si fort que j'en entends la résonance dans mes os.

— Parle, Sofia, siffle-t-il, son visage à un souffle du mien.

Chaque mot brûle ma joue comme une braise. Je serre les mâchoires jusqu'à sentir l'émail craquer.

— Qu'est-ce que tu veux, Dean ? Que j'avoue avoir tout saboté ? Que je m'excuse d'être sortie de ma tombe ? Que je regrette de t'avoir laissé te consumer sans moi ?

Un ricanement glacé se tord sur ses lèvres, il n'y a aucune joie, juste du givre.

— Exactement, crache-t-il si près que son souffle colonise mes poumons. C'est ça que je veux entendre.

Dans la noirceur brute de ses pupilles, je vois tourbillonner la haine, la trahison… et l'autre chose… cette fissure qu'il maquille de rage, mais qui tremble quand même. Le désir meurtri, l'envie de m'arracher et de me garder tout à la fois.

D'un coup sec, son poing fracasse le mur à côté de mon visage. Le craquement du crépit lacère le silence, m'arrache un sursaut, mais je refuse de plier. Les larmes suffoquent au bord de mes paupières, prêtes à céder, et pourtant je reste droite sous ses yeux qui me disent tout.

Il me déteste autant qu'il me réclame, et ce paradoxe est la seule arme qu'il ne pourra jamais m'arracher. Il se penche encore plus, son regard assassin, ses lèvres à quelques centimètres des miennes, lorsqu'il crache :

— Dégage de chez moi et ne reviens plus *jamais* !

L'ordre claque comme un fouet. Il recule, s'apprête à disparaître, et mon corps réagit avant que je ne puisse réfléchir.

— DEAN !

Chapitre 84

Sofia

Le cri jaillit de mes entrailles, écorche ma gorge comme un éclat de verre. Il se fige, le dos contracté, ses omoplates prêtes à perforer sa veste, toute sa carcasse tendue sous la gifle de mon appel.

Je refuse qu'il m'abandonne à ce silence. Les mots jaillissent, tranchants, pleins de braises et de bile :

— Je suis sortie du coma il y a deux ans, Dean… et tu n'étais PAS LÀ !

Ma voix vacille, poignardée de sanglots muselés trop longtemps.

— J'ai passé un an à réapprendre à respirer sans machines, à supplier mes jambes de se souvenir comment avancer et encore une fois, tu n'étais PAS LÀ !

L'air me manque, mais la douleur me porte.

— Ils m'ont enfermée en psychiatrie parce que j'étais trop cassée pour le monde extérieur ! J'ai affronté seule les démons que ton absence ne cessait d'alimenter !

Les larmes affluent, brûlantes, sans ralentir le flot.

— Et malgré tout, putain… je suis revenue. Parce qu'au fond de ce gouffre, même brisée, je n'ai jamais cessé de penser à *nous*… à toi !

Le silence tombe comme un couverele de plomb. Eden et Parker restent figés, Saul esquisse ce rictus de prédateur fasciné… mais je ne vois plus qu'un seul homme.

Son dos est raide, ses muscles vibrent d'une tempête qu'il contient à peine. Puis, comme s'il arrachait ses propres chaînes, il pivote.

Ses yeux se plantent dans les miens et tout implose.

— TU CROIS QUE C'ÉTAIT FACILE ?!

Le balcon tremble sous son hurlement brut, saturé d'une douleur à vif. Il fond sur moi, ses traits déformés par une rage qu'aucun mot ne pourrait contenir.

— TU PENSES QUE J'AI RECOMMENCÉ À RESPIRER COMME SI TU N'AVAIS JAMAIS EXISTÉ ?!

Je recule jusqu'à heurter le mur… pas de fuite possible. Son ombre me recouvre et je sens la chaleur féroce de sa colère me dévorer la peau.

— Je revis ta chute chaque nuit depuis quatre putains d'années ! Le claquement de tes os sur l'asphalte, ta tête baignant dans ce halo de sang…

Sa voix craque, se brise sur ses propres images.

— CHAQUE… PUTAIN… DE NUIT !

Il lutte pour respirer, sa poitrine convulse autant que les veines saillantes dans son cou.

— J'ai tout essayé pour t'expulser de mes veines : j'ai vidé des bouteilles, j'ai baisé des inconnues, j'ai détruit tout ce qui approchait ma main, mais rien n'a suffi, parce que tu restais là !

Il fracasse le mur encore, gypse et poussière pleuvent, la baie vitrée vibre comme un cœur à l'agonie.

— Toujours là, putain… toujours… là…

Le dernier mot s'étouffe dans un sanglot invisible. Les ruines de sa rage tremblent au bord de ses cils. Sous la fureur, je vois enfin l'homme éventré par mon absence… un survivant qui ne sait plus quel morceau de lui peut être sauvé.

Le silence retombe, lourd comme un couvercle de plomb. Il ferme brutalement les paupières, sa poitrine tressaille, chaque bouffée d'air l'écorche de l'intérieur. Ses poings lacérés tremblent, ses épaules s'affaissent sous un fardeau invisible et, d'un coup, toute sa rage s'effondre. Ses genoux cèdent et il s'abat devant moi, brisé, étranglé par un sanglot qu'il tente encore d'ensevelir.

Je reste figée.

L'indestructible, celui qui tenait le monde à bout de bras, gît à mes pieds, en ruines. Ses mains se nouent dans ses cheveux, cherchant à arracher la douleur à sa racine.

— PUTAIN…

Le mot râpe sa gorge, un gémissement impossible à contenir.

— Quatre ans… Quatre années à respirer sans toi, à simuler chaque jour que tout allait bien… Et toi, tu réapparais comme si je pouvais juste, accepter ça !

Sa voix s'étrangle, mais il pousse encore, ses épaules vibrent de soubresauts incontrôlables.

— Tu veux savoir ce que ça fait, Sofia ? souffle-t-il, la voix écorchée vive.

Il baisse la tête, ses épaules secouées par des tremblements qu'il ne cherche même plus à contenir.

— C'est crever à vide, Sofia : un poison mortel qui n'attaque que lorsqu'il est privé de toi. C'est mourir… encore, et encore, et encore. Chaque putain de jour. Chaque putain de seconde.

Je m'effondre à genoux, incapable de supporter la distance. Son désespoir me broie la cage thoracique. Je prends son visage entre mes paumes tremblantes, puis le force à affronter mes larmes.

— Je suis désolée… tellement désolée.

Mes mots se brisent, fragiles. Il serre les paupières, mes excuses l'ouvrent en deux, au lieu de le recoudre. Quand il rouvre les yeux, c'est une agonie nue qui hurle dans ses prunelles.

— Tu m'as détruit, Sofia… et je suis incapable de te haïr pour ça.

Les syllabes tombent entre nous comme des lames affûtées. Je me penche, nos fronts se touchent, laissant nos souffles porter le poids de tout ce qu'on n'a jamais su dire, tout ce qu'on n'a jamais su réparer. Mes larmes coulent contre sa peau, des aveux en fusion.

— Moi non plus… je n'ai jamais cessé de te désirer, te chercher, te respirer.

Il cherche la vérité au fond de mes iris, hésite, puis me tire contre lui avec une douceur désespérée, prête à m'engloutir. Je ne lutte pas.

Même noyés dans ce chaos, dans cette douleur qui lacère nos chairs, il reste l'unique ancre qui puisse encore sauver ce qu'il possède toujours : mon cœur.

Je tremble de tout mon être, scellée à son chagrin, à sa rage, à notre amour. Un amour si dévastateur qu'il ne laisse après lui qu'un champ de ruines… mais des ruines que je choisirai encore et encore, jusqu'à ma dernière respiration.

Mon corps, mon esprit, mon âme entière hurlent pour un seul nom. Nos peines se reconnaissent, se cherchent, s'agrippent.

Avec une main hésitante, je touche sa joue ruisselante de gouttes. Sa peau brûle sous mes doigts froids. Il ferme les yeux, comme si ce contact lui faisait mal et pourtant, j'ai la certitude glaçante que sans moi, il survivait.

Avec moi, il ne fait qu'exister.

— Je suis là, le rassuré-je, ma voix brisée, à peine audible tant la douleur me submerge.

Son visage se contracte violemment. Ses lèvres tremblent. Un sanglot rauque, profond, lui lacère la gorge, et il s'effondre contre moi, ravagé par la tempête qu'il ne parvient plus à contenir. Ses bras se referment avec la force d'un étau, son front s'écrase dans mon cou, et son souffle haché martèle ma peau comme un ouragan enragé.

Je l'enlace fort, à en laisser l'empreinte de mes doigts dans son dos.

Aussi fort qu'il m'a manqué.

Aussi fort que je l'aime.

Il n'existe plus de mots ; seulement le fracas de nos cicatrices s'entrechoquant dans le noir.

Son haleine ardente heurte ma clavicule, ses épaules tremblent sous une tension explosive. Son cœur cogne à un rythme de bélier prêt à défoncer sa cage.

— Si t'es revenue pour disparaître encore… grogne-t-il, un filet de voix guttural, lacéré de menace.

Il aspire d'un coup, comme si chaque syllabe lui coûtait un morceau d'âme.

— Alors passe cette porte tout de suite et ne reviens jamais.

Mon propre cœur se contracte, mon ventre se noue d'une douleur brutale. Ses doigts crispent ma peau avec une supplique mêlée de rage.

— Si tu comptes encore te jeter dans la gueule du danger, nous pulvériser une seconde fois…

Il recule d'un rien, ses yeux sombres, chaotiques, s'accrochent aux miens, bordés d'un gouffre.

— Éloigne-toi. Éloigne-toi de moi. Je préférerais te sentir froide dans mes bras que te perdre à nouveau.

Je hoche la tête, des larmes brouillent ma vue, mais il ne me laisse pas enfouir mes excuses.

— Parce que, putain, Sofia, si tu m'échappes encore… je jure de t'arracher au néant, quitte à l'incendier pierre par pierre.

Ses paroles s'infusent en moi comme un venin brûlant.

— Je n'ai jamais autant crevé en trente et une putains d'années que le jour où tu m'as abandonné, renifle-t-il.

Le silence avale sa confession. Il baisse les yeux, honteux de l'aveu qui l'écorche.

— Sofia…

— Dean… réponds-je, dans un souffle, et c'est l'ancre qui le retient.

Nos regards se consument. Je brise l'espace restant, encadre son visage tendu de mes paumes et je l'embrasse férocement, désespérément, avec la violence d'un manque irréparable et la promesse tremblante d'un pardon encore sanglant.

Il frémit, puis laisse éclater un grondement guttural contre ma bouche, plus instinctif qu'humain. Ses bras claquent autour de moi dans une étreinte violente, quasi meurtrière, préférant me réduire en éclats plutôt que me laisser filer. Sa langue fauche mes dernières défenses, sauvage et possessive, imprimant son territoire au plus profond de ma gorge jusqu'à effacer le monde.

Il m'écrase contre son torse, tel un bouclier, une geôle, et nos souffles heurtés se nouent en spirale, douleur sous un désir indissociable. Dans cette fusion ravagée, la vérité m'atteint comme un éclair.

Je suis l'unique raison qui le maintient debout, et lui, l'obsession qui me tient en vie.

Je ne veux plus jamais qu'il desserre ses bras. Même si c'est la promesse de notre chute, qu'il me garde contre lui, jusqu'à ce que le monde s'éteigne… et nous avec.

Chapitre 85

Sofia

Un bruit retentit derrière. Puis un autre. Une avalanche de peau et de bras s'écrase sur nous, et je me retrouve emprisonnée entre Dean, Eden et Parker, dans une étreinte qui broie mes dernières résistances.

— Putain, vous auriez pu prévenir ! râle Dean sans réelle colère, refusant de me relâcher.

Parker éclate en sanglots, tout en enfouissant son visage contre mon dos.

— On n'a jamais cessé de t'aimer, espèce de conne ! lâche-t-il, désespéré, ses bras se serrant autour de mon ventre. Même sans tes putains de cheveux licorne !

Eden rit et pleure à la fois, son souffle chaud contre ma peau.

— C'est vrai que t'as perdu tes couleurs, mais putain, t'es toujours notre Arc-en-ciel.

Je ris, les larmes dévalent mes joues. Dean blottit son visage contre mon cou, silencieux, mais sa prise est ferme, sans compromis. Puis une voix s'élève, froide, tranchante comme un couteau.

— Alors, Sofia ? Tu veux toujours partir, ou tu restes ?

Je relève vivement la tête. Sur le balcon, Nathan nous observe, les bras croisés, un sourire énigmatique flotte sur ses lèvres.

Un frisson glacé parcourt ma colonne vertébrale. Mais une autre voix répond avant que je puisse réagir, plus froide encore, plus dangereuse.

— Si tu pars, c'est moi qui te jette dans le vide.

Saul.

Sa menace flotte lourdement dans l'air, un avertissement brutal et irrévocable. Je pose mes yeux sur lui. Il est adossé au mur, sa cigarette se consume entre ses doigts, son regard sombre me transperce dans un piège mortel.

— Alors ? persifle-t-il, doux comme un bourreau qui caresse la corde. Tu restes ou tu sautes, Arc-en-ciel ?

Dean se tend aussitôt, ses muscles bandés, sa mâchoire serrée, prêt à se jeter avec moi s'il le faut.

— Ferme-la, aboie-t-il, telle une bête au bord de la rupture.

Saul ne bronche pas. Un sourire mince lui découpe le visage tandis qu'il plante ses yeux dans les miens, exigeant une réponse comme on exige un dernier souffle.

Eden et Parker retiennent le leur, l'amour et la terreur à nu sur leurs traits. Nathan, impassible, croit déjà connaître la fin de l'histoire.

Je suis l'épicentre de leurs peurs, le jouet de leurs paris.

Je respire. Une seule gorgée d'air, si coupante qu'elle me raye les poumons. Je fixe Saul, puis Nathan, puis l'homme qui possède encore tout ce qu'il reste de moi.

Ses prunelles me calcinent, m'implorent. Elles m'encerclent mieux que ses bras.

Ma gorge se noue, mais je crache les mots comme des balles :

— Vivre.

Un souffle. Un verdict.

Tout ce que je n'ai jamais réussi à faire.

Il est temps de Vivre.

Les bras de Dean se resserrent comme s'il venait enfin de reprendre vie. Eden et Parker éclatent d'un sanglot libérateur, resserrant leur étreinte, tandis que Saul esquisse un sourire satisfait, éteignant sa cigarette, puis s'approche et m'embrasse le haut de la tête.

Nathan, sur son perchoir, dodeline du menton, après avoir obtenu la réponse qu'il espérait tant entendre.

Mais tout ça n'a plus d'importance. Parce que maintenant, je suis exactement là où je veux être : dans leurs bras. Dans ses bras.

Sa main plaquée dans mes cheveux, son autre serrée autour de ma taille. Je l'entends respirer trop fort.

— Putain… sa voix est rauque, tremblante. Tu vas vraiment me tuer.

Ses doigts roulent sur ma nuque et il enfouit son visage dans mes cheveux, comme s'il essayait de s'accrocher à moi pour ne plus jamais le fuir.

— Bon, c'est hyper mignon tout ça, vraiment

La voix d'Eden brise le moment, Dean se raidit.

— Mais vu la tournure dramatique que ça a pris, j'aimerais juste qu'on clarifie un truc…

Il nous fixe tous les deux, puis se tourne vers Parker, faussement perplexe.

— Elle a dit *« Vivre »*, hein ? Pas *« Vivre avec toi, Dean »* ?

Il pointe le détail comme on plante une épingle dans un insecte.

— Ouais, admet Parker en hochant la tête, c'est… vaguement ouvert à interprétation, en fait, ajoute-t-il en se frottant le menton.

Il tapote mon bras d'un air grave.

— Donc, *techniquement*, elle pourrait très bien vivre avec nous et pas forcément avec lui.

— Oh, tu vas la fermer, oui ? gronde Dean, les mâchoires serrées, sous un regard ombreux comme la nuit.

Parker savoure son triomphe sous un sourire carnassier.

— Dis-moi que j'ai tort… Juste pour voir.

Eden plisse exagérément les sourcils, faussement pensif.

— Ça mérite réflexion. Si elle reste, on devrait fixer des règles claires : planning câlins, rotation des nuits, qui l'embrasse.

— Dégagez, ordonne Dean, une menace brute filtrant entre ses dents.

— Pardon ? fait Parker, outré de politesse.

— Maintenant. Dégagez.

Eden s'éclipse en retenant un fou rire, tandis que Parker reste scotché à moi, bien décidé à tester la résistance de la bombonne.

— Allez, un petit débat démocratique…

Dean l'empoigne par le col et le repousse sans ménagement.

— DE–GA–GE.

— OK, OK ! capitule-t-il, mains levées.

Il recule de deux pas, se penche vers Eden et chuchote (beaucoup trop fort) :

— Franchement, elle aurait dû dire *« Vivre, mais sans Dean »*. Ç'aurait été *épique*.

— PARKER, JE TE JURE ! rugit mon obsession.

Les deux comparses explosent de rire et détalent hors de portée avant de se faire happer. Je secoue la tête, mi-attendrie, mi-épuisée.

— Ils finiront par me rendre dingue, soupiré-je, lasse… mais pleine d'affection.

Je relève les yeux vers lui. Un sourire effleure mes lèvres et je sens l'étincelle de la provocation allumer mon regard.

— Mais toi…

Il se tourne brusquement, un soupçon dans la rétine.

— … si tu continues à grogner comme ça…

Ma voix se fait satin, faussement ingénue. Je penche la tête, mordille ma lèvre juste assez pour attiser l'incendie.

— … je vais littéralement asperger ce balcon.

Le silence tombe, dense et chaud. Son regard bascule de la surprise à l'agacement, puis à une fascination qu'il déteste devoir admettre. Il ferme les paupières une seconde, repousse le sourire qui menace de s'échapper, et soupire.

— Toi aussi, tu vas finir par me rendre complètement *fou*, murmure-t-il, la voix râpeuse, traversée d'une tendresse rugueuse qui me fait vibrer jusqu'à l'os.

Son regard glisse sur mon visage, ses yeux s'adoucissent malgré la lassitude évidente de ses traits. Puis, sans avertissement, sa main glisse dans mes cheveux, une caresse instinctive d'une douceur qui contraste brutalement avec la tension précédente. Son pouce effleure délicatement ma joue et trace une ligne invisible sur ma peau embrasée. Un frisson puissant parcourt instantanément ma colonne vertébrale, me laissant haletante, suspendue à son geste.

Il soupire à nouveau, plus doucement cette fois, son regard sombre fixe le mien avec une intensité désarmante. Puis, comme s'il se parlait à lui-même, il murmure dans un souffle rauque, profondément sincère :

— Putain, tu m'as manqué, mon poison…

Ces simples mots me percutent violemment, me coupent le souffle. Mon cœur fond, mon ventre se noue délicieusement, tandis que les larmes cheminent sur mes joues.

Ma voix n'est plus qu'un murmure doux, mais ferme, chargé de la promesse que je compte bien tenir jusqu'à mon dernier souffle.

— Je suis là, Dean.

Je suis là… pour de bon.

Épilogue I

Dean

J'étais un roc, un capitaine sur la glace comme dans la vie, froid, intraitable, inatteignable. Saul et moi partagions ce besoin de maîtriser la violence, de canaliser la rage qui nous rongeait. Eden et Parker jouaient l'allégresse, l'extravagance, pendant que je restais l'axe immuable. Fermé, mais fiable pour eux. On avançait ensemble pourtant, moi, je n'ouvrais jamais la porte de mes sentiments.

Puis elle est arrivée avec ses cheveux criards, ses vêtements qui attirent trop les regards, et j'ai compris ce que ça faisait de perdre ce « contrôle absolu » que je chérissais. Elle a tout bousculé. J'ai essayé de résister, je me persuadais que j'étais au-dessus d'elle, mais la vérité est simple : je me suis laissé posséder. Elle s'est immiscée dans mes pensées, a brisé mes défenses. Les autres ont suivi ce mouvement chaotique, fascinés autant que moi.

Et, je suis tombé le premier.

À sa mort, j'ai feint de reprendre mon masque. J'étais à nouveau Dean, le capitaine infaillible. Mais je me suis rendu compte que ça sonnait creux. Parce que dans le silence laissé par son absence, je n'étais plus qu'un monstre sans flamme. Mes potes l'ont vu, mais personne n'a osé mettre des mots dessus.

Une faille, un trou béant au fond de ma poitrine.

Pourtant, elle est là à nouveau. On est cinq, et malgré les apparences, on survit dans cette dynamique tordue, nos besoins s'emmêlent, se déchirent et se lient plus fort qu'avant. Je la possède, elle me possède. C'est un équilibre étrange où les autres trouvent leur place, à la fois indispensables et conscients que rien ne changera le fait qu'elle m'appartient.

L'air est saturé de tension et d'électricité. Sur l'écran, le film d'horreur continue. On entend des cris percer l'obscurité, mais ici, le vrai carnage, c'est nous. Sofia est piégée contre ma poitrine, ses jambes écartées par mes ordres, la plante de ses pieds enfoncée dans les sièges avant, son corps livré à nous quatre. Elle n'a plus de contrôle, plus de liberté.

Mes doigts autour de sa gorge serrent juste assez pour qu'elle comprenne qu'elle n'a aucune échappatoire. Sa poitrine se soulève violemment, son souffle se brise sous la pression tandis que ses mains s'activent autour des queues qui l'entourent.

Et j'adore cette vision, son abandon, sa soumission totale.

— Elle est parfaite comme ça, murmure Saul, son regard noir se pose sur la marque au-dessus de son cœur.

Eden effleure la lettre du bout de sa langue, un sourire amusé au coin des lèvres.

— Elle marque bien. C'est comme si son corps hurlait qu'elle nous appartient.

— Correction, grogné-je en resserrant encore ma prise sur elle, alors qu'elle tente de relâcher le gémissement qu'on lui arrache. Elle est à moi. Vous ne faites que jouer avec.

Parker, toujours à genoux entre les sièges du cinéma, lève les yeux vers moi, ses lèvres luisantes de cyprine.

— Possessif, comme toujours…

Je ne réponds pas. Je plante mes doigts dans les hanches de Sofia, la sentant trembler entre nous.

— Tu veux qu'on arrête, princesse ? murmure Saul, sa bouche traçant une ligne de feu sur son ventre, alors que ses doigts s'animent dans son cul serré à chaque va-et-vient que j'anime dans sa chatte.

Elle ne répond pas, son souffle erratique, perdu.

— Réponds, ordonne Eden, ses doigts agrippant sa mâchoire pour la forcer à nous regarder.

Ses yeux sont grands ouverts, dilatés, fiévreux. Elle avale sa salive, hésite, puis, d'une voix faible, mais résolue :

— Non…

Nous échangeons un sourire complice. Je glisse mes lèvres contre son oreille, mon souffle brûle sa peau marquée.

— À qui appartiens-tu, mon poison ?

Son corps tressaille entre mes bras. Elle tergiverse une seconde, puis, dans un gémissement suppliant :

— À toi.

Tout en moi explose. Un rugissement intérieur, une satisfaction bestiale. Les autres rient, mais ils savent. Ils savent que peu importe combien de mains effleurent son corps, peu importe combien de bouches la marquent… elle est à moi.

— Je suis le seul, murmuré-je en descendant mes doigts. Le seul à pouvoir la remplir de foutre.

Elle est à bout, dévastée, mais heureuse.

— Dites-le-lui, ordonné-je, un sourire carnassier au coin des lèvres.

Eden caresse sa gorge de nouveau libre, son pouce effleure la marque de ma prise.

— Dis-lui, Sofia…

Saul a ses lèvres contre son épaule, sa main ancrée sur sa cuisse sans cesser de la pilonner.

— Dis-lui à qui tu appartiens.

Parker, toujours en bas, murmure contre son bourgeon :

— On le sait déjà.

Elle se cambre, s'abandonne complètement. Ses lèvres tremblent, ses yeux cherchent les miens.

— Dean…

J'appuie mon front contre sa clavicule. C'est tout ce qui compte. Elle peut s'offrir à eux, jouer avec eux, mais c'est mon nom qu'elle prononce à la perfection. Ça ne changera jamais.

Elle est ma plus grande faiblesse autant que ma plus grande force. J'ai beau refuser de l'avouer, je sais qu'aucune autre femme ne pourra me donner ce frisson, cette tension, cette impression d'être totalement vivant.

Quand je la regarde, je me rappelle qui j'étais, et qui je suis devenu. Ce n'est plus seulement un jeu de domination : c'est notre manière de vivre, de nous confronter, de nous affectionner.

Les autres en profitent, se nourrissent de cette noirceur lumineuse qu'elle apporte dans notre cercle. Parfois, j'ai envie de les écarter, de la garder pour moi seul, mais au fond, c'est ainsi qu'on existe ; tous ensemble avec ce chaos qu'elle a fait germer dans chacun de nous.

Je reste Dean, le capitaine qui ne flanche pas en apparence, mais je ne suis plus seulement ce roi glacial. Je suis le monstre qui l'a marquée, celui qui se nourrit d'elle autant qu'il la possède. Nous sommes ce qu'on est, et personne ne pourra nous l'enlever.

C'est mon D gravé, et c'est en mon nom qu'elle se livre, corps et âme. *C'est assez pour moi.*

Chaque matin, c'est la même chose. Je me réveille avec la trique en la voyant allongée sur le ventre. Sa peau nue, offerte à la première lueur du jour, me crie de la baiser fort et brutalement.

Son corps est porteur de traces et de marques laissées par la nuit, la preuve tangible que certaines choses ne changeront jamais.

Et comme chaque fois, quand j'ouvre les yeux et que je la vois dans mes draps noirs, la colère, la rancune, tout s'efface. Parce qu'il n'y a qu'elle pour me regarder comme si j'étais l'unique chose qui compte. Son cœur m'appartient entièrement. Aucun autre ne pourrait jamais la posséder comme je le fais, et comme elle l'accepte.

Je glisse une main sur sa hanche, que je plaque contre mon bassin, traçant ses courbes que je connais par cœur, et retrouve la chaleur douce de sa chatte marquée par ma semence. Elle frissonne, son souffle change de rythme. Elle sort de ce demi-sommeil, elle me sent déjà prêt à la labourer.

Je devrais lui en vouloir pour son absence, pour ces années de vide. Mais je n'ai pas la force de cultiver cette colère. J'ai mieux à faire… Mes lèvres effleurent la ligne de son cou, là où sa peau est encore rougie de la veille, et je laisse échapper la seule vérité qui me hante :

— J'ai essayé de t'oublier, doux poison…

Un souffle trouble caresse sa nuque.

— … Mais aucune autre femme n'a jamais été mortelle.

Son corps se tend, un frisson la parcourt, j'entends son souffle ralentir. Elle s'éveille pour de bon. Je dépose un baiser léger, doux, à l'opposé de tout ce que j'éprouve : la rage, le désir, le manque.

— Je n'ai peut-être pas encore réussi à te pardonner…

Ma voix se brise, mes doigts serrent avec précaution sa hanche sous ma paume, ma queue se frotte contre sa chatte réceptive, qui la fait glousser d'extase.

— Mais tu es toujours à moi.

Elle frissonne, son corps sensible à chaque mot, à chaque friction. Lentement, elle ouvre les yeux. J'y lis déjà la suite. La passion, l'abandon, l'étincelle de défi. Et tout en moi se rappelle pourquoi je n'ai jamais pu remplacer Sofia.

Ma Raison. Ma Folie. Mon abandon.

J'ai beau proclamer que je la possède, je sais qu'en retour, elle m'a pris une part de moi que je ne récupèrerai jamais. On se tient mutuellement, dans un équilibre précaire.

— Le cœur a ses raisons que la raison ignore, murmure-t-elle.

Puis elle tourne la tête vers moi, sa voix plus basse.

— Mais moi, je connais ma raison.

Son regard s'enflamme, elle me parle sans détour. Elle a choisi ce chaos, ces quatre gars de la pire espèce, ce moi qui ne laisse personne entrer sans en payer le prix.

J'esquisse un sourire, un rictus trop calme.

— C'est pour ça que tu le portes.

Je pose la main sur l'encre. Elle ferme les yeux, un frisson l'agite. Sa respiration se suspend, et je devine à quel point elle aime sentir la pression de mes doigts à cet endroit, à quel point elle mouille sous mes caresses, autant qu'elle bave et embrasse ma poitrine portant la cicatrice de son absence.

— Tu sais, reprends-je, ce n'est pas seulement ton corps qui m'est dû. C'est tout ce que tu es.

Mon cœur cogne à m'en déchirer la poitrine. Je l'aime à en crever, je la hais de m'avoir brisé, et j'ai besoin de la posséder pour recoller les morceaux. C'est tordu. Malade. Mais c'est nous.

— Je t'ai tout donné, me rappelle-t-elle, effleurant ma joue du bout des doigts. Mon corps, mon âme, mon cœur, mon identité.

Je soupire, vaincu par ses mots. Je plonge une main dans ses cheveux et l'attire contre moi, jusqu'à ce que son front se cale sous mon menton.

— Je sais.

Elle détend ses muscles, son souffle se mêle au mien. Je pourrais la renverser, la prendre là, répéter un millier de fois qu'elle est mienne, mais ce matin, je n'ai pas besoin de passer par la violence. Mon initiale sur sa peau parle pour moi.

Un sourire effleure ses lèvres. Elle l'accepte, tout comme j'accepte qu'elle occupe une place en moi que personne n'a jamais eue.

Nous sommes un paradoxe vivant. Elle s'offre aux Devils, mais revient toujours, parce que je suis sa raison, autant qu'elle est la mienne.

Et c'est ça, le cœur de notre histoire : à la fois fou, bancale, mais terriblement cohérent pour nous.

Épilogue 2

Eden

On était quatre, un groupe de potes inséparables, persuadés que l'on contrôlerait le monde sans jamais se faire dompter. Dean, Saul, Parker et moi, on avait notre routine, nos défis, nos conneries, les mêmes meufs. Ça tournait, jour et nuit, dans un cycle de provocations et de jeux, sans jamais qu'on se blesse vraiment.

Puis un arc-en-ciel nous est tombé sur le coin de la gueule.

Au début, c'était le chaos. Elle a renversé nos habitudes, nos certitudes, et d'un sourire ou d'un défi, elle nous a pris à la gorge. Personne ne l'a vue venir. Et surtout, personne n'a su gérer cette tornade, pas même notre capitaine, pourtant le plus impassible d'entre nous.

Les disputes, les jalousies larvées, les tensions qui montaient, l'électricité entre elle et chacun de nous. On s'aimait, on se déchirait, on se testait, dans un labyrinthe d'interdits. Un bordel qui nous a poussés au bord à chaque fois… et qui nous a accrochés plus fort encore.

J'ai cru l'avoir perdue pour de bon. Pendant un temps, on n'était plus que de la cendre, des regrets. Chacun s'est renfermé dans son coin, essayant de faire comme si tout était normal. Mais ça ne l'était pas. Il manquait quelque chose, une pièce du puzzle qu'on avait fini par accepter comme une évidence.

Mais elle est là, toujours là.

On est cinq, pas parce qu'elle a tout bouleversé, mais parce qu'elle nous a révélés. Nous sommes ce qu'on est grâce à elle, grâce à ce qu'elle a allumé en nous et ce qu'elle nous a forcés à admettre.

Ce matin, je la regarde dans la cuisine, la première pièce qui s'anime chez nous quand le soleil se lève. Pas de sexe, pas de tension brutale, juste un instant vrai. Elle est penchée sur la machine à café, une cigarette aux lèvres, encore en train d'émerger de la nuit.

Ses cheveux tombent négligemment sur son épaule, et elle porte un vieux T-shirt à moi, trop grand. Ses hanches me rappellent qu'on a souvent plongé dans l'excès, mais ce matin, c'est juste une routine. Un putain de matin où elle fait son café, comme si de rien n'était, comme si elle avait toujours été là.

Notre complicité est devenue normale, banale, alors même qu'on a dû traverser un enfer pour en arriver là. Aujourd'hui, je suis un mec plus posé qu'avant, parce que je sais que mes potes sont là, que Sofia est là, et que malgré le bordel qu'on représente, on existe.

Je m'approche en silence, elle sent ma présence sans se retourner. Un mince sourire fend ses lèvres et elle me tend la tasse de café qu'elle vient de se servir. Je secoue la tête, amusé.

— C'est pour toi, princesse. T'as l'air plus en manque que moi.

Elle rit, aspire une bouffée de sa clope, la fumée dérive entre nous, signe qu'on est en territoire familier.

Je repense à ce qu'on était, ce qu'on est devenus, et je réalise qu'on n'aurait jamais tenu aussi longtemps sans elle.

Elle est la cinquième pièce manquante, celle qui a soudé notre groupe tout en le fragmentant, parce que c'est comme ça qu'on fonctionne.

Dean va débarquer dans la minute, pousser un grognement parce qu'il déteste l'odeur de la cigarette le matin. Saul râlera sur le fait qu'on prend trop de place, et Parker marmonnera que personne ne l'a réveillé pour ce foutu café. On va discuter, se chercher, se taquiner, mais au fond, c'est tout ce dont on avait besoin. Être ensemble dans une ambiance où le désir et le danger côtoient la normalité la plus simple.

Je ne sais pas si on est des tarés ou des gens juste écorchés vifs, mais on tient, et on tiendra.

Je la contemple souffler sa fumée, porter sa tasse à ses lèvres, prendre la première gorgée de café. Je souris, parce qu'il n'y a rien de plus beau qu'un matin où on peut se parler, se toucher. Juste cohabiter sans menace imminente de chaos… même si ce chaos, on l'affectionne aussi.

Si on survit un peu plus longtemps, c'est grâce à ce rituel, à ce matin où elle n'a pas la nécessité de nous sauter dessus. Nous n'avons pas besoin de lui rappeler qu'on l'aime pour être complets et qu'elle n'a pas besoin de ces foutus médocs pour la contrôler.

Je la coince contre moi, mes bras l'enferment sans brusquerie, mais avec fermeté. Son corps se détend sous mon étreinte.

Un frisson me traverse dès que j'enfouis mon nez dans le creux de son cou, juste à l'endroit où son parfum m'enivre le plus. Je respire, lentement, tout en savourant sa chaleur, la douceur de sa peau sous ma joue.

Elle ne résiste pas, elle ne se dégage pas, elle aime ça. Dean a beau posséder la plus grande partie de son cœur, je sais qu'une part d'elle m'est réservée.

— Tu me rends dingue, tu sais ? murmuré-je, ma voix s'amenuisant contre son cou.

Elle étouffe un léger rire, tourne un peu la tête pour me jeter un regard amusé, complice. Mes doigts se crispent sur ses hanches, pour inscrire ce moment dans sa mémoire. Je l'aime contre moi, j'aime la maintenir assez près pour qu'elle comprenne qu'elle n'est pas qu'à lui, qu'elle est à nous tous.

— T'es trop sûr de toi, Eden, se plaint-elle, un soupir à peine perceptible.

Son souffle effleure ma peau, et je souris, conscient que cette proximité nous nourrit autant l'un que l'autre.

— Et tu me cherches autant que je te cherche, réponds-je, serrant un peu plus mon étreinte, reprenant ce parfum qui me rend fou.

Elle ne dit rien, mais je sens son frisson, sa gorge vibrer sous mes lèvres quand elle avale sa salive. Et c'est tout ce dont j'ai besoin pour savoir qu'elle est avec moi.

Le soleil tape fort, et la brise marine ne suffit pas à calmer la chaleur qui nous enveloppe. Sur la plage, on bronze, on paresse, on se fait passer une bouteille de flotte pour ne pas crever de soif.

Parker râle sur un grain de sable coincé dans son short.

Saul reste silencieux, ses lunettes de soleil vissées sur le nez, le regard perdu vers l'horizon.

Et Dean… il prétend se foutre de tout, allongé sur sa serviette, les bras croisés derrière sa nuque, imperturbable.

Pourtant, je le connais. Il attend, il guette chaque bruit, chaque ombre qui pourrait indiquer son arrivée. Sofia est toujours en retard quand on se donne rendez-vous quelque part, et ça le rend dingue.

— Putain, elle fout quoi ? grogne Parker, son visage tordu par l'agacement. On a dit treize heures, non ?

Saul soupire, relève un peu ses lunettes.

— T'es en manque, Parker ?

Je ricane, lance un regard à Dean, allongé juste à côté de moi.

— Tu vois, t'es pas le seul nerveux.

Il ne bronche pas, ses yeux fermés derrière ses propres lunettes. Il a ce rictus en coin, l'air de dire *« Je m'en fous »*, mais je remarque comme il se tend à la mention de la femme dont il porte l'initiale sur sa poitrine qu'il s'est auto affligée dans notre dos.

Il déteste la savoir loin de lui. Il déteste qu'elle arrive en retard. Mais il fait comme si ça le laissait de marbre.

— Je ne suis pas nerveux, marmonne-t-il.

Parker éclate d'un rire rauque.

— Sérieux ? Parce que tu te raidis à chaque fois qu'on prononce son nom.

Il se redresse, s'assoit sur sa serviette, le regard planté dans celui de Parker.

— Tu veux m'énerver ?

Je ricane, tends la bouteille d'eau à Saul pour calmer les tensions.

— Reprenez votre souffle, les gars. Elle va débarquer tôt ou tard… comme d'hab.

Il l'attrape avec nonchalance, en boit une longue gorgée.

— Ça me fatigue, ces attentes inutiles.

Dean soupire, passe une main dans ses cheveux :

— Vous êtes lourds. On est juste en train de bronzer, profitez, merde.

Je souris en coin.

— Profiter ? C'est toi qui dis ça, alors que t'as plus jeté de coups d'œil à ta montre en dix minutes que je le fais en une journée.

Il ne répond pas, serre juste les dents sans un mot. Il la veut là, il l'exige sous ses yeux, comme nous on la veut.

Parker s'étale sur sa serviette en marmonnant.

— Au moins, on lui laisse l'occasion de faire son show.

Saul secoue la tête, un rictus acerbe.

— Elle va encore nous sortir une excuse foireuse, et notre Grinch fera semblant de s'en foutre, comme toujours.

Je me redresse, plantant mon regard sur le concerné.

— C'est vrai, tu t'en fous ?

Il ne détourne pas les yeux, cette fois, il affronte ma question.

— Ça ne change rien qu'elle soit là ou pas, on est entre potes.

Un silence tombe. Parker lâche un sifflement ironique. Saul hausse un sourcil et, moi, je souris franchement.

— T'es vraiment un sale menteur.

Il pouffe un rire bref, sec, avant de se rallonger.

— Détendez-vous, elle finira par rappliquer. Si elle en a envie.

Un éclat de voix nous parvient au loin. Je tourne la tête juste à temps pour apercevoir une silhouette féminine, dans un bikini qui laisse peu de place à l'imagination, son sac de plage sur l'épaule.

Dean ne bouge pas, tandis que ses mâchoires se desserrent, comme s'il expirait un soulagement intérieur. Saul se redresse, Parker cache un sourire derrière sa main et, moi, j'éclate de rire.

— Je vous l'avais dit, les gars.

Dean ne dit rien, mais ses yeux la suivent déjà jusqu'à ce qu'elle nous rejoigne. Et putain, il peut faire genre, mais on sait la vérité : quand Sofia n'est pas là, il n'est jamais totalement lui-même.

ÉPILOGUE 3

SAUL

J'ai vu mon meilleur pote, le plus inébranlable d'entre nous, se faire posséder. Même moi après trois ans dans l'armée… je suis devenu guimauve à cause d'une seule personne, même si elle ne le saura jamais.

Il n'avouera jamais en ces termes, mais, moi, je le sais. Elle est son obsession, il a laissé une partie de lui entre ses mains, et ça l'a sauvé autant que ça l'a brisé.

J'ai essayé de résister, de ne pas céder à cette emprise, parce que je déteste ne pas être celui qui contrôle, qui impose. Mais elle est trop douée pour qu'on la tienne à distance.

Lui et moi, on a ce lien particulier : on a grandi avec des parents détruits, dysfonctionnels, le genre de foyer qui te fait croire que la violence est une norme et que la seule façon de survivre, c'est de frapper plus fort. On comprend la rage de l'autre, on sait que derrière nos silences, il y a ce besoin viscéral de faire mal pour jouir, d'imposer plutôt que de subir. C'est pour cette compréhension qu'on se déchiffre mieux que quiconque et qu'on se tient, sans mots, depuis le début.

À présent, c'est comme un puzzle achevé de travers, et ça tient, malgré tout. Je reste ce mec en retrait, froid. Lui, il a craqué le premier, il s'est laissé happer par Sofia. Moi, je lutte encore. Parfois, je me dis que ça ne tient plus qu'à un fil.

Ce serait mentir de nier que son absence ne m'a pas contaminé, loin de là. J'ai éprouvé, durant ces années d'absence, un vide béant. J'ai fait semblant de m'en foutre plus que les autres, mais la vérité, c'est que je continuais d'y penser, de me demander où elle avait pu filer, si elle respirait encore quelque part. Pour moi, elle n'était pas juste un cadavre sous un tas de terre. Mais lui restait silencieux, plus fermé encore. On se regardait, on comprenait ce que ça voulait dire.

Les gars sont dedans, à mater un vieux match de hockey. Ils refont le monde autour d'un pack de bières et de conneries balancées à la volée. Dean commente chaque action, Parker râle sur l'arbitrage, Eden se moque de tout et de rien.

Moi, je suis dehors, sous la lune, ma clope au bec. Je préfère le silence du vent marin, les reflets des réverbères lointains. C'est plus mon truc.

Je tire une longue bouffée, les yeux perdus dans la nuit. Les souvenirs s'invitent : nos conneries d'avant, nos confrontations, la fois où Dean et moi avons failli tout détruire sur un coup de sang… Cette plainte parce qu'il avait été trop loin, que nous avons résolue avec une bonne liasse de billets violets. Les démons, on les partage, on les canalise, plus ou moins. Sofia a mis son grain de sel, bousculé nos vieux fonctionnements, et pourtant, on tient debout.

Comment ? Je l'ignore encore.

Un bruit léger derrière moi. Pas besoin de me retourner : je sais.

Elle arrive, tel un chat, sans bruit. Je renifle son parfum Lancôme, avant même de la voir. Elle s'installe sur le transat, en face de moi, sans un mot, me jette un regard, puis pique une clope dans mon paquet posé à côté. *Je la laisse faire, parce que c'est elle.* Mais je ne lui dirai jamais… ce serait avouer à voix haute qu'elle est devenue un élément indispensable pour la grenade que je suis.

— Tu devrais arrêter de taxer mes clopes, princesse, grogné-je, la voix basse.

Elle hausse un sourcil, un mince sourire au coin des lèvres.

— Toi, tu n'as jamais aimé partager.

Je ne réponds pas, je me contente de la fixer, de souffler la fumée en silence. Elle allume sa cigarette, aspire la première bouffée en fermant les yeux, puis expire lentement, la tête penchée vers l'arrière. Ses cheveux captent la lueur de la lune, et putain, je me dis qu'elle est trop belle pour mon propre bien !

À l'intérieur, on entend les éclats de rire d'Eden, la voix de Parker, plus basse, et Dean. Ils ne manquent pas à Sofia, elle en est sûre. Elle aime qu'on la cherche, qu'on la désire, même absente. Et moi, ça me rend dingue.

— T'en as pas marre de nous faire tourner en bourrique ? lâché-je, un demi-sourire cynique aux lèvres.

Elle me jette un regard insolent, son air de défi habituel.

— C'est un peu pour ça que vous m'aimez, non ?

Je serre ma clope entre mes doigts, faussement agacé.

— Parle pour eux…

Elle rit, et je sens une vague de chaleur me traverser. Même si j'enrage, je mens… je pourrais la repousser, mais j'en crèverais. Mon cœur bat un peu plus fort à chaque pas qu'elle effectue dans ma direction. C'est sans doute ce qu'on appelle être pris dans les filets, même si je lutte.

Elle bascule la tête, m'observe en silence, puis finit par murmurer.

— T'es le plus semblable à lui. Pourtant, lui, il a cédé depuis longtemps.

Mon regard se noircit, je ne supporte pas l'idée d'être mis dans le même sac, et pourtant… on se ressemble. Dean, s'est fait attraper. Moi, je reste sur le fil. Mais bordel, combien de temps avant que je me brûle les ailes, moi aussi ?

— Fais gaffe à ce que tu racontes, déclaré-je, tapotant ma cendre.

Elle esquisse un sourire, se lève, vient se poster à califourchon sur ma queue raide.

— Tu n'aimes pas qu'on te compare à Dean ?

Je serre la mâchoire de la sentir si dominante et séductrice. Je me demande si elle se rend compte de l'effet qu'elle anime chez moi, ou si elle l'ignore sous ma face de mec enragé.

Non, en fait, elle en est consciente. Elle lit en moi comme dans un livre ouvert, mais fait genre de rien, et je déteste ça.

Elle laisse ses doigts frôler mon bras, un contact léger, mais suffisant pour ébranler mes défenses que j'essaie de garder. Ses lèvres s'approchent de mon oreille, sa poitrine s'enfonce contre la mienne. L'humidité de son shorty ne laisse aucun doute, elle est excitée autant que moi.

— T'es Saul Teyes, le mec qui contrôle tout.

Je ricane, sans joie, mais la manière dont elle prononce mon nom me tend durement.

— Et t'es Sofia Mayton, la fille qui peut tout foutre en l'air.

Un silence prend place. Elle se redresse sur ma hampe, embrasse la clope et souffle la fumée dans ma direction.

— Moi, je pense qu'on n'est pas si différents.

Elle finit par s'écarter, se laisse retomber dans le transat, le regard plongé vers la lune. Je la dévisage, mi-fasciné, mi-résigné. Dean aurait sûrement dit quelque chose de tranchant, Parker se serait emporté. Eden aurait pouffé de rire.

Mais, moi, je reste silencieux. Parce qu'un jour, j'aurai à choisir : lutter jusqu'à m'en briser ou céder et en payer le prix.

Les rires de nos potes nous parviennent par la vitre. La fumée de nos cigarettes ondule sous la lune, et je me dis qu'à cet instant, je ne changerai rien de tout ça.

Je jette un dernier coup d'œil à Sofia, recroquevillée sur le transat, sa clope aux lèvres, le regard perdu dans le mien quand elle me surprend à la fixer. Elle sourit, d'un sourire qui me déstabilise autant qu'il me rassure.

C'est ça, aujourd'hui. Nous… et elle, au centre de la tempête. On ne sait pas comment ça finira. Mais on sait tous qu'on ne peut plus faire marche arrière.

Je ferme les yeux une seconde, tire une longue bouffée, et laisse le silence prendre de l'ampleur entre nous deux, loin des rires et du bruit du match, conscients de nos démons, mais étrangement en paix avec ce qu'on est.

— Saul… son souffle se casse légèrement.

Je ne réponds pas, mais je me redresse, prêt à l'écouter. Ses yeux finissent par se poser sur moi, lourds d'un passé que je devine douloureux.

— Je suis née d'une relation entre un violeur et sa martyre.

La phrase claque dans l'air, me faisant vaciller. Mon sang pulse plus fort dans mes tempes, et je réalise que je serre les poings sans même m'en rendre compte. Pourtant, je connais son histoire, du moins, ce qu'elle veut partager, mais j'ai toujours autant envie de tirer une balle dans la tête de sa génitrice et des fils de putes qui lui ont volé sa dignité.

Sofia respire, comme si elle devait extraire cette confession de sa poitrine au prix d'un effort démesuré.

— Ma mère m'a toujours accusée d'être une erreur de la nature. Elle m'a promis que je ne serai jamais heureuse, que je ne comprendrai jamais ce que c'est d'aimer.

Ma gorge se serre, quelque chose en moi remue, un écho lointain de ma propre histoire. Pourtant, je ne bouge pas, je ne dis rien. J'attends qu'elle aille au bout de ce qu'elle a besoin de sortir, même si j'aimerais reprendre place dans l'armée juste pour la faire péter…

— Je sais que tu ne comprends pas pourquoi j'ai sauté ce jour-là.

Sa voix s'assombrit encore et, moi, je revois en flash ce moment où elle a disparu, où on a cru ne jamais la revoir vivante.

— Quand… quand il a soulevé son masque… et que je me suis retrouvée face à un Dean numéro deux…

Elle marque un temps, enfonce un peu plus la cigarette entre ses lèvres d'un geste tremblant.

— J'ai cru que j'avais commis la même erreur. J'ai cru que mon monde s'effondrait, et surtout… je ne supportais plus de survivre.

Elle tire une autre bouffée, puis expire la fumée dans un soupir affolé. Ma main se crispe sur le bord du transat, tout ça me renvoie à mes propres peurs, à mon incapacité à admettre que le chaos, parfois, c'est ce qu'on recherche.

— Princesse… commencé-je, la gorge un peu nouée.

Elle baisse les yeux vers moi, et je lis toute la détresse qu'elle garde enfouie, d'habitude si bien camouflée sous la provocation et la défiance.

— Tu crois que je me suis plantée depuis le début ? souffle-t-elle. Tu crois que je suis condamnée à revivre le cauchemar de ma mère ? À ne jamais savoir comment aimer autrement ?

Je ferme les yeux, laisse le silence s'installer, je n'ai jamais été doué pour ces réponses-là. Mais je comprends mieux que personne ce que c'est que d'avoir un passé pourri, des parents détraqués, et le sentiment que la violence est la seule chose familière.

— Tu sais… on n'est pas obligés de devenir les monstres qu'on a connus, finis-je par dire, la voix rauque.

Sofia esquisse un sourire triste.

— Toi et Dean, vous avez ce besoin de faire mal pour atteindre l'extase.

Elle secoue la tête, comme si c'était absurde.

— Alors que moi, j'ai besoin de me sentir en danger pour vivre.

Son aveu me frappe au cœur. Oui, Dean et moi portons cette rage, ce besoin de dominer. Elle, elle a besoin de frôler l'abîme pour se sentir exister. Un combo parfait de nos déviances.

— Il a trouvé quelque chose de plus que ça chez toi, lâché-je, un peu amer, mais sincère. Ça veut dire que t'es déjà plus qu'une erreur, même à ses yeux. Et si Dean le voit, crois-moi, c'est que tu peux être sauvée.

Elle rit, un rire sans joie, mais moins acide que tout à l'heure.

— Ça veut dire que toi aussi, tu le vois un peu, alors ?

Son regard cherche dans le mien une sorte d'approbation. Et j'ai l'impression d'entendre sa mère susurrer dans son dos : « Tu ne sauras jamais aimer. »

— Peut-être.

Je fixe la nuit, incapable de la regarder directement.

— Peut-être que je vois en toi ce que je n'ai pas su voir ailleurs.

Elle hoche la tête. Le silence retombe. On entend au loin Eden rire plus fort, comme s'il s'était passé une action mémorable dans le match. La vie continue, pendant que nous deux, on est là, sur le balcon, à déterrer nos vieux démons.

— Merci de m'avoir écoutée, finit-elle par dire, d'une voix plus douce.

Je me contente d'un léger signe de tête. Elle tire une dernière bouffée de sa clope et l'écrase dans le cendrier posé sur la table.

— On n'est peut-être pas condamnés, au fond, marmonne-t-elle, pour se convaincre elle-même.

Je ne dis rien. Je reste l'ombre muette que tous croient connaître, mais derrière mes silences, la phrase tourne, se plante comme un clou brûlant : *pas condamnés*.

Dieu que j'en crève d'y croire !

Je voudrais lui promettre qu'il existe d'autres chemins que ceux pavés de cicatrices, que nos poings n'ont pas vocation à être notre seule langue. Je voudrais, mais l'acier dont je suis fait rouille dès que je tente d'articuler une émotion.

Alors je tends juste la main. À peine un frôlement. La pulpe d'un doigt contre sa paume. Un geste minimal, invisible, mais plus lourd que tout ce que je pourrais prononcer.

Parce qu'à cet instant, chaque fibre de moi hurle :

Sofia, je t'aime au point de fissurer la cuirasse qu'on m'a soudée enfant.

Tu es la preuve que quelque chose de neuf peut éclore dans nos ruines.

Un jour, je te l'ouvrirai en silence, ce cœur verrouillé. Je graverai « Je t'aime » à même la chair, avec mes griffes s'il le faut, pour que le monde entier sache à qui j'appartiens.

Et ce jour-là, princesse, tu n'auras pas besoin de prononcer le moindre mot, il suffira de te pencher, de lire la confession écrite sous ma peau, pour me réclamer à jamais.

Épilogue 4

Parker

J'ai toujours été le mec extraverti qui transformait tout en blague, celui qui trouvait toujours la phrase pour détendre l'atmosphère, le premier à proposer une connerie pour se marrer.

Sofia aime mon show, alors j'ai multiplié les plaisanteries pour masquer la tempête grandissante. Parce qu'au fond, elle a tout chamboulé. Elle nous oblige à dévoiler nos failles et, moi, je comprends subitement à quel point j'ai besoin de me rendre important, d'être un roc dans le cœur de quelqu'un. Je noyais cette vérité sous l'humour, comme je l'ai toujours fait.

Quand sa présence m'a été enlevée, j'ai fait semblant de trouver des blagues à chaque situation, d'éclater de rire pour masquer le manque que je ressentais autant que les autres. Mais la vérité, c'est que tout était devenu plus fade, plus silencieux. On se retrouvait à quatre, plus tout à fait les mêmes. Sans elle, mon humour avait un goût amer.

Mais tout ça, c'est terminé.

Sur ce pont qui mène au Rocher de la Vierge, j'attends ma beauté pour notre marche habituelle. Eden m'a demandé pourquoi on se baladait toujours là, et j'ai répondu en plaisantant que j'aimais juste le bruit des vagues et les touristes perplexes en voyant une nana aussi dingue que notre Sofia.

Mais en vérité, je chéris ce moment avec elle. J'aime qu'elle me fasse confiance pour cette petite routine, j'aime exister à ses yeux, comme un pilier.

Je suis adossé à la roche, mon téléphone à la main, guettant sa silhouette au loin. Dean agit comme s'il s'en fichait, mais il sait exactement où elle est. Saul prétend toujours ne pas s'impatienter, et Eden doit être en train de se marrer quelque part, persuadé que je suis en mode « papillon nerveux ».

Il n'a pas tout à fait tort.

Une rafale de vent me fait frissonner. Je repense à ce que j'ai été pour elle : un rigolo qui servait de soupape à tout ce bordel. Aujourd'hui, je voudrais être plus qu'un clown. Je veux qu'elle sache qu'elle peut compter sur moi, qu'à travers mes blagues, il y a un mec qui veut juste être important pour quelqu'un.

Je la remarque, sa silhouette fine avançant, ses cheveux un peu en bataille, et ce sourire dès qu'elle me repère. Bordel ! j'ai beau faire le malin, ça me fait quelque chose.

— T'es encore là avant moi ? lance-t-elle en arrivant, un brin amusée.

Je hausse les épaules, feignant l'indifférence.

— Tu sais, faut bien que quelqu'un fasse l'accueil.

Elle rit, ses yeux brillent comme si elle ne se lassait jamais de mes plaisanteries. J'aime animer cette expression dans son regard. J'aime sentir que, derrière mon humour, elle devine mes vraies intentions.

— On y va, beauté ? proposé-je, tendant mon bras comme un pseudogentleman.

Elle l'attrape sans hésiter, et nous voilà à marcher jusqu'au rocher, observant la mer se fracasser contre les roches plus bas.

Avec elle, j'oublie que je ne suis pas Dean, pas Saul, pas Eden. J'oublie que je suis moins sombre, moins intense, moins maître que les autres. Je suis juste Parker, un mec qui en fait des tonnes, mais qui veut exister dans le cœur d'une femme à la hauteur de sa folie.

Et avec Sofia, je crois y arriver. Un pas à la fois.

La mer rugit sous nos pas, je lance une remarque idiote, et elle rigole en me donnant un coup d'épaule. Un geste complice, anodin pour le reste du monde, mais crucial à mes yeux. Parce que ça veut dire qu'elle est là, avec moi, et que je compte un peu dans son univers chaotique.

On atteint le bout du pont. L'air saturé d'embruns nous fouette le visage, et une brise salée vient caresser nos vêtements. Les touristes ne font que passer, la plupart jettent un œil curieux à nos silhouettes immobiles, mais on s'en fiche.

Elle s'arrête, fixe l'horizon quelques secondes, puis se tourne vers moi d'un mouvement fluide. Son regard est un peu perdu, et avant même que je ne comprenne, elle m'enlace. Ses bras glissent autour de ma taille, sa tête se niche contre mon torse.

Mon cœur rate un battement. Je ne m'y attendais pas, et pourtant, ça me bouleverse plus que je ne l'avouerai jamais à chaque fois qu'elle le fait. Je resserre mon étreinte, pose ma main sur l'arrière de sa tête, avec la peur de la brusquer.

— Je vous aime tellement, murmure-t-elle. Et à la fois, je me demande si je vous aime correctement, si, parfois, j'abuse trop…

Je ferme les yeux, je la sens respirer contre moi, et tout se suspend.

— Je suis trop égoïste de garder quatre hockeys pros pour moi seule, alors que des tas de femmes rêveraient de vous avoir pour elles.

Ses paroles me serrent le cœur. D'habitude, c'est moi qui plaisante pour désamorcer les situations. Mais là, c'est sérieux. Elle doute, et ça me brise plus que je ne l'aurais cru.

— Sofia… commencé-je, ma voix plus douce que d'ordinaire.

Je relâche mon étreinte pour plonger mon regard dans le sien. Ses yeux se voilent d'une émotion que je reconnais : la peur de ne pas être à la hauteur, la culpabilité de trop en demander.

— Hey, dis-je, mon front contre le sien. Tu nous sous-estimes, princesse. Tu crois qu'on voudrait être ailleurs qu'avec toi ?

Un sourire timide effleure ses lèvres, comme si elle n'osait pas y croire.

— Peut-être que vous seriez plus heureux autrement, que vous trouveriez des filles plus… plus normales.

Je ricane, un son un peu étranglé.

— Normales ? Regarde-nous.

Je marque une pause, le dos de ma main effleure sa joue.

— Dean, Saul, Eden et moi, on est un beau cirque sur patins, et t'es la seule capable de nous gérer. T'es pas égoïste, Sofia. T'es… la pièce manquante.

Elle baisse les yeux, prend une inspiration tremblante. On reste ainsi, collés l'un à l'autre, alors que le vent sifflote sur ce pont. Personne ne prête attention à nous, ou alors, s'ils le font, on ne les remarque plus. C'est notre instant.

— Mais… je doute, avoue-t-elle. Je doute de tout. Je me demande si je ne vous détruis pas, parfois.

Je secoue la tête, un sourire en coin.

— Soyons honnêtes, on était déjà pas mal brisés avant toi, avec nos enfances pourries. La différence, c'est que maintenant, on a quelque chose à protéger, quelque chose qui nous réunit encore plus fort.

Les vagues cognent contre les rochers plus bas, autant que le sang qui pulse plus fort sous ma poitrine. Elle recule d'un pas, ses doigts toujours entrelacés aux miens.

— Princesse, finis-je par dire, tu parles de nanas qui rêveraient de nous avoir. Mais tu crois qu'on est faciles à vivre ?

Je ris finement.

— On est quatre têtes brûlées, plus ou moins borderline. On se serait entretués depuis longtemps si t'étais pas là.

Elle hausse les épaules, un éclat hésitant dans son regard.

— Tu exagères.

Je lui adresse un regard complice.

— Ouais, peut-être. Mais t'as besoin d'exagération.

Une lueur de compréhension passe dans ses yeux. Elle sait que je parle de cette intensité qu'elle aime, ce chaos qui la définit autant que nous.

— Tu crois qu'un jour, vous en aurez marre ?

Je passe un bras autour de ses épaules, l'embarque contre moi en un geste protecteur.

— Jamais. Parce que, bordel, c'est trop bon de se sentir vivant grâce à toi. Et je pense que les gars te diraient pareil. Dean, il serait pas Dean sans toi. Saul éclaterait tout ce qui bouge s'il avait pas une raison de se contenir. Eden aurait personne à chambrer. Et moi…

Je m'arrête, ma gorge se serre un peu. Elle lève les yeux vers moi, curieuse.

— Toi ?

Je soupire, pose mon menton sur le sommet de son crâne.

— Moi, je serais juste un comique de service, un clown sans public ni raison de vouloir être plus qu'un rigolo.

Elle hoche la tête, un léger sourire au coin des lèvres, comme si elle reconnaissait elle-même cette part de vérité.

Elle ferme les yeux, se serre contre moi, laissant le vent nous envelopper. Un silence s'installe, mais il n'a rien d'oppressant. Il est doux, comme un accord tacite qu'on se fait l'un à l'autre. On est où on doit être, et on le partage.

La mer continue de rugir, le pont tremble sous nos pieds, et je n'échangerais cet instant pour rien au monde.

— Merci, murmure-t-elle soudain, tout contre ma chemise. De me rassurer. De me dire que je ne suis pas trop.

Je la coupe, glissant une main dans ses cheveux.

— T'es pile ce qu'il faut, princesse, déclaré-je en déposant un baiser sur ses lèvres.

Je souris, repense à toutes ces nanas « normales » qui ne pourraient jamais comprendre ce qu'on est. Nous, on a choisi Sofia, et elle nous a choisis. C'est notre folie, notre lien, et je me dis qu'on n'a pas besoin de l'approbation du monde.

On est déjà heureux comme ça

Épilogue 5

Sofia

J'étais la fille que sa mère traitait de bâtarde, parce qu'un violeur avait préféré fuir plutôt que d'assumer ce qu'il avait fait. Ma mère me l'a balancé chaque jour : *« T'es une erreur de la nature, un cauchemar que je traîne derrière moi. »*

Ça fait mal, surtout quand on n'a que quelques années et que l'on comprend très vite que personne ne va nous protéger. J'ai pris des coups, j'ai subi des insultes, parce qu'elle ne pouvait pas se résoudre à me tuer, mais elle voulait me détruire par ses mots, par les monstres qu'elle laissait entrer chez nous.

Alors, très tôt, je me suis convaincue d'une chose : *« Si je suis une erreur, au moins que je sache m'en servir. »*

J'ai appris à vivre avec cette idée que le viol pouvait être un plaisir, une punition d'exister que j'acceptais pour calmer la haine qui grondait en moi.

Et je les ai rencontrés. Un groupe de quatre gars, chacun taré à sa manière, chacun porteur de ses propres démons. J'ai foncé dedans parce que j'avais besoin de retrouver cette poussée d'adrénaline, ce sentiment que la douleur pouvait se transformer en jouissance.

Au début, c'était bordélique. *« Qu'est-ce qu'une fille comme moi va chercher chez eux ? »* Eh bien, exactement ce que j'ai trouvé : l'excès, la violence, la provocation. Et malgré tout, je me suis accrochée parce que, pour la première fois, ils m'ont donné plus qu'un simple viol : ils m'ont offert un chaos qui me correspondait.

Il y a eu ce moment où je me suis dit : *« C'est trop. »* Et je suis partie. J'ai tout envisagé pour échapper à l'idée que je m'étais attachée à des mecs aussi fracassés que moi. Pourtant, même dans l'absence, je pensais à eux. À Dean, qui me poussait à m'affronter moi-même. À Saul, qui me montrait que mon besoin de danger n'était pas unique. À Eden et Parker, qui me faisaient rire et oublier mes plaies, par leur douceur.

Puis j'ai compris que ni eux ni moi ne pouvions vivre sans ce bordel. J'ai abandonné l'idée d'une normalité… j'étais malade, mais que cela ne constituait pas un crime. Ils m'ont prouvé que je n'étais pas qu'une erreur. Que j'avais le droit de faire ce choix de rester.

Maintenant… On s'amuse à faire n'importe quoi, comme ce soir, où ils ont décidé de taguer à nouveau mon corps au marqueur, chacun posant sa trace, sous le regard mi-agacé, mi-amusé de Dean et Saul, qui observent à distance. Mais je sais qu'ils ne résisteront pas longtemps avant de venir poser leur marque à leur tour.

Eden commence, stylo en main, il trace des cœurs absurdes, des *« E + S »* en riant, tout en embrasant mes lèvres à chaque trace. Parker suit, plus frivole, dessinant *« Super Zizi »* sur ma cuisse, un clin d'œil totalement débile qui me fait éclater de rire. J'adore ces instants où la violence fait place à une légèreté ironique. Ils savent à quel point mon corps s'embrase sous leur toucher et ils ne veulent jamais que ça change… moi non plus à vrai dire.

J'observe Saul et lui souris.

Un soir, Dean m'a soufflé :

« Apprends à lire plus profond dans ses yeux. Quand ils se noircissent, ils racontent ce qu'il ne dira jamais. »

Depuis, je guette cette infime lueur que personne ne voit sauf Dean. J'y ai surpris un « je t'aime » muet ou cru l'entendre la nuit où, perchés tous les deux sur le balcon, nous tirions sur des cigarettes au lieu de dormir. Il s'est approché sans bruit, son torse calé contre mon dos, ses doigts se sont refermés sur mon menton… et il a effleuré d'un baiser chaste le coin de mes lèvres, dans une promesse impossible à prononcer.

Ce souvenir pulse encore quand il écrase sa clope ce soir. Il finit par la laisser mourir, esquisse un demi-sourire qui fend sa glace, puis s'avance vers moi avec un marqueur noir entre les doigts.

Toute sa carcasse semble immobile, mais son poignet tremble d'un millimètre à peine. Il trace sur mon épaule un S griffé, élégant et rude à la fois. L'encre frissonne sur ma peau.

— Ça te va mieux qu'à moi, murmure-t-il, la voix râpeuse d'émotion retenue.

Il recule aussitôt, rabat la froideur sur son visage comme un rideau, mais le battement affolé sous sa tempe le trahit. Derrière l'armure, il vient de me déposer son secret en plein cœur.

Dean, lui, se fait encore prier. Il reste en retrait, les bras croisés, comme s'il trouvait ça absurde. Mais je reconnais la lueur dans ses yeux : il meurt d'envie de revendiquer encore ce qui est à lui. Et bordel, je suis prête à le lui laisser.

— Allez, lancé-je, un sourire amusé. Tu vas laisser tes potes me barbouiller sans en rajouter ?

Il finit par s'avancer, prend le marqueur que Saul lui tend, et observe mon corps déjà couvert de gribouillis, de cœurs, de « fuck » dessinés à l'arrache, des morsures, des bleus, des cicatrices… tout se mélange. Leurs arts de la nuit et du jour se confondent.

Il pose la pointe, à l'endroit où mon tatouage abîmé affiche *« surv;vre »*. Les combats, les batailles, j'ai tout traversé. Il le sait. Il relève la tête, et moi, mon cœur s'accélère et mes cuisses se contractent, à chaque fois que mes yeux se posent sur la cicatrice qui forme un S sur sa poitrine.

— Alors, mon poison, susurre-t-il, le regard fermé. T'as beau avoir survécu à une chute, y a peut-être mieux, non ?

Doucement, il barre les premières lettres en trop, même si elles sont déjà scarifiées. Un silence pèse dans la pièce. Eden et Parker s'immobilisent, Saul lève un sourcil. Il enfonce un peu plus le marqueur, cherchant à imprimer cet acte dans ma chair, au-delà de l'encre.

— Vivre, répète-t-il, sa voix grave.

Mon regard croise le sien, et dans mon esprit, je revois ma mère, son visage déformé par la haine, me jurant que je ne connaîtrai jamais le bonheur, que je ne saurai jamais aimer. Et pourtant… je suis là, avec eux, portant toutes les marques qu'ils m'ont infligées, mais aussi leur protection, leur affection. C'est tordu, mais c'est mon choix.

— T'as raison, soufflé-je.

Il me fixe, pendant que les autres nous observent. Un léger sourire effleure mes lèvres. Je passe mon doigt sur la correction qu'il vient de faire.

Je ne suis plus la fille terrorisée par le fantôme de ma mère ni la proie consentante des violeurs pour *punir* mon existence. Je suis Sofia, celle qui a choisi d'assumer cette violence partagée, cette folie à cinq.

Et maintenant, quand je regarde mon corps recouvert de tags, de dessins idiots, de lettres douloureuses, je souris à l'idée qu'en dessous de tout ça : mon âme ne cherche plus à Survivre… mais à Vivre.

La salle est pleine de murmures, de rires étouffés, de voix qui se superposent, chacune raconte ses propres histoires. Les femmes autant que les hommes autour de moi parlent de leurs amants, de leurs bourreaux, de ceux dont ils sont tombés amoureux malgré eux. Chaque mot résonne dans l'air, lourd de désir et de douleur.

C'est ça, le club des Délicieuses Abîmes. Une réunion où on parle de tout, de ce qu'ils ressentent, de ce qu'ils vivent avec ceux qui les ont façonnées. Un cercle que j'ai créé avant de fuir. Et que mes hommes ont maintenu en mon absence.

Je suis en retrait, mes yeux qui balaient la salle tout en écoutant, attentive, mais distante. Je repense à Catherine, qui raconte comment elle s'est abandonnée à un homme qu'elle pensait pouvoir sauver. Lucie, qui a basculé à nouveau dans une dépendance affective obsédante. Et chaque fois, je me reconnais un peu plus.

Je ne suis pas comme elles, ou peut-être que si. Je ne suis pas perdue dans un sentiment que je ne peux comprendre. Non. Je me suis perdue dans des êtres qui sont tout sauf simples. Surtout un.

Mon regard croise le sien, de l'autre côté de la pièce. Il me transperce, il m'englobe. Et c'est ça qui me rappelle que je n'ai jamais voulu être réparée. Mon cœur est entièrement à lui, chaque partie de moi lui appartient, au point que ça me dévore.

Autour de moi, ils continuent de parler de leur amour pour ceux qui les ont façonnés. Mais aucun n'exprime ce que j'ai vécu *après* avoir trouvé celui qui définit mes limites comme mes libertés. Parce qu'après, c'est là que la douleur commence, que les failles s'ouvrent. Et c'est là que je comprends mieux que quiconque : on ne peut plus faire marche arrière quand on a touché ce point de non-retour.

Ce sont *mes* hommes, lovés chacun à leur façon dans la même cage de loyauté, mais, quoi qu'il advienne, tout ramène toujours au pilier de notre meute : Dean.

Les regards s'entrelacent dans la pièce comme des barbelés.

Eden, affalé à l'autre bout, arbore un sourire indolent, pourtant la lueur au fond de ses prunelles me trahit. Il sait que mon épicentre se trouve déjà dans l'orbite de Dean, irrévocablement.

Parker me dévisage, la tête légèrement penchée, comme s'il tentait de comprendre pourquoi je ne prends pas mes jambes à mon cou, mais il n'y a aucune fuite possible quand l'aimant est planté jusqu'à la moelle.

Saul, lui, reste l'ombre fixe, sombre, plissé d'incompréhension. Ses iris fendent les miens, et je sens qu'il devine ce que j'ai enfin mis au jour. La pulsation unique qui gouverne nos chaos, l'axe autour duquel nous tournons tous.

Ils sont les visages de mes nuits, les battements de mon sang et Dean, la colonne vertébrale qui tient l'édifice, vers laquelle chaque fibre de moi s'incline, même quand ma volonté vacille.

Il ne parle pas, pourtant ses pulsations résonnent dans mes propres veines. Il connaît chaque ombre que je porte. Rien d'autre n'existe. Je me moque de la morale, de la loi, des jugements : il est mon ancre, ils sont mes piliers, et je bois leur présence comme l'air.

J'écoute les autres exposer leurs ruines, mais ceux qui quittent ce cercle sans y trouver d'écho se condamnent à errer. Ils chercheront un nouveau bourreau, un nouveau sauveur. Moi, j'ai compris l'équation.

J'ai trouvé la clef incrustée dans sa poigne, dans leurs regards. Certaines vérités ne s'impriment que lorsqu'elles infiltrent chaque fibre. La mienne murmure que je suis à lui — entièrement — et que je ne souhaite aucun retour.

Je me redresse malgré mes jambes flageolantes. Les voix alentour se brouillent, le monde s'efface. Seul subsiste le tracé brûlant qui me mène à lui. À chaque pas, mon cœur cogne plus fort, il bat pour rejoindre le sien.

Je m'assois tout contre lui, mes doigts frôlent les siens. Sa carcasse se tend, puis se relâche comme si ce contact était l'expiration qu'il retenait depuis une éternité.

Je pivote, lui livre mon visage, nu de toute réserve, et pour la première fois, je ne connais plus la peur. J'offre, sans conditions, tout ce que je suis.

— Dean…

Il incline la tête et me scrute, guettant le moindre frisson qui trahirait mes sentiments, mais cette fois, c'est ma voix qui les met à nu.

— Je t'aime, Dean. Plus que tout, plus que je ne devrais. Autant que je les aime, eux… mais d'une fièvre différente, brûlante.

Le souffle qui quitte ma poitrine emporte la dernière parcelle de façade. Je lui livre l'intégralité de moi : brisée, libre, sans masque.

Il ne bouge pas tout de suite, pourtant la flamme implacable ne vacille pas dans ses iris. Ses doigts glissent sur ma joue, une caresse si instinctive que c'en est sacré.

— Je sais, me rassure-t-il, à la fois grave et tendre.

Mes paupières se ferment sous la douceur de ce contact, et j'expire, soulagée, dépouillée de tout secret. Quand je rouvre les yeux, il est là, exactement au même endroit, mais son regard pèse d'un désir qui me serre le ventre.

Cette envie féroce de me fondre en lui jusqu'à ne plus distinguer nos contours.

Tout disparaît, la salle, les autres, les lois absurdes. Je pose ma paume sur son torse, juste au-dessus de son cœur. Il fronce légèrement les sourcils, surpris par la simplicité du geste.

— Je sais que ce qu'on tisse n'a rien de légal, chuchoté-je, la gorge nouée. Je sais que beaucoup jugeraient, mais… je m'en fiche.

Un demi-sourire fend ses lèvres, assez pour balayer mes doutes.

— C'est précisément ça qui rend tout parfait, mon poison.

Il enlace mes doigts, prêt à m'entraîner hors de ce monde bancal pour n'en garder que le nôtre.

— Viens, Sofia.

Si, autrefois, porter ce nom était une épreuve, un fardeau qui me rappelait tout ce qu'on m'avait volé… aujourd'hui, il est une promesse. Cet homme a réussi l'impossible : faire de mon prénom un refuge. Sous sa voix, Sofia n'est plus une cicatrice, mais une mélodie. Il a pris ce nom, l'a fait sien, et m'a offert le droit de l'aimer à mon tour.

Je me lève sans l'ombre d'une hésitation. Son magnétisme m'aspire et je n'essaierai plus jamais de lui résister : je suis déjà perdue, irrémédiablement.

Et s'il doit y avoir une fin, qu'elle porte leurs noms et la marque de cette folie partagée.

Pour certaines personnes, l'amour se construit à deux, dans les normes rassurantes qu'on nous enseigne.

Pour d'autres, comme moi, l'amour n'a pas de chiffre. Il déborde, il s'étire, il brûle plus fort sans jamais se diviser. Il ne suit pas les règles dictées par la société, il suit le rythme de nos cœurs, de nos instincts, de nos silences partagés.

Parfois, il faut simplement écouter ce que l'âme murmure, sans crainte d'être jugé.

Moi, Sofia Mayton, j'ai choisi de les aimer. Tous. Parce que c'est ainsi que mon cœur fonctionne.

Et il n'a jamais battu aussi fort que depuis ce choix

Remerciements

Merci à vous, chers lecteurs, chères lectrices, d'avoir eu la force de terminer cette histoire.

Paraphilie n'est pas un roman facile… mais il est de ceux qui marquent.

Maxime a été mon personnage préféré à écrire. J'espère qu'elle vous a touchés, à sa façon.

Cette histoire est bien différente de ma dark romance Entre Lueurs et Ténèbres, qui fut ma toute première incursion dans ce genre. Depuis, j'en ai écrit d'autres, encore et encore, dans l'envie constante de m'améliorer, de creuser plus profond… parfois trop.

Je tiens à remercier Alex, la première à l'avoir lu dans son tout premier jet.

Karol, qui a été la première à corriger mes fautes de frappe (et il y en avait).

Et bien sûr, ma correctrice Mary (alias Au Phile des Mots), sans qui vous ne tiendriez pas ce livre entre vos mains aujourd'hui.

Un gros LOVE aux Élus de l'Abîmes, vous êtes diaboliques et je vous aimes. (Team de DINGUE).

Un immense merci à vous toutes, mes lectrices de Wattpad et Inkitt. Sans vous, Paraphilie n'aurait jamais vu le jour. Vous avez cru en cette histoire dès ses premiers mots.

Je ne sais pas vraiment d'où m'est venue l'idée du masque, mais au fil de mes recherches, je me suis retrouvée plongée dans l'histoire du Doctor Plage… et c'est ce qui m'a inspirée. Puis je me suis dit : « Pourquoi ne pas situer ce roman dans une ville que j'aime, que je connais par cœur ? »

Et Biarritz s'est imposée comme une évidence.

(Perso, je ne verrai plus jamais l'Aquarium comme avant.)

Merci à Chimène, Cécile, Céline, Claire, Dalhila, Dora, ainsi qu'à toutes les autres, car vous êtes nombreuses à me suivre. Et ça, je ne l'oublierai jamais.

Un grand merci aussi à l'illustrateur, Radji, qui va vous faire baver avec les illustrations prévues pour le relié qui viendra (je ne dis rien, mais… préparez-vous).

N'hésitez pas à me suivre sur Instagram pour ne rien louper…

Ma prochaine sortie ne sera pas une dark romance, mais… un polyamour.

Oui, oui, vous avez bien lu ! Je viens de glisser un petit indice ici, comme ça. Chuuut.

Merci, mes étoiles, d'éclairer mon ciel.

Un ciel qui, avant vous, était bien trop sombre.

Avec tout mon cœur,

LadyDarkSouls.

Printed by Amazon Italia Logistica S.r.l.
Torrazza Piemonte (TO), Italy

80322357R00298